BASTEI
LÜBBE

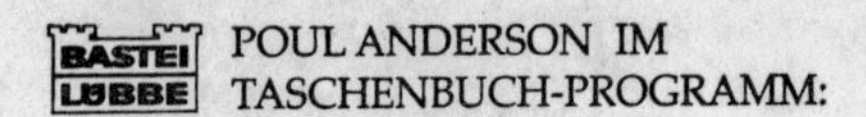

POUL ANDERSON IM TASCHENBUCH-PROGRAMM:

23 156 Die Sternenhändler

DER FLANDRY-ZYKLUS
23 105 Band 1 Dominic Flandry – Agent im All
23 108 Band 2 Dominic Flandry – Spion der Erde

DER STERNEN-ZYKLUS
23 161 Band 1 Sternengeist
24 224 Band 2 Sternenfeuer

POUL ANDERSON

STERNENNEBEL

EIN ROMAN AUS DEM ›STERNENGEIST-UNIVERSUM‹

INS DEUTSCHE ÜBERTRAGEN
VON WINFRIED CZECH

BASTEI LÜBBE TASCHENBUCH
Band 24 248

Erste Auflage: November 1998

Deutsche Lizenzausgabe 1998 by
Bastei-Verlag Gustav H. Lübbe GmbH & Co.,
Bergisch Gladbach
Originaltitel: Harvest the Fire / The Fleet of Stars
Lektorat: Uwe Voehl / Stefan Bauer
Titelbild: Arndt Drechsler
Umschlaggestaltung: QuadroGrafik, Bensberg
Satz: Fotosatz Steckstor, Rösrath
Druck und Verarbeitung:
Brodard & Taupin, La Flèche, Frankreich
Printed in France
ISBN 3-404-24248-3

Der Preis dieses Bandes versteht sich einschließlich der gesetzlichen Mehrwertsteuer

TEIL 1

Für Ted Chichak,
der dies ermöglichte.

PROLOG

Während einer seiner Reisen über die Erde stieß Jesse Nicol auf eine altmodische Quivira. Es war in einem Hotel, das einsam über den Iguazú-Fällen stand, auf drei Seiten von dichtem Regenwald umgeben. Von der Terrasse aus reichte der Blick über eine Rasenfläche bis zum Rand der tiefen Schlucht, so daß Nicol kaum erkennen konnte, wo einer der Katarakte begann, aber weißer Nebel stieg zum Himmel empor, und das Brüllen der herabstürzenden Wassermassen, wenn auch gedämpft durch die Entfernung, ließ seine Knochen vibrieren.

Seltsam, dachte er, daß irgend jemand ausgerechnet an diesem Ort den Wunsch verspürt hatte, sich in eine Traumwelt zurückzuziehen. Auf eine entsprechende Bemerkung hin erzählte ihm der Manager, daß einige der Gäste, die gekommen waren, um das ehrfurchtgebietende Naturschauspiel zu sehen, anschließend das Bedürfnis nach wilden Erlebnissen verspürt hatten. Die Quivira war installiert worden, um ihre Wünsche zu befriedigen.

Mittlerweile war der Ort fast völlig verwaist. Die meisten Leute, die neugierig auf die Wasserfälle und das sie umgebende Naturreservat waren, begnügten sich damit, zu Hause zu bleiben und eine multisensorische Aufzeichnung über ihre Vivifers abzuspielen. Fast alle Hotelzimmer waren leer und verschlossen. Nur Wartungsmaschinen absolvierten surrend ihre programmierten Runden, drängten die subtropische Luft und die Natur zurück und hielten das Gebäude gut in Schuß, denn es war ein historisches Relikt, das immer noch vereinzelte Besucher anzog.

Nach einem Spaziergang über die Wanderpfade kehrte Nicol tief beeindruckt ins Hotel zurück. Nachdem er sich gewaschen und umgezogen hatte und allein im großen Speisesaal aß, bedient von einem schweigenden Roboter, rauschten die Wasserkaskaden immer noch mit elementarer Gewalt in seinem Kopf. Selbst auf diesem gezähmten und von Maschinen wimmelnden Planeten hatte er die schöpferische Kraft des Universums erfahren und seine Stimme gehört, die von Macht und Geheimnissen erzählte, von unaussprechlichen Wundern, für die Worte zu finden er sich trotzdem sehnte, um in zukünftigen Generationen ein Gefühl der Ehrfurcht zu erwecken.

Genausogut hätte er versuchen können, den Nebel in Stein zu meißeln. Nichts wollte Gestalt annehmen, alles glitt ihm durch die Finger, abgesehen von nackten und glanzlosen Phrasen, die er beinahe unter körperlichen Krämpfen von sich wies.

Die Erregung verebbte. Abscheu und Verzweiflung nisteten sich in seinem Inneren ein. Wieder einmal versagte er. Warum, warum, warum? Shakespeare hätte dem Donnern des Wassers ein Gedicht entlocken können, das die Seele erschütterte (*Blow, winds, and crack your cheeks! rage! blow!*), oder Kipling (*Wrecks of our wrath dropped reeling down as we fought and we spurned and we strove.*), oder Borges (*Quien lo mira lo ve por privera vez –*), oder Hunderte von Dichtern mehr im Laufe der Zeitalter. Was behinderte ihn? Er konnte nicht einmal seine eigene Machtlosigkeit in Worte kleiden. Hopkins hatte es getan, in der Sprache der Vorfahren, die Nicol immer wieder und wieder durchforstet hatte . . .

Birds build – but not I build; no, but strain,
Time's eunuch, and not breed one word that wakes.
Mine, O thou lord of life, send my roots rain.

. . . und trotzdem hatte er ›Pied Beauty‹ und ›The Windhover‹ erschaffen. Nicol wußte, daß er Talent besaß. Er fühlte es. Genomanalysen in seiner Kindheit hatten sein Potential gezeigt. Er bildete sich nicht ein, ein neuer Homer werden zu können, aber bestimmt konnte er etwas leisten, das es wert war, in Erinnerung zu bleiben.

Es war ihm nie gelungen. Bestenfalls erhoben sich seine Verse ein wenig über die Niederungen der Banalität. Das Wissen fraß in ihm und erzeugte eine Wut, die sich nur zu oft auf irgendein zufälliges Ziel entlud.

Aber er würde es nicht zulassen, nicht heute, nachdem er gerade erst in der Erkenntnis seiner Winzigkeit und Sterblichkeit geschwelgt hatte. Er bestellte ein drittes Glas Wein und konzentrierte sich bewußt auf das Bukett und den Geschmack. Das Glühen in seinem Blut wurde stärker. Nach einer Weile strömten seine Gedanken ruhiger dahin, eher ironisch als verbittert.

Die Zeit ist aus den Fugen ... Ja, das hatte der alte Will gesagt, so wie auch alles andere. Zumindest alles Menschliche. Seine Vorstellungswelt hatte sich nicht auf den Cyberkosmos erstreckt. Wie hätte sie das auch tun sollen? Nicol begriff die heutige Welt selbst nicht. Welche Kreatur, die nur organisch war, könnte jemals dazu in der Lage sein? Diese Ära hatte ihre Vorzüge, es gab heute zweifellos mehr zufriedene Menschen als jemals zuvor in der Geschichte, aber es war keine Ära, die Poeten inspirierte. Und kein Künstler arbeitet in völliger Isolation. Wie abstrakt oder romantisch sie auch immer sein mag, jede Kunst – nicht simple Unterhaltung oder Ausschmückung, sondern das, was die Seele wirklich ergreift und nicht mehr losläßt – entspringt der Realität, die sie umgibt.

Es gab Beispiele genug, Momente großer Leuchtkraft, die alles überstrahlten, was Generationen zuvor geschehen war und in den nachfolgenden Generationen geschehen sollte, die Amarnische, Perikleanische, Elisabethanische und die Tang-Epoche ... und die langweiligen und trüben Phasen, in denen die Trivialität und das Akademikertum regierten, in denen niemand Feuer fing, weil es kein Feuer gab, die Zeiten, deren Werke schon bald wieder in Vergessenheit gerieten, sofern nicht ein paar davon aus reiner Neugier von Gelehrten wieder ausgegraben wurden.

Auch Nicol hatte sich hin und wieder als literarischer Archäologe betätigt, auf eine planlose und amateurhafte Art. Er hatte sich den Kopf über das Phänomen zerbrochen und war sich durchaus bewußt, daß er nicht der erste war. Woher kam diese sprunghafte Verteilung geistiger Größe? Das Auftreten angeborener Fähigkeiten konnte einfach nicht so stark variieren. Die soziale Lage, der *Zeitgeist* ... waren diese Begriffe mehr als inhaltsloses Wortgeklingel? Gewöhnlich schob er solche Spekulationen schnell wieder mit einem verächtlichen Schnauben oder einer Verwünschung beiseite.

An diesem Abend aber, allein an seinem Tisch, tauchten sie wieder vor seinem inneren Auge auf und nahmen beinahe scharfe Konturen an. (Die bemühten Metaphern entlockten ihm ein schiefes Grinsen.) Eine Zeile von Jorge Luis Borges ging ihm durch den Kopf. Nun, dieser Mann hatte zu den seltenen Ausnahmen der Regel gehört. Man stelle sich vor, die erste Hälfte des Zwanzigsten Jahrhunderts war eine Supernova nicht nur auf dem Gebiet der Literatur, sondern auch auf dem der Wissenschaften und Technologie gewesen. Ungefähr ab 1950, während die Erkenntnisse über den Kosmos und die technischen Erungenschaften in ihm immer weiter wuchsen, kam die Kreativität in den traditionellen Künsten fast völlig zum Erliegen. Die Künstler dieser Epoche, die Nicol immer noch ansprachen, hatten im Grunde nichts weiter getan, als bereits früher begonnene Arbeiten zu vollenden – abgesehen von Borges und einigen wenigen anderen.

Nun gut, Borges war 1899 geboren worden – oder? –, und der größte Teil seines Werks war vor dem Ersten Globalen Krieg erschienen. Trotzdem war er bis zum Ende seines für die damalige Zeit recht langen Lebens von Triumph zu Triumph geeilt. *Es oro de los tigros* war im letzten Drittel des Zwanzigsten Jahrhunderts veröffentlicht worden. Wie war das möglich?

Nicol gab einem spontanen Impuls nach. Hier war er, in Borges' Argentinien, konnte auf eine voll funktionstüchtige Quivira zugreifen und verfügte über genug Kredit, um alle erforderlichen Sonderleistungen bezahlen zu können. Warum eigentlich nicht? Vielleicht – nur vielleicht – würde er etwas erfahren, das ihm weiterhalf. Anstatt sich sinnlos den Kopf zu zerbrechen, könnte er zumindest ein paar lohnende Stunden in der Vergangenheit erleben. Er suchte den Hotelmanager auf.

»Sie möchten sie benutzen, Señor?« rief der Mann verblüfft aus. »Dürfte ich fragen, warum? Nachdem es überall Traumkammern gibt, steigt kaum noch irgend jemand in eine Quivira.«

»Ich weiß«, erwiderte Nicol. »Aber eine Traumkammer kann nur Standardprogramme abspielen.«

»Die Zahl dieser Programme ist riesig, Señor. Ich wüßte nicht einmal, aus wie vielen Millionen verschiedener Milieus und Situationen Sie auswählen könnten.«

»Trotzdem glaube ich nicht, daß sie genau das Szenario enthalten, das mich interessiert. Eine Quivira ist in der Lage, mit dem Cyberkosmos zu kommunizieren und ein völlig neues Szenario zu erschaffen. Keine Sorge, es ist nichts Perverses.« Nicol lachte. »Wahrscheinlich ist es unmöglich, auf diesem Gebiet etwas zu erfinden, das nicht bereits erhältlich ist. Mir geht es darum, einen Mann zu treffen, der schon seit Jahrhunderten tot ist.«

Das war kein ungewöhnlicher Wunsch. Täglich wurden Simulationen historischer Persönlichkeiten in Traumkammern überall auf der Welt aktiviert, aber Nicol bezweifelte, daß Borges darunter war. Wie viele der heute lebenden Menschen hatten wohl von ihm gehört, geschweige denn etwas von ihm gelesen? Abgesehen von dem Wandel der Sprache waren diese subtilen und elegischen Texte wie ein Fremdkörper in einem Zeitalter, in dem die Grenzen zwischen dem Natürlichen und Künstlichen, dem Organischen und Anorganischen, zwischen Leben und Tod, wie Borges sie gekannt hatte, nicht mehr existierten.

Auch Nicol fühlte sich wie ein Fremdkörper.

Der Manager zuckte die Achseln, führte ihn durch stille Flure und schloß eine lange nicht mehr geöffnete Tür auf. Das Zimmer dahinter war mit verschwenderischer antiker Eleganz ausgestattet. In ihrer Blütezeit waren Quiviras nicht ausschließlich ein Refugium für Pseudoerlebnisse gewesen, sondern auch Zentren für reale Entspannung und echte Erlebnisse, für diskrete Treffen und vertrauliche Gespräche. Nicol war der Überzeugung, daß sie nicht nur durch die Entwicklung preiswerter und einfach zu bedienender Einrichtungen aus der Mode gekommen geworden waren. Die Gesellschaft selbst hatte sich verändert.

Er nahm vor der Steuerkonsole Platz. Da er seine Kindheit im All verlebt hatte, war er im Umgang mit Computern geübter als die meisten Menschen auf der Erde, und die Einheit half ihm, wenn er auf Probleme stieß. Schon bald hatte er Kontakt zu einem Sophotekten der höheren Kategorie hergestellt. Nein, es gab kein Borges-Programm, erfuhr er von ihm. Ja, es konnte eins erstellt werden. Der Aufwand würde beträchtlich sein, besonders da er das Programm schnell zur Verfügung haben wollte, was die Mobilisierung erheblicher Ressourcen erforderte – das Durchforsten der weltweiten Datenbanken und die anschließende Synthetisierung der gewünschten Persönlichkeit und des entsprechenden Szenarios innerhalb einer Stunde –, aber die Kosten würden sich im Rahmen seiner Möglichkeiten bewegen. Nicol blieb auf seinen Reisen bescheiden und sparte immer einen Teil des ihm zustehenden Bürgerkredits auf.

Kam ihm das maschinelle Bewußtsein vielleicht deshalb entgegen, weil es selbst an seinem Projekt und dem Ergebnis interessiert war?

Während er darauf wartete, daß die Vorbereitungen getroffen wurden, ging er auf sein Zimmer und nahm einen Entgifter ein, der den Alkohol aus seinem Blutkreislauf entfernte. Als er zurückkehrte, fühlte er sich wach und munter. Der Manager hatte einen Gehilfen gerufen und eilig instruiert, der Nicol half, sich zu entkleiden, den Helm aufzusetzen, die Kontakte an seiner Haut anzubringen und in den Flüssigkeitstank zu steigen. Nicol war ein wenig nervös, die Benutzung einer modernen Traumkammer erforderte keine fremde Hilfe. Er verdrängte das Unbehagen und ließ sich in den Tank gleiten. Die Flüssigkeit umschloß ihn, paßte sich seinem Auftrieb und seiner Körpertemperatur an und hüllte ihn wie ein unfühlbarer Mutterleib ein, in dem er schwerelos, taub und blind schwebte. Die Sensoren begannen, sein Gehirn mit sanften Impulsen zu überfluten und ihn in den Schlaf hinübergleiten zu lassen.

Schlafen, vielleicht träumen ... Nein, dachte er und rief sich das Offensichtliche in Erinnerung, wie es manche Menschen unmittelbar vor dem Einschlafen tun. Das Programm war interaktiv. Innerhalb weit gefaßter Grenzen würde es auf alles reagieren, was er in Gedanken sagte und tat, so wie die reale Welt und reale Personen in der Wirklichkeit auf ihn reagieren würden. Natürlich nicht in Echtzeit. Was tatsächlich eine Stunde dauerte, konnte in seinem subjektiven Empfinden viele Stunden umfassen. Später würden alle fiktiven Erlebnisse in seiner Erinnerung genauso real wie die echten und nur durch Logik als imaginär von ihnen zu unterscheiden sein.

Aber waren sie das wirklich? Ihre Auswirkungen auf seine Neuronen wären identisch. Und wie real ist ein Gedicht oder ein Musikfetzen?

Tiefer und tiefer sank er ...

... und tauchte in hellem Sonnenlicht auf einer ungeheuer breiten und lärmenden Straße wieder auf.

Zuerst sah er an sich selbst herab. Er trug die klobige und unbequeme Kleidung des Zwanzigsten Jahrhunderts, eine Jacke über einem Hemd und einer Krawatte, die von seinem Hals herabbaumelte. Das Buenos Aires dieser Zeit war eine modebewußte Stadt. Die Luft war mild, aber sie stank nach den Auspuffgasen aus den Verbrennungsmotoren unzähliger Autos, die sich zwischen hohen und schönen Gebäuden dahinwälzten, genauso dicht gedrängt wie die Passanten auf den Gehwegen. Der allgemeine Eindruck war der einer wohlhabenden und fröhlichen Bevölkerung.

Das gab Nicol zu denken. Sofort lieferte ihm das Programm die nötigen Informationen. Es schien ihm, als würde er sich an etwas erinnern, das er selbst erfahren hatte. Ja, das Argentinien von Borges' letzten Jahren hatte wilde Zeiten durchgemacht, doch der alte Mann hatte noch ein gewisses Maß einer sich verfestigenden Demokratie und einer neuen Hoffnung erlebt. Vielleicht zeigt mir das Programm symbolisch diese Entwicklung, überlegte Nicol. Der Cyberkosmos würde nicht mehr als für diesen Zweck nötig simulieren. Es war nicht die *Avenida 9 de Julio,* auf der er hier stand, es waren keine Menschen, die ihn umringten, das alles war nur eine Fiktion, die dazu diente, ihm eine Vorstellung der Umgebung zu vermitteln. Wenn er von dem gerade Weg zu seinem gewählten Ziel abwich, würde er zuerst auf leere Straßen stoßen, dann in völlige Leere eintauchen und sich schließlich abrupt in seinem Flüssigkeitstank wiederfinden.

Er erschauderte. Fast wünschte er, er hätte nicht beschlossen, sich bewußt zu sein, daß dies nur eine Pseudorealität war.

Der harte Beton unter seinen Füßen, der Gestank von Chemikalien in seiner Nase, das Gedränge, der Lärm und das Stimmengewirr vertrieben das Gefühl der Verunsicherung. Er ging weiter.

Das imposante Gebäude in der *Calle México,* das die Zentralbibliothek beherbergte, betrat er ohne Schwierigkeiten. Er beherrschte das zeitgenössische Spanisch fließend – oder hatte die Illusion, es zu beherrschen, was auf das gleiche hinauslief. Ein dreidimensionaler Schatten bestätigte ihm, daß er erwartet wurde, und geleitete ihn zum Direktor der Bibliothek. Eigentlich war das ein ehrenhalber vergebener Posten, aber Borges hatte es sich während seiner Amtszeit zur Gewohnheit gemacht, das Büro vormittags zu benutzen, um dort seine Geschichten und Gedichte zu diktieren, bevor er nach Hause ging, um mit seinem Übersetzer zu arbeiten, der seine Texte in Anglo übertrug – ins Englische. Nicols Herz hämmerte, als er hineingebeten wurde. Die Tür fiel leise hinter ihm ins Schloß.

Der alte blinde Mann hinter seinem Schreibtisch hörte ihn eintreten, erhob sich und streckte ihm die Hand wie ein wahrer Aristokrat entgegen. Ein Lächeln ließ sein offenes und etwas grobgeschnittenes Gesicht zu vollem Leben erblühen. »Willkommen«, sagte er. »Es ist mir stets ein Vergnügen, einen Amerikaner begrüßen zu dürfen. Ich habe nie eine wunderbarere Zeit und eine freundlichere Aufnahme als in Ihrem Land erlebt. Bitte, nehmen Sie Platz. Soll ich Kaffee kommen lassen?«

Immer noch lächelnd, nahm er wieder Platz inmitten der Bücher, die er so sehr liebte und die seinen Augen jetzt für alle Zeiten verschlossen bleiben würden. Während er auf seine freundliche, geistreiche und kluge Art plauderte, fiel es Nicol immer schwerer, sich bewußt zu machen, daß er nicht dem leiblichen Jorge Luis Borges gegenübersaß.

Aber worin bestand eigentlich der Unterschied? Beim Erstellen dieses Programms hatte der Cyberkosmos alle Aufzeichnungen über diesen Mann, sein Leben, seine Freunde und Vorlieben, über sein gesamtes Umfeld und seine Geschichte berücksichtigt. Das Programm verhielt sich und reagierte so auf Nicols Bewußtsein, als hätte es tatsächlich *Ficciones* und *Elogio de la sombra* geschrieben, und doch würde es nichts von dem schreiben können, was Borges nach diesem Datum verfaßt hatte ... aber wie lebhaft es sprach und gestikulierte, wieviel Intellekt und Wohlwollen es ausstrahlte.

Zu seinen Daten gehörte die Pseudotatsache, daß Nicol ein junger Mann aus den Vereinigten Staaten von Amerika war und durch die Empfehlung eines Kollegen, den Borges aus seiner Zeit an der Harvard University kannte, einen Termin bekommen hatte. Das Programm schien erleichtert zu sein, daß sein Besucher sich nicht so sehr über seine Werke mit ihm unterhalten wollte, sondern mehr über die Geheimnisse der Kreativität, über ihre Ursprünge und die Gründe, die sie zum Erblühen und zum Verwelken brachten.

Nein, dachte Nicol, ich muß ignorieren, daß das nur ein gesteuerter Traum ist, ein Kunstprodukt des Cyberkosmos, der auf die Abläufe in meinem Gehirn reagiert. Was meine Absichten und Ziele betrifft, *bin* ich hier bei *ihm*. Also sollte ich soviel wie möglich über seine Einsichten und Erkenntnisse erfahren.

Er sollte sich bis zum Ende seiner Tage an dieses Gespräch erinnern, aber er erzählte niemandem davon.

Es war sein Privatbesitz, ein Teil seines innersten Ichs. Oft berührte es ihn tiefer, als er sich selbst eingestehen wollte. Borges hätte nicht wissen oder sehen können, was seinen Besucher schmerzte.

»... die Symbole einer Gesellschaft, enthalten sie auch ihre Seele? Kein Neuenglandfriedhof oder Arlington Cemetery hat genau die gleiche Bedeutung für Sie wie La Recoleta für mich. Ich glaube, daß ist einer der Hauptgründe, weshalb wir die Zukunft nicht vorhersagen können. Vielleicht können wir ungefähre Vermutungen über ihre Technologie anstellen und in geringerem Maße Vermutungen darüber, wie diese Technologie das Alltagsleben der Menschen beeinflussen wird, aber wir können nichts über ihre Bedeutung aussagen.«

Nicol lief ein kalter Schauder über den Rücken. »Vielleicht wären Sie dazu in der Lage, Sir«, brach es aus ihm heraus.

»Ich? Wohl kaum.«

»Sie ... Sie haben sich besser als jeder andere mit der Fremdartigkeit auseinandergesetzt, glaube ich, und die Zukunft ist sehr fremdartig. Vielleicht könnten Sie ihr Wesen erkennen, die Dinge, die nicht in Worte gefaßt werden können, aber um die sich alles dreht.«

Borges hob die Brauen. »Das glaube ich nicht. Ich lebe nicht in dieser Zukunft. Wir müßten erst die Geschichte all dessen kennen, was noch nicht geschehen ist.«

»Entschuldigen Sie, bitte, entschuldigen Sie«, sagte Nicol verzweifelt. »Nennen Sie es meinetwegen einen Tick, einen verrückten Einfall, was immer Sie wollen, aber es ist sehr wichtig für mich. Nehmen Sie einfach an, ich wäre ein Zeitreisender, der in die Vergangenheit zurückgekehrt ist und Ihnen die Geschichte der Zukunft erzählen kann. Und dann sagen Sie mir bitte, was Sie schreiben würden, wenn das Ihre Zeitepoche wäre.«

Eine Weile saß Borges schweigend da, bevor er leise antwortete: »Ich fürchte, Sie überschätzen mich. Ich habe noch nie etwas derart Phantastisches versucht. Aber ich merke, daß es Ihnen wichtig ist. Also fahren Sie fort. Sie sind mein Gast.«

Nicol holte tief Luft und begann zu erzählen.

Später sollte dieser Teil des Tages in seiner Erinnerung am verschwommensten sein. Er hatte keinen Plan und keine geordnete Aufstellung von Fakten vorbereitet. Zuerst kramte er wahllos alle möglichen Informationen zusammen und berichtete über die Raumfahrt, Nanotechnologie, Psychonetik, Kriege, Revolutionen, neue menschliche und tierische Spezies, bis Borges ihn unterbrach und sagte: »Das ist alles sehr interessant. Sie scheinen eine Welt erfunden zu haben, die genauso komplex wie die von Tolkien ist. Lassen Sie uns diese Welt genauer erforschen.« Er begann, Fragen zu stellen, und allmählich nahm die Zukunft vor dem geistigen Auge des blinden Mannes Gestalt an.

Oder zumindest tat sie das in der Illusion. Nicol würde nie erfahren, welche Bedeutung der echte Borges seinen Ausführungen beigemessen hätte. Hätte er sie überhaupt ernstgenommen, oder sie lediglich als ein sorgfältig ausgearbeitetes Phantasiegespinst betrachtet? Um wenigstens einen Anhaltspunkt zu bekommen, wie seine Schilderungen auf einen anderen wirken mußten, ging Nicol geistig auf Distanz zu dem, was er berichtet hatte, und versuchte, es so objektiv wie möglich zu betrachten.

Die Menschen begannen erst damit permanente Stützpunkte im All zu errichten, nachdem die Startkosten bezahlbare Dimensionen erreicht hatten. Das wurde größtenteils durch ein Privatunternehmen ermöglicht, durch Fireball Enterprises, das für lange Zeit die führende Rolle in extraterrestrischen Aktivitäten spielte. Obwohl die Firma im Lauf ihrer Geschichte sehr mächtig wurde, »degenerierte sie nie zu einer Regierung«, wie sich ihr Gründer Anson Guthrie ausdrückte, weil er das Ruder in der Hand behielt.

Es gab wirtschaftlich sinnvolle Gründe, den Mond zu kolonisieren, aber wie sich herausstellte, konnten Frauen in der geringen Schwerkraft keine lebensfähigen Kinder zur Welt bringen. Durch gentechnische Manipulationen wurde die Rasse der Lunarier geschaffen, für die diese Lebensbedingungen natürlich waren. Was jedoch niemand vorhergesehen hatte, war, daß sie sich mental noch stärker als körperlich von ihren terranischen Vorfahren unterscheiden würden. Die Spannungen zwischen beiden Spezies verschärften sich von Generation zu Generation.

Es war ein sowohl grausames als auch brillantes Zeitalter. Die Gentechnik brachte nicht nur viele neue nützliche Lebensformen hervor, Experimente bestimmter Regierungen führten auch zu mehreren neuen Menschenrassen, die sich als bedauernswerte Exoten erwiesen. Ein Nebenprodukt dieser Forschung waren die Keiki Moana, intelligente Mönchsrobben, die Fireball schließlich unter seine Obhut nahm. Alle Lebewesen, die das Ergebnis der Gentechnik waren, wurden als Metamorphe bezeichnet.

Auch in der Kybernetik kam es zu schwindelerregenden Entwicklungen. Roboter aller Art wurden immer zahlreicher und einsatzfähiger. Viele konnten aus Erfahrungen lernen, Entscheidungen treffen, Gespräche führen und sich auch in anderer Hinsicht wie Menschen benehmen, doch die Grenzen ihrer Fähigkeiten blieben scharf umrissen. Wie umfangreich und vielseitig ihre Programme auch sein mochten, im Grunde führte ein Roboter lediglich einen Algorithmus aus. Die Erschaffung einer echten künstlichen Intelligenz mit eigenem Bewußtsein blieb lange Zeit ein unerreichbares Ziel, trotz relativ früher Erfolge auf dem Gebiet der Bewußtseinskopien.

Nanotechnik und quantenmechanische Methoden ermöglichten es, ein Nervensystem buchstäblich Molekül für Molekül zu scannen. Die Grundmuster des Gedächtnisses und der Persönlichkeit konnten anschließend in ein Programm für ein neurales Netzwerk übertragen werden, dessen Komplexität mit der eines organischen Gehirns vergleichbar war. Das Ergebnis war die Kopie eines menschlichen Bewußtseins, das mit Sensoren und einem Lautsprecher ausgestattet war und in einen Maschinenkörper integriert werden konnte. Fireball hatte seine Integrität nur deshalb bewahrt, weil Guthrie alt genug geworden war, um sich vor seinem Tod dem Prozeß der Bewußtseinsübertragung unterziehen zu können, und als Kopie seiner selbst die Führung der Firma behalten hatte. Nur wenige Menschen entschieden sich für eine solche geisterhafte Existenz, und von denen, die es getan hatten, führte kaum einer sein neues Leben lange weiter. Guthries Bewußtseinskopie verfügte über genug Vitalität und Lebenshunger, um seine künstliche Existenz fortzusetzen.

Die Vereinten Nationen und viele Staaten lösten sich in Folge eines Krieges und gesellschaftlichen Zusammenbruchs auf. Eine mächtigere Weltföderation entstand aus den Trümmern, doch in der Übergangsphase hatten sich die Lunarier zu einer eigenständigen Zivilisation entwickeln können, die schließlich ihre Unabhängigkeit gewann. Die Lunarier wurden zu einer Nation ohne eine formelle Regierung, in der die Familien der Selenarchen mehr dominierten als im herkömmlichen Sinn zu herrschen. Sie gründeten Kolonien im Asteroidengürtel, auf den Monden der Riesenplaneten und auf dem Mars. Die Politiker und Bürokraten der Erde waren beunruhigt über diese ›Anarchisten‹, die sich nicht kontrollieren ließen und sich weigerten, der Föderation beizutreten.

Auf der Erde spitzten sich neue Krisen zu. Schließlich blieb Fireball keine andere Wahl, als sich mit dem Selenarchen Rinndalir und dessen Gefolgsleuten zu verbünden und Maßnahmen zu ergreifen, die sich zu einem kriegerischen Akt auswuchsen. Die Reaktion darauf bedeutete für beide den Untergang. Guthrie erkaufte sich Zeit durch Verhandlungen, während der er seine Vorbereitungen traf. Fireball hatte bereits Forschungssonden zum nächsten Stern geschickt, zum Alpha Centauri, wo es einen halbwegs bewohnbaren Planeten und zahlreiche Asteroiden gab. Indem er sein Firmenvermögen veräußerte, besorgte sich Guthrie die Mittel, um mit einer Handvoll terranischer und lunarischer Dissidenten die gewaltige Reise zum Alpha Centauri anzutreten.

Jeder wußte, daß der Planet Demeter in rund tausend Jahren mit einem anderen kollidieren würde, aber bis dahin konnte er den Kolonisten eine Heimat bieten, und vielleicht gelang es ihren Nachkommen in dieser Zeit, eine Möglichkeit zum Überleben zu finden.

Die Föderation holte den Mond gewaltsam in ihren Verbund zurück und machte ihn zu einer Republik mit demokratischen Institutionen, die den Lunariern überhaupt nicht behagten. Zuerst konnten sie die neuen Gesetze häufig umgehen oder ignorieren, da sie die große Mehrheit der Bevölkerung stellten. Doch dann dirigierte die Föderation die aufgegebene L-5-Kolonie, einen großen künstlichen Satelliten der Erde, in einen niedrigen lunaren Orbit und stabilisierte ihn durch Sonnensegel – das Habitat. Die durch Rotation erzeugte künstliche Schwerkraft ermöglichte es Terranern, sich in unmittelbarer Nähe des Mondes fortzupflanzen und schließlich permanent dort anzusiedeln, sobald die Kinder alt genug waren. Es dauerte nicht lange, bis sie zahlreicher als die Lunarier waren und sie überstimmen konnten.

Eine andere unzufriedene Gemeinschaft waren die Lahui Kuikawa, die sich zusammen mit den Keiki Moana und deren menschlichen Partnern entwickelt hatten. Ursprünglich in einem hawaiischen Reservat auf engem Raum zusammengedrängt, wurde ihnen schließlich als Folge einer größeren Intrige eine mittelpazifische Insel samt riesigem ozeanischen Hoheitsgebiet zugesprochen, wo sie praktisch ohne äußere Einflüsse leben konnten. Überall auf dem Planeten bildeten sich andere Kulturen heraus, von denen einige noch seltsamer waren.

Zu diesem Zeitpunkt existierte längst die erste echte künstliche Intelligenz, der erste Sophotekt. Nachdem die Forscher ein nichtalgorithmisches Modell des Bewußtseins erarbeitet hatten, konnten sie die Theorie in die Praxis umsetzen. Durch die ihm zur Verfügung stehenden Ressourcen überflügelte das sophotektische Bewußtsein schon bald das organische. Es wurde nie in einzelne Persönlichkeiten aufgeteilt. Diese konnten zwar existieren, wann und wo es gewünscht wurde, sich aber immer wieder mit anderen vereinigen oder verbinden. So entwickelte sich der Cyberkosmos, das integrierte System der Maschinen, Computer, Roboter und Sophotekten, zu einer gewaltigen Einheit mit unzähligen wandelbaren Schnittstellen. Sein Apex wurde das Terrabewußtsein, ein für Sterbliche unvorstellbarer Intellekt, der ständig wuchs.

Der Cyberkosmos versklavte die Menschheit nicht – warum sollte er auch? –, und die Menschen betrachteten sich ihrerseits nicht als seine Parasiten. Er hatte nur eine Stimme im Parlament der Weltföderation und eine Beraterfunktion. Die Menschen hatten ihr eigenes Leben, und der Cyberkosmos war für sie einfach ein Partner von unschätzbarem Wert. Selbstverständlich war es nur vernünftig, dem Rat des Maschinenbewußtseins zu folgen. Auf diese Weise hatte die Welt ohne Zwang zu Stabilität, Frieden, Reichtum und Glück gefunden. Wegen vereinzelter Unzufriedener brauchte man sich keine Sorgen zu machen, genausowenig wie man sich den Kopf über die Endziele des Terrabewußtseins zerbrechen mußte. Diese Ziele waren vollkommen abstrakter Natur und hatten nichts mit den Interessen von Wesen aus Fleisch und Blut zu tun ...

Was nicht hieß, daß der Cyberkosmos gänzlich getrennt von der Menschheit existierte. Neben allen Aspekten von Direktkontakten hatte der Cyberkosmos seine Vermittler, die Synnoionten, Männer und Frauen mit besonderen angeborenen Fähigkeiten, die von Kindheit an dazu ausgebildet wurden, ein Teil von ihm zu werden und in regelmäßigen Abständen elektrophotonischen Kontakt zu ihm aufnahmen. Sie bildeten die Brücke zwischen den beiden Arten der Intelligenz. Häufig waren sie wichtige Bedienstete der Föderation. Doch Macht an sich interessierte sie nicht. Die ihnen für ihre Mühe versprochene Belohnung bestand darin, daß ihr Bewußtsein am Ende ihres Lebens in der Einheit aufgehen würde, falls sie nicht vorher durch einen Unfall starben.

Dann erfuhr die Welt von Proserpina, einem riesigen Asteroiden von hoher spezifischer Dichte. Vor langer Zeit vom Gravitationsfeld Jupiters in einen Orbit geschleudert, dessen Vollendung fast zwei Millionen Jahre dauern würde, befand sich Proserpina zur Zeit in den Randbezirken des Solaren Systems unter den Kometen des Kuiper-Gürtels und bewegte sich weiter von der Sonne fort in die Oortsche Wolke hinein. Trotzdem ließ sich der Asteroid besiedeln, die Kometen in seiner Umgebung lieferten wichtige Ressourcen, und durch die gewaltige Entfernung zur Erde konnten die Lunarier erneut eine eigene und unabhängige Nation gründen. Viele wanderten dorthin aus.

Das war die Situation zu Nicols Geburt. Zumindest schilderte er sie so. Mit einem Aufblitzen von Sarkasmus dachte er, daß es kaum gelogen war, wenn er seinen Bericht als Fiktion bezeichnete, angesichts der Diskrepanz zwischen der groben Vereinfachung seiner Zusammenfassung und der Komplexität der Realität.

Nach einem weiteren längeren Schweigen schüttelte Borges den Kopf. »Nein«, sagte er. »Es tut mir leid, aber damit kann ich nichts anfangen.«

Nicol bezwang seinen Drang, laut herauszuschreien, daß er weder eine Phantasiegeschichte erfunden noch versucht hatte, die Zukunft vorherzusagen. »Zu phantastisch?« fragte er.

»Eigentlich nicht. Während des Zuhörens habe ich mir die Vergangenheit in Erinnerung gerufen. Wie surreal würden diese Stadt und dieser Raum einem eiszeitlichen Jäger oder auch nur einem Martín Fierro erscheinen? Ich habe mich in meinen Arbeiten nie näher mit moderner Wissenschaft und Technik befaßt, aber ich kann mir vorstellen, daß die Möglichkeiten so gewaltig wie von Ihnen geschildert sind. Was mich mehr faszinieren würde, sind die Menschen, die in und von einer solchen Welt leben. Sie wären zwangsläufig fremdartiger als ein Bewohner von Karnak oder Cambaluc.«

»Sie haben in Ihren Werken über Fremde geschrieben, Sir.«

»Ich habe sie aus mir selbst entwickelt, sie waren Facetten meiner eigenen Persönlichkeit. Was sonst könnte ein Autor tun? Würde Ihre zukünftige Welt existieren, und manchmal haben Sie sich wirklich wie ein echter Zeitreisender angehört« – Borges lächelte –, »dann müßte ich ihre Bewohner weitaus besser kennenlernen, bevor ich imaginäre Charaktere aus ihnen entwickeln oder auch nur ein Gedicht über sie verfassen könnte, und ich werde nicht mehr lange genug leben, um mich mit ihnen vertraut zu machen.«

Sie sind zu fremdartig, dachte Nicol. *Ich* bin zu fremdartig.

»Was ich vielleicht sagen kann, ist, daß ich einen Dichter im Alltagsleben dieser Zivilisation nicht beneiden würde«, murmelte Borges. »Ich denke, mein Rat an ihn wäre, woanders nach Inspirationen zu suchen.«

Er schwieg einen Moment lang. »Nun, das war ein äußerst ungewöhnliches Gespräch, für das ich Ihnen danke, aber ...«

Nicol warf einen Blick auf seine von einem mechanischen Federwerk getriebene Armbanduhr. »Natürlich. Ich hoffe, ich habe Ihre Geduld nicht überstrapaziert.« Die ihm bewilligte Zeit wurde tatsächlich knapp. Und natürlich hätte der reale Borges nach Hause gehen wollen, um etwas zu essen, vielleicht eine Siesta zu halten und mit seinem Übersetzer zu arbeiten.

Das Programm würde einfach anhalten.

»Ganz und gar nicht. Es war mir ein Vergnügen.« Großzügig wie immer, plauderte Borges noch ein paar Minuten weiter, bevor er schließlich beinahe schüchtern fragte: »Hätten Sie gern ein kleines Souvenir als Erinnerung an dieses Treffen?« Mit den geschickten Händen eines Blinden zog er ein Exemplar von *El libro de arena* aus einer Schreibtischschublade hervor, signierte es und reichte es seinem Besucher.

Das war der ergreifendste Moment der gesamten Begegnung. Nicol schüttelte Borges wie betäubt die

Hand, murmelte einen Abschiedsgruß und kehrte auf die Phantomstraße zurück.

Er war noch nicht weit gegangen, als sie sich plötzlich auflöste und er durch einen Augenblick der Dunkelheit fiel, bevor er in seinem Tank wieder zu sich kam.

Desorientiert ließ er sich von dem Hotelbediensteten den Helm und die Kontakte entfernen und aufhelfen. Die Flüssigkeit perlte von seiner Haut ab und tropfte in ein Auffangbecken.

Er zog sich an, verließ den Raum und ging den Korridor entlang, ohne sich seiner Umgebung richtig bewußt zu werden.

Hin und wieder sah er auf seine Hand hinunter, als hielte er ein Buch fest.

Woher rührte dieses Gefühl der Leere, von Verlust und Trauer? Mit Sicherheit nicht aus Enttäuschung. So kindisch war er nicht, oder? Er hatte von Anfang an gewußt, wie gering die Chance war, etwas Nützliches zu erfahren. Er war dem Geist einer bedeutenden Persönlichkeit begegnet. Das hätte ausreichen und ein Quell neuer Kraft für ihn sein sollen. Statt dessen fühlte er sich doppelt so einsam wie zuvor.

Einsamkeit ... nein, Isolation. Seiner Welt und seinem eigenen Geist entfremdet.

Das Foyer war menschenleer, die Stille bedrückend. Aber Nicol verspürte auch kein Verlangen, sich in seinem Zimmer zu verkriechen. Mit einem unterdrückten Fluch ging er hinaus.

Die Nacht war längst hereingebrochen. Der Vollmond stand hoch an einem wolkenlosen Himmel. Er tauchte die Landschaft in geheimnisvolles Schwarz und Silber. In der Ferne stiegen graue Dunstschleier über dem Wasserfall auf. Die kühle Luft trug das Donnern zu ihm herüber.

Wieder gab er bereitwillig einem Impuls nach und schlenderte in Richtung der Fälle.

Das Mondlicht beleuchtete die Pfade und Wanderstege. Wo Baumkronen tiefe Schatten warfen, erzeugte der Infomat an seinem Handgelenk einen dünnen Lichtstrahl, der gerade ausreichte, den Weg notdürftig zu erhellen, solange Nicol langsam ging. Die Bewegung tat seinen Muskeln gut. Er folgte dem Pfad bis zu dem Aussichtspunkt an der *Garganta del Diablo*. Dort blieb er eine unbestimmte Zeitlang stehen, ließ den Blick wandern, lauschte und fühlte.

Vor ihm und um ihn herum breitete sich ein Wunder aus, titanische Klippen, über die sich brüllende Katarakte, glitzernd im Mondschein, in die Tiefe stürzten. Von den Seiten her strömten kleinere Wasserläufe heran und vereinigten sich mit den gigantischen Kaskaden. Wildheit, Naturgewalten und majestätische Schönheit vor ihm, hinter ihm der Wald voller Dunkelheit und exotischer Düfte, über ihm die Sterne.

Dies war die Erde, die Mutterwelt der Menschheit und allen anderen Lebens, und sie kommunizierte mit dem Kosmos, der sie gezeugt hatte. Die Wasserfälle spiegelten in ihrer Gewalt und Herrlichkeit die Geburt der Sonnen und Planeten aus leuchtenden kosmischen Nebeln wider, die Geburt des Universums, als es aus dem uranfänglichen Nichts ins Dasein explodierte und Licht wurde.

Ein Diamantsplitter zog über den Himmel dicht über dem nördlichen Horizont, irgendein Satellit, und auch das gehörte dazu, war ein Teil des Ganzen. Da der Mond voll war, konnte Nicol nicht das Schimmern der dortigen Städte sehen. Der Mars und Alpha Centauri standen nicht am Himmel, aber das spielte keine Rolle, denn er wußte, daß auch dort Menschen lebten. Und heute abend weigerte er sich, einen Groll gegen die omnipräsenten Maschinen zu hegen, die Roboter, Sophotekten und das Terrabewußtsein. Sie waren, was sie waren, und er war er.

Was auch immer das zu bedeuten hatte, dachte er mit einem Aufflackern von Niedergeschlagenheit.

Trotzdem war er immer noch entrückter Stimmung, als er auf sein Zimmer zurückkehrte. Die Herrlichkeit hatte ihn durchdrungen, und er glaubte, daß der Phantom-Borges ihm einen guten Rat gegeben hatte. Er mußte seine Inspirationen woanders suchen. Die Möglichkeiten für ihn waren fast grenzenlos. Irgendwo würde er finden, was er brauchte.

Oder er würde versagen. Er erkannte, daß das wahrscheinlicher war, und dann würde sich all seine Wut entladen. Aber zuvor würde er es wenigstens versucht haben.

KAPITEL 1

Ein toter Mann sprach mit einer Maschine.

Ja, ich verstehe, warum mich die Einheit ins Dasein zurückgerufen hat. Es gibt Probleme, und wieder ist es erforderlich, daß ich in die Welt hinausziehe. Aber sag mir, worum es geht, damit ich meine Aufgabe so schnell wie möglich erledigen und wieder in der Einheit aufgehen kann.

Doch er war weder gänzlich tot noch wirklich ein Mann. Bevor er, der sich manchmal Venator nannte, endgültig erloschen war, hatte der Cyberkosmos die Konfigurationen seines Bewußtseins in das Programm eines neuralen Netzwerks überspielt, das seinem Gehirn nachgebildet worden war, und seinem gealterten Körper gestattet, in Frieden dem biologischen Verfall entgegenzudämmern. Danach hatte das Bewußtsein eine Weile als elektrophotonische Intelligenz in einem organometallischen Körper existiert, damit es sich an seinen neuen Zustand gewöhnen konnte. Schließlich hatte Venator die ihm zu Lebzeiten versprochene Belohnung erhalten. Der Cyberkosmos hatte das menschliche Bewußtsein mit sich selbst verschmolzen.

Seine Identität wiederzuerlangen, war zuerst bitter und befremdend.

Unserem großen Frieden droht einmal mehr Gefahr, lautete die Antwort. *Irgend jemand oder irgend etwas hat die Schutzmauern vor unseren größten Geheimnissen durchbrochen.* Venator wußte, daß es sich dabei nicht um materielle Mauern handelte. Es waren Verschlüsselungen und Informationen, die eigentlich vor allen Eingriffen hätten geschützt sein sollen, die die Naturgesetze erlaubten. Ein unbekanntes Genie hatte Mittel und Wege gefunden, das System selbst zu manipulieren. *Diese Erkenntnis ergibt sich aus dem Umstand, daß innerhalb des Systems mehr fremde Aktivitäten stattgefunden haben, als es allein durch Quantenfluktuationen zu erklären ist. Da wir diese Entdeckung jedoch erst kürzlich gemacht haben, wissen wir weder, welche Dateien durchstöbert worden sind, noch zu welchem*

Zweck, aber der Eingriff kann keinem guten Ziel gedient haben.

Auch der Sprecher war nicht wirklich eine Maschine, ein Sophotekt mit Individualität. Er war ein Teil oder Aspekt der zentralen Intelligenz, natürlich nicht des Terrabewußtseins selbst, aber über ein Netz von Verknüpfungen, deren Leistungsfähigkeit in aufsteigender Folge immer größer wurde, mit diesem Apex indirekt verbunden. So ist auch der Zeigefinger eines Menschen ein eigenes Körperteil, gleichzeitig jedoch eine Komponente der Hand, die wiederum als Komponente des Armes Bestandteil des gesamten Organismus ist. Doch dieses Bewußtsein konnte auf Wunsch eins mit so vielen anderen Bewußtseinen werden, wie es nötig war, um sich mit irgendeinem Problem oder einer Gefahr zu befassen. Seine derzeitige Konstellation entsprach lediglich dem, was ihm in dieser Situation als ausreichend erschien.

Und keine der beiden Parteien sprach wirklich. Auf Grund ihrer direkten Verbindung verlief ihr Informations- und Gedankenaustausch nahezu mit Lichtgeschwindigkeit.

In weniger als einer Sekunde erfuhr Venator, was in den dreißig Jahren seit seinem körperlichen Tod geschehen war, welche Auswirkungen die derzeitige Situation nach sich ziehen konnte, und er begriff, was er tun mußte.

Worte können die blitzschnelle Kommunikation nur grob umreißen, doch die Analogie ist nicht völlig unzutreffend. Während Venator in seinen wiedererschaffenen Zustand als Individuum hineinfand, begann er sich zu erinnern, wie es sich angefühlt hatte, ein Mensch zu sein und sich zu unterhalten.

– Das Zentrum der Aktivitäten befindet sich mit an Sicherheit grenzender Wahrscheinlichkeit auf dem Mond, wo vermutlich auch die Virenquelle zu finden ist. Auf der Erde gibt es kaum noch aktive Kräfte, die der Ordnung feindlich gegenüberstehen. Die Aktivitäten sind idealistischer oder emotionaler Natur, schlecht informiert und organisiert – sofern überhaupt eine Organisation besteht – und ohne nennenswerte Ressourcen. Aber eine ständig wachsende Zahl von Lunariern wird immer unruhiger. Sie beschränken sich nicht länger darauf, lediglich ihre Unzufriedenheit auszudrücken, die Zusammenarbeit mit den Terranern zu verweigern oder sich den Gesetzen ihrer Republik so weit wie möglich zu entziehen. In zunehmendem Maße verstoßen sie ganz offen gegen Gesetze, die ihnen nicht gefallen, und es finden Sabotageakte statt. Obwohl die Agenten der Friedensbehörde nicht feststellen konnten, wie viele Mitglieder die *Scaine Croi* hat, schätzen sie ihre Stärke auf mehrere Tausend, und mit Sicherheit sympathisieren die meisten Lunarier mit der Organisation.

– Aber die Lunarier sind eine schrumpfende Minderheit, eine aussterbende Spezies. Zumindest waren sie das gegen Ende meines Lebens. Welche Bedrohung könnte von ihnen ausgehen?

– Ihre Geburtenrate steigt wieder. Sie gewinnen den Glauben an ihre Zukunft zurück. Es ist der Einfluß von Proserpina, direkt und indirekt, der ihnen Mut macht. Was sonst? Das wurde bereits zu deinen Lebzeiten vorausgesehen und befürchtet.

– Proserpina ist so weit entfernt, so klein und unbedeutend. Die Gründung der Kolonie war ein äußerst riskantes Unternehmen. Wir sind davon ausgegangen, daß es durchaus scheitern könnte. Im schlimmsten Fall hätte Proserpina im Lauf der nächsten Jahrhunderte keine ernsthafte Bedrohung darstellen dürfen. Was hat sich dort draußen verändert?

– Die Kolonie hat feste Wurzeln geschlagen. Ihre Bevölkerung gedeiht und vermehrt sich langsam. Wenn sie sich selbst überlassen wird, kann sie ein Gleichgewicht erreichen und unendlich lange überleben.

– Es war doch unsere Absicht, dafür zu sorgen, daß genau das dabei herauskommen würde, ein Gleichgewicht, eine winzige statische Nation, isoliert im Grenzbereich des Solaren Systems, unbedeutend und praktisch vom Rest der Menschheit vergessen.

– Genau. Und bis zu diesem Punkt haben sich unsere

Maßnahmen auch ausgezahlt. Proserpina ist isoliert. Ressentiments der Kolonisten uns gegenüber wurden erwartet und geduldet. Was wir nicht richtig vorausgesehen haben, war das Ausmaß, in dem diese Ressentiments die Lunarier auf Luna infizieren würden.

– Hmm ... *Ich* hätte diese Entwicklung vielleicht voraussehen können. Proserpina mag für die hiesigen Lunarier unsichtbar sein, aber in ihrem Geist strahlt diese lunarische Welt die Botschaft aus, daß ihre alten und wilden Sitten noch immer lebendig sind. Menschen, die rebellieren, sind nicht ohne Hoffnung, sondern glauben, zumindest ein Licht am Ende des Tunnels zu sehen.

– Das kannst du, der du selbst einmal ein Mensch warst, gut beurteilen.

– Ein Mensch terranischer Herkunft. Die Lunarier sind anders als ich. (Erinnerungen stiegen in ihm auf, das Bild einer Lunarierin mit rotem Haar und einem verruchten Lachen. Die Bewußtseinskopie mußte das elektrophotonische Äquivalent von Trauer unterdrücken.) Trotzdem glaube ich, daß es zwischen ihnen und mir bei dieser Problematik Ähnlichkeiten gibt.

– Sie sind nicht verrückt. Es besteht kein Anlaß, mit einer Revolte auf Luna zu rechnen. Trotzdem läßt der Einbruch in unsere Datenbanken auf eine Organisation schließen, die stark und listig ist, ihre Fühler in den Cyberkosmos ausgestreckt hat und außerdem feindselige Gefühle ihm gegenüber hegt. Das alles deutet auf die *Scaine Croi* hin.

– Welche Maßnahmen hat die Friedensbehörde bis jetzt ergriffen?

– Intensive Nachforschungen. (Es folgten Details, nicht als ein Haufen von Einzelinformationen, sondern als zusammenhängende mathematisch präzise Darstellung.) Wie du siehst, waren die Fortschritte dürftig. Die besonderen Fähigkeiten einer Bewußtseinskopie, die zwischen denen der organischen und kybernetischen Intelligenz angesiedelt sind, könnten sich als ausschlaggebend erweisen. Deine Leistungen, Talente, Fähigkeiten und Erfahrungen zu Lebenszeiten sind einzigartig und haben die Wahl auf dich fallen lassen. Deshalb wurdest du wiedererweckt.

– Agenten mit terranischen Genen hätten mit Sicherheit ... Probleme, in eine lunarische Untergrundbewegung einzudringen. Außerdem dürfte diese Organisation ihre private Kommunikationsform entwickelt haben. Auf der anderen Seite könnte jeder Lunarier, der bereit ist, sich ein bißchen zu verstellen, oder der einfach auf die öffentlichen Datenbanken zurückgreift, fast alles erfahren, was die Terraner tun. Ja ...

– Ein weiteres mögliches Indiz: Lirion ist unterwegs nach Luna.

– Lirion aus der Zamok Zhelezo ...? Augenblick, das war die Familienfestung am Ptolemäus. Er ist nach Proserpina ausgewandert und hat dort die Zamok Drakon gegründet. Wir sind uns ein paarmal begegnet, nachdem er zum ersten Mal ins innere System zurückgekehrt war.

– Dies wird seine dritte Wiederkehr sein.

– Nach so vielen Jahren? Er hat schon früher einigen Ärger gemacht, aber wir hatten nie genügend Beweise gegen ihn, um ihn verhaften zu können, und er durfte ungehindert wieder nach Hause fliegen. Ich habe mich selbst von ihm verabschiedet. Wenn Katzen lächeln könnten, wäre sein Lächeln das einer Katze gewesen. Oh, nein, wenn er zurückgekehrt ist, dann führt er auch etwas im Schilde.

– Es wäre sehr verlockend, ihn einfach zu verhaften und ihm sein Wissen durch ein Tiefenverhör zu entreißen, ob legal oder nicht. Aber zweifellos hat er Vorkehrungen für den Notfall getroffen, die beispielsweise seinen Kopf explodieren lassen würden, und wir können nicht abschätzen, welche Folgen sein Verschwinden nach sich ziehen könnte.

– Vielleicht wäre es sinnvoller, sich an seine Spur zu heften und ihr ins Zentrum der Verschwörung zu folgen, wie auch immer sie aussehen mag. Ich werde ihn aufspüren, und dann sehen wir weiter.

Venator fühlte das alte Jagdfieber in sich aufsteigen.

KAPITEL 2

... oben die Erde in einem leeren Heiligtum,
knochenbesetzter Stein ...

Jesse Nicol stieß eine Verwünschung aus und befahl dem Helmrecorder, die letzte Eingabe zu lösen. Das Gedicht, an dem er gearbeitet hatte, löste sich in nichts auf. Er wünschte, er könnte die Zeilen genauso leicht aus seinem Gedächtnis löschen.

Es war nicht sein Ziel gewesen, die Szenerie mit Worten zu beschreiben. Dazu war sie ihm zu vertraut und gleichzeitig zu ehrfurchterregend. Er stand am Beynac Point auf dem nördlichen Rand des Tycho-Ringwalls und wartete auf seine Geliebte. Nach Süden hin fiel der Felshang zum Kraterboden ab, der im Schatten lag. In der Ferne ragte der Zentralgipfel in die Dunkelheit empor, von Sternen gekrönt. Die Konturen der Höhenzüge waren weich, durch jahrhunderttausendelanges kosmisches Bombardement erodiert, aber eine gewaltige Masse. Nach Norden hin ging der Kraterhang in einem Wechselspiel aus Licht und Schatten ins Tiefland über, das von Meteoritensplittern wie mit Rauhreif überzogen war und wo Berge den Horizont begrenzten. Dort stand die Erde am Himmel, zu drei Vierteln voll, in herrlichem Blau und Weiß marmoriert, so hell, daß sie alle Sterne in ihrer Nachbarschaft überstrahlte.

Nicols Herzschlag und Atem waren ein Flüstern, das von einer Stille verschluckt wurde, die so gewaltig wie der Himmel war. Und doch ragten überall die Bauwerke der Menschen in sein Blickfeld, schimmernde Funkmasten, Monoschienenstränge wie helle Striche, Kuppeln und Halbzylinder an den Knotenpunkten von Straßen, Mikrowellenschüsseln, die unsichtbare Energien von der Tagseite des Mondes zu seiner Mutterwelt schickten, Strukturen, die durch die großen Entfernungen wie winzige Spielzeuge aussahen, weit verstreut, aber allgegenwärtig. Über ihm zog das Habitat langsam seine Bahn. Die Solarsegel, die seinen Orbit stabilisierten, leuchteten heller als jeder andere Planet. Während Nicol das Habitat beobachtete, trat es in den Mondschatten ein, wurde dunkler und erlosch abrupt. Das Verschwinden des Satelliten, in dem er seine Kindheit verbracht hatte, weckte seine Lebensgeister. War das ein Symbol, das er brauchte ...?

Er hatte gehofft, all das, was ihn umgab, in Worte kleiden zu können, die die Seele ansprachen. Das Gedicht hatte die Gegenwart und Vergangenheit beschwören sollen, Leben, das geboren wurde, starb und unerschütterlich nach jedem Untergang von neuem entstand in endlosen Zyklen, Leben, das in den Weltraum hinausströmte und entdeckte, daß es sich von seinen Ursprüngen entfremden mußte, wenn es weiterbestehen wollte. Seine Zeilen sollten die Wahrheit verkünden, daß der Geist stets ein einsamer Fremder ist und nur durch den Mut weiterleuchten kann, den er aufzubringen vermag ... Nein, nicht so platt, nicht so offensichtlich banal. Er mußte eine Musik erschaffen, um zu singen, was nicht gesprochen werden konnte.

Die Idee erlosch wie das Habitat vor ihr. Sinnlos. »Verdammt«, murmelte er in archaischem Anglo, »verdammt, verdammt, gottverdammt!« Die in seiner Kehle aufsteigende Wut schmeckte wie Säure.

Nach ein oder zwei Minuten hatte er sich weit genug beruhigt, um sich ein Lachen abzuringen. Er wußte nur zu gut, wie leicht ihn die Wut packte, und das war lächerlich. Ein Mondflitzerpilot, der frustriert war, weil er seine Verse nicht richtig hinbekam!

Schließlich hatte er Besseres zu tun, als darüber nachzugrübeln, warum er immer wieder gescheitert war, solange er sich erinnern konnte. Statt dessen sollte er sich lieber auf Falaire freuen. Als sie nicht an ihrem vereinbarten Treffpunkt an der Bahnstation erschienen war, hatte er über den Informationsbildschirm erfahren, daß sie durch eine dringende Angelegenheit aufgehalten wurde und erst eine Stunde später kommen konnte. Er hatte ihr die Nachricht hinterlassen, daß er zu diesem Aussichtspunkt hinaufsteigen und die Gelegenheit nutzen würde, um ein wenig nachzudenken und an dem zu arbeiten, was ihn bewegte.

Jetzt schien es ihm, als würde das Gedicht niemals Gestalt annehmen. Ja, er könnte einzelne Fragmente retten, die halbwegs gelungen waren, und sie in einen geschickt konstruierten Rahmen einfügen – aber wozu? Das Ergebnis wäre eine Totgeburt, die nichts von dem Entsetzen und der feierlichen Hoffnung enthielt, die er hatte beschwören wollen. Zur Hölle damit – eine weitere archaische Redewendung, äußerst passend und so anachronistisch wie seine Träume. Die Geschichte eines Mannes und seiner Geliebten würde nie außer Mode kommen.

»Zeit«, sagte er laut, anstatt den Befehl einzutippen. »1432«, antwortete sein Infomat auf gleichem Weg. Falaire hatte sich bereits um eine weitere halbe Stunde verspätet. Nicol seufzte und grinste dann schief. Sie war genauso unberechenbar wie die meisten Lunarier. Vielleicht gab es sogar einen vernünftigen Grund für die Verspätung.

Er versuchte, sich vorzustellen, welchen Anblick er hier draußen bot. Das Licht der Erde fiel auf einen großen jungen Mann, einen kaukasischen Terraner, schlank bis hin zur Magerkeit aber trotzdem mit sehnigen Muskeln. Graue Augen schauten aus einem scharfgeschnittenen bläßlichen Gesicht. Er war glattrasiert und trug das schwarze Haar kurz. Seine Stimme war ein etwas rauher Tenor. Für sein Erscheinungsbild war seine DNS verantwortlich, und er lehnte es ab, irgendwelche Korrekturen an sich vornehmen zu lassen, weder genetischer noch kosmetischer Art.

Eine herrliche Trostlosigkeit, dachte er. Was für eine wunderbare Formulierung. Und sie stammte nicht von einem Dichter, sondern von einem unsentimentalen Apolloastronauten, dem sie vor vielen Jahrhunderten spontan entschlüpft war, als er seinen ersten Blick auf dieses Reich geworfen hatte. Die Zeit war reif gewesen, die technischen Möglichkeiten gegeben, und so hatte der Mann, der ein Kind seiner Epoche gewesen war, nicht in den Tiefen seiner Seele um diese Worte gerungen, sondern sie wie selbstverständlich ausgesprochen. *O Tochter des Zeus, was auch immer du über diese Dinge weißt, verrat es mir.*

»Jesse, aou!«

Der klare Sopran aus seinen Helmlautsprechern ließ ihn herumwirbeln. Falaire eilte den Weg entlang auf ihn zu. Ihre weiten, gleitenden Sätze in der niedrigen Schwerkraft erweckten in ihm den Eindruck, als würde sie tanzen oder sogar fliegen. Das lag nicht daran, daß die Sonnenkollektoren und fächerförmigen Kühlelemente, die aus dem Lebenserhaltungssystem auf ihrem Rücken herausragten, an Libellenflügel erinnerten, auch nicht an ihrem silbrigen größtenteils bionischen Raumanzug, der ihren schlanken Körper wie eine zweite Haut umschloß. Es lag an ihr selbst, der Verkörperung von Eleganz und Impulsivität.

Sie blieb vor ihm stehen. Einen Moment lang sahen sie einander nur an. Falaire war relativ klein für eine lunarische Frau, sie überragte ihn um gerade einmal drei Zentimeter, aber die Züge hinter dem transparenten Helm waren klassisch lunarisch. Hohe Wangenknochen, ein schmales Kinn, eine kurze und etwas breite Nase, volle Lippen, Ohren, deren Innenseiten fast glatt waren, große schrägstehende Augen von grüner Farbe, die sich ständig veränderte, unter gewölbten blaßbraunen Brauen. Ihr Haar, das im Tageslicht dunkelblond war, fiel ihr in aschefarbenen Wellen über die Wangen. Ihre schneeweiße Haut wies hier draußen einen leicht bläulichen Schimmer auf. Sie erschien Nicol wie eine Fee.

»Äh ... sei gegrüßt«, sagte er schließlich. Die trällernden lunarischen Wörter kamen ihm nur unbeholfen über die Lippen. Er beherrschte die Sprache gut genug für den alltäglichen Gebrauch, aber er wußte, daß ihm die subtilen Nuancen entgingen. Manchmal verfiel er ins Anglo oder Spanyer, weil ihm kein passender lunarischer Begriff einfiel oder keiner existierte.

»Wie bist du mit deinen Angelegenheiten vorangekommen?« fügte er hastig hinzu, um sie nicht weiter nur stumm anzuglotzen. Sie spreizte die Finger. Ein Terraner hätte an ihrer Stelle die Achseln gezuckt. »Über unvorhersehbare Wege.« Sie gab ihm weder weitere Erklärungen, noch entschuldigte sie sich dafür, ihn warten gelassen zu haben. Statt dessen lachte sie. »Wir wollten spazierengehen. Komm. All das Gerede hat mein Blut unruhig gemacht.«

Sie setzte sich in Bewegung. Nicol ging eine Weile schweigend neben ihr her. »Es ist wirklich so schön hier draußen, wie man mir erzählt hat«, sagte er schließlich.

Falaire warf ihm einen kurzen Seitenblick zu. »Du hast diesen Pfad bisher tatsächlich noch nicht beschritten? Ich dachte, jeder in Tychopolis hätte das getan« – was mindestens hunderttausend Menschen bedeutete – »wie auch alle Besucher aus anderen Gegenden.«

»Ich war nur einmal hier und bin von Beynac Point aus in die andere Richtung gegangen, und auch das nur bis Starfell. Natürlich habe ich die gesamte Rundreise auf dem Vivifer verfolgt.«

»*Verfolgt.*«

Er hörte die Geringschätzigkeit in ihrem Tonfall und wurde etwas gereizt. »Ich behaupte nicht, daß es Realität war.« Auch ein vollsensorisches Abbild war eben nur ein Abbild. Die Illusion einer echten Erfahrung, die eine Traumkammer lieferte, blieb lediglich eine Illusion. »Aber wie oft hätte ich denn eine Gelegenheit gehabt? Wie oft und wie lange war ich bisher in Tychopolis?«

Falaire lachte erneut. »Vorsicht! Die Stacheln, die du ausfährst, könnten durch deinen Anzug stechen.« Sie legte ihm kurz eine Hand auf den Arm. »Ich habe versprochen, dir einen Seitenpfad zu zeigen, der nicht in der öffentlichen Datenbank verzeichnet ist.« Plötzlich stieß sie einen leisen Schrei aus. »Hai-ach!« Und dann rannte sie auch schon los.

Nicol, der kaum mit ihr Schritt halten konnte und schwer atmete, wurde sich erneut seiner Ungeschicklichkeit bewußt, spürte, wie schlecht er an diese Welt angepaßt war. Seine Vorfahren waren weder genetisch verändert worden, um unter diesen Gravitationsbedingungen gesund zu bleiben und lebensfähige Kinder gebären zu können, noch hatten sie über viele Generationen hinweg eine Art des Lebens, Denkens und Fühlens entwickelt, die an dieses rauhe Land angepaßt war.

Und trotzdem waren fast alle der wenigen Leute, denen sie begegneten, Terraner. Einige waren auf der Erde geboren worden und hatten dort ihre Jugend verbracht, die meisten aber waren in den Hochgravitationszonen des Habitats aufgewachsen. Um ständig auf dem Mond leben zu können, benötigten sie nanotechnische Hilfsmittel, die ihre Zellen und Körperflüssigkeiten im Gleichgewicht hielten, und regelmäßige intensive Trainingseinheiten, um Muskel- und Knochenschwund zu vermeiden. Trotzdem war der Mond ihr Zuhause, sie hatten ihn nach ihren Vorstellungen umgeformt, und die längst in die Minderheit geratenen Lunarier konnten kaum mehr tun, als sich ihrem Widerwillen gegen diese Entwicklung hinzugeben. Nicol fühlte erneut Sympathie für die Metamorphe in sich aufsteigen. Auch er war ein Mann ohne Geburtsrecht.

Außer Falaire entdeckte er nur zwei oder drei andere Lunarier. Einer von ihnen führte einen Mondwolf an der Leine. Das war ein seltener Anblick. Nur ein Lunarier konnte den Wunsch verspüren, sich ein vakuumangepaßtes Tier zu halten, und heutzutage besaß kaum noch einer einen solchen Metamorph. Zu teuer und aufwendig. Nicol fragte sich, welche Spaziergänge der Mann mit seinem Mondwolf unternahm. Wer war er? Bestimmt wie Falaire von selenarchischer Herkunft, aber im Gegensatz zu ihrer Familie mußte er einen Bruchteil seines früheren Reichtums bewahrt haben.

Als die Lunarierin endlich anhielt, waren sie völlig allein. Sie war auf einen Seitenpfad abgebogen, der sich serpentinenartig den Außenhang des Ringwalls bis zu einem schmalen Sims hinabwand. Staub aus dem brüchigen Geröll wirbelte bei jedem Schritt unter ihren Stiefeln auf, glitt von ihren Raumanzügen ab und sank wieder zu Boden. Er fiel nicht schnell herab, aber es gab auch keine Luft, die ihn bremste. Felsbrocken ragten in den Himmel auf. Der Hang ging in eine Einöde über, in der nur ein einsamer Funkmast – durch die Entfernung zu einem silbrigen Gespinst zusammengeschrumpft – verriet, daß es hier Menschen gab.

Sie hätten nicht mehr viel weiter laufen dürfen, gestand sich Nicol verstimmt ein. Sein Herz hämmerte wie wild, seine Kehle brannte, und seine Knie drohten nachzugeben. Falaire dagegen atmete nur tiefer. Ein dünner Schweißfilm auf ihrem Gesicht fing das Erdlicht ein, und irgendwie waren ihre Locken unter dem Helm in Unordnung geraten. Er erinnerte sich daran, wie sie im Bett aussah, und seine Gereiztheit verflog. Sie war, was sie war, und er sollte seinem Glück dafür danken, daß sie ihn aus irgendeinem Grund mochte. Aber er würde seine Schwäche nicht zeigen; er wagte es nicht. »Das war wirklich ein ... ein interessanter Spaziergang«, krächzte er.

Falaire lächelte. »Galant formuliert. Sollen wir eine Erfrischung zu uns nehmen? Ich habe Wein mitgebracht.«

Nicol hätte sich liebend gern hingesetzt, aber seine Begleiterin machte keine Anstalten dazu. »Zuerst Wasser«, sagte er. Sein Raumanzug registrierte den Befehl und schob einen Saugstutzen an seine Lippen. Nicol trank in langen Zügen. Das kalte Wasser belebte ihn. Falaire entrollte zwei Schläuche an der Flasche, die sie am Gürtel getragen hatte, und stöpselte sie in die Helme ein. Er mußte daran denken, wie sie ihm einmal mit diesen schlanken Fingern über die Lippen gestrichen hatte.

Der Wein war edel und kräftig, vielleicht einem weißen Sauvignon vergleichbar. »Den kenne ich nicht.« Es war keine Schande, das zuzugeben. »Wo hat der sich bis jetzt vor mir versteckt?«

Sie sah ihn lächelnd an. »Nichts Synthetisches. Er stammt aus dem Yanique-Weingut unterhalb des Copernicus, das noch immer im Besitz der Phyle ist, die es gegründet hat. Der Lord der Acquai verkauft seine Weine nicht, sondern verschenkt sie an Freunde.«

Unter denen keine Terraner sind, dachte Nicol. »Du ehrst mich.«

»Nay. Das ist Freundschaft.« Sie schob sich neben ihn und legte ihm einen Arm um die Taille. Er erwiderte die Geste. Durch die Sensoren in seinem Anzug war es beinahe so, als berühre er sie direkt.

Beinahe. »Das ist der Nachteil hier draußen«, sagte er. »Dieses Zeug zwischen uns.« Er wurde sich bewußt, daß er wieder ins Anglo verfallen war.

Falaire verstand die Anspielung und lachte, aber sie blieb bei ihrer Muttersprache. »Eyach, spar dir deinen Eifer auf, bis wir uns in der richtigen Umgebung befinden.«

Seine plötzlich aufgekeimte Fröhlichkeit begann wieder nachzulassen. »Das geschieht viel zu selten«, murmelte er auf Lunarisch.

Sie nickte. »Ja, ich habe mehr zu tun, als mir lieb ist.«

Ob sie damit ihre Arbeit meint? fragte er sich. Wie er war auch sie in der Rayenn beschäftigt – und ein Teil von ihr auf eine Weise, wie es ein Terraner niemals sein könnte. Sie fungierte als Vermittlerin für Außenstehende beider Spezies, kümmerte sich um die Dinge, die kein Sophotekt richtig zufriedenstellend erledigen konnte, wie Öffentlichkeitsarbeit, Informationsbeschaffung und Beratung. Anscheinend tat sie das meistens völlig autonom, ging mit den Leuten so um, wie sie es für richtig hielt, und teilte sich ihre Zeit nach eigenem Ermessen ein. Es war typisch für Lunarier, sich mehr für die Resultate als für das Prozedere zu interessieren.

(Anscheinend? Nein, mit Sicherheit war es so. Er konnte sich nicht vorstellen, daß sie sich dazu herablassen würde, unter anderen Bedingungen zu arbeiten. Schließlich stammte sie von den Selenarchen ab, die den Mond dominiert hatten, als er noch eine souveräne Nation gewesen war. Ihr Vater klammerte sich noch immer an ein kleines Stück Land aus dem Familienbesitz bei Zamok Orel im Lacus Somniorum. Nicol konnte sich vorstellen, wie verbissen der alte Mann darum kämpfte, ein verwaistes Schloß mit nicht mehr als seinem Bürgerkredit zu erhalten, und wie bitter es für ihn sein mußte, den Kredit von der Regierung zu akzeptieren. Er hatte gehört, daß Falaires Bruder resigniert hatte und sein eigenes Einkommen dazu benutzte, sich in Tsukimachi zu Tode zu amüsieren. Sie selbst hätte das gleiche tun oder ein besonneneres, aber genauso bedeutungsloses Leben führen können, aber sie hatte sich dazu entschieden, sich nicht mit einem bescheidenen Wohlstand zufriedenzugeben, denn sie hatte den Willen und die Fähigkeit, sich eine echte Arbeit zu besorgen und darin erfolgreich zu sein. Nein, sie würde nie zulassen, daß irgendein Vorgesetzter ihre Arbeitszeit überwachte. Das war etwas für Terraner.)

»Und du?« riß sie ihn aus seinen Gedanken. »Was hindert dich? Doch keine andere Frau, oder?« War das nur eine Stichelei? »Schließlich warst du nicht für längere Zeit im All unterwegs.«

»Nein«, fauchte er. Sie lösten sich wie in stummer Übereinkunft voneinander. Nicol wußte, daß er nicht so schroff hätte reagieren sollen, aber ihre Frage hatte einen wunden Punkt in ihm berührt, und er wollte ihr keine Antwort darauf geben. Er war tatsächlich erst mit wenigen Frauen zusammen gewesen, da ihn bisher nur wenige auf eine intime Art interessiert hatten. Falaire aber war anders. Deshalb konnte sie ihn verletzen. Seit er sie kannte, hatte er sich nicht einmal eine Gespielin geleistet. Er versuchte, das Thema zu wechseln. »Wer tut das schon?«

Die Roboter und Sophotekten, die zwischen den Planeten hin- und herflogen, zählten nicht für ihn. Und überhaupt, wie viele gab es heute noch? Es fand nicht mehr viel Raumfahrt statt, sie wurde kaum noch gewünscht oder benötigt. Eines Tages, vermutete er, würde sie dem Bau der Pyramiden oder der Viehzucht vergleichbar sein. Auch auf Luna und dem Mars hatten Maschinen das Transportwesen übernommen. Nur die Rayenn befand sich noch in menschlichen Händen, und sie war lediglich eine *courai.*

(Er ließ sich das Wort flüchtig durch den Kopf gehen, denn er hatte nie richtig begriffen, was eine *courai* wirklich war, obwohl er für eine arbeitete. Die Organisation war nicht direkt eine Gesellschaft oder eine Gilde für das Transportwesen. Sie war ein Verbund lunarischer Magnaten und ihrer Untergebenen und diente sowohl ihrer Sicherheit und ihrem Einfluß als auch einem bestenfalls unbedeutenden Profit. Lunarische Händler und Reisende benutzten sie eher aus Gründen des Stolzes und Clanzusammenhalts und nicht, weil sie wirklich mit den kybernetischen Fluglinien konkurrieren konnte. Die Zeremonien und Traditionen, die die *courai* bewahrte – einige gingen bis auf Fireball Enterprises zurück –, standen nur Lunariern offen ... Es war nichts als Glück gewesen, daß die Rayenn einige Terraner brauchten und Nicol über die natürliche Begabung verfügt hatte, sich die erforderlichen Fähigkeiten anzueignen. Seine Flüge beschränkten sich in der Regel auf kleine Sprünge zwischen verschiedenen Punkten auf der Mondoberfläche oder zum Habitat und zurück. Doch hin und wieder wurden höhere Beschleunigungen unvermeidlich, als sie Lunarier gefahrlos hätten ertragen können ...)

Wieder riß ihn die Stimme der Lunarierin in die Gegenwart zurück. Verdammt, dachte er, woher kommt diese üble Laune, warum gehen mir wieder all diese Dinge durch den Kopf, über die ich schon zur Genüge nachgedacht habe, während ich mit Falaire zusammen bin? »Die Proserpinarier tun das häufig«, sagte sie.

Sie blickte nach Osten, wo Sterne in der Schwärze leuchteten, fort von der strahlenden Erde. War das ein träumerischer Ausdruck, den er in ihrem Gesicht entdeckte? »Ja«, erwiderte er langsam, »sie unternehmen ausgedehnte Reisen. Das müssen sie.«

»Und weil sie es so wollen!« rief sie aus. »Weil sie den Wunsch danach verspüren!«

Er verzichtete darauf, erneut auf die äußeren Zwänge hinzuweisen. Die Kometen, auf denen die Proserpinarier Eis, organische Verbindungen und Mineralien abbauten, waren trotz ihrer großen Anzahl weit verstreut in den gewaltigen Weiten des Kuiper-Gürtels und der Oortschen Wolke. Was nicht hieß, daß die Siedler auf dem Eisenasteroiden diese ausgedehnten Flüge nur ungern unternahmen. Sie – oder ihre Eltern – waren freiwillig in die ewige Nacht hinausgezogen, um sich dort niederzulassen. Wenn sie ihre Raumschiffe nicht automatisiert hatten, dann mußte auch das eine freiwillige Entscheidung gewesen sein, vielleicht weil sie befürchteten, sonst einen zweiten Cyberkosmos zu schaffen. Trotzdem fragte sich Nicol, wie sich die Lunarier mit ihrem hitzigen und sprunghaften Temperament die Zeit an Bord ihrer Schiffe vertrieben.

»Sie verspüren nicht gerade häufig den Wunsch, nach Luna zurückzukommen«, bemerkte er, hauptsächlich um zu vermeiden, daß sich das Schweigen in die Länge zog. »Wann ist das letzte Mal eins ihrer Schiffe hier gewesen – abgesehen von dem aktuellen Besuch –, vor sieben Jahren? Natürlich, die Reise dauert mindestens viereinhalb Monate.« Vorausgesetzt, ein Raumschiff beschleunigte ununterbrochen mit dem Wert der vollen lunarischen Gravitation. »Oh, auch nicht länger als eine durchschnittliche Mission zu einem der Kometen, nehme ich an ...«

Falaire drehte sich wieder zu ihm um. Er sah den Zorn in ihren Augen aufflackern, den er viel zu gut kennengelernt hatte. »Die Energiekosten, du Matschhirn! Sie sind gezwungen, mit ihrem Treibstoff hauszuhalten, ihn für unverzichtbare Arbeiten aufzusparen ...«

»Ich weiß ...«

» ... oder einfach für ihr Überleben. Und jetzt dieses Embargo gegen sie!« Ihre Wut entlud sich auf den herrlichen blauen Planeten am Mondhimmel. »Die Erde, der Maschinenherrscher der Erde, würde ihnen nur zu gern den Lebensnerv abdrücken!«

»Nein, nein, das nicht«, widersprach Nicol vorsichtig. »Nicht wirklich.« Er verschluckte den Hinweis darauf, daß Proserpina über ein eigenes Fusionskraftwerk verfügte, über robotische Fabriken, biologische und chemische Fertigungsanlagen, Nanotechnik und alles andere, was zur Erhaltung des Lebens benötigt wurde. Welchen Anspruch hatten die Proserpinarier auf eine ständige Versorgung mit Antimaterie? Wenn die Erde die Produktion einstellte, lag das daran, daß sie, der Mond und der Mars ein ökonomisches Gleichgewicht erreicht hatten, nicht länger eine derart konzentrierte Energiequelle benötigten und die Proserpinarier keine Gegenleistung dafür anbieten konnten. Und wenn sie deshalb ihre Expansion einstellen, ein Gleichgewicht zwischen ihrer Bevölkerung und den ihnen verfügbaren Ressourcen finden und für alle Zeiten auf ihrer Miniaturwelt bleiben mußten, nun, dann waren die Kräfte der Evolution und der natürlichen Auslese am Werk.

Andererseits waren einige wunderbare Geschöpfe im Verlauf dieser Evolution ausgestorben, das Mammut, der Säbelzahntiger, der irische Riesengeweihelch, und Nicol hatte den Eindruck, als wären die Adler und Tiger, die heute in kleinen Reservaten unter striktem Schutz standen, nicht mehr das, was sie ihrer Natur nach hätten sein sollen. Aber er wollte sich nicht mit Falaire in ihrem Zorn anlegen.

Ihr Tonfall wurde ruhiger. »Eyach, ich bin Lunarierin«, seufzte sie. »Ich wurde mit eingeschränkten Rechten geboren.« Ihre Gereiztheit verflog genauso schnell, wie sie aufgeflammt war. Sie stieß ein leises Lachen aus. »Aber deswegen sind wir beide nicht hergekommen, nicht wahr? Komm, hier verlassen wir den Pfad.«

Nicol war dankbar, daß die Spannung zwischen ihnen nachließ. Er beäugte den Hang skeptisch. »Sieht tückisch aus.«

»Das ist es«, erwiderte Falaire fröhlich. »Ho-ay!« Sie sprang los.

Er verdrängte seine Befürchtungen und folgte ihr so vorsichtig, wie es ihm möglich war, ohne ängstlich zu erscheinen. Dieser Abschnitt des Kraterwalls fiel steil ab. Äonenlanger Einfall kleiner Meteoriten hatten den Untergrund kaum stark genug aufgerauht, um einen halbwegs sicheren Halt für die Füße zu bieten. Hätte er sein volles irdisches Gewicht besessen, wäre Nicol vermutlich ziemlich schnell gestrauchelt, aber selbst hier konnte man leicht abrutschen und zu Tode stürzen. Staub, der Fußabdrücke jahrtausendelang bewahrte, lag nur an wenigen Stellen. Trotzdem hüpfte Falaire mit antilopenhafter Sicherheit und Geschwindigkeit von einem Punkt zum nächsten.

Als sie ihr Ziel erreicht hatte, einen zerbröckelnden Felsvorsprung wie unzählige andere, wartete sie, bis Nicol sie keuchend und zitternd einholte. »Entspann dich«, forderte sie ihn auf.

»Ich hätte nicht erwartet ... daß du dich auch hier draußen ... so aufführst«, brachte er hervor.

Sie hob die Brauen. »Auch?« fragte sie halb scherzhaft.

»Man hat mir erzählt, daß du im Drachenhimmel fliegst.« Das war keine der Parkanlagen, wo sich die Leute Flügel anschnallten und gemächlich durch die Luft flatterten, sondern eine Höhle, in der unberechenbare Winde erzeugt wurden und die Lunarier einen Sport betrieben, bei dem es darum ging, den Gegner durch Stöße ins Trudeln zu bringen. Jedes Jahr kam es dabei zu zahlreichen Verletzungen, von denen manche tödlich endeten.

Einen Moment lang klang wieder Verbitterung in Falaires Stimme auf.

»Was sonst bleibt mir in meinem Käfig übrig, um mich zu amüsieren?«

Auf eine etwas traurige Weise hat sie recht, dachte Nicol. Die Gene, die sie zu einer Lunarierin machten, für die der Mond die natürliche Umwelt war, hatten ihr auch eine lunarische Psyche mitgegeben. Er war nicht der erste Terraner, dem es manchmal so erschien, als stammten die Lunarier nicht von Affen, sondern von Katzen ab oder vielleicht von Wölfen. Als die moderne Welt ihnen Vorschriften wie Demokratie oder das Verbot der privaten Rache zwangsverordnet hatte, war das mit einem historischen Zirkus vergleichbar gewesen, in dem ein Dompteur versuchte, Leoparden Kunststücke beizubringen. Zweifellos hatten Generationen dieser Zirkustiere in der Gefangenschaft sicherer und besser genährt als in der Freiheit gelebt, aber trotzdem hatte tief in ihrer Brust stets ein wildes Leopardenherz geschlagen. Und als Menschen erkannten die Lunarier ihre Situation.

Nun, man konnte gefährliche Raubtiere schließlich nicht nachts durch die Straßen schleichen lassen, oder?

Falaire spreizte die Finger. »Das spielt heute keine Rolle. Ich habe versprochen, dir etwas zu zeigen. Zuerst aber erlege ich dir erneut die Verpflichtung auf, das Geheimnis zu bewahren, so wie du es schon einmal geschworen hast. Wir wollen hier keine Touristen, weder per Vivifer noch als grölende und drängelnde Besucher.«

Nicol fragte sich, anhand welcher Orientierungspunkte sie diese Stelle gefunden hatte und wie dieser Ort so lange hatte geheim bleiben können. Mit einem leichten Frösteln wurde er sich ihrer Fremdartigkeit bewußt, deren zärtliche Leidenschaft mit einer Gewalt über ihn hereingebrochen war, wie er sie nie bei Frauen seiner eigenen Art erlebt hatte. »Du . . . du ehrst mich, Mylady«, stammelte er.

»Ich betrachte dich als vertrauenswürdig.« Schwang Wärme in ihrer Stimme mit? Es war das größte Kompliment, das sie ihm jemals gemacht hatte. Bisher hatte sie höchstens gesagt, daß sie seine Gesellschaft und seinen Körper mochte – wenn sie Lust darauf verspürte. Er war nie das Risiko eingegangen, etwas Persönlicheres zu erwidern.

Sie nahm ihn an der Hand und führte ihn vorsichtig weiter. Der Felsvorsprung und ein Überhang dahinter verbargen eine Bodenspalte. Sie quetschten sich hindurch und schalteten ihre Lampen an. Nicol stieß ein Keuchen aus. Er stand in einer Höhle, die von Kristallen umgeben war, wie im Zentrum eine Geode. Sie glitzerten und funkelten, reflektierten das Licht in unendlich vielen, sich ständig verändernden Regenbogenfarben. Er berührte die Kristalle vorsichtig. Ihre Kanten und Spitzen waren messerscharf.

Er bildete sich ein, die von den Photonen erzeugte elektrische Spannung fühlen zu können, das Singen ihrer Atome zu hören.

»Das ist wirklich ein Wunder«, flüsterte er.

»Nennen wir es lieber eine zauberhafte Laune des Universums«, sagte Falaire fröhlich, belustigt über seine Ehrfurcht.

»Die Geologen ... welche Erklärung hätten sie wohl dafür?«

»Diese Höhle wird ihnen nicht gezeigt werden.«

Wer solche wissenschaftlichen Schätze versteckt hält, ist wirklich fremdartig, dachte Nicol und erschauderte ein wenig. Dann verlor er sich in dem Naturwunder. Zwei Stunden vergingen, ehe sie die Höhle verließen und wieder zu dem Ringpfad hinaufkletterten.

Falaire warf einen Blick in den Himmel. Nicol wußte, daß sie die Zeit anhand des Terminators auf der Erde und der Sterne bestimmen konnte, die nicht von dem Planeten verdeckt wurden. »Wir müssen heimkehren«, sagte sie.

»Ich habe keine Einwände«, erwiderte Nicol lachend. Freude durchflutete ihn, seit er die Kristallhöhle gesehen hatte.

»Ich werde heute abend anderswo beschäftigt sein«, erklärte sie ohne erkennbares Bedauern.

Ihre Antwort ernüchterte ihn schlagartig. Er schluckte, bevor er fragte: »Mit Lirion?«

Er hoffte es, ja, wie sehr er es hoffte! Seit der Captain von Proserpina vor zehn Tagzyklen hier eingetroffen war, hatte er sich heimlich mit verschiedenen Lunariern getroffen, prominenten und zwielichtigen, einschließlich den Führern der Rayenn. Es wäre nur logisch, wenn er sich auch mit Falaire beriet, die sich durch ihre Arbeit sowohl in der lunarischen als auch in der terranischen Welt bewegte. Vielleicht war sie heute schon bei ihm gewesen, bevor sie sich mit Nicol getroffen hatte.

»Nay«, hörte er sie sagen. »Mit Seyant.«

Ihre Antwort war wie ein Schlag in seine Magengrube. »Was hast du mit *ihm* zu schaffen?« rief er allen Vorsätzen und dem gesunden Menschenverstand zum Trotz aus. Dieser selbstgefällige Aaswurm, hätte er am liebsten gefaucht. Ich würde ihn töten, wenn ich könnte! Ich würde ihn aus dem Orbit stoßen und zusehen, wie er zerschellt!

Er hatte ihn durch Falaire kennengelernt. Kurz nachdem sie sich in der hiesigen Bodenkontrollstation der Rayenn begegnet waren und sich angefreundet hatten, waren sie durch den Wildpark unter dem Krater spaziert. Schon damals hatte es zwischen ihnen geknistert.

Die Höhle war so groß, daß sie das andere Ende selbst dann nicht hätten sehen können, wären nicht überall Bäume gewachsen, riesig durch die geringe Schwerkraft, Ulmen, Eichen und Weißbirken, hin und wieder von Rohrdickicht und kleinen Wiesen voller Blumen durchbrochen. Laub raschelte in einem leichten Wind, der die Baumkronen schwanken ließ, so daß der Blick hin und wieder auf einen blauen Himmel und eine strahlende Sonne fiel, die völlig real wirkten. Das Laubdach warf einen tiefen Schatten. Dort, wo das Licht durch die Zweige sickerte, überzog es den Boden mit hellen Tupfern. Ein Eichhörnchen huschte einen Baumstamm hinauf, ein Schmetterling flatterte wie eine winzige Flagge vorbei, eine Tagfledermaus jagte einen Glitzerkäfer. Der Boden war weich und verströmte einen aromatischen Duft. Falaire ging Hand in Hand mit Nicol, so wie es Ianeke auf der Erde getan hatte.

Sie umrundeten eine Biegung, und da war Seyant, ein hochgewachsener Lunarier mit flachsfarbenem Haar. Seine Kleidung war auffällig, sein Gang katzenhaft. Falaire grüßte ihn. Alle drei blieben mitten auf dem Weg stehen. Die beiden Lunarier unterhielten sich angeregt in einem Dialekt, den Nicol nicht verstand. Nach einiger Zeit stellte Falaire die Männer einander vor. Seyant blickte auf Nicol herab. »Ach ja, das Erdenbaby, das du erwähnt hast«, murmelte er in perfektem Anglo, als würde der Terraner die Sprache nicht beherrschen. Und an ihn gewandt, fügte er hinzu: »Man hat mir erzählt, Ihr wärt ein einigermaßen fähiger Transporterpilot.«

Seither hatte Nicol nicht viel mehr in Erfahrung bringen können, als daß Seyant neben dem Bürgerkredit über eigene Geldmittel verfügte. Falaire zitierte gelegentlich seine spöttischen Bemerkungen. Wann immer er Nicol traf, nutzte er die Gelegenheit für Sticheleien ...

»Das, was ich mir vorgenommen habe«, erwiderte sie scharf.

Nicol würgte seine Wut hinunter, von der er genau wußte, wie unvernünftig sie war. »Es ... es tut mir leid«, murmelte er, konnte sich aber nicht verkneifen, hinzuzufügen: »Ich weiß, daß ich keinen Besitzanspruch auf dich habe.«

Falaire nickte. »Wir sind durch mehr als nur unsere Rassen getrennt, Jesse.«

Sie setzten sich wieder in Bewegung. »Du könntest fast einer von uns werden, wenn du wolltest«, sagte sie nach einer Weile.

»Von was?« fragte er rauh. »Der *Scaine Croi*?« Es war nicht die erste Anspielung, die sie dazu fallenließ.

Sie betrachtete ihn ungewohnt ernst. »Das klingt so, als hieltest du den Wunsch nach Freiheit für ein Verbrechen.«

Nicol wußte, daß sie ihn verachten würde, wenn er sich verstellte. Er würde sich selbst dafür verachten. »Freiheit von was?« Von dem Habitat, auf dem Terraner aufwuchsen, die froh über die Existenz der Weltföderation waren.

»Von dem System«, erwiderte sie, »dem Cyberkosmos, der uns trotz aller scheinheiliger Maskerade beherrscht.«

»Was erwartet ihr von mir? Was auch immer es ist, ich werde wahrscheinlich *gracias*, nein dazu sagen müssen.« Er konnte sich den Sarkasmus nicht verkneifen. »Ich habe einen Sinn fürs Melodramatische, aber nur in der Kunst.«

Im wirklichen Leben, das wußte er aus leidvoller Erfahrung, waren melodramatische Gefühle eine zu große Versuchung.

»Vielleicht werde ich dir mehr darüber erzählen, an einem anderen Tagzyklus.«

»Wie du willst. Ja ... bitte tu das.« Er gab seine Zurückhaltung auf. »Ich freue mich immer, wenn ich mit dir sprechen kann, Falaire.«

Ihr Lächeln umspielte ihn wie der Erdschein. »Ay-ah, das werden wir. Zur nächsten Nachtwache? Und dann wieder nach deinem nächsten Flug. Oh, ich ich werde schon Zeit für dich finden.«

Aber *diese* Nachtwache …

»Bis dahin kannst du dich mit anderen Freunden treffen, nay?« fügte sie hinzu. »Zum Beispiel in dieser derben Kneipe namens *Uranium Dragon*, die du mir gezeigt hast.«

»Vielleicht«, brummte er auf Anglo.

»Oder im *Black Sword*?«

»Nein!«

In seiner derzeitigen Stimmung war Alkohol schon gefährlich genug für ihn. Eine stärkere Droge wie Exoridine, die alle Hemmungen aufhob, könnte ihn dazu bringen, irgend jemanden anzugreifen. Wahrscheinlich war es am besten, wenn er in seinem kleinen Apartment blieb und sich allein betrank. Vielleicht würden ihm ja sogar ein paar Verse einfallen, die nicht völlig wertlos waren.

Wieder schob Falaire ihren Arm unter den seinen. Es war eine ungewohnte Geste für sie, eine terranische Geste, und deshalb um so rührender. »Wir haben noch einen langen Weg vor uns«, sagte sie. »Genieß die Aussicht.«

Sein hilfloser Zorn ließ ein wenig nach. Er konnte es wenigstens versuchen. Schließlich hatte er mit Falaire an seiner Seite einen wunderschönen Anblick, ihr Profil vor der Schwärze des Alls. Später, sobald sie dazu bereit war, würde er sich anhören, was er ihrer Meinung nach für ihre Sache tun konnte. Es konnte nicht schaden, solange er keine Versprechungen machte.

KAPITEL 3

Der Hydra Square hatte sich über all die Jahrhunderte kaum verändert und gar nicht, seit Venator ihn vor vierzig Jahren zum letzten Mal überquert hatte. Damals war er ein lebendiger Organismus gewesen, jetzt ein neuronales Netzwerk elektrophotonischer Prozesse, das Informationen über Sensoren seines Maschinenkörpers erhielt. Doch wenn er von der Andersartigkeit seiner Wahrnehmung absah, waren die Eindrücke dieselben geblieben. Noch immer schwammen bunte Fische und schwankten Algenteppiche wellenförmig unter dem durchsichtigen Bodenbelag. Der Springbrunnen in der Mitte der Plaza schickte noch immer eine silbrige Fontäne in den simulierten Himmel, die in schallgepulsten Bögen rauschend zurückstürzte. Auf drei Seiten des Platzes führten Türen wie früher auch in Museen, die jetzt kaum noch jemand besuchte. Die städtischen Dienstleistungsbetriebe auf der vierten Seite wurden kaum häufiger in Anspruch genommen. Der Hydra Square war ein Relikt, das die Zeit überdauert hatte, denn das Leben hatte sich in einen anderen Teil von Tychopolis verlagert.

Venator fand es nicht weit entfernt auf dem Tsiokovsky Prospect in Hülle und Fülle. Auch dort hatte sich einiges aus der Vergangenheit erhalten. Duramoos auf dem Boden, feste Fahrstreifen für Motorskater, dreistöckige Arkaden auf zierlichen Säulen und Torbögen, doch das war auch schon alles. Die Decke zeigte nicht länger wechselnde phantastische Illusionen, sondern kulturell neutrale chromatische Abstraktionen. Die meisten Geschäfte waren in Mietwohnungen umgewandelt worden, eng und lärmend, obwohl hier und da diverse Einrichtungen auf Reklametafeln, Schriftbänder und Animationen in den verschiedensten Sprachen um Kundschaft warben: KAWAMOTO GYMNASIUM, BENGALI HOUSE RESTAURANT, TANJAY CASINO, LI YUAN TONG, WEIN UND WEIBER, HARMONIC COUNSELING, PYONGYANG VOLUPTUARY, SONGGRAM & CO., ISKUSSTVO I TAIINA und anderes, das nicht einmal Venator erkannte. Seine Chemosensoren verrieten ihm, daß sich sogar die Gerüche verändert hatten. Die Luft war nicht länger von aromatischen Düften und Räucherwerk erfüllt, ebensowenig wie von geisterhaften Melodien.

Kaum ein Lunarier befand sich unter den Menschen, die umhereilten, drängelten, gestikulierten, schnatterten, scherzten, lachten, betrübt wirkten, geschäftig oder entspannt oder in einem narkotisierten Traum verloren waren. Die Menge war so vielfältig wie das Leben auf der Erde selbst, hier ein dunkelhäutiger Mann mit einem Turban neben einer dunkelhäutigen Frau in einem Sari, dort ein stattlicher braunhäutiger Mann in Sarong und Bluse, eine Blondine in hautenger schillernder Kleidung, eine in ein weites Gewand und einen Schleier gehüllte Frau, ein Mann mit einer Perlenmütze über einer bestickten Robe, ein anderer, der Federn und eine Vogelmaske trug, ein Nackter mit Körperbemalung, eine umherhüpfende Gestalt in einem glockenbesetzten Narrenkostüm, eine Frau mit Clanabzeichen auf den Brüsten und einem Säbel auf dem Rücken und unzählige Varianten mehr. Overalls, Tuniken und andere gewöhnliche Kleidungsstücke behielten knapp die Oberhand. Im Laufe seines Lebens hatte Venator gesehen, wie die Leute sich in immer mehr Gesellschaften aufgeteilt hatten, von denen einige in bestimmten Gebieten wohnten, andere sich über die ganze Welt verstreuten. Die Entwicklung hatte bereits vor seiner Geburt begonnen und sich nach seinem Tod weiter fortgesetzt. Er vermutete, daß die Menschen das Bedürfnis verspürten, innerhalb der von der Weltföderation und dem Cyberkosmos geschaffenen Gleichheit sich eine persönliche, kommunale und kulturelle Identität zu schaffen.

Und doch waren sie nicht unglücklich. Wer, der bei Verstand war, würde sich nach Kriegen, Armut, zügelloser Kriminalität, Krankheiten, Hunger oder einer krebsartig wuchernden Bevölkerung zurücksehnen, nach der Notwendigkeit, einer anstrengenden oder geistig abstumpfenden Arbeit nachgehen zu müssen, nach Massenwahnsinn, individuellem Elend und einem Tod noch vor dem hundertsten Geburtstag? Es waren die Metamorphe und ihre wenigen völlig menschlichen Lebenspartner, die die Unzufriedenen und Unruhestifter stellten – vor allen Dingen die Lunarier, aber auch andere, vielleicht noch gefährlicher, weil sie weniger leicht erkennbar waren ...

Niemand grüßte ihn, aber alle machten ihm bereitwillig Platz, nicht aus Angst oder Unterwürfigkeit, sondern aus selbstverständlichem Respekt und Höflichkeit. Sein Körper war ein gewöhnliches Mehrzweckmodell, zwei Meter hoch mit einem Sensorturmauswuchs auf einem abgerundeten Rumpf mit vier Armen und Beinen. Er glänzte in einem matten Blau, das von Silber eingefaßt war. Doch für die Außenstehenden war deutlich zu erkennen, daß er entweder eine Intelligenz beherbergte, oder von einer gesteuert wurde, deren Verbindungen sich letztendlich bis zum Terrabewußtsein erstreckten.

Mit einem Aufzug fuhr er drei Etagen tiefer zur Lousma-Passage hinab. Ein Stückchen weiter fand er das Hotel, das er suchte. SHIH TIEN GAN blinkten Leuchtbuchstaben über einem verzierten Eingang. Die automatische Lobby scannte ihn, stieß in ihrem Datenspeicher auf den Vermerk, daß er erwartet wurde, teilte ihm Captain Larions Zimmernummer mit und ließ ihn den entsprechenden Flur betreten. Die Tür zu Lirions Apartment öffnete sich sofort und schloß sich gleich wieder hinter ihm.

Die Suite war im lunarischen Stil eingerichtet und verschwenderisch geräumig. Irgend jemand muß einen beachtlichen Kredit an das Hotel überwiesen haben, dachte Venator. Lirion erwartete ihn bereits. »Seid gegrüßt«, sagte er.

Seine Stimme klang zwar nicht herzlich – ein Verhalten, das sein Volk ohnehin nur sehr selten an den Tag legte –, aber zumindest interessiert, und er lächelte sogar einen Moment lang.

»Seid bedankt, *Donrai*«, erwiderte Venator in der gleichen Sprache. Er hatte die Ehrenbezeichnung mit Bedacht gewählt, um einen vergleichbaren, wenn nicht gar den gleichen Status anzudeuten. Obwohl er idiomatisches Lunarisch beherrschte, beschränkte er seine Ausdrucksmöglichkeiten. Wozu mehr Fähigkeiten demonstrieren, als er unbedingt mußte?

»Ich kann Euch leider keine Erfrischung anbieten«, murmelte Lirion. Ein kleiner Seitenhieb?

Venator lachte verhalten. »Wohl kaum. Aber bedient Euch bitte selbst, wenn Ihr wollt.«

»Das will und das werde ich.« Lirion trat an einen spinnenförmigen Tisch, auf dem eine Karaffe und Kelche standen.

Während er sich einschenkte und trank, musterte Venator ihn. Lirion hatte die charakteristische Statur lunarischer Männer. Er war zwei Meter groß, langgliedrig und gut proportioniert, hielt sich gerade und trug eine diamantbestäubte schwarze Tunika mit dazu passender enger Hose. Das blaßbraune Gesicht verriet seine asiatischen Vorfahren deutlicher, als es bei Lunariern sonst üblich war, aber die schräggestellten Augen waren bernsteinfarben, und das Haar, das ihm bis auf die Schultern fiel, schimmerte wie gräuliche Bronze. Davon abgesehen, verrieten nur das schmale Gesicht und die Hände, daß er sich seinem hundertsten Lebensjahr näherte.

»Ich hoffe, Euer Aufenthalt verläuft angenehm«, sagte Venator. Die Banalität sollte dazu dienen, Mißtrauen und Vorsicht abzubauen. Deshalb war er auch persönlich erschienen, anstatt sich per Eidophone zu melden oder den Besucher in die Verwaltungszentrale zu bestellen.

»Die Umgebung unterscheidet sich erheblich von der in meinem Zuhause. Nach all den Jahren, die ich fort war, fällt mir das sehr deutlich auf«, räumte Lirion ein. »Aber ich werde verwöhnt und bin nicht mehr in ein kleines Raumschiff eingesperrt.«

Wo er allein gewesen war, erinnerte sich Venator. Mehrere Monate lang, während der er ständig mit dem Wert der lunarischen Schwerkraft beschleunigt und wieder abgebremst hatte. So gewaltig war die Entfernung. Selbst das Licht benötigte drei Tage für diese Strecke. Nun, den meisten Lunariern machte die Einsamkeit weniger zu schaffen als dem durchschnittlichen Terraner, und natürlich hatte Lirion auf eine Datenbank voller Bücher, Musik, Filme, Spiele und vielleicht esoterische Möglichkeiten der Zerstreuung zurückgreifen können, vielleicht sogar auf eine Traumkammer. Das Schiff steuerte sich selbständig. Begleiter hätten zusätzliche Masse bedeutet und damit einen stärkeren Schub erfordert, einen höheren Verbrauch von kostbarer Antimaterie.

Aber warum war das Schiff dann so groß? Es mußte Platz für mehrere Passagiere enthalten, einschließlich der Lebenserhaltungssysteme und für einige Tonnen an Zuladung. Als er nach seiner Ankunft darauf angesprochen worden war, hatte Lirion beiläufig bemerkt, daß kein anderes Schiff zur Verfügung gestanden hatte, was Venator bezweifelte. Er wünschte sich sehnlichst, er würde einen Vorwand finden, um an Bord gehen und es inspizieren zu können.

»Ja, es ist jedes Mal schön, wieder hierher zurückzukehren«, fügte Lirion hinzu.

Und jedes Mal, um von neuem Ärger anzuzetteln, dachte Venator.

In seinem Bewußtsein blitzte Lirions Biographie auf, soweit der Informationsdienst sie hatte zusammenstellen können. Der Lunarier, ein Nachfahre der großen selenarchischen Rebellen Rinndalir und Niolente, war in Zamok Zhelezo am Ptolemäus-Krater geboren. Sein Vater, der etwas von seinem Wohlstand, seiner Macht und seinen Verbindungen hatte erhalten können, war in die Politik gegangen und hatte mit Energie und List zu verhindern versucht, daß sich der Mond nicht nur dem Namen nach, sondern auch in der Praxis in eine Republik verwandelte. Die Errichtung des Habitats ließ seine Bemühungen scheitern. Dann wurde die Existenz Proserpinas bekannt, und der Exodus unzufriedener Lunarier begann. Nachdem sein Vater bei einem Streit mit terranischen Neuankömmlingen umgekommen war, übernahm Lirion die Leitung der Phratrie, die einen Anteil an dem Transportunternehmen Rayenn besaß. Er hatte häufig mit Erdenbewohnern zu tun, die ihn mochten, da sie ihn für gemäßigt hielten. Tatsächlich schien es mittlerweile so, als gehöre er zu den heimlichen Gründern und Führern der *Scaine Croi*. Im Alter von fünfzig Jahren verkaufte er seine rapide an Wert verlierenden Firmen und wanderte nach Proserpina aus. Er gehörte zu den letzten Auswanderern, da die Antimaterie im Besitz der Lunarier äußerst knapp wurde. Auf Proserpina erbaute er Zamok Drakon und gründete eine Familie, die sich in der wiedererstehenden Selenarchie eine bedeutende Stellung erkämpfte. Sein Organisationstalent und sein Gespür für Intrigen brachten ihn schnell an die Spitze der Unternehmen zwischen den Kometen und der Ratsversammlung auf der Zentralwelt. Trotz der riesigen Entfernung hielt er verschlüsselte Kontakte zu unbekannten Leuten auf Luna, und manchmal kehrte er sogar persönlich zurück...

»Ihr solltet uns öfters die Ehre Eures Besuchs erweisen«, sagte Venator.

»Das wird wohl nicht mehr geschehen«, erwiderte Lirion. »Die Reise in einem Schiff, das lediglich über einen Fusionsantrieb verfügt, würde zwei Jahre oder länger dauern. Und davon bleiben mir nicht mehr sehr viele.«

Trotzdem hatten die Proserpinarier ihm alles zur Verfügung gestellt, was er für diese Reise benötigte. »Dann sind die Angelegenheiten, die Ihr hier zu erledigen habt, also sehr wichtig.«

»So sieht es Euer Nachrichtendienst«, entgegnete Lirion trocken.

»Die Friedensbehörde hat ein natürliches Interesse an Euch, ja.«

»Meine Mission wurde frühzeitig angekündigt. Ich bin im Auftrag meiner Welt gekommen, um zu versuchen, die Erde zu überreden, uns mehr Antimaterie zur Verfügung zu stellen.«

Nicht nur für die Triebwerke von Raumschiffen, wie Venator wußte, sondern für alle energieintensiven Arbeiten, wie zum Beispiel die Umgestaltung Proserpinas. Der Eisenkern, der dem Asteroiden eine Luna vergleichbare Schwerkraft gab und reiche industrielle Rohstoffe lieferte, machte es im Gegensatz zu der Basaltkugel des Mondes sehr viel schwerer, Wohnräume auszuschachten. »Verzeiht, wenn ich Euch elementare Fragen stelle, aber die Kommunikation zwischen unseren Welten ist dürftig, und Eure Leute waren nicht gerade sonderlich mitteilsam, wie Ihr wißt. Wie weit sind Eure Vorräte« – die die ersten Siedler mitgebracht hatten – »zusammengeschrumpft?«

»Ihr Ende ist in Sicht«, sagte Lirion, was Venator als eher unverbindliche Antwort betrachtete. »Wir haben keinen Zugang zum Merkur, um unseren eigenen Treibstoff herzustellen.«

Vor Venators innerem Auge erschien das Bild des sonnennächsten Planeten. Er war nie auf dem Merkur gewesen, ebensowenig wie irgendein anderes organisches Lebewesen oder eine Maschine, die nicht speziell vor dem dort herrschenden Inferno geschützt war. Aber er hatte die kraterübersäte und zernarbte Landschaft per Vivifer durchstreift, von eiskalten Nächten zu glühendheißen Tagen. Die Sonne strahlte eine für menschliche Begriffe unvorstellbare und nur abstrakt erfaßbare Energie aus, die von riesigen Installationen auf der Planetenoberfläche und im Orbit eingefangen und gebündelt wurde, eine Leistung von nahezu gottgleichen Dimensionen. Photonen schlugen in Atomkerne ein, Quantenverzerrungen durchquerten das Vakuum, neuentstandene Partikel, positive und negative, schossen an Magnetfeldern entlang zu getrennten Speichermedien ... Bei voller Kapazität hatte die Anlage auf dem Merkur täglich mehrere hundert Kilo Antimaterie erzeugt.

Mittlerweile verspürte Venator keine Ehrfurcht mehr angesichts der gewaltigen Energien. Jetzt war er eine Maschine und auf gewisse Weise mit allen anderen Maschinen verwandt. Auch wenn sein wiedergeborenes individuelles Ich sich nur bruchstückhaft an das erinnern konnte, was es als Teil des Cyberkosmos erfahren hatte, wußte er immer noch, daß es das gesamte Universum umfaßt hatte.

Und doch war dieses Ich auch menschlich, besaß ein Gespür für menschliche Belange. Er kam zu dem Schluß, daß sie genug höfliche Phrasen ausgetauscht hatten, wie wenig es auch gewesen sein mochten. Wenn er Lirion direkter zusetzte, würde er vielleicht eine Reaktion provozieren können, die ihm einen Anhaltspunkt auf die wahren Absichten des Lunariers gab.

»Glaubt Ihr, daß wir Euch den Zugang zu den Antimaterieproduktionsstätten schuldig sind?« fragte er ruhig. »Eure Leute haben beschlossen, sich in den Grenzbereichen des Solaren Systems anzusiedeln, weil sie nicht mehr Teil unserer Zivilisation sein wollten.«

»Uns fehlen die Mittel, um Anson Guthrie zum Alpha Centauri zu folgen, wie es Rinndalir und seine Gefolgsleute getan haben«, gab Lirion genauso ruhig zurück. »Proserpina ist die letzte Hoffnung für unser Volk im Sonnensystem, sich nicht vom Cyberkosmos vereinnahmen zu lassen und schließlich auszusterben.«

Lunarier zogen in der Regel ein offenes Wort der höflichen Zurückhaltung vor. »Seid Ihr also schließlich doch noch zu der Einsicht gelangt, daß Altruismus eine Tugend ist? Ihr erwartet von der Weltföderation, die Ihr verachtet, Euch zu versorgen, obwohl Ihr uns im Gegenzug nichts anbieten könnt, was wir benötigen.«

»Wir wünschen eine einzige größere Lieferung. Unsere Ingenieure glauben, damit eine fusionsgetriebene Fertigungsanlage errichten zu können, die in der Lage ist, mehr Antimaterie herzustellen. Nicht annähernd so viel wie die Produktionsstätten auf dem Merkur, aber genug für unseren Bedarf.«

»Ich frage Euch erneut, warum sollten wir das tun? Ihr sterbt nicht vor Hunger und Kälte.«

Es war selten, daß man einen Blick in das Herz eines Lunariers werfen konnte, falls es das war, was Venator hier sah. »Vielleicht wäre das besser als das, was uns bevorsteht, wenn Ihr Euch unserem Wunsch verweigert«, sagte Lirion nüchtern. »Wir sehen einer Gefangenschaft entgegen, in der wir und alle, die nach uns kommen, in ewigem Stillstand verharren müßten, so unbeweglich und leblos wie Muscheln auf einem Fels.«

»Verfügt Ihr denn über keine inneren Ressourcen?«

»Die Worte einer Maschine«, spottete Lirion. »Abstraktionen, geistige Konstrukte, die Bewunderung des Terrabewußtseins für seine eigene Erhabenheit, ist das etwas für lebendige Geschöpfe? Bedenkt, was die Erde für ihre Hilfe gewinnen würde, eine neue und unbekannte Gesellschaft, die Taten vollbringt und Träume verfolgt, die Euch aus Eurer Stagnation reißen werden.«

Ja, dachte Venator, genau das ist es, was wir befürchten. »Wir betrachten die Situation als ein Gleichgewicht. Weltmüdigkeit? Nein, die Welt ist so vielfältig, daß ein Menschenleben nicht ausreicht, all ihre Möglichkeiten zu erforschen.«

»Ihr seid also zufrieden, stabilisiert, wie Ihr es nennt. Um zu verhindern, daß neue Entdeckungen Eure Ordnung der Dinge bedrohen, stellt Ihr die Antimaterieproduktion ein.«

»Es steht Euch frei, Eure eigenen Motive in unsere Entscheidung hineinzuinterpretieren. Die schlichte Tatsache ist, daß die Produktion nicht länger benötigt wird. Wir legen einen Vorrat für alle erdenklichen Notfälle an.« Venator zögerte kurz. »Diese Reserve steht unter strengster Bewachung, wie ich hinzufügen möchte. Darf ich ganz offen sprechen? Eine solche Energiequelle in Händen ... über die wir keine Kontrolle haben, scheint uns zu riskant zu sein, wie weit entfernt sie auch sein mag.«

Lirion war keineswegs beleidigt. Er lachte, ein leises Vibrieren tief in der Kehle. »Eyach, Ihr seid bestimmt nicht gekommen, damit wir uns gegenseitig Vorurteile an den Kopf werfen können.«

»Nein. Ich hoffe, Euch mit Vernunft überzeugen zu können.«

Der Lunarier hob die Brauen. »Mit welchen Argumenten?« Er trank genießerisch einen Schluck Wein, während er seinem Besucher zuhörte.

»Ihr habt Eure Absicht verkündet, die Föderation zu überreden, Proserpina eine Lieferung Antimaterie zu bewilligen. Es steht Euch natürlich frei, das zu tun. Ich vermute, Ihr habt Anreize, die Ihr einflußreichen Terranern anbieten könnt.« Von Bestechung zu reden, wäre unhöflich gewesen und hätte den Proserpinarier zweifellos belustigt. »Aber Ihr wurdet nicht dabei beobachtet, viel Überredungsarbeit zu leisten, weder über öffentliche Kanäle noch in privaten Gesprächen.«

Lirion spreizte die Finger, das lunarische Äquivalent eines Achselzuckens. »Ich habe schnell erkannt, daß meine Bemühungen ziemlich nutzlos sind. Ja, die Bürger der Föderation können ihre Meinungen veröffentlichen, ihre Parlamentarier wählen, in ihren Versammlungen debattieren, über Maßnahmen abstimmen, aber Ihr wißt besser als ich, daß es der Cyberkosmos ist, der die Entscheidungen trifft.«

»Haltet Ihr ihn ehrlich für unseren obersten Herrscher? Das kann ich mir nicht vorstellen. Ihr seid intelligent und gebildet. Ihr wißt, daß Menschen und Maschinen Teil desselben Systems sind, und Sophotekten sind Individuen wie Ihr.«

»Nay, nicht ganz. Ihre Bewußtseine sind Verkörperungen der großen Einheit, und die verfolgt ihre eigenen Ziele, die nicht entfernt menschlich sind.«

Wie sollten sie auch? dachte Venator. »Ist ein Hammer Euer Feind, nur weil er einen Nagel besser einschlagen kann, als Ihr mit der Faust? Der Cyberkosmos ist die Weiterentwicklung der Vereinigung menschlichen und maschinellen Geistes.«

»Mag sein, sobald die Menschen aufgehört haben, menschlich zu sein.« Lirion machte eine abgehackte Handbewegung, aber seine Stimme blieb sanft, und er lächelte. »Laßt uns nicht in einen philosophischen Disput verfallen, der nur ermüdend und sinnlos sein könnte. Um die Wahrheit zu sagen« – falls es tatsächlich die Wahrheit ist, dachte Venator –, »Euer Besuch läßt ein wenig Optimismus aufkeimen. Wäre es möglich, daß der Cyberkosmos durch Euch direkt mit mir sprechen würde?«

Ein Minimum an Aufrichtigkeit war angebracht. »Es wäre mir eine Freude, Botschaften zu überbringen, aber ich bin kein Sophotekt.«

Lirion legte den Kopf schief. »Also eine Bewußtseinskopie? So etwas hatte ich vermutet. Dann gebietet es die Höflichkeit, Euch nach Eurem Namen zu fragen.«

Venator hatte nicht vor, ihm zu erklären, daß es nicht ganz so einfach war, daß er als Synnoiont seinen Geist bereits zu Lebzeiten hin und wieder mit dem Cyberkosmos vereinigt hatte, soweit es einem organischen Geschöpf möglich war. Aber er konnte offen über Dinge sprechen, die für den anderen keine Bedeutung hatten. »Früher war ich Lucas Mthembu.«

Unerwartete Erinnerungen stiegen in ihm auf, ein kleines Wiegenlied seiner Mutter, ein goldener Löwe in einer sommergelben Grassteppe, der Gehirngarten, in dem er seine Kindheit verloren und seinen Lebenszweck gefunden hatte, schmackhaftes Essen und Getränke, eine nächtliche Gasse, in der er sich an einen Mörder heranpirschte, Angeln an einem See, der sich glitzernd bis zum Horizont erstreckte, Konflikte, Freundschaft, Lilisaire mit ihrer feuerroten Mähne, die ihm mit List und Tücke die bitterste Niederlage bereitet und danach für immer in ihm weitergelebt hatte ... »Aber seither habe ich viele andere Namen benutzt. Venator sollte ausreichen.«

Überflüssig zu erwähnen, daß der Name in einer von allen vergessenen Sprache, die nur noch in der großen Datenbank existierte, Jäger bedeutete. Ebensowenig brauchte Lirion zu erfahren, daß er es nicht mit der Bewußtseinskopie eines lebendigen Menschen zu tun hatte, sondern mit der eines menschlichen Geistes, der bereits mit der Einheit verschmolzen war. Oh, wie sehr sich Venator danach sehnte, ins Nirwana zurückzukehren!

»Ich wäre äußerst interessiert daran, alles zu erfahren, was Ihr mir über Euer Leben zu berichten bereit seid, Donrai Venator«, sagte Lirion. »Vielleicht könnte es mir hilfreiche Einsichten vermitteln. Wir sind tatsächlich dort draußen zwischen den Kometen und Sternen auf Proserpina isoliert.«

Venator erzeugte ein Lachen. »Ich werde Euch keine Autobiographie liefern, aber, ja, laßt uns reden und uns besser miteinander bekannt machen.«

Das Gespräch zog sich zwei oder drei Stunden lang dahin, lebhaft und angenehm in der Art eines verbalen

Fechtduells. Beide hatten viele Fragen und viel zu berichten. Der Lunarier erwies sich abwechselnd als unverbindlich, sarkastisch, pragmatisch, lyrisch, geistreich und immer charmant. Venator erinnerte sich an Geschichten, die man sich über seine Zeit auf Luna erzählte, Legenden über einen meisterhaften Sportler und Gospieler, skrupellosen Geschäftsmann und gelehrten Historiker, Feinschmecker und Vielfraß, sexuell Unersättlichen und Enthaltsamen, korrupten Politiker, neofeudalen Lord, gefährlichen Verschwörer und vielleicht auch Idealisten, der für das Wohl seines Volks kämpfte. Obwohl er zu stolz war, um damit zu prahlen, wurde immer klarer, daß die Legenden über ihn nach seiner Auswanderung epische Dimensionen angenommen hatten.

Trotzdem hatte keiner von beiden kaum etwas Konkretes zum eigentlichen Thema gesagt, als sich das Gespräch dem Ende näherte. (*Fast* nichts.) Eine oberflächliche Diskussion über Handelsfragen. (Bräuchten die Marsianer nicht mehr Wasser für ihren Planeten? – Nein, zur Zeit nicht, und sollte sich ein neuer Bedarf ergeben, könnten Roboter einen Kometen herbeischaffen.) Sicherheitsvorkehrungen waren kurz angesprochen worden. (Die Vorstellung, Proserpina könnte die Erde mit Raketen beschießen oder umgekehrt, sei doch wirklich lächerlich! – Ja, aber sollte es in den Tiefen des Alls jemals zu Gewalttätigkeiten kommen, müßte sich eine Erde, die die Mittel dazu geliefert hatte, schwere Vorwürfe gefallen lassen.) Beide erkannten die Aussichtslosigkeit der Themen und ließen sie fallen. Lirion erklärte, daß er Gespräche mit zwei weiteren Personen geplant hätte, aber davon ausging, daß er schon bald wieder nach Hause fliegen würde, falls die Regierung nicht doch noch einlenkte. Doch was Donrai Venator zum Status und der Ermutigung privater Unternehmungen in einer postkapitalistischen Wirtschaft bemerkt hätte, sei faszinierend, und könnte er das nicht näher erläutern . . .?

Sie verabschiedeten sich mit der Versicherung ihrer

gegenseitigen Wertschätzung und Hilfsbereitschaft. Als lebendiger Mensch hatte Venator die Fähigkeit besessen, jederzeit eine perfekte Maske aufzusetzen, aber jetzt war er eher froh, kein Gesicht zu haben. Während er sich auf den Rückweg zur Verwaltungszentrale machte, konzentrierte er sich völlig auf die Fährte seiner Beute.

Er hatte bereits früher Witterung aufgenommen. In der nachrichtendienstlichen Abteilung der Friedensbehörde gab es nur wenige Lunarier, von denen man in dieser Angelegenheit niemandem trauen durfte. Kein Terraner hätte Lirion unbemerkt beschatten können, erst recht nicht in dem alten Stadtviertel, in dem ausschließlich Lunarier und andere Metamorphe lebten. Doch Wartungsroboter hatten überall Zugang. Sie waren so unverzichtbar wie die Luft zum Atmen und wurden genausowenig beachtet. Venator hatte einige von ihnen noch vor Lirions Ankunft mit Observationsprogrammen versehen.

Der Proserpinarier hatte regelmäßig und unauffällig eine Wohnung im alten Stadtviertel aufgesucht. Manchmal blieb er mehrere Stunden dort. Das Appartement war von einem gewissen Seyant gemietet worden, einem Lunarier, über den man nur wenig hatte herausfinden können, außer, daß er ständig überall auf dem Mond herumreiste.

Venator mußte eine Menge Detektivarbeit leisten – es überraschte ihn ein wenig, als sie schließlich zum Erfolg führte –, aber er erfuhr, daß vor etwa einem Jahr diverse Ausrüstungsgegenstände in die Wohnung geliefert und dort Arbeiten vorgenommen worden waren, die auf Kommunikationseinrichtungen schließen ließen. Seither waren unlesbare quantenverschlüsselte Nachrichten hinein- und herausgegangen. Das war natürlich weder ein Verbrechen noch sehr ungewöhnlich, und Venator konnte nicht beweisen, daß irgend jemand in der Wohnung die geheime Datenbank der Regierung angezapft hatte. Eigentlich sollte das unmöglich sein.

Doch nachdem es erst einmal alarmiert worden war, hatte das System mehrere Möglichkeiten skizziert, wie so etwas doch bewerkstelligt werden konnte. Alle erforderten einzigartige Voraussetzungen. Venator war der Überzeugung, daß sein Stab weder ein entsprechendes Programm noch irgendwelche anderen Beweise finden würde, wenn er das Appartement einer Razzia unterzog. Die Informationen, um welche es sich auch immer handeln mochte, *waren* entwendet worden, die codierten Nachrichten hatten Proserpina erreicht, und Lirion war hier, um die noch unbekannte Operation zu leiten.

Welche Instruktionen hatte er bereits im Vorfeld übermittelt? Vermutlich machten schon seit Jahren Laserstrahlen die tagelange Reise zwischen Luna und Proserpina, und zusammenhangslose Pläne hatten sich zu einem konkreten Ziel verfestigt. Venator hatte keine Ahnung, worin dieses Ziel bestand, beziehungsweise zu viele sich widersprechende Ideen. Aber die Zeit des Handelns mußte unmittelbar bevorstehen, denn Lirion hatte gesagt, daß er bald wieder abreisen würde.

Die Polizei könnte ihn auf bloßen Verdacht hin verhaften, was vermutlich dem Gesetz nach kaum vertretbar war, nicht so sehr in der Hoffnung, ihm die Wahrheit entreißen zu können – er mußte Vorkehrungen für einen solchen Fall getroffen haben, von denen ein implantierter Selbstmordsprengsatz lediglich die offensichtlichste war –, sondern um den Ablauf der Verschwörung zu stören. Doch Venator bezweifelte, daß ihm auch nur das gelingen würde. Bestenfalls würde die Organisation weiter im Verborgenen existieren, intakt und bereit, erneut Unheil auszubrüten.

Heute hatte er sich mit ihrem Anführer getroffen. Seine menschliche Intuition, die kein reiner Sophotekt in dieser Form hätte aufbringen können, festigte den Entschluß, den er bereits früher getroffen hatte. Die richtige Vorgehensweise war die Überwachung des Feindes, das heimliche Belauschen und Beobachten seiner Gespräche. Glücklicherweise verfügte Venator über die entsprechenden Möglichkeiten.

Obwohl die Wohnung sehr alt war, befanden sich ihre Konstruktionspläne noch immer im Datenarchiv der

Stadt, zusammen mit Aufzeichnungen über im Lauf der Jahrhunderte vorgenommene bauliche Veränderungen, von denen es nicht viele gegeben hatte. Terraner übernahmen nur ungern lunarische Wohnungen, weil sie für größere Bewohner entworfen worden waren und in ihren Augen eine merkwürdige Raumaufteilung und Gestaltung aufwiesen. Die früheren Mieter hatten während einer unruhigen Periode Sicherheitsvorkehrungen gegen alle erdenklichen Formen eines Lauschangriffs getroffen, die ständig auf den neusten Stand gebracht worden waren. Andere hatten sich später einen Fluchtweg für den Notfall geschaffen. Unter einer Falltür in einem Wandschrank führte ein vertikaler Schacht zu einem Tunnel der nächsttieferen Ebene durch ein Labyrinth stationärer Maschinen wie Luft- und Wasserwiederaufbereitungsanlagen, Pumpen, Wärmeaustauscher und dergleichen.

Ein Sophotekt mit einem Miniaturkörper war durch den Schacht in den Schrank hinaufgekrochen und hatte entdeckt, daß das Versteck getarnt und mit passiven optischen und akustischen Fasern ausgestattet war, die es einem Beobachter ermöglichten, alles zu sehen und zu hören, was sich in dem angrenzenden Raum abspielte. Venator war überzeugt, daß die Tür der kleinen Kammer ebenfalls gut getarnt und nicht von der Wand zu unterscheiden war. Er hatte keinen Grund zu der Vermutung, daß sich irgend jemand während der letzten Generationen, oder überhaupt jemals, dort aufgehalten und die Einrichtung benutzt hatte. Der sophotektische Spion berichtete, keine Schlösser, Detektoren oder Alarmanlagen entdeckt zu haben. Vielleicht wußten die derzeitigen Mieter nicht einmal von dem Versteck, vielleicht hatten sie einfach nicht daran gedacht. Sie waren menschlich und damit zwangsläufig fehlbar.

Venator würde sich selbst dort einschmuggeln.

Allerdings nicht in dieser Gestalt. Dieser Körper oder jeder andere, der seinen Gehirnkasten beherbergen konnte, wäre zu groß, zu metallisch und elektronisch zu leicht anmeßbar. Das gleiche galt für eine Verbindung zur Außenwelt. Ein kurzer Aufenthalt, um einen flüchtigen Blick in die Wohnung zu werfen, wäre eine Sache, eine längere Zeit in dem Schrank zu verbringen, war etwas völlig anderes.

Sobald er einmal da war, würde er auf sich allein gestellt sein, körperlich hilflos, nicht mehr als ein Kasten mit einem Lautsprecher, Sensoren und einem Verstand. Er durfte es nicht einmal wagen, Beobachter in der Nähe zu postieren. Ein extrem kleiner Roboter müßte gefahrlos einmal täglich zu ihm hinaufkriechen können. Sollte er den Eindruck gewinnen, daß irgendwelche Aktionen der Verschwörer unmittelbar bevorstanden, würde er dem Roboter ein Zeichen geben, ihm eine größere Maschine zu schicken, die ihn abholte.

Wenn sich nichts tat, mußte er unter Umständen ziemlich lange allein in der Dunkelheit ausharren, aber er hatte die Geduld einer Maschine. Darüber hinaus besaß er etwas, das jeder Maschine fehlte, die Erinnerung daran, einmal ein Mensch gewesen zu sein, und dadurch ein subtiles Verständnis und die Fähigkeit, richtig beurteilen zu können, welche Bedeutung sich hinter bestimmten Gesten und Worten verbarg.

Was die Gefahr betraf, der er sich aussetzen würde, in seinem derzeitigen Zustand war er unfähig, Angst zu empfinden. Was er statt dessen fühlte, war so etwas wie Freude. Bis er seine Belohnung erhielt, die Rückkehr in die allesdurchdringende Einheit, konnte er sich nichts Besseres vorstellen, als sich geistig mit einem Gegner wie Lirion zu messen.

KAPITEL 4

Jesse Nicol wurde von den Erinnerungen an seinen letzten Abend in Ozeanien heimgesucht.

Er hatte an der Steuerbordreling des obersten Promenadendecks der *Okuma 'Olo* gestanden und nach Westen gestarrt. Die *Okuma 'Olo* war weniger ein Schiff als vielmehr eine schwimmende Stadt, das Zuhause von ungefähr viertausend Menschen. Unter ihm verliefen Terrassen wie eine Landschaft, blühende Blumengärten zwischen kurzgetrimmten Ligusterhecken oder Lavendel, Bougainvillea und Fuchsien leuchteten an weißen Laubenwänden, raschelnder Bambus umgab versteckte Rasenflächen, hier und dort eine Palme vor dem Himmel, ein Bach, der sich in kleinen Wasserfällen in einen Teich ergoß, in dem Kinder herumtollten. Ihr fröhliches Geschrei drang leise und süß zu ihm hinauf, wie auch die Töne einer unsichtbaren Flöte. Noch immer hielt sich ein kaum wahrnehmbarer Duft in der zum Abend hin allmählich kühler werdenden Luft.

Drei ähnliche Wohnschiffe lagen weit verstreut im Meer in Sichtweite. Nauru schien dunkel über dem nördlichen Horizont zu schweben. Die ersten Lichter begannen, von der Insel herüberzufunkeln. Schon vor langer Zeit waren die Lahui Kuikawa zu zahlreich für Nauru geworden, aber die Insel blieb das Herz ihrer Nation. Das Meer in ihrer Umgebung war mit Teppichen von Aquakulturen bedeckt, die sich weiter erstreckten, als das Auge reichte. In allen anderen Richtungen liefen flache Wellen leise flüsternd über das Wasser, blauviolett, mit fragilen Schaumkronen überzogen, gleißend wie geschmolzenes Metall, wo sich die Sonnenstrahlen in ihnen brachen.

Eine Gruppe Keiki Moana schwamm vorbei, Gestalt gewordene Eleganz mit Flossen. Das aus dem Westen einfallende Licht tanzte in ihrer Kielspur.

Nicol beachtete sie nicht.

Er war eine Stunde lang einsam umhergewandert, bevor er hier haltgemacht hatte, um sein Schicksal zu verfluchen.

Leise Schritte klangen hinter ihm auf. Er drehte sich um und sah Ianeke auf sich zukommen. Einen Moment lang schwiegen beide, er versuchte, sich von seinen Gedanken freizumachen, sie wirkte unschlüssig.

»Du sonderst dich ab, Jesse«, sagte sie auf Anglo. Daß

sie es fließend beherrschte, hatte ein kleines bißchen dazu beigetragen, sie zusammenzubringen.

»Ich will es so«, erwiderte er.

Sie streckte eine Hand nach ihm aus und ließ sie wieder fallen. »Ich werde dich nicht stören, wenn du das nicht willst.«

Er brachte ein Lächeln hervor. »Wie könntest du mich stören?« Und sie war wirklich schön, braun und geschmeidig. Nachtschwarzes Haar umrahmte ein Gesicht, in dem sich alle Blutlinien der Erde harmonisch zu vereinen schienen. Sie trug ein Wickelkleid und einen Jasminkranz.

Ihr Lächeln blitzte auf. »Das klingt schon besser.« Doch dann wurde sie wieder ernst. Er hörte die Besorgnis in ihrer Stimme. »Aber du bist immer einsam, nicht wahr? Ich meine, tief in dir drin, dort, wo es zählt.«

»Wie sollte mir es sonst ergehen, wenn ich ständig unter Fremden bin?« gab er gedankenlos zurück. Sofort wollte er hinzufügen, daß er das nicht selbstmitleidig gemeint hatte, aber das würde sich vielleicht sogar noch schlimmer anhören. Er war einfach zu impulsiv.

»Nein, wir sind hier deine Freunde!« rief sie betroffen aus. In mancher Hinsicht waren diese Bewohner des mittleren Pazifiks übertrieben verletzbar. Lag es daran, daß sie kaum Kontakt zum Rest der Welt hatten, oder eher an dem seltsamen Einfluß der Keiki, diesen metamorphischen Robben, die die andere Hälfte ihrer Gemeinschaft bildeten?

Sie hatten ihn ohne jede Frage willkommen geheißen, zuerst als Besucher, dann als jemanden, der sich allmählich an die Vorstellung gewöhnte, sein Leben unter ihnen zu verbringen. Die Geduld, mit der sie ihm seine Taktlosigkeiten und Wutausbrüche verziehen und ihn hauptsächlich anhand vorgelebter Beispiele belehrten, war grenzenlos. Oft fragte er sich, wieviel davon natürliche Freundlichkeit war, und wieviel er der Tatsache zu verdanken hatte, daß sie seine Fremdartigkeit als interessant empfanden oder vielleicht sogar seine Gedichte mochten.

»Du und ich ...« Ianekes Stimme verlor sich.

»Ja«, mußte er ihr recht geben. Sie hatte ihm mehr als Freundlichkeit entgegengebracht, sie hatte ihn wirklich gern.

Trotzdem konnte er seine düstere Stimmung nicht abstreifen. Ianeke musterte ihn traurig, bevor sie fragte: »Hast du an deinem neuen Gedicht gearbeitet? Es tut mir leid, falls ich dich unterbrochen habe. Ich werde gehen und dich weiterarbeiten lassen.« Und auch das war aufrichtig gemeint. Ihre Kultur machte Kreativität zu einem Ideal, das mächtiger war, als er es jemals irgendwo sonst gefunden hatte.

Er schüttelte den Kopf. »Nein, es ist fertig.«

Ihre Augen weiteten sich, dann biß sie sich auf die Lippen. »Du klingst unzufrieden.«

»Das bin ich auch. Es ist Müll.«

»Das kann ich mir nicht vorstellen. Du bist zu streng mit dir, *ipo* ... Lieber. Wie oft habe ich dir das schon gesagt? Das bist du wirklich.« Sie berührte seine Hand. Er konnte ihr Mitgefühl spüren, hören und sehen.

Mitgefühl! Fast wäre er zurückgezuckt.

»Es taugt nichts, gar nichts«, krächzte er.

»Kann ich es hören?« Sie wagte ein weiteres Lächeln. »Dies ist eine gute Stunde. Du hast mir gesagt, die Idee dazu wäre dir vor ein paar Tagen genau um diese Zeit gekommen.«

»Wie du willst.« Er wandte den Blick ab, heftete ihn auf die Keiki Moana in den Wellen und murmelte:

»Der Sonnenuntergang malt eine Straße auf das Meer,
vergänglich wie das Feuer. Kaum ein Hauch,
kaum eine Welle kräuselt seine Bahn,
kein Zeichen sagt dem Tag: ›Dies ist der Weg zum
Tod.‹
Sie, die das Reich des Infra-Violett verlassen,
und sinken in die endlos dunkle Nacht,
dort wo das irdische Getriebe ächzt
und keine Stille auf dem Schlick des Lebens ruht.
Wie wird dies Meeresvolk uns je gedenken?

Wie sollte und wie könnte es?
Zu schwer sind unsre Knochen für die nasse Straße in den Westen,
die unter einem Stern im Osten stumm erlischt.«

»Mir gefällt dein Gedicht«, sagte Ianeke leise.

Nicol spuckte über die Reling. »Es ist leer, glaub mir! Es vermittelt nichts von dem, was ich ausdrücken wollte ...«

Sie trat neben ihn. »Oder was in deinem Inneren brennt.«

»Ha! Die Bezeichnung für mich ist nicht Poet, sondern Poetaster.«

»Nein. Du hast eine Gabe, du hast Feuer in dir.«

Er zuckte die Achseln. »Vielleicht, irgendwo in meinen Genen. Was für eine Rolle spielt das schon, wenn ich nichts habe, wofür ich meine Gabe benutzen kann?«

»Wie meinst du das?«

Seine Hände ballten sich zu Fäusten. »Das, wonach ich überall auf der Welt gesucht habe, von dem ich eine Weile geglaubt habe, ich hätte es hier gefunden. Die ... die Symbole und die Substanz.« Er atmete stockend ein. »Warum ist seit Jahrhunderten nichts Neues, nichts mit einem echten Gefühl in der Literatur, der Musik, in irgendwelchen Künsten, ja, selbst in der Wissenschaft ... warum ist auf keinem dieser Gebiete mehr etwas Neues erschaffen worden, außer in winzigen Enklaven wie eurer?«

»Aber ... die Erde, Luna, der Mars ... dort gibt es Tausende von guten Schriftstellern ...«

»Ja«, fiel er ihr ins Wort. »Brillante Leute, die hervorragende Variationen alter Formen und Themen liefern, die versuchen, etwas wiederzubeleben, das schon vor der Geburt ihrer Großeltern abgenutzt und verschlissen war. Welchen Sinn macht es denn, eine Imitation der *Odyssee*, von *Die Trojanischen Frauen*, des *Hamlet*, von *Das Öde Land* oder *Elegie an Jupiter* zu produzieren?« Er kam immer mehr in Fahrt. »Diese Werke haben von Liebe, Kampf, Triumph, Trauer, Entsetzen und Geheimnissen erzählt, in der Sprache ihres Volks und ihrer Götter, oder von Menschen, die ihre Götter verloren, aber dafür ein Universum gewonnen haben. Was für ein Leben findet heute noch statt, außer einem, das älter als wir alle ist, die gleiche sichere Routine, jetzt und für alle Zeiten?«

»Ich glaube, wir hier ...«

»Ja, ja. *Ihr* forscht und geht auf Entdeckungsreisen, bringt neue Mythen hervor ...« In einem abgelegenen Winkel des Planeten, schoß es ihm flüchtig durch den Kopf, autonom und ungestört. Doch wenn diese Gebräuche und Träume eines Tages die Außenwelt erreichen, wie sehr würden sie dann ihren Frieden stören? So wie einst der Glaube von Christus oder Mohammed, die Philosophie von Locke oder Jefferson, die Wissenschaft von Newton oder Darwin, oder ganz bestimmte Gedichte ...

»... und ihr singt darüber!« schrie er. »Gott, wie ich eure Barden beneide! Ich hoffe, ich könnte mit ihnen ...« Er keuchte.

Ianeke hielt ihn fest. »Das kannst du. Das wirst du.«

Er sackte in sich zusammen. »Nein. Es ist zwecklos. Ich bin ein Außenseiter.«

Sie trat einen Schritt zurück, nahm seine Hände in die ihren und sah ihm direkt in die Augen. »*Kaohi mai 'oe*«, sagte sie leise. »Laß nicht los. Du kannst lernen, einer von uns zu werden.«

»Wie könnte ich, wenn ... wenn ...«

Wie um Nicols Frage zuvorzukommen und gleichzeitig die passende Antwort zu liefern, tauchte Tawiri hinter dem Deckhaus auf. Nicol hatte den Eindruck, als würde das gesamte Schiff unter den Schritten des Lahui erzittern, obwohl er sich geschmeidig bewegte und seinen massigen Körper perfekt unter Kontrolle hatte. Sein rundes, glattes Gesicht war fröhlich. »Aloha, Ianeke«, grüßte er auf Awaiisch. Nicol hatte die Sprache durch einen Vokabelinduktor und vor allen Dingen mit Ianekes Hilfe recht gut gelernt.

Tawiri deutete über die Reling. Die Sonne hatte sich in eine rotgoldene Scheibe verwandelt und stand unmittelbar über dem Horizont. Sie warf eine gleißende Schneise über das Wasser. »Ich habe dich gesucht«, sagte er. »Wir wollten mit den Keiki die Straße des Sonnenuntergangs entlangschwimmen.«

Die junge Frau zögerte kurz, bevor sie nickte. »Ja, richtig. Ich habe es vergessen. Jesse . . .«

Nicol wußte, daß er kräftig genug war, um sie zu begleiten, aber er beherrschte ihren Stil nicht. Was sie beabsichtigten, war, einen Tanz aufzuführen, eine Kunst, die sie von Kindheit an gelernt hatten. Auch würde er nie richtig verstehen können, welches Wunder sie feierten.

Bitterkeit schoß in ihm hoch, ein Gefühl der Übelkeit, als müßte er sich übergeben. »Schön, geh schon!« fauchte er. »Laß mich allein!«

Tränen schimmerten in Ianekes Augen. »Jesse, ich wollte nicht . . .«

Seine Wut war wie eine Woge, die ihn mit sich riß, ohne daß er etwas dagegen tun konnte. »Geh, habe ich gesagt! Hau ab! Das ist ein Befehl!«

Sie hob die Hand an die Lippen, als hätte er sie geschlagen. Tawiri errötete, sein Gesicht verfinsterte sich. »Hör auf«, grollte er. »Du solltest nicht so mit ihr sprechen. Mit niemandem.« Seine Stimme klang fassungslos. »Erst recht nicht mit deiner Geliebten.«

»Meine Geliebte?« heulte Nicol. »Jedermanns Geliebte!«

Die beiden Lahui starrten ihn an, und er spürte ihr Entsetzen. Wenn Ianeke das Bett auch mit diesem ihrer Freunde teilte, was ging das Nicol an? Nichts, weder hier noch sonst irgendwo auf der Welt. Die Tatsache, daß er sie liebte, war für jeden außer ihm bedeutungslos.

Tawiri drückte die Schultern durch. »Das war *pupuka*«, sagte er beinahe sanft. Das Wort, nicht richtig übersetzbar, bezeichnete einen erschreckenden Verstoß gegen die Regeln des Anstands. »Du mußt dich auslösen.« Damit meinte er einen Akt der Wiedergutmachung unter Zeugen. Für die Lahui war das keine Demütigung. Gewöhnlich folgte dem Ritual ein fröhliches Fest.

In seiner derzeitigen Stimmung aber war das unmöglich für Nicol. Ein kleiner Teil in ihm wußte, wie verrückt er sich aufführte, aber er hatte einfach keine Kontrolle mehr über sich. »Ich werde dich auslösen, du selbstgefälliger Schleimwurm!« Seine Faust bohrte sich in Tawiris Magen.

Der große Mann taumelte überrascht zurück, atmete keuchend aus, erholte sich wieder und streckte die Arme aus, um seinen Angreifer zu packen. Nicol hatte Kampfsportarten gelernt. Manchmal half ihm ein Wettkampf, ein wenig Zorn abzulassen. Seine Gegenreaktion erfolgte sofort, ein Wirbel von Armen und Beinen. Tawiri stürzte schwer auf das Deck.

Er stemmte sich vom Boden hoch, blieb aber sitzen und musterte den Fremden genauso starr wie Ianeke. Lange Zeit sagte niemand ein Wort. Die Sonne sank hinter den Horizont, die glitzernde Meeresstraße erlosch.

»Ich wußte nicht ... daß das ... in dir steckt«, stotterte Ianeke schließlich.

Nicol wich ihrem Blick aus. »Ich auch nicht«, zwang er sich zu antworten und wußte, daß er log. Und doch hatte er das nicht gewollt, wirklich nicht. »Es ... es tut mir leid.«

»Uns tut es auch leid.«

Tawiri erhob sich. Ianeke schmiegte sich trostsuchend an seinen massigen Körper.

»Ja«, seufzte sie. »Du solltest uns lieber verlassen. Morgen früh macht ein Flugzeug mit Ziel Australien eine Zwischenlandung auf Nauru.«

Wohin wird es mich als nächstes verschlagen? fragte sich Nicol. Sein Zorn war verflogen und hatte ein Gefühl der Betäubung zurückgelassen. Später, das wußte er, würden sich Reue und Schmerz einstellen. Jetzt wurde er von einer bleiartigen Nüchternheit durchdrungen.

Ein zunehmender Halbmond leuchtete blaß über dem Deckhaus. Vielleicht sollte er dort sein Glück versuchen. Warum nicht? Dort könnte es ihm auch nicht schlechter als hier ergehen. Der Flug würde den größten Teil seiner bescheidenen Ersparnisse verschlingen, und die Lebenshaltungskosten auf Luna waren höher als auf der Erde. Wenn er nicht in Armut leben wollte, würde er eine

Arbeit annehmen müssen, um seinen Bürgerkredit aufzustocken. Nun, er hatte gehört, daß die Lunarier ihre Unternehmen für Terraner öffneten, und Terraner von der Erde wurden bevorzugt, weil sie in der Regel körperlich stärker waren. Außerdem beschäftigten die Lunarier lieber Außenseiter mit einer größeren emotionalen Distanz als Einheimische. Es müßte ihm gelingen, sich schnell die nötigen Fähigkeiten anzueignen. Da er im Habitat geboren und aufgewachsen war, kam er gut mit veränderlichen Schwerkraftverhältnissen, Corioliskräften und allen anderen Tücken des Weltraum zurecht. Außerdem hatte er eine technische Ausbildung erhalten, um zu lernen, wie die moderne Welt funktionierte. Auch wenn er seit damals ein ruheloser Wanderer geworden war, würde er sein Wissen schon bald wieder aufgefrischt haben. Und wenn die Mondbewohner für ihn nicht inspirierender als die Erdlinge waren, würde vielleicht ihre Umgebung ihm einen unmenschlichen Stoff liefern, den er besingen konnte, ein neuzeitlicher Jeffers …

Der Gedanke durchwehte ihn kalt und flüchtig, wie Nebelschwaden, während sich in ihm die Erkenntnis einstellte, was er verloren hatte.

»Aber ich wünsche dir alles Gute«, weinte Ianeke in Tawiris Armen. »Für alle Zeiten.«

»Das wünsche ich dir ebenfalls«, sagte Nicole tonlos. »Euch allen.«

KAPITEL 5

Falaire wohnte im Dizoune-Appartementblock unter anderen Lunariern, die es sich leisten konnten. Ihre Wohnung ging auf einen Korridor hinaus, der zur Zeit die Illusion des Weltraums erzeugte. Frostige Sterne in bodenloser Schwärze, mit Sternzeichen versehene Türen.

Wenn man ihr Appartement betrat, fand man sich in

einem einzigen großen Raum wieder, der die Form einer halben Ellipse hatte und von dem nur die Toilette permanent abgetrennt war. Der Fußboden, dunkelblau und nachgiebig, konnte Zwischenwände ausfahren, wo immer Falaire es wünschte, und sie auf Befehl wieder zurückziehen. Gewölbte perlmuttfarbene Wände stiegen zu einer abgerundeten Decke auf, die bis auf einen Abschnitt, an dem das natürliche Felsgestein nicht bearbeitet worden war, von einem Gitter überzogen wurde. Der Eingangstür gegenüber rankte sich eine Klettertrompete an einer Säule empor und überzog die vergitterte Decke mit einer dichten Schicht aus Blättern und feuerroten Blüten. Das Mobiliar, im zierlichen lunarischen Stil gehalten, war eher karg. Falaire schätzte Ellbogenfreiheit, um herumlaufen, tanzen und Fechtübungen machen zu können. Zu dieser Abendwache zeigte ein überdimensionaler Wandschirm eine phantastische Szenerie, schlanke Türme, die in einen karmesinroten Himmel hineinragten, durch den Schlangen mit weißen Flügeln flogen. Die wilde und leidenschaftliche Hintergrundmusik hatte sich in ein leises Flüstern wie von Wind und Streichern verwandelt, doch sie war mit einem erotisch stimulierenden Infraschallrhythmus unterlegt.

Die Lunarierin hatte um ihr Bett herum spiegelnde Wände aus dem Boden wachsen lassen, die sie stehen ließ, als sie und Nicol Hand in Hand aus dem Liebesnest heraustraten. Sie hatten bequeme Gewänder übergeworfen. Der samtschwarze Stoff schmiegte sich an Falaires Körper und betonte ihre weiße Haut und das lose herabfallende goldene Haar. Sie setzten sich an den Tisch, den der Haushaltsroboter mit einem Spitzentischtuch, einem leichten Imbiß und einer Karaffe Wein gedeckt hatte. »Wir bedienen uns allein«, sagte Falaire. Der Roboter glitt gehorsam an seinen Platz in der Kochnische und erstarrte. Eigentlich hätten sie nach lunarischer Manier in der geringen Schwerkraft stehend essen können, aber Nicol genoß es, vollkommen entspannt zu sitzen. Auf eine Geste Falaires hin schenkte er Wein in die Kristallkelche ein.

Sie hob den ihren. »*Uwach yei*«, murmelte sie den traditionellen Trinkspruch ihres Volks.

»*Salud, amor, dinero, y tiempo para gozarlos.*« Nicols Erwiderung, die noch älter war, paßte zu dem Moment, aber er hatte sie auch gewählt, um seine terranische Herkunft zu betonen – seine Unabhängigkeit. Außerdem hätte sich Falaire über Unterwürfigkeit nur lustig gemacht, um so mehr, wenn sie von einem Liebhaber kam.

Sie tranken und blickten einander tief in die Augen. Wie schon so oft zuvor wurde Nicol bewußt, wie wenig er über das wußte, was wirklich in ihr vorging. Auch während der letzten Stunde hatte sie wieder nicht mehr als lustvollen Einfallsreichtum offenbart.

Der Wein war rot und schwer, pikant aromatisiert. Er schmeckte ihm nicht sonderlich, aber es war besser, wenn er das nicht erwähnte. Nach dem zweiten Schluck schmeckte er schon weniger scharf, und prickelnde Wärme breitete sich in seinen Adern aus.

Falaire lächelte. »Brütest du schon wieder vor dich hin?«

Nicol schüttelte sich. »Tut mir leid. Ich habe meine Gedanken wandern lassen.«

»Weil du es nicht selbst tun kannst? Das Wandern liegt dir im Blut.«

Ja, sie hatte einiges über ihn erfahren, seit sie zusammen waren. In ihren Armen hatte er ihr seine Wünsche und sein Elend gestanden und einmal sogar geweint. »Im Augenblick verspüre ich nicht das geringste Bedürfnis zu reisen«, sagte er und bemühte sich um einen heiteren Tonfall.

»Auch ich bin froh, daß du hier bist.« Sie klemmte ein gebackenes Lachsroggentäschchen zwischen ihre Eßstäbchen und knabberte daran. Vor seinem inneren Auge tauchte das Bild einer Katze auf, die mit einer Maus spielte. Sie lächelte, in Erinnerungen an ihr Liebesspiel versunken. »Das waren einige wunderbare Andockmanöver von dir.«

»Ich hatte ja auch ein ... ein wunderbares Dock.« Er

wußte, daß er auf diesem Gebiet nicht außergewöhnlich begabt war. Nun, sie hatte Fähigkeiten in ihm geweckt, die er von sich nicht vermutet hätte.

»Sie haben mich an deine Heldentaten im All erinnert«, fuhr Falaire fort. »Eyach, wirklich geschickt.«

»Keine Heldentaten. Ich habe nie behauptet ... Ein paar Rettungseinsätze, Operationen außerhalb des Schiffes, Reparaturen.« Aufgaben, die ein Sophotekt schneller und besser hätte erledigen können, aber die Rayenn existierte hauptsächlich, um zumindest einen Rest menschlicher Präsenz im Raum zwischen den Planeten zu gewährleisten.

Warum fiel es ihm so schwer, sich zu artikulieren? Auch wenn er nicht schlagfertig war, konnte er sich in der Regel ungezwungen unterhalten und ein Kompliment annehmen, ohne sich zu zieren.

»Jetzt glaube ich dir die Geschichten, die du mir erzählt hast.«

»Du hast mir früher nicht geglaubt?« Er fühlte sich auf eine irrationale Weise verletzt. »Du hättest dich jederzeit überzeugen können. Die Berichte befinden sich in der Datenbank der *courai* ...«

»Wai-ha, ich habe nur Spaß gemacht. Sei nicht so empfindlich.«

»Du bist empfindlich!« entgegnete er hitzig und erschrak sofort über seine Reaktion. Er hatte den lunarischen Blick, mit dem sie ihn bedachte, nur zu gut kennengelernt, die Warnung, sich innerlich von ihm zurückzuziehen.

»Tut mir leid«, versicherte er schnell und stotterte beinahe in seiner Hast. »Ich wollte dich nicht beleidigen, *querida.* Ich meinte nur, du ... dein Volk ... ihr seid so wild, so sprunghaft und stolz.« Stolz wie Luzifer, dachte er in Erinnerung an Bücher, die heute kaum noch jemand kannte.

Warum mußte das wohlige Gefühl der Wärme, das sich nach ihrem Liebesspiel in ihm ausgebreitet hatte, so schnell wieder verfliegen?

»Wir sind keine zahmen Terraner, nay«, bestätigte sie.

Eine Weile aßen und tranken sie schweigend. Nicol wünschte sich verzweifelt, die Spannung irgendwie abzubauen. Ging es ihr genauso?

»Ich ... ich verstehe«, sagte er schließlich. »Es ehrt mich, daß du ...«

Sie lächelte erneut, streckte einen Arm über den Tisch aus und drückte kurz seine Hand. »Du bist kein typischer Vertreter deiner Rasse. Auch du zürnst über deine Unfreiheit.«

»Nein, eigentlich nicht, nicht direkt.« Versuch, vernünftig zu bleiben, ermahnte er sich. Aus irgendeinem Grund stand er dicht vor einem unkontrollierbaren Gefühlsausbruch.

Falaire hob die Brauen. »Nay? Du hast davon gesprochen, in eine geistige Wüste hineingeboren worden zu sein.«

»Das ist nichts, wofür ich irgend jemandem die Schuld geben könnte.« Er mußte die in ihm aufwallende heiße Wut zurückdrängen, die ihre Bemerkung hervorrief. Seine Reaktion war absolut unvernünftig.

Sie preßte die Lippen zu einem dünnen Strich zusammen, ihre Stimme wurde eisig. »Ich schon, und ich tu es auch. Ich verfluche dieses Schwarze Loch von einer Welt, das uns in sich aufsaugt und uns zu einem formlosen Brei zerquetscht. Ich würde es in die Luft jagen, wenn ich könnte.«

Ja, fuhr er in Gedanken fort, du würdest es zerstören und dann, von keinen wirtschaftlichen Zwängen eingeengt, auf Abenteuersuche gehen. Unter der Herrschaft eines Selenarchen ohne politische Kompromisse, rücksichtslos wie in der *Ilias*, verwegen wie *Otterburn*. Gemessen an dieser Sehnsucht war seine kreative Frustration bedeutungslos. Trotzdem loderte sein Zorn noch heißer.

Falaires Lachen klang metallisch hart. »Arai, wer könnte ein Schwarzes Loch in Stücke sprengen?«

Nicol suchte nach einem Ausweg, nach einer passenden Bemerkung, um ihrer beider Verbitterung zu mildern und wieder eine angenehmere entspannte Atmosphäre herzustellen. »Die Lunarier auf Proserpina sind frei.« Was Falaire als Freiheit bezeichnen würde.

»Wer kann einem Schwarzen Loch entfliehen?« gab sie störrisch zurück.

»Es stimmt schon ... es gibt keine Auswanderungsschiffe mehr ...« Kaum noch Raumschiffe irgendwelcher Art im inneren Sonnensystem, und die wenig verbliebenen waren fast ausschließlich robotisch.

»Und selbst die Freiheit dort draußen könnte bald ein Ende finden«, fügte Falaire hinzu. »Der Cyberkosmos hat entschieden, daß auch die Proserpinarier zu einem kleinen Schwarzen Loch zusammengequetscht werden sollen.«

»Die Situation ist nicht so hoffnungslos.« Oder etwa doch?

»Sie muß es nicht sein«, erwiderte Falaire, übergangslos wieder ruhig. Nicol schnappte nach Luft. Ein kalter Schauder lief ihm über den Rücken.

Die Lunarierin beugte sich vor. Ihre Stimme blieb leise und beherrscht, aber sie strahlte eine Intensität aus, wie er sie nie zuvor an ihr erlebt hatte. »Es gibt Schritte, die wir unternehmen können, Möglichkeiten für uns, Gegenmaßnahmen zu ergreifen, auch jetzt noch.«

Einen Moment lang blitzte die Erkenntnis in ihm auf, daß er auf der Hut sein sollte, weil der gesunde Menschenverstand es von ihm verlangte. »Augenblick, du meinst doch nicht etwa ... die *Scaine Croi?* Nein, bestimmt nicht. Das ist ein ... eine aussichtslose Geschichte.«

»Was weißt du denn schon von der *Scaine Croi*?« fragte Falaire geringschätzig.

»Also, äh ... sie ist eine Widerstandsbewegung ...« Der selbstgewählte Name bedeutete in etwa ›*Das locker in der Scheide sitzende Messer.*‹ »Eine Untergrundorganisation, aber wozu ist sie gut?« Subversive Propaganda, die in privaten Kreisen zirkulierte, was nicht illegal war. Ein paar angebliche Sabotageakte, ein paar angebliche Morde oder andere Gewalttaten. Gerüchte über Waffenlager. Nichts was einen Sinn ergab.

»Allein durch ihre Existenz hat sie unsere Seelen beflügelt.«

Ja, das mag sein, dachte er verwirrt. Bestätigung, Rituale, gegenseitige psychologische Unterstützung ... Er glaubte nicht, daß sich Falaire viel mit solchen Dingen beschäftigte, genausowenig wie die anderen, in denen immer noch der alte aristokratische Geist der Selenarchie fortlebte. Andererseits, diejenigen, die früher die Gefolgschaft der fürstlichen Familien gestellt hätten, die Lehensleute und Untergebenen, ja, diese Lunarier könnten innere Kraft aus einer solchen Geheimgesellschaft beziehen.

Trotzdem ... »Aber du hast von konkreten Maßnahmen gesprochen«, protestierte Nicol. »Revolution? Guerillakampf? Wahnsinn!«

Früher war die Welt anders beschaffen gewesen. Hätte er in einer Zeit gelebt, bevor der Cyberkosmos omnipräsent und allmächtig geworden war, hätte er vielleicht in der einen oder anderen Situation selbst zur Waffe gegriffen.

»Hältst du mich für dumm?« Die Kälte in ihrer Stimme durchbohrte ihn wie eine Messerklinge.

»Natürlich nicht!« rief er. »Ich kann nur nicht ...«

Falaire starrte auf einen unsichtbaren Punkt hinter ihm. »Im Laufe der Äonen schrumpft ein Schwarzes Loch zu nichts zusammen«, sagte sie leise. »Rebellische Partikel entfliehen ihm durch Quantentunnel.«

Mit plötzlicher Klarheit begriff er, daß sie nicht über irgendwelche abstrakten Ideen sprach. Er hätte schockiert sein müssen. Statt dessen spürte er, wie ihn Erregung durchflutete und seine Nervenenden vibrieren ließ. »Ihr bereitet ... irgend etwas vor.«

Ihr Blick kehrte zu ihm zurück und saugte sich an seinem Gesicht fest. »Ja. Bist du mutig genug, dich mir anzuschließen?«

»Ich kann nicht ... ich weiß nicht ...«

»Wagst du es, mit mir zu kommen und dir anzuhören, worum es geht? Du kannst jederzeit ablehnen.«

Und sie verlieren. Es war eindeutig, daß sie ihn heute

aus diesem Grund zu sich eingeladen hatte. War das jemals anders gewesen?

»Oder du kannst uns helfen, für eine Freiheit zu streiten, die auch die deine sein wird«, fügte sie herausfordernd hinzu.

Es war verrückt ... Wahnsinn. Er durfte sich nicht wieder von einer Woge der Wildheit mitreißen lassen, von dem Drang, auf irgend etwas einzuschlagen, das fester als ein Schatten war. Was geschah mit ihm?

Nun, er konnte sie wenigstens anhören. Das mußte er, oder er würde sie hier und jetzt für immer verlieren und sich nicht mehr wie ein Mann fühlen. War es nicht so? Was konnte es schaden, wenn er ihr zuhörte?

»Ich ... ich ka-kann nichts versprechen, das weißt du«, stammelte er. »Aber, ja, ich werde dich begleiten.«

Triumph flammte in Falaires Augen auf. Sie erhob sich mit einer fließenden Bewegung. »Dann wollen wir uns anziehen und aufbrechen. Sofort!«

KAPITEL 6

Venator spähte aus seinem Versteck heraus in einen rechteckigen Raum, der nüchtern und funktionell eingerichtet war. Es gab kaum Möbel, dafür eine Reihe hochwertiger Kommunikationsgeräte und Computer. Vor einem der Bildschirme saß ein Mann und arbeitete an einer Tastatur. Er war kaukasischer Abstammung, eher klein geraten, und hatte einen auffällig großen Kopf mit einem ausgemergelt wirkenden gelblichen Gesicht. In den letzten drei Tagen, seit Venator hier auf der Lauer lag, hatte der Mann das Appartement nicht einmal verlassen, und er war auch bisher noch nie vom Geheimdienst der Friedensbehörde beobachtet worden. Seine Lebensmittel bezog er über ein robotisches Rohrleitungssystem aus dem örtlichen Verteilerzentrum. Ein kurzer Besuch Lirions hatte erbracht, daß er Hench hieß, ein genmanipulierter Intelligenzler war und daß in dieser Wohnung mit Sicherheit eine Verschwörung stattfand.

Sein Blickwinkel gestattete Venator nicht immer, direkt zu beobachten, womit sich Hench konkret beschäftigte. Diesmal konnte er es sehen, aber es war wenig hilfreich. Der Bildschirm zeigte ein Schachbrett, und Venator vermutete, daß es sich nicht nur um eine dreidimensionale, sondern um eine vierdimensionale Variante des Spiels handelte, denn die Figuren wurden ›erwachsen‹ und ›alterten‹. Hench spielte gegen einen Computer. Die Züge der Kontrahenten überstiegen das Verständnis der Bewußtseinskopie.

Zwei Lunarier betraten den Raum. Lirion ging voran, ein scharlachroter Gazeumhang flatterte über seiner mit glitzernden Punkten übersäten blauen Tunika. Das sonst so beherrschte alte Gesicht wirkte erregt. Venator erkannte seinen Begleiter aus Aufnahmen, die seine Spione heimlich bei jeder sich bietenden Gelegenheit von dem Proserpinarier angefertigt hatten. Die beiden hatten sich mehrfach auf der Mondoberfläche getroffen, um sich unbelauscht unterhalten zu können. Der andere Mann war leicht zu identifizieren gewesen. Es handelte sich um Seyant, den offiziellen Mieter dieser Unterkunft, Erbe der bescheidenen Überbleibsel eines selenarchischen Vermögens, ein ständig umherziehender und irgendwie geheimnisvoller junger Mann. Er trug enganliegende schwarze Kleidung und einen breiten Gürtel, möglicherweise aus Naturleder, in dem ein großer Dolch steckte. Sein gewöhnlich lässig arroganter Gesichtsausdruck schien heute eine Maske zu sein, unter der er seine Aufregung nur schwer verbergen konnte.

Hench hob den Kopf, stand aber nicht auf. Er berührte eine Taste und löschte das Spiel. Der Bildschirm wurde dunkel.

»Das wäre nicht nötig gewesen«, sagte Lirion. »Ihr hättet auf Pausemodus schalten können.«

»Wozu?« fragte Hench auf Lunarisch. Er sprach mit Akzent, und seine Stimme klang gereizt. »Ich wollte mir lediglich irgendwie die Langeweile vertreiben.«

Und das auf eine bedeutungslose Art, dachte Venator. Selbst mit einem Intellekt, der den eines Leonardo da Vinci oder Einstein in den Schatten stellte, mußte Hench den Computer manipulieren, damit er auf seiner Ebene spielte, sonst hätte ihn die Maschine spätestens nach einem Dutzend Zügen geschlagen.

»Wird heute abend endlich etwas passieren?« Es war eher eine Forderung als eine Frage.

Lirion nickte. »Das sollte es. Falaire hat mir eine Nachricht geschickt. Sie werden bald eintreffen.«

»Endlich.«

»Habt Ihr das Raumschifffluchtprogramm fertiggestellt?« fragte Seyant scharf.

»Womit hätte ich hier denn sonst herumspielen können?« erwiderte Hench verärgert.

»Ihr solltet daran *arbeiten*.«

Venators Gedanken machten einen Satz. Ein Raumschifffluchtprogramm. Es mußte für Lirion sein, aber das konnte nicht bedeuten, daß sein Schiff plötzlich und ohne ordnungsgemäße Freigabe starten würde. In diesem Fall hätte er sofort ein Schiff der Behörden an den Fersen, das ihm mit höherer Beschleunigung folgen würde, als er ertragen konnte. Nein, Hench mußte das Verkehrskontrollsystem auf eine subtile Art und Weise mit Fehlinformationen gefüttert haben, so daß es glaubte, über alle erforderlichen Angaben zu verfügen, zum Beispiel ob weitere Passagiere an Bord waren, damit es das Schiff fliegen ließ, obwohl die Daten in Wirklichkeit gefälscht waren. Wenn es Hench gelungen war, sich in die geheimen Dateien des Cyberkosmos einzuschleichen – und es bestand kein Zweifel mehr daran, daß er und seine Ausrüstung dafür verantwortlich gewesen waren –, dann stellte es für ihn überhaupt kein Problem dar, in ein Routineprozedere einzugreifen.

Lirion lachte. »Eyach, Seyant, spart Euch Eure Gemeinheiten für den Zeitpunkt auf, an dem sie benötigt werden.«

»Das ist seine Spezialität«, knurrte Hench.

»Ich möchte nur, daß alles wie geplant verläuft«, antwortete Seyant mürrisch. »Wir hätten noch einen Probedurchgang machen sollen.«

»Ihr wußtet, daß wir erst unmittelbar vor dem Treffen benachrichtigt werden würden«, sagte Lirion. »Sie kann ihn nicht wie einen Roboter programmieren.«

Henchs Lippen verzogen sich zu einem Grinsen. »Außerdem«, fügte er hinzu, »wird das, was wir zu dieser Abendwache aufführen, kein Drama mit einem festen Drehbuch sein, sondern eine *Commedia dell'arte*.«

Venator kannte den alten Begriff. Aber wie stand es mit den Lunariern? Wie viele von den anderthalb Milliarden Menschen konnten mit der Bezeichnung überhaupt noch etwas anfangen?

»Wir müssen uns darauf verlassen, daß Ihr die Geistesgegenwart besitzt, Eure Rolle gut zu spielen«, stichelte Hench.

»Verschiebt Eure Streitereien auf später«, befahl Lirion. »Die Sache ist so schon heikel genug.«

»Ich werde nicht versagen«, versprach Seyant Hench. »Aber wenn Ihr versagt, wenn das Schiff nicht abheben kann, werdet Ihr schnell tot sein.«

»Nay«, widersprach Lirion. »Was auch immer geschieht, ich verbiete es.«

»Ihr seid ein weiser Mann, Captain«, sagte Hench. »Nur ein Dummkopf würde ein Werkzeug zerbrechen, weil es mißbraucht worden ist.«

Venator fragte sich zum wiederholten Mal, wie der Mann für dieses Unternehmen rekrutiert worden war. Es mußte vor Lirions Ankunft geschehen sein, auch wenn alles, was er bisher gehört hatte, darauf hindeutete, daß der Plan selbst von Lirion stammte, der ihn noch von Proserpina aus seinen Mitverschwörern übermittelt hatte. Die Organisation, der sie angehörten, war zweifellos die *Scaine Croi*, und die war lunarisch. Ein paar Terraner arbeiteten aus eigenen Gründen mit ihr zusammen, aber Hench war kaum den Terranern zuzurechnen. Er war ein Metamorph, ein Intelligenzler. Die Genome seiner Vorfahren waren verändert worden, um eine gesteigerte geistige Leistungsfähigkeit zu erzeugen. Doch

Computer hatten diese Metamorphe bereits lange vor der Entwicklung der ersten Sophotekten mit eigenständigem Bewußtsein überflüssig gemacht.

Die Bewußtseinskopie vermutete, daß Hench, ein Fremdkörper in einer Zivilisation, die keine Aufgaben mehr für ihn bereithielt, sich von der Herausforderung angezogen gefühlt hatte, von der Möglichkeit, ein echtes Spiel um echte Einsätze spielen zu können – mit keinem geringeren Gegner als dem cyberkosmischen Sicherheitssystem. Es war klar, daß kein ihm unterlegener Intellekt in der Lage gewesen wäre, die Operation zu planen und durchzuführen. Aus naheliegenden Gründen konnten die Verschwörer keinen Sophotekten benutzen. Selbst wenn es ihnen irgendwie gelungen wäre, heimlich einen mit der erforderlichen Intelligenz zu bauen, hätten sie ihn nie einsetzen können. Gleich nach der ersten Kontaktaufnahme mit dem Cyberkosmos hätte er sie verraten, weil ihm sofort bewußt geworden wäre, wohin er tatsächlich gehörte. O ja, das wußte Venator nur zu genau!

»Vergeßt nicht, Ihr dürft es nicht übertreiben«, schärfte Lirion Seyant ein. »Achtet auf mein Zeichen, Euch zu mäßigen, damit wir den Bogen nicht überspannen.«

Der Lunarier verzog beleidigt das Gesicht. »Ich weiß. Habe ich etwa nicht schon mit ihm gearbeitet?«

Mit wem? fragte sich Venator. Und wie?

Ein trällernder Laut ertönte. Seyant versteifte sich, Hench umklammerte die Armlehnen seines Sessels. Lirion bewies die Ruhe eines Raumschiffkommandanten. »Laß sie herein«, wies er den Raum an.

Die Tür glitt zur Seite. Zwei Personen traten ein. Venator kannte weder die außergewöhnlich attraktive Lunarierin noch den hageren Terraner. Die Frau wirkte völlig beherrscht, auf der Stirn des Mannes glänzte ein dünner Schweißfilm.

Lirion legte eine Hand auf die Brust, das lunarische Zeichen höflicher Ehrerbietung. »Seid gegrüßt, Mylady, Donrai.«

Der Terraner spannte sich an, als er Seyant entdeckte,

der einen Schritt zurückwich und ihn mit einem hochmütigen Lächeln bedachte.

»Pilot Jesse Nicol, Captain Lirion von Proserpina, Hench.« Die Frau begleitete die Vorstellung mit einer stilisierten Geste. Anscheinend handelte es sich um die schon erwähnte Falaire, und Nicol und Seyant mußten sich bereits kennen ... Jesse Nicol. Es gab nicht mehr viele Menschen, die heute noch einen Nachnamen benutzten, außer in einigen Subkulturen. Das ließ möglicherweise Rückschlüsse auf den Hintergrund und die Persönlichkeit dieses Mannes zu. Er war unverkennbar nervös und bemühte sich, einen gefaßten Eindruck zu erwecken.

»Man hat mir berichtet, daß Ihr ein sehr wertvoller Raumfahrer seid«, sagte Lirion.

Nicol warf Falaire einen kurzen Blick zu. Sie nickte, was zweifellos bedeutete, daß sie es gewesen war, die dem Proserpinarier von ihm erzählt hatte.

»Danke«, erwiderte Nicol. »Aber ... äh ... im Vergleich zu Euch bin ich kaum ein richtiger Raumfahrer.« Sein Lunarisch war grammatikalisch korrekt, wenn auch etwas unbeholfen, und er sprach übertrieben deutlich, als wäre er angetrunken und versuchte, seinen Zustand zu verheimlichen. Doch das war nicht der Fall, wie Venator anhand der Körpersprache erkannte. Wahrscheinlich lag es nur an seiner Aufregung.

»Es sind nicht die zurückgelegten Entfernungen, die zählen.« Lirion lächelte sardonisch. »Hai, die einzige Herausforderung, die sie mit sich bringen, ist, wie man verhindert, vor Langeweile den Verstand zu verlieren.«

»Aber sobald Ihr ... zum Beispiel einen neuen Kometen erreicht habt ...«

»Ja, das Unbekannte kann tödlich sein.« Nicht kartographierte Meteoritenschwärme, unter gefrorenen Gasen verborgene Spalten, Erschütterungen und Gasausbrüche, selbst in den kalten Tiefen des Alls. Es mußte wie zu den Pionierzeiten des Raumflugs im inneren Sonnensystem sein.

»Nicht gerade so, als erledigt man eine Mission ein

paar tausend Kilometer von zu Hause, die eine Maschine besser bewältigen könnte«, kommentierte Seyant schleppend.

»Wollt Ihr behaupten, schon einmal so etwas getan zu haben?« brauste Nicol auf.

»Halt!« unterbrach Falaire. »Seyant, mäßigt Euch. Wenigstens zwei von Pilot Nicols Aufgaben waren sehr schwierig und gefährlich.«

»Es wäre mir eine Freude, davon zu erfahren«, sagte Lirion auffordernd.

»Warum?« knurrte Nicol. Er wandte sich Falaire zu. »In Ordnung, wozu hast du mich hergebracht?«

»In der Tat eine unkluge Entscheidung«, stellte Seyant fest. »Was hat Euch auf die Idee gebracht, wir könnten einem großmäuligen Erdenbaby vertrauen?«

Nicol errötete und spannte sich an, als wollte er sich auf den Lunarier stürzen. Falaire legte ihm beschwichtigend eine Hand auf den Arm. »Wenn du mich beleidigen lassen wolltest«, sagte er mit einem leichten Zittern in der Stimme, »hättest du mich nicht so weit schleppen müssen.«

»Nein, Jesse, das war nie meine Absicht«, murmelte sie und fügte lauter hinzu: »Seyant, hütet Eure Zunge!«

»Wie Lady Falaire und im Gegensatz zu – wie ich fürchte – leider zu vielen Lunariern hege ich keine Abneigung gegen Eure Rasse, Pilot Nicol«, erklärte Lirion. »Auch wenn es nicht die meine ist, hat sie doch mein Volk erschaffen und zu ihrer Zeit großartige Leistungen vollbracht.« Er deutete auf Hench. »Unser verehrter Partner hier stammt von der Erde.«

»Was soll das alles?« fauchte Nicol, immer noch kampflustig.

»Dein Versprechen, Jesse«, erinnerte ihn Falaire.

Er schluckte. »Ja. Was auch immer ich höre, ich werde es für mich behalten.«

»Wirklich erstaunlich, wenn es so wäre«, bemerkte Seyant.

Nicol starrte ihn finster an. »Ihr weckt Zweifel in mir, ob ich es wirklich erfahren will.«

»Du hast gesagt, du würdest uns anhören«, warf Falaire ein.

»Ja, aber wenn es etwas Verwerfliches ist ...«

»Das ist es nicht«, versicherte Lirion. »Nichts Unrechtes, niemand wird verletzt werden. Eher so etwas wie eine Befreiung. Euer Name könnte in der Geschichte seinen Platz neben denen von Anson Guthrie und Dagny Beynac finden.«

»Wozu dann diese gottverdammte Heimlichtuerei?« platzte es auf Anglo aus Nicol heraus.

Lirion seufzte. »Ihr werdet es erfahren. Zuerst sollten wir Euch angemessen bewirten. Dann wird das Geheimnis gelüftet werden.«

»Ich könnte ... etwas zu trinken vertragen.« Nicols Stimme wurde heiser. »Aber kommt endlich zur Sache!«

»Beachtet sein Verhalten«, sagte Seyant. »Spricht es für seine Verläßlichkeit?«

Seine Barschheit hätte tatsächlich überall als ungehörig gegolten, dachte Venator. Für Lunarier grenzte sie fast schon an Obszönität. Wenn Nicol auf dem Mond lebte und arbeitete, wußte er das zwangsläufig, und wenn er trotzdem immer wieder die Beherrschung verlor, mußte er unter einem nahezu unerträglichen emotionalen Druck stehen.

Er deutete mit dem Daumen ruckhaft auf Seyants Dolch. »*Scaine Croi*, was? Euer Abzeichen. Ein kindisches Symbol für Euer Ego.«

Lirion runzelte die Stirn. »Wir verschwenden sowohl Energie als auch Zeit.« Seine Stimme wurde sanfter. »Pilot Nicol, im Namen des Universums, in dem wir beide leben, bitte ich Euch um Geduld. Dieses erste Treffen wird Euch nicht viel Zeit kosten. Danach könnt Ihr entscheiden, ob es weitere Treffen geben soll.«

Falaire ergriff Nicols Hand und sah ihm in die Augen. Er atmete tief durch, bevor er antwortete. »Nun gut. Sprecht.«

»Vielleicht habt Ihr bemerkt, daß Hench ein Intelligenzler ist«, begann Lirion.

»Wenn Sie all diese Geräte allein bedienen«, sagte

Nicol mit dem sichtlichen Bemühen um Freundlichkeit zu dem kleinen Mann, »können Sie gar nichts anderes sein.« Nur ein Sophotekt oder ein mit dem Cyberkosmos verbundenes System wäre zu einer solchen Leistung imstande.

»Natürlich erledigen die Computer den größten Teil der Arbeit«, stellte Hench auf eine pedantische Art klar. »Aber sie sind völlig isoliert.«

»Aus welchem Grund?«

»Für mich? Ein Vergnügen, das ich von den Anforderungen her, die das Problem und seine Lösung an mich stellen, nirgendwo sonst finden könnte.«

»Dieses Vergnügen könntet Ihr ebenfalls haben, Pilot Nicol«, sagte Lirion. »Zusammen mit einer reichen materiellen Belohnung.«

»Wenn er den Mut dazu aufbringt«, murmelte Seyant gerade laut genug, daß Nicol ihn verstehen konnte.

»Sprecht weiter«, knurrte der Terraner, »bevor ich diesem Hohlkopf die schleimtriefende Nase einschlage.«

»Seyant, seid still«, forderte Falaire den Lunarier auf. »Jesse, wir brauchen ihn ebenfalls. Finde dich uns zuliebe damit ab ... und auch dir zuliebe.«

»Vielleicht sogar zum Wohl der Erde«, fügte Lirion hinzu.

»Wie das?« wollte Nicol wissen.

»Ihr kennt den Grund meiner Mission aus den Nachrichten, und Ihr wißt, daß ich keinen Erfolg mit meinen Bemühungen hatte.« Lirion berichtete von Proserpinas Nöten und der Ablehnung der Föderationsregierung.

»Warum weigern sie sich, uns zu helfen?« rief Falaire. »Es würde sie praktisch nichts kosten, verglichen mit dem Reichtum, der ihnen zur Verfügung steht. Und wir haben ihnen angeboten, eine Gegenleistung für die Antimaterie zu erbringen.«

Nicol starrte sie an. »Wir?«

Sie erwiderte seinen Blick voller Stolz. »Ja, ich bin Mitglied in der *Scaine Croi*. Die *Scaine Croi* hat die Zukunft unserer Rasse und eines Tages die Befreiung Lunas nach dem Beispiel Proserpinas vor Augen. Ich war es, die den

Gedanken hatte, daß du das Werkzeug für unsere Befreiung werden könntest.«

»Die auch Eure Befreiung sein könnte«, hakte Lirion nach. »Auch ich frage Euch, warum werden wir abgewiesen? Nicht eine der Begründungen klingt aufrichtig. Nay, es liegt daran, daß der Cyberkosmos in Jahrtausenden vorausplant. Er hat berechnet, wie eine neue Zivilisation im Reich der Kometen zu voller Stärke heranwachsen und nach den Sternen greifen könnte. Dadurch würde er die Kontrolle über das Schicksal verlieren, das er für sich und das Universum gestalten will. Er könnte die Menschen und alles organische Leben nicht länger einsperren und wie Haustiere halten – ai, wie liebevoll auch immer. Nay, nicht, daß das sein eigentliches Ziel wäre, es ist nur eine Begleiterscheinung. Aber sollten wir nicht frei sein, das hervorbringen zu dürfen, was immer wir wollen, unsere eigenen Träume selbst zu verfolgen?«

»Guthries Kolonie im Centauri-System ist schon schlimm genug«, warf Hench ein. »Der Cyberkosmos kann nur hoffen, daß sie mit ihrem Planeten in einigen Jahrhunderten ausgelöscht wird oder die Überlebenden wenigstens nicht weiter ins All vorstoßen werden können. Schlimmstenfalls leben sie in einer Entfernung von Sol weiter, die zu überwinden eine jahrelange Reise erfordert. Proserpina aber befindet sich hier im Sonnensystem. Nein, es wird keine militärische Bedrohung darstellen, es sei denn, Sie bezeichnen die Verteidigungseinrichtungen gegen einen möglichen Angriff als Bedrohung. Eine Aggression wäre lächerlich. Aber mit einer adäquaten Energiequelle könnte Proserpina seinen eigenen Weg einschlagen, eine eigene Macht entwickeln – und die Menschen auf der Erde, auf Luna und dem Mars würden davon erfahren. Sie würden beginnen, die Ordnung ihrer Welt zu hinterfragen und damit die gesamte philosophische Basis ihrer Existenz.«

Nicol erschauderte. »Ich habe manchmal gedacht ... Aber fahren Sie fort.«

»Eine letzte Lieferung Antimaterie ist mit einem robotischen Schiff vom Merkur zu einem Punkt jenseits des

Saturns unterwegs, wo sie in einem Orbit geparkt werden soll«, sagte Lirion langsam. »Das ist natürlich eine streng geheime Operation, aber Hench hat sie für uns entdeckt.«

»Wir wußten, daß eines Tages etwas in dieser Richtung passieren würde.« Falaires Stimme vibrierte. »Jetzt ist es soweit, und es ist unsere letzte Chance.«

Nicol warf die Arme hoch. »Halt! Ihr könnt nicht ... nein ...«

»Doch«, erwiderte Lirion fest. »Wir haben vor, diese Lieferung für Proserpina zu kapern. Zu diesem Zweck brauchen wir einen fähigen terranischen Raumfahrer.«

»Dich, Jesse«, sagte Falaire.

»Nein«, stammelte Nicol. »Nein, ihr seid verrückt!«

»Der Plan ist gut ausgearbeitet«, erklärte Lirion. »Wenn Ihr einverstanden seid, werdet Ihr ihn erfahren.«

»Mich blindlings *darauf* einlassen? Nein! Nein, *ich* bin nicht verrückt!«

Mir scheint, er protestiert etwas zu vehement, dachte Venator. Aber er ist nicht dumm, in welchem Zustand sich seine Nerven und Drüsen im Moment auch befinden mögen. Gut möglich, daß er eine Versuchung verspürt, ja, sogar eine starke Versuchung, aber er wird ihr wahrscheinlich nicht nachgeben.

Offensichtlich kannte Falaire ihn sehr gut. Wie konnte sie ihn derart falsch eingeschätzt haben?

»Wir werden für deine Sicherheit sorgen«, drängte sie ihn. »Niemand wird jemals von deiner Beteiligung erfahren, außer einigen wenigen Leuten, die dir deine Hilfe nie vergessen werden.«

»Und später, wenn wir alle längst tot sind, wird die Geschichte zu Eurem unsterblichen Ruhm offenbart werden«, versprach Lirion.

»Was kann ein Toter mit Ruhm anfangen?« schleuderte ihm Nicol entgegen.

»Eyach, wir werden dich gut bezahlen, und es wird niemals eine Spur von Verdacht auf dich fallen«, sagte Falaire. Sie zögerte. »Es sei denn, du entscheidest dich, als Belohnung mit uns zu kommen.«

Er starrte sie verblüfft an. »Mit *uns*? Du meinst mit dir?«

Sie nickte. »Das ist die Entschädigung, die ich für meinen Beitrag verlangt habe.«

»Aber wie ...«

»All Eure Fragen werden beantwortet werden, sobald Ihr uns Euren Schwur geleistet habt«, sagte Lirion.

»Und wenn es mir nicht gefällt ... Nein, unmöglich! Und ... und es ist Piraterie, worüber Ihr sprecht, das größte Verbrechen seit ... Falaire, tu es nicht!« Er streckte eine Hand nach ihr aus. Sie wich zurück.

»Seht Ihr, ich habe Euch ja gesagt, daß er heulen und zittern würde«, höhnte Seyant.

Nicols Atem ging pfeifend. »Ihr verlangt von mir ...«

»Aber zumindest hast du mir geschworen, über alles, was du hier erfährst, Stillschweigen zu bewahren«, fiel ihm Falaire kalt ins Wort. »Damit wir uns jemand anderen für diese Aufgabe suchen können.«

»Einen richtigen Mann«, fügte Seyant hinzu.

»Haltet Euer Maul, oder ich schließe es für Euch!« brüllte Nicol. Er drehte sich zu Falaire und Lirion um. »Ich verschwinde jetzt besser, bevor ich diesen Schleimwurm noch umbringe.«

Merkwürdig, diese Überreaktion, dachte Venator. Nun gut, er hatte Seyant schon früher gehaßt, und die hämischen Sticheleien dieser Abendwache schienen kalkuliert gewesen zu sein. Trotzdem konnte kein Raumfahrer seine Arbeit vernünftig erledigen, wenn er so unbeherrscht war, wie Nicol sich zeigte. Irgendwie mußte er sich in einen ziemlich abnormen emotionalen Zustand hineinmanövriert haben. Und anscheinend war es ihm nicht einmal bewußt, sonst hätte er sich seine Lage selbst eingestanden und sich sehr viel besser gehalten.

Ahh-ahh ... Eine Idee begann, langsam in der Bewußtseinskopie Gestalt anzunehmen.

»Du willst es wirklich nicht wagen?« vergewisserte sich Falaire noch einmal.

»Wie könnte ich? O Gott ...«, stöhnte Nicol und vergrub das Gesicht einen Moment lang in den Händen.

»Ich verstehe dich, deinen Wunsch, und ich ... ich könnte mir ebenfalls wünschen ...« Er hob ruckhaft den Kopf. *»Nein.«*

»Dann haben wir nichts mehr zu besprechen«, sagte sie. »Geh.«

Lirion hob eine Hand. »Schwört uns zuerst, daß Ihr schweigen werdet.«

Nicol knirschte mit den Zähnen. »Schweigen über eine ... eine Verschwörung ...«

»Du hast mir dein Wort gegeben«, rief ihm Falaire in Erinnerung. »Alles, was wir von dir verlangen, ist es uns noch einmal zu geben. Ich vertraue auf deine Ehre. Ich habe die meine gegenüber diesen Brüdern im Geiste darauf verpfändet.« Ihre Stimme wurde leiser. »Es wird noch eine Weile dauern, bevor ich Luna verlasse, Jesse. Möchtest du, daß ich eingesperrt werde? Sie würden meine Denkweise korrigieren, Jesse, sie würden mich zu einer anderen Person machen, falls ich nicht vorher Selbstmord begehen kann.«

»In Ordnung ... schon gut ... ich werde euren verdammten Schwur leisten«, brachte Nicol mühsam und bebend hervor. Seine brüchige Stimme und der schrille Tonfall verrieten, wie nahe er einem hysterischen Anfall war.

»Auf den Dolch«, sagte Lirion.

Seyant warf einen Blick auf seinen Gürtel. »Nay. Das würde meine Klinge besudeln.«

»Den Dolch, Seyant!«

Der junge Mann seufzte schwer. »Wie Ihr wollt. Ich kann ja später einen neuen konsekrieren.« Er zog das Messer aus der Scheide und hielt es Nicol entgegen, der es automatisch entgegennahm, um es richtig zu sehen.

Konsekrieren? überlegte Venator. Seyant hatte das dem Spany entlehnte Wort benutzt. Es war kein lunarischer Begriff, für den eigentlich nicht einmal ein lunarisches Konzept existierte. Was ging hier vor sich? Eine Art Theateraufführung ...

Nicol hatte nichts davon bemerkt. Die Waffe in seiner Hand zitterte.

»Das ist nicht nötig«, sagte Falaire. »Der Stahl ist durch seine Ehre veredelt.«

Seyant schnaubte höhnisch. »Nicht mehr, nachdem er von der Hand dieses Eunuchen berührt wurde.«

Nicol schüttelte sich wie im Fieber. »Ich werde mir hinterher die Hand waschen müssen, kleiner Schönling«, würgte er geradezu heraus, »so lange, bis ich die erste Hautschicht entfernt habe. Geh mir nach dieser Geschichte aus dem Weg, hast du verstanden? Ich warne dich, geh mir aus dem Weg!«

»Ay, das werde ich«, lachte Seyant. »Ich will doch nicht, daß du dir in der Öffentlichkeit die Hose naß machst.«

Nicol spuckte ihm vor die Füße. Seyant schlug ihm mit dem Handrücken über den Mund. Nicol stieß ein Heulen aus, einen unmenschlichen Laut, und stach zu.

Hellrotes Blut spritzte. Das Messer steckte bis zum Griff in Seyants Tunika. Der Lunarier stolperte rückwärts, brach zusammen und blieb mit verrenkten Gliedmaßen reglos liegen.

Lirion packte Nicols Arm von hinten. Nicol versuchte, sich aus seinem Griff zu winden, dann erschlaffte er plötzlich. Sein Gesicht wurde kalkweiß. Lirion ließ ihn los.

Falaire und Hensch beugten sich über Seyant. Der Metamorph strich mit dem Finger über die Lippen des Lunariers und tastete nach seinem Puls. Er blickte auf. »Tot«, verkündete er.

»So schnell?« flüsterte Falaire.

»Eine Hauptschlagader ist durchtrennt worden, schätze ich. Massive innere Blutungen.«

»Nein, bitte nicht«, murmelte Nicol tonlos. »Ruft die Sanitäter. Eine Wiederbelebung ...«

Hench schüttelte den Kopf. »Das würde zu lange dauern, und wir haben nichts, um ihn abzukühlen. Zu viele Hirnzellen wären bereits abgestorben.«

Falaire erhob sich und vollführte eine Geste. »Er würde nicht in einem solchen Zustand weiterleben wollen. Gib ihm seinen Frieden.«

Das ist alles eine einzige Lüge, dachte Venator, aber Nicol war so schockiert und betäubt, daß er nichts davon bemerkte. Morgen würden sich seine Erinnerungen an den Vorfall zu einem unentwirrbaren Alptraum verzerrt haben.

»Und die Polizei würde Nachforschungen anstellen«, fuhr Falaire fort. »Unser Unternehmen würde auffliegen, und unsere Sache wäre verloren. Jesse, möchtest du dich einer Psychokorrektur unterziehen lassen, willst du, daß dein Geist in Fesseln gelegt wird? Nie wieder in den Weltraum fliegen, das Ende aller deiner Träume? Nay, laß Seyant hier liegen.«

Lirion nickte. »Es ist geschehen, und wahrscheinlich trägt er selbst die Hauptschuld. Laßt ihn nicht umsonst gestorben sein.«

Ihre Haltung war überzeugend lunarisch, dachte Venator, wäre Seyant *nicht* durch einen Eid mit ihnen verbunden gewesen.

Falaire ergriff Nicols Arm. »Jesse, komm mit mir nach Hause«, sagte sie. »Wir werden dich nicht im Stich lassen.«

»Ich habe keine Racheverpflichtung gegen Euch«, erklärte Lirion.

»Und ich habe eine Treuepflicht einem lieben Freund gegenüber«, gab Falaire zurück. »Komm, Jesse.«

Nicol stolperte mit ihr davon.

Nachdem sie verschwunden waren, beugte sich Lirion über den leblosen Körper und zog an dem Dolch. Venator sah, wie sich zuerst der Parierbügel widerstrebend von Seyants Brust löste und dann die Klinge aus dem Griff herausglitt. Ein paar Tropfen einer schmutzigroten Flüssigkeit, die wie Blut aussah, quollen hervor.

»Wie geht es ihm?« erkundigte sich der Proserpinarier.

Hench zuckte die Achseln. »Ich denke, er müßte in etwa einer Stunde wieder zu Bewußtsein kommen. Laßt ihn am besten noch ein paar Minuten lang hier liegen, bevor Ihr ihn auf das Bett legt.«

Also war die versenkbare Klinge gerade tief genug in Seyants Fleisch eingedrungen, um ihm eine Droge zu injizieren – vermutlich Neurostat –, die eine sofortige Lähmung hervorrief und den Atem und Herzschlag so stark reduzierte, daß der Betroffene in eine todesähnliche Starre fiel. Die ganze Inszenierung hatte nur dazu gedient, Nicol zu täuschen. Ja, dachte Venator, das sind wirklich gefährliche und skrupellose Leute.

Morgen würde ein winziger Roboter den Schacht zu ihm hinaufkriechen. Venator würde ihm das Zeichen geben, ihm einen größeren Roboter zu schicken, der ihn abzuholte. Mit etwas Glück war Hench dann wieder allein, und es bestand kaum eine Gefahr, daß der Metamorph irgend etwas davon bemerkte.

Sobald die Agenten der Friedensbehörde die vier Verschwörer gefaßt hatten, würden sie die Spuren zu ihren Mitwissern verfolgen und auch sie festnehmen können. Und damit, nahm Venator an, dürfte der *Scaine Croi* das Herz herausgerissen worden sein.

Kein öffentliches Aufsehen. Alles würde so diskret wie möglich abgewickelt werden. Aber eine gut formulierte Botschaft an Proserpina sollte die Selenarchen in ihre Schranken weisen. Vielleicht würden einige von ihnen sich doch noch überlegen, daß eine Mitgliedschaft in der Weltföderation auch viele Vorteile hatte.

Lirion legte das Messer auf einen Schreibtisch. »Bevor ich mich um Seyant kümmere«, sagte er, »muß ich noch eine andere Kleinigkeit erledigen.«

Er ging direkt auf Venator zu und berührte einen verborgenen Kontakt. Die Wand vor der Nische glitt zu Seite. Lirion musterte den etwa kopfgroßen Kasten, der auf einem Regal lag. Die Augenstiele schwangen herum und richteten sich auf ihn.

Er lächelte. »Genau wie ich es mir gedacht habe. Euch eine gute Abendwache, Donrai.«

KAPITEL 7

Rund dreißig Stunden Flugzeit und zehn Millionen Kilometer vom lunaren Orbit entfernt schaltete die *Verdea* den Antrieb ab, schwenkte nach Süden in die dem planetaren Orbit entgegengesetzte Richtung und beschleunigte erneut mit einem Sechstel der irdischen Schwerkraft. Das Manöver erfolgte so sanft und fließend, daß die Passagiere sich nicht anschnallen mußten, obwohl die Sicherheitsbestimmungen es zwingend vorschrieben. Aber die *Verdea* war ein proserpinarisches Schiff.

Nicol, der sich zu diesem Zeitpunkt im Aufenthaltsraum befand, schaltete die Achternkameras auf den Bildschirm. Die Erde überstrahlte noch immer alle anderen Sterne, ein leuchtender saphirfarbener Punkt in der Schwärze, begleitet von einem Bernsteinfunken, der der Mond war. Es schien, als würde die Schärfe des Bildes die letzten Nebel in seinem Gehirn vertreiben. Er wußte nicht, ob das gut war. Mit dem vollen Bewußtsein kehrten auch die Angst und der Schmerz zurück.

Der Aufenthaltsraum schien Nicol sowohl eine Zuflucht als auch ein Gefängnis zu sein. Er war klein, enthielt ein paar Sessel und einen Tisch, Einrichtungen für elektronische und manuelle Spiele und die Wiedergabe von Filmen, Musik und Büchern. Die Wandbildschirme waren noch nicht aktiviert worden, sie umgaben ihn leer und blaßgrau. Der Fitneßraum, eine größere Kabine voller Trainingsgeräte, die ihm während der langen Reise bei niedriger Schwerkraft helfen würden, seine Muskelspannung aufrechtzuerhalten, lag ein Deck tiefer.

Die Luft, die er atmete, war kühl und roch leicht nach frischgemähtem Gras. Das Belüftungssystem arbeitete fast lautlos wie auch der Antrieb, die Recyclinganlagen und fast alle anderen Systeme des Schiffes. Er hätte ganz allein im Kosmos sein können, bis leise Schritte hinter ihm aufklangen und er sich umdrehte.

Falaire kam auf ihn zu und blieb vor ihm stehen. Ihr blondes Haar fiel ungebändigt über einen dunklen schillernden Kimono. In dem schlichten Overall, den man ihm gegeben hatte, fühlte er sich ihr gegenüber noch fremder als sonst. Wie unglaublich schön sie war.

»Aou, Jesse«, grüßte sie. Ihre Finger strichen über sein Handgelenk und ließen seine Haut kitzeln. »Bist du wieder wach und munter? Du siehst alles andere als fröhlich aus.«

Er schluckte. »Warum auch nicht? Ich war ... geistig weggetreten ... Alles war so unwirklich ...«

»Das ist mit deiner Zustimmung geschehen.«

Ja, er erinnerte sich verschwommen, daß er den einschläfernden Sirup von ihr angenommen hatte, als sie nach dieser entsetzlichen Stunde in ihr Appartement zurückgekehrt waren. Er hatte vor Kummer über seine Tat getobt, war bereit gewesen, trotz aller geleisteten Schwüre die Polizei zu rufen, aber Falaire hatte ihn überredet, ein chemisches Beruhigungsmittel zu sich zu nehmen, und danach ...

»Ich war wie ein Roboter«, sagte er, »ohne eigenen Willen und Gefühle.« Seine Erinnerung an diese Zeit und die gesamte Abendwache davor war nebelhaft. Sie enthielt wenig mehr als die Tatsache, daß er einen Menschen getötet hatte. Und an mehr wollte er sich auch gar nicht erinnern.

»Es war nötig, dich in diesen Zustand zu versetzen, um dich durch den Raumhafen und in das Fährschiff zu bringen. Sonst hättest du vielleicht unterwegs eine Szene gemacht und die Aufmerksamkeit der Leute erregt.« Falaire lächelte. »Wie ich sehe, sind die Nachwirkungen der letzten Dosis verflogen. Das freut mich.«

Er schüttelte in hilfloser Verwirrung den Kopf. »Wie konntet ihr uns an Bord schaffen, ohne daß der Raumhafen etwas davon bemerkt hat?«

Sie lachte. »Dafür mußt du dich bei Hench bedanken. Lirion wird es dir später erklären, wenn du möchtest. Vorläufig sollte es dir genügen zu wissen, daß er in den Augen des Cyberkosmos Luna genauso verlassen hat, wie er angekommen ist, nämlich allein. Du bist frei und in Sicherheit bei uns.«

»Wieviel Zeit ist vergangen?«

»Seit wir Luna verlassen haben? Ein Tagzyklus und ein oder zwei Wachen.«

Nicols Verstand begann, wieder analytisch zu arbeiten, drängte seine Sorgen in den Hintergrund und verschaffte ihm so ein wenig Erleichterung. »Hmm, ja, ihr seid mit direktem Kurs nach Proserpina gestartet. Jetzt sind wir weit genug entfernt, um nicht mehr routinemäßig vom Radar der Raumflugüberwachung verfolgt zu werden, und sie wird kaum andere Detektoren auf uns gerichtet haben. Also könnt ihr gefahrlos euer eigentliches Ziel ansteuern.«

»Eyach«, sagte Falaire mit Wärme in der Stimme, »du bist wirklich wieder völlig wach und als Pilot in deinem Element. Das klingt gut.«

Er durfte sich von ihr nicht ablenken lassen. »Wann werden wir dort ankommen?«

»Bei dieser Beschleunigung und gleichem Bremsschub nach halbem Weg beträgt die reine Flugdauer rund neunzehn Tagzyklen. Rechne noch etwas Zeit dazu, weil wir immer in den freien Fall gehen werden, wenn du außerhalb des Schiffes arbeitest. Alles in allem vielleicht dreißig Tagzyklen.« Sie spreizte die Finger. »Zumindest hat mir Lirion das so erklärt. Ich bin nur eine Passagierin.«

Das war ihre Belohnung, wie sich Nicol erinnerte, ihre Belohnung dafür, ihn rekrutiert zu haben. »Und ich ...«

»Du bist zum Held der Geschichte geworden.«

Wieder stieg die Reue in ihm hoch und schnürte ihm die Kehle zu. »O Gott, nein!« stöhnte er auf Anglo. »Ich bin ein Mörder.«

Falaire nahm seine rechte Hand, die das Messer geführt hatte, in die ihren. »Nay, Jesse. So darfst du nicht darüber denken.«

»Ich habe einen Mann getötet, weil er ... nur weil er ... Zu was für einem Tier bin ich geworden?«

»Du bist ein Mann, der überlastet und überarbeitet war und zugeschlagen hat, als die Anspannung unerträglich geworden ist«, erwiderte sie ernst und ruhig.

»Möglicherweise wäre die Toleranzgrenze eines anderen in dieser Situation höher gewesen. Aber wir, Lirion und ich, wir hegen keinen Groll gegen dich.«

»Ihr ... er ... ich habe einen von euch getötet, ich, ein Terraner!«

»Lunarier verstehen Stolz und Ehre, ungeachtet der unterschiedlichen Rassen.«

Ihre Form von Ehre, dachte Nicol. Seine Gedanken wirbelten durcheinander.

»Seyant ist seinem eigenen Fehlverhalten zum Opfer gefallen«, fügte Falaire hinzu. »Ich mochte ihn sowieso nicht.«

Nicols Verwirrung wuchs. Sie hatte ihn nicht gemocht? Ein nicht unerheblicher Teil seines Hasses hatte auf seiner Eifersucht beruht. »Aber er war ... er war zumindest euer Gefährte in der ... *Scaine Croi*.«

Die Lunarierin nickte. »Das ist richtig. Du bist uns, seinen Geschwistern im Geist, ja, auch seinem Gedenken, eine Gegenleistung schuldig. Das ist die Rolle, die du in unserem großen Abenteuer spielen wirst.«

»Erpressung?« Das häßliche Wort entschlüpfte ihm gegen seinen Willen.

Sie ließ seine Hand los. Ihre Stimme wurde scharf. »Mach dir klar, daß du auch bei mir persönlich in der Schuld stehst, weil ich dich vor den Konsequenzen bewahrt habe, die du mit deinem Verhalten heraufbeschworen hättest. Du hast davon gestammelt, bestraft werden zu müssen. Aber du weißt selbst ganz genau, daß es noch schlimmer für dich gekommen wäre. Psychokorrektur. Neuronale Umstrukturierung, Umerziehung, Eliminierung deines Gewaltpotentials. Der Kern deines Ichs wäre kastriert worden, man hätte dich von einem Dichter und Abenteurer in einen sanftmütigen zufriedenen Bürger verwandelt.« Noch nie hatte er eine solche Verachtung wie die gehört, die sie in den letzten Satz legte.

Seine Gedanken irrten durch ein geistiges Labyrinth. Vielleicht übertrieb sie die Sache. Und doch ... und doch war er, was er war. In einigen Punkten wäre er gern anders gewesen, aber diese Veränderungen hätten so ausfallen müssen, wie *er* es wollte, und nicht den Kern seines Ichs selbst betreffen dürfen. »Gut, aber, aber ...«

»Wenn es nicht das ist, was du dir wünschst, hast du durch diese Flucht eine weitere Schuld abzutragen. Und die fordere ich in Form deiner Hilfe ein.«

Schweigen machte sich breit. Nicol kämpfte um seine Fassung. Ab und zu schnappte er nach Luft. Er hatte sich wieder halbwegs beruhigt, als Lirion aus der Kommandozentrale herunterkam.

Der alte Mann war auf eine jugendlich extravagante Art in Scharlachrot, Purpur und Gold gekleidet. »Wir sind auf Kurs, und das Schiff kann jetzt mit Autopilot fliegen«, verkündete er, bevor er den Terraner genauer musterte und lächelnd hinzufügte: »Aou, Pilot Nicol, es freut mich, daß Ihr zu Euch selbst zurückgefunden habt.«

»Ich bin nicht gerade allzu glücklich darüber«, knurrte Nicol.

Lirion machte eine wegwerfende Geste. »Eyach, es liegt nicht in Eurer Natur, ständig Schwierigkeiten zu machen. Ich habe Euer Gespräch mit Falaire gehört.« War das Schiff darauf programmiert, alle Gespräche zu belauschen? fragte sich Nicol. Oder war zufällig ein Kommunikationskanal offen gewesen? »Was Ihr an Schuld auf Euch geladen habt, werdet Ihr sühnen, und mehr als nur das. Wir werden moralisch in *Eurer* Schuld stehen.«

Schuld und Sühne waren keine Konzepte, die einem Lunarier zu verstehen leichtfielen, dachte Nicol, und tatsächlich hatte Lirion auch die Anglobegriffe benutzt.

»Du wirst nicht nur Vergebung und überschwenglichen Dank ernten«, versicherte ihm Falaire, »sondern auch eine reiche materielle Belohnung. Sie liegt schon auf Luna für dich bereit.«

»Und wie soll ich sie einstreichen?« erkundigte sich Nicol mit aufkeimendem Sarkasmus.

»Dafür wurden Vorkehrungen getroffen«, erwiderte Lirion. »Wie Falaire schon gesagt hat, wurde dafür gesorgt, daß sich keine Einträge über Eure und ihre Abreise mit mir in der Datenbank des Raumhafens finden. Eure Vorgesetzten in der Rayenn – ja, auch sie gehören der *Scaine Croi* an – werden Eure Abwesenheit in ihren Unterlagen mit einem Auftrag erklären, den ihr an einem anderen Ort erledigt habt, der für keine Behörde von besonderem Interesse ist.«

»Später werden sie auf die gleiche Weise meinen Tod und meine Einäscherung im All dokumentieren«, fügte Falaire hinzu, »denn ich werde nicht zurückkehren.«

»Doch was Euch betrifft, Pilot Nicol«, fuhr Lirion fort, »sobald Ihr Euren Beitrag an dieser Mission beendet habt, wird die *Verdea* Juno ansteuern und Euch dort absetzen, bevor sie weiter nach Proserpina fliegt.«

Nicol wußte von dem Asteroiden. Juno gehörte zu den wenigen Planetoiden, auf denen noch einige Lunarier lebten, ein Überbleibsel der Kolonien, die sich früher durch den gesamten Asteroidengürtel erstreckt hatten. Heute beherbergte er hauptsächlich eine robotische Kontrollstation und ein Versorgungsdepot für die wenigen Raumschiffe, die noch auf dieser Strecke verkehrten. »Und dann?«

»Die Rayenn wird eins ihrer Fernraumschiffe schicken« – eins der beiden ihrer Flotte – »um Euch nach Luna zurückzufliegen. Dort werdet Ihr Euer Vermögen in Empfang nehmen, eine Million Ucus.«

»So viel Geld?« rief Nicol aus. Trotz allem, was bisher geschehen war, überraschte ihn die Höhe der Belohnung. »Wie sollte ich das jemals erklären können?«

»Ganz einfach, wenn Ihr so klug seid, wie wir glauben. Vielleicht mit einem großen Glücksspielgewinn. Die Polizei wird keine Fragen stellen. Solange kein Grund vorliegt, ein Verbrechen zu vermuten, wird das System nicht alarmiert, wenn sich der Stand eines Privatkontos verändert.«

»Ich ... ich schätze ... nicht.« Dies war nicht die ferne Vergangenheit, über die er gelesen hatte. Nicht nur hatte die Regierung damals keinen Bürgerkredit gezahlt, um es den Menschen freizustellen, wie und wo sie leben wollten, sie hatte sogar – neben vielen anderen unerträglichen Eingriffen in ihre Privatsphären – Steuern auf ihre Einkommen erhoben.

War die cyberkosmische Welt wirklich so schlecht? Durfte er tun, was er vorhatte, sich gewaltsam gegen sie stellen?

»Danach könntet Ihr das Leben führen, das Ihr wünscht«, sagte Lirion.

»Du wirst endlose Lieder verfassen können«, murmelte Falaire leise.

Ein bitterer Geschmack stieg in Nicols Kehle auf. »Vielleicht. Falls ich irgend etwas finde, worüber ich singen kann.« Oder wenn Lirion ihn nicht einfach nach getaner Arbeit tötete und seine Leiche aus einer Luftschleuse stieß. Eine sicherere und billigere Lösung.

Falaire suchte seinen Blick. »Würdest du mich lieber nach Proserpina begleiten?«

Wie absurd die Vorstellung auch war, das Angebot ließ sein Mißtrauen schwinden. Falaire schien es aufrichtig zu meinen, soweit eine lunarische Frau einem Terraner gegenüber jemals völlig aufrichtig sein konnte. Und ... diese beiden Lunarier waren auf ihre Weise Idealisten, oder? »Kommt«, forderte Lirion ihn auf, »laßt uns in den Salon gehen, etwas essen, uns entspannen und amüsieren.« Falaire ergriff Nicols Hand. Er folgte ihr bereitwillig. Sein Kummer verflog bereits wieder und machte wachsender Aufregung Platz. Ob sich die Dinge nun zum Guten oder zum Schlechten wenden würde, er steckte bereits mitten drin.

KAPITEL 8

Nach einem delikaten Imbiß und einer kurzen Siesta führte Lirion Nicol durch das Schiff.

Es hatte die Form eines gedrungenen Kegels mit abgerundeter Spitze, der ungefähr dreihundert Meter in der

Länge und im Durchmesser an der Basis maß. Der Rumpf war mit zahllosen Schleusen und Aufbauten übersät. Die Antriebsdüsen ragten skelettartig ›unter‹ ihm hervor. Ein Beobachter hätte das durch sie ausgestoßene Plasma nur als schwaches bläuliches Glühen wahrgenommen, es sei denn, er befand sich weniger als tausend Kilometer entfernt in einer direkten Linie hinter ihnen. In diesem Fall wäre er sofort erblindet und kurz darauf tot gewesen.

Die vordere Hälfte des Schiffes wurde durch mehrere waagerecht zum Beschleunigungsvektor verlaufende Decks unterteilt. Das erste Deck war unzugänglich für Menschen, es enthielt wichtige robotische Einrichtungen, unter anderem den magnetohydrodynamischen Generator, dessen Energieschirm die Partikelstrahlung abwehrte. Das dahinterliegende – während der Beschleunigungsphasen aus Sicht der Raumfahrer darunterliegende – Deck bot mit seinen Hilfsrobotern und verschiedensten Ausrüstungsgegenständen einen zusätzlichen Schutz. Als nächstes folgte die Kommandozentrale mit der Kommunikations- und Ortungsstation und der Steuerung, die jedoch in der Regel nicht bemannt werden mußte. Danach kam eine Ebene mit Privatkabinen, gefolgt von dem Deck mit dem Aufenthaltsraum und der Messe, auf dem sich auch die Personalschleuse befand. Dahinter/darunter lagen der Fitneßraum, die Bordküche und verschiedene Servicemodule, und wiederrum dahinter, beziehungsweise darunter, schloß sich der Frachtbereich mit seinen drei Ebenen an. Man konnte die einzelnen Decks über Treppen oder Aufzüge erreichen.

Die hintere Hälfte des Schiffes galt als absolutes Sperrgebiet für organische Lebewesen. Sie enthielt die Gyroskope für Navigationsmanöver und andere technische Vorrichtungen, gefolgt von den Reaktionsmassetanks auf der nächsttieferen Ebene, die gleichzeitig als Schutzschild gegen die Strahlung aus den Triebwerken dienten. Der Antrieb selbst füllte den untersten Teil des Schiffes mit den Antimaterieröhren, laserelektromagnetischen

Pumpen, Reaktionskammern und Plasmakontrollen aus – Gewalten aus einer mythischen Hölle, die gezähmt und nutzbar gemacht worden waren.

Früher waren Schiffe dieses Typs ein ganz normaler Anblick gewesen, aber damals hatten die Menschen noch in großer Zahl das Sonnensystem bereist. »Die Lunarier auf Proserpina wollen auch weiter Raumfahrt betreiben«, hatte Falaire gesagt. »Doch ohne geeignete Antriebsenergie für ihre Schiffe werden sie zusammengepfercht auf ihrer kleinen Welt enden und sich vielleicht durch Kriege selbst vernichten, die durch eine Existenz ohne Zukunft und Ziele entstehen, so wie damals die Bewohner von Rapa Nui.« Es hatte Nicol überrascht, daß sie über diese obskure Episode der irdischen Geschichte Bescheid wußte. Natürlich, für sie mußte dieses Beispiel eine einschneidende Bedeutung haben.

Lirion blieb im Trainingsraum unter dem massiven Gegengewicht der Übungszentrifuge stehen und sagte: »Bevor wir weitergehen, sollten wir uns eine Weile unterhalten, um sicherzustellen, daß Ihr versteht, was Ihr sehen werdet. Erzählt mir von dem Schiff, zu dem wir fliegen.«

»Hmm ... also, ich habe bis jetzt nicht allzu viel darüber nachgedacht«, brummte Nicol verunsichert. »Warum sollte ich?«

»Fangt an, damit ich Euch gegebenenfalls korrigieren kann. Es liegt weniger Gefahr in dem, was Ihr nicht wißt, als in dem, was Ihr fälschlicherweise zu wissen glaubt.«

»Einverstanden.« Nicol schnitt eine Grimasse. »Also ... ähm ...« Er beschloß, mehr oder weniger bei den Grundlagen zu beginnen, um zu demonstrieren, daß er sich ebenfalls gönnerhaft verhalten konnte. »Antimaterie wird – oder vielmehr wurde, da dies die letzte planmäßige Lieferung ist – auf dem Merkur hergestellt, gemäß den Gesetzen der Bose-Einsteinschen Quantenmechanik eingefangen und bis zum Eintreffen eines Transportschiffes unterirdisch gelagert. Dann wird sie wieder an die Oberfläche gefördert und nach dem gleichen Grundprinzip, mit dem sie isoliert wurde – durch

Laser und elektromagnetische Felder – in das Schiff gepumpt und im Frachtraum erneut eingefroren. Kleine Frachter haben kleinere Mengen zum jeweils gewünschten Ort gebracht, in einen Orbit um die Erde, den Mars, nach Luna, zu den Asteroiden, den Monden der äußeren Planeten. Das große Schiff, auf das Ihr es abgesehen haben müßt, hat größere Mengen transportiert, die tief im All gelagert wurden. Ab und zu wurde auf diese Reserve zurückgegriffen, aber während der letzten Jahrzehnte muß sie kontinuierlich zugenommen haben, bis die Regierung entschieden hat, daß eine weitere Produktion für die nächsten Jahrhunderte, vielleicht für immer, nicht mehr nötig oder wünschenswert ist.«

Lirion zeigte sich keineswegs beleidigt. »Gut, gut. Wo befindet sich dieses Lager?«

»Wer weiß das schon, außer dem Cyberkosmos? Irgendwo jenseits des Saturns in einem solaren Orbit.« Unauffindbar durch die Weiten des Raumes. »Das ist alles, was jemals darüber veröffentlicht wurde. Nur Maschinen fliegen dorthin.« Ein Gedanke ließ ihn aufschrecken. Er musterte das schmale lunarische Gesicht. »Habt Ihr in Erfahrung gebracht, wo das Lager ist?«

»Ja«, erwiderte Lirion gelassen.

»Ich ... die Vorstellung behagt mir ganz und gar nicht. Darf man irgendeinem Menschen den Zugang zu einer Substanz gewähren, mit der man alles Leben auf der Erde auslöschen könnte?«

»Das spielt keine Rolle. Der Vorrat wird mit allen erdenklichen robotischen Waffen und von einer sophotektischen Intelligenz aufmerksam bewacht. Kein Angreifer, kein Schiff, das auch nur im geringsten verdächtig erscheint, könnte auch nur in seine Nähe gelangen, ohne seinen Zorn zu erregen und von ihm ausgelöscht zu werden.« Lirion lächelte. »Diesen Ehrgeiz habe ich nicht.«

»Ja, ich ... das hätte ich wissen müssen«, entschuldigte sich Nicol.

»Es ist das Frachtschiff, das unsere Beute sein wird. Erzählt mir davon.«

Unmut blitzte in Nicol auf. »*Unsere* Beute?« fragte er hitzig.

»Fahrt fort«, befahl Lirion.

Nicol fügte sich hilflos. »Also ... äh ... das Schiff ist völlig robotisch, obwohl ich vermute, daß es einen Sophotekten an Bord hat, wahrscheinlich im Ruhemodus, der aber im Zweifelsfall sofort aktiviert werden würde.«

Lirion lächelte erneut. »Eine kluge Vermutung. So ist es.«

»Es ist öffentlich bekannt«, fuhr Nicol besänftigter fort, als er es hätte sein sollen, »daß das Schiff in einem energiesparenden Hohmann-Orbit vom Merkur zum Depot fliegt und auf gleichem Weg wieder zurückkehrt, um neue Ladung aufzunehmen. Ohne jede Eile. Kein Grund, stärker als unbedingt nötig zu beschleunigen und dadurch Treibstoff zu vergeuden.«

Der Proserpinarier nickte. »Der Flug dauert knapp elf Jahre in beiden Richtungen.«

»Ihr kennt die genauen Zahlen?«

»Natürlich, da der Orbit des Lagers das größte Geheimnis war. Es umkreist die Sonne in einer Entfernung von ungefähr fünfzehn Astronomischen Einheiten.«

Nicol stieß einen ehrfürchtigen Pfiff aus. Allerdings verfügte der Cyberkosmos über mehr Zeit und Geduld als ein Sterblicher – kosmische Zeit, maschinenhafte Geduld. »Ich vermute, das Schiff ist ebenfalls bewaffnet«, sagte er nach einer Weile.

»Ja, zur Abwehr von Meteoriten. Ein größerer Einschlag ist zwar äußerst unwahrscheinlich, aber nicht völlig unmöglich. Die einzige Gefahr für das Schiff, die man vorausgesehen hat.« Lirion lachte leise, ein tiefer schnurrender Laut. »Bis jetzt. Wir können uns nicht einfach seiner Geschwindigkeit anpassen und längsseits gehen.«

»Vermutlich nicht.«

»Alles, was ihm zu nahe kommt oder auch nur den Eindruck erweckt, würde zerstört werden, ob Schiff oder Gesteinsbrocken.«

Nicol nickte. »J-ja, ich erinnere mich wieder.« Es gehörte zu den Dingen, die er als Kind gehört hatte, ein Detail aus dem Unterricht, irgendwann beiläufig erwähnt und wieder vergessen. »Bisher ist niemand in diese Lage geraten, oder?«

»Nay. Die Geheimhaltung und die gewaltigen Entfernungen waren Schutz genug. Doch jetzt, nachdem wir die Informationen besitzen, besteht dieser Schutz nicht mehr.«

»Ihr müßt sehr detaillierte Informationen erhalten haben.«

»Das haben wir, durch Hench. Unter anderem über die Grenzen der Detektoren und Verteidigungseinrichtungen. Sie sind leistungsfähig, aber nicht unüberwindbar für jemanden, der über die richtigen Fähigkeiten und den nötigen Mut verfügt.«

Nicol wartete.

»Wir können das Schiff in einem Abstand von mehreren tausend Kilometern im freien Fall passieren, ohne Alarm auszulösen«, fuhr Lirion nach einigen Sekunden fort. »Diese Toleranz wurde programmiert, weil im Lauf der Jahrhunderte eine solche Situation vermutlich irgendwann einmal eintreten würde. Wir aber werden die Funkantenne des Schiffes mit einem Energiestrahl zerstören. Es wird stumm sein und den Cyberkosmos nicht über seine Notlage informieren können.« Und folglich würden keine schnellen sophotektischen Kriegsschiffe zu seiner Verteidigung herbeieilen, dachte Nicol.

»Die Verteidigungseinrichtungen werden dadurch natürlich nicht ausgeschaltet«, sagte Lirion. »Aber sie sind für die Abwehr von Meteoriten mit berechenbaren Flugbahnen ausgelegt. Ja, sie könnten auch gegen ein Raumschiff gerichtet werden, das die kritische Distanz unterschreitet. Allerdings müßte ein kleines Objekt, das sich mit hoher und ständig wechselnder Beschleunigung bewegt, in der Lage sein, ihnen zu entgehen.«

»Ah-h-h-ha ...«, flüsterte Nicol. Eine Gänsehaut ließ ihm die Haare zu Berge stehen. »Dazu braucht Ihr mich also.«

»Korrekt. Im Gegensatz zu einem Roboter besitzt Ihr ein flexibles Bewußtsein, um Euch der jeweilige Situation anzupassen, und durch Eure terranische Gravitationstoleranz könnt Ihr die bei den Flugmanövern auftretenden Belastungen ertragen und Euer Ziel in einem handlungsfähigen Zustand erreichen.«

Aller Vernunft und allen Gewissensbissen zum Trotz spürte Nicol, wie ihn eine Welle der Erregung durchflutete. Eine Herausforderung, ein Risiko, ein direkter Vergleich zwischen Mensch und Maschine!

»Sobald Ihr gelandet seid, übernehmt Ihr den Kommandoturm.« Lirions Stimme klang beinahe leidenschaftslos. »Danach gehört das Schiff uns. Ich werde mit der *Verdea* anlegen und es mit ihr in Richtung Proserpina beschleunigen.«

»Augenblick!« protestierte Nicol. Der Plan hatte einen logischen Haken. »Schickt es nicht regelmäßig Funksprüche zur Erde, um seine Position und seinen Zustand zu melden? Ich würde es jedenfalls entsprechend programmieren.«

»Allerdings. Deshalb haben wir eine Attrappe vorbereitet, die wir an seiner Stelle im Hohmann-Orbit zurücklassen werden, kaum mehr als einen Sender, der die richtigen Signale zu den richtigen Zeiten abstrahlen wird. Der Frachter wird Proserpina bereits Jahre vor der geplanten Ankunft im Depot erreichen.«

Ein Gefühl der Kälte breitete sich in Nicol aus. »Wie steht es mit der Reaktion der Föderation, sobald sie die Wahrheit erfährt? Was wird das Terrabewußtsein unternehmen?«

»Wir werden darauf vorbereitet sein«, erwiderte Lirion ungerührt. »Aber ich rechne nicht damit, daß die Föderation eine Strafexpedition oder Raketen schicken wird. Das wäre bei diesen riesigen Entfernungen ein aussichtsloses Unternehmen.«

Und das Terrabewußtsein ist über menschliche Schwächen wie Wut und Rachegelüste erhaben, dachte Nicol. Seine langfristigen Gegenmaßnahmen jedoch ... Welcher Sterbliche sollte sich das vorstellen können?

Andererseits, wenn die Proserpinarier erst einmal über eine solche Macht verfügten und die Energieschwelle überschritten hatten, die es ihnen ermöglichte, sich frei und grenzenlos auszudehnen, würden sie vielleicht zu einem unkalkulierbaren Faktor werden, einem zufälligen und chaotischen Element in der Gleichung, das alle verläßlichen Vorhersagen unmöglich machte.

Vielleicht, vielleicht. Höchstwahrscheinlich würde kein Mensch lange genug leben, um das Ergebnis zu sehen.

»In den nächsten Tagzyklen werden wir viel zu tun haben, um uns vorzubereiten«, sagte Lirion. »Wir müssen unsere Instrumente und Waffen sowie das Andockmodul ausladen und in Stellung bringen. Diese Aufgaben werden all Eure Kraft und Fähigkeiten fordern, Pilot Nicol. Ihr müßt Eure Rolle lernen und immer wieder üben, um gegen alle Unwägbarkeiten gewappnet zu sein. Eyach, Ihr werdet sehr beschäftigt sein und Euch Euren Lohn redlich verdienen!«

Nicol bemühte sich, seine Unsicherheit in den Griff zu bekommen.

»Kommt«, forderte Lirion ihn in einem sanfteren Tonfall auf. »Ich möchte Euch die Ausrüstung zeigen.«

Sie gingen zum ersten Laderaum. Das Eingangsschott befand sich in einem Stahlzylinder. Lirion zog eine drei Zentimeter durchmessende Scheibe aus seinem Gürtelbeutel und schob sie in einen Schlitz in der Luke. Ein elektronischer Schlüssel. Zweifellos reagierte das Schloß auf nichts anderes. Das Schott glitt auf.

Lirion bemerkte Nicols Blick. »Dieser Schlüssel kontrolliert alle Schlösser an Bord«, erklärte er. »Eine Vorsichtsmaßnahme gegen mögliche ... Besucher, während sich die *Verdea* im lunaren Orbit befunden hat. Jetzt müssen die meisten Räume natürlich nicht mehr gesichert werden.« Er grinste. »Solltet Ihr in irgendeiner Kabine ungestört sein wollen, reicht es, einfach die Tür zu schließen.«

Die oberste Ebene enthielt gewöhnliche Vorräte und Ausrüstungsgegenstände. Auf dem nächsten Deck begann die eigentliche Inspektion. Sie fiel äußerst gründlich aus, so gründlich, daß Nicol schließlich auf den einzigen Schrank deutete, den Lirion ausgelassen hatte, und fragte: »Was ist da drin?«

»Nichts von Bedeutung«, erwiderte der Proserpinarier mit unerwarteter Schärfe.

»Wirklich nicht?« hakte Nicol mit einem spontanen Anflug von Sturheit nach. »Ich dachte, Ihr wolltet mir alles zeigen.«

»Nicht unbedingt. Dieser Schrank braucht Euch nicht zu interessieren. Folgt mir.«

Nicol gehorchte. Die Führung beschäftigte ihn so sehr, daß er sich nicht weiter mit der Angelegenheit befassen konnte. Trotzdem ging sie ihm nicht völlig aus dem Kopf. Was verbarg sich in dem Schrank?

Handfeuerwaffen für einen Notfall, vermutete er. Zum Beispiel für den Fall, daß er Schwierigkeiten machen würde.

KAPITEL 9

Die Zeit verstrich, während das Schiff tiefer ins All vorstieß. Wenn Nicol nicht gerade schlief, war er fast ständig damit beschäftigt, sich auf seinen Einsatz vorzubereiten. Aber hin und wieder verlangten seine natürlichen Bedürfnisse, daß er sich ein paar Stunden freinahm.

Er lag neben Falaire in ihrer Kabine, die wie alle anderen kaum mehr als ein Bett, eine Waschgelegenheit, einen Schrank und ein Computerterminal enthielt. Die Wandbildschirme waren aktiviert und zeigten die bewegliche dreidimensionale Illusion eines Phantasiewaldes. Bäume ragten in einen sternenübersäten silbrigen Nachthimmel hinein, in dem ein riesiger Mond stand, der von einem Ring aus geschliffenen Diamanten umgeben war. Federwedel wiegten sich in einem warmen, sanften Wind, der würzige Gerüche mit sich trug. Farbloses Licht schimmerte auf Falaires Haar und ließ ihre Brüste in der Dunkelheit glänzen.

Sie und Nicol lagen schon eine Weile schweigend da. Er starrte reglos in die Dunkelheit. »Du machst dir wieder Sorgen«, sagte sie schließlich. »Das solltest du nicht.« Nicht nachdem sie sich gerade erst geliebt hatten. Doch sie wirkte weder beleidigt noch verärgert, wie er es von einer Lunarierin hätte befürchten können. Ihre Stimme klang eher mitfühlend.

»Tut mir leid«, erwiderte er. »Ich habe nachgedacht.«

»Du denkst ständig nach, nay?«

Er zuckte die Achseln. »Eine schlechte Angewohnheit.«

»Und worüber hast du diesmal nachgedacht?«

»Ach, nicht so wichtig.«

»Aber es interessiert mich, Jesse.« Sie schob einen Arm unter seinen. »Erzähl es mir.«

Nicol bezweifelte, daß sie es wirklich ernst meinte. Wie konnte sie das? Sie gehörten zwei verschiedenen Spezies an, und daß sie nie Kinder miteinander würden haben können, zählte weniger als die Kluft, die sie psychisch trennte. Bestenfalls, vermutete er, mochte sie ihn ein wenig.

Also konnte er zumindest darauf hoffen, seinen Lohn in Form von Geld und nicht eine Kugel in den Kopf oder ein Messer zwischen die Rippen zu bekommen.

Bitterkeit stieg in ihm auf. »Die üblichen Dinge. Was sonst?«

»Daß du Seyant getötet hast? Sucht dich das immer noch heim?«

Es fiel ihm schwer, die Worte über die Lippen zu bringen. Er versuchte, das auszusprechen, was er bisher nicht hatte sagen können, wozu sich ihm noch keine Gelegenheit geboten hatte. »Ich ... ich kann nicht ehrlich bedauern, daß er tot ist ...«

Falaire lachte leise und strich ihm über die Wange.

»Aber zu wissen, daß ich ein Mörder bin, das ist wie ein ... ein ...« Er griff auf ein uraltes Symbol zurück. »Es nagt wie ein Krebsgeschwür in mir.«

»Ich habe dir wieder und wieder gesagt, daß du überarbeitet warst und Seyant den Bogen überspannt hat.«

»Wer wird der nächste sein?«

»Wahrscheinlich niemand. Du bist intelligent, du lernst aus deinen Fehlern. Außerdem dürfte sich dein Reichtum als sehr besänftigend auf dich auswirken.«

»Wird er das? Bist du dir da sicher? Was kann ich denn damit *tun*?«

»Was immer du willst und eure terranischen Gesetze dir erlauben. Und ich gebe zu, daß sie ziemlich tolerant sind.«

Fast gegen seinen Willen drehte er sich halb um und sah ihr ins Gesicht. »Warum fliehst du dann vor ihnen? Was treibt eure *Scaine Croi* an?«

Er spürte, wie sich ihr Körper versteifte. »Das weißt du sehr wohl«, entgegnete sie knapp. »Ich habe ›terranische‹ Gesetze gesagt. Nicht die Gesetze meiner Rasse.«

Nicol fragte sich, warum er so oft darüber nachgrübelte, was die Lunarier eigentlich wollten und welche Auswirkungen ihre Wünsche im Lauf der Jahrhunderte auf seine eigene Art haben könnten. Nun, warum sollte er ihr nicht diese Frage stellen? »Also gut, ihr rebelliert gegen das gesellschaftliche Gleichgewicht. Aber was wollt ihr an seine Stelle setzen? Was zieht dich nach Proserpina, Falaire?« Um dich mir für immer fortzunehmen, fügte er in Gedanken hinzu.

So wie ich eine gefährliche, wenn auch angenehme Krankheit verlieren könnte?

»Ich weiß es nicht«, bekannte sie. »Und das ist das Wunderbare daran.«

»Aber es kann doch nicht bloß das Chaos sein!« protestierte er. Die Lunarier wußten nur zu gut, wie erbarmungslos der Weltraum war. »Es muß eine gewisse Ordnung geben, etwas ... Positives ...«

»Eyach, ja«, hauchte sie. »Ich war mir noch bei unserer Abreise nicht sicher über meine Gründe. Wir hören nur sehr wenig von jenseits.« Und trotzdem war sie aufgebrochen. Ihre Stimme wurde fester. »Aber Lirion hat nicht nur Viviferaufzeichnungen über Proserpina mitgebracht, die auch du abspielen kannst, wenn du möchtest, sondern auch ein Traumkammerprogramm über das Leben dort. Du weißt, er war monatelang allein an Bord, und die Traumkammer sollte ihm helfen, die Einsamkeit zu überstehen. Außerdem hat er einkalkuliert, daß ihn vielleicht ein oder zwei Passagiere auf dem Rückweg begleiten würden. Durch dieses Programm habe ich Dinge erlebt, die ich bisher so nicht kannte, und eine größere Klarheit über meine eigenen Wünsche und Bedürfnisse gewonnen.« Sie schwieg einen Moment lang. »Möchtest du es selbst einmal ausprobieren?«

Nicol zögerte überrascht. »Ich ... ich muß fast meine gesamte Zeit mit Übungen und Simulationen für die Kaperung des Frachters verbringen, wie du weißt.«

»Du kannst ein paar Stunden erübrigen. Ich glaube sogar, daß es klug wäre. Uns besser zu verstehen, müßte dich weiter ermutigen.«

Er war noch immer unschlüssig. Ein Vivifer war eine Sache, die Wiedergabe einer Aufzeichnung, die mehrere Sinne ansprach, wie die Waldlandschaft, die ihn hier umgab. Eine Traumkammer jedoch war nicht nur interaktiv, sie stimulierte das Gehirn auf direktem Weg. Sein Nervensystem würde alle Eindrücke so aufnehmen und verarbeiten, als wären sie real, und nur seine Erinnerung an den Vorgang und sein Verstand würden ihm später verraten, daß die Erlebnisse lediglich eine Halluzination gewesen waren. Er hatte sich dieser Form der Unterhaltung nur selten hingegeben, denn er kannte die Versuchung und wußte, daß die Suchtgefahr für einen ruhelosen und unzufriedenen Geist hoch war.

In diesem Fall aber würde es wahrscheinlich ungefährlich sein. Das Programm war von und für Lunarier erstellt worden, von Fremden für Fremde. Andererseits, gerade aus diesem Grund ...

Falaire beobachtete ihn. Das kristallklare Mondlicht ließ ihr großen schräggestellten Augen glänzen.

»Also ...« Er schluckte krampfhaft. Nein, er würde ihr gegenüber keine Angst zeigen. »Ja. Danke.«

So kam es, daß er den Tank aufsuchte, sich entkleidete, den Helm aufsetzte, die anderen Verbindungen anschloß, sich in die Flüssigkeit sinken ließ, die sich sanft seiner Körpertemperatur und seinem Gewicht anpaßte, und in den Schlaf hinüberglitt ... Er schwebte im All. In dieser Entfernung zur Erde war die Sonne nicht mehr als der hellste aller Sterne, doch sie standen in unübersehbarer Zahl dichtgedrängt am Himmel und spendeten doppelt soviel Licht wie der Vollmond über Nauru. Nicol konnte Proserpina deutlich erkennen und trotz der dunklen Oberfläche des Planetoiden sogar einzelne Furchen und Höhenzüge unterscheiden.

Seine Erinnerung lieferte ihm die Fakten, die er sich vor Jahren eingeprägt hatte. Proserpina war ein Bruchstück aus dem Kern eines größeren Himmelskörpers, der die Sonne früher dort umkreist hatte, wo sich heute der Asteroidengürtel befand, eins von mehreren Fragmenten, die im Lauf von Äonen durch die Kollision mit anderen Asteroiden entstanden waren. Der Jupiter hatte es in eine neue exzentrische Bahn geschleudert, die durch vorbeiziehende Sterne noch weiter gedehnt worden war. Proserpinas Durchmesser betrug etwa zweitausend Kilometer, und da der Asteroid hauptsächlich aus Eisen und Nickel mit einer dünnen Gesteinskruste bestand, erzeugte er eine Schwerkraft von sechsundachtzig Prozent der lunaren, die sich gut für die Kolonisten eignete. Die Oberfläche wies nur wenige Krater auf, denn in diesen Tiefen des Raums kam es nur selten zu Meteoriteneinschlägen, doch vor langer Zeit war sie von einem Kometen getroffen worden, der große Mengen an Eis und organischen Substanzen hinterlassen hatte. Es gab etliche Kometen mehr in Reichweite wagemutiger Raumschiffe und Millionen weitere in der Oortschen Wolke, die sich so tief ins All hinaus erstreckte, daß ihre Ausläufer unmerklich in die von vergleichbaren Wolken der Nachbarsterne übergingen, ein Archipel, über das Forscher immer weiter vordringen konnten ... Auf dem Himmelskörper funkelten Lichter, die Funkfrequenzen quollen über. Menschen lebten hier draußen.

Der körperlose Jesse Nicol sank herab, flog dicht über der Oberfläche Proserpinas dahin, entdeckte Straßen und Schienenstränge, Aufbauten und Türme, Kuppeln und Befestigungsanlagen, Bodenfahrzeuge und Fußgänger in Schutzanzügen, Raumhäfen und Schiffe, die eintrafen oder fortflogen.

Er durchquerte eine Luftschleuse, ging einen Tunnel entlang und betrat das unterirdische Reich. Eine Weile schien es ihm beinahe, als wäre er nach Tychopolis heimgekehrt. Er sah schlanke Bögen und Marktplätze, wo Bäume in künstlich erzeugten Winden rauschten und Springbrunnen melodisch plätscherten, Sippenembleme unauffällige Türen zierten, kleine Geschäfte und Handwerksbetriebe ... Nein. Es waren Lunarier, die die Straßen entlangschlenderten, ruhig und allein, höchstens zu zweit oder zu dritt. Viele führten die verschiedensten metamorphischen Tiere spazieren, andere trugen sie auf dem Arm oder der Schulter, ein Leopard mit negativer Fellzeichnung, eine Miniaturgreif, eine weiße Riesenfledermaus, ein Habicht mit Regenbogenschwingen, eine gefiederte Schlange ... Musik vibrierte, schwebte, pulsierte in nichtterrestrischen Tonleitern. Eine Gruppe von Tänzern mit Masken und Federn eilte einem Selenarchen mit Begleiterin voraus und machte den Weg frei. Die hohe Decke simulierte einen violetten Himmel, in dem Flammen durch die Wolken züngelten.

Als er die Umgebung näher erkundete, stellte Nicol fest, daß er nicht in einer richtigen Stadt gelandet war. Es gab keine Städte auf Proserpina, nur einzelne Kultur- und Handelszentren. Die meisten Leute lebten weit verstreut in Familien oder Gemeinschaften, die feudale Einheiten bildeten, wenn man davon absah, daß »feudal« ein zu irdischer Begriff war. Das konnte überall sein, von bewaldeten Höhlen bis hin zu Burgen auf der Oberfläche des Asteroiden. Hin und wieder entdeckte er einen Terraner. Ein paar waren während der letzten Jahrzehnte aus den unterschiedlichsten Gründen nach Proserpina gekommen und dort geblieben. Wie verlief ihr Leben hier, wo sie eine winzige Minderheit als kinderlose

Fremde stellten? Nicol glaubte nicht, daß die Lunarier sie in irgendeiner Form drangsalierten, aber sie waren Außenseiter.

Vermutlich wurden ihre besonderen Fähigkeiten für bestimmte Aufgaben geschätzt, für die Roboter nicht anpassungsfähig genug waren. (Es war nicht ersichtlich, ob die Proserpinarier überhaupt Sophotekten hergestellt hatten, und selbst wenn, hatten sie mit Sicherheit dafür gesorgt, daß die Maschinen in einer untergeordneten Position blieben und ihre Intelligenz strikt begrenzt war.) Umfangreiche Bauprojekte wurden allerorts durchgeführt, um neuen Siedlungsraum und bessere Umweltbedingungen zu schaffen und Rohstoffe zu erschließen. Das Leben breitete sich über den gesamten Asteroiden aus und griff weiter ins All hinaus. Die Arbeiten gestalteten sich nicht so laut und hektisch, wie es bei Terranern üblich war, aber sie schritten voran. Trotzdem konnte Nicol erkennen, daß Ressourcen fehlten und viele Vorhaben an Energiemangel zu scheitern drohten.

Mit wildem Herzklopfen machte er sich daran, am Leben der Proserpinarier teilzunehmen und mußte erfahren, daß es ihm nicht gelang, weil es lunarisch war. Wenn er versuchte, eine aktive Rolle zu spielen, verwandelten sich die Szenen in ein unlogisches und groteskes Durcheinander. Das Programm konnte ihn nicht integrieren. Er stellte seine Bemühungen ein und wurde zu einem passiven unsichtbaren Beobachter.

In Tavernen lauschte er Raumschiffkommandanten, die von Expeditionen zu den Kometen zurückgekehrt waren und von ihren Irrfahrten erzählten. Es war weitaus mehr als nur eine Suche nach Rohstoffen, es ging um Geschicklichkeit und Kühnheit und mannigfaltige Gefahren – Kometenbeben, verborgene Spalten, Gerölllawinen, Meteoritenschauer, Strahlungslecks, versagende Ausrüstung – und manchmal um den Tod, um Sternenlicht, das auf Eisbergen glitzerte, die in Richtung Proserpina taumelten, wo sie sich in Flüsse und Regen verwandeln würden, es ging um Kameradschaft – vielleicht eher in der stolzen Art eines Löwenrudels als der einer Horde steinzeitlicher Jäger – im Kampf und im Triumph. Wein sprudelte aus Kristallkaraffen, Frauen und Männer strömten zusammen …

Nicol beobachtete einen halsbrecherischen Wettlauf über die dünnen Eisschichten auf den Spalten der *Eisenheide*, eine Zeremonie, die einmal im Jahr stattfand, um das Andenken Kainos zu ehren, der diesen Weg zuerst beschritten hatte. (Natürlich handelte es sich um die irdische Zeitrechnung, denn ein proserpinarisches Jahr entsprach zwei Millionen Erdenjahren, und die Jahreszeiten Proserpinas waren genauso kosmisch wie die Mythen der Proserpinarier.)

Er wurde Zeuge eines tödlichen Duells, Schwerter, die im Sternenlicht wirbelten, bis die Klinge des einen Kämpfers den Raumanzug des anderen aufschlitzte, weißer Wasserdampf hervorschoß und schnell wieder verwehte, ein Symbol der entweichenden Seele. Er sah, wie die Familien der Duellanten Friedensverhandlungen führten, und verfolgte die Sieges- und die Trauerfeiern, die mit gleicher Inbrunst abgehalten wurden.

Er erlebte die Aufführung eines Dramas, das zur Hälfte aus einem fliegenden Ballett bestand, und obwohl ihm die Regeln unbekannt waren, spürte er die aufflammenden Emotionen der Beteiligten. Ebensowenig begriff er, was es war, das ein Holzschnitzer, der auf einer moosbewachsenen Bank am Fuß einer gläsernen Klippe saß, aus dem Material herausarbeitete, aber irgendwie sprachen ihn die Form und die Linien an. Er hörte Lieder …

Nachdem er die Traumkammer verlassen hatte, erschien ihm seine Umgebung für den Rest des Tagzyklus irgendwie unwirklich und leer, wie eine Parade zweidimensionaler Marionetten.

Schließlich griff er zu einer Droge, um in den Schlaf zu finden. Er benötigte eine ganze Nachtwache, bevor er endlich das Gefühl hatte, sich von seinem Erlebnis erholt und einen Zustand wiedererlangt zu haben, von dem er annahm, daß er normal war.

KAPITEL 10

Endlich waren die theoretischen Sitzungen abgeschlossen, Textstudium, Vivifer, Simulationen, Trockenübungen, und die eigentliche Arbeit begann. Zuerst schaffte Nicol die Geschütze und ihre Zielerfassungssysteme hinaus und installierte sie auf der Außenhülle der *Verdea.* Dann folgte das Andockmodul an der Bugspitze, das aus mehreren schweren Einzelteilen bestand. Diese Aufgabe war noch anspruchsvoller.

Doch auf Grund seiner Ausbildung und der bisher gesammelten Erfahrungen ging ihm die Arbeit reibungslos von der Hand. Den größten Teil der anstrengenden Plackerei erledigten ohnehin die Roboter. Nicol überwachte sie, erteilte Befehle, traf Entscheidungen, inspizierte und testete die Ergebnisse Schritt für Schritt, kalibrierte und adjustierte, improvisierte gelegentlich. Seine Muskelkraft benötigte er nur selten. Oft mußte er lediglich anwesend sein und die Fortschritte beobachten, während er Muße hatte, seine Gedanken wandern zu lassen.

Zum Ende der Arbeiten hin begannen seine ziellosen Überlegungen konkreter zu werden und ein Bild zu ergeben, so wie sich komplexe Moleküle in einer Lösung bilden, deren Einzelteile sich zwar zufällig treffen, sich dann aber gemäß ihrer chemischen Eigenschaften verbinden. Ihn überkam keine plötzliche Erleuchtung, und doch gab es einen Moment, als er sich bewußt wurde, daß etwas Unumkehrbares geschehen war.

Er stand, durch seine Magnetstiefel gesichert, auf dem Rumpf der *Verdea,* ein Jetpack auf dem Rücken, schwerelos, da das Schiff während der Arbeitsschichten nicht beschleunigte. Obwohl die Lichtstärke der Sonne hier draußen nur noch ein paar Prozent dessen betrug, was er von Luna gewohnt war, verdunkelte sich sein Helm, um ihn vor dem Erblinden zu schützen, wann immer er das Gesicht in ihre Richtung drehte. Das stumpfe Metall der Schiffswandung glänzte kaum, die Ränder der Schatten waren ein wenig unscharf. Für die meisten Arbeiten reichte die natürliche Beleuchtung aus, und für die Situationen, in denen er mehr Licht benötigte, war sein Raumanzug mit verschiedenen Lampen bestückt. Zwei Roboter krabbelten wie große Käfer oder steifbeinige Oktopusse über die Tragbalken des Andockmoduls, befestigten den Kontaktring und die Motoren, die die Andockmanschetten der *Verdea* und des Frachters nach erfolgter Enterung fest miteinander verbinden würden. Mit der Sonne im Rücken sah es für Nicol so aus, als schwebten sie über einem bodenlosen Abgrund, in dem unzählige Sterne glühten und durch den sich die Milchstraße wie ein lautloser gefrorener Wildbach wand.

Ein erhabener Anblick, dachte er, hier draußen in der Grenzenlosigkeit, aus der alles erwachsen konnte.

Sein Blick wanderte nach Süden, bis er Alpha Centauri inmitten des Sternenmeers entdeckte. Dort leben Guthries Bewußtseinskopie und die Nachkommen seiner Gefährten, dachte er. Sind sie mit ihrem Planeten dem Untergang geweiht, oder besteht Hoffnung für sie? Wir haben Gerüchte über unbekannte neue Erfindungen gehört, die sie gemacht haben, nur Gerüchte, denn die Kommunikation über eine Distanz von viereindrittel Lichtjahren war immer spärlich und ist schließlich gänzlich abgebrochen. Zumindest behauptet das der Cyberkosmos.

Aber wahrscheinlich spielt das ohnehin keine Rolle. Alpha Centauri ist unerreichbar fern für uns. Einen solchen Exodus, wie ihn Anson Guthrie angeführt hat, wird es nicht mehr geben, jedenfalls nicht mehr in absehbarer Zeit. Proserpina aber befindet sich hier in diesem Sonnensystem.

Eigentlich kann man es kaum so bezeichnen. Geschützt durch seine gewaltige Entfernung zur Sonne, zieht der Asteroid seine eigene Bahn. Welche unheimlichen Dinge wird er hervorbringen, sobald er über eine nahezu unerschöpfliche Energiequelle in Form von Antimaterie verfügt, und welche Reaktionen könnten sie auf der Erde provozieren? Ein unvorhersehbarer, unkontrollierbarer Faktor, Chaos im wissenschaftlichen Sinn des Wortes. Kein Wunder, daß der Cyberkosmos die Proserpinarier im Zaum halten will. Das Terrabewußtsein selbst ist beunruhigt.

Huh! Nicol erschauderte. Ich sollte lieber zu Hause bleiben, bei meiner Art der Menschheit.

Was gibt es dort? Zufriedenheit, ja, Friede und Wohlstand, aber auch Abenteuer und Herausforderungen. Für die meisten Menschen. Vielleicht verläuft ihr Leben geschichtlich betrachtet in alten Bahnen, aber für jede Generation gibt es Neues zu entdecken, einen Sonnenaufgang, ein Boot, einen Berg, ein uraltes Monument, die erste Liebe, mehr als genug.

Aber nicht für mich mit meinen irrationalen und rudimentären Sehnsüchten. Meine Leidenschaft werde ich mit wilden Sportarten und noch wilderen Gelagen befriedigen müssen, in einem Drahtseilakt über der absoluten Leere, bis ich mich auf die eine oder andere Art umbringe und wieder in der Leere aufgehe.

Hör auf damit! Weinerliches Selbstmitleid.

Welche Ironie, daß dieses Narrenschiff nach Verdea benannt worden ist, dem ersten lunarischen Poeten.

Und was mich betrifft, wie wäre es nach meiner Rückkehr mit einer Karriere als Raumfahrer? Meine bisherige Arbeit war auf ihre Art wichtig, eine schwierige und nicht immer ungefährliche Vorbereitung auf dieses tollkühne Unternehmen. Und ich habe im allgemeinen gern für die Rayenn gearbeitet. Manchmal und für kurze Zeit waren die Herausforderungen so groß, daß ich völlig in ihnen aufgegangen bin. Das ist das ultimative, das einzig wahre Glück, sich in etwas zu verlieren, das größer als man selbst ist.

Allerdings dürften die kurzen lokalen Raumflüge nach dieser Expedition furchtbar langweilig sein. Außerdem wäre es unklug von mir, auf Luna zu bleiben. Wenn es der *Scaine Croi* nicht gelingt, Seyants Tod als Unfall darzustellen, könnten Spuren auf mich deuten. Oder die Lunarier könnten mich wieder erpressen, ihnen bei irgend etwas zu helfen. Nein, ich sollte besser auf die

Erde zurückkehren und auf dem Mond in Vergessenheit geraten. Nachts, wenn er am Himmel steht, kann ich zu ihm aufsehen und mich erinnern.

Warum war ich nur so ... verrückt, so *dumm*? Wie konnte das passieren? Oh, ich war mein Leben lang anfällig für Wutausbrüche und habe häufig die Beherrschung verloren, aber nie in einem solchen Ausmaß, und es sah schon so aus, als hätte ich mich endlich unter Kontrolle. Wie sonst hätte ich mich zum Raumpiloten ausbilden lassen und den Beruf ausüben können?

Sicher, Seyant war eine Ratte – in meinen Augen –, aber das ist keine Entschuldigung. Wenn ich mich nur besser an diese Abendwache erinnern könnte ... Warum habe ich ihn nicht mit der Faust geschlagen? Nun, ich hatte diesen Dolch in der Hand, da war Falaire, und Seyant hatte wie ich eine Beziehung mit ihr, oder zumindest hat sie mich dazu gebracht, das zu glauben ...

Nicol erstarrte. Er stand reglos da, bis eine synthetische Stimme in seinen Helmlautsprechern aufklang und verkündete: »Einheit B ist jetzt in Position und bereit zur Inspektion.«

Er schüttelte sich und kam sich dabei wie ein Hund vor, der eine Ratte am Genick gepackt hatte, bevor er zu dem Befestigungsgestell für das Andockmodul ging. Während er es überprüfte und ein paar Feinabstimmungen vornahm, so geschickt und gründlich und beinahe genauso unbewußt wie die Roboter, jagten sich seine Gedanken.

Ich kann mir in bezug auf die Lunarier *nicht sicher sein*. Vielleicht haben sie vor, ihr Versprechen zu halten, vielleicht auch nicht. Sicher ist nur, daß sie mir gegenüber weniger als aufrichtig gewesen sind.

Habe ich irgendeine andere Wahl, als bei ihrer Piraterie mitzumachen?

Eine Waffe würde mir einen kleinen Spielraum verschaffen. Vielleicht zu klein, um etwas damit anfangen zu können, und vielleicht würde ich sie auch nicht benutzen wollen. Aber im Moment habe ich nicht einmal diese Möglichkeit.

Der verschlossene Schrank ... Blaubarts Kammer ... Ob es wohl bei den Lunariern eine vergleichbare Legende gibt?

Der Schrank kann Waffen enthalten oder auch nicht. Wenn nicht, werde ich wenigstens wissen, daß ich mich in einer meinen Schiffskameraden vergleichbaren Ausgangsposition befinde. Und ich werde eher davon überzeugt sein, daß Lirion es ehrlich mit mir meint. Sollte er doch Waffen vor mir verstecken, möchte ich das Spiel nach den gleichen Regeln spielen können.

Wie kann ich an den Schrank herankommen?

Nicol begann nachzudenken.

KAPITEL 11

An Bord der *Verdea* herrschte wieder lunare Schwerkraft. Sie hatte gewendet, den Bug sonnenwärts ausgerichtet und mit dem langen Bremsmanöver begonnen.

Das Essen war während des gesamten Flugs köstlich gewesen, kein Wunder angesichts eines nanotechnischen Küchenautomaten. Dazu hatte Lirion ausgewählte Getränke mitgenommen. Zu dieser Abendwache war das Essen, das sie im Salon zu sich nahmen, geradezu extravagant, ein wahres Fest. Strahlende Lichtmuster spielten über die Wände, die Luft duftete nach Jasmin, fröhliche Musik spielte. Zu Nicols Ehren war es irdische Musik, ein uraltes Stück von Mozart, das Concerto Nr. 3 für Hörner. Lirion hob seinen Kelch. »Laut den Meßinstrumenten und Anzeigen habt Ihr Eure Arbeit gut gemacht, Pilot Nicol«, sagte er.

Erstaunlich, wie einfach es war, sich zu verstellen. Nicol hatte sich zwar nie für sonderlich raffiniert in dieser Beziehung gehalten, doch die Frau an seiner Seite und der Mann ihm gegenüber gehörten nicht zu seiner Zivilisation, waren nicht von seiner Art. Tonfall, Mimik und Körpersprache ...

»Ich bin weniger zuversichtlich«, erwiderte er bedauernd.

»Ai, warum?« fragte Falaire.

»Ich bin nicht völlig überzeugt, daß die Aufbauten bei hoher Belastung stabil bleiben werden.«

»Dafür wurden sie entworfen«, sagte Lirion.

»Von Lunariern«, gab Nicol zu bedenken. »Bei allem Respekt, Eure Leute sind es nicht gewohnt, hohe Beschleunigungswerte in ihre Überlegungen einzubeziehen. Mir gefällt die Befestigung des Andockmoduls nicht so richtig.«

»Eine Intuition?« erkundigte sich Lirion mit mildem Spott.

»Glaubt mir, ich habe ein gewisses Gespür für diese Dinge. Hört zu.« Nicol hob den Zeigefinger. »Wir wissen nicht genau, wie die Operation verlaufen wird, nur daß wir wahrscheinlich gezwungen sein werden, zu improvisieren und möglicherweile schnell zu reagieren. Dazu könnte gehören, daß wir mit der *Verdea* Ausweichmanöver bei voller Beschleunigung durchführen müssen.«

»Richtig. Wir werden auf alle Eventualitäten vorbereitet sein.«

»Aber trifft das auch auf die Systeme zu, besonders auf das Andockmodul? Könnte es schaden, das noch im Vorfeld zu überprüfen?«

»Was schlagt Ihr vor?«

»Ich habe darüber nachgedacht und ein paar Berechnungen angestellt. Wir sollten das Schiff für etwa eine Stunde auf eine Beschleunigung von einem irdischen *g* programmieren, gefolgt von mehreren schnellen Wenden und kurzen Beschleunigungsschüben bis zu drei *g*.«

»Dreifache Erdschwerkraft!« rief Falaire aus.

Nicol nickte. »Ja. Achtzehnfache Mondschwerkraft. Es wird hart für euch zwei werden. Aber mit den richtigen Medikamenten, auf Andruckliegen festgeschnallt und so weiter, werdet ihr es unverletzt überstehen und euch schnell wieder erholen.«

Lirion runzelte die Stirn. »Sollen wir so viel Zeit mehr

investieren, einschließlich der nach den Manövern erforderlichen Kurskorrektur? Außerdem wird uns die Übung viel Treibstoff kosten.«

»Zugegeben. Aber wir würden ohnehin mehr Zeit brauchen, sollte sich herausstellen, daß Nachbesserungen nötig sind.«

»Und wenn sie es nicht sind?« fragte Falaire leise.

»Dann habt ihr ein paar Unannehmlichkeiten und vielleicht sogar Schmerzen erlitten und etwas Zeit verloren, aber es wird nicht umsonst gewesen sein. Wir Terraner würden so etwas als eine Versicherung bezeichnen.« Die Lunarier kannten das Konzept, auch wenn es in ihrer Gesellschaft nur eine unbedeutende Rolle spielte.

»Hmm-mhh ...« Lirion überlegte. »So soll es sein«, verkündete er dann mit der für seine Rasse charakterischen Spontaneität.

Falaire ergriff Nicols Arm. »Du bist wahrhaft einer von uns, Nicol«, hauchte sie. Als er sie ansah, war ihr Blick voller Versprechen.

Er unterdrückte sein aufkeimendes Schuldbewußtsein. Schließlich hatte er nicht vor, sie zu betrügen, er wollte nur sichergehen, daß *sie* ihn nicht betrog. »Laßt mich im Detail erklären, wie ich mir die Sache vorgestellt habe«, sagte er.

KAPITEL 12

Wie er es erwartet hatte, erwiesen die Belastungstests, daß alles in bester Ordnung war, und ebenfalls wie erwartet, waren die Lunarier nach den Beschleunigungsmanövern erschöpft und zerschlagen und benötigten dringend einen tiefen und ausgiebigen Schlaf, um sich zu erholen. Auch Nicol fühlte sich körperlich ein wenig müde und ausgelaugt, aber gleichzeitig war er geistig hellwach.

Obwohl er sich in der geringen Schwerkraft so vorsichtig wie eine Katze bewegte, kam es ihm so vor, als würden seine Schritte ohrenbetäubend laut durch die Gänge hallen. Bleib ruhig, ermahnte er sich, entspann dich, oder du stellst dich ungeschickt genug an, um ihn zu wecken. Und was dann?

Die Tür zu Lirions Kabine glitt unter seiner Hand zur Seite.

Er war nie zuvor hier gewesen. Durch die eintönig wintergrauen Wände hätte der Raum auch die Zelle eines mittelalterlichen Mönchs sein können. Nicol war überrascht. Der Proserpinarier lag lang ausgestreckt nackt unter einem Laken, völlig reglos bis auf die langsamen tiefen Atemzüge. Jetzt, da sowohl seine Härte als auch die Heiterkeit von ihm abgefallen waren, wirkte er einfach nur noch alt. Einen Moment lang spürte Nicol Mitgefühl in sich aufsteigen.

Keine Zeit für Sentimentalitäten, aber er durfte auch nichts übereilen, um keinen Lärm zu verursachen.

Er fand den Gürtel, den er gesucht hatte, auf einer Tunika im Schrank, zog den elektronischen Schlüssel aus dem Beutel, umklammerte ihn übertrieben fest und schlich sich aus der Kabine.

Die Gänge entlang zu dem Stahlzylinder mit dem Schott. Das Schott öffnen und hinunter in die erste Sektion. Sie war nur spärlich beleuchtet. Frachtbehälter drängten sich wie mythische Trolle im Halbdunkel zusammen. Nie hatte er sich einsamer gefühlt.

Die nächste Sektion. Er aktivierte die Beleuchtung, sie flammte weiß und kalt auf. Weiter über das Deck, das jetzt, nachdem fast der gesamte Inhalt entfernt und auf die Außenhülle des Schiffes geschafft worden war, an eine leere Ebene erinnerte. Nicol trat an den verschlossenen Schrank und schob den scheibenförmigen Schlüssel in das Schloß.

Die Tür zog sich zurück. Licht fiel auf ein Regal in Kopfhöhe. Ja, dort lagen zwei Pistolen. Aber es war der Kasten, dessen Anblick Nicol wie ein Faustschlag traf. Der dunkelblaue Behälter mit den abgerundeten Kanten aus Organometall, etwas größer als sein Kopf, war mit

Anschlüssen, Sensoren und einem Lautsprecher ausgestattet. An der Vorderseite, ungefähr da, wo bei einem menschlichen Schädel die Augen saßen, befanden sich zwei Halbkugeln. Der Kasten, das wußte Nicol, beherbergte ein Bewußtsein.

Nein, zur Zeit nicht. Das Gebilde war eindeutig inaktiv, das neuronale Netzwerk tot. Nicol biß sich auf die Unterlippe. Falsche Bezeichnung, dachte er wild. Tod bedeutete für diese Entität nicht dasselbe wie für ihn, genausowenig wie Leben.

Warum war sie hier?

Er wußte nicht, wie lange er einfach nur dagestanden und versuchte hatte, wieder einen vernünftigen Gedanken zu fassen. Das Gehirn schien unkontrolliert in seinem Schädel zu schlingern. Schließlich bemerkte er, daß er zitterte. Der Geruch seines Schweißes stieg ihm beißend in die Nase.

Es war wie eine Ohrfeige, die ihn aus seiner Starre riß und die Benommenheit vertrieb. Ein Verbündeter Lirions wäre nicht im Dunklen weggeschlossen worden, oder? Anscheinend gab es keine Alarmanlagen. Und er war gekommen, um die Wahrheit herauszufinden.

Merkwürdig, wie ruhig seine Finger waren, als er die Abdeckklappe des Kastens zur Seite schob, in die Öffnung griff und den Hauptschalter umlegte. Sofort wich er zurück und stand mit bis zum Zerreißen angespannten Nerven da.

Die Halbkugeln an der Vorderseite des kleinen Behälters teilten sich wie Lider und klafften auf. Zwei biegsame Stiele mit Schalen an den Enden schoben sich zu ihrer vollen Länge von fünfzehn Zentimetern aus den Öffnungen hervor und schwenkten langsam herum. Sie richteten sich auf Nicol und kamen zur Ruhe. In den Schalen sah er optische Linsen glänzen.

»Wieder wach ...« Die männliche Stimme sprach Anglo mit dem für den südöstlichen Quadranten der Erde typischen Akzent. Schlagartig wurde sie schneidend. »Wer sind Sie? Ist das eine Rettungsmission?«

Der Kasten kann mich nicht angreifen, schoß es Nicol

durch den Kopf, er klingt nicht feindselig, und ich brauche dringend einen Freund. »N-n-nein, ich ... ich glaube nicht«, brachte er mit schwerfälliger Zunge, trockenem Mund und zugeschnürter Kehle mühsam hervor. »Noch nicht ... Aber wer sind *Sie*?«

»Haben wir viel Zeit?« fragte die Stimme mit maschinenhafter Beherrschung und zugleich menschlicher Dringlichkeit. »Was können wir tun?«

Nicol fand sein inneres Gleichgewicht wieder, so schnell, wie es Menschen oft im Angesicht einer Krise tun. »Vielleicht eine Stunde, vielleicht auch länger, aber ich möchte es lieber nicht riskieren. Sprechen Sie leise.«

»Dann befinden wir uns also an Bord des proserpinarischen Schiffes?«

»Ja, unterwegs zu einem Rendezvous ... Wissen Sie Bescheid?«

»Lirion hat mich in groben Zügen informiert.« Die Stimme wurde unpersönlich. »Er war bereit zu reden, weil er wissen wollte, wie ich reagieren würde, bis er mich abgeschaltet hat. Wir sind auf dem Weg zu dem kühnsten Diebstahl aller Zeiten, zu dem Antimateriefrachter, nicht wahr?«

»Ja. Noch zwei Tagzyklen.«

Die Stimme nahm eine Spur von Wärme an. »Ich kenne Sie, Pilot Jesse Nicol, aber Sie kennen mich nicht. Gestatten Sie mir, mich vorzustellen. Gewöhnlich benutze ich den Namen Venator. Ich bin kein Sophotekt, sondern die Bewußtseinskopie eines Geheimdienstagenten der Friedensbehörde. Man hat mich wiederbelebt, nachdem meine Dienststelle erfahren hat, daß Gefahr im Verzug war.«

Nicols Haut prickelte, als er das Wort »wiederbelebt« registrierte. Noch wichtiger aber war die Erwähnung der Friedensbehörde. Wie lächerlich es auch sein mochte, das Gefühl der hilflosen Isolation ließ ein wenig nach, während gleichzeitig die Angst in ihm wuchs, daß sein Verbrechen auf der Erde entdeckt werden würde. Als Venator ihn nach seiner Geschichte fragte, brach sie wie von selbst bruchstückhaft aus ihm hervor.

»Aber was ist Ihnen zugestoßen?« fragte er.

Venator antwortete mit knappen Worten. »Lirion ist sehr geschickt«, beendete er seinen Bericht. »Der Plan stammte von Anfang an von ihm, nur mit kleineren Beiträgen seiner Mitverschwörer, nachdem er Luna erreicht hatte. Er hat die Situation so, wie er sie vorfand, zu seinem Vorteil ausgenutzt. Was für ein Gegenspieler! Wie er mir in Henchs Appartement erzählt hat, ist er gleich nach unserem ersten Treffen davon ausgegangen, daß ich persönlich versuchen würde, ihn auszuspionieren. Die Räumlichkeiten waren wie geschaffen dazu, besonders da er sofort die früher installierten Schutzvorkehrungen beseitigt hat.«

Die Drehungen und Wendungen verblüfften Nicol. »Meinen Sie damit, er *wollte* Sie dort haben?«

»Natürlich. So würden meine Mitarbeiter davon ausgehen, daß ich die Sache sicher im Griff hätte, und ihn nicht auf anderem Weg verfolgen.«

»Aber jetzt sind Sie verschwunden!«

»Hench hatte Vorkehrungen dafür getroffen. Ein weiteres fehlgeleitetes Genie. Er hat eine elektronische Attrappe vorbereitet. Vielleicht haben Sie noch nie von solchen Geräten gehört. Wenn der Miniaturroboter zu mir hochsteigt, vermitteln ihm seine Sensoren den Eindruck, daß ich immer noch da bin und ihm nicht das Signal gebe, mich abholen zu lassen. Ja, irgendwann würde meine Truppe mißtrauisch werden und die Wohnung stürmen, aber bis dahin wären alle Vögel längst ausgeflogen. Dank der Fehlinformationen, die Hench in die Verkehrskontrolle und das Sicherheitssystem eingespeist hat, haben sie keine konkreten Spuren hinterlassen. Ebensowenig wird die Behörde in der Lage sein, dieses Schiff aufzuspüren, nachdem es von seiner planmäßigen Flugroute abgewichen ist.«

Nicol nickte. Solange die Ermittler keinen Anhaltspunkt hatten, wo sie suchen sollten, waren die unendlichen Weiten ein nahezu perfektes Versteck.

»Alles, was meine Leute wissen oder zu wissen glauben, ist, daß Lirion erledigt hat, was auch immer er auf

Luna vorhatte, oder gescheitert und wieder abgereist ist, nachdem er mich entdeckt und mitgenommen hat, um mich zu verhören und als Geisel benutzen zu können. Was auch tatsächlich seine Gründe waren. Und sie werden annehmen, daß er deshalb auf einem Umweg nach Hause fliegt.«

»Gott, was für ein riskantes Spiel«, flüsterte Nicol.

Venator erzeugte ein rauhes Lachen. »Lunarier sind von Natur aus Spieler, oder? Und dieses Spiel haben sie raffiniert geplant und durchgeführt. Auch mit Ihnen, mein Freund.«

Wieder schnürte sich Nicols Kehle zusammen. »Ich hatte mir schon überlegt ...«

»Haben Sie auch gründlich genug über alles nachgedacht?« unterbrach ihn Venator grob. »Ist Ihnen klar, welche Rolle Falaire dabei gespielt haben muß?«

Eine Welle der Übelkeit stieg in Fenn hoch. »Falaire?«

»Sie wurde von den Personen ins Spiel gebracht, mit denen Lirion bereits auf dem Hinflug über quantenverschlüsselte Kommunikation Kontakt hatte. Ihre Aufgabe bestand darin, einen terranischen Piloten zu finden, der rekrutiert oder durch einen Trick manipuliert werden konnte, Lirion zu helfen. Ich vermute, daß sie es war, die sich die genaue Vorgehensweise ausgedacht hat, nachdem sie Sie kennengelernt hatte. Auf jeden Fall ist sie für die Ausführung verantwortlich. Noch ein hochintelligenter Kopf.«

»Wie ... meinen ... Sie ... das?«

»Sie haben diesen unangenehmen Seyant nicht getötet.«

Das Blut dröhnte Nicol in den Ohren, als er erfuhr, was tatsächlich geschehen war.

»In Ihrem normalen Zustand hätten Sie nicht zu einer solchen Tat provoziert werden können«, fuhr Venator fort. »Falaire muß Ihnen unauffällig eine Psychodroge verabreicht haben, wahrscheinlich in irgend etwas, das Sie gegessen oder getrunken haben. Exoridine-alpha, vermute ich. Sie selbst hat wahrscheinlich vorher ein Gegenmittel eingenommen. Auch danach bedurfte es noch einer äußerst geschickten und berechnenden Manipulation, um Sie zum Zuschlagen zu provozieren.«

Schweigen machte sich breit.

Als Nicol den Schock weit genug verdaut hatte, um wieder sprechen zu können, schienen seine Worte aus einer großen inneren Leere zu kommen. »Ich verstehe. Ja. Das ergibt Sinn. Es erklärt alles.«

»Sie trifft keine Schuld«, versicherte Venator sanft. »Im Gegenteil, Sie sind der einzige Mensch im Universum, der das Unheil noch verhindern kann.«

»Wie?«

»Nun, Sie müssen nur einen Funkspruch zur Erde senden. Wenn Sie heimlich hierher kommen konnten, nehme ich an, daß Sie auch das irgendwann unbemerkt bewerkstelligen können. Die Behörde wird schnelle bewaffnete Schiffe ausschicken. Sie werden vielleicht erst eintreffen, nachdem der Frachter nach Proserpina umgeleitet worden ist, aber sie werden ihn einholen und wieder auf den alten Kurs bringen, wenn sie erst einmal wissen, wo sie suchen müssen.«

»Und wir? Sie und ich?«

»Wenn Sie die Nachricht schnell abstrahlen, wird auch dieses Schiff sich nicht weit genug entfernt haben, um nicht noch durch Radar und Neutrinodetektoren aufgespürt werden zu können. Es ist nicht annähernd so schnell wie die unseren. Lirion wird uns freilassen. Die Alternative wäre seine Vernichtung. Er wird zweifellos versuchen, einen Handel abzuschließen, Freiheit für sich und Falaire im Austausch für uns, und vielleicht wird die Eingreiftruppe es nicht einmal für nötig befinden zu versuchen, ihn zu fassen. Sophotekten sind Pragmatiker. Lirion wird sich auch nicht an Ihnen rächen. Selbst wenn wir von Ihrem Wert als Tauschpfand einmal absehen, Lunarier mögen zwar grausam sein, aber sie sind nicht grundlos rachsüchtig.«

»Nein«, murmelte Nicol. »Manchmal sind sie sogar Idealisten.«

Venators Stimme wurde schärfer. »Studieren Sie ein wenig Geschichte, und Sie werden sehen, wieviel Zerstörung, Tod und Elend solche Idealisten verursacht haben. Die Erde kann sich glücklich schätzen, sie losgeworden zu sein.«

»Und Sie, Venator?« fragte Nicol aus einem Impuls heraus. »Wem dienen Sie? Handeln Sie nicht für *Ihr* Ziel, für *Ihr* Ideal?«

»Man könnte sagen, daß ich einer Sache diene, deren Ziel der Frieden und die Vernunft ist, wie die Logik und die Erfahrung beweisen.« Sein Tonfall wurde wieder sanfter. »Aber vielleicht schulde ich Ihnen das Eingeständnis, ich bin eine Verkörperung des Terrabewußtseins gewesen. Ich hoffe, in die Einheit zurückkehren zu können. Dann werde ich, dieser winzige Existenzfunke, der ich bin, wieder zu der Vereinigung des Ganzen gehören, das das Universum wirklich versteht.«

Nicol schwieg eine Weile ehrfürchtig, wie es in der Gegenwart eines Geistes, der die Welt durchdrungen hatte, angemessen war. »Ich verstehe«, sagte er leise.

Venator kehrte zu den praktischen Fragen zurück. »Es gibt mehr Gründe für Sie, auf meiner Seite zu stehen. Lirion hat eine meiner Fragen sehr offen beantwortet, als ich mich mit ihm allein unterhalten habe. Er war sich nicht sicher, und ich schätze, er ist es immer noch nicht, ob er dem Versprechen, das er Ihnen gegeben hat, treu bleiben soll. Wenn er Sie irgendwo absetzt, von wo aus Sie nach Hause zurückkehren können, kann er sich dann wirklich darauf verlassen, daß Sie neun Jahre lang schweigen werden?«

»Ich denke, schon. Schließlich war ich an diesem Diebstahl beteiligt, nachdem ... ich einen Mann getötet hatte.« Nicol spürte, wie ihn eine Gänsehaut überlief.

»Sie könnten unter dem Druck zusammenbrechen.«

»Aber diese Absprachen mit der Rayenn und ... und Falaire ...«

»Ja, soweit ich das beurteilen kann, was nicht allzu weit ist, haben sie und die Rayenn vor, ihr Versprechen zu halten. Und vielleicht wird sich auch Lirion entscheiden, das Risiko einzugehen, und wenn auch nur, um seinen guten Ruf zu wahren. Vielleicht aber auch nicht. Wer wird sich noch die Mühe machen, ihn zur Rechenschaft zu ziehen, wenn Sie erst einmal tot sind? Was geschehen ist, ist geschehen.«

»Und was ist mit Ihnen?« erkundigte sich Nicol, wie um den Gedanken zu verdrängen.

»Ich habe ein persönliches Interesse an Ihrer Hilfe«, gestand die Bewußtseinskopie. »Lirion und seine Partner werden mich aus offensichtlichen Gründen nicht zurückschicken, bevor sie die Antimaterie ...« Er lachte leise. »Ich sollte wohl nicht sagen, in den Händen halten, sondern bevor sie sie in ihren Besitz gebracht haben. Und warum sollten sie mich überhaupt wieder freilassen? Ich habe eine Menge Informationen über das Geheimdienstkorps, die sehr nützlich für sie und für eventuelle zukünftige Unternehmungen sein würden. Die Methoden, um mich zum Reden zu bringen und sicherzustellen, daß ich auch die Wahrheit sage, würden nicht viel von mir funktionstüchtig lassen.«

Eine virtuelle Hölle.

»Ich finde es furchtbar, so etwas von ihnen zu glauben«, sagte Nicol.

Venators Tonfall beschwor das Bild eines phantomhaften Achselzuckens herauf. »Er hat mir nichts dergleichen angedroht, nur mich jahrelang einzusperren, und vielleicht wird er es auch nicht tun, aber ich möchte es lieber nicht darauf ankommen lassen.«

»Oder ich mein Leben darauf verwetten«, flüsterte Nicol.

»Genau. Haben wir genug besprochen? Es wird das sicherste sein, den Laden hier so schnell wie möglich wieder dichtzumachen.«

Nicol nickte.

»Ich schlage vor, Sie nehmen diese Handfeuerwaffen mit, behalten eine und beseitigen die andere«, fügte Venator hinzu. »Lirion wird wahrscheinlich nicht vorbeikommen, um den Schrank zu überprüfen. Warum sollte er? Aber falls er Sie dabei erwischt, daß Sie etwas gegen ihn und Falaire planen, bevor die Konsequenzen unumkehrbar sind, werden Sie froh sein, eine Waffe zu haben.«

»Ja.« Nicol schob die Pistolen unter seinen Gürtel. »Soll ich Sie aktiviert lassen?«

»Hmm ... Ich habe genug Stoff, über den ich nachdenken könnte. Aber Sie wissen nicht, wann Sie wiederkommen, nicht wahr? Lieber nicht.«

Konnte Sinnesentzug auch eine Bewußtseinskopie in den Wahnsinn treiben?

»In Ordnung.« Nicol streckte die Hand nach dem Schalter aus.

»Gute Jagd«, sagte Venator.

Nicol deaktivierte ihn, schloß die Tür und verriegelte sie wieder. Genauso verwischte er auf dem Rückweg zu Lirions Kabine alle Spuren. Der Lunarier schlief immer noch tief und fest. Nicol schob den Schlüssel wieder in die Gürteltasche und machte sich auf den Weg in seine eigene Unterkunft.

Dort konnte er die Beherrschung fallenlassen und dem Drang, am ganzen Körper zu zittern, nachgeben.

Aber nicht allzu lange. Er mußte sich zusammenreißen, sich bewußt machen, was geschehen war, und dann seine nächsten Schritte planen.

Merkwürdig, wie schnell er seine Entscheidung traf.

KAPITEL 13

Aus zweitausend Kilometern Entfernung betrachtet, erschien der Frachter dem bloßen Auge wie ein Stern unter unzähligen anderen. Nachdem die *Verdea* parallel zu ihm mit praktisch derselben Geschwindigkeit in den freien Fall gegangen war, bewegte er sich nicht mehr vor dem Hintergrund. Noch immer dominierte die Sonne den Himmel, eine winzige Flamme, in deren Nähe man nicht mit ungeschütztem Auge sehen durfte, auch wenn ihre Strahlung auf nicht einmal zwei Prozent dessen zusammengeschrumpft war, was die Erde oder Luna erreichte. Nach rund zwei Jahren seiner Reise hatte der

Frachter die Jupiterbahn hinter sich gelassen. Seine Geschwindigkeit war ständig gesunken, und es würde noch fast neun Jahre dauern, bis er sein Ziel jenseits des Saturns erreicht hatte.

Falls er überhaupt jemals dort ankommt, dachte Nicol.

Als er die Auflösung der optischen Systeme erhöhte, schwoll das Schiff zu einem seltsam anmutenden kleinen Mond an, einem hundert Meter durchmessenden Sphäroid, das bis auf die Abschnitte metallisch glänzte, wo hervorstehende Ringwülste, die es wie Meridiane teilten, Schatten warfen. Am vorderen ›Pol‹ ragte ein Mast mit Ortungs- und Kommunikationsantennen aus dem kuppelförmigen Kommandoaufbau hervor. Achtern befand sich ein zylindrisches Gitter, das an seinem Ende ein Fusionskraftwerk und die Andockvorrichtung für die Antriebseinheit enthielt, die das Schiff aus dem Merkurorbit herausbeschleunigt hatte. Dort würde eine zweite Antriebseinheit festmachen und den Frachter nach Erreichen seines Ziels in den Parkorbit abbremsen. Im Äquatorbereich stützte ein Gespinst aus Stabilisierungsstreben vier lange Speere, die in schwenkbare Raketenmotoren zur Durchführung von Orientierungsmanövern ausliefen. Das gesamte Netz wurde von einer schimmernden dünnen Metallhaut überzogen, eine Wärmeabstrahlungsfläche für die Kühlaggregate im Inneren des Rumpfes.

Bei weiterer Vergrößerung konnte Nicol erkennen, daß die hervorstehenden Ringwülste nicht nur zusätzliche Kühlrippen waren. Einige trugen Energieprojektoren und Raketen mit nuklearen Gefechtsköpfen.

Nun, das hatte er bereits gewußt. Er hatte die von Hench aus den geheimen Datenbanken des Cyberkosmos entwendeten Bilder studiert und das weitere Vorgehen so gründlich in Simulationen geübt, daß er jetzt beinahe wie eine Maschine agierte. Doch das war nicht unbedingt beruhigend. So hatte sein Verstand Muße, sich mit allen Eventualitäten zu beschäftigen und darüber nachzudenken, was geschehen würde, wenn er erfolgreich war und seine Mission überlebte.

»Noch drei Minuten«, klang Lirions Stimme in seinem Helm auf. »Seid Ihr bereit?«

»Bereit«, bestätigte Nicol.

»Ich wünsche dir eine feurige Reise!« rief ihm Falaire über Funk zu. Darauf fiel ihm keine Antwort ein.

Ein letztes Mal rekapitulierte er die Situation. Er schwebte ein paar Meter von der *Verdea* entfernt in seinem Pfeil. Ihm war kein besserer Name für das kleine, nur für diesen Piratenstreich entworfene und gebaute Raumfahrzeug eingefallen, denn das lunarische *catou* ließ sich nicht richtig übersetzen. Er lag angeschnallt auf einer schwenkbar aufgehängten Beschleunigungsliege, die sich allen Flugmanövern anpassen würde. Seine Hände ruhten auf der Steuerkonsole – obwohl robotische Systeme den größten Teil der Beobachtungen und Berechnungen durchführen, Entscheidungen treffen und schneller reagieren würden, als es einem Lebewesen aus Fleisch und Blut je möglich war. Bis auf einen Gitterkäfig aus gebogenen Stangen hatte er freie Sicht. Der Helm seines Raumanzugs steckte in einem größeren durchsichtigen Zylinder, dessen Innenseite ihm auf Befehl Anzeigen, Daten, Vergrößerungen oder virtuelle Darstellungen seiner Umgebung lieferte. Ein Gestell neben ihm enthielt die Werkzeuge und Waffen, die er auf dem Frachter benötigen würde, falls er nicht vorher eine tödliche Überraschung erlebte. Der zehn Meter lange Zylinder hinter ihm beherbergte den Antrieb, die Reaktionsmasse und die in alle drei Raumachsen ausgerichteten Schubdüsen, die dem Gefährt volle Bewegungsfreiheit in jede gewünschte Richtung ermöglichten. An jedem anderen Ort hätte die Konstruktion lächerlich gewirkt. Sie war ausschließlich nach streng funktionalen Gesichtspunkten und nur für diesen einen Einsatz entwickelt worden. Danach würde sie ihren Zweck erfüllt haben und konnte in den Tiefen des Alls zurückgelassen werden.

Was Nicols Situation nicht unähnlich war.

Er konnte das Aufblitzen des Energiegeschützes der *Verdea* ebensowenig wie den lichtschnellen Strahl sehen, der durch das Vakuum schoß. Was er statt dessen sah, war, wie die Funkantenne des Frachters plötzlich an einem Punkt weiß aufglühte, dann an einem anderen und noch einem anderen, wie sie in Einzelteile zerbrach, die noch eine Weile ihre ursprüngliche Lage beibehielten, bevor sie langsam begannen, über der Kommandokuppel auseinanderzudriften. Das Schiff war stumm.

»Los!«

Eine Beschleunigung von zehn *g* preßte Nicol in die Andruckliege. Roter Nebel verschleierte seine Sicht, erhöhte Sauerstoffzufuhr brannte ihm in der Nase.

Urplötzlich brach der Schub ab. Nicol hatte das Gefühl, in einen Abgrund zu stürzen. Einen Moment später setzte Seitenschub ein. Die Andruckliege schwang schwindelerregend herum, wieder und wieder. In einem unberechenbaren Zickzackkurs, um den Strahlen der Abwehrgeschütze kein Ziel zu bieten, näherte er sich dem Frachter.

Ein schlankes weißes Gebilde erschien in seinem Blickfeld, die vergrößerte Projektion einer Rakete. Die Fliehkräfte des abrupten Ausweichmanövers zerrten brutal an ihm. Das Geschoß passierte ihn in rund einem Kilometer Entfernung. Als er ein Bild der *Verdea* anforderte, sah er, wie das proserpinarische Schiff mit lodernden Triebwerken über den Sternenhintergrund glitt. Die Bewaffnung des Frachters war nur zur Abwehr von Meteoriten ausgelegt und wurde von Robotern bedient, die auf nichts Komplizierteres programmiert waren, aber Lirion und Falaire wollten kein unnötiges Risiko eingehen. Was sich ihnen auch immer näherte, sie wichen ihm aus, während ihre eigenen Geschütze es ausschalteten.

Eine zweite Rakete schoß erschreckend dicht vorbei. Das Blut, das in Nicols Schläfen hämmerte, erzeugte in ihm die Illusion, er könnte das Heulen und Dröhnen des Flugkörpers hören.

Der Frachter schwoll immer größer vor ihm an, während der Bremsschub des kleinen Raumfahrzeugs nachließ. Nicols Herz begann, schneller zu schlagen. Er befand sich jetzt innerhalb des Verteidigungsschirms, wo ihn die Geschütze nicht mehr treffen konnten.

Der Bremsschub endete, und Nicol trieb schwerelos dahin. Die Andruckliege vollführte eine halbe Drehung. Er mußte jetzt schnell handeln. Um nicht zu riskieren, daß der Pfeil den Rumpf des Frachters durchstieß und sich in die gefährliche Ladung bohrte, würde er fünfzig Meter von ihm entfernt antriebslos vorbeifliegen. Nicol berührte die Kontrollen, die seine Sicherheitsgurte lösten und den Gitterkäfig zur Seite schwingen ließen. Ein weiterer Tastendruck gab das Werkzeuggestell frei. Er schlang die Arme darum und stieß sich mit den Beinen von seinem Gefährt ab.

Eine Minute lang drehte sich der Kosmos um ihn. Er ließ das Gestell kurz los, um die Steuerung des Jetpacks zu bedienen, bis er seine Drehung neutralisiert hatte. Dann packte er den Werkzeughalter erneut und steuerte das Schiff mit größter Vorsicht an. Die letzten Meter legte er im freien Fall zurück.

Der Aufprall stauchte ihn zusammen und ließ seine Zähne aufeinanderschlagen. Die Magnetstiefel hielten ihn sicher auf dem Rumpf fest. Er hatte sein Ziel erreicht.

Die Erkenntnis, noch am Leben zu sein, schwappte wie eine Welle über ihn hinweg. Eine Weile fühlte er sich orientierungslos, fast wie im Delirium. Sein Herz schlug schwerfällig, sein Atem ging stockend. Schweiß brannte ihm in den Augen, das Universum schien einen betrunkenen Tanz aufzuführen.

Irgendwann kehrten seine Sinne zurück. Er sah sich um. Die Schiffswandung wölbte sich von ihm fort, eine glatte Metalloberfläche mit scharf abgezirkelten Schatten. Rechts und links von ihm ragten Ringwülste empor. Hinter ihm teilte die Strahlungsschüssel den Himmel. In Blickrichtung entdeckte er eine Kante. Er konnte den Kommandoaufbau von seinem Standpunkt aus nicht erkennen, aber schräg vor ihm schwebten zwei Bruchstücke des Kommunikationsmasts. Sie rotierten langsam und schimmerten wie zwei groteske steife Kometen.

Wie still es um ihn herum war. Sein Herzschlag hatte sich verlangsamt, sein Atem war zu einem Flüstern herabgesunken. Die Mikrogravitation erweckte in ihm das

Gefühl, nahezu substanzlos zu sein, wie ein federleichter Löwenzahnsamen, der langsam herabsank, bis ein kaum spürbarer Windhauch ihn weitertrieb.

Nicol fühlte sich seltsam entrückt und gelöst. Sein Geist war ruhig und ein wenig träge, als wäre er gerade aus einem hohen Fieber erwacht. Zu wissen, was sich direkt unter ihm befand, war nicht beunruhigend, sondern nur interessant.

Hundert Tonnen Antiwasserstoff, bei einer Temperatur von weniger als einem Grad Kelvin zu einem soliden Block gefroren. Das ergab eine Kugel mit einem Durchmesser von ungefähr dreizehneinhalb Metern, umhüllt von einer zweiten Kugel aus normaler Materie, die sie nie berühren durfte. Diamagnetismus, induziert durch elektrische Spannung in supraleitenden Ringen, lieferte das benötigte Kraftfeld. Die Ringe mußten genauso kalt wie das Antimaterieeis gehalten werden. Dafür sorgte ein paramagnetisches Kühlsystem. Die Energie dafür und für alle anderen Systeme lieferte das Fusionskraftwerk am Ende des Heckfortsatzes. Mehr war nicht erforderlich. Nachdem das Gleichgewicht erst einmal hergestellt war, war der Energieverbrauch bescheiden. Die wahre Leistung lag in Sensoren und Feedbacksystemen, die dafür sorgten, daß das Gleichgewicht gewahrt blieb.

Zu ihrer Unterstützung wurde die innere Schale von dem großen Rumpf umschlossen. Der Zwischenraum enthielt neben diversen Maschinen und Schaltkreisen größtenteils eine Kühlsubstanz, die als Strahlungsschutz ins All abgegeben wurde. Selbst nahe des absoluten Nullpunkts sonderte das Antiwasserstoffeis einzelne Atome ab, und auch die normale Materie aus dem Behälter verlor Atome durch Ausgasung. Um die magnetische Levitation nicht zu beeinträchtigen, verfügte das Schiff über keinen Generator zur Erzeugung eines Schutzschirms gegen den Solarwind und kosmische Strahlung. Deshalb wurde die Fracht von einem dünnen Dunst aus Gammastrahlungsquanten und anderen exotischen Elementarpartikeln umgeben. Der Verlust mußte so gering gehalten werden, wie es die Gesetze der Physik ermöglichten. Die Bestimmung der Antimaterie war es, das Feuer der Technologie zu nähren.

Antimaterie – negative Protonen, positive Elektronen, entgegengesetzter Spin – war das mathematische Äquivalent von Löchern im Vakuum. Traf sie auf die natürliche Materie des Universums, vergingen beide Arten in einem Energieblitz, eine fast vollständige Umwandlung der Masse, die ultimative Energiequelle.

Man könnte es als eine Metapher bezeichnen, dachte Nicol. Sie steht für den Gegensatz einer Zivilisation mit ihren Träumen von einer Orthosphäre, die den Cyberkosmos vom Terrabewußtsein bis hin zu den einfachsten Robotern und die Menschen umfaßt, die nach seiner Logik leben, auf der einen Seite, und die vielfältigen Zivilisationen von den Metamorphen und Dissidenten der Erde bis hin zu den wilden Lunariern auf Proserpina und weiter zu den Siedlern draußen zwischen den Sternen mit ihren Träume von einer Heterosphäre auf der anderen Seite ... Was, wenn *sie* sich nicht länger aus dem Weg gehen können, sondern in einer letzten Begegnung aufeinandertreffen? Was wird das Ergebnis sein, Auslöschung oder Verwandlung?

Gott! Hier stand er mitten im All und entwarf ein Gedicht! Er hatte eine Arbeit zu erledigen. Sein selbstironisches Gelächter hallte schrill in seinem Helm wider.

Zuerst mußte er sich um die zweite Pistole kümmern. Er hatte sie heimlich unter dem Hemd hervorgezogen und sie zwischen dem Werkzeug versteckt, als er das letzte Mal in den Hangar der *Verdea* gegangen war, um mit dem Pfeil zu üben. Sein Finger ertasteten die Waffe. Er holte weit aus und schleuderte sie davon. Sie schimmerte noch ein paarmal im Sternenlicht schwach auf, dann war sie in der Leere verschwunden. Jetzt hatte er nur noch eine, auf die er aufpassen mußte.

Fang an! befahl er sich. Einen Fuß heben, nur einen, lös ihn aus seinem magnetischen Halt. Mach einen Schritt und setz ihn wieder auf. Jetzt das gleiche mit dem anderen. Achte darauf, daß immer einer auf dem Rumpf steht. Wenn dein Körper, der hier praktisch schwerelos ist, den Halt verliert, wirst du davontreiben, eine Blase aus Luft und Blut im Weltraum. Natürlich kannst du jederzeit mit einem kurzen Stoß aus den Düsen des Jetpacks zurückkehren, aber es ist nicht so einfach, damit zu navigieren, und du möchtest nicht das geringste Risiko eingehen, die dünne Außenhülle zu durchstoßen (eine irrationale Angst angesichts eines Materials, das den Einschlag von Mikrometeoriten übersteht, aber auch Alpträume sind reale Phänomene) und in die furchtbare Ladung einzudringen.

Der Kommandoaufbau schob sich langsam vor ihm über den Horizont der winzigen Kunstwelt, eine durchsichtige Halbkugel, vollgestopft mit robotischen Systemen und Instrumenten, das Gehirn des Schiffes. Nein, eher das Ganglion, das Nervenzentrum, denn das Schiff war ein Automat, wie ein gigantisches Insekt. Welchen Samen würde es in die Zukunft tragen ...?

Nicol setzte das Werkzeuggestell ab und aktivierte den Magnetsockel. Er zog einen Schweißbrenner hervor. Der nächste Schritt seines Verbrechens bestand darin, sich gewaltsam Zugang zu verschaffen.

Ein Verbrechen oder eine militärische Operation? Was für einen Unterschied machte es, wenn er ein Rekrut war? Oder eher ein Söldner?

Zu seiner Linken, unmittelbar neben der Kommandokuppel, tauchte eine Gestalt hinter dem abgerundeten Ringwulst auf und näherte sich ihm. Sie schimmerte im gleichen Farbton wie der Rumpf. Vier Beine trugen einen quaderförmigen Körper, der mit einem Jetpack ausgestattet war. Aus dem Quader ragte ein drei Meter hoher Zylinder mit einer Sensorkugel und vier Armen hervor. Die Arme liefen in spezialisierten Händen aus, von denen jede einzelne in der Lage war, einen Menschen mühelos zu zerreißen.

Ein Wartungsroboter.

Nicols Helm registrierte einen Funkspruch auf der allgemeinen Frequenz und stellte sich darauf ein. Die Stimme, die er hörte, war weiblich. Er wußte nicht, warum die Bandbreite der Synthetisierung so willkürlich gewählt war, vielleicht reiner Zufall, aber sie verlieh der Stimme eine gespenstische Note von Falschheit. »Was für ein Problem gibt es? Halten Sie still, keine Bewegung, erklären Sie, oder ich muß Sie vernichten. Dieses Schiff und seine Fracht sind absolut unzugänglich. Der Befehl hat absolute Priorität. Halten Sie still, bewegen Sie sich nicht, oder ich muß Sie vernichten.«

Wenn irgend etwas Unvorhergesehenes passierte, weckte das Schiff den deaktivierten Sophotekten, der dann das Kommando übernahm.

Nicol zog das Raketengewehr aus dem Gestell und schoß. Der Roboter war bereits sehr nah. Das Projektil zog eine Flammenspur hinter sich her und schlug inmitten einer Rauchwolke ein. Trümmer flogen in alle Richtungen davon. Der Roboter erstarrte. Metallfetzen schwirrten umher und verschwanden wie Glühwürmchen in der Schwärze. Einige prallten als Querschläger vom Schiffsrumpf ab.

Und er hatte sich Sorgen wegen einer Landung gemacht!

»Sie scheinen ein Mensch zu sein«, klang die Stimme des Sophotekten in den Helmlautsprechern auf. »Sie werden zweifellos von einer Intelligenz gesteuert. Erklären Sie Ihre Absicht, oder Sie werden vernichtet.«

Das arme unschuldige Geschöpf. Aber es konnten weitere Roboter unterwegs sein. Nicol verstaute das Gewehr, ergriff den Schneidbrenner und näherte sich der Kuppel.

Energie flammte auf. Hyalon schmolz und verdunstete. Nicol schnitt ein Segment heraus und warf es beiseite. Es trieb taumelnd davon. Er schob sich durch die Öffnung.

Die Anordnung der Systeme war komplex, nicht für die Bedienung durch Menschen gedacht, aber Nicol hatte sich so gründlich vorbereitet, daß seine Hände nicht ein einziges Mal zögerten. Diesen Schalter umlegen, einen Befehl eintippen, die Abdeckung dort zur Seite schieben, dieses Kabel trennen, eine Überbrückung herstellen, eine Funktion außer Kraft setzen, selbst das

Kommando übernehmen. Drei weitere Roboter tauchten auf, aber es waren kleine Gebilde, die er problemlos mit einem Schnellfeuergewehr erledigen konnte.

»Sie, wer immer Sie sind, machen Sie sich klar, daß Sie völlig widernatürlich handeln!« rief der Sophotekt. »Halten Sie ein. Ich verfüge über leistungsfähige Maschinen, die mir helfen.«

Wahrscheinlich waren noch zwei oder drei große Roboter übrig. Sie konnten jederzeit erscheinen und ihn unter Umständen überwältigen.

»Ich handle auf Grund einer Notsituation«, versuchte Nicol, den Sophotekten hinzuhalten. »Was ich tue, geschieht, um eine Katastrophe abzuwenden.«

Wie zum Beispiel die Ausbreitung sophotektischer Intelligenz, sophotektischen Bewußtseins im Universum, über einen Zeitraum von Jahrmilliarden, so lange, bis das Universum selbst sophotektisch war ... Nein, er durfte sich nicht erlauben, einen weiteren Gedanken daran zu verschwenden. Jede Verzögerung konnte fatale Folgen nach sich ziehen. Wenn er den Plan nicht ausführte, würde Lirion ihn nach den Gründen fragen. Nach seinem Gespräch mit Venator hatte Nicol einen eigenen Plan geschmiedet. Jetzt hatte er nur noch die Wahl, daran festzuhalten oder zu sterben.

»Meine Langstreckensensoren haben vor ihrer Zerstörung ein anderes Raumschiff entdeckt. Die Aggression geht vermutlich von dort aus. Ist Ihnen bewußt, welches entsetzliche Vernichtungspotential sich hier befindet? Erklären Sie Ihre Handlungen.«

»Es tut mir leid«, murmelte Nicol. Er hatte den gesuchten Knotenpunkt gefunden. Seine Finger stießen zu und schalteten das Bewußtsein ab.

Ich habe dich nicht ermordet, dachte er. Nicht ganz. Du kannst in den Cyberkosmos zurückkehren. Ich werde mich dafür aussprechen. Aber wird es irgendeinen Unterschied für dich machen? Ich werde es nie erfahren. Du bist zu fremdartig. So wie ich.

Jetzt konnte er seine Arbeit in Ruhe und Frieden fortsetzen.

Als er alles erledigt hatte, verstaute er die Waffen und den Schneidbrenner im Werkzeuggestell, bugsierte es wieder ins Freie und stieß es mit einem Seufzen von sich. Es trudelte fort in die Unendlichkeit, die bereits die Pistole verschluckt hatte. Wenn seine Schiffskameraden ihn nach dem Verbleib des Gestells fragten, würde er behaupten, daß es einem Unfall zum Opfer gefallen war. Ein Roboter, den er für zerstört gehalten hatte, hatte plötzlich ein letztes Mal um sich geschlagen und die Ausrüstung dabei fortgeschleudert. Es gab keinen Grund, warum die Lunarier ein größeres Interesse daran haben sollten. Die Geräte und Waffen würden nicht mehr benötigt werden.

Nachdem das Gestell verschwunden war, schickte Nicol einen Funkspruch zur *Verdea*. »Alles erledigt und bereit. Ihr könnt Euch nach eigenem Ermessen nähern.« Seine Stimme klang völlig ausdruckslos.

Er brauchte die Proserpinarier nicht heranlotsen. Die Roboter konnten das Schiff besser navigieren, als er oder Lirion jemals dazu in der Lage gewesen wären. Er sah zu, wie es sich vorsichtig näherte, bis es achtern hinter der Rumpfwandung aus seiner Sicht verschwand. Einige Zeit später spürte er die leichte Erschütterung, als es andockte.

Danach wurde eine weitere Kommunikation erforderlich. Falaire glitt ins All hinaus, wo sie wie ein lebendiger Relaissatellit schwebte, über den sich die beiden Männer verständigen konnten. Nicol, jetzt der Herr des Antimateriefrachters, bediente die Steuertriebwerke nach Anweisung der Computer manuell, um das Schiff auf seinen neuen Kurs auszurichten.

Bis es endgültig die berechnete Position eingenommen hatte, würden noch einmal zwei Stunden vergehen. Danach würde die *Verdea* ihre Triebwerke zünden und ihre Beute in eine neue und schnellere Flugbahn zwingen. Wegen der großen Masse und aus Gründen der Vorsicht würde die Beschleunigung niedrig sein, doch nach ungefähr achtzig Stunden konnte das Schiff wieder abkoppeln. Dann würde der Frachter auf Kurs sein und fünf Jahre später den Zielorbit erreichen. Nicol blieb genug Zeit, auf die *Verdea* zurückzukehren. Der Kampf und die Arbeit hatten ihn erschöpft. Er fühlte sich kraftlos und wie betäubt. Achtzig Stunden? Erst einmal würde er schlafen, irgendwann aufwachen, sich waschen, vielleicht eine Kleinigkeit essen und trinken und dann wieder schlafen. Alles weitere konnte warten, bis er bereit war, sein Vorhaben durchzuführen.

Er verließ die Kommandokuppel, stieß sich ab und schoß in die sternenübersäte Leere hinaus.

KAPITEL 14

Eine Schwerkraft, die selbst nach lunarischen Maßstäben gering war, fühlte sich für einen Erdling gespenstischer als völlige Schwerelosigkeit an. Sie erfüllte Nicol mit einer seltsamen Leidenschaftslosigkeit, als stünde er neben sich und verfolgte das Tun eines Fremden. Aber er war nicht wirklich ruhig. Unter der oberflächlichen Rationalität, die beobachtete, beurteilte und berechnete, lauerte ein sprungbereites Tier. Mit geschärften Sinnen sah er das Farbenspiel auf den Wänden des Salons, hörte das leise Scharren seiner Füße auf dem Boden, nahm den schwachen Kieferndufte wahr und spürte einen kühlen Hauch in der Luft. Die Stunde, die über sein Leben oder seinen Tod entscheiden würde, war gekommen.

Lirion, der das Treffen einberufen hatte, wartete bereits mit Falaire. Er hatte die Arme vor der Brust verschränkt. Ausnahmsweise trug er schlichte graue Kleidung. Sein Gesicht war undurchschaubar. Falaire bildete einen auffälligen Kontrast zu ihm. Ein dunkelrotes tief ausgeschnittenes Kleid schmiegte sich an ihren Körper, das Haar fiel ihr ungebändigt über die nackten weißen Schultern. Sie hatten sich nicht gesetzt. Nicol blieb vor dem Tisch ihnen gegenüber stehen. »Seid gegrüßt«, sagte er auf Lunarisch.

»Bist du ausgeruht und erholt?« erkundigte sich Falaire.

»Ja«, erwiderte er wahrheitsgemäß, wenn vielleicht auch auf eine irreführende Weise.

»Gut«, sagte Lirion. »Die Zeit ist nahe, Pilot Nicol.« Der Zeitpunkt, an dem die *Verdea* abkoppeln und entweder in Richtung Juno oder Proserpina beschleunigen würde.

»Wie hast du dich entschieden?« fragte Falaire, ohne Nicol auch nur eine Sekunde lang aus den Augen zu lassen. Sie waren elfenhaft groß und schienen zu leuchten.

Obwohl er kein Bedürfnis verspürte, Zeit zu schinden, hielt er es für angebracht, die Dinge offen anzusprechen. »Wie wäre es dir am liebsten?«

»Habe ich das nicht schon oft genug gesagt?« Nicht oft, denn Lunarier bettelten nicht, aber mehr als einmal. »Ich möchte, daß du mit mir auf unsere Welt kommst und dort bleibst.«

Lirion nickte.

»Es muß kein einsames Leben für dich werden«, ermunterte Falaire ihn.

Ihre Vorstellung von Einsamkeit entsprach nicht der seinen. Lunariern fehlte der terranische Hang nach Geselligkeit. Nicol wußte, daß sie emotionel nicht konstant bleiben und seiner mit Sicherheit irgendwann überdrüssig werden würde. Trotzdem glaubte er, daß sie es auf ihre Art ernst meinte.

»Vergeßt nicht, Ihr würdet noch besser als auf Luna bezahlt werden«, fügte Lirion hinzu, »für den Treibstoff, den Ihr uns erspart. Und Ihr werdet vor dem Gesetz der Föderation in Sicherheit sein.«

In Sicherheit vor den Konsequenzen für meinen Beitrag an diesem Husarenstreich, dachte Nicol, obwohl ich erklären könnte, wie ich dazu gezwungen wurde. Vor den Konsequenzen für einen Mord ... den ich nicht begangen habe.

»Glaubt Ihr, daß *Ihr* vor *mir* sicher sein werdet?« fragte er ruhig. Sie mußten skeptisch sein. Was, wenn er erfuhr, daß Seyant noch lebte? Ihre Organisation würde Vorkehrungen getroffen und dafür gesorgt haben, daß der Lunarier nicht auf Luna blieb, aber niemand war unfehlbar.

»Wir vertrauen dir, Jesse«, sagte Falaire leise. Lirion starrte ihn katzenhaft an.

»Könntet ihr mir auch auf Proserpina trauen?« hakte Nicol nach.

Er hatte diesen Punkt noch nie zur Sprache gebracht. Die beiden Lunarier wirkten ein wenig überrascht.

»Wie meinst du das?« wollte Falaire wissen.

»Der Gedanke muß euch irgendwann gekommen sein. Trotz der großen Entfernung bedarf es nur einer ziemlich geringen Wattleistung, um einen Funkspruch an die Erde zu schicken, und der Cyberkosmos lauscht ständig auf allen Frequenzen. Ich hätte fünf Jahre lang Zeit, um einen Sender zu finden oder einen zu bauen und ihn heimlich zu benutzen.«

»Jesse, nay! Warum solltest du das tun?«

»Um in meine Zivilisation zurückkehren zu können, falls ich feststellen sollte, daß ich es nicht bei euch aushalte. Oder aus Rache.«

Sie erschauderte. »Rache ...«

Seine Lippen verzogen sich zu einem Grinsen. »Deshalb wäre ich aus eurer Sicht besser tot, wie auch immer ich mich entscheide.«

Falaire hob einen Arm und streckte ihn zögernd in seine Richtung aus. »Daß du so von ...« Ihr Blick fiel auf Lirion, der schweigend mit maskenhaftem Gesicht neben ihr stand. »... von mir denken könntest ...« Ihre Hand fiel herab.

»Vielleicht nicht von dir, Liebes.« Nicol wandte sich ihrem Begleiter zu. »Lirion, Ihr habt recht«, sagte er schroff. »Wir sollten uns ernsthaft unterhalten.« Er griff unter seine Tunika und zog die Pistole hervor. »Bitte, geht und holt Venator.«

Der Proserpinarier stieß zischend den Atem durch die Zähne aus.

»Versucht es lieber nicht«, warnte Nicol. »Ich bin ein recht guter Schütze, und ich kann besser springen und ausweichen als Ihr. Oder als du, Falaire.« Den letzten Satz auszusprechen, schmerzte ihn mehr, als er erwartet hatte.

Die Lunarier entspannten sich, so wie eine Schlange ihre Angriffshaltung aufgibt. »Ich kann mir vorstellen, was Ihr getan habt«, sagte Lirion tonlos.

»Ja.« Falaires Stimme wurde wärmer. Sie lächelte sogar ein kleines bißchen. »Du bist klug, Jesse, und kühn.«

»Danke. Lirion, geht.«

Der alte Mann nickte und verschwand.

Falaires Haltung wurde noch gelöster. Trotzdem wußte Nicol, welche Härte sich unter der sanften Oberfläche verbarg. »Bist du tödlich wütend auf uns?« fragte sie.

Er schüttelte den Kopf. »Nein. Es war wie ... in einem historischen Krieg. Ehrenhafte Feinde, soweit Ehre in einem Krieg jemals möglich gewesen ist.«

»Du bist ein großartiger Feind. Das hätte ich nie gedacht.«

War das Verlangen, das er in ihrer Stimme hörte? Meinte sie es ernst? Wußte sie selbst, ob sie es so meinte?

»Wir haben deiner Föderation nicht geschadet«, fuhr sie fort. »Sollte sie mehr Antimaterie wollen, hat sie die Fabrik auf dem Merkur. Ein weiterer Frachter ist leicht gebaut. Und auch dir haben wir kein wirkliches Leid zugefügt, oder? Ob auf der Erde oder auf Proserpina, du wirst reich sein. Du wirst die Mittel haben, so zu leben, wie du willst.«

»Dafür möchte ich sorgen.«

»Jesse, wenn du die Erde informierst, wenn du uns diesen Becher von den Lippen fegst, den wir mit so viel Mühe errungen haben ... ai ...« Ihr Seufzen war fast unhörbar. Sie weinte nicht und sie bettelte nicht. Nicol und sie starrten einander schweigend und reglos an, bis Lirion zurückkehrte.

Er hatte Venator bereits aktiviert und stellte den Kasten auf den Tisch, bevor er wieder seinen Platz neben Falaire einnahm. »Sprecht weiter, Pilot Nicol«, zischte er.

Die Augenstiele des Kastens schwangen herum. »Würden Sie mich bitte über den Stand der Dinge informieren?« bat die Bewußtseinskopie.

Falaires Blick ließ vermuten, daß sie Venator lieber mit konzentrierter Schwefelsäure als mit Informationen versorgen würde.

»Die Situation ist offensichtlich«, sagte Nicol. »Wir haben die Kaperung des Frachters durchgeführt. In Kürze werden wir ihn auf seinen neuen Kurs entlassen.«

»Ich verstehe. Anscheinend konnten Sie keinen sicheren Zugang zu den Kommunikationsanlagen bekommen. Erstaunlich.« Die synthetische Stimme sprach schneller. »Aber jetzt haben Sie die Lage unter Kontrolle. Guter Mann, hervorragend. Ich kann Ihnen versprechen, daß Sie keine Strafe befürchten müssen. Im Gegenteil.«

»Was wirst du tun?« fragte Falaire.

»Sie beide einsperren, die Erde benachrichtigen und auf die Schiffe der Behörde warten«, kam Venator einer Antwort Nicols zuvor. »Was sonst?«

Falaire und Lirion musterten den Terraner, der reglos mit seiner Pistole vor ihnen stand. »Wirklich?« murmelte die Lunarierin nach einer Weile.

»Es tut mir leid«, sagte Nicol zu Venator. »Nein.«

Freude und Triumph leuchteten in Falaires Gesicht auf. Sie riß sich zusammen und blieb wachsam.

»Ah-h-h . . .«, seufzte Lirion.

»Euch ist klar, daß ich euch nicht traue«, stellte Nicol klar. »Nicht nach allem, was ihr getan habt und was auf dem Spiel steht. Und von Zeit zu Zeit muß ich schlafen.«

»Die Gefahr, die dir von uns droht, hängt davon ab, was du vorhast«, sagte Falaire.

»Nicht ganz. Ich verlange eine zusätzliche Belohnung für meine Dienste, Venator.«

»Warum?« fragten die Bewußtseinskopie und die Frau gleichzeitig. Die Augenstiele schwangen zu ihr herum. Venators Lachen war ein kurzes Bellen, Falaires Stimme ein helles Tremolo.

»Ich möchte nicht, daß er . . . gequält, seziert, zerlegt, auseinandergenommen wird«, sagte Nicol. »Oder daß man ihn für immer von seiner Einheit fernhält. Nein, damit könnte ich nicht leben.«

Lirion spreizte die Finger. »Eyach, wir können ihn Euch gern überlassen, wenn wir nicht sterben müssen, um Eure weiteren Wünsche zu verhindern.«

»Das müßt ihr nicht. Ich möchte mit euch nach Proserpina fliegen und ... und bei eurem Volk leben ...«

Falaires Freudenschrei hallte einen Moment lang durch den Salon.

»Aber ihr könnt euch nicht sicher sein, daß ich es damit wirklich ernst meine, nicht wahr?« fuhr Nicol, hauptsächlich an Lirion gewandt, fort. »Ich könnte meine Meinung noch auf dieser Reise oder in den Jahren danach ändern. Und deshalb kann ich wiederum euch nicht vertrauen.«

»Es sei denn, Sie hätten einen Verbündeten«, warf Venator ein.

Nicol nickte. »Richtig. Sie.«

»Der Verbündete eines Verbrechers, eines Verräters?«

»Lassen Sie das moralische Urteil beiseite. Denken Sie nach.«

»Oh, ich kann beides tun. Ich erkenne Ihre Strategie. Wenn wir zusammenbleiben und uns gegenseitig bewachen, ist es einigermaßen unwahrscheinlich, daß wir überrumpelt werden können. Später, nachdem Proserpina die Antimaterie so sicher eingelagert hat, daß sie von der Erde nicht mehr gefunden werden kann, werden Sie meine Rückkehr zur Erde arrangieren.«

»Ja. Wir brauchen einander.«

»Eine starke Bande«, kommentierte Venator trocken. »Ich habe nichts zu gewinnen, indem ich ablehne. Deshalb werde ich, ein Angehöriger der Föderation, zu meinem eigenen Schutz, was immer der auch wert sein mag, ständig an der Seite eines Diebes bleiben.«

Sogar in dieser Situation huschte ein Grinsen über Falaires Gesicht. »*Ständig*?«

Venator verlor seinen Humor nicht einmal im Angesicht seiner bittersten Niederlage. »Ich bin nur ein Bewußtsein in einem Kasten, Mylady, das keinerlei Interesse an biologischen Spielereien verspürt. Zu den gegebenen Momenten kann ich meine Augenstiele in eine andere Richtung drehen.« Jetzt richtete er sie auf Nicol. »Die Erfahrung dürfte, wie ich zugeben muß, interessant sein. Sie sind ein vielschichtiger Teufel. Ich denke, ich werde Ihre Gesellschaft genießen. Ich hoffe nur, die meine wird Ihnen nicht lästig fallen.«

»Ihr werdet nicht ständig auf der Hut sein müssen«, versprach Lirion, und vielleicht meinte er es sogar ehrlich. »Wenn Ihr die Erde bis zu unserer Ankunft auf Proserpina nicht informiert habt, werdet Ihr es wahrscheinlich nie tun.«

»Ich werde ständig versuchen, ihn in diesem Sinn zu beeinflussen, wie Sie sich denken können«, erwiderte Venator.

»Die Mühe werden Sie sich nicht machen müssen«, versicherte Nicol.

»Welchen Grund sollten wir haben, Euch anzugreifen?« fragte Lirion.

»Ja, ich wage die Prognose, daß sich eines Tages Vertrauen zwischen uns entwickeln wird«, meinte Nicol. »Wie langsam auch immer.«

»Vielleicht nicht *zu* langsam«, sagte Falaire.

»Wir werden sehen. Betrachten wir die Situation vorerst als einen Waffenstillstand.«

Nicol schob die Pistole in seinen Gürtel, ließ aber die Hand in Reichweite.

»Aber eins verstehe ich nicht«, wandte sich Venator an ihn. »Es ist mir wirklich schleierhaft. Sind Sie verrückt? Statt einer triumphalen Heimkehr und der Möglichkeit, dieses Pärchen und ihre Verbündeten für alles zur Rechenschaft zu ziehen, was sie Ihnen angetan haben – man hat Sie getäuscht und mißbraucht und beinahe zerbrochen –, oder sie meinetwegen auch davonkommen zu lassen, wenn Sie das unbedingt wollen, entscheiden Sie sich dafür, ihnen ihre Beute zu überlassen, Ihre Ermordung zu riskieren und ihnen sogar noch ins Exil zu folgen. Wissen Sie, wie es an Ihrem Ziel aussieht? Sie werden dort fremder sein, als es jemals irgendein Mensch im abgelegensten Winkel der Erde gewesen ist, und dort herrscht ewige Nacht.«

Nicol biß sich auf die Unterlippe. »Ich kann es nicht mit wenigen Worten erklären. Vielleicht wird es Ihnen klar werden, wenn wir uns besser kennenlernen.«

»Wirst du mir helfen, es zu verstehen?« fragte Falaire ganz ruhig. »Denn auch ich bin verwirrt, Jesse.«

Lirion sah ihn erwartungsvoll an. Sobald er eine Vorstellung von den Motiven des Terraners bekam, würde er besser wissen, was er von ihm zu erwarten hatte und seine Pläne darauf einstellen können. Doch Nicol konzentrierte sich nur auf Falaire.

»Ihr lebt auf einer neuen Welt in einem heroischen Zeitalter. Eure Barden singen. Ich kann hoffen, einer von ihnen zu werden.«

»Sie, ein absoluter Außenseiter?« rief Venator.

Ja, dachte Nicol, ich weiß nur zu gut, wie einsam ich sein werde. Doch vielleicht werde ich aus dem Schmerz eine Bedeutung für mein Leben ziehen können. »Homer sang über ein vergangenes Zeitalter«, sagte er. »Shakespeare schrieb über Cleopatra und Macbeth, Fitzgerald über Omar Khayyám. Kipling erzählte von Indien. Ich ... ich brauche nicht unbedingt menschliche Themen. Vielleicht ist das Unmenschliche mein Gebiet, die Sterne und Kometen, die Unermeßlichkeit, ein Universum, das kein Bewußtsein und keine Gefühle kennt, sondern einfach existiert, voller herrlicher Größe ... und doch sind *dort* Menschen ... Ich weiß, es klingt verrückt, und ich kann es nicht erklären.«

Venators Stimme war auf einmal ganz sanft. »Aber ich glaube, ich verstehe jetzt.«

TEIL 2

Ein Buch für Karen
wie schon alle zuvor,
auf die eine oder andere Weise

DRAMATIS PERSONAE

Amaterasu Mutter: Die Lebensmutter von Amaterasu
Benno: Ein sophotektischer Counselor auf Luna
Birger: Fenns Vater
Catoul: Ein Selenarch auf Proserpina
Chuan: Der Synnoiont des Mars
Demeter Tochter: Eine Inkarnation von Amaterasu Mutter
Pedro Dover: Ein Mitglied der Gizaki-Pseudosekte
Elitha: Fenns Mutter
Elverir: Ein Lunarier auf dem Mars
Fenn: Polizeioffizier auf Luna, später Raumfahrer
Georghios: Polizeichef auf Luna
Anson Guthrie: Einer der politischen Führer von Amaterasu; seine Bewußtseinskopie
He'o: Ein Metamorph der Keiki Moana
Ibrahim: Prefekt der Synese
Iokepa Hakawau: Ein Mann der Lahui Kuikawa
Jendaire: Eine politische Führerin der Lunarier von Alpha Centauri
Lars: Ein Mann aus Vernal
Luaine: Eine Selenarchin auf Proserpina
Maherero: Ratsmitglied der Südlichen Vereinigung
Manu Kelani: Oberster *Kahuna* von Nauru
Rachel: Richterin in Vernal, Lars' Frau
David Ronay: Ein prominenter Bürger der Republik Mars
Helen Ronay: David Ronays Frau
Kinna Ronay: Tochter von David und Helen Ronay
Scorian: Anführer der Inrai-Bande auf dem Mars

Stellarosa:	Eine Journalistin auf Luna
Tanir:	Ein Mitglied der Inrai
Das Terrabewußtsein:	Der Apex des Cyberkosmos
Velir:	Versammlungsleiter auf Proserpina
Wanika Tauni:	Eine Frau der Lahui Kuikawa
Zefor:	Ein Proserpinarier

KAPITEL 1

Nach dem uralten Glauben ihres Volkes war Amaterasu die Sonnengöttin, deren Licht Leben spendete. Die Entdecker einer fernen und fremden Welt benannten den Planeten in der Hoffnung nach dem Namen der Göttin, daß ihre Art diese Welt einst zum Blühen bringen würde. Die ersten Forscher waren nicht menschlich gewesen, ebensowenig die Pioniere, die ihnen folgten, aber sie arbeiteten hart, bis Amaterasu schließlich in der Lage war, eine eigene Bevölkerung zu ernähren.

Eines Abends, ungefähr fünfzig Erdenjahre später, verließen Anson Guthrie und Demeter Tochter Port Kestrel, um allein und ungestört zu sein. Sie hätten sich auch zu Hause unterhalten können, aber nach den Nachrichten, die Guthrie erhalten hatte, mußte er einfach seinem Bewegungsdrang nachgeben, und Demeter hielt sich immer gern unter freiem Himmel auf. Die kleine Stadt mit ihren Booten, Brücken und leuchtendbunten Gebäuden war bis auf den schlanken Funkmast schon bald hinter den Bäumen verschwunden. Ein Pfad unter raschelnden Pappeln führte sie entlang einer Gabelung des Lily zur Meeresküste, die von dort aus nach Süden verlief.

Die Plantagen und industriellen Komplexe lagen im Norden. Hier erstreckte sich eine Parklandschaft mit einer von Löwenzahn und Glockenblumen gesprenkelten Wiese zu einem schmalen Sandstrand, an dem sich die Wellen des Azurischen Ozeans brachen. Auf einigen kleinen Inseln hatte sich Gras angesiedelt, das bleich im Wind zitterte. Die Sonne war dicht über den Horizont gesunken und gleißte goldenorange durch den Dunst. Ihr Licht warf eine gebrochene Bahn über die Wellen, deren Kämme glitzerten und funkelten, purpurrot in der Ferne, lohfarben in der Nähe. Hier und dort schwankten dunkle Flecken einheimischen Seetangs unter der Wasseroberfläche, aber in der Höhe, wo der Himmel noch blau war, schimmerten die Schwingen dreier Seemöwen.

Linker Hand erhob sich eine bewaldete sanfte Hügellandschaft, durchtränkt vom Licht der tiefstehenden Sonne, das von den Fenstern verstreut daliegender Häuser reflektiert wurde. Ein milder Wind ließ das Laub der Bäume rauschen, und noch war die Luft von den Düften des Tages erfüllt. Jemandem, der gerade erst von der Erde kam, wäre die Luft so dünn wie im Hochgebirge erschienen, aber schließlich betrug die hiesige Schwerkraft nur neun Zehntel der irdischen, und außerdem war die Erde für Guthrie nicht mehr als eine ferne Erinnerung und für Demeter Tochter kaum einmal das. Anderswo auf dem vierten Planeten von Beta Hydri zogen sich Gletscher von Wüsten zurück, in denen Maschinen und Mikroorganismen darum kämpften, dem Leben neue Räume abzutrotzen. Auf dieser großen subtropischen Insel, Tamura, hatte Amaterasu Mutter bereits den Sieg errungen und herrschte in Frieden.

Zumindest hatte es den Anschein gehabt.

Der Mann und die Frau schlenderten eine Zeitlang schweigend an der Küste entlang. Irgendwann räusperte sich Guthrie. »Also ...«, begann er und verstummte gleich wieder. Seine Stimme verklang im Wind.

Demeter Tochter betrachtete ihn. Für seine einundvierzig biologischen Jahre, die zweiundsiebzig irdischen entsprachen, war er noch immer groß, kräftig und voller Energie, aber in sein markantes Gesicht hatten sich Falten gegraben, sein einst rötliches Haar war schütter und weiß geworden, die stahlgraue Farbe seiner Augen hatte sich in die von Rauch verwandelt. Trotzdem war sein Blick so scharf und klar wie eh und je, sein Baß hatte nichts von seiner Stärke verloren. Im Gegensatz zu der eleganten bunten Tunika, dem Mantel und den Sandalen seiner Begleiterin trug er einen schlichten Overall und seine verschlissenen alten Wanderstiefel.

»Fällt es dir schwer zu sagen, was du zu sagen hast?« fragte sie.

Er zuckte die Achseln und warf ihr ein angedeutetes Grinsen zu. »Eigentlich nicht. Was du nur zu gut wissen müßtest, Liebstes.« Nach diesem Leben, das sie zusammen verbracht hatten, und all den vorausgegangenen

Jahrhunderten und Inkarnationen. Sein Blick ruhte eine Weile auf ihr; groß und schlank, haselnußbraune Augen, ein Gesicht mit hohen Wangenknochen, deren Alter sich hauptsächlich durch die allmählich dunkler werdende bernsteinfarbene Haut und das Grau in ihrem schwarzen schulterlangen Haar verriet. »Nein, ich habe mich nur gerade an etwas erinnert.« Eine andere Meeresküste, eine andere Frau, die allerdings noch sehr jung gewesen war, ein Mädchen. Es war auf der Erde gewesen, und er hatte sein erstes Leben gelebt. »*No importe.* Noch vor deiner Zeit.«

Ihre Hand schloß sich einen Moment lang um die seine, soweit sie sie umfassen konnte. Sie schlenderten weiter. Vor ihnen, ein paar Meter vom Strand entfernt, breiteten eine mächtige Eiche und ein granitfarbener japanischer Ahorn ihr Laubdach aus. Ein Eichhörnchen huschte einen Stamm hinauf, zwei Krähen erhoben sich heiser krächzend in die Luft.

»Das dürfte ein guter Platz für uns sein«, meinte Guthrie.

Seine Begleiterin nickte. »Ja. Hier kann man die Präsenz der Mutter deutlich spüren, nicht wahr?«

»Glaubst du, sie hört uns zu?«

»Wahrscheinlich nicht. Sie muß sich um die gesamte Welt kümmern, und besonders jetzt, da das ökologische Gleichgewicht in New India zusammenbricht ...« Die Phase, in der das Leben versuchte, in völlig unfruchtbaren Territorien oder solchen, die höchstens ein paar winzige, primitive einheimische Organismen beherbergten, Fuß zu fassen, war immer sehr heikel. Nicht weniger schwierig war es, dieses Leben durch ein einzelnes Bewußtsein innerhalb einer für einen Menschen überschaubaren – und nicht nach geologischen Dimensionen bemessenen – Zeitspanne global zum Gedeihen zu bringen.

Er verließ sich auf ihre Intuition. In gewisser Weise war sie selbst einmal Demeter Mutter gewesen. Auch wenn ihre Erinnerungen daran in ihrer fleischlichen Existenz nur noch verschwommen waren wie die flüchtigen

Schemen eines Traumes, reichten sie doch weit über das menschliche Vorstellungsvermögen hinaus, und das würde für jede Demeter Tochter gelten, solange die Rasse weiter zu den Sternen reiste.

»In Ordnung, wir informieren sie später«, sagte Guthrie bewußt prosaisch. »Wie auch alle anderen. Aber ich wollte mich erst mit dir allein darüber unterhalten.«

Sie ließen sich nebeneinander unter der Eiche nieder und lehnten sich gegen den von der Sonne gewärmten knorrigen Stamm, so daß sie nach Westen auf das Meer hinausschauen konnten. Beta Hydri, heller, aber weiter von Amaterasu entfernt als Sol von der Erde und deshalb scheinbar kleiner, versank durch die Rotation von nur zwanzig Stunden schnell hinter dem Horizont, wo eine Wolkenbank wie geschmolzenes Gold rötlich glühte. Die Möwen schwebten tief über dem Wasser und kreischten.

»Es ist passiert, während ich fort war, nicht wahr?« Demeter Tochter war auf dem Nordlandkontinent gewesen, an dessen Ostküste sich das Leben bereits gefestigt hatte, um einen ihrer Söhne und dessen Frau, besonders aber ihre Enkelkinder zu besuchen. Guthrie hatte zu viel mit seinem letzten Projekt, einer Werft, zu tun gehabt, um sie begleiten zu können.

»Offensichtlich«, erwiderte er.

»Eine Botschaft von Centauri, richtig?« fragte sie leise.

»Häh?« rief er verblüfft aus. »Hat dir das die Mutter erzählt?«

Sie schüttelte den Kopf. »Wie ich gesagt habe, ich glaube nicht, daß sie besonders auf stabile Gegenden wie diese hier achtet. Und selbst wenn sie es erfahren und gewußt hätte, daß du die Information noch eine Weile geheimhalten wolltest, hätte sie dein Geheimnis bewahrt. Du wirst schon deine Gründe dafür haben.«

Gründe, die Amaterasu Mutter vielleicht sogar sehr viel besser als ich selbst verstehe, dachte Guthrie. Ihr Umfang und ihre Vielfalt, mit der sie sich immer weiter über diese Welt ausbreitete ...

Wie so oft in der Vergangenheit durchzuckte ihn der flüchtige Gedanke, daß der Name seiner Lady genaugenommen eigentlich Amaterasu Tochter lauten müßte. Ihre Inkarnation, wie auch die seine und die aller anderen Kolonisten der ersten Generation, war das Werk der *hiesigen* Mutter gewesen. Demeter Mutter residierte Lichtjahre entfernt im System des Alpha Centauri, wo sie auf ihren Untergang wartete. Aber seine Geliebte hatte das Licht der Welt auf diesem Planeten erblickt, und für ihn würde sie stets Demeter Tochter bleiben, wie viele Leben sie auch noch gemeinsam verbringen mochten.

»Ich habe nur geraten«, fuhr sie fort. »Aber ich kenne die allgemeine Lage.« Sie lächelte. »Und mittlerweile habe ich auch dich recht gut kennengelernt, *querido*.«

Der Kosename berührte ihn tief im Innersten. Der Teil von ihr, der Kyra Davis war, hatte diese Bezeichnung vor langer, langer Zeit auch immer benutzt.

»Manchmal denke ich, daß du mich verdammt zu gut kennst«, sagte er mit vorgetäuschter Schroffheit. Er erwiderte ihr Lächeln. »Aber ich würde es nicht ändern wollen.«

»Ich auch nicht«, murmelte sie.

Sie schwiegen eine Weile. Der Sonnenuntergang loderte intensiver. Ein Schwarm Kormorane zog vor den glühenden Wolken vorbei.

»Die Nachrichten sind beunruhigend«, sagte sie. Er hatte sie nie wirklich fragen wollen, ob diese Redewendungen, die sie gelegentlich benutzte, daher rührten, daß sie sehr viel mehr als er gelesen hatte, obwohl er Jahrhunderte älter als sie war, oder ob sie aus irgendeiner tieferen Quelle entsprangen.

»Ja«, gab er zu. Wie zum Schutz bediente er sich seiner eigenen Ausdrucksweise. »Nicht, daß wir sie lange unter Verschluß halten sollten – die Kommunikationsspezialisten und jetzt wir beide, meine ich damit. Ich habe sie nach dem Abspielen der Nachricht zum Stillschweigen verpflichtet, aber nur so lange, bis ich mit dir darüber palavert habe. Die Leute haben ein Recht darauf, die Wahrheit zu erfahren, und das wissen sie auch.« Ein eigensinniger Haufen, dachte er, so wie es ein freies Volk sein mußte, wenn es seine Freiheit bewahren wollte.

»Aber wenn es so ... brisant ist, hättest du dann nicht sofort die Mutter informieren sollen?«

»Ich war mir nicht sicher. Wieviel könnte sie zu so einer Angelegenheit zu sagen haben? Du bist ein Mensch.« Auf ihre Art war sie das, so wie er auf die seine. Als Sterbliche besaß sie die Weisheit der Sterblichkeit, zusammen mit dem Wissen von Demeter Mutter, soweit ein einzelnes Gehirn es zu fassen vermochte. Amaterasu Mutter dagegen ...

»Weißt du, das könnte eher ein Problem für uns als für die ... die Götter sein«, fuhr er unbeholfen fort. »Ich kann nicht abschätzen, wie sie die Nachrichten aufnehmen würde. Vielleicht kannst das nicht einmal du. Wie auch immer, wir beide sind schon ziemlich lange Partner, nicht wahr?«

»Ja.« Ziemlich lange. In diesen Körpern, die als junge Erwachsene auf dieser Welt entstanden waren. Davor in den Bewußtseinskopien, die in der anstrengenden Aufbauphase mitgeholfen hatten, einen Bruchteil des Planeten so weit vorzubereiten, daß er Wesen aus Fleisch und Blut beherbergen konnte, und die davor die lange Reise von Alpha Centauri nach Beta Hydri unternommen hatten. In ihren früheren Körpern auf Demeter. Der seine war aus einem Genom gezüchtet worden, der ihre aus zwei anderen, ein Ideal und ein Traum. Wiederum davor, jahrhundertelang, in seiner ersten Bewußtseinskopie und in Demeter Mutter, deren Geist aus denen von Kyra Davis und Eiko Tamura entstanden war. Und noch davor, als seine Bewußtseinskopie auf der fernen Erde mit diesen beiden Frauen gemeinsam gearbeitet, gekämpft und gehofft hatte. Und selbst davor, denn Demeter Mutter hatte auch seine Erinnerungen an Juliana, die Frau seines ersten Lebens, in sich aufgenommen, als er noch ein gewöhnlicher Mann gewesen war, geboren, aufgewachsen und gestorben wie jeder andere normale Mensch auch.

»In Ordnung«, sagte er. »Du hast recht, wir haben eine Botschaft von Centauri erhalten.« Mehr als ein Vierteljahrhundert nachdem sie abgeschickt worden war. »Die dortigen Lunarier haben Nachrichten von der Erde bekommen ... oder zumindest von Sol.«

Demeter atmete tief durch. Das Licht der untergehenden Sonne fiel in ihre plötzlich geweiteten Augen. »Oh ... oh ... endlich, endlich«, flüsterte sie. »Ich hatte schon gedacht, wir würden nie ...«

»Schätze, das haben wir wohl alle getan«, knurrte er. »Unsere Spezies auf der Erde, auf Luna, auf dem Mars, aufgesogen – oder was ihr auch immer zugestoßen ist –, beherrscht von den Maschinen, nicht mehr an uns interessiert. Das Volk der Lunarier könnte ausgestorben sein, abgesehen von denen, die nach Centauri ausgewandert sind. Irgendwann, eines Tages könnten wir vielleicht zurückkehren und herausfinden, was geschehen ist, aber es ist eine so lange Reise, und wir haben noch so viel hier zu tun.«

Sie ergriff seinen Arm. »*Was ist passiert?*«

»Tut mir leid, wenn ich abgeschweift bin. Aber was wir empfangen haben, ist kaum eine richtige Geschichte, eher ein historischer Abriß, verzerrt und verworren. Der Laserstrahl hat nicht viel mehr als Bruchstücke davon übermittelt, und ich kann nicht behaupten, daß ich abschätzen kann, was, zum Teufel, sich wirklich ereignet hat.« Er schwieg einen Moment lang und suchte nach den richtigen Worten. »Also, erst einmal, vor fünf- bis sechshundert Jahren entdeckten die Lunarier im Solsystem einen großen kompakten Asteroiden zwischen den Kometen des Kuiper-Gürtels, den sie kolonisierten. Seither haben sie noch andere ähnliche Himmelskörper dort draußen in den Randbezirken in Besitz genommen.«

»Wunderbar.« Ihre Stimme klang beinahe wie Gesang, dann plötzlich wieder angespannt. »Aber was ist aus unserer ... unserer Rasse geworden?«

»Sie nennen sich jetzt Terraner, ob sie auf der Erde leben oder nicht.« Guthrie verzog das Gesicht. »Sie betreiben keine Raumfahrt mehr, es sei denn, du bezeichnest den Pendelverkehr zwischen der Erde und Luna und gelegentlich auch dem Mars als Raumfahrt. Sie ...«

Er verstummte erneut und suchte wieder nach Worten. Der Wind, der bereits kühler wurde, ließ die Blätter über ihren Köpfen rascheln.

»Dir ist klar, daß die Nachricht nicht von ihnen, sondern von den Lunariern auf diesem Asteroiden stammt, den sie Proserpina nennen. Sie leben weit vom inneren Sonnensystem entfernt, und ... nun, es scheint zwischen beiden Seiten eine beachtliche Feindschaft auf Grund der Zustände auf der Erde und ihren Nachbarplaneten zu herrschen. In der Botschaft ist von intelligenten Maschinen die Rede – Sophotekten, vielleicht erinnerst du dich an die Bezeichnung –, die dort mehr oder weniger das Kommando führen. Nicht, daß die Terraner versklavt oder irgendwie unterdrückt würden. Meinem Eindruck nach ist eher das Gegenteil der Fall. Aber die klügsten Sophotekten scheinen auf mehr Gebieten, als wir uns vorstellen können, klüger als die Terraner zu sein, und an ihrer Spitze steht etwas, das sie das Terrabewußtsein nennen.«

»Eine Entwicklung, die vorauszusehen war«, sagte Demeter Tochter ganz leise. »Vielleicht sogar unvermeidlich. Der ultimative, ehrfurchtgebietende Intellekt ... Aber er wächst unablässig, verändert sich, entwickelt sich weiter und weiter, nicht wahr?«

»Scheint so. Vergiß nicht, die ursprüngliche Botschaft wurde von einer Gruppe Lunarier zu einer anderen geschickt, zwei Gruppen, die mehr als vier Lichtjahre voneinander entfernt leben und seit Jahrhunderten keinen Kontakt mehr hatten. Danach haben die centaurischen Lunarier die Nachricht neuformuliert und das an uns weitergeleitet, was sie für richtig hielten. Nach den dürftigen Informationen, die wir erhalten haben, glaube ich nicht, daß viel von der ursprünglichen Botschaft übriggeblieben ist.«

Sie hatte ihm zugehört, verfolgte aber noch immer einen anderen Gedanken. »Die Ahnen auf Demeter, deine Bewußtseinskopie und die von Kyra und Eiko – Demeter Mutter existierte damals noch nicht – haben das vorhergesehen, richtig? Damals, als die Leute im Solsystem mit der Begründung, sie hätten sich zu weit von unserer Art der Menschheit fortentwickelt, aufgehört haben, Nachrichten zu übermitteln. Aber sie haben Proserpina nicht vorhergesehen. Das wäre niemandem möglich gewesen. Die Lunarier im Centaurisystem müssen froh darüber sein.«

»Ja und nein. Die Proserpinarier sind mit ihrer Situation nicht mehr zufrieden. Was sie unter anderem zu dem Versuch veranlaßt hat, den Kontakt wieder aufzunehmen, obwohl sie wissen, daß Demeter nicht mehr viel Zeit bleibt, ist der Umstand, daß die Maschinen – der Cyberkosmos oder welche Bezeichnung du dafür auch immer für sie verwenden willst –, die letztendlich die Planeten des Solsystems beherrschen, die Proserpinakolonie nie gewollt haben. Zumindest steht es so in der Botschaft. Die Kolonie ist ein potentieller Unruheherd, ein Chaosfaktor, dessen langfristige Folgewirkungen unvorhersehbar und unkontrollierbar sind. Der Cyberkosmos hat sich nach Kräften bemüht, die Existenz des Asteroiden geheimzuhalten. Als sie trotzdem bekannt wurde, hat er versucht, Auswanderungen dorthin zu verhindern, und als ihm das auch nicht gelang, hat er alles getan, um die Kolonie klein und isoliert zu halten. Vor kurzem dann ...

Natürlich ist das die Geschichte aus der Sicht der Proserpinarier, so wie sie wiederum von den Lunariern im Centaurisystem weitergegeben worden ist. Zweifellos von Vorurteilen geprägt. Trotzdem ...«

»Ja?« hakte sie sanft nach.

»Nun, sie behaupten, daß es irgendwelche neuen Erkenntnisse gäbe, die unterdrückt würden. Es ist die Rede von Hinweisen auf eine gewaltige Entdeckung durch eine solare Gravitationslinse weit draußen im All und von Dementis, die nicht ganz glaubwürdig klingen. Die Versuche der Proserpinarier, eine eigene Linse zu installieren, sind gescheitert, und sie sind überzeugt, daß dabei Sabotage im Spiel war.«

Demeter runzelte die Stirn. Paranoia war ihr fremd. »Muß das so gewesen sein?«

»Nicht unbedingt, denke ich. Allerdings, nach den Informationen, die uns vorliegen, scheint der Cyberkosmos recht gut über die Geschehnisse aus Proserpina informiert zu sein, trotz der Entfernung und isolierten Lage des Asteroiden.« Guthries Gesichtsausdruck wurde finster, sein Tonfall schärfer. »Was mich vermuten läßt, daß der Cyberkosmos und seine Leute nicht ganz aufrichtig waren, als sie mit der Begründung, es gäbe keine gemeinsamen Interessen mehr, die Kommunikation mit uns beendet haben. Er hätte die ganze Zeit über seine Roboterspione im Centaurisystem haben können. Sie könnten sogar jetzt hier bei uns sein, winzige Maschinen, die wir nie entdecken würden, solange wir nicht wissen, wonach wir suchen müssen.« Er vollführte eine abgehackte Handbewegung. »Wie auch immer, laut ihrem Bericht haben die Proserpinarier Überwachungsmissionen im inneren Solsystem durchgeführt und dabei festgestellt, daß die Antimaterieproduktion auf Merkur wiederaufgenommen worden ist.«

»Sie war eingestellt worden?«

»Ja, für lange Zeit. Eine stabile Wirtschaft, wie sie zwischen der Erde und Luna entstanden war, benötigte keine derart konzentrierte Energiequelle, und außerdem war eine reichhaltige Reserve im Orbit deponiert worden. Jetzt aber ist die Produktion wieder angekurbelt worden. Möglicherweise um Treibstoff für C-Schiffe zu erzeugen? Die Proserpinarier berichten außerdem, Hinweise auf etwas entdeckt zu haben, das ihrer Überzeugung nach eine exotische Art von Raumschiffen ist, die das Sonnensystem mit geradezu höllischer Geschwindigkeit verlassen oder es hin und wieder anfliegen.«

Demeter betrachtete den Sonnenuntergang. Die Farben verblaßten allmählich, der Himmel wechselte von Blau zu Violett. »Wir haben nicht damit gerechnet, daß sie das jemals tun würden, die Maschinen«, flüsterte sie.

»Nein«, stimmte ihr Guthrie zu. »Ich bin davon ausgegangen, daß diese Geistesriesen viel zu sehr mit ihren abgehobenen Gedankenexperimenten beschäftigt sein würden – Theorie, Mathematik, esoterische abstrakte

Kunstformen, Möglichkeiten der elektrophotonischen Raumfahrt. Vielleicht habe ich mich geirrt.«

Sie erschauderte. »Welche Absicht sollte, könnte das ... Terrabewußtsein verfolgen?«

»*¿Quien sabe?* Aber wenn es sich anschickt, Cyberkosmen in der Galaxie anzusiedeln ... Maschinen könnten ihr Einflußgebiet sehr viel schneller und gründlicher ausdehnen, als es dem Leben möglich wäre.«

Im Westen schimmerte ein Lichtpunkt auf. Die Dämmerung war so weit fortgeschritten, daß Amaterasus Mond sichtbar wurde. Das Tageslicht überstrahlte das schwache Leuchten des fünfzig Kilometer durchmessenden Felsbrockens, eines eingefangenen Asteroiden. Künstliche Satelliten waren häufig heller. Guthrie vermißte den Mondschein. Er hatte ihn auch auf Demeter vermißt, aber dort strahlte Alpha Centauri B, der Begleiter der Zentralsonne, je nach seiner Position am Himmel, zweihundert- bis zweitausendmal heller.

Und das Leben benötigte den Trabanten noch schmerzlicher. Ohne einen geradezu monströs großen Mond wie Luna neigte die Rotationsachse eines ansonsten erdähnlichen Planeten zu chaotischen Pendelbewegungen, in deren Folge es zu spontanen Vergletscherungen oder zu Treibhauseffekten kam. Ohne einen Riesen wie Jupiter, der kleinere Himmelskörper ablenkte, war ein Planet einem erbarmungslosen Bombardement kosmischer Geschosse ausgesetzt, so daß sich ein Einschlag in der Größenordnung von Kilotonnen nicht einmal in etlichen Millionen Jahren, sondern alle paar Jahrtausende ereignete. Und all die anderen Parameter, die stimmen mußten, damit das Wunder geschehen konnte ...

Kein Wunder, daß das Leben so unglaublich rar im Universum war – in dem unfaßbar winzigen Abschnitt, den die Menschen bisher erforscht hatten – und die Menschheit vielleicht sogar die einzige intelligente Spezies unter allen Geschöpfen der Galaxis darstellte ... Amaterasu, wie auch Demeter und Isis, waren außergewöhnlich. Dort hatte die Evolution photosynthetische Organismen hervorgebracht, die eine für menschliche

Lungen atembare Atmosphäre produzierten. Ja, die Raumschiffe hatten auch den ganz ähnlichen Planeten Hestia und seinen phantastischen Nachbarn Bion erreicht, aber die Sonne dieser beiden Welten war so weit entfernt ...

»Das solltest du nicht sagen«, ermahnte ihn Demeter. »Alles, was handelt, denkt, fühlt, sich seiner selbst bewußt ist ... lebt.«

Guthrie breitete die Arme aus. »Wie du willst. Eine Frage der Semantik. Ich meinte organisches Leben. Unsere Art des Lebens.«

»Du weißt, daß der Unterschied kein absoluter ist.«

Das wußte er tatsächlich nur zu gut. Hatte er nicht selbst miterlebt, wie Demeter Mutter und später Amaterasu Mutter ins Dasein getreten waren, während andere Guthries die Entstehung von Isis Mutter und Hestia Mutter begleitet hatten? Was außer der kybernetischen Technologie hatte es ermöglicht, die Muster, die die menschliche Persönlichkeit enthielten, auf organometallische Matrizen zu überspielen und sie zu etwas zusammenzufügen, das weitaus mehr als die Summe ihrer Teile war und die Natur eines ganzen Planeten hegte und pflegte? »Nein, nein, sicher, natürlich nicht«, sagte er. »Schließlich war ich selbst eine Art Maschine. Trotzdem ...«

»Muß der Cyberkosmos zwangsläufig eine Bedrohung für uns sein?« hakte Demeter nach. »Warum nicht ein Freund? Sind die Menschen, die Terraner, auf der Erde, auf Luna und dem Mars nicht glücklich?«

»Das sind Haustiere in der Regel auch«, fauchte Guthrie. »Tut mir leid«, fügte er kurz darauf hinzu. »Entschuldige. Die Lage ist zweifellos nicht annähernd so einfach. Und was die Lunarier betrifft, diese Wildkatzen, könnte es tatsächlich eine gute Idee sein, sie im Zaum zu halten. Ich weiß es nicht. Was wir an Informationen erhalten haben, ist mit Sicherheit der überarbeitete Extrakt einer ursprünglichen Nachricht, die ihrerseits bereits einseitig, tendenziös, unvollständig und von Aberglauben geprägt gewesen sein muß. Wir werden die

Daten gründlich untersuchen und analysieren müssen, und ich denke, daß wir dann immer noch nicht sicher sein können.«

Er schwieg einen Moment lang. Die letzten Farbschattierungen der Wolken verblaßten, die Nacht brach mit subtropischer Eile herein. Seine Begleiterin zog den Mantel enger um sich. Guthrie ignorierte den kühlen Wind.

»Aber ich denke, daß wir uns diese Unsicherheit nicht leisten können«, sagte er schließlich. »Nicht wenn so viel auf dem Spiel steht.«

»›So viel‹?«

»Das ganze Universum und die Zukunft. Ja, das mag übertrieben klingen, aber ich habe nicht vor, tatenlos abzuwarten, was dabei herauskommen könnte.«

»Was kannst du dagegen tun?« Plötzlich erkannte sie, was das bedeutete. »O nein«, stöhnte sie bestürzt.

Er nickte. »Du hast es erraten. Ich sollte lieber zurückkehren und versuchen, der Sache auf den Grund zu gehen.«

»Über diese Entfernungen in das Unbekannte? Anson, Anson!« Sie umklammerte seinen Arm. »Schick jemand anderen«, bat sie. »Wir haben genug tapfere Frauen und Männer.«

Seine Stimme wurde sanft. »Ich bin der *jefe*, Liebling.« Sie wußte nur zu gut, was er sagen würde, aber er mußte es trotzdem aussprechen. »Wir bezeichnen dieses Gebilde als eine Republik, und ich habe – so wie du – mein verdammt Bestes getan, damit wir zwei ganz normale Bürger bleiben, aber es ändert nichts daran, daß wir sind, was wir nun einmal sind.« Der ewige Held, die Inkarnation der Lebensmutter. »Kein anständiger *comandante* setzt seine Leute Risiken aus, die er nicht selbst eingehen würde.«

»Ich hätte es wissen müssen!« rief sie. »Ich habe es gewußt. Ich habe es immer gewußt!«

Er versuchte ein Lachen. »Jedenfalls werde nicht *ich* es sein, das ist dir klar. Ich habe vor, meine Zeit hier mit dir zu verleben, dich zu lieben und Cain großzuziehen, bis unsere Urgroßenkel schließlich erleichtert unsere Asche in alle Winde verstreuen und unsere verlogenen Todesanzeigen verfassen – wonach wir sie wieder in unseren neuen Körpern heimsuchen werden.«

»Eine Bewußtseinskopie von dir. Ja, das ist mir schon klar. Aber er ...«

»Er wird mir nicht dankbar dafür sein? In gewisser Weise vielleicht doch. Schließlich ist es ein ziemlich großes Abenteuer.«

»Diese gewaltige Entfernung, ganz allein.«

»Nicht direkt nach Sol. Ich schätze, es wäre für mich – für ihn – am klügsten, zuerst zum Centauri zu fliegen und mit den dortigen Lunariern zu konferieren. Bis dahin sollten sie etliche Informationen mehr haben.«

»Aber das verlängert die Reise um Lichtjahre«, protestierte sie. »Selbst mit einem C-Schiff ...« Ihre Stimme stockte. »Du ... er wird den Centauri erreichen, nachdem Demeter zerstört ist.«

Er zuckte zusammen.

»Ähm, ja. Das ist schmerzlich. Allerdings dürfte es den Lunariern auf ihrem Asteroiden einigermaßen gutgehen. Sie müßten sogar in der Lage sein, mein Alter ego für die Weiterreise auszustatten. Er wird mit Stil im Solsystem ankommen.«

»Meinst du damit, daß er die letzte Strecke in einem Kreuzer zurücklegen soll? Aber das wird Jahrzehnte länger dauern!«

Guthrie schwieg eine Weile. Mittlerweile erschienen auch im Westen die Sterne. Unter ihnen entdeckte er Sol. Die Sonne flimmerte unauffällig, ein Stern vierter Helligkeit in der Nähe des Kleinen Bären. Zwanzig Lichtjahre, ein in Zahlen erfaßbarer, aber für Menschen unvorstellbarer Abgrund, waren eine nach galaktischen Maßstäben zu kleine Entfernung, um Sternkonstellationen nennenswert zu verändern. Aber der Polarstern war nicht der Leitstern von Amaterasu.

Er stand auf. Das Licht der Sterne bei einem derart klaren Himmel und der Widerschein vom Meer reichten aus, um den Rückweg zu finden. »Laß uns nach Hause gehen«, schlug er vor.

»Ich könnte jetzt ein wenig Nähe und Trost gebrauchen«, gestand Demeter.

»Weißt du, mir bleibt die Hoffnung, daß meine Bewußtseinskopie irgendwann, in vielleicht hundert Jahren, hierher zurückkehren und wiedergeboren werden kann.« Er strich ihr über das Haar. »Und daß eine Demeter für ihn da sein wird.«

Sie versuchte, fröhlich zu klingen. »Dann wird er vielleicht den gesamten Planeten grün vorfinden.«

»Das ist unser Ziel, nicht wahr? Der Grund für die Reisen und all die Anstrengungen. Ein Zuhause, Ellbogenfreiheit, persönlicher Gewinn, ja, aber letztendlich dient das ganze Spiel dazu, das Universum mit Leben zu erfüllen.«

Was er nicht aussprach: Mit Leben unserer Art.

KAPITEL 2

Das erste, woran sich Fenn erinnerte – und sich immer erinnern würde –, waren das All und die Sterne. Er mußte damals zwei oder drei Jahre alt gewesen sein, noch nicht alt genug, um das Habitat zu verlassen und auf den Mond zu reisen, aber er kam bereits gut auf den Decks mit niedriger Schwerkraft zurecht. Der Anblick mußte ihm vertraut gewesen sein, er hatte den Weltraum oft genug auf einem Bildschirm und hin und wieder direkt flüchtig durch eine Sichtluke gesehen. Was diesen Tag zu einem wunderbaren, magischen Ereignis machte, lag wahrscheinlich daran, daß er das All diesmal vom hinteren Observationsturm der Rotationsachse aus betrachtete, schwerelos in der praktisch unsichtbaren Hyalonblase schwebend, als wäre er ein Komet auf seinem eigenen Orbit geworden. Wenigstens ein Erwachsener mußte ihn begleitet haben, ein Elternteil oder ein Freund der Familie – kein Erzieher, denn dann wären andere Kinder quietschend und schnatternd in der Blase umhergetrudelt, und Fenn wäre vermutlich der lauteste von allen gewesen. Er konnte sich später nicht mehr erinnern, wer ihn begleitet hatte. Vielleicht hatten sie versucht, allein zu sein, und der oder die anderen hatten sich aus Respekt vor der majestätischen Stille im Hintergrund gehalten.

Das Habitat glitt von der Nachtseite her in sein Blickfeld. Fenn war vom Himmel umgeben, von Sternen, Sternen und nochmals Sternen, scharfe strahlende Splitter, die nicht funkelten, eisweiß, stahlblau, topasgelb, rubinrot, die Milchstraße wie ein gewundener gefrorener Fluß, gesäumt von schwarzen Nebelzungen; der Feuernebel im Orion glühte schwach und geheimnisvoll wie die Nachbargalaxien. Der Himmel war mit mehr Licht als mit kristalliner Dunkelheit erfüllt. In der Richtung, aus der er die Observationskuppel betreten hatte, wölbte sich graues Metall bis zum nahen Horizont. Dahinter ragten auf vier Seiten schimmernde Flächen hervor, die in einer Entfernung, die er noch nicht abschätzen konnte, zu messerscharfen Kanten ausliefen – vier der solaren und magnetischen Segel, die das große zylindrische Gebilde auf seiner Umlaufbahn und seiner Eigenrotation stabilisierten. Ihre Kreiselbewegung vor dem Sternenhintergrund rief ein Schwindelgefühl in ihm hervor, und er wandte den Blick ab.

Luna schwebte in Sicht, zuerst eine in das Glitzern gestanzte Sichel, die weiter in die Höhe stieg und einen immer helleren Rand bekam, gewaltig, Berge, Krater und Mare von aschefarbener Klarheit. Auch die Erde stieg jetzt auf und schwoll an, weitaus kleiner als der Mond, obwohl das marmorierte Weiß und Blau ihn so stark blendete, bis er nichts anderes mehr in ihrer unmittelbaren Umgebung erkennen konnte. Erde und Mond waren Wunder, die er voller Inbrunst beobachtete, während sie zu vollem Umfang anschwollen, und doch kehrte sein Blick immer wieder zu den fernen Sternen zurück.

Wahrscheinlich war er damals nicht eine ganze Umkreisung des Habitats um Luna in der Observationskuppel geblieben. Sechs Stunden wären für einen kleinen Jungen zu lange gewesen. Doch während seines gesamten Aufenthalts im Habitat kehrte er immer wieder zu diesem Ort zurück, wenn er irgend jemanden überreden konnte, ihn zu begleiten. Mehr als einmal wurde er bei dem Versuch erwischt, sich allein in die Kuppel zu schleichen. Es wurde ganz normal für ihn, in Schwierigkeiten zu geraten.

Gegen Ende seiner Zeit im Habitat machte der Erzieher mit seiner Klasse den üblichen Ausflug nach draußen. Für die meisten Kinder war das kein überwältigendes Erlebnis. Erklärungen, Multiceivershows und Vivifersimulationen hatten sie recht gut vorbereitet. Trotzdem war es aufregend, in Schutzanzügen in einem Fahrzeug zu sitzen, das auf der Außenhülle umherkroch, die Halterungen zu umklammern, die monströse Wandung des Habitats *über* sich, der schwindelerregend kreisende Himmel, der Kleine und der Große Bär, die den Pfau und das Chamäleon jagten, ein eilig dahinhuschender roter Funke, von dem der Erzieher sagte, daß es der Mars war. An einem Ende ihrer Route kreiselte der Mond wie ein schwarzes Rad, das dort, wo Menschen wohnten, mit juwelenartigen Lichtern übersät war, der Rand hier und da mit glitzerndem Licht betupft, wo Berggipfel die Strahlen der hinter dem Horizont verborgenen Sonne einfingen. (Aus Sicherheitsgründen fanden diese Ausflüge immer dann statt, wenn sich das Habitat im Mondschatten befand.) Am anderen Ende beschrieb die Erde, voll und herrlich, eine ruhigere und kleinere Kreisbahn. Und die Außeninstallationen – Kuppeln, Kapseln, Masten, Schüsseln, Luken, die Polarschleuse, in die Raumschiffe hinein- und herausflogen, die wie Klippen schimmernden Segel, die Maschinen, die überall auf der Außenwandung des Habitats umherhuschten oder wie Vögel und Libellen frei im Raum herumflitzten – ja, all das war ebenfalls schön.

Fenn drückte seine Nase voller Sehnsucht gegen das Hyalon.

Als er zur Nachtwache wieder zu Hause war, verlangte er, einen Raumanzug zu bekommen und wieder nach draußen gehen zu dürfen. Zeigte das Multi nicht Leute, die ständig dort draußen herumliefen? Bewahrten ihre Magnetstiefel sie nicht davor, davonzutreiben? Und wenn sie die Oberfläche verlassen wollten, hatten sie dazu nicht Jetpacks, mit denen sie umherfliegen konnten? Nachdem man ihm wiederholt klargemacht hatte, daß das nur etwas für die Erwachsenen war, bekam er schließlich einen Wutanfall, worauf sein Vater ihn ins Bett schickte.

Birger war ein Erdgeborener aus Yukonia und fühlte sich dieser Nation zugehörig, auch wenn er Verbindungen zu den Förstern von Vernal hatte und schließlich sogar einen Treueeid leistete. Er hätte sich zweifellos glücklich schätzen müssen. Nicht nur hatte er einen bezahlten Arbeitsplatz, es war auch eine Tätigkeit, die er lieben konnte, eine Stelle als Ranger-Manager in dem riesigen Naturreservat, das einen großen Teil seines Heimatlandes einnahm. Dann heiratete er und zeugte ein Kind. Doch von Jahr zu Jahr begann er, sich zunehmend eingeengt zu fühlen, unfrei, gegängelt, hauptsächlich darauf beschränkt, Touristen durch die Gegend zu führen, während Roboter und Sophotekten alle wichtigen Dinge erledigten. Es lag teilweise daran, daß die Ehe zerbrach. Seine Frau behielt das Kind.

Zu diesem Zeitpunkt sah sich Birger bereits nach einer anderen Perspektive um. Er verspürte kein großes Verlangen danach, den Förstern beizutreten, deren Lebensweise ihm eher für einen Urlaub angemessen schien, und er hatte von neuen beruflichen Möglichkeiten auf dem Mond gehört. Oder vielmehr *im* Mond, wo sich Wälder und Wiesen von Höhle zu Höhle ausbreiteten und immer neue Herausforderungen stellten. Wie sollte man sie einerseits hegen und pflegen und sich andererseits ihrer oftmals heimtückischen Übergriffe auf die Gärten und Nanotechs der Menschen erwehren?

Er emigrierte, paßte sich an, erhielt die Stelle, um die er sich beworben hatte, und wurde erfolgreich, kletterte ständig in Rang und Verantwortungsbereich höher. Nach einer Weile heiratete er Elitha. Sie war von altem selenitischen Geblüt mit altem Geld und sprühte trotzdem vor Vitalität, besaß eine künstlerische Ader und einen unabhängigen Geist voller Originalität. Letzteres war ein wirklich seltener Charakterzug. Einige Kritiker meinten, ihre Skulpturen wären nicht einfach nur schön, sie könnten die Vorboten eines kreativen Durchbruchs werden, des ersten seit Jahrhunderten, vorausgesetzt, andere wie sie ließen sich davon inspirieren. Elitha kümmerte sich nicht um solche Gedankenspiele. Sie war einfach an dem interessiert, was sie erschuf.

Konsequenterweise entschied sie sich, mit der Hilfe ihres Mannes, für eine andere Form der Schöpfung. Es war keine einfache Entscheidung. Sie würde ihre Schwangerschaft und die folgenden drei oder vier Jahre im Habitat verbringen müssen, wenn sie bei ihrem Kind bleiben wollte. Birger würde auch dort sein, wann immer er es ermöglichen konnte, aber er mußte sich regelmäßig für mehrere Tageszyklen, die sich über Wochen erstrecken konnten, auf Luna aufhalten. Trotzdem war er mit ihrer Entscheidung einverstanden. Schließlich war er kein junger Mann mehr. Wenn er diesen letzten Nachkommen haben wollte, den das Gesetz ihm bewilligte, dann war er wohlberaten, wenn er ihn möglichst bald zeugte.

Er bemühte sich, unter den gegebenen Umständen ein guter Vater zu sein, und man kann nicht sagen, daß er gänzlich versagte. Allerdings neigte er zu Strenge und übertriebener Ordnungsliebe. Nach einer Untersuchung des fetalen Genoms befand das genetische Programm die Erbmasse für normal, sagte jedoch Spannungen zwischen Vater und Sohn voraus, die zu gelegentlichen Explosionen führen würden. Fenn sollte schon bald die Prognose des Programms bestätigen. Doch im Grunde wuchs er in einer liebevollen Familie auf, und als sie schließlich alle nach Tychopolis übersiedeln konnten, waren Birger und Elitha voller Zuversicht.

»Mamita, was ist ein Lunarier?« wollte Fenn wissen.

Er hatte die unter Denkmalschutz stehenden Gebäude um den Hydra Square und ein paar andere Ruinen schon früher gesehen, aber jetzt hatte irgend jemand irgend etwas darüber gesagt, was ihn zu der Frage führte, warum sich diese Gebäude von allen anderen unterschieden. Außerdem, vermutete Elitha, mußte er den Begriff wohl aus einem Gespräch zwischen Erwachsenen aufgeschnappt oder in einer historischen Sendung gehört haben.

»Die Lunarier waren die Leute, die hier vor langer Zeit gelebt haben«, sagte sie. »Sie waren fast alle größer als wir.«

»Was ist aus ihnen geworden?«

»Nun, als die Terraner, Leute wie wir, auf den Mond gezogen sind und sich dort dauerhaft niedergelassen haben, sind es irgendwann mehr als die Lunarier geworden, und darüber wurden die Lunarier immer unglücklicher. Sie mochten nicht so wie die Terraner leben, sie haben nicht einmal so wie wir gedacht. Immer mehr von ihnen sind fortgezogen, und die, die geblieben sind, hatten immer weniger Kinder, bis es schließlich keine mehr auf Luna gab. Aber wir benutzen immer noch das gleiche Wort für sie. Deshalb nennen wir uns hier heute Mondbewohner oder Seleniten.«

Noch ist es nicht nötig, in die Einzelheiten zu gehen, dachte sie, in die Ära der unabhängigen lunarischen Selenarchie und der Rivalität zwischen lunarischen und terranischen Unternehmungen im gesamten Sonnensystem. Davon war nichts übriggeblieben außer Chroniken, verwaisten Artefakten und Staub. So weltraumverliebt, wie er war, würde es Fenn traurig machen zu erfahren, wie die lunarischen Niederlassungen auf den Asteroiden und den Monden der Riesenplaneten in die Bedeutungslosigkeit getrieben worden waren, weil sie nicht mit den Sophotekten und den Robotern konkurrieren konnten – denn das gleiche war auch den terranischen Außenposten widerfahren. Eine alte, traurige, fast in Vergessenheit geratene Geschichte; sie durfte sie nicht hier eindringen lassen, wo der Duft ihrer Gardenien die Luft versüßte und ein wandfüllender Bildschirm Mount Denali zeigte, der über Birgers yukonischen Wäldern thronte.

»Wo sind sie jetzt?« fragte der Junge.

»Oh, einige wohnen auf dem Mars, wo sie sich mit den Terranern vertragen. Aber die meisten leben auf ihrer eigenen weit entfernten Welt, die Proserpina heißt.« Es hatte jetzt keinen Sinn, diejenigen zu erwähnen, die mit Anson Guthrie zum Alpha Centauri gereist waren. »Wir hören nur sehr selten von ihnen.« Noch wäre es vernünftig, über die Konflikte in der Vergangenheit und die Spannungen in der Gegenwart zu sprechen, Spannungen, die so komplex und subtil waren, daß ihr selbst nicht klar war, worin sie eigentlich bestanden oder weshalb sie existierten.

Fenn runzelte die Stirn. »Wo sind sie hergekommen?«

In diesem Struwwelkopf hüpft ein wacher Verstand hin und her, dachte Elitha. Wenn der Junge nur nicht so störrisch und aggressiv wäre. Er konnte ein solcher Engel sein, wenn er wollte. Sie mußte sein Vertrauen mit einer ehrlichen Antwort belohnen, auch wenn er die Bedeutung ihrer Worte vielleicht nicht ganz verstehen konnte.

Ihr Blick wanderte über die spinnenartigen Tische und Stühle, das gängige Möbeldesign auf Luna, weiter zum Sofa. Sie machte es sich dort bequem. In der geringen Schwerkraft war es nicht anstrengender zu stehen, als zu sitzen, aber sie hoffte, daß ihr Sohn zu ihr kommen würde und sie ihn in den Arm nehmen konnte. Doch er blieb stehen und sah sie abwartend an. Sie schluckte ihre leichte Enttäuschung hinunter und begann:

»Die ersten Lunarier wurden von terranischen Müttern geboren. Weißt du, die Menschen hatten wichtige Gründe, sich auf dem Mond niederzulassen, zum Beispiel, um die Solareinheiten zu bauen und zu betreiben, die Energie zur Erde strahlen. Damals hatten sie noch keine Maschinen, die alles für sie machen konnten. Dann entdeckten sie irgendwann, daß die geringe Schwerkraft schlecht für sie war.«

Er nickte ungeduldig. Das Habitat hatte ihn mit veränderlicher Schwerkraft vertraut gemacht. Hier auf Luna bestanden seine Eltern darauf, daß er wie sie regelmäßig in der Zentrifuge bei einem Standard-*g* trainierte. Es war keine universelle Notwendigkeit, da die Biotechs für ein gesundes Gleichgewicht der Zellen und Körperflüssigkeiten sorgten. Aber weder Birger noch Elitha wollten dünne Knochen und eine minimale Muskulatur entwickeln. Wenn sie die Erde besuchten, wollten sie sich dort wohl fühlen. In diesem Fall protestierte Fenn einmal nicht gegen das Trainingsprogramm. Es machte ihm Spaß, seinen Körper voll zu beanspruchen, und er freute sich schon darauf, alt genug zu sein, sich gefahrlos höheren Beschleunigungskräften aussetzen zu können.

»Das größte Problem, das wir immer noch nicht gelöst haben, ist, daß terranische Frauen auf Luna keine Kinder bekommen können«, fuhr Elitha fort. »Da geht zu viel schief. Die Kinder sterben noch vor ihrer Geburt. Das haben die Leute sehr schnell begriffen und es gar nicht mehr erst versucht. Heute haben wir das Habitat in einem niedrigen Orbit um Luna, das sich schnell genug dreht, um auf den äußeren Decks Erdschwerkraft zu erzeugen. Ich habe da gewohnt, als ich dich bekommen habe, und ich bin so lange dort geblieben, bis du alt genug warst, um ein Sechstel *g* vertragen zu können, ohne daß es dir beim Wachsen schadet.«

»Ich weiß, ich weiß! Was ist mit den Lunariern?«

»Damals hatten die Leute noch kein Habitat. Statt dessen hatten sie etwas, das wir ›genetische Technologie‹ nennen. Wir können ein Lebewesen nehmen und es so verändern, daß es Junge hat, die ein bißchen anders sind. Ein Tier, eine Pflanze, eine Mikrobe – die neue Art, die so entsteht, nennen wir ›Metamorph‹. Du hast schon viele Metamorphe gesehen, wie Glitzerkäfer und Tagfledermäuse in den Wäldern oder die riesigen Blumen im Konservatorium. Andere Metamorphe machen eine Menge Dinge, die wir benutzen, wie Nahrung und Fasern und Medikamente, oh, eine ganze Menge Sachen.

Also, die Wissenschaftler haben es so gemacht, daß

terranische Frauen Kinder kriegen konnten. Als diese Lunarier aufgewachsen sind, war die geringe Schwerkraft genau richtig für sie. Sie brauchten keine Biostabilisatoren und keine besonderen Übungen, um gesund zu bleiben, und sie konnten ohne Schwierigkeiten Babies bekommen. Nach einer Weile waren die meisten Leute auf dem Mond Lunarier.«

Fenn dachte darüber nach. »Aber die Lunarier sind verschwunden«, sagte er dann.

»Ja, das sind sie. Was damals aber noch niemand vorhersehen konnte – weil man noch nicht so gut wie wir heute über Genetik Bescheid wußte –, war, daß die Lunarier sich nicht nur körperlich von uns unterscheiden würden. Ihre Biochemie, ihre ... also, alles an ihnen machte sie – und macht sie heute noch – auch von ihrem Verstand her anders, was sie mögen und nicht mögen, wie sie leben wollen ... einfach alles. Sie sind nicht schlecht, bestimmt nicht, das darfst du nicht denken. Aber unter terranischen Gesetzen und Sitten sind sie einfach nicht glücklich.«

»Was ist mit dem Mars?« rief Fenn aus.

Wirklich ein wacher Verstand, dachte Elitha glücklich. »Mars ist ein besonderer Fall. Seine Schwerkraft liegt zwischen der der Erde und des Mondes. Lunarier und Terraner können dort leben und Babies haben. Und der Mars ist größer als Luna, er hat viele Gebiete, die weder für die Besiedlung noch für das ökologische Gleichgewicht beansprucht werden. Dort kann eine Gemeinschaft unter sich bleiben und das machen, was sie machen will.« Er brauchte heute noch nicht zu erfahren, wie die menschliche Präsenz dort ebenfalls unterging.

Seine Augen, so blau wie der Himmel über Tahiti, wurden groß. »Die Lunarier im Weltall«, flüsterte er, »dort draußen auf P'serpina ...« Und dann rief er, die Hände zu Fäusten geballt: »Warum wir nicht?«

Über die Jahre erhielt er die Antworten auf diese Fragen nie auf direktem Weg, sondern häppchenweise. Manchmal erfüllten sie ihn mit Erstaunen, manchmal mit Zorn. Er war sich nie wirklich sicher, wie vollständig und ehrlich die Antworten waren. Das schürte den Zorn, der ständig in ihm brannte, noch weiter.

Es war nicht so, daß die Leute ihn in wesentlichen Punkten belogen oder seinen Fragen bewußt auswichen. Im Gegenteil, wie er einmal einen Philosophen hatte sagen hören, wurde in einer Gesellschaft, die ihre Bevölkerung lange Zeit auf eine Größe von kaum mehr als eine Milliarde beschränkt hatte und in der die Erfüllung aller Grundbedürfnisse und die meisten Annehmlichkeiten im wesentlichen kostenlos waren, Bildung fast zwangsläufig weniger zu einer lästigen Pflicht als vielmehr zu einem Privileg, zumindest für die Intelligenten. Das Problem lag hauptsächlich darin, sich darüber bewußt zu werden, daß man eine Perspektive dessen bekommen mußte, was jedermann als selbstverständlich hinnahm. Hätte sich beispielsweise Ramses II Gedanken über den göttlichen Status der Könige gemacht oder Thomas Jefferson über die Frage, ob Maschinen Rechte haben könnten?

Fenn war ständig von Maschinen und Automaten umgeben, die seine Welt formten und erhielten, die sein Leben begleiteten und letztendlich überhaupt erst ermöglichten. Sie umfaßten Raumschiffe, Landfahrzeuge, Energietransmitter und ganze Städte, die Multiceiver, die zu seiner Unterhaltung und Ausbildung beitrugen, und winzige Geräte, die er nur aus Vergrößerungen kannte, weil sie nicht mehr als einige Moleküle im Durchmesser maßen. Ihr Nutzen war genauso schwer wahrzunehmen wie der von trinkbarem Wasser und atembarer Luft. Als er begann, Geschichte zu lernen, kostete es ihn nicht wenig Mühe, sich vorzustellen, daß die durchschnittliche Lebenserwartung früher einmal rund dreißig Jahre betragen hatte – ein Viertel der seinen! – und daß die meisten Menschen den größten Teil ihrer Zeit hatten arbeiten müssen, nur um zu überleben, ob es ihnen nun gefiel oder nicht. Kaum zu glauben; für alle, die heute erwachsen wurden und die Schule verließen, war Arbeit ein Privileg, das man sich verdienen mußte, wie Birger, oder das man sich selbst schuf, wie Elitha. Das schafften nicht allzu viele.

Wie alle seine Freunde stand Fenn in ständiger Verbindung mit Computerterminals und Robotern, und der Unterschied zwischen diesen Systemen war fließend. Mit den Sophotekten hatte er deutlich weniger zu tun. Er begegnete einigen, wenn sein Vater ihn in die lunaren Naturreservate mitnahm, wo sie mehr Arbeit als die menschlichen Wildhüter leisteten, obwohl sie nicht so sehr auffielen. In Tychopolis benutzte der Gemeinschafts-Berater einen spezialisierten Körper, um ihn routinemäßig zu untersuchen. In seiner Rolle als Lehrer synthetisierte er ein Hologramm in menschlicher Gestalt, wenn er Vorträge hielt oder Demonstrationen für die Schüler durchführte. Das tat er ebenfalls, als er nach einem von Fenns haarsträubenden Streichen dem Jungen einige Stunden Privatunterricht als Disziplinarmaßnahme gab. Es waren einfühlsame Lektionen, und Fenn, der nicht dumm war, merkte sie sich gut, auch wenn er sie sich nicht sonderlich zu Herzen nahm.

Abgesehen von dem, was er las oder anderweitig in sich aufnahm, beschränkte sich seine unmittelbare Beziehung zu den Maschinen während seiner ersten zehn oder zwölf Lebensjahre auf diese Kontakte. Er brauchte einen Lehrer, der ihm die Unterschiede zwischen den Maschinen erläuterte, so wie man uns die Grammatik der Sprache erklären muß, die wir durch bloßes Zuhören erlernen, ohne darüber nachzudenken.

»Roboter und Computer – eigentlich sind Computer eine Untergruppe von Robotern – scheinen denken zu können«, erklärte ihm der Lehrer eines Tages. »Viele sind in der Lage, eine ganze Bandbreite verschiedener Dinge zu tun, aus Erfahrung zu lernen, Entscheidungen zu treffen, Unterhaltungen zu führen und sich allgemein wie Menschen zu verhalten. Aber sie sind in ihren Möglichkeiten beschränkt. Wie klug und leistungsfähig ihre Programme auch sein mögen, im Grunde führen sie lediglich Algorithmen aus. Die Entwicklung echter künstlicher Intelligenz – eines bewußten kreativen Geistes wie dem unseren – konnte erst einsetzen, nachdem man den Quantenaspekt des Bewußtseins verstanden hatte. Man hat dir schon ein paar Dinge über die Quantenmechanik erzählt, und du wirst noch einiges mehr dazu hören.

Vor schon ziemlich langer Zeit haben die Forscher herausgefunden, wie man Bewußtseinskopien anfertigt.« Der Mann lachte. »Ich bombardiere dich hier mit einigen recht schwierigen Begriffen. Frag mich oder dein Hausterminal danach, wenn du dir lange genug den Kopf darüber zerbrochen hast.

Durch ihr Wissen über Atome und Quanten gelang es den Forschern, das Nervensystem eines Menschen Molekül für Molekül zu scannen. Sie konnten die grundlegenden Muster des Gedächtnisses und der Persönlichkeit aufzeichnen und diese dann in das Programm eines neuronalen Netzes übertragen, das ein Analog des ursprünglichen Gehirns war. Eine solche Übertragung war eine Art Bewußtseinskopie. Sie konnten dieser Kopie Sensoren verpassen, einen Lautsprecher und einen Maschinenkörper. Du hast noch nicht viel über Bewußtseinskopien gehört, weil es nur sehr wenige gegeben hat. Kaum jemand mochte auf diese Art existieren. Sie ist hauptsächlich zu einem Übergangsstadium für verstorbene Synnoionten geworden. Über die Synnoionten werde ich dir später mehr erzählen.

Der springende Punkt ist, daß die Experimente mit den Bewußtseinkopien den Weg gezeigt haben, die ersten Sophotekten herzustellen, elektrophotonische Hardware und Software, die wirklich denken kann, ein Bewußtsein besitzt und das auch weiß. Nachdem diese Maschinen erst einmal entstanden waren, hat sich der ganze Cyberkosmos sehr schnell verbessert und weiterentwickelt. Diese Evolution ist immer schneller vorangeschritten und hat weitere Kreise gezogen. Wir wissen nicht, wo – und ob überhaupt – sie enden wird.«

Der Lehrer schwieg eine Weile und setzte seinen Vortrag dann mit einfacheren Worten fort. »Versteh mich bitte nicht falsch. Ein Sophotekt ist kein isoliertes Geschöpf mit einem einzelnen Verstand wie du oder ich. Alle Sophotekten können sich aus derselben globalen Datenbank bedienen. Sie können sich untereinander verbinden, miteinander verschmelzen und die Verbindung wieder abbrechen, ganz wie sie wollen. Ein bestimmter Sophotekt – wie zum Beispiel unser Counselor hier in Tychopolis – kann seine eigene Persönlichkeit haben, aber sie entspringt letztendlich der Gesamtheit. Sein Verstand ist nicht isoliert wie eine Insel in einem See, sondern eher mit einer Welle im Wasser vergleichbar. Jede Welle unterscheidet sich von allen anderen Wellen, und sie kann sehr lange alleine weiterlaufen, aber sie existiert innerhalb eines größeren Ganzen, und sie kann sich mit anderen verbinden, um eine neue und andere Welle entstehen zu lassen.

Was wir den Cyberkosmos nennen, ist in Wirklichkeit das gesamte System aller Maschinen, Computer, Roboter und Sophotekten, eine Einheit. Wenn du ihn dir als eine Pyramide vorstellst, an deren Grundfläche sich die alltäglichen Gebrauchsgeräte und Hilfsmittel befinden, nun, dann hast du ganz oben, an ihrer Spitze, das Terrabewußtsein.«

Er lächelte. »Aber hab keine Angst. Das Terrabewußtsein beherrscht uns nicht oder so etwas. Wir haben im Grunde nicht mehr mit ihm zu tun als mit den Sternen – die gewaltig, aber fremdartig und weit entfernt sind. Der Cyberkosmos, der uns vertraute Teil, der uns umgibt, ist unser Partner.«

Innerlich war Fenn über die Leichtfertigkeit, mit der der Lehrer die Sterne als unbedeutend abgetan hatte, zornig geworden, aber er hatte den Mund gehalten.

Später, nachdem er mehr über die Geschichte der Menschheit und ihre Gesellschaftsstrukturen gelernt hatte, begann er, sich seine eigene Interpretation des Universums, in dem er lebte, mühsam zu erarbeiten.

Vor der Synese, so lernte er, hatte es die Weltföderation gegeben. Und vor der Weltföderation hatten alte Männer

– ›Regierungen‹ genannt – irgendwie junge Männer dazu gezwungen, einander umzubringen und dabei nebenher gewaltige Verwüstungen anzurichten, aus Gründen, die diese alten Männer als wichtig bezeichnet hatten. Die Regierungen hatten ihre Untertanen außerdem bestohlen, unterdrückt und terrorisiert, häufig auf unglaubliche Art und Weise. Zum Ende hin hatten sie das meistens im Namen von etwas getan, das sie ›Demokratie‹ nannten.

Und trotzdem ... zu dieser Zeit hatte die Menschheit die ersten Schritte ins All getan.

Wie viele Jugendliche verliebte sich auch Fenn in die Legende von Anson Guthrie. Bei ihm aber erlosch diese Leidenschaft nicht mit der pragmatischen Vernunft, die sich gewöhnlich mit dem Erwachsenwerden einstellt. Fireball Enterprises, freie Männer und Frauen, die die Planeten bereisten, ihr unvermeidlicher Konflikt mit der Föderation, die Auflösung der Firma, der dann aber der Exodus einiger Firmenangehöriger nach Alpha Centauri folgte, begleitet von ebenso rebellischen Lunariern unter der Führung von Anson Guthrie – Guthrie, der längst schon tot war und doch unverwüstbar in seiner Bewußtseinskopie weiterlebte ... Wie erging es ihren Nachkommen wohl heute?

Sie hatten von Anfang an gewußt, daß Demeter, der Planet, zu dem sie aufgebrochen waren, innerhalb der nächsten tausend Jahre zerstört werden würde. Mittlerweile war die Katastrophe eingetreten. Fenn hatte die von den Roboterbeobachtern übermittelten spektakulären Bilder selbst gesehen. Doch sie hatten keinerlei Informationen über die Siedler beinhaltet. Lebten die Lunarier noch immer auf den von ihnen kolonisierten Asteroiden des Alpha Centauri? Was war mit den Terranern geschehen, die sich auf Demeter niedergelassen hatten? Waren einige von ihnen dem Inferno entkommen? Und wenn ja, wie und wohin?

Der Gleichgültigkeit des Cyberkosmos hatte die der Menschen hier in nichts nachgestanden. Fenn fragte sich immer wieder, warum es kaum jemanden interessierte, warum die ganze Geschichte schon bald einfach vergessen worden war. Er hatte das Argument gehört, daß es sehr schwierig wäre, Näheres in Erfahrung zu bringen, bestenfalls nicht den Aufwand wert, schlimmstenfalls Feindseligkeit provozieren könnte. Die Kolonisten hatten die Kommunikation schon vor Jahrhunderten abgebrochen und sich einer Erde und eines Sonnensystems, das ihrer Meinung nach unmenschlich geworden war, nicht mehr zugehörig erklärt.

Fenn war von seinen Lehrern wiederholt darauf hingewiesen worden, daß dies keineswegs der Fall war – er bräuchte sich nur umzusehen. Das Schicksal einer Handvoll exzentrischer Nörgler sei kaum von akademischem Interesse, hieß es. Diese Einstellung war seit langem allgemeines Gedankengut. Die Sterne wären einfach zu weit entfernt. Die Reise einer Handvoll von Guthries Getreuesten zu den nächstgelegenen Sternen hätte die Ressourcen des mächtigen Unternehmens Fireball Enterprises völlig aufgezehrt. Dergleichen würde nie wieder geschehen. Warum sollte es auch, wenn alles, was sich ein vernünftiger Mensch wünschen konnte, hier im Solsystem verfügbar war, entweder in materieller Form, oder als virtuelle Erfahrung? Außerdem wäre praktisch jeder Planet, der irgendeine Sonne umkreiste, tot, wäre es schon immer gewesen und würde es auch immer bleiben.

Lassen wir also den Cyberkosmos sein Netzwerk astronomischer Instrumente innerhalb des Sonnensystems so weit aufbauen, wie die solaren Gravitationslinsen reichen. Lassen wir ihn unbemannte Minisonden ausschicken, die ihre Entdeckungen zur Erde zurückfunken, Erkenntnisse, die nach Jahrzehnten, Jahrhunderten oder Jahrtausenden bei ihren Empfängern eintreffen, Informationen über ein faszinierendes, aber lebloses und deshalb letztendlich bedeutungsloses Universum. *Das* war vernünftig. Und war es nicht die Vernunft, die die Menschheit und die Sophotekten von der geistlosen Materie unterschied?

Die Vernunft muß nicht kalt sein. Auf ihre Art kann sie das gar nicht, sie muß Rücksicht auf emotionale Bedürfnisse nehmen. Selbst Sophotekten haben diese Bedürfnisse. Wissensdrang, Neugier, welche Sehnsucht ihre unaufhaltsame Entwicklung auch immer antreiben mag. Was die Menschen betrifft, man muß ihnen Frieden, Fülle und den Informationszugriff auf den Reichtum ihrer Vergangenheit und Gegenwart geben, sie in die Lage versetzen, ihr Leben so zu gestalten, wie sie es für richtig halten. Die Sophotekten verlangen nicht mehr, als ihre Stimme im Föderationsparlament einbringen zu dürfen, dazu noch ihr offenkundiges Recht, als empfindungsfähige Geschöpfe Schutz vor Mißbrauch zu genießen. Ihr Kollektiv ist ein Ratgeber, ein Partner ...

Und so hatte sich die Föderation zur Synese entwickelt, die Regierung zur Beschützerin, und die Terraner strebten nicht weiter ins All hinaus, träumten nicht mehr von den Sternen.

Fenn tobte innerlich.

KAPITEL 3

Guthries Bewußtseinskopie begann erneut zu funktionieren, erwachte wieder zum Leben.

»Instrumente«, befahl er. Unzählige Daten strömten auf ihn ein. So wie er mit den Sensoren des C-Schiffes verbunden war, nahm er Informationen – über elektromagnetische Felder, Gradienten, Vektoren, Massen, Partikel, Quanten, den ihn umgebenden Raum – nicht nur als Meßdaten wahr, sondern *fühlte* sie sogar auf eine gewisse Weise.

Oder sah sie. Alpha Centauri A strahlte vor ihm in der Dunkelheit. Als er die Empfindlichkeit seiner optischen Sensoren dämpfte, erhielt die Sonnenscheibe eine Korona und und ein Gespinst aus Protuberanzen, umgeben von Schwingen aus Zodiakallicht. Die Begleitersonne B war, aus ihrer derzeitigen Entfernung betrachtet, ein funkelnder Fleck. Proxima, das dritte Mitglied des

Systems, düster und fern, war in den Sternenkonstellationen kaum auszumachen. Sol, vier und ein Drittel Lichtjahre entfernt, leuchtete im Sternbild Cassiopeia als einer der hellsten Sterne.

Guthrie hörte die Strahlung außerhalb seines elektromagnetischen Schutzschildes zischen, schmeckte ihre Schärfe.

Während das Schiff stark genug abbremste, um jede organische Materie an Bord zu Brei zu zerquetschen, flog es so nahe an den Überresten von Demeter und Phaethon vorbei, daß Guthrie sie in seiner Gesamtheit betrachten konnte. Eine Kugel, größer als die Erde, noch immer geschmolzen durch die Kollision, glühte rot, durchzogen von schwarzen Schlieren aus Rauch und Schlacke. Sie wurde von Ausbrüchen geschüttelt, gebirgsgroße Feuergeysire stiegen auf und wurden durch die irrwitzige Rotation ins All geschleudert. Schwärme von Felsbrocken hüllten die Planetenleiche ein, Meteoriten, Asteroiden und Gesteinstrümmer auf unregelmäßigen Umlaufbahnen, chaotisch torkelnde glitzernde Punkte. Ein großer Brocken stürzte gerade auf den glühenden Ball zurück, ließ eine Feuerfontäne aufsteigen und Wellen über die gepeinigte Oberfläche laufen. Viele Trümmer hatten jedoch begonnen, mehrere Ringe zu formen, wie fragil gewobene Spitze, die bereits eine Ahnung ihrer zukünftigen Pracht vermittelten. Eine Zusammenballung zwischen ihnen kündete die Entstehung eines Mondes an, der einmal so groß wie Luna oder sogar noch größer sein und in ferner Zukunft vielleicht genauso bedeutsam werden würde, wie es der irdische Trabant für seinen Planeten war.

Doch der Gedanke konnte Guthrie keinen Trost spenden. Der Anblick schmerzte ihn. Außerdem besaß er die Erinnungen des Prototyps, der hier zurückgeblieben war, um mit Demeter Mutter, seiner Geliebten, unterzugehen. In Guthrie lebte der Geist fort, der jahrhundertelang eine Maschine gewesen war, so wie auch jetzt wieder, der miterlebt hatte, wie das Leben auf dem Planeten aufgeblüht war, bis er schließlich als junger Mann hatte wiedergeboren werden können, während eine Frau als seine Begleiterin erschaffen worden war. Auch eine Bewußtseinskopie kann Trauer empfinden.

Ein Schauer von Ortungsstrahlen durchdrang den Energieschirm. Detektoren reagierten, lichtschnelle Berechnungen ließen das Schiff ausscheren. Beinahe hätte es ein Trümmerfragment gerammt. Abertausende dieser kosmischen Vagabunden hatten sich losgerissen und trieben durch das Sonnensystem. Mit Sicherheit waren noch nicht viele von ihnen identifiziert worden. Auch nach Beendigung dieser Aufgabe würde der Raum um Alpha Centauri für Reisende voller Gefahren sein, vielleicht noch auf Millionen Jahre hinaus.

Den Lunariern müßte das gefallen, dachte Guthrie.

Der Beinahezusammenstoß hatte ihn wieder in die harte Realität der Notwendigkeiten zurückkehren lassen. Die Qualität der Gefühle in dieser Existenzform war anders als die eines Geschöpfs aus Fleisch und Blut. Er konnte sie leichter beiseite schieben. Das bedeutete nicht, daß sie völlig verschwanden, aber Neugier und Konzentration gewannen die Oberhand.

Die Kommunikation über interstellare Abgründe war schon immer recht dürftig gewesen, und er hatte seine dreißig Jahre dauernde Reise in abgeschaltetem Zustand verbracht. In der Zwischenzeit konnte eine Menge passiert sein.

Er richtete seine Sensoren in Flugrichtung aus und begann zu senden. »Aou!« rief er in der melodischen Sprache der Lunarier. »Hier Raumschiff *Yeager* von Beta Hydri mit einem Gesandten an Bord, wie in unserer Botschaft angekündigt.«

Sie erwarteten ihn. Der Laserstrahl mit der Ankündigung seiner Reise hatte Amaterasu kurz vor ihm selbst verlassen und mußte vor rund drei Erdenjahren hier eingetroffen sein. Guthrie war kaum von seiner geplanten Ankunftszeit abgewichen, und seine Geschwindigkeit hatte Aufruhr im interplanetaren Medium verursacht. Zwar war das Schiff nicht groß und die Massetanks nahezu leer, aber vermutlich wurde es von den optischen

Systemen und mittlerweile vielleicht auch schon von den gravitonischen erfaßt.

Ein Monitor flackerte, und ein Bild nahm Gestalt an: das Gesicht eines lunarischen Mannes. Milchfarbene Haut, bartlos, feine Gesichtszüge, eine schmale Nase, asiatisch anmutende Wangenknochen, große, schräggestellte Augen, platinfarbenes Haar, das über Ohren fiel, deren Muscheln nicht wie die eines Terraners gewunden waren. »Es ist gut, Euch zu sehen«, sagte er höflich, obwohl Guthrie lediglich auf einer Audiofrequenz sendete. »Ihr werdet bereits erwartet, Donrai. Euer Empfang wird auf Zamok Sabely' stattfinden.«

Dominierte die Phyle Ithar also noch immer? Er würde es bald herausfinden. Die Roboter tauschten Daten aus. Die *Yeager* ging auf Rendezvouskurs mit Demeters L-5-Punkt, im wesentlichen der gleiche Orbit, aber sechzig Grad hinter der Planetenleiche, die achtern wie eine glühende Kohle in der Finsternis zusammenschrumpfte.

Robotische Einrichtungen halfen Guthrie, sich auf den Ausstieg vorzubereiten. Abgesehen von dem organometallischen Behälter, der sein elektrophotonisches Gehirn und die Batterien, Sensoren, den Lautsprecher und die anderen Hilfsapparaturen beherbergte – alles zusammen ungefähr von der Größe eines menschlichen Kopfes –, umfaßte die Nutzlastkapazität des Schiffes kaum mehr als einen Körper. Selbst mit einem Feldantrieb, der durch Materie/Antimaterie-Reaktion gespeist wird, potenziert sich das Verhältnis zwischen Nutzlast und Reaktionsmasse auf gigantische Werte, wenn man mit einer Geschwindigkeit fliegt, die sich der des Lichts annähert, und am Ende der Reise wieder abbremst. Jedes Gramm zählt.

Der Körper war humanoid, das Äußere erinnerte ein wenig an eine dunkle glänzende Rüstung. Nicht unbedingt das beste Modell, aber, wie Guthrie fand, für die hiesigen Umstände am besten geeignet. Es sollte dazu beitragen, das tief verwurzelte Mißtrauen zu besänftigen, das die Lunarier – wenn auch nur unbewußt – gegenüber vernunftbegabten Maschinen empfanden. Die robotischen Einrichtungen paßten ihn in den Körper ein. Nachdem er seine Augenstiele in die Augenhöhlen geschoben hatte, verfügte er über ein hemisphärisches Gesichtsfeld. Seine optischen Systeme waren zu höherer Auflösung fähig und konnten bei Bedarf im Infrarot- oder Ultraviolettbereich sehen. Sein Gehör war ähnlich variabel. Im Prinzip besaß er das Äquivalent der meisten sensorischen Fähigkeiten eines Menschen und einige darüber hinaus. Ein paar fehlten allerdings, zum Beispiel Hunger- und Durstgefühle und vor allen Dingen sexuelle Empfindungen. Aber man konnte nicht alles haben, und diese fehlenden Gefühle würde er wieder verspüren können, sobald er nach Amaterasu zurückgekehrt war, vorausgesetzt, er schaffte es irgendwann.

Zamok Sabely' schwoll vor ihm an. Es war kein ausgehöhlter oder mit einer Schutzkuppel überdachter Asteroid, wie die meisten centaurischen Wohnorte. Der Felsbrocken, den man ursprünglich in diese Position manövriert hatte, war seither ständig geformt und verändert worden. Die Lunarier hatten dem so entstandenen Gebilde über die Jahrhunderte Masse hinzugefügt, bis es zu einem gewaltigen Himmelskörper geworden war. Aus einer facettenförmigen Nabe ragten Speichen von rund hundert Kilometern Länge zwischen einem Gewirr von Kabeln und Verbindungssträngen hervor und endeten in einem Ring, der mit in allen Farbschattierungen blitzenden Lichtern übersät war. Solarkollektoren verliefen wie Straßen vom Außenring zum Zentrum hin, und das gesamte Gebilde rotierte im All. Und doch war alles so sorgfältig ausbalanciert, harmonisch und von einer Schönheit, die jedes technische Meisterwerk auszeichnet, daß es aus der Ferne wie ein Schmuckstück erschien. Als er sich ihm näherte, rief es in ihm Erinnerungen an mittelalterliche Kathedralen der Erde wach. Selbst die Geschütze, Abwehrsysteme gegen Meteoriten, waren wie Turmspitzen, und die robotischen Wachschiffe hätten Schutzengel sein können.

Kein Vergleich, der den Lunariern sonderlich gerecht wurde, dachte Guthrie ironisch. Aber sie besaßen ein natürliches Gespür für Ästhetik, das es mit dem der antiken Hellenen und Japaner aufnehmen konnte, und das waren ebenfalls recht kämpferische Völker gewesen.

Er hatte die Kontrolle über die *Yeager* an den Raumhafen abgegeben und darauf hingewiesen, daß sie nicht angedockt werden mußte. Sie paßte ihre Eigengeschwindigkeit der Rotation von Zamok Sabely' an und ging in einen Parkorbit. Guthrie verließ die einzige Schleuse, berechnete die Bahnvektoren anhand seiner persönlichen Erfahrungen und der Instrumentendaten und stieß sich ab. Nach einem Flug von einigen hundert Metern trafen seine Magnetsohlen auf eine Landeplattform. Eine Schleuse öffnete sich, und er kletterte hindurch.

Hinter dem inneren Schott fand er sich in einem Gang mit lunarer Schwerkraft wieder, der sich nach rechts und links sanft aufwärts wölbte. Eine Atmosphäre voller Wärme und Geräusche umgab ihn, nicht die Hektik und der Lärm, die in einem terranischen Raumhafen geherrscht hätten, sondern ein Flüstern wie von einer fernen Brandung und einem leichten Wind. Keine Menschenmenge hatte sich zu seinem Empfang versammelt. Die hochgewachsenen Lunarier, die an ihm vorbeigingen, warfen ihm flüchtige Blicke zu, ohne stehenzubleiben. Eine Eskorte erwartete ihn, ein Dutzend Männer in schwarzroten Trachten, angeführt von einem Offizier, der ihn mit gemessener Feierlichkeit begrüßte. »Gestattet uns, Euch zu Euren Gemächern zu führen«, beendete er die kurze Ansprache. »Die Kommandantin wird erfreut sein, Euch zu empfangen, sobald Ihr bereit seid.«

»Ich könnte sie sofort treffen, wenn sie das wünscht«, erwiderte Guthrie. Er verkniff sich hinzuzufügen, daß er sich nicht frisch machen oder ausruhen mußte, weil er bereits ein recht ausgiebiges Nickerchen gehalten hatte. Irgendwann würde er ein paar Stunden brauchen, um ein wenig zu dösen und zu träumen – auch diese fleischlose Inkarnation hatte derartige menschliche Bedürfnisse –, aber er konnte tagelang wach bleiben, und im Moment war es genau das, was er wollte.

»Das wäre ausgezeichnet, Donrai.« Der Offizier

berührte den Infomaten an seinem Handgelenk, offensichtlich um ein vorbereitetes Signal zu senden. Die Lunarier verloren keine Zeit. Aber natürlich wußten sie schon lange, daß er kommen würde, und sie besaßen Aufzeichnungen über seine frühere Existenz als Bewußtseinskopie.

So betraten sie Zamok Sabely', indem sie Gleitwege benutzten und manchmal einfach zu Fuß gingen, eine Stadt, die Umschlagplatz, Markt, Handels- und Kulturzentrum, Heimstadt und Festung zugleich war. Sie war noch prächtiger geworden, seit Guthrie zum letzten Mal über die Decks geschlendert war. Duramoos bedeckte die Wege zwischen den Bahnen für Fußgänger und Motorskatfahrern. Vielfarbige Legierungen, organische Materialien, Stoffplanen und farbfroh blühende Rankengewächsen bildeten hohe Korridore, über denen sich ständig wechselnde Lichtmuster miteinander verwoben. Musik summte und vibrierte leise in einer leichten Brise, die vielfältige Düfte mit sich trug. Torbögen führten in Arkaden und ansteigende Terrassen voller Geschäfte, Werkstätten, Tavernen, Spielhallen, Freizeiteinrichtungen, Imbißstuben, Vergnügungszentren und esoterischeren Einrichtungen, geräumig und elegant oder dunkel und verschwiegen, oft durch Vorhänge lebendiger Pflanzen oder induzierter Lichtschleier abgeschirmt. Auf einem Marktplatz schoß ein fauchender Feuerspringbrunnen in die Höhe. Vögel mit wallenden Regenbogenschweifen flatterten durch einen Kristallkorridor.

Wieviel Betrieb in den einzelnen Sektoren auch herrschen mochte, sie wirkten nie überfüllt. Lunarier bewegten sich genauso sanft und fließend, wie sie sprachen, ließen einander immer ausreichend Ellbogenfreiheit. Die Kleidung der meisten wirkte auf eine nüchterne Art prächtig, durch lebhafte Rot- und Gelbtöne und leuchtende Streifen aufgelockert. Weite Gewänder wechselten sich mit hautengen Kleidungsstücken ab, üblich waren wallende Hemden und Jacken über engsitzenden Hosen, die bei den Frauen auffälliger als bei den Männern geschnitten waren. In der Regel zierte ein Sippenabzeichen die linke Brust, die Symbole der verschiedenen Familien auf den Asteroiden und Monden des Centaurisystems. Die Sitte, Schwerter zu tragen, schien nicht mehr zu bestehen – vielleicht waren Duelle heutzutage selten geworden –, aber auf vielen Schultern saßen zahme Frettchen oder winzige metamorphische Falken. Ja, dachte Guthrie, in dieser Festung war eine starke Rasse herangewachsen, und wenn ihr Verhalten auch ruhiger geworden war, strömte das Blut unter der beschaulichen Fassade nicht weniger wild als zuvor.

Die Tür, zu der er schließlich kam, hatte sich seit seinem letzten Besuch kaum verändert, ein drei Meter hoher schillernder Vorhang zwischen düsteren byzantinischen Mosaikfiguren, die sich bewegten. Der Eingang dahinter war mit ständig wechselnden kalligraphischen Gedichten verziert. Dort ließ ihn seine Eskorte zurück.

Guthrie ging weiter und betrat einen geteilten ovalen Raum, in dem riesige Niedrigschwerkraftblumen, Farne, Bambus und Zwergbäume wuchsen und Schmetterlinge in subtropischer Wärme zwischen Käfigen mit Singvögeln frei herumflatterten. Die Luft war mit Düften üppiger Vegetation erfüllt. In der Mitte des Decks fiel der Blick durch ein Sichtfenster auf die Sterne. Neben einer zierlich aussehenden Couch und einem ebensolchen Tisch wartete Jendaire auf ihn, die Hüterin von Zamok Sabely', Kommandantin der Phyle Ithar, amtierendes Mitglied des Hohen Rates von Alpha Centauri.

Er blieb vor ihr stehen und entbot ihr einen archaisch anmutenden zackigen militärischen Gruß, um ihr einerseits Respekt zu zollen, andererseits aber zu verdeutlichen, daß er für eine eigenständige Zivilisation sprach, die genauso mächtig wie die ihre war. Aus ähnlichen Gründen hatte er auf dem Bildschirm, der die Vorderseite seines turmförmigen Kopfes einnahm, auch noch kein Gesicht generiert. »Ich entbiete Euch Grüße, Mylady«, sagte er formell. »Ich bin froh und fühle mich geehrt, hier sein zu dürfen.«

Sie reichte ihm ihre schmale, von blauen Adern durchzogene Hand.

Er ergriff sie und verbeugte sich.

»Seid mir willkommen«, erwiderte sie in einem musikalischen Kontraalt.

Er richtete sich wieder auf und betrachtete sie mit vorsichtiger Zurückhaltung, ohne seine Augen zu zeigen, so daß er den Eindruck von Aufdringlichkeit vermied. Sie stand gertenschlank und kerzengerade vor ihm, reichte fast an die zwei Meter seines künstlichen Körpers heran. Unter einem grüngoldenen Gewand von täuschender Schlichtheit ragten silberne Schuhe hervor. Ihre Züge waren klassisch lunarisch, kühn geschnitten, die Augen himmelblau, die Haut so weiß wie ihr Haar, das ihr diamantenbestäubt unter einem Diadem tief in den Rücken fiel. Er schätzte ihr Alter auf etwa fünfundsiebzig Erdenjahre. Wer eine Position wie die ihre errungen hatte, besonders in ihrer Gesellschaft, verfügte über außerordentliche Macht, aber als sie lächelte, entdeckte er ihren sinnlichen Zauber und wünschte sich flüchtig, daß er für ihn mehr als nur von theoretischer Natur sein würde.

»Wir sind hocherfreut, alles in unseren Kräften Stehende zu Eurem Wohle, Eurem Vergnügen und in Eurem Sinne zu tun«, sagte sie. »Ihr hättet mich nicht sofort aufsuchen müssen. Eine Wohnung wurde für Euch vorbereitet. Sollte es Euch an irgend etwas mangeln, so bitte ich Euch, unverzüglich danach zu fragen.«

»Ich danke Euch vielmals.« Obwohl er fließend Lunarisch sprach, war es ihm nie gelungen, die Eleganz und alle Nuancen der Sprache zu beherrschen. Die Stimme aus seinem Lautsprecher verriet seine Muttersprache, das amerikanische Englisch des späten zwanzigsten Jahrhunderts, das in allen modernen Sprachen mitklang, die er sich im Lauf der Zeit angeeignet hatte. »Das werde ich tun. Aber ich habe es nicht eilig, mich zurückziehen, wohingegen ich große Ungeduld verspürte, nachdem Euer Offizier mir sagte, daß Ihr ein privates Treffen mit mir wünschtet.«

Sie nahm ihn beim Wort. »Ja, es schien mir angemessen, ein vertrauliches Gespräch mit Euch zu führen, Lord

Guthrie, bevor wir Euch ein öffentliches Willkommen entbieten.«

»Das ist mir sehr recht, Mylady. Mir steht der Sinn nicht sehr nach Banketten und Empfängen, nicht in meiner derzeitigen Gestalt. Aber, hmm, könnte das Probleme verursachen?«

»Nay, dafür habe ich bereits Sorge getragen. Die anderen Mitglieder des Hohen Rates wissen, daß sie Euch zu gegebener Zeit treffen werden. Sie haben nicht die Absicht, sich als übermäßig aufdringlich zu erweisen.«

Er brachte ein verhaltenes Lachen zustande. »Unter ihrer Würde, was?«

»Vielmehr verspüren sie nicht das Bedürfnis«, erwiderte sie mit einem Anflug von Kälte.

»Natürlich. Es tut mir leid. Ich habe meine Worte falsch gewählt.« Die gleichen Lunarier wie früher, dachte er. Für sie ist es würdelos, eine terranische Unart, die Nähe einer berühmten Person zu suchen. Sie sind nicht mehr zu Hochmut fähig, als es eine Katze ist. Aber auf ihre eigene Art können sie schrecklich empfindlich sein. »Ich wollte niemanden beleidigen.«

Jendaire nickte, ergriff einen Perlmuttkelch mit Wein und trank einen kleinen Schluck. Auch wenn sie ihrem Gast sowieso keine Erfrischung hätte anbieten können, konnte die Geste durchaus dazu gedacht sein, ihn dezent in seine Schranken zu weisen.

Er schob den Gedanken beiseite. »Was ich sagen wollte«, erklärte er, »ist, daß viel Zeit vergangen ist, seit unsere beiden Völker persönlichen Kontakt hatten. Beide wissen kaum, was das jeweils andere tut. Es wäre mir sehr unangenehm, in einem Eurer Kollegen den Verdacht zu erwecken, ich würde irgend etwas im Schilde führen. Meine Mission verfolgt wirklich keine verborgenen Ziele.«

Sie schenkte ihm ein neues Lächeln. »Eure Furcht ist unbegründet. Ich übe hier die Kontrolle aus.«

Mit anderen Worten, dachte er, sehen sie keinen Grund, eine Verschwörung zu vermuten. Jendaire kann sie jederzeit selbst zur Räson rufen. Zumindest behauptet sie das. Ich sollte hoffen, daß das der Fall ist. Bei Lunariern kann man sich nie sicher sein. »Ich verstehe. Und natürlich können wir zu zweit Mißverständnisse schneller ausräumen, als es während einer Konferenz möglich wäre. Es muß auf beiden Seiten Mißverständnisse geben. Der Dialog über Lichtjahre hinweg ist zwangsläufig langsam und ungenau.«

»Die Wartezeit auf Euch ist in der Tat lang geworden«, seufzte sie. »Auch für mich, die ich nicht mehr jung bin.«

»Für mich war es leichter. Ich ... habe die Zeit verschlafen.«

Sie musterte ihn aus schmalen Augen. »*Ihr* wart dazu in der Lage.«

Sah sie in ihm eher eine Maschine als einen verwandelten Menschen? Das könnte ein furchtbares Hindernis darstellen. Es war ratsam, daß er ihre Einstellung ihm gegenüber etwas genauer in Erfahrung brachte, bevor er zu den eigentlichen Fakten kam. »Die Lunarier könnten das auch tun, wie Ihr wißt. Wir würden jedem, der Beta Hydri besucht, einen königlichen Empfang bereiten.«

Die frostige Atmosphäre wurde unverkennbar. »Ihr solltet wissen, daß das nie geschehen wird.«

Ja, dachte er, das hätte er wissen müssen, wenn auch mehr aus der Geschichte, die er miterlebt hatte, als durch die Informationen, die seit dem Exodus der letzten Terraner von Demeter auf Amaterasu eingetroffen waren. Obwohl die Lunarier von Alpha Centauri eine führende Rolle bei der Entwicklung des Feldantriebs innegehabt hatten, war keiner von ihnen als Bewußtseinskopie mit einem C-Schiff gereist. Hatte überhaupt irgendein Lunarier jemals eine Bewußseinskopie von sich anfertigen lassen, zu welchem Zweck auch immer?

Sondiere erst einmal das Terrain, dachte er. Vielleicht wird sie wütend auf mich werden, aber sie wird mich nicht rauswerfen, solange ich etwas für sie Nützliches bei mir haben könnte.

»Ich habe nicht an eine Existenz wie die meine gedacht«, erklärte er, »sondern daran, wie wir fast alle vor dem Zusammenbruch evakuiert haben. Euer Botschafter könnte dieselbe Methode benutzen und als deaktivierte Bewußtseinskopie reisen, zusammen mit einem Genommuster. Amaterasu Mutter würde ihm mit Freuden einen Körper aus Fleisch und Blut erschaffen und sein Bewußtseinsinhalt in diesen Körper übertragen.«

»Ihr sagt das so, als wäre es ebenso einfach wie die Übertragung einer Aufzeichnung. Das aber ist nicht der Fall.«

»Nein, ich fürchte, das ist es nicht. Und das wird es vermutlich auch nie sein.«

»Wir benötigen keine Lebensmutter, die uns stillt, denn wir winden uns nicht furchtsam vor Vater Tod im Staub.«

Ihre Einstellung hat sich nicht geändert, dachte Guthrie. Wie ihre Vorfahren weigern sie sich strikt, ein Leben zu führen, das ihnen eine Wiedergeburt ermöglicht, zusammen mit einer beseelten Welt, die von einer Person beherrscht wird, die weiser und mächtiger ist, als wir es jemals sein werden, einer Beinahegöttin, wie liebevoll sie auch sein mag und wieviel persönliche Freiheit sie uns auch gewährt. Sie ertragen es nicht, sich irgend jemandem unterzuordnen. Diese unerschütterliche Haltung muß sich aus ihrem Haß auf den Cyberkosmos von Sol entwickelt haben ... Der Gedanke war ihm über all die Jahrhunderte immer wieder durch den Sinn gegangen.

»Ich habe mir vorgestellt, daß das Abenteuer einen emotionalen Preis wert wäre«, sagte er. »Verbunden mit der Freiheit der gesamten Raumzeit.«

»Aber keine Freiheit innerhalb dieser Existenz.«

Mehr als einmal hatte er die Wahl treffen müssen, aufrecht zu sterben oder auf den Knien zu überleben, und er hatte sich stets für ersteres entschieden. Trotzdem wußte er, daß er die in ihrer Eindeutigkeit unerschütterlichen Gefühle der Lunarier nie wirklich würde nachvollziehen können. Terraner und Lunarier waren zwei unterschiedliche Spezies, die nicht einmal gemeinsame Nachkommen haben konnten. Das war eine Tatsache, mit der man sich abfinden mußte.

»Verzeiht mir«, bat er. »Ich hoffe, ich habe nichts gesagt, das für Euch allzu abstoßend ist. Es trifft zu, daß Eure Reisenden bei uns festsitzen würden, da es hier keine Lebensmutter gibt, zu der sie zurückkehren könnten. Aber wie wäre es, wenn Ihr uns einen Sophotekten schicken würdet? Er würde nicht nur Daten wie ein Roboter sammeln, sondern echte Erfahrungen machen, die er nach seiner Rückkehr mit Euch teilen könnte.«

Jendaires Lippen wurden schmal. »Wir besitzen keine Sophotekten, und wir werden auch in Zukunft keine besitzen.« Sie schwieg einen Moment lang und fuhr dann – als wollte sie die Spannung abbauen – fort: »Unsere Leute auf Proserpina haben einige behalten, aber es sind nur sehr wenige mit stark eingeschränkten Fähigkeiten. Unsere Rasse hat nur zu gut erfahren, in was für eine Welt der Cyberkosmos uns führen würde.«

Jetzt kommen wir langsam an den Punkt, um den es mir geht! dachte Guthrie. »Ihr sprecht den Hauptgrund an, aus dem ich zu Euch gekommen bin, Mylady. Ihr steht in engerem Kontakt zu Sol, als es allen terranischen Kolonien jemals möglich sein wird. Aber auch wir haben begonnen, uns Sorgen zu machen. Ein Bündnis mit Euch wäre sinnvoll.«

Die Lunarierin ergriff ihren Pokal, trat an das Sichtfenster und betrachtete eine Minute lang die kreisenden Sterne, bevor sie sich wieder ihrem Gast zuwandte und erwiderte: »Es mag sein, daß es eine gewisse Interessensverwandtschaft zwischen unseren Völkern gibt. Wir werden das Thema gemeinsam erörtern müssen, Ihr und ich, ich und die anderen Ratsmitglieder.«

»Ich erwarte nicht von Euch, mich sofort mit Informationen zu überschütten«, versicherte Guthrie. »Und vorerst werde auch ich meine Karten nicht offen auf den Tisch legen, wenn Ihr mir ein altes Sprichwort vergebt.« Sie würde kaum verstehen, daß er sich damit auf ein längst in Vergessenheit geratenes Spiel bezog, aber er nahm an, daß ihr die Bedeutung klar war. »Allerdings könnten wir uns heute schon Zeit und Mühe ersparen, wenn Ihr so freundlich wäret, mir das zu erzählen, was ich früher oder später ohnehin erfahren werde. Was mich betrifft, fragt, was immer Ihr wollt, und ich werde Euch eine ehrliche oder gar keine Antwort geben.«

Sie lachte melodisch und kehrte zu ihm zurück. »Eure Offenheit ist erheiternd, Lord Guthrie. Obwohl ich viele alte Berichte und Filme über Euch studiert habe, verspricht dieser Tageszyklus mehr Vergnügen zu bringen, als ich erwarten konnte.«

»Danke. Das gilt auch für mich.« Und mit einem inneren bedauernden Grinsen fügte er hinzu: »Die Begegnung mit Euch würde mir noch mehr Spaß machen, wenn diese Inkarnation die eines Mannes aus Fleisch und Blut wäre.«

Sie lachte lauter und vollführte eine wellenförmige Handbewegung. »Ho-ay, und mir erst!«

Vermutlich hat sie mindestens zwei Ehemänner, dachte Guthrie, und – Gott weiß wie viele – Liebhaber. Ich wette, sie ist ein Vulkan im Bett.

Plötzlich überkam ihn das sehnsüchtige Verlangen, einen menschlichen Körper zu besitzen, mit grausamer Intensität. Er verdrängte es.

»Dann verratet mir, was Ihr vorhabt«, schlug Jendaire vor.

In Ermanglung eines Achselzuckens breitete er die Hände aus. »Das hängt davon ab, was ich hier erfahre und wieviel Hilfe ich von Euren Leuten bekomme. Was auch der Grund ist, weshalb ich den langen Umweg über Centauri gemacht habe, statt direkt nach Sol zu fliegen.«

Ein paar kleine Falten erschienen auf ihrer makellos glatten Stirn. »Das wäre unklug gewesen, Mylord«, sagte sie langsam.

»Vielleicht. Ich wiederhole, um das herauszufinden, bin ich gekommen. Wenn ich es herausfinden kann.«

»Meint Ihr, wir könnten Euch täuschen?« Diesmal schien sie nicht beleidigt zu sein. Nun, in ihren Augen waren Irreführungen völlig legitim. »Welchen Nutzen könnten Täuschungen für uns haben?«

»Keinen, nehme ich an. Aber Ihr seid so etwas wie Partisanen. Das ist unvermeidlich. Wer ist das nicht auf die eine oder andere Art? Außerdem habt Ihr Kontakt mit Proserpina. Auch mit der Erde?«

»Mit ihrer Synese und ihrem Cyberkosmos?« fragte sie verächtlich. »Nay, ganz und gar nicht. Lieber wüßten wir, wie eng ihr Kontakt zu uns ist.«

»Ihr meint Roboterspione?«

»Was sonst? Wir haben einige im All entdeckt, drei zerstört und einen geborgen.«

Jagdfieber erwachte in Guthrie und vertrieb die Überreste des Bedauerns. Er bemühte sich um einen ruhigen Tonfall. »Ja, der Cyberkosmos und selbst das Terrabewußtsein, das Ihr in Euren Botschaften erwähnt habt, sie unterliegen den Gesetzen der Physik. Instrumente benötigen eine gewisse Mindestgröße, um funktionieren zu können. Was hat Ihr von Eurem Fund erfahren?«

Sie spreizte die Finger, was einem Achselzucken entsprach. »Nicht viel, wie mir berichtet wurde. Das Design ist zu fremdartig. Ihr werdet Euch mit unseren Wissenschaftlern unterhalten müssen.«

Ja, dachte Guthrie, wenn der Cyberkosmos seine technischen Erungenschaften nicht mit den Menschen geteilt hat, wird das, was er zurückgehalten hat, die Technologie der Menschen bei weitem übertreffen und sich vielleicht den Grenzen nähern, die die Natur vorgibt. Aber was diese Grenzen betrifft, ist es zum Beispiel unmöglich, schneller als das Licht zu reisen oder Nachrichten zu übermitteln, und mit unseren C-Schiffen haben wir uns dieser Grenze schon sehr weit angenähert. Nein, wir sind nicht zwangsläufig dem Untergang geweiht. Ebensowenig, wie wir zwangsläufig siegen werden.

»Überwachung muß nicht unbedingt Feindseligkeit bedeuten«, gab er zu bedenken. »Ich würde es als ganz natürlich bezeichnen, daß sie wissen wollen, wie wir zurechtkommen.«

»Warum haben sie uns dann nicht einfach gefragt?« hielt Jendaire dagegen.

»Ja, es war die Erde, die die Kommunikation vor Jahrhunderten mit der Begründung abgebrochen hat, daß ein Kontakt nicht mehr sinnvoll wäre, nachdem unsere

Gesellschaften sich so weit auseinanderentwickelt hätten. Das ist mir zwar nie sonderlich vernünftig erschienen, aber wie die meisten von uns habe auch ich mir gedacht, daß die Sophotekten und die mit Maschinen in Partnerschaft lebenden Menschen sich mittlerweile sehr stark psychologisch von uns unterscheiden. Außerdem hatten wir genügend andere Dinge zu tun.«

»Sie haben auch nicht mehr geantwortet«, fügte Jendaire hinzu, »obwohl Ihr Euch bestimmt noch gut erinnern werdet, wie oft die Centaurier ihnen Anfragen geschickt haben, bevor die Versuche schließlich endgültig eingestellt worden sind.« Sie schwieg einen Moment lang. »Eyach, jetzt haben die Proserpinarier die Kommunikation wiederaufgenommen. Von ihnen haben wir erfahren, daß es im solaren System heißt, es wären die Centaurier gewesen, die den Kontakt abgebrochen hätten.«

Das überraschte Guthrie nicht. »Ja, das habe ich mir auch schon gedacht. Wenn Regierungen keine anderen Gründe mehr haben, werden sie allein aus purer Gewohnheit lügen. Aber dieser spezielle Blödsinn läßt vermuten, daß etwas verdammt Merkwürdiges dort vorgefallen sein muß. Dazu kommt noch alles, was Ihr von den Proserpinariern erfahren und uns über Laser berichtet habt, wie die Wiederaufnahme der Antimaterieproduktion nach langer Zeit, Raumfahrzeuge, die C-Schiffe zu sein scheinen, und davor der Versuch, laut Aussage der Proserpinarier, ihre Kolonien zu unterwerfen ... Was habt Ihr sonst noch von ihnen gehört?«

»Einiges, Jahr für Jahr. Ihr werdet die Einzelheiten erfahren.«

»Hmm ... Verfügen sie mittlerweile über Schiffe mit Feldantrieb?«

»Sie fangen damit an. Vor zwölf Jahren ...« – das hieß rund fünfzehn irdische Jahre – » ... haben wir beschlossen, das Risiko einzugehen, ihnen die wissenschaftlichen und technischen Daten zu übermitteln. Ein Teil des Risikos lag darin, daß während der Übertragung derart umfangreicher Datenmengen kaum noch freie Sendefrequenzen für irgend etwas anderes zur Verfügung standen.«

Guthrie nickte im Geist, sein Kopfauswuchs war nicht zu dieser Bewegung in der Lage. Das war in der Tat eine Menge zu sendendes Material. Sicher, schon während seines ersten Lebens war bekannt geworden, daß das Vakuum nicht nur passive Leere ist; es befindet sich durch die Entstehung und Vernichtung virtueller Partikel in ständigem Aufruhr, seine Energie gestaltet das Verhalten und die Evolution des Universums. Beobachtungen unter Laborbedingungen hatten Beweise für die Theorie erbracht, die Lambveränderung, der Casimireffekt – Guthrie konnte sich nicht sofort an alles andere erinnern –, aber wie unglaublich schwach diese Kräfte doch waren, wie unscheinbar. Es schien, als wäre der ganze Kosmos und seine gesamte Dauer erforderlich, um die Realität all dessen spürbar zu machen ... War es die Frische neuer Welten – neuer Gedanken, neuer menschlicher Spezies – und anhaltender Raumfahrt gewesen, die neue Einsichten hervorgebracht hatte, Mathematik, theoretische Forschung, empirische Versuche, Geräte, Demonstrationen und plötzlich die neuen Schiffe? Wechselwirkung zwischen dem Quantenzustand der Materie und dem des Vakuums – direkter Schub, in dem der Impuls noch konserviert war, aber der Impuls materieerfüllten Raums –, kein Bedarf mehr an Raketentriebwerken und ihrer furchtbaren Verschwendung ...

Als er zum ersten Mal von dieser Möglichkeit gehört hatte, hatte Guthrie im Geist die Hand in die Vergangenheit ausgestreckt, um die des unbekannten prähistorischen Menschen zu schütteln, der in seiner Nußschale über das Wasser gepaddelt war und die Idee ausgebrütet hatte, etwas hochzuziehen, um den Wind einzufangen.

Jendaire grinste. »Wenn es zu nichts anderem taugt, dann wird die Geschwindigkeit, die Proserpina gewonnen hat, den Machthabern auf der Erde zumindest Kopfschmerzen bereiten.«

Er durfte sich nicht von seinen Gedanken mitreißen lassen. »Das hieße, davon auszugehen, daß Eure Vermutungen zutreffen«, sagte er. »Im Moment bin ich mir da offengestanden nicht so sicher. Das ist niemand von uns auf Amaterasu, und das gilt auch – soweit ich es weiß – für Isis oder Hestia.«

»Ihr seid Terraner«, gab sie zurück. »Ihr betrachtet die Dinge mit anderen Augen als wir.«

»Äh-hmm. Nun, Ihr Lunarier mögt gute Gründe für Eure Vermutungen haben. Ich bin gekommen, um sie zu hören.«

Ihre Nasenflügel bebten, ihr schmales Gesicht wurde hart. »Dann bedenkt dieses: Es gibt keine Lunarier mehr auf Luna.«

»Ja, das habe ich aus Eurer Nachricht erfahren, und es hat alle auf Amaterasu schockiert. Es scheint, als wäre das Habitat im lunaren Orbit und die Ermutigung der Terraner, sich dort niederzulassen, gezielte Regierungspolitik gewesen.« Aber es konnte Rechtfertigungen für diese Maßnahme gegeben haben, dachte Guthrie. Wie gut ich mich noch erinnern kann, was für Unruhestifter die Lunarier gewesen sind – zumindest aus terranischer Sicht. Und es war ja auch nicht so, als hätte ein Pogrom oder etwas ähnliches gegen sie stattgefunden. »Trotzdem, Mylady, muß ich mehr erfahren. Vergeßt nicht, wie neu diese Nachrichten für mich sind. Was haben Euch die Proserpinarier sonst noch berichtet, besonders während ich unterwegs war?«

Mit der für Lunarier charakterischen Schnelligkeit verflog ihr Zorn. »Im Grunde ziemlich wenig«, gestand sie. »Sie haben versucht, mit ihren feldgetriebenen Schiffen gründlichere Überwachungsmissionen als früher im inneren System durchzuführen, aber die Ausbeute ist bisher gering. Noch haben sie erst wenige Schiffe, und ihnen fehlt die Erfahrung. Außerdem, um die Wahrheit zu sagen, wollen sie die Kapazitäten mehr nutzen, um sich im sonnenfernen Reich der Kometen auszubreiten.« Ihre Stimme sank zu einem Murmeln herab. »Und damit, letztendlich, sternenwärts.«

Ja, dachte Guthrie, die Oortsche Wolke der Kometen reichte so weit ins All hinaus, daß ihre äußersten Ausläufer sich mit denen der Nachbarsonnen berührte. Man benötigte eigentlich gar keine Bewußtseinskopien, um tiefer in die Galaxis vorzustoßen. Zähigkeit und Abenteuerlust reichten auch aus.

»Aber sagt mir«, fuhr er fort, »habt Ihr hier im Centaurisystem Eure Raumschiffe weiterentwickelt?«

»Nay, kaum seit Ihr Demeter evakuiert habt. Ey, wir haben robotische interstellare Forschungsmissionen gestartet, aber wir haben keinen Grund, Emigranten auf die Reise zu schicken. Es gibt zahllose jungfräuliche Reichtümer und Wunder im Orbit der centaurischen Sonnen.« Ihr Blick verlor sich in der Ferne. »Um so mehr, als daß Splitter von Demeter und Phaethon weiter nach außen streben. Kürzlich stieß eine Schürfexpedition auf ein Stahlrahmenhaus, stark beschädigt, aber immer noch als ein solches erkennbar, das auf eine unfaßbare Weise weggesprengt worden war und allein im All trieb.«

Sein Geist erschauderte ein wenig bei der Vorstellung. »Okay, Ihr habt also ein paar C-Schiffe«, sagte er so ruhig wie möglich. »Äh, nur um sicherzugehen, daß wir einander richtig verstehen, mit C-Schiffen meine ich kleine feldgetriebene Fahrzeuge mit minimaler Nutzlastkapazität, die auf Grund ihrer geringen Masse nahe an die Lichtgeschwindigkeit herankommen können.«

»Ja, das ist klar. So wie das Eure. Ich habe mich gefragt, woher Ihr seinen Namen entlehnt habt.«

»Von einem Helden meiner Kindheit. Aber das spielt keine Rolle. Ihr müßt ebenfalls über eine größere Menge Kreuzer verschiedener Klassen verfügen. Damit meine ich größere Schiffe mit Feldantrieb und erheblich größerer Nutzlastkapazität, die allerdings keine Geschwindigkeiten erreichen können, die C-Schiffen vergleichbar sind.«

»Solche Schiffe besitzen wir. Ihr werdet, da es Euer Wunsch ist, erfahren, in welchen Klassen es sie gibt und was sie leisten. Ich kann Euch allerdings jetzt schon sagen, nachdem Ihr das Thema angesprochen habt, daß wir keine Schiffe haben, die eine Gruppe von Kolonisten im Kälteschlaf zu einem anderen Stern transportieren könnten. Denn wie bereits gesagt, wir haben genug unerforschten Raum in nächster Nähe.«

Zu gegebener Zeit, dachte Guthrie, werden sie zweifellos auch solche Schiffe bauen. Wahrscheinlich würde die Reisedauer für Menschen mit künstlich unterbrochenen Vitalfunktionen immer auf ein oder zwei Jahrhunderte begrenzt bleiben. Wenn keine anderen Folgeschäden eintraten, würde allein die angesammelte Strahlung bei einer längeren Dauer zu ernsten Beeinträchtigungen führen. Inaktive DNS konnte sich nicht regeneriren, und obwohl die Nanotechnik zu erstaunlichen Leistungen fähig war, war sie doch kein Zaubermittel. Doch auch hundert irdische Jahre – oder weniger – waren eine Menge Zeit, um die nächsten Sterne zu erreichen, vorausgesetzt, die Höchstgeschwindigkeit der Raumschiffe betrug mehrere Prozent der Lichtgeschwindigkeit. Und die Lunarier mußten nicht weiter als bis zum jeweils nächsten Stern fliegen. Sie legten keinen Wert auf Planeten. Worauf es ihnen ankam, waren Asteroiden und Monde. Sie konnten problemlos bei geringer Gravitation bis hin zur Schwerelosigkeit leben und sich unter diesen Bedingungen fortpflanzen.

Für Terraner dagegen sah das anders aus. Sie benötigten eine Schwerkraft von wenigstens einem Drittel *g*. Sicher, einige hatten sich auf dem Mars niedergelassen, aber die ungeheuere Reise zu einer anderen Sonne rechtfertigte ganz einfach nicht den Aufwand, es sei denn, man konnte auf dem Zielplaneten ungeschützt herumlaufen. Und Welten, auf denen Leben entstanden war, das Sauerstoff und Stickstoff freigesetzt hatte, waren bedauerlich selten.

Doch so mußte es nicht bis in alle Ewigkeit sein. Irgendwann würden Menschen terranischer Art aus toten Planeten lebendige Welten erschaffen. Es war ein beinahe unvorstellbar gewaltige Aufgabe. Bedachte man allein die Energiemengen, die erforderlich waren, um chemische Elemente in andere umzuwandeln, Felsgestein zu Erde zu zermahlen und Wasser von Schadstoffen zu reinigen ... Auf der Erde hatte die Natur fast eine Milliarde Jahre benötigt, bis der Planet bereit gewesen war, dem ersten primitiven Leben eine Heimstatt zu bieten. Soweit Guthrie sich erinnerte, hatte es danach noch einmal rund eine Milliarde Jahre gedauert, bis sich eine für Menschen atembare Atmosphäre gebildet hatte. Soviel Zeit stand den Menschen nicht zur Verfügung. Doch irgendwann, vorausgesetzt, sie eigneten sich die erforderlichen natürlichen, technischen und geistigen Ressourcen an, sollten sie in der Lage sein, das Universum, oder wenigstens die Milchstraße, zu besiedeln.

Irgendwann. Bis dahin würde noch sehr viel Zeit vergehen. Vielleicht würden sie es auch nie schaffen. Vielleicht würde es ihnen nie erlaubt werden ...

Seine Gedanken waren abgeschweift, auch wenn bei elektrophotonischer Geschwindigkeit nur der Bruchteil einer Sekunde vergangen war. »Ich habe ziemlich fest damit gerechnet, Mylady«, sagte er.

Sie hob die Brauen. »Womit habt Ihr sonst noch gerechnet, Mylord?«

Wenn er ein Gesicht generiert hätte, hätte er sie jetzt angrinsen können. So beschränkte er sich darauf, seiner Stimme einen amüsierten Tonfall zu verleihen.

»Wie ich Euch bereits sagte, hängt das davon ab, was ich hier über die allgemeine Situation herausfinde. Doch ich gehe davon aus, daß ich versuchen werde, Euch zu überreden, mir einen Kreuzer und eine ausgesuchte Ausrüstung für meinen Flug nach Sol zur Verfügung zu stellen.«

Es gelang ihr nicht, ihre Überraschung völlig zu verbergen. »Einen Kreuzer? Wir hatten uns darauf eingerichtet, Euer C-Schiff aufzutanken, aber ... aber selbst mit einem leichten Kreuzer wird der Flug nach Sol rund dreißig Jahre dauern.«

»Ungefähr die Zeit, die ich bis jetzt unterwegs war«, sagte er. »Wie gut mir das bewußt ist. Schaut, Mylady, ich bin nahezu hilflos hier angekommen. Ihr könntet mich wie eine Wanze zerquetschen, wenn Ihr wolltet.« Ein flüchtiger Gedanke: Weiß sie überhaupt, was eine Wanze ist? »Ich möchte Sol nicht ebenso hilflos erreichen.

Ich hoffe, daß Ihr einverstanden seid, mich besser ausgerüstet weiterzuschicken. Das ist ein weiterer Grund, weshalb ich über Centauri geflogen bin. Ein Kreuzerflug von Hydra hätte unvernünftig lange gedauert.«

Jendaire stand eine Weile schweigend da. Guthrie konnte sich denken, daß sie im Kopf Berechnungen anstellte. Eine Grille zirpte, ein Schmetterling flatterte auf farbenprächtigen Flügeln vorbei, ein schwacher Windzug trug den Duft von Jasmin mit sich. Hinter der Sichtscheibe zogen die Sterne ihre eisige Bahn.

»Was wünscht Ihr danach zu tun?« erkundigte sie sich leise.

»Auch das hängt davon ab, was ich herausfinde, sowohl hier als auch im Solsystem.« Er konnte ruhig ehrlich sein, es war ohnehin offensichtlich. »Und davon, wie sich die Dinge entwickeln, nachdem ich dort angekommen bin. Ich schwöre Euch, Mylady, daß ich Euch und Eure Leute nie verraten werde. Ihr seid meine Partner gewesen, seit Rinndalir und ich die Avantisten gestürzt und den Exodus angeführt haben. Aber ich kann nicht garantieren, daß Euch gefällt, was ich vorhabe. Noch kann ich versprechen, daß ich Erfolg haben werde.«

Vielleicht werde ich es nicht einmal überstehen, dachte er. Aber das spielt keine Rolle. Jeder Mensch, der sein Leben genießen will, muß sich irgendwann seiner Sterblichkeit stellen. Und eine Bewußtseinskopie kann auch das nicht schrecken.

»Ich verspreche«, fügte er hinzu, »daß meine Reise zu den Sternen unser aller Interesse dienen wird.«

KAPITEL 4

Während der zwei Stunden draußen im All hatte Fenns Gruppe verfolgen können, wie der Mond von einer gewaltigen schmalen Sichel auf mehr als halbe Größe angewachsen war. Die Dreiviertelphase der Erde hatte sich, abgesehen von ihrer Position in bezug auf das Habitat, kaum verändert. Der ursprünglich steuerbord des großen Zylindroids in Blau und Weiß leuchtende Globus stand jetzt fast achtern und wurde immer wieder kurz von den Sonnensegeln verdeckt, die sich vor dem dunklen Hintergrund drehten. Das grelle Licht der Sonne ließ alle Sternenkonstellationen verblassen. Die Sichtscheiben der Helme verdunkelten sich automatisch, sobald sie der Sonne zugewandt wurden, um die Augen ihrer Träger zu schützen.

Fenn sah Sol als eine mit Wirbeln übersäte silberne Scheibe, die groß genug waren, um ganze Planeten zu verschlingen.

He'o justierte den Schub und die Richtung der Düsenaggregate seines Jetpacks. Die beinlose Spezialanfertigung seines Raumanzugs beschrieb einen unglaublich anmutenden Bogen. Er hat sich auf seinem Weltraumspaziergang bewegt wie ... wie eine Robbe im Wasser, dachte Fenn. Aber schließlich war He'o ja auch eine Robbe.

Iokepa Hakawau hatte so große Fortschritte gemacht, wie man es von einem Menschen in einer derart kurzen Zeit erwarten konnte. Mit anderen Worten, er taumelte immer noch ziemlich unbeholfen umher. »*Auwe! Make wai au*!« dröhnte seine Stimme aus den Helmmikrophonen seiner Begleiter.

»Häh?« knurrte Fenn. Er hatte während der letzten vierzehn Tage ein paar Wörter aus der Sprache der Lahui Kuikawa – das heißt, der menschlichen Lahui – aufgeschnappt, aber eben nur ein paar.

»Hrach-ch«, erreichte ihn He'os Antwort. Gelächter? Der Metamorph benutzte seinen Stimmensynthesizer, um auf Anglo zu erklären: »Er meint, daß es ihm reicht und daß er sehr durstig ist.« Der Satz entstand sehr langsam, denn He'os Stimme besaß nicht annähernd die Bandbreite einer menschlichen, und für eine Unterhaltung war ein kompliziertes Codierungsprogramm erforderlich.

»Ja, bei Mauis Arsch«, brummte Iokepa in derselben

Sprache mit einem breiten und trotzdem melodischen Akzent. »Wo gibt's das nächste kalte Bier?«

Fenn war sich bewußt, daß der Mann vor allen Dingen einfach erschöpft war, es aber nicht zugeben wollte. Nicht er, ein Seefahrer und Schwimmeister der irdischen Meere. Es war keine Schande, wenn man nicht gelernt hatte, im freien Weltraum zu manövrieren oder, wie es bei He'o der Fall zu sein schien, dafür geboren war. Trotzdem mußte sich Fenn eine spöttische Bemerkung verkneifen, und er gratulierte sich selbst dazu, daß es ihm gelang, sich zu beherrschen und nicht wie üblich einen derben Spruch vom Stapel zu lassen. Er wollte diesen großen freundlichen Burschen, mit dem er so viel Spaß gehabt hatte, nicht brüskieren.

»Nun, jetzt weißt du, wie man sich im Freien fühlt«, sagte er. Es fiel ihm schwer hinzuzufügen: »Gut, kehren wir also wieder zurück.«

He'o glitt näher und bremste ab, bis er seine Geschwindigkeit der Fenns angeglichen hatte und einen Blick durch die Helmscheibe auf das Gesicht des Jungen werfen konnte. »Du würdest gern länger draußen bleiben«, stellte er fest.

Fenn sah in die großen braunen Augen über der Schnauze unter einer hohen Stirn, die sich vorwölbte, um ein Gehirn von menschlicher Größe fassen zu können. Das glatte Fell glänzte im Licht der Sonne. Er durchschaut mich besser als Iokepa, dachte er. Sind die Keki Moana wirklich so andersartig, wie immer wieder behauptet wird? Ich schätze, schon. Was nicht heißt, daß sie nicht *simpático* sein können. Das müssen sie wohl sein. Wie hätten sie sonst all die Jahrhunderte in Gesellschaft ihrer menschlichen Gefährten verbringen sollen?

»Ich bekomme nicht allzu häufig die Gelegenheit für einen Weltraumspaziergang«, gab er zu. »Äh-hmm, ich danke euch beiden für diesen.«

»Ich danke *dir, makamaka*«, warf Iokepa aus einiger Entfernung ein. »Du warst ein perfekter Führer.«

Wahrscheinlich gebührt meinem Vater mehr Dank als mir, dachte Fenn. Als diese beiden Mitglieder der Lahui

Kuikawa, die zu Besuch auf Luna waren, ihr Interesse bekundet hatten, die Parkanlagen, Gewässer und Naturreservate des Mondinneren zu erkunden, hatte man sich selbstverständlich an den Ranger-Manager Birger gewandt. Elitha hatte mit einer gewissen Verstimmung etwas von Vasallentum gemurmelt, als Birger die beiden wiederum an seinen Sohn weitergereicht hatte, aber Fenn war überglücklich darüber gewesen. Die folgenden Ausflüge hatten seine Erwartungen bei weitem übertroffen. Der ständig in ihm brodelnde Zorn war vorübergehend abgeflaut, beinahe völlig in Vergessenheit geraten.

Jetzt begann er wieder aufzulodern.

»Was, kannst du nicht oft hier heraufkommen?« erkundigte sich He'o.

»Nein!« fauchte Fenn. Er bemühte sich um Mäßigung. »Nicht während der letzten zwei bis drei Jahre. Ich habe meinen Unterricht, der Flug mit der Fähre kostet seinen Preis und ... äh ... und es gibt anderes, was ich auf Luna tun muß.«

»Aye, das hast du mir gezeigt«, lachte Iokepa leise. »Du bist wirklich ein großartiger Fremdenführer. *Mahalo lui noa.*«

Fenn spürte die Hitze auf seinen Wangen. Diese Abendwache, als sie beide zusammen mit ein paar Mädchen, die er kannte ... Eigentlich war es Iokepa gewesen, der schon bald das Kommando übernommen und einige Bars und andere Dinge ausfindig gemacht hatte, von denen Eltern nichts erfahren mußten ...

Falls He'o die pikante Situation überhaupt erfaßt hatte, hatte er jedenfalls kein Wort darüber verloren, und wahrscheinlich wäre es ihm ohnehin egal gewesen. Jetzt allerdings zeigte er sich besorgt. »Nein«, sagte er, »wenn der freie Weltraum unserem Freund so viel bedeutet, dann kann es nicht nur das Vergnügen sein, das ihn auf Luna festhält.«

Er meinte es gut, aber er hätte das Thema lieber auf sich beruhen lassen sollen. »Ich gehe häufig auf die Oberfläche«, erwiderte Fenn schroff. »Und ich bin auch schon auf der Erde gewesen, wie du dich vielleicht erinnerst.« Hauptsächlich unter Birgers Aufsicht in der Wildnis von Yukon. Historische Gedenkstätten, Kunstwerke und andere Touristenfallen, die man auch sehr viel billiger zu Hause über den Vivifer erleben konnte.

»Trotzdem spüre ich deutlich, daß dein Kummer groß ist, wie standhaft du ihn auch erträgst«, hakte He'o nach.

»Schnüffel nicht an mir herum!« fuhr Fenn auf.

Er wollte nicht, daß dieser genmanipulierte Metamorph oder sonst irgend jemand in seinem Privatleben herumstocherte. Es ging niemanden etwas an, daß seine Eltern sich getrennt hatten, hauptsächlich deshalb, weil Elitha fest entschlossen war, das zweite ihr gesetzlich gestattete Kind zu bekommen und Birger den Gedanken nicht ertragen konnte, daß er nicht der Vater sein durfte. Es ging niemanden etwas an, wie sehr sie ihn von beiden Seiten umklammerten und was sonst noch alles schiefgelaufen war, alles, so weit er zurückdenken konnte.

»*E Kulikuli oe,* He'o!« rief Iokepa. »Bedräng den Jungen nicht. Es tut mir leid, Fenn. Wir wissen nicht immer, was sich in der Fremde schickt.«

Es war nicht das erste Mal, daß der Mann seine einfühlsame, aufmerksame und fast schon intuitive Seite zeigte. Diese Eigenschaft zeichnete alle Lahui Kuikawa aus, sowohl die menschlichen als auch die metamorphischen, zumindest hatte Fenn das gehört. Das lag an ihrem Dao.

»In Ordnung, machen wir uns auf den Rückweg«, sagte er, immer noch gereizt. »Iokepa, bleib, wo du bist. Wir kommen zu dir. Achtet auf meine Anweisungen und befolgt sie verdammt genau. Wir werden mit gewaltigen seitlichen Trägheitskräften zu tun bekommen, die schon so manchen Unvorsichtigen das Leben gekostet haben.«

Allerdings nicht mehr seit etlichen Jahren, wenn auch nur deshalb, weil kaum noch Leute ins All hinausgingen. Die auf oder in Luna und dem Habitat, selbst die auf dem Mars, fielen kaum noch ins Gewicht. Die Lunarier auf Proserpina und Alpha Centauri dagegen ... und jetzt die verstohlen erzählten Geschichten über Terraner auf ganz neuen Welten, die um drei fremde Sonnen kreisten,

Terraner, denen die Galaxis offenstand ... Wie schon unzählige Male zuvor würgte er die in ihm aufsteigende Sehnsucht ab und konzentrierte sich statt dessen auf die vor ihm liegende Aufgabe.

Mit knappen Worten erläuterte er He'o den Kurs. Die in die Raumanzüge eingebauten Instrumente würden die navigatorischen Details übernehmen. Fenn und He'o beschleunigten mit einem kurzen Schub und glitten dann im freien Fall nebeneinander her. Einen Moment lang waren sie von grenzenloser Stille umgeben, untermalt von dem geheimnisvollen Flüstern ihres Atems und Pulsschlags und der Geräusche ihrer Luft- und Wasseraufbereitungsaggregate.

»Kh-h-h«, sagte He'o. Die Seehundstimme, fast frei von vokalen Lauten, bildete einen rauhen Kontrapunkt zu dem weichen Tenor des Synthesizers. »Wenn ich dich gebissen habe, schmerzt mich das. Ich bin beschämt.«

Fenns Zorn erlosch genauso schnell, wie er erwacht war. »Ach ... nicht der Rede wert. Ich, ähm ... hab' wohl überreagiert, schätze ich.« Es fiel ihm nicht leicht, das einzugestehen. »Verstehst du, ich bin ein bißchen traurig, weil ihr zwei wieder abreist. Ihr werdet mir fehlen.«

»Komm und besuch uns«, lud ihn Iokepa ein. »Ich werde dir ein paar Orte zeigen, die die *haloe* niemals finden.«

»Ja, wir werden dich in das Leben unserer beiden Völker einweihen«, fügte He'o hinzu, dem vermutlich ein etwas derberer Aspekt in Iokepas Angebot entgangen war. »Es wird sich von allem unterscheiden, was du bisher kennengelernt hast.«

Die Aussicht war aufregend. Für Fenn waren die Lahui Kuikawa schon immer beinahe märchenhaft gewesen – nicht so wie die Marsianer und erst recht nicht wie die fernen Weltraumbewohner, aber trotzdem exotisch und facettenreich. Ja, auf ihre ruhige Art waren sie eine Macht, deren Reich den gesamten mittleren Pazifik umfaßte ... Inseln, Wellenreiten, Schiffe, die Dörfer waren, riesige aquarische Landschaften und Farmen, Lieder, Tänze, geheimnisvolle Mädchen ... »Das würde ich sehr gern!« rief er aus. »Wenn ich kann.« Seine Begeisterung ebbte ein wenig ab. »Falls ich kann.«

»Wir bleiben in Verbindung«, versprach Iokepa.

»Und ihr kommt hierher zurück. Nicht wahr?«

»Vielleicht.«

He'o und Fenn erreichten Iokepa, und wieder war Fenn so beschäftigt, daß ihm keine Zeit blieb, sich unglücklich zu fühlen. Obwohl Iokepa das gleiche flexible Raumanzugsmodell wie Fenn trug, war er zu unerfahren, um die Bewegungsfreiheit auszunutzen, die es ihm ermöglichte. He'os Raumanzug war trotz der Segmentringe steif, weil er mit Flüssigkeit gefüllt war, die der Metamorph für sein Wohlbefinden benötigte. Trotzdem brauchte er weniger Hilfe als sein Partner. Fenn manövrierte sie zu dem in der Nähe treibenden Gleiterschlitten, schnallte sie fest, schloß das Schutzgitter und übernahm die Steuerung. Diese Vorsichtsmaßnahmen waren beim Transport von Oberflächenbewohnern ratsam und dienten nicht dazu, Fehler des Piloten auszugleichen. Das robotische Gefährt führte den Flug praktisch selbständig durch, aber unerfahrene Passagiere konnten sich durch ungeschicktes Verhalten selbst gefährden. Einem rotierenden Gebilde von der Masse eines Gebirges näherte man sich nicht leichtfertig.

Das Habitat wuchs vor ihnen an, bis es die Hälfte des Himmels ausfüllte. Die andere Hälfte wurde zu einem großen Teil von Luna verdeckt. Auch wenn das Rendezvousmanöver Routine war und maschinell erfolgte, schlug Fenns Herz schneller. Erregung durchflutete ihn. Das war fast so gut, wie mit einem Mädchen zu schlafen, in gewisser Weise sogar noch erregender. Ach, hätte er doch nur ein *Schiff* zu seiner Verfügung und könnte fliegen, wohin auch immer er wollte!

»Bitte um Erlaubnis, anzudocken und an Bord gehen zu dürfen«, sagte er. »Fenn.« Er fügte seine Registriernummer hinzu. »Iokepa Hakawau.« Die Nummer des Erdlings war ihm unbekannt, die Verwendung eines Nachnamens bereitete ihm Schwierigkeiten. Wie viele Leute, außer den Lahui, hielten an dieser Sitte fest? Nun, hauptsächlich die Terraner auf dem Mars. Eine historische Gewohnheit, die aufrechterhalten wurde, weil diese Gesellschaft eine Art Außenseiterrolle spielte, sich nicht völlig in die Synese eingefügt hatte? »He'o.« Auch die Registriernummer des Metamorphen kannte er nicht. Benutzte seine Rasse überhaupt Registriernummern? Ja, das mußte sie wohl, wenn sie am Zahlungsverkehr teilnehmen wollte.

No importe. Die Bestimmungen erforderten die Identifizierung ankommender Personen, in erster Linie, damit die Systeme der Station ihre Datenspeicher überprüfen und feststellen konnten, ob für einen der Passagiere besondere Vorkehrungen erforderlich waren. Die Prozedur erschien Fenn albern. Durch ihre Einzigartigkeit waren seine Begleiter auf jeden Fall erfaßt.

Der Schlitten glich seine Geschwindigkeit der Rotation des Habitats an, näherte sich, setzte mit einer kaum spürbaren Erschütterung auf und verankerte sich. Irdische Schwerkraft zerrte an den Passagieren. Fenn stellte sich augenblicklich darauf ein. Zu seinen ausgiebigen sportlichen Aktivitäten auf Luna gehörten ständige Übungen in der Zentrifuge, so daß er eine körperliche Konstitution wie die eines normalen Erdlings entwickelt hatte. Als Meeresbewohner hatten auch seine Begleiter keine Probleme mit der Umstellung. Eine Gleitschiene beförderte den Schlitten in eine Nische, wo sie gefahrlos aussteigen konnten. Dort benutzten sie eine Personenschleuse, um das Habitat zu betreten.

Im Inneren halfen ihnen Roboter aus den Raumanzügen. Die Menschen zogen auch ihre Unterwäsche aus und ergriffen die vorher abgelegte Alltagskleidung. In ihrer Nacktheit wurden die Unterschiede deutlich. Iokepa war ein hochgewachsener Mann mit brauner Haut, rundlichem Gesicht, breiter Nase und vollen Lippen. Blauschwarzes Haar fiel ihm wippend über die Ohren. Er schlüpfte in eine Bluse, einen Sarong und Sandalen. Fenn war noch etwas größer, fast genauso muskulös und würde, gerade einmal sechzehn Jahre alt, noch kräftiger werden. Er trug das strohfarbene Haar kurzgeschnitten. Blaue Augen leuchteten in einem Gesicht, das kantig zu werden begann. Seine Kleidung bestand lediglich aus einem Overall und weichen Stiefeln. He'o, dessen länglicher Körper feucht glänzte, wälzte sich auf den für ihn bereitstehenden Motorkarren. Das Fahrzeug besaß Greifarme, die in Händen endeten, einen Stimmensynthesizer und kurze Beine für Situationen, in denen es auf Rädern nicht weiterkommen würde.

»Wie steht es jetzt mit dem Bier?« erkundigte sich Iokepa.

»Haben wir noch genug Zeit?« fragte He'o Fenn höflich auf Anglo. »Ich glaube, der nächste Zubringer fliegt schon bald ab.«

»Wenn wir ihn verpassen, nehmen wir eben den nächsten morgen. Wir sollten uns lieber eine Nachtwache lang gut ausruhen, bevor wir zu den anderen auf Luna zurückkehren.«

»Aber wir haben schon mehr als genug von dieser ... Umgebung gesehen«, sagte He'o.

»Gefällt es euch hier nicht?« fragte Fenn überrascht. Er hatte die beiden durch die gesamte Station geführt.

»Es ist sehr interessant.« He'o verlieh seiner künstlichen Stimme wieder einen gefühlvollen Unterton. »Aber ich sehne mich nach eurem Beynac-See.« Das war das Gewässer unter dem Mare Somnium, in dem er herumgetollt war.

»Ach, dazu wirst du noch jede Menge Gelegenheit haben«, erwiderte Iokepa. »Wir werden noch mehrere Tageszyklen auf dem Mond bleiben, bevor wir zur Erde zurückfliegen.« Er musterte die Robbe aufmerksamer. »Du fühlst dich hier nicht wohl, nicht wahr?«

»Sollten wir jemals unsere eigene Weltrauminsel starten, dann werden wir sie anders als diese gestalten, denke ich.« He'o wandte sich Fenn zu. »Ich sage nichts gegen eure. Es ist nur so, daß ihr Dao nicht unser Dao ist.«

»Kommt, laßt uns aufbrechen«, schnaubte Iokepa.

Die Menschen gingen, und der Metamorph rollte in seinem Gefährt einen Korridor entlang, der sich vor ihnen ständig aufwärts wölbte. Die Illusion von grünen Wiesen unter einem blauen Himmel wogte, als würde ein leichter Wind über sie hinwegstreichen. Ein Teppich aus Duramoos überzog das Deck. Sie waren allein. Außer dem Säuseln der Ventilation war es bis auf ihre Stimmen und das Geräusch ihrer Schritte still. Der spärliche Raumflugverkehr wurde über die Polschleuse abgewickelt und war ohnehin robotisch. Fenn hatte eine kleine Seitenschleuse benutzt, um seinen Freunden das aufregende Erlebnis zu ermöglichen, von der Fliehkraft ins All hinausgeschleudert zu werden und dann in einem bogenförmigen Flugmanöver zurückzukehren. Was die Menschen betraf, die ständigen Bewohner und die größere Zahl derjenigen, die sich nur vorübergehend hier aufhielten – letztere hauptsächlich aus Gründen der Schwangerschaft und der ersten Lebensjahre ihrer Kinder –, so waren es erheblich weniger als der Komplex früher einmal unter dem Namen Ragarangij-go, des mächtigen L-5, beherbergt hatte. Ihre Wohnungen, Arbeitsplätze und Freizeitzentren lagen anderswo.

Ein anderes Dao, dachte Fenn, das Dao Kai der Lahui Kuikawa, das die Erde irgendwie nervös zu machen begonnen hatte. Eine Philosophie und ein Glauben, entwickelt von Menschen und Robben, die seit Jahrhunderten auf und in dem Meer zusammenlebten. Neugier keimte in ihm auf. »Ich, äh ... ich wüßte gern, was ihr anders machen würdet, falls ... wenn ihr ins All hinausgeht.«

Besser, es nicht bei einem »Falls« zu belassen, sondern ein »Wenn« daraus zu machen!

He'o rollte eine Weile schweigend dahin, bevor er antwortete. »Wie du willst. Aber was ich zu sagen habe, könnte ungünstiger Wind für dich sein.« Er zögerte. »Für uns – Iokepa wird mir zustimmen, wenn auch nicht so nachdrücklich – ist diese Muschel leblos.«

Der Mann von der Erde runzelte die Stirn, kratzte sich am Kopf und murmelte: »Hmm ... äh ... ja. Auf gewisse Weise.«

»Was?« protestierte Fenn. »Aber ... seht doch!« Er

deutete mit einer weitausholenden Geste auf die Pseudoszenerie, echte Gärten, Parks, Teiche, Bäche, Gras, Blumen, Obstbäume, leuchtend bunte Vögel, Fische und Insekten, kleine Säugetiere, die an vielen Orten überall auf der Station frei herumliefen.

»Ihr habt hier Leben«, gab He'o zu, »aber es ist nur Beiwerk und ein Parasit der Maschinen.«

»Alles Lebendige wird an dem ihm zugewiesenen Ankerplatz festgehalten«, fügte Iokepa hinzu.

»Aber ohne die Maschinen und die ... die Organisation würden wir sterben«, erklärte Fenn. »Dies ist der *Weltraum.*«

»Auch die Erde segelt durch den Weltraum, und doch ist sie zur Gänze lebendig«, stellte He'o fest.

»Hör zu, *aikane.*« Iokepa legte dem Jungen eine Hand auf die Schulter. »Laß mich dir ein Beispiel geben. Zu Zeiten von L-5 wuchs hier ein gigantischer Baum. Ich habe mir mehr als einmal Vivis von ihm angesehen. So etwas wie ihn hatte es niemals zuvor gegeben. Doch als sich die Kolonie auflöste, ließ man den Baum in der Kälte und Dunkelheit sterben. Und nachdem die Station in den Orbit um Luna gebracht und wieder benutzt wurde, hat niemand auch nur den Vorschlag gemacht, einen neuen Baum zu pflanzen. Der Cyberkosmos denkt und fühlt nicht auf diese Weise.«

Fenn mußte ihm recht geben. Auch er kannte *den Baum* aus Multisensoraufzeichnungen, den majestätischen, ehrfurchtgebietenden Mammutbaum, der eine auf der Erde unmögliche Größe erreicht hatte. Eine weitere Erinnerung meldete sich. Zu seinen wenigen Traumkammererlebnissen gehörte der Kosmos einer uralten Mythologie – Yggdrasil, dessen Wurzeln die Erde durchdrangen, das Winterland und die Hölle, dessen Stamm bis in den Himmel reichte, und neun Welten verstreut in dem windgeschüttelten schattigen Laubdach – Yggdrasil, der Weltenbaum, dessen Sturz den Untergang der Götter und das Ende der Zeit bringen würde ... Der durch seine Äste streichende Wind hatte Fenn etwas zugeflüstert, dessen Bedeutung ihm nie klargeworden war. Hatte irgendein Maschinenverstand jemals ein Gefühl für das Geheimnis des *Baums* von L-5 entwickelt?

»Und yah, offiziell ist der Cyberkosmos lediglich ein Ratgeber und Helfer mit nur einer Stimme in der Versammlung«, schloß Iokepa. »Aber du weißt genauso gut wie ich, daß er es ist, der über alle wichtigen Dinge entscheidet. Zusätzlich zu der Hälfte aller unbedeutenden Einzelheiten.«

Trotz seiner eigenen Vorbehalte war Fenn ein wenig schockiert über Iokepas Worte. So etwas sagte man einfach nicht, das war Irrsinn, nicht wahr? Zu dem, was er bis zum heutigen Tag gelernt hatte, gehörte die Chronik all des Elends, das noch bis vor fünf- oder sechshundert Jahren, vor kaum einem halben Dutzend Lebensaltern, Realität gewesen war. Er hatte nicht nur von Hungersnöten, Krankheiten, Armut, Plackerei und Umweltzerstörung erfahren, den Mißständen, von denen die Technologie die Menschheit Schritt für Schritt befreit hatte, sondern auch von unnötigen Schrecken wie Sklaverei, privatem Mißbrauch, zügelloser Kriminalität, sexueller Abnormität und Unterdrückung, Aberglauben und institutionalisierten Abscheulichkeiten wie Krieg, staatliche Reglementierung, Erpressung, Folter ... Von diesen Dingen war die Menschheit heute befreit, oder? Wenn sie sich in den warmen schützenden Schoß der Erde zurückgezogen hatte, dann doch nur, weil sie ängstlich und dumm war ... Und doch berichteten die Nachrichten immer häufiger von Unruhen und Demonstrationen, von merkwürdigen Doktrinen, die einer verzückten Zuhörerschaft gepredigt wurden. Dazu noch die Gerüchte, die seit kurzem aus den Tiefen des Weltraums hereinsickerten ...

Nun, vielleicht war Iokepa nur gereizt.

»Ein Zuhause im Orbit sollte mehr als nur ein Hafen für gelegentlich eintreffende Schiffe und eine Aufzuchtstation sein«, griff He'o das eigentliche Thema wieder auf. »Unsere Welt würde klein, aber lebendig und unabhängig sein.«

Fenn erkannte, daß die Robbe ebenfalls Unzufriedenheit äußerte, auf ihre zurückhaltende Art sogar noch nachdrücklicher als der Mensch. Wie gebildet und intelligent He'o auch sein mochte – seine Spezies hatte Generationen Zeit gehabt, zivilisiert zu werden –, im Kern seines Wesens war er ein Kämpfer und Jäger geblieben. In seiner Heimat jagte er häufig Fische, die er mit seinen Kiefern packte und bei lebendigem Leib verzehrte. Die Narben an seinem Körper, die er nicht beseitigen lassen wollte ...

»Eh, ihr *po'e* habt viele wunderbare Dinge vollbracht«, fuhr Iokepa sanfter fort. »Ihr könnt uns eine Menge beibringen. Aber ist das, was ihr geschaffen habt, wie die Wildreservate unter Lunas Oberfläche, nicht eine Tradition, die ihr fortführt? Etwas, das begonnen wurde, bevor es einen Cyberkosmos gegeben hat? Was wir wollen, ist etwas erbauen, das wirklich neu und frei ist.« Er verstummte. »Tut mir leid. Ich rede zuviel.«

»Allerdings ist das nichts, was schon bald oder hier in der Nähe geschehen würde«, fügte He'o hinzu.

Die Bemerkung verstärkte einen Eindruck, der sich bei Fenn von Tageszyklus zu Tageszyklus verfestigt hatte. Er schluckte. »Ihr glaubt nicht, daß ihr Kolonien auf dem Mond errichten könnt?«

»Das war schon immer zweifelhaft, wie dir von Anfang an klargewesen sein muß. Wenn unser Komitee nach Hause zurückkehrt, wird sein Bericht ausführlich debattiert werden. Aber ich bin mir jetzt schon sicher, wie die Entscheidung letztendlich ausfallen wird. Nein, wir können keine Kolonien auf dem Mond errichten.«

»Aber ihr ...«, begann Fenn, obwohl er wußte, daß es vergebliche Mühe war, »... ein eigenes Habitat nach euren eigenen Vorstellungen ... und auf Luna gibt es immer noch mehr Platz, als ihr vorerst besiedeln könntet ...«

»Ach, wir werden von Zeit zu Zeit wiederkommen, um zu lernen und Fragen zu stellen«, beruhigte ihn Iokepa. »Ihr Seleniten habt jede Menge Erfahrung gesammelt, auf die wir zurückgreifen werden müssen.«

»Wohin könntet ihr sonst gehen?« Merkur und Venus:

Infernos. Der Asteroidengürtel und die Monde der Riesenplaneten: alle lohnenden Gegenden waren schon seit langem von Maschinen bevölkert, die mittlerweile alle Ressourcen erschöpft hatten, deren Abbau sich rentierte. Proserpina und die Kometen: weit entfernt in ewiger Nacht, und ihre lunarischen Bewohner würden Terraner nicht willkommen heißen. Die Sterne: unmöglich. Die erste winzige Auswanderungswelle zu den nächstgelegenen, angeführt von Anson Guthrie, war mit Sicherheit auch die letzte gewesen.

Es sei denn, diese Geschichten, die man in letzter Zeit hörte, und die offiziellen Erklärungen, daß es dafür keinerlei Bestätigung gäbe, hätten mehr als nur ein bißchen mit der zunehmenden Unruhe auf der Erde und auf Luna zu tun. Die Möglichkeit, ewig leben zu können ...

Nein. Schieb das beiseite. Zu nebulös, zu kompliziert. »Mars?«

»Vielleicht«, erwiderte Iokepa. »Äh, dir ist doch klar, wenn wir Lahui tatsächlich eine Kolonie gründen würden, würden sich nur wenige von uns dort niederlassen. Auf gewisse Weise so, wie es unsere Vorfahren getan haben, die mit ihren Kanus über den Ozean zur nächsten Insel gepaddelt sind. Die meisten sind zurückgeblieben.«

»Ein solches Albatroswagnis darf nicht nur materiellem Gewinn dienen«, sagte He'o. »Es muß zwar Aussicht auf Profit haben, um überhaupt zustande kommen zu können, aber der wahre Preis wird die Freiheit des Dao Kai sein, ungehindert zu wachsen, und diese Freiheit wird sich über den Raum hinweg zurück zu unserer Heimatwelt erstrecken.«

»Was wir auf Luna erreichen könnten, scheint zu wenig zu sein«, fügte Iokepa hinzu. »Aber hauptsächlich haben wir erfahren, gründlicher als je zuvor, daß auch Luna das Reich des Cyberkosmos ist.«

Wieder konnte Fenn nicht vollständig erfassen, worum es eigentlich ging. Begriffen es seine Begleiter überhaupt? Er hatte das Gefühl, daß hier gewaltige blinde Kräfte am Werk waren.

Sie schwiegen. Gerade betraten sie eine bewohnte

Sektion, in der eine Ahnung von Lärm und Gedränge herrschte. Männer, Frauen und vor allen Dingen Kinder bevölkerten die Gänge, Portale führten zu Wohnkomplexen, Versorgungszentren und kleinen Geschäften. »*Nana 'oe!*« rief Iokepa laut. Vor ihnen schimmerte eine Leuchtreklame. YING-ZHOU, Insel der Gesegneten. Sie eilten hinein, ließen sich an einem Tisch nieder, die Menschen mit überkreuzten Beinen auf Sitzkissen, und bestellten Bier. Fenns Ausweiskarte berechtigte ihn, Alkohol trinken zu dürfen, aber die Bedienung fragte ihn gar nicht erst danach, wahrscheinlich weil er älter aussah, als er tatsächlich war. He'o wußte Bier ebenso wie seine Gefährten zu schätzen. Ihre Unterhaltung wurde lebhaft und sprang von einem Thema zum nächsten.

Fenn hob seinen dritten Krug. »Auf das Leben!«

»Mögen die Gezeiten fließen«, erwiderte He'o.

Iokepa strahlte. »Ich glaube, genau das tun sie, Jungs. Was wir über die Lebensmutter dort draußen hören ... Wiedergeburt ...«

»Und diese Schiffe, die die Proserpinarier jetzt haben!« rief Fenn.

»Hah, dem Cyberkosmos gefällt der derzeitige Stand der Dinge überhaupt nicht«, behauptete Iokepa. »Erst recht nicht, wenn wir herausfinden, wie lange uns die Wahrheit verheimlicht worden ist. Peinlich, nicht?«

»Nichts ist sicher«, dämpfte He'o die Erwartungen. »Es sind kaum mehr als Gerüchte. Was wir gehört haben, stammt aus vereinzelten Funksprüchen von Terranern auf dem Mars, die es von lunarischen Nachbarn gehört haben, die es wiederrum von anderen erfahren haben wollen, und die behaupten, es von Proserpina zu wissen. Ich kann es der Synese nicht einmal verdenken, daß sie sich nicht dazu äußert. Zweifellos treiben ein paar Körnchen Wahrheit in diesem Strom, aber ich frage mich, wieviel davon nur lunarische Aufstachelung ist.«

Fenns Fröhlichkeit verflog. Unwahrscheinlich, dachte er. Gerüchte, Dementis, Ausflüchte und noch mehr Gerüchte. Und hier saß er, Jahr für Jahr, gefangen in der stets gleichen quietschenden Tretmühle.

KAPITEL 5

Der kleine Ort Eos klammerte sich an den Rand des Eosgrabenbruchs, nahe des östlichen Endes der Valles Marineris. Dahinter erstreckte sich Margaritifer Sinus bis über den Horizont hinaus, zuerst eine Kulturlandschaft, dann Felsen, Dünen, Krater und freigelegtes Basalttiefengestein, Staubschwaden, die von einem geisterhaft dünnen Wind hochgepeitscht und verwirbelt wurden. Ein Straße, die schon bald den Blicken entschwand, führte durch das Gebiet. Der Strahl eines Laserorientierungsturms leuchtete hell, wirkte aus der Ferne jedoch winzig und einsam. Unterhalb der Siedlung verloren sich Klippen und Felsspalten in düsteren Tiefen, unheimlich geformt in matten Farbschattierungen. Nach Norden hin stieg das Land wieder an, bis es nach etwa dreihundert Kilometern abrupt zum Caprigrabenbruch abfiel. Doch der Blick eines Betrachters würde sich vermutlich eher nach Westen richten, zu den unglaublichen Rissen und Spalten der Valles, die den Planeten zu fast einem Fünftel seines Umfangs durchzogen.

Die Gegend war nicht nur aus geologischer Sicht faszinierend, sondern auch reich an Mineralien, die der Hauptgrund für menschliche Niederlassungen auf dem Mars gewesen waren. Sehr viel später, nachdem auf der Erde längst eine stabile Wirtschaft entstanden war, die sich im wesentlichen auf eine von Maschinen gelenkte Recyclingindustrie stützte, fiel es den meisten Menschen schwer, den ökonomischen Nutzen der Marsbesiedlung zu verstehen, sofern sie überhaupt darüber nachdachten. Bei Luna war das offensichtlich. Der Mond war die geeignete Stätte für Solarenergiekollektoren und Ausgangspunkt interplanetarer Operationen zu einer Zeit, als der größte Teil der Arbeit noch von Menschen geleistet werden mußte. Wenn sich derartige Gemeinschaften erst einmal fest etabliert hatten, bestanden sie natürlicherweise auch fort. Aber auf dem Mars? War der Reichtum des Sonnensystems denn nicht in überwältigendem Maß auf den Asteroiden und den Kometen verfügbar?

Das traf zwar zu, aber nur sehr wenig davon verdiente die Bezeichnung Erzvorkommen. Das meiste bestand aus einem chaotischen Gemisch der verschiedensten Elemente und erforderte komplizierte und energieintensive Veredlungstechniken. Doch auch wenn im All Energie im Überfluß vorhanden war, durfte man die für ihre Gewinnung erforderlichen Investitionen keineswegs vernachlässigen. Auf der Erde hatten geophysikalische und -chemische Kräfte Rohstoffe über viele Zeitalter hinweg entstehen lassen und konzentriert, lange bevor die Menschheit entstanden war – kompakte Ablagerungen, Adern, Flöze, wahre Goldgruben. Das gleiche war auf dem Mars geschehen, zwar in bescheidenerem, aber dennoch nennenswertem Ausmaß, besonders während seiner Jugendzeit, als noch überall Vulkane gewütet, Wassermassen den Planeten umspült hatten und die Atmosphäre mehr als nur eine hauchdünne Luftschicht gewesen war.

Die Expansion extraterrestrischer Operationen hatte ungeheuere Ressourcen verschlungen. Die Gravitation des Mars war verhältnismäßig niedrig. Das und die Nähe zum Asteroidengürtel hatte die Kolonisten in die Lage versetzt, die Arbeiter auf den Asteroiden leichter mit dringend benötigten Gebrauchsgütern, Chemikalien, Nahrung und anderen biologischen Produkten zu versorgen, als es die Erde hätte tun können.

Was Lebenserhaltungssysteme betraf, benötigte man auf dem Mars keine großen Schutzkuppeln und künstlich gegrabenen Höhlen wie auf Luna. Unterkünfte konnten auf der Oberfläche errichtet werden, strahlungssicher, luftdicht und biointegriert. Metamorphische Spezies konnten im Freien gedeihen und sowohl die einheimische Bevölkerung als auch die Exporteure mit ihren Produkten versorgen. Der Erzabbau wurde profitabel.

Das waren die Argumente, mit denen man den Erdenbewohnern späterer Zeit erklären konnte, wieso der Mars ursprünglich besiedelt worden war. Wahrscheinlich mußte man nicht einmal hinzufügen, daß Terraner und Lunarier dorthin ausgewandert waren, weil sie sich unter den Gravitationsbedingungen des Planeten problemlos fortpflanzen konnten. Genauso offensichtlich war, daß eine Bevölkerung, die in einem bestimmten Land geboren wurde und sich ihm über Generationen anpaßte – und umgekehrt –, irgendwann den Wunsch verspüren würde, dort zu bleiben. Sie entwickelte ihre eigenen Traditionen und einzigartigen Institutionen. Die Republik Mars bestand eigentlich, trotz dieser Bezeichnung, aus zwei Nationen – sofern der Begriff ›Nationen‹ überhaupt zutraf. Durch mehr als nur ihre Entfernung isoliert, nahm sie an der Politik der Weltföderation kaum teil, und nach der Rekonstitution spielte sie innerhalb der Synese eine noch geringere Rolle. Ja, diese historische Logik konnte ein Erdenbewohner nachvollziehen.

Doch wenn er, wie die meisten seiner Zeitgenossen, ein Rationalist war, würde es ihn einige Mühe kosten, gefühlsmäßig zu verstehen, warum die Marsianer auch heute noch, nachdem ihre Exporte nicht länger benötigt wurden und immer weniger Raumschiffe den Planeten anflogen, an ihrer Heimat festhielten. Nichts zwang sie dazu, weiterhin schwierige Lebensumstände zu ertragen. Sie hatten eine Menge Bürgerkredite angesammelt, weil der Mars wenig Möglichkeiten bot, sie auszugeben. Sie hätten problemlos den Rückflug bezahlen und einen angenehmen Neuanfang auf der Erde oder Luna beginnen können.

Allerdings bezieht ein echter Rationalist auch Emotionen in seine Überlegungen ein. Er muß sich nur umsehen und wird erkennen, daß alle Menschen überall auf der Welt nach etwas Bedeutenderem als einer bloßen individuellen Existenz streben, nach etwas, das sie lieben und dem sie sich zugehörig fühlen können, und wie sehr sie an dem festhalten, was sie gefunden haben. Der Mars war das legitime Erbe der Marsianer.

David Ronay gehörte ganz zweifellos zu den Marsianern, denen diese Einstellung in Fleisch und Blut übergegangen war. Als er Helen Holt geheiratet und zu sich nach Sananton geholt hatte, brachte er sie auf den Grund

und Boden, den einer seiner Vorfahren vor fast vierhundert Jahren – rund siebenhundertfünfzig irdischen – erschlossen hatte. Außer der Arbeit in den Plantagen und den anderen Unternehmungen auf seinem Grundstück war er im Gemeindewesen aktiv und diente schließlich dem Haus Ethnoi als Regionalvertreter. Seine Frau war nicht nur seine Lebenspartnerin, sondern erteilte über das Ausbildungsnetz Unterricht in den Grundlagen der Linguistik und Semantik. Außerdem verwaltete sie das Familienvermögen mit großem Geschick. Sie hatte besser als viele andere Marsianer erkannt, daß diese Welt, auf ihre eigenen Ressourcen beschränkt, den Risikokapitalismus wiederentdeckte oder vielleicht sogar wiedererfand.

Kinna Ronay wurde im Medicenter von Eos geboren, aber schon am nächsten Tag schaffte ihre Mutter sie mit einem Flitzer ins rund hundert Kilometer entfernte Sananton zurück. Dort wuchs Kinna auf. Im Lauf der Zeit bekam sie einen Bruder und zwei Schwestern. (Schon das allein unterschied ihr Zuhause grundlegend von irgendeinem auf der Erde oder auf Luna. Die Republik Mars hatte nie versucht, die Zahl der Nachkommen ihrer Bürger zu begrenzen. Nicht nur, daß die Menschen keinerlei Bedrohung für die marsianische Biosphäre darstellten, sie hatten sie selbst erschaffen und erhielten sie. Auch war der Planet mit seinen vielleicht zehn Millionen Bewohnern alles andere als überbevölkert. Im Gegenteil, mehr Menschen wären sogar wünschenswert gewesen. Aber die ökonomischen Zwänge bestimmten, wie viele Kinder sich ein durchschnittliches Paar leisten konnte, und so blieben die Bevölkerungszahlen niedrig. Den Ronays ging es wirtschaftlich relativ gut.) Doch obwohl die familiären Bande eng waren, vergingen noch drei Jahre, bis das erste von Kinnas Geschwistern zur Welt kam, und so entwickelte sie sich mehr oder weniger unabhängig von ihnen. Außerdem besaß sie ohnehin einen unabhängigen Geist.

Trotzdem mußte sie zusätzlich zu ihrer schulischen Ausbildung ihren Teil an Verantwortung übernehmen, als sie älter wurde. Sie lehnte sich nicht gegen das auf, was für sie selbstverständlich war. Auch zu ihren Blütezeiten war die marsianische Wirtschaft nicht überschäumend produktiv gewesen. Sie mußte sich auf die Bergbauindustrie und die Grundvoraussetzungen konzentrieren, die überhaupt erst ein Überleben ermöglichten. Es blieb kaum Kapazität für die Roboterisierung der Arbeit oder für soziale Dienstleistungen übrig. Die Menschen mußten Seite an Seite mit den Maschinen arbeiten. Das schuf Gewohnheiten, die ihnen in diesen mageren Zeiten zugute kamen.

Es war jedoch nicht so, daß Kinna keine Ahnung davon hatte, was im Rest des Universums geschah, oder davon abgeschottet worden wäre. Die Familie fuhr regelmäßig aus geschäftlichen Gründen oder zur Entspannung nach Eos. Sie bereiste den Planeten von den polaren Eisdünen bis zu den Handelszentren und Monumenten von Crommelin oder den Städten, die sich in Schiaparelli drängten. Sie stand per Telekommunikation mit Freunden überall auf dem Mars in Verbindung.

Auch über die Erde und Luna erfuhr Kinna einiges, sowohl durch den Unterricht als auch durch das alltägliche Leben. Von Zeit zu Zeit brachte der Multiceiver ein Programm, das direkt von der Mutterwelt ausgestrahlt wurde. Darüber hinaus waren in den öffentlichen Datenbanken Texte, audivisuelle Dokumente und Musik erhältlich, die gesamte aufgezeichnete Kultur ihrer Spezies und eine Menge der lunarischen. In der Virtualität des Vivifers lernte sie den Regen kennen, Meere, Wälder, einen brodelnden Tanzsaal, eine Meditation auf einem Berg, die Ruinen von New York, den Flug zum Habitat und weiter nach Luna ... Als ihre Eltern sie für alt genug befanden, erlaubten sie ihr einige Besuche in der Traumkammer. Danach konnte sie sich, als hätte sie es in der Realität erlebt, an einen Tag im mythischen Avalon erinnern, daran, ein Adler und eine Eule gewesen zu sein, an einen Abend (als Mann verkleidet) in der ›Taverne zur Meerjungfrau‹, an eine Existenz als Planetensystem und Molekül (die sich ihrer selbst irgendwie bewußt waren), an all die vielen erstaunlichen Dinge ...

Aber die Arbeit auf dem elterlichen Besitz entschädigte sie reichlich für die Mühe. Wenn sie über die Plantagen fuhr, anfangs mit ihrem Vater, später allein, und die Pflanzen und ihre Symbionten pflegte, erschien ihr keine Fahrt wie die andere. Es gab immer Überraschungen und Probleme, die bewältigt werden mußten, Herausforderungen, denen sie sich stellen konnte, hier eine Mutation, da eine Krankheit, dort eine Störung des ökologischen Gleichgewichts. Die richtige Ordnung wiederherzustellen, war zutiefst befriedigend. Es gefiel ihr zu sehen, wie Dinge unter ihren Händen wuchsen, auch in der Werkstatt, wo sich ihr Talent zeigte, Maschinen zu reparieren und nützliche Dinge herzustellen. Dreimal durchbrachen gewaltige Staubstürme die Schutzzäune. Die Furcht vor der Urgewalt, die anschließenden Probleme, selbst die mühsame Arbeit, die verschütteten Felder wieder freizuschaufeln und neu anzulegen, das alles erfüllte sie mit Leben. Selbst die Hausarbeit konnte Spaß machen, wenn man sie zu zweit oder zu dritt erledigte und dabei gemeinsam sang. Auf ihre Geschwister aufzupassen, wenn ihre Eltern verreist waren, konnte manchmal lästig werden, aber im Grunde bereitete auch das Freude.

Oft unternahm die Familie Ausflüge in den Grabenbruch, um in den in ihrer Schroffheit wunderbaren geologischen Formationen herumzuklettern. Als sie heranwuchs, erforschte Kinna die Landschaft mit gleichaltrigen Freunden oder allein. Wenn die Zeit es ihr erlaubte, blieb sie einen ganzen Tag lang fort, blies ein luftdichtes Zelt auf und schaltete nachts einen Wärmestrahler gegen die eisige Kälte an. Oft fuhr sie dazu zu einem weit entfernten Punkt entlang der Valles. Dort gab es Wunder ohne Ende, vom Wind geformte Felsen, farbige Mineralien, Höhlen, Kristalle, uralte Wasserläufe, manchmal sogar ein Fossil. Ein solcher Fund war immer ein besonderes Ereignis, nicht nur, weil sie ihn dem Museum meldete und bei der Ausgrabung half. Allein der Anblick dieses kleinen fremdartigen Zeitzeugen, zu fühlen, daß der Mars nach einer Milliarde Jahre wieder

Leben beherbergte ... das ließ ihr Schauder der Wonne über den Rücken laufen.

Es machte Spaß, in verlassenen Siedlungen herumzustöbern, aber es war auch ein bißchen unheimlich und traurig. Früher hatten auf dem Mars mehr Menschen gelebt und kühne Träume geträumt. Sie hatten sogar davon gesprochen, den Mars zu terraformieren und in eine zweite Erde zu verwandeln. Und hier lagen nun die Trümmer dieser zerschellten Träume.

Kinna richtete sich auf, und ihr Blick wanderte zum Himmel empor. Nein, die Ronays hatten noch nicht aufgegeben!

Doch immer häufiger fanden ihre Ausflüge ein anderes Ziel, und sie fuhr zum Caprigrabenbruch und dem dortigen Clanreich der Lunarierer.

Wie Eos schaute auch Belgarre von den Steilhängen in den Abgrund des Grabenbruchs hinab. Davon abgesehen wiesen beide Städte kaum Gemeinsamkeiten auf. Hier gab es keine Straßen, die nachts beleuchtet wurden, sondern mit Mosaikmustern ausgelegte Gehwege zwischen Gebäuden, die Abstand voneinander hielten. Sie bestanden aus Stein, der nur selten mit einem Schutzüberzug versehen war, und auch der all die Jahrhunderte wehende Wind hatte die rauhen Oberflächen nicht glattschleifen können. Geschäfts-, Verwaltungs- und Produktionsgebäude waren gedrungen, trugen Kuppeln mit Sonnenkollektoren, die Wohnhäuser aber ragten in der Regel hoch auf, hatten Spitzdächer und verglaste Balkone, die kühn aus den Wänden hervorsprangen, als würden dort Wachposten stecken. Über den Hauptluftschleusen prangten Sippen- und Familienembleme. Das mächtigste unter ihnen, der Wohnsitz der Nantai-*Etaine*, wurde von zwei Türmen flankiert, auf denen tagsüber ein Banner flatterte.

Kinna und Elverir verließen das Haus durch eine Seitenschleuse, in hautenge Schutzanzüge gekleidet. Sofort aktivierten ihre Biostats die eingewobenen Heizfäden, um die Außentemperatur von fünfzig Grad minus zu kompensieren, die immer noch rapide fiel. Helles Licht, das genauso kalt wie die dünne Luft war, bohrte sich durch die Sichtscheiben ihrer Helme in ihre Augen. Die Sterne waren so klar und zahlreich, wie man sie nur sah, wenn der Wind für Stunden eingeschlafen war, die Milchstraße ein eingefrorener lautloser Wildbach. Deimos stand schwach schimmernd tief am Horizont, nur nach geduldiger Beobachtung durch seine langsame Wanderung und veränderliche Helligkeit von den Sternen zu unterscheiden. Die Erde funkelte wie ein blaues Juwel höher am Himmel.

Kinna blieb stehen. »Oh-o-oh ...«, hauchte sie verzückt.

Elevir zupfte an ihrem Arm. »Ho-ay, komm, trödel nicht«, sagte er.

»Aber das ist so schön!«

»Wenn meine Älteren uns sehen, werden sie mich wohl gleich wieder zu meiner Arbeit schicken, da ich offenbar so wenig Schlaf benötige.«

Kinna wußte, daß man ihm freigegeben hatte, wenn auch eher widerwillig, aber die Ehre des Hauses erforderte es, wenn ein Besucher speziell ihn sehen wollte. Jetzt wurde ihr klar, warum er sie heimlich beiseite genommen und ihr zugeflüstert hatte, sie sollte ihr Zimmer verlassen, sich für einen Aufenthalt im Freien ankleiden und sich hier mit ihm treffen, ohne irgend jemandem etwas davon zu verraten. Das Wissen, etwas Unschickliches zu tun, rief ein Kribbeln in ihr hervor. Sie schlugen ein typisch marsianisches Tempo an, nicht mit Schritten wie Erdlinge oder der hüpfenden Fortbewegung wie Lunarier, sondern mit langgezogenen mühelosen Sätzen.

Da sie erst kurz vor Sonnenuntergang in Belgarre eingetroffen war, hatte sie bisher kaum eine Gelegenheit gehabt, sich richtig mit ihm zu unterhalten. »Was ist das für eine Arbeit, und warum ist sie so dringend?« erkundigte sie sich.

Seine jugendliche Stimme – beide waren gleichaltrig, siebeneinhalb marsianische Jahre – schwankte ein wenig, als er antwortete: »Das ... *avinyon*, die Mine ... *ti etaine pri si courai ...*« Meistens sprachen sie Anglo, wenn sie sich per Eidophon oder direkt unterhielten, weil er die Sprache üben wollte. Wenn er aufgeregt war, fehlten ihm immer wieder die Worte.

»Oh.« Obwohl sie es hauptsächlich durch Schulungsprogramme gelernt hatte, war ihr Lunarisch besser als sein Anglo. Sie hatte ein Talent für Sprachen. »Eure Eisader.« Das war die Quelle für den alten Reichtum seiner *Etaine* – nicht exakt dasselbe wie »Familie«. Auch wenn die Mine bereits größtenteils ausgebeutet war, war sie immer noch in Betrieb. Kinna wußte, daß es mehr an der Ehre als am Profit lag, weshalb die Anlage nicht geschlossen wurde, um einen Sitz in der *Courai* – nicht exakt dasselbe wie eine »Firma« – zu bewahren, die das Wasser vermarktete.

Ein beinahe instinktiver Schreck durchfuhr sie. Das Eisvorkommen hatte seine frühere Bedeutung verloren, und bald würde es ganz verschwunden sein. Trotzdem sprachen sie hier von *Wasser*. Sie war gerade vier Jahre alt gewesen, als bekannt geworden war, daß die Synese beschlossen hatte, kein Wasser mehr zu liefern, da die Marsianer einen ausreichenden Vorrat hätten und die leicht zu verwertbaren Kometen aufgebraucht wären, aber Kinna erinnerte sich noch an die Verbitterung ihrer Eltern. Später erklärten sie ihr, daß ein schleichender Wasserverlust unvermeidlich war. Moleküle entkamen ständig in die Atmosphäre, wo sie von der ultravioletten Strahlung gespalten wurden. Der so freigesetzte Sauerstoff verband sich mit dem Marsgestein, der Wasserstoff entwich ins All. Eine vollständige Konservierung wäre nur möglich, wenn man alle Gebäude und Räume wie auf Luna absolut luftdicht versiegelte. Innerhalb der nächsten fünfzig Jahre würden sich die Marsianer entweder unter die Planetenoberfläche zurückziehen müssen, was bedeutete, ihr bisheriges Leben völlig umzustellen, oder gezwungen sein, den Mars zu verlassen. Es sei denn, es gelang ihnen, genug eigene Raumschiffe und Roboter zu bauen, um das Eis in dem größtenteils noch unberührten Kuiper-Gürtel zu bergen, oder sie konnten irgendwelche Abkommen mit den geheimnisvollen Proserpinariern treffen. Kinna erschauderte, als wäre die eiskalte Luft durch ihren Schutzanzug gedrungen.

»Was für Schwierigkeiten gibt es denn?« wandte sie sich den pragmatischen Fragen zu.

»Wir hatten einen ... Einsturz, einen Erdrutsch. Das Geröll muß beseitigt werden. Ich übernehme eine Schicht bei der Beaufsichtigung der Maschinen.«

Auf der Erde oder auf Luna würden sich die Maschinen selbst beaufsichtigen, dachte Kinna. Der Mars konnte sich keine derart hochentwickelten Geräte leisten. Sie war sich nicht sicher, woran das lag. Es hatte irgend etwas mit den verfügbaren Ressourcen zu tun, sowohl den menschlichen als auch den natürlichen und technischen, die benötigt wurden, um die Geräte zu bauen, die wiederum die Geräte bauten, die man brauchte. Warum hatten es weder die Föderation noch die Synese geschafft, die Wirtschaft des Mars stark genug anzukurbeln?

»Aber sollen sich Orlier und Zendant darum kümmern, solange du hier bist«, sagte Elverir gerade. Sie sah, wie er sie anlächelte, und sofort begann ihr Herz, schneller zu schlagen. Das Blut rauschte ihr in den Ohren.

Das ist albern, dachte sie. Wir werden nie ein Liebespaar werden. Dazu unterscheiden wir uns zu sehr. Er ist nur ein Freund. Aber im Gegensatz zu ihm erscheinen alle terranischen Jungen so langweilig. Und er ist wirklich attraktiv.

Mit seinem schwarzen Haar, der braunen Haut, der breiten Nase und den vollen Lippen verriet er die afrikanische Linie seiner Rasse deutlicher als die meisten anderen Lunarier, aber die charakterische Ohrform, die Wangenknochen und die großen schrägstehenden Augen – in seinem Fall grün – dominierten. Durch die marsianische Gravitation entwickelte er einen breiten und gedrungenen Körperbau, während die Terraner in der Regel groß und schlank wurden, verglichen mit den Erdlingen. Er und Kinna waren ungefähr gleich groß.

»Wohin gehen wir?« fragte sie atemlos.

»Ein Stückchen raus, um den Phobosaufgang bewundern zu können, solange der Himmel so klar ist. Und mit etwas Glück ... Eyach, da sind wir.«

Sie hatten eine öffentliche Garage erreicht. In einer Stadt wie Crommelin wäre sie verschlossen und mit einem Identifizierungsmechanismus für ihre Mieter gesichert gewesen, hier aber würde ein Dieb nicht lange unerkannt bleiben und kurz darauf tot sein. Elverir führte Kinna zwischen den abgestellten Fahrzeugen hindurch. Sie kamen an ihrem Flitzer vorbei – die gewölbte Kabinenkuppel schien sie wie ein vorwurfsvolles Auge zu beobachten – und erreichten ein Bodenrad, das aus kaum mehr als aus einem Motor, Steuerkontrollen, einem Gepäckträger und zwei Sätteln bestand. Er deutete mit einer auffordernden Geste auf den hinteren Sattel.

Sie zögerte. »Fahren wir in die Wüste? Willst du denn nicht die Fahrtroute eingeben?«

»Warum?« Sie hörte die Verwegenheit in seiner Stimme. »Befürchtest du, uns könnte etwas zustoßen?«

»Nun, ähm ... man weiß nie, was alles passieren kann ... um den Rettungskräften zu helfen ... und das Gesetz ...«

»Wir unterstehen hier nicht terranischem Recht, sondern lunarischer Ehre«, rief er ihr in Erinnerung.

Seine Hochmütigkeit reizte Kinna. Ihr Körper versteifte sich. »Ich habe keine Angst!«

»Dann steig auf.«

Sie konnte jetzt nicht einfach kehrtmachen und schlafen gehen, oder? Also nahm sie hinter ihm Platz. Er ließ den Motor an und fuhr los. Das Tor öffnete sich vor ihnen und schloß sich hinter ihnen wieder.

Kinna schob ihr Unbehagen beiseite. Es war eine phantastische Nacht. Schon nach kurzer Fahrt hatten sie den Ort hinter sich gelassen, und nichts versperrte ihnen mehr die Sicht auf die Sterne.

Zuerst folgten sie einer Straße, die durch eine Plantage nach Norden führte. Die Pflanzen unterschieden sich von denen bei ihr zu Hause. Natürlich sorgte auch hier ein Netz unterirdischer Wasserleitungen mit seinen Eiswürmern und anderen Symbionten für eine Decke aus niedrig wachsendem Gestrüpp, das die Sonnenwärme speicherte. Auch hier hatten Wurzeln, Bakterien, Agrachemie und Maschinen eine Erdschicht entstehen lassen, die Wasser, Mineralien und Humus enthielt. Aber die Lunarier bauten nicht viele Pflanzen an, die einer intensiven Pflege bedurften. Sie bevorzugten genügsame Sorten wie Eisenwurz, Bernsteinholz und Ramalana und tauschten die Erträge gegen Materialien ein, die auf anderen Feldern produziert wurden. Bäume und Sträucher ragten schwarz zu beiden Seiten der Straße auf. Kinna entdeckte ein kleines Feld mit blassem Marsmais und ein unheimliches Leuchten, wo Gemüse wuchs, geschützt unter einer durchsichtigen Vaquetillakuppel. Dann hatten sie das kultivierte Land hinter sich gelassen, überquerten einen Treibsandzaun auf einer Überführung und fuhren weiter in die Wüste hinaus.

Elverir verließ die Straße, kurvte in halsbrecherischem Tempo zwischen Felsblöcken und Dünen hindurch und steuerte höher gelegenes Land an. Das Motorrad dröhnte, wirbelte eine Staubfahne hinter sich auf. Die Landschaft breitete sich schroff und aschefarben vor ihnen aus, still und reglos bis auf das Motorrad.

Plötzlich hielt Elverir so abrupt an, daß Kinna gegen seinen Rücken geschleudert wurde. Sie klammerte sich mit Händen und Knien fest. »Was ist los?« rief sie.

Er deutete in den Himmel. »Hoy-a. Dort oben. Ein Schiff?«

Sie folgte seinem ausgestreckten Finger mit den Blicken. Ein schimmernder Punkt durchquerte den Orion. »Nein«, murmelte sie. »Das kann nicht sein. Wir wüßten, wenn eins kommen würde.« Wann war des letzte erschienen, abgesehen von den jährlichen Frachtern? Vor fünf Jahren? Und auch das war nur eine kurze wissenschaftliche Expedition gewesen, ausschließlich sophotektischer Natur, auch wenn sie dem Haus Ethnoi eine höfliche Grußbotschaft überbracht hatte.

Elverir drehte sich in seinem Sattel um und sah Kinna

an. Seine Lippen waren zu einer Art Grinsen verzogen, seine Zähne leuchteten in der Dunkelheit. »Nicht von der Erde«, sagte er. »Von Proserpina.«

Einen Moment lang überschlugen sich Kinnas Gedanken. All die Geschichten über heimliche Landungen ... Es gab ohne Zweifel Kommunikation über die Abgründe des Alls hinweg in beide Richtungen, Funksprüche, die zwar codiert waren, aber trotzdem drangen immer wieder vereinzelte Informationsfetzen nach draußen – irgend jemand hörte irgend etwas von jemand anderem, der wiederum behauptete, es von einer dritten Person erfahren zu haben –, Gerüchte über Kontakte mit Alpha Centauri, eine neue Art von Raumschiffen, unidentifizierte Flüge in das Sonnensystem hinein und in den interstellaren Raum hinaus und – noch verschwommener – über eine Entdeckung, die eine Gravitationslinse angeblich gemacht hatte ... Sterne wirbelten schwindelerregend durch Kinnas Kopf.

Elverir warf erneut einen Blick in den Himmel. Seine Schultern sanken herab, die Erregung verschwand aus seiner Stimme. »Nay. Sieh seinen Kurs. Ein Relaissatellit, klein und in einem hohen Orbit, so daß wir ihn nicht sehen können, wenn die Luft voller Staub ist.«

Wieder kehrte Ruhe in Kinnas Welt ein. Das hätte ich gleich wissen müssen, dachte sie. Und er auch. »Wieso hast du zuerst etwas anderes vermutet?« Hoffnungen, die er ihr nicht anvertraut hatte?

»Eyach, ich habe ein paar Fetzen über Geschichten aus dem Dreierreich aufgeschnappt ...« Er verstummte.

Kinnas Haut kribbelte. »Was, die Gesetzlosen in der Tharsis?«

Er schwieg ein paar Sekunden lang, bevor er antwortete: »Darüber darf ich dir nichts erzählen.«

Das kann er nicht, begriff Kinna. Wer würde einem Jungen schon ein großes Geheimnis anvertrauen? Wie er selbst gesagt hatte, hatte er ein paar Gerüchte aufgeschnappt. Aber das würde sie ihm nicht ins Gesicht sagen.

Sie wollte das Thema auch nicht weiter verfolgen,

nicht in dieser Nacht, die bisher so magisch gewesen war. Es erinnerte sie zu sehr an gelegentliche Phasen zu Hause, wenn Vater schlechter Laune war und seinem Mißtrauen Luft machte. Gewiß, es gehen einige seltsame Dinge vor sich, dachte sie, aber vermutlich wußten die Lunarier auf dem Mars auch nichts Genaueres, und bestimmt würden sie nur sehr wenig von ihrem Wissen an irgendwelche Terraner weitergeben. Und solange die Synese keine Warnungen verbreitete oder Vorsichtsmaßnahmen ergriff, konnte auch keine furchtbare Bedrohung existieren, nicht wahr? Vielleicht entwickelte sich irgendwo etwas Wunderbares, das irgendwann geschehen würde.

Elverir startete das Bodenrad wieder und steuerte eine Erhebung an. Er fuhr jetzt vorsichtiger als zuvor.

Phobos ging im Westen auf, und sofort kehrte die Magie zurück.

Der Mond war winzig, ein matter Fleck, überhaupt nicht mit Luna auf der Erde zu vergleichen, aber er kletterte rasch in die Höhe und warf schwache Schatten – ein zauberhafter Anblick, in dem sich Kinna verlor.

Auf der Kuppe der Erhebung hielt Elverir an, glitt aus dem Sattel, trat hinter Kinna und öffnete den Gepäckträger. Einen Moment lang fragte sie sich, was er vorhatte, halb erregt, halb ängstlich. Dann baute er sich neben ihr auf und spähte durch ein Fernglas.

Sie blickte in dieselbe Richtung. Das Land erstreckte sich in sanften Hügeln vor ihnen, abgesehen von einem schwarzen Spalt, der sich durch den Boden zog, und zwei Kratern, die mit Dunkelheit gefüllt waren. »Wonach hältst du Ausschau?« fragte sie.

»Hsss ... Hai-ach!« brach es aus ihm hervor. »Dort drüben! Sieh!«

Er reichte ihr das Fernglas. Sie hob es an die Augen, bis es die Helmscheibe berührte. Ein Felsen, auf dem eingebauten Bildschirm vergrößert ... Kinna schwenkte das Glas in einem Bogen herum. Moment ... ja, da! Halb verborgen zwischen Geröll und Schatten bewegte sich ein metallischer Schemen auf acht Beinen. Bei den schimmernden Punkten an seiner Vorderseite konnte es sich um Sensoren handeln. Sie schätzte, daß er in etwa so groß wie ein Mensch war, aber viel kompakter. »Was *ist* das?«

»Eine Bestie, was sonst?« zischte Elverir. »Du hast davon gehört.«

Ja, und sie hatte Bilder gesehen. Ärger keimte in ihr auf. Er mußte nicht in einem solchen Tonfall mit ihr sprechen. Sie war nur überrascht gewesen. »Primitive Roboter«, sagte sie so spröde, wie sie konnte. »Sie laden ihre Speicher mit Sonnenlicht auf, bis sie genug Energie haben, um eine Weile herumzuwandern. Die Lunarier jagen sie zu ihrem Vergnügen.«

»*Sieval u zein* ... Ich hatte gehofft, auf einen zu stoßen.« Seine Stimme bebte.

»Ich wußte nicht, daß es in dieser Gegend welche gibt.«

»Die Phratrie hat kürzlich ein paar importiert.«

Kinnas Verärgerung ebbte ab. »Können wir näher heranfahren?«

»Nay. Er könnte fliehen. Oder auch angreifen. Es ist ihre Aufgabe, gefährlich zu sein.« Er machte sich erneut an dem Gepäckträger zu schaffen und förderte einen Gegenstand mit einem langen Lauf zutage. »Ein Gewehr für Bestien«, erklärte er mit einem breiten Grinsen.

»Nein!« protestierte Kinna erschrocken.

»Warte hier auf mich!« befahl er. »Ich werde dir eine Trophäe mitbringen.«

Er sprintete los, lief in langen Sätzen die Böschung hinab, weiter zu dem trügerischen Gelände in der Nähe des Spaltes auf das große Stahlding zu, das ihn bald entdecken würde. Kinna erinnerte sich an Filme über Leoparden, die ihrer Beute hinterherjagten.

Der arme Roboter, dachte sie albernerweise und korrigierte sich gleich darauf. Nein, es ist nur ein Roboter, eine Maschine, ohne ein eigenes Bewußtsein wie ein Sophotekt oder auch nur ein Tier. Aber er soll gefährlich sein. Bring dich nicht in Gefahr, Elverir! Paß auf dich auf!

Er wollte mir in Wirklichkeit gar nicht die Landschaft

und den Mondaufgang zeigen, erkannte sie. Das wäre in Ordnung gewesen, wenn er keinen Roboter entdeckt hätte, aber eigentlich wollte er auf die Jagd gehen. Oh, er ist froh, daß ich seine ... seine Heldentat sehe, aber ... Ja, er wird sich die übliche Trophäe holen, wie es alle Jäger machen, bevor sie den Roboter reparieren und wieder freilassen. Er wird von mir verlangen, sie für ihn herauszuschmuggeln, er dürfte das eigentlich gar nicht tun, aber eines Tages wird er sie mir wieder wegnehmen.

Die Bestie blieb stehen. Kinna beobachtete durch das Fernglas, wie die Maschine sich gemächlich dem heranstürmenden Jungen zuwandte.

»Elverir!« schrie sie. »Sei vorsichtig! Schieß schnell!«

Jetzt empfand sie keinerlei Mitleid mehr mit der Roboterbestie. Sie wollte, daß sie zerstört wurde. Sie wollte, daß Elverir zu ihr zurückkehrte, damit sie seinen Sieg gemeinsam bejubeln konnten.

Irgendwo in den Tiefen ihres Unterbewußtseins blitzte eine Frage auf. Ist das unsere Natur? Vater glaubt, daß das Terrabewußtsein den Menschen nicht richtig traut. Ist das der Grund? Könnte es sein ... Nein, das ist unmöglich. Es ist undenkbar, daß das mächtige Terrabewußtsein uns fürchtet.

KAPITEL 6

Der Lärm traf Fenn unvermittelt, als er nach einer Tagesschicht Dienst auf der Oberfläche Lunas auf dem Heimweg war. Er verharrte mitten im Schritt. Der Lärm nahm weiter zu, Rufe, Schreie, das Geräusch von Schlägen, untermalt von einem wütenden Heulen. Fenn hatte so etwas schon einmal in der Realität gehört und mehr als nur einmal in Schulungs-Vivis. Jedes einzelne Haar seines Körpers sträubte sich. »*Santa puta*«, flüsterte er. Ein Mob hatte zu randalieren begonnen.

Er rannte in einem lunarischen Galopp los, der einem

kräftigen Mann den Schwung eines geschleuderten Felsbrockens verleiht, jagte vorbei an Wohnhäusern, die mit blühenden Ranken verhangen waren, an kleinen Spezialitätengeschäften, an einer Gaststätte. Passanten sprangen ihm aus dem Weg. An der Kreuzung der Ramanujan-Passage bog er links ab. Duramoos wich Straßenpflaster, die Häuserwände traten weiter auseinander. Diese Durchgangsstraße wurde regelmäßig von Fahrzeugen benutzt, aber jetzt standen alle am Rand der Fahrbahn. Verängstigte Gesichter lugten aus Eingängen und Fenstern hervor.

Die auf einer Reklametafel über einem Vergnügungsetablissement tanzenden Gestalten wirkten unter der Simulation eines blauen Himmels, über den gemächlich Sommerwolken zogen, völlig fehl am Platz.

Etwa fünfzig Männer und ein paar Frauen hatten sich zu einem Haufen zusammengedrängt, wimmelten durcheinander, schubsten sich gegenseitig hin und her, brüllten Beschimpfungen und Obszönitäten. Die meisten waren bewaffnet, schwangen Brecheisen, Hämmer und Steine, was immer ihnen in die Hände gefallen war, einschließlich einiger langer Messer. In ihrer Mitte hoben und senkten sich Keulen. Metall dröhnte und ächzte. Neben der Menge stand ein großer dürrer Mann mit sandfarbenem Haar und einer Stupsnase, die Arme in die Luft gereckt, schüttelte die Fäuste und schrie: »Macht es fertig! Schlagt das ekelhafte Ding zu Schrott! Weiter, weiter!«

Seit er in die Kriminalabteilung gewechselt war, hatte Fenn keine Polizeiuniform mehr getragen. Seine Kleidung bestand aus einer einfachen Tunika und weiten Hosen. Aber er hatte seinen Dienstausweis. Er zog ihn hervor, ließ ihn aufklappen, hielt ihn in die Höhe und drückte auf den Knopf. Der Ausweis leuchtete auf, als stünde er in Flammen, und erzeugte einen schrillen Ton. »Halt!« brüllte Fenn auf Anglo. »Aufhören! Im Namen des Gesetzes!« Er wiederholte den Befehl auf Spanyol und Sinese und klappte den Ausweise vor seiner Brust wieder zu. Der Alarmton brach ab. Fenn zog die kleine

Schockpistole, die seine einzige Waffe war. »Beruhigen Sie sich!«

Einige der Randalierer glotzten ihn an und verstummten. Er war eine einschüchternde Erscheinung, 1,93 Meter groß, mehr als breitschultrig und muskulös. Unter buschigen Augenbrauen, genauso strohfarben wie sein struppiges Haar und sein Bart, leuchteten blaue Augen über einer Hakennase in einem kantigen Gesicht, das jetzt vor Zorn gerötet war. Die Pistole schwang langsam hin und her, als wäre er unschlüssig, auf wen er zuerst schießen sollte.

Der größte Teil des Pöbels hatte ihn noch nicht bemerkt. Gefangen in ihrer Raserei, heulten, traten und prügelten sie weiter auf ihr unsichtbares Opfer. Hier hilft nur hartes Durchgreifen, wurde Fenn klar.

Er kannte diese Leute, einige sogar mit Namen. Außenseiter der Gesellschaft, nicht allzu ordentlich oder klug, unfähig, sich damit abzufinden, wer und was sie waren. Nicht träge genug, um sich mit den Annehmlichkeiten zufriedenzugeben, die ihnen der allgemeine Bürgerkredit ermöglichte, hatten sie weder andere Interessen, denen sie nachgehen konnten, noch eine Subkultur, einen Glauben oder auch nur einen Verein, der ihrem Leben Ziel und Richtung gab. Unbedeutende Straftaten durch unbedeutende Ambitionen waren alles, was sie zustande brachten. Man fand sie in ihren eigenen Vierteln in fast jeder Stadt, wo sie unter sich blieben, weil sie nur dort darauf hoffen konnten, von ihresgleichen akzeptiert zu werden. Manchmal schlossen sie sich zu Haufen zusammen, die umherzogen und Ärger suchten. Dann konnten sie durchaus gefährlich werden.

Der dünne Mann streckte einen Arm aus, deutete auf Fenn und heulte haßerfüllt: »Schnappt ihn euch, *camaradas*! Packt das dreckige Bullenschwein.«

Es war eine Frau, die als erste einen Schrei ausstieß und angriff. Ihr Haar flatterte wild um ihren Kopf, die Strähnen einer schäbigen Medusa. Ein Mann faßte Mut und schloß sich ihr an, dann noch einer und noch einer ...

Fenn drückte ab. Die Angreifer brachen zusammen, wimmerten und zuckten in Muskelkrämpfen. Die Nachrückenden blieben stehen. Der Lärm ebbte ab. Einer nach dem anderen drehten sich alle zu ihm um und starrten ihn an. Ein paar Herzschläge lang rührte sich niemand.

»Seht, was er getan hat!« schrie der dünne Mann. »Macht ihn fertig, bevor er euch fertigmacht!«

Hilfe würde nicht mehr rechtzeitig eintreffen, sonst wäre sie längst schon erschienen, und mit seiner Waffe konnte Fenn nur ein paar Randalierer mehr außer Gefecht setzen, bevor der Rest ihn überwältigte. Und wen auch immer sie gelyncht hatten brauchte sofort Hilfe, sofern er überhaupt noch lebte.

Eine heiße Welle freudiger Erregung schlug über Fenn zusammen. Augen zu und durch, hier stand ein echter Kampf bevor. Er hatte seine Pistole noch nicht richtig in das Sicherheitsholster unter seiner Tunika zurückgeschoben, aus dem sie ihm niemand würde entreißen können, als er ihnen auch schon entgegensprang. »Ganz wie ihr wollt!« brüllte er.

Seine Faust bohrte sich wuchtig in einen Magen. Der Mann knickte in der Mitte zusammen, wurde zwei Meter weit durch die Luft katapultiert, und bevor er auf den Boden prallte, hatte Fenn bereits die Nase eines weiteren Gegners zertrümmert. Aus den Augenwinkeln heraus sah er, wie eine Eisenstange auf ihn herabsauste. Er blockte den Schlag ab, erwischte das Handgelenk des Angreifers mit seinem Unterarm und rammte ihm gleichzeitig das Knie in die Leistengegend, wirbelte herum, krallte die Finger in ein Hemd und schleuderte den darin steckenden Randalierer gegen irgendeinen anderen.

Wären die Chaoten diszipliniert und kampferprobt gewesen, hätten sie ihn mit Leichtigkeit überwältigen können, aber sie waren nichts weiter als ein Mob. Außerdem hatte Fenn seinen Körper zu dem eines Erdlings geschmiedet. Seine Gegner hatten sich nie den anstrengenden Übungen in einer Zentrifuge ausgesetzt.

Nachdem er eine Schneise in die Menschenmenge gepflügt hatte, packte Fenn den nächstbesten Mann, riß ihn hoch und warf ihn in den Leiberhaufen. Das gab ihnen endgültig den Rest. Wer noch laufen konnte, floh in stummer Panik oder stieß halbherzige Flüche aus. Die Verletzten und diejenigen, die von der Schockpistole getroffen worden waren und sich wieder halbwegs erholt hatten, zogen sich humpelnd zurück. Der Anführer schrie Fenn eine Verwünschung zu und half dann zweien seiner Spießgesellen, die noch völlig benommen waren, zu entkommen.

Wenigstens etwas, was man diesem Schleimwurm zugute halten muß, dachte Fenn, während ihm das Blut in den Ohren dröhnte.

Fast unbewußt hob er den linken Arm und richtete den Kameraring an seiner Hand auf den Fliehenden, um ein Bild von ihm zu machen. Es gab Dringenderes zu tun, als den Pöbel zu verfolgen.

Sein heißer Zorn und seine Kampfeslust erloschen. Eigentlich wollte er niemanden verletzen. Wenn seine innere Anspannung zu groß wurde, baute er sie in einem Dojo oder bei einer Bergsteigerexpedition auf der Oberfläche von Luna ab. Trotzdem, dies war eine prächtige Prügelei gewesen, die noch dazu einem guten Zweck gedient hatte. Sein Atem beruhigte sich, sein Herz schlug allmählich etwas langsamer, die innere Hitze erlosch. Er spürte Feuchtigkeit auf seiner Haut und nahm einen scharfen Geruch wahr. Schweiß. Einige Stellen seines Körpers, wo er Schläge eingesteckt hatte, begannen zu schmerzen, aber er hatte keine ernsthaften Verletzungen davongetragen. Kein Blut war geflossen.

Fenn beugte sich über das Opfer des Pöbels und stieß einen langgezogenen Pfiff aus. »Bei allen Toten in ihren Gräbern«, murmelte er. »Es ist der lokale Counselor.«

Er kannte den kastenförmigen Körper. Vier Beine und sechs Arme ragten aus einem Torso hervor, der von einem turmartigen Kopfauswuchs voller Sensoren und elektrophotonischen Systemen gekrönt wurde. Der Sophotekt lag mit verbogenen Gliedmaßen auf dem

Boden, der bläuliche organometallische Rumpf war zerbeult, die einziehbare Kommunikationsschüssel halb aus ihrer Halterung ausgefahren und zersplittert. Dies war eine Maschine, bei deren Konstruktion Sensibilität und Präzision im Vordergrund gestanden hatten, nicht die Fähigkeit, physischen Belastungen und erst recht nicht Gewalteinwirkung standhalten zu können.

Fenn kniete sich neben ihr nieder. »Wie geht es Ihnen, Benno?« erkundigte er sich heiser. Das war der Name, unter dem der Sophotekt hier bekannt geworden war. Er wußte nicht, wie oder warum sich der Name eingebürgert hatte, aber er assoziierte ihn mit Freundlichkeit und Mitgefühl. »Sind Sie ... funktionstüchtig?«

Der Bildschirm in dem Kopfauswuchs flimmerte schwach. Benno konnte kein menschliches Gesicht mehr generieren. »Erhebliche Schäden«, antwortete seine Baritonstimme auf Anglo. »Ich kann ... Sie nicht sehen. Aber Sie sind Polizist, nicht wahr?« Andere Sensoren mußten den Dienstausweis wahrgenommen haben. »Ich danke Ihnen.«

»Ich habe nur meine Pflicht getan ... ähm ... Sir. Ich werde Hilfe anfordern.«

»Ich auch, wenn das möglich ist. Ein entsprechend ausgestattetes Terminal ...«

Fenn nickte. Benno wollte keinen Anruf tätigen, sondern seine Persönlichkeit mit dem Cyberkosmos verbinden, oder zumindest mit dem lokalen Knoten dieses gewaltigen Bewußtseins. Fenn fragte sich einen Moment lang, ob der Counselor Trost und Zuspruch benötigte, ob er ihm irgendwie helfen konnte, die Schmerzen und den Schock zu lindern.

Aber nein, man durfte keine menschlichen Gefühle in einen Sophotekten hineinprojizieren.

Ja, so sicher wie der Tod hatten Sophotekten ihre eigenen Gefühle. Wie auch immer seine Einstellung zum Cyberkosmos als Einheit war, Fenn mochte Benno. Der Counselor war ein rundum liebenswertes Geschöpf. Er war so erschaffen worden.

Und dieser widerliche Mob war hier wie eine hirnlose

Epidemie eingefallen und hatte sich blindwütig auf ihn gestürzt.

Nachdem die Durchfahrtstraße geräumt war, begann der Verkehr wieder zu fließen. Die Menschen wagten sich aus ihren Verstecken hervor. Einige kamen näher. Fenn richtete sich mit finsterer Miene auf. »Bleiben Sie aus dem Weg.« Sein schroffer Baß ließ die Leute Abstand halten. Die meisten wirkten wie betäubt. In ihrem Leben beschränkte sich Gesetzlosigkeit in der Regel auf historische Filme und Dramen. »Kümmern Sie sich um Ihre eigenen Angelegenheiten. Wenn Sie eine Aussage zu machen haben, dann tun Sie das über die Polizeileitungen.«

Als er sich umblickte, wußte er, was als nächstes zu tun war.

Einige Meter entfernt leuchtete ein Seelensucher-Mandala über einem Eingang. Fenn bückte sich, schob die Arme unter Bennos Körper und hob ihn hoch. Der Counselor war nicht allzu schwer, schon gar nicht unter lunarischer Gravitation. Wozu Energiespeicher verschwenden, um unnütze Masse zu bewegen, wie zum Beispiel eine Panzerung? Bennos Kopfauswuchs reichte gerade einmal an Fenns Schultern heran. Fenn schleppte ihn zur Tür, die sich selbständig öffnete und in mehreren Sprachen »Willkommen« murmelte.

Der anschließende Raum war groß, die Decke hoch und höhlenartig gewölbt. Bis auf das schwache Leuchten von Bildschirmen in Konsolen entlang der Wände herrschte Halbdunkel. An der dem Eingang gegenüberliegenden Wand spendete ein weiteres Mandala sanftes Licht. Die Luft war mit kaum wahrnehmbarer leiser Musik und schwachen Düften erfüllt. Zwei Gestalten in schlichten weißen Roben und Sandalen eilten auf Fenn zu, eine junge Frau und ein kleinwüchsiger alter Mann. Ein gewaltiges wasserspeicherndes Gesäß beulte seine Kleidung aus – ein Trockenländer, einer der wenigen menschlichen Metamorphe außer den Lunariern, die noch existierten. Keine dieser bedauernswerten Rassen konnte ihre Bevölkerungszahlen halten. Fenn schätzte, daß sie alle innerhalb der nächsten hundert Jahre ausgestorben sein würden.

»Willkommen, Officer«, grüßte der Mann leise auf Spanyol. »Was für eine schreckliche Geschichte. Wie können wir behilflich sein?«

Fenn schilderte in knappen Worten die Situation. Die Erwiderung erfolgte so schnell, wie er gehofft hatte. Er war in das Seelensucher-Zentrum gegangen, weil alle Filialen über Kommunikationseinrichtungen und Computer verfügten und das geistliche Personal bestens in ihrer Bedienung geschult war. Der Trockenländer führte ihn zu einem Spezialterminal, half ihm dabei, die beschädigte Maschine anzuschließen, und überbrückte die defekten Schaltkreise. Die Frau verschwand durch die Hintertür, um den Prior zu holen, der gerade meditierte. Fenn trat an ein gewöhnliches Eidophon und rief die Polizeizentrale an.

Am anderen Ende meldete sich ein gehetzter Captain. »Gute Arbeit«, sagte er. »Wir hatten Berichte über den Vorfall, konnten aber niemanden abstellen, um sich darum zu kümmern. Zu dem Zeitpunkt war bereits ein Riesentumult am Johann Berg Place im Gange und ein kleinerer Aufruhr im Amravati-Distrikt. Wir hatten alle Hände voll zu tun, die Lage in den Griff zu bekommen. Den letzten Berichten zufolge herrscht dort immer noch Unruhe.«

»Bei Buddhas Eiern!« entfuhr es Fenn.

»Oh, ich schätze, wir sind noch gut dran, verglichen mit Port Bowen. Auch in Tychopolis und Tsukimachi gibt es Ärger, und ich weiß nicht, wo sonst noch. Bisher haben wir noch nichts Verläßliches von der Erde gehört, aber ich möchte mir gar nicht vorstellen, wie es dort in einigen Gegenden aussieht.«

»Überall ... Was, im Namen des Todes, ist hier los?«

»Reaktionen auf die Ansprache des Präfekten. Was sonst? Sie hat ein paar Hitzköpfe aufgerüttelt, und die haben den Rest mitgerissen.«

»Ähm, ja. Affen äffen eben alles nach, was sie sehen.« Fenn hatte Aufzeichnungen aus der Vergangenheit studiert, aus der Zeit von Fireball und davor, und sich dabei ein paar archaische Redewendungen angeeignet. »Und eine Gelegenheit, ein bißchen zu randalieren, zu plündern und sich wichtig und mutig vorzukommen. Ja. Ich schätze, man hat wohl keine sophotektischen Ordnungskräfte ausgeschickt.«

»Nein, bestimmt nicht. Das würde wenig bringen und das Feuer nur noch stärker entfachen.« Der Captain lächelte düster. »Warum sollte der Cyberkosmos sonst eine Polizeitruppe brauchen?« Er wandte den Blick ab, offensichtlich um eine gerade hereinkommende Meldung zu lesen. »Hmm, er schickt ein paar Maschinen los, um Ihren Counselor abzuholen.«

»Soll ich mich später im Hauptquartier melden?«

»Nein, gehen Sie nach Hause. Sie haben schon eine komplette Tagesschicht hinter sich und sie mit einem Bravourstück beendet. Wir scheinen die Dinge jetzt mehr oder weniger unter Kontrolle zu haben. Allerdings werden wir in nächster Zeit kaum zur Ruhe kommen. Bereiten Sie sich darauf vor, morgen bis zum Umfallen zu arbeiten. Gibt es sonst noch was?«

»Ähm, ja ...« Beinahe hätte Fenn es vergessen. »Ich habe versucht, eine Aufnahme von dem Dreckskerl zu machen, der den Mob hier angepeitscht hat.« Er hielt die Fassung der Ringkamera gegen den Mikroscanner und aktivierte ihn. Auf dem Bildschirm erschien neben dem Captain das verwaschene Abbild eines Mannes, der zwei andere mit sich schleifte. Der Captain spulte die Aufnahme zurück, hielt sie an, kreiste einen Abschnitt ein und vergrößerte ihn, um ein Teilprofil zu bekommen. »Suchen!« befahl er.

Ein oder zwei Sekunden vergingen, während Partikel, Photonen und Quantenzustände die globalen Datenspeicher durchforsteten.

»›Vorläufige Identifizierung unter Vorbehalt: Pedro Dover‹«, las der Captain vor, ohne die Registriernummer zu nennen. »Falls er es ist – das Bild ist nicht deutlich genug, um das mit Sicherheit festzustellen –, hat er schon einmal vor drei Jahren in Bowen Ärger gemacht, was auch der Grund ist, weshalb wir eine Akte über ihn vorliegen haben. Ist erst zwei Jahre davor nach Luna gezogen. Ein Doppelname, wie Sie bemerkt haben werden, obwohl er ursprünglich aus Australien kommt. Ich schätze, seine Mitgliedschaft in der Gezaki-Sekte hat ihn dazu veranlaßt. Vielleicht ist der Zusatzname einem Vorfahren entlehnt. Jedenfalls war seine Sektenzugehörigkeit für einen heimtückischen Angriff auf einen Mann verantwortlich, der sich ausgiebig über die Dummheit dieser Sekte ausgelassen hat. Der Kampf wurde beendet, bevor es zu nennenswerten Verletzungen kommen konnte, weshalb Pedro Dover mit der Auflage, einen Monat lang Nachtwachenkurse über Selbstbeherrschung zu besuchen, wieder auf freien Fuß gesetzt wurde. Nachforschungen ergaben, daß er ein recht fähiger Techniker für einfache Aufgaben ist und sich durch gelegentliche Erledigungen ausgefallener Arbeiten ein kleines Zubrot zu seinem Bürgerkredit verdient. Das ist alles. Keine weiteren Einträge.«

»Ich könnte mich um ihn kümmern«, schlug Fenn vor.

»Nein, das lohnt den Aufwand nicht, solange wir so viel anderes zu tun haben und uns nicht einmal sicher sind, daß es sich wirklich um denselben Hitzkopf handelt. Konzentrieren wir uns darauf, die Ruhe wiederherzustellen, dann werden diese Gizaki-Typen nicht viel Zulauf finden. Gehen Sie nach Hause, und ruhen Sie sich aus, Lieutenant. Wir sehen uns morgen.« Der Captain seufzte, denn es würde noch ziemlich lange dauern, bevor auch er schlafen gehen konnte. Er brach die Verbindung ab.

Fenn kehrte zu Benno zurück, der seine Kommunikation mit dem Cyberkosmos abgeschlossen hatte. Mittlerweile war der Prior erschienen und unterhielt sich bedrückt mit dem Counselor. Er war ein kleiner grauhaariger Mann kaukasischer Abstammung, genauso gekleidet wie seine Untergebenen, abgesehen von einer grünen Stola aus lebendem Gewebe über den hängenden Schultern.

»Eine gute Abendwache, Officer«, grüßte er und verneigte sich höflich. Fenn salutierte nachlässig. »Ein häßlicher Vorfall, diese Sache. Und trotzdem, wie ich Benno gerade gesagt habe, kann ich nur Mitleid mit diesen armen Seelen empfinden. Es ist nicht leicht in diesen Tagen, ein mitfühlendes Wesen zu sein, erst recht nicht, wenn man in einer nutzlosen Existenz gefangen ist.«

»Ich weiß«, stimmte ihm der Sophotekt zu. Beschädigte Neuroschaltkreise hatten sich selbständig repariert oder zumindest so weit umgeleitet, daß er problemlos sprechen konnte. Sein Tonfall war sanft, seine Wortwahl unförmlich. »Ich habe mich bei ihnen ebenso wie in Ihrem Wohnbezirk aufgehalten.«

»Diese Leute benötigen Sie dringender als wir«, sagte der Prior.

»Aber ich fürchte, ich habe nicht viel erreicht. Wie sehr ich mich auch bemühe, es scheint sogar, als würde ich immer nur Feindseligkeit hervorrufen.«

Weil das die Art von Kreaturen ist, die sie nun einmal sind, dachte Fenn unversöhnlich. Benno kommt zu ihnen, bietet ihnen Rat, Informationen, Hilfe und medizinische Betreuung an, gibt jedem, der irgendwelche Schwierigkeiten hat, Anregungen und macht Vorschläge, und wenn sie dann herausfinden, daß sie keinen schäbigen kleinen Vorteil aus ihm herausziehen können, machen sie sich nicht die Mühe, seine Dienste in Anspruch zu nehmen. Er erinnert sie zu sehr daran, daß sie Parasiten sind, nicht nur Parasiten des Cyberkosmos, sondern auch der normalen menschlichen Gesellschaft.

Was ihn schmerzte, war, daß er sie beinahe verstehen konnte. Er erinnerte sich an den lokalen Counselor aus seiner Kindheit, die nette alte Irma. (›Alt‹ war eine bedeutungslose Bezeichnung für einen Sophotekten, aber so hatte er sie empfunden.) Ja, sie hatte ihn aus einigen mißlichen Lagen herausgeholt, in die er sich selbst gebracht hatte, und einmal hatte er ihr einen Liebeskummer anvertraut, weil er aus irgendeinem Grund nicht mit seinen Eltern darüber sprechen konnte. Irma hatte die richtigen Worte für ihn gefunden, tröstende Musik und ihm ein wenig Frieden gebracht.

Im Laufe seines Lebens war er anderen Sophotekten begegnet, in den Wäldern, im Weltraum, in der Schule und später bei der Arbeit – weise, geduldige und unbestechliche Geschöpfe. Und trotzdem hatte er immer gegen das Gefühl ankämpfen müssen, eingeschränkt und gegängelt zu werden. Immer war es ihm schwergefallen einzusehen, daß man niemandem die Schuld dafür geben konnte, genausowenig wie für die Tatsache, daß jeder Mensch irgendwann einmal sterben mußte, wie letztendlich auch die Sterne. Und mittlerweile wurden die Geschichten, die angeblich von Centauri kamen, immer zahlreicher und verwirrender.

»Es scheint mir, daß Sie in den Köpfen dieser Leute« – was auch immer in diesen Köpfen an Hirn vorhanden war – »den Cyberkosmos repräsentieren. Und den hassen sie mehr als uns in der Orthosphäre, denn er ist der unübersehbare Beweis und Grund für ihre eigene Bedeutungslosigkeit.«

»Sie sollten nicht verallgemeinern«, ermahnte ihn Benno. »Diese Leute sind keine Organisation oder eine eigene Spezies. Die meisten führen ein friedliches, bescheidenes Leben voller Sehnsucht, das sie größtenteils vor dem Multiceiver verbringen. Es ist nur ein kleiner Prozentsatz, der Probleme bereitet.«

»Das ist wohl richtig«, gab Fenn zu. »Ähm, ich habe mir so meine Gedanken gemacht. Bei allem Respekt, könnte Ihre Art der Counselors nicht überflüssig für sie werden? Könnten menschliche Counselors nicht erfolgreicher sein?«

»Um vergleichbare Dienste leisten zu können, wären Synnoionten erforderlich, und ich fürchte, wir können keine erübrigen.«

»Außerdem würde ein Synnoiont vor dem gleichen Problem stehen«, warf der Prior ein. »S/er« – er drückte das entsprechende Pronomen, das noch keinen Einzug in das Spanyol gefunden hatte, mit einem Fingerzeichen aus – »wird genauso eng mit dem Cyberkosmos assoziiert.«

»Das ist mir klar«, erwiderte Fenn. »Aber ich habe an

rein menschliche Counselors gedacht. Vielleicht könnten Sie einen finden, Euer Weisheit, jemanden, der den Cyberkosmos und seine Möglichkeiten voll ausschöpfen kann, aber nicht direkt mit ihm verbunden ist. Darum geht es doch in Ihrer Bewegung, nicht wahr?«

»Nicht wirklich.« Der Prior schüttelte den Kopf, als könnte er das Gewicht kaum tragen. »Die Seelensuche wird häufig mißverstanden. Sie begann als Suche nach Gott und Erkenntnis, nach der ultimativen Wahrheit mit Hilfe der Cybernetik. Aber im Laufe der Zeit hat sich der Traum immer mehr als unerreichbar erwiesen. Nur noch wenige von uns verfolgen ihn weiter. Wir bedienen uns des Systems hauptsächlich, um Informationen zu beziehen, Analysen zu erstellen, einen Überblick und symbolische Virtualitäten zu bekommen. Ich persönlich strebe nicht nach Erleuchtung, nur nach ... Ausgleich und Versöhnung.«

»Aber Sie beschäftigen sich auch mit der Außenwelt.« Fenn führte das Gespräch hauptsächlich deshalb weiter, weil er merkte, daß dem Prior daran gelegen war.

»Wir bemühen uns, den Unglücklichen und Verlierern eine Zuflucht zu bieten, eine Perspektive und eine Gemeinschaft für all diejenigen, die keine eigenen Wurzeln haben. Ich zum Beispiel war ein ungenehmigtes Kind.«

»Oh ... Das wußte ich nicht. Aber bestimmt, Euer Weisheit, sind Sie von einer guten Familie adoptiert worden. Es herrscht nie Mangel an Leuten, die glücklich wären, ein Kind aufnehmen zu dürfen.«

»Das stimmt«, bestätigte der Prior. »Allerdings kann es passieren, daß ein solches Kind sich stigmatisiert fühlt. Schließlich hat eins seiner biologischen Elternteile die ihm zustehende Menge an Nachkommen überschritten, hat das Gleichgewicht verletzt, wurde zur Strafe sterilisiert, und das Kind wurde ihm entzogen. Aufgrund seiner Existenz wird es in der nächsten Lotterie eine Chance weniger für irgend jemanden geben, einen dritten Nachkommen haben zu dürfen.« Er zuckte zusammen. »Ich habe für mich festgestellt, daß mein Platz hier ist. Nicht in der Welt dort draußen.«

»Ich verstehe«, sagte Fenn leise.

Er wußte, daß er den Nuancen von Leid und Elend sowohl während seiner Kindheit, als auch auf der Akademie und in seinem späteren Berufsleben zu wenig Beachtung geschenkt hatte. Er war einfach vorangestürmt. Die Polizeiarbeit war ihm als das beste Betätigungsfeld erschienen, das ihm offenstand. Kameradschaft, gelegentliche Kämpfe, Gefahren, Rätsel und andere Herausforderungen, regelmäßige Ausflüge auf die Mondoberfläche unter dem Sternenhimmel und das Wissen, daß dies etwas war, das getan werden mußte und nur von Menschen richtig erledigt werden konnte. Erst allmählich hatte er sich zu fragen begonnen, wie gut er sich für diese Aufgabe tatsächlich eignete.

»Ich schätze, wir werden einfach irgendwie weitermachen müssen, so gut wir können«, sagte er.

»Zweifellos«, erwiderte Benno auf seine ruhige Art. »Wir Sophotekten ebenfalls. Das menschliche Leben ist seiner Natur nach chaotisch. Seine Ergebnisse werden immer unvorhersehbar und unkontrollierbar sein.«

Die Eingangstür zog sich zurück.

Ein großes Gebilde wurde davor sichtbar. Die Maschinen waren eingetroffen, um diesen Gesandten des Cyberkosmos mit sich zu nehmen und wiederherzustellen.

Fenn murmelte einen Abschiedsgruß und verließ den Hort der Seelensucher.

Im Distrikt war wieder Ruhe eingekehrt. Eine Aufräumeinheit hatte die Blutspuren und die Überreste des Tumults beseitigt. Fahrzeuge rollten vorbei, ein paar Fußgänger waren unterwegs, die Geschäfte hatten wieder geöffnet – ein Kunstsalon, ein Theater mit lebendigen Darstellern, ein privates Restaurant, das damit warb, authentische traditionelle Thaigerichte zuzubereiten. Eine weitere Redenswendung, die er während des Herumstöberns in historischen Aufzeichnungen aufgeschnappt hatte, kam Fenn in den Sinn: Wir Menschen leben heute von dem, was frühere Generationen uns hinterlassen haben.

Nun, das ist nicht mehr ganz richtig. Wir leben von dem, was das automatisierte System für uns produziert. Zumindest was die Grundbedürfnisse und etliche der Annehmlichkeiten betrifft. Der Bürgerkredit ist nur ein Mittel, uns die Wahl zu lassen, selbst zu entscheiden, wieviel wir von irgend etwas brauchen, und dem System mitzuteilen, wie es seine Produktion darauf einstellen soll. Aber es gibt immer noch Dinge, die nur Menschen für andere Menschen tun oder herstellen können, wie Polizei, bestimmte Vergnügungen oder einzigartige Handarbeiten – Dinge, die Sophotekten ebenfalls tun könnten, wahrscheinlich sogar noch besser, die sie sich aber zu tun weigerten. Und so sind einige von uns, die eine entsprechende Begabung besitzen, etwas Glück haben und den nötigen Willen aufbringen, dazu in der Lage, ein zusätzliches Einkommen zu beziehen und zu glauben, unser Leben hätte eine Bedeutung.

Und noch ein altes Sprichwort: Die erhebende Entdeckung des Offensichtlichen.

Fenn war erschöpft und fühlte sich gleichzeitig innerlich bis zum Zerreißen angespannt. Was war mit dieser Rede, die den ganzen Aufruhr ausgelöst hatte? Natürlich war sie rechtzeitig angekündigt worden, aber er hatte sich auf der Mondoberfläche aufgehalten und war die ganze Tagwache damit beschäftigt gewesen, in einem Todesfall zu ermitteln, bei dem es sich möglicherweise um einen Mord handelte. (Es schien allerdings ein Unfall gewesen zu sein. Maschinen, die unter menschlicher Aufsicht arbeiteten, waren nie völlig idiotensicher, und die Dummheit und der Leichtsinn der Menschen kannten keine Grenzen. Trotzdem ereignete sich hin und wieder ein Mord ... Wäre es auch Mord gewesen – in moralischer Hinsicht, nicht nach juristischen Kriterien –, wenn die Randalierer Zeit genug gehabt hätten, Benno vollständig zu zerstören? Sie hätten eine Persönlichkeit, einen Verstand ausgelöscht. Aber war diese Persönlichkeit unabhängiger vom Cyberkosmos als eine Welle vom

Ozean, in dem sie sich ausbreitet? Was auch immer einzigartig an ihr war, hätte anhand der Datenspeicher wiederhergestellt werden können, der gleiche Benno, dem nichts als die Erinnerungen an die von ihm gemachten Erfahrungen seit seiner letzten Vereinigung mit dem Cyberkosmos gefehlt hätten ... Was zu der Problematik der Bewußtseinskopien und allen anderen Fragen führte, um die es laut der Ankündigung bei der Ansprache des Präfekten gegangen war.

Die blinkende Reklametafel einer Kneipe warb mit geschlossenen Besuchernischen. Aus einem Impuls heraus trat Fenn ein. Der Eingangsbereich war sinnlich dekoriert. Zwei Gesellschafterinnen bedachten ihn mit einem einladenden Lächeln. Die makellose Symmetrie ihrer Schönheit konnte nur das Ergebnis biogenetischer Eingriffe sein. Einen Moment lang war er versucht, die Einladung anzunehmen. Er hatte sich von seiner letzten Freundin getrennt, die ein ebenso aufbrausendes Temperament wie er besaß. Aber dann entschied er sich dagegen. Abgesehen von den anfallenden Kosten wollte er lieber allein mit einem Bier vor einem Bildschirm sitzen und sich in Ruhe die Nachrichten ansehen, bevor er nach Hause ging.

Er bestellte keine Kabine, die für Vergnügungen und Spiele ausgestattet war. Eine einfache kleine Nische reichte völlig aus und war zudem billiger. Nachdem sie sich um ihn geschlossen hatte und der erste Schluck Lager durch seine Kehle geronnen war, rief er die Aufzeichnung der Rede ab.

Ibrahim, der Präfekt der Synese, erschien auf dem Bildschirm. »Liebe Mitmenschen, wo auch immer im Universum Sie sich befinden ...« Er sprach Sinese, aber Fenn fand eine Synchronübersetzung in Anglo, die er leichter verfolgen konnte.

»... gewisse Behauptungen, die sich seit Jahren vervielfältigt haben. Wie unglaublich sie auch erschienen sind, waren sie zu wichtig, um sie einfach zu ignorieren. Eine vorschnelle Beurteilung wäre allerdings unverantwortlich gewesen. Vernünftige Nachforschungen benötigten naturgemäß ihre Zeit, und bis zu ihrem Abschluß wollten wir keine falschen Hoffnungen oder Ängste wecken. Deshalb beschloß der Rat zu handeln, aber gewisse Informationen zurückzuhalten, bis er ihren Wahrheitsgehalt beurteilen konnte. Diese Entscheidung war einstimmig und wurde auch vom Cyberkosmos mitgetragen.

Wir werden alle Ergebnisse dieser Nachforschungen veröffentlichen. Es ist eine lange, komplexe und faszinierende Geschichte. Interstellare Entfernungen haben dabei eine bedeutende Rolle gespielt. Übertragungszeiten dauerten etliche Jahre. Die Reisezeiten für Sonden, um die Informationen zu verifizieren, dauerten noch länger. Eine Zusammenarbeit mit Proserpina hätte einen gewaltigen Unterschied ausgemacht, aber leider muß ich Ihnen mitteilen, daß die Selenarchen unser Ersuchen alles andere als zuvorkommend beantwortet haben. Sie gestatteten unseren Agenten keinen Besuch und stellten uns nur Fragmente ihres Informationsaustauschs mit den Lunariern von Alpha Centauri zur Verfügung. Andererseits ließen sie zu, daß sich Gerüchte ausbreiteten, ohne diese zu bestätigen oder zu dementieren. Unter diesen Umständen, wie Sie problemlos erkennen können, waren wir gezwungen, unabhängig von ihnen zu recherchieren. Das verlängerte unsere Nachforschungen und verstärkte die Enttäuschung und das Mißtrauen der Öffentlichkeit. Ich behaupte nicht, daß dies in der Absicht der Selenarchen lag, aber ich muß feststellen, daß der Umstand bedauerlich war.

Jetzt aber endlich ...«

Ja, berichtete er, die Lunarier im Centauri-System hatten den Untergang Demeters überlebt. Keine wirkliche Überraschung. Die wunderbare Nachricht war, daß auch die Terraner ihre gesamte Bevölkerung hatten evakuieren können und neue Kolonien auf drei anderen Welten gediehen.

»Warum haben wir nicht gleich davon erfahren? Wieso wurde die Kommunikation vier Jahrhunderte lang völlig eingefroren? Das ist eine Frage, auf die wir immer noch keine klare Antwort haben. Vielleicht werden wir sie nie erhalten. Es scheint zu einem gewaltigen gegenseitigen Mißverständnis gekommen zu sein. Proserpina sagt, es hätte von Centauri gehört, daß es die Erde gewesen wäre, die die Kommunikation abgebrochen und auf keine Botschaften mehr geantwortet hätte, bis die Kolonisten ihre Versuche schließlich eingestellt hätten. Der Inhalt der letzten nach Centauri gesendeten Nachricht sei gewesen, die Erde hätte sich so radikal verändert, daß eine weitere Kommunikation sinnlos wäre und nur Probleme schaffen könnte.

Das ist die Version, die wir von Proserpina hören. Soweit wir es beurteilen können, ist es das, was die Centaurier selbst glauben. Vermutlich trifft das auch auf die Terraner aller anderen Welten zu. Aber ...« – die distinguierte Gestalt auf dem Bildschirm legte eine bedeutungsvolle Pause ein – »... das entspricht nicht der Wahrheit. Wir haben alle Aufzeichnungen aus dieser Epoche hervorgeholt und sie gründlich analysiert. Was hat die Erde ihren fernen Kindern tatsächlich gesagt? Sie sagte, daß die Gesellschaft in dem Maß, in dem der Cyberkosmos sein volles Potential entwickelte, tatsächlich revolutioniert wurde. Die letzte Botschaft deutete an – es war nur eine Überlegung –, daß die Kommunikation sich zukünftig entsprechend dieser Entwicklung schwieriger gestalten könnte. Geduld und viel Einfühlungsvermögen würden erforderlich sein, besonders auf seiten der Kolonisten, deren allgemeine Anschauung der ihrer Vorfahren sehr ähnlich bleiben würde.

Nach einer knappen und ziemlich zusammenhangslosen Antwort stellten die Kolonisten den Funkverkehr ein. Sie waren es, die die Verbindung abbrachen und alle weiteren Versuche der Erde mit nichts als Schweigen beantworteten. Irgendwann kam die Föderation zu dem Schluß, daß sie an keiner Verständigung mehr interessiert wären.

Warum nicht? Darüber können wir nur Vermutungen anstellen. Es könnte sein – es wäre denkbar –, daß die lunarischen Fürsten im Centauri-System und Anson

Guthrie auf Demeter neue Ideen und Visionen unterdrücken wollten, die ihre Leute hätten bewegen können, die Pläne und Ziele ihrer Regierungen in Frage zu stellen. Es gibt einige historische Präzedenzfälle für ein solches Verhalten.«

Fenn schnaubte und bestellte über die Tastatur ein neues Bier. Er brauchte dringend etwas, das er schlucken konnte.

Zweifellos würde dem durchschnittlichen Terraner auf der Erde oder Luna diese Vorstellung keine Schwierigkeiten bereiten. Sie/er war damit aufgewachsen, die Synese als den großen gütigen Wohltäter zu betrachten. Warum sollte sie lügen? Darauf wußte auch Fenn keine Antwort. Und doch, wenn er in die Epoche der Pinoniere zurückging, konnte er nicht glauben, daß Guthrie jemals irgend etwas zensieren würde, bestimmt nicht, um einen großen sozialen Komplott zu inszenieren. Zugegeben, Ibrahim behauptete nicht, daß dies so war, nur daß es so sein *könnte*. Aber Fenn glaubte einfach nicht, daß die offizielle Behörde für interstellare Kommunikation die einzige Sende- und Empfängeranlage besaß. Heute waren die Menschen über das gesamte Sonnensystem verstreut. Sicher hatten hier und da kleine Privatgruppen und sogar Einzelpersonen versucht, wieder Verbindung aufzunehmen. Es erforderte keine große Wattleistung, Informationen zu senden, schon gar nicht, wenn man sich mit einer schmalen Frequenzbreite und verbalen Botschaften zufriedengab. Um etwas Entzifferbares zu empfangen, bedurfte es zwar einer ziemlich großen Schüssel und anderem Zubehör, aber nichts, das sich nicht auch irgendein Amateur hätte leisten können. Warum also war niemand zu den Kolonisten durchgedrungen?

Weil die Centaurier tatsächlich beschlossen hatten, nicht zu antworten? Oder weil kleine robotische Schiffe heimlich draußen im All patrouillierten und Funkbotschaften aufspürten und blockierten? Die Zahl der in Frage kommenden Sendeanlagen konnte nicht allzu groß sein, und vermutlich waren ihre Standorte kein Geheimnis. Die Blockade hätte gar nicht lange aufrechterhalten werden müssen, um zu erreichen, daß alle Beteiligten auf beiden Seiten ihre Bemühungen entmutigt einstellten.

Proserpina allerdings war zu weit entfernt, und die Proserpinarier hatten sich zu großflächig in den Randbereichen des solaren Systems verstreut, als daß man ihren Funkverkehr lückenlos hätte überwachen können. Konnte das ein Grund dafür sein, weshalb die Föderationsregierung alles in ihrer Macht Stehende getan hatte, die Kolonie aufzulösen und sie dann, nachdem ihr das nicht gelungen war, zu isolieren und zu schwächen? Nachdem es den Proserpinariern gelungen war, eine autonome Energieversorgung zu errichten und in größerem Maßstab zu expandieren, hätten sie beginnen können, den Kontakt mit Centauri wiederherzustellen. Das dürfte eine Weile gedauert haben, aber nachdem sie es geschafft hatten, müßte die Antwort offensichtlich sofort eingetroffen sein.

Warum hätten sich die Verantwortlichen der Föderation und später die Ratsmitglieder der Synese daran stören sollen? Man sollte doch meinen, daß sie sich freuen würden, wieder von den Kolonisten zu hören – und sie ohnehin nie an einem Abbruch der Kommunikation interessiert gewesen sein konnten. Fenns Miene verdüsterte sich. Die wahrscheinlichste Erklärung war, daß der Cyberkosmos sie dazu überredet hatte.

Aber warum?

Nun, die heutige Ansprache hatte in der Tat eine Lawine ins Rollen gebracht. Fenn hörte noch aufmerksamer zu.

»... unter Vorbehalt können wir bestätigen, daß die Terraner auf den Sternenwelten eine Möglichkeit entwickelt haben, die kosmischen Abgründe zu überwinden und dadurch zu einer beispiellosen Langlebigkeit zu gelangen ... in gewisser Hinsicht.«

Euch bleibt mittlerweile keine andere Wahl mehr, als es zuzugeben, dachte Fenn zynisch. Nach all den Informationen, die jetzt schon durchgesickert sind, werden schon bald wieder Amateure auf Sendung gehen, und diesmal könntet ihr eure Blockade nicht aus der Welt reden. Natürlich nur, falls es überhaupt jemals eine solche Blockade gegeben hat, fügte er etwas widerwillig in Gedanken hinzu.

»... diese Entitäten, die sie als ihre Lebensmütter bezeichnen ...«

Fenn lauschte mit wachsender Ungeduld. Stück für Stück zog er die Informationen aus der weitschweifigen Ansprache, die ihm wichtig zu sein schienen, und setzte sie zu einer klaren Aussage zusammen.

Wenn Leben auf eine Welt verpflanzt wurde, für die es ursprünglich nicht geschaffen worden war und auf der die Natur noch keine komplexen Strukturen wie beispielsweise Vögel oder auch nur Gras entwickelt hatte, konnte es sich nur an seine Brückenköpfe klammern. Außerhalb künstlicher und isolierter Areale konnte es nicht gedeihen und vielleicht nicht einmal überleben, es sei denn, die empfindlichen Lebenskeime wurden ständig überwacht, beschützt, genährt und in ihrem Wachstum gefördert. Nur ein bewußter Geist konnte das ermöglichen, ein Bewußtsein, das durch ein Netzwerk aus Sinnesorganen und Kommunikationskanälen mit allen lebenden Strukturen verbunden war, so wie das Gehirn mit allen Zellen seines Körpers vernetzt ist. Ein solches Bewußtsein muß zwangsläufig größer als das eines Menschen sein, auch wenn es die Bewußtseinskopien zweier Menschen gewesen waren, die auf Demeter die Keimzelle dieser Entität gebildet hatten. Sie wurde eins mit ihrem Leben, durchdrang die Natur, wurde Demeter Mutter. Und da sie letztendlich organisch war, entwickelte sie eine Macht, die der anorganischen Kybernetik durch die Quantengesetze für immer verwehrt bleiben würde. Sie konnte den Inhalt einer Bewußtseinskopie in einen menschlichen Körper übertragen, der aus einem menschlichen Genom gezüchtet worden war, so daß die Person, von deren Bewußtsein man eine Kopie angefertigt hatte – vielleicht unmittelbar vor ihrem Tod –, in Fleisch und Blut wiederauferstehen konnte.

So waren die Terraner von Demeter zu anderen Sternen entkommen, hatten die Zeit als Bewußtseinskopien –

die meisten davon jahre-, jahrzehnte- oder sogar jahrhundertelang in deaktiviertem Zustand – überdauert, bis auf der nächsten Welt eine Lebensmutter entstanden war, die sie erneut zum Leben erweckte.

Auf diese Weise konnten ein Mann oder eine Frau von Lebenszyklus zu Lebenszyklus weiterexistieren, unsterblich.

Es hatte ein halbes Jahrtausend gedauert, diese Erkenntnis zu gewinnen und Realität werden zu lassen. Auf Demeter aber hatte es noch gewöhnliche Menschen und eine Lebensmutter gegeben, die sich ganz langsam aus bescheidenen Anfängen entwickelt hatte. Das Terrabewußtsein konnte diese Entwicklung schon damals anhand der Grundprinzipien erkannt und alle weiteren logischen Schritte errechnet haben.

Warum hat das Terrabewußtsein sein Wissen nicht bekanntgegeben, damit auch die Erde eine Mutter hätte bekommen können, die allen Kindern von Sol ewiges Leben schenkte?

Weil die Kosten für die Erde unerschwinglich sein würden, sagte Ibrahim.

Die Lunarier lehnten dieses Geschenk ab, auch im Centauri-System. Sie starben lieber zwischen den nackten Sternen, freie Individuen, die niemandem und nichts verpflichtet waren, als nach den Gesetzen zu leben, die eine Göttin Tieren und Pflanzen auferlegte. Die meisten Terraner empfanden anders. Aber nirgendwo im Sonnensystem hatte sich eine Gesellschaft wie die auf Demeter entwickelt, noch war die Biosphäre der Erde jemals integriert worden. Im Grunde hätte sie neu erschaffen, Schritt für Schritt in Jahrhunderten auf schmerzliche Weise durch eine neue ersetzt werden müssen. Das aber würde nicht nur die ökologische und klimatische Stabilität bedrohen, die die globale Wiederaufforstung mit sich gebracht hatte. Es würde auch die friedliche und erfolgreiche Ordnung zerstören, die erstmals in der Geschichte der Menschheit entstanden war. Das Gleichgewicht der Kräfte war immer ein labiler Zustand, und wenn man ihn störte, waren die Folgen nicht einmal für das Terrabewußtsein vorhersehbar, mit Sicherheit aber würden sie furchtbar sein. Man mußte sich nur die Kosten und Konsequenzen vorstellen, für jede Generation Bewußtseinskopien von einer Milliarde Menschen anzufertigen, die auf eine problematische Wiederauferstehung warteten, auf eine Wiedergeburt in einer ihnen völlig fremd gewordenen Welt, durch die sie verwirrt und hilflos stolpern würden, während sie dem nachtrauerten, was sie verloren hatten. Zumindest in diesem Punkt war sich das Terrabewußtsein sicher.

»Das mag stimmen«, murmelte Fenn, »aber wie ist das mit den Terranern dort draußen?«

Was die Terraner zwischen den Sternen beträfe, fuhr Ibrahim wie als Antwort auf Fenns Einwand fort, wären sie allmählich zu dem geworden, was sie heute waren, im Verlauf mehrerer Leben. Mittlerweile haben sie sich uns in einem Ausmaß entfremdet, behauptete er, das die Daheimgebliebenen nicht wirklich erfassen können. In vielerlei Hinsicht sind sie nicht länger menschlich.

»Das werde ich beurteilen, sobald ich ein paar kennengelernt habe.«

Aus dem Blickwinkel der Ewigkeit betrachtet, wie es dem Terrabewußtsein möglich ist, stellt die Erschaffung der Lebensmütter weniger einen Triumph als vielmehr eine Tragödie dar.

»Eine Tragödie für wen?«

Und überhaupt ist buchstäbliche Unsterblichkeit ein Mythos, eine Unmöglichkeit. Das menschliche Gehirn hat eine begrenzte Speicherkapazität, die nach tausend Jahren erschöpft ist. Schon deutlich vorher wird das in geometrischer Progression anwachsende Korrelationsverhältnis das Gehirn hoffnungslos überfordern. Resultat: Irrsinn. O ja, rein theoretisch könnte man auswählen, welche Erinnerungen die nächste Inkarnation nicht besitzen sollte. Man könnte sie anderswo aufzeichnen, um bei Bedarf darauf zurückzugreifen. Aber so würde man seine ursprüngliche Persönlichkeit von Wiedergeburt zu Wiedergeburt immer weiter ausdünnen, bis das, was schließlich übrigblieb, ein Fremder war, der von geisterhaften Erinnerungsfetzen früherer Leben gequält wurde.

Und gleichgültig, wie oft diese unnatürliche Kette fortgeführt wurde und sich dabei immer weiter verzweigte, irgendwann muß jede Linie auf die eine oder andere Weise doch enden.

»Hm-hm, ein Punkt. Aber ich denke, ich hätte nichts dagegen, ein paartausend Jahre durchzuhalten. Und danach ... wer weiß?«

Nein, es wäre vernünftiger, wenn die Menschheit im Sonnensystem bei dem bliebe, was sie hätte: ein langes und angenehmes Leben, an dessen Ende ein würdevoller Tod wartete, den man akzeptierte. Überflüssig zu sagen, daß das kein Dekret sei. Die Synese habe weder die Macht, noch verspürte sie das Bedürfnis, Schicksal zu spielen. Vielleicht – nur vielleicht – entdeckt sie einen Weg, von dem heute noch niemand, auch nicht der Cyberkosmos, etwas ahnt. Alle Überlegungen, Wünsche und persönlichen Anmerkungen dazu sind willkommen. Geben Sie Ihre Anregungen in die Datenspeicher ein, und zu gegebener Zeit werden wir weitersehen. Führen Sie bis dahin Ihr Leben so weiter, wie es Ihnen richtig erscheint. Diese Neuigkeiten aus der Ferne haben Leid verursacht, aber wir müssen es überwinden. Wir *werden* es überwinden.

»Und Egoisten, die es sich leisten können, werden eine Bewußtseinkopie von sich ziehen und abbunkern lassen, nur für alle Fälle«, grollte Fenn. »Ja, es ist kein Wunder, daß die Neuigkeiten zu ein paar Tumulten geführt haben. Das eigentliche Wunder ist, daß es nicht noch mehr gegeben hat. Verärgerung, Enttäuschung, Neid ... Aber ich schätze, die meisten Leute sind tatsächlich einigermaßen zufrieden mit ihrem Leben, der größte Teil des Rests hat sich mehr oder weniger mit seinem Schicksal abgefunden, und ...«

Und was war mit denjenigen, die wie er empfanden?

Ibrahims Versicherung hatte seiner Rede die Schärfe genommen und wirkte ernüchternd, vermutlich ein bewußter Schachzug. Fenns Herz begann schneller zu schlagen, als der Präfekt sich den Gerüchten über superschnelle Raumschiffe zuwandte. Ja, ein Feldantrieb existierte. Die Synese hatte aber keine dringende Notwendigkeit gesehen, ihn zu entwickeln, nachdem sich die theoretische Machbarkeit abgezeichnet hatte. Eine stabile Wirtschaft erfordert kaum interplanetaren Verkehr, und interstellare Forschung ist auf jeden Fall ein Jahrtausendunternehmen, eher für Sophotekten als für Menschen geeignet. Doch nachdem die Centaurier den Antrieb konstruiert und ihr Wissen den Proserpinariern übermittelt haben, braucht die Synese eindeutig selbst solche Schiffe. Ja, das bedeutete die Reaktivierung der Antimateriefabriken auf dem Merkur. Obwohl der Feldantrieb weniger Energie als Düsenaggregate verschlingt, unterliegt er den gleichen Masse- und Energieerhaltungsgesetzen, und ein nennswertes Delta *v* erfordert ein bestimmtes Minimum an Energie. Angesichts der zahlreichen Ungewißheiten ist es dem Rat bis jetzt vernünftig erschienen, über den Feldantrieb zu schweigen. Berichte von Sonden, die zu den benachbarten Sternen geflogen sind, werden schon bald der Öffentlichkeit zugänglich gemacht. Sie sind interessant, liefern letztendlich aber nur weitere Details über das, was bereits bekannt ist. Das Leben im Universum ist ein seltenes und vergängliches Phänomen.

Es ist nicht praktikabel, Menschen über Distanzen von mehreren Lichtjahren zu schicken, außer in Form von Bewußtseinskopien. Noch gibt es einen vernünftigen Grund für sie, derartige Reisen in einem Körper zu unternehmen.

Was die Geschichten über eine gewaltige Entdeckung durch eine Solarlinse angeht, das ist reine Phantasie. Es wurden zwar gewisse rätselhafte Beobachtungen gemacht, aber die Wissenschaftler, einschließlich der Sophotekten, ziehen es vor, keine öffentlichen Diskussionen darüber zu führen, solange sie nicht mehr in Erfahrung gebracht haben. Das Terrabewußtsein hat uns keine Erklärungen zu diesen Beobachtungen geliefert. Vielleicht gibt es keine, die ein geringerer Intellekt erfassen könnte. Vermutlich hält es das Terrabewußtsein jedoch für klüger, wenn wir das Rätsel aus eigener Kraft lösen.

Jeder Lehrer weiß, daß Einsicht aus der Lösung von Problemen erwächst.

»Und das klingt auch nicht besonders glaubwürdig«, hielt Fenn dem Abbild des Präfekten vor. »Wieviel wißt ihr wirklich, *amigo*, das ihr uns vorenthaltet?«

Möglicherweise nichts. Ibrahim konnte durchaus die Wahrheit sagen. Der Cyberkosmos tat es – oder etwa nicht? –, und man gewöhnte sich daran, sich auf das zu verlassen, was er einem mitteilte. Von der Summe einer schlichten Addition über die Rekonstruktion der Persönlichkeiten von Isaac Newton oder Sun Yat-sen für Traumkammern bis hin zur Stabilisierung des terrestrischen Klimas oder ... oder der Politik zu Hause und in der Ferne.

Fenn fühlte seine Hilflosigkeit wie ein bedrückendes Gewicht. Was nützten ihm seine Fragen, seine Zweifel und sein Mißtrauen? Diejenigen, die seine Haltung teilten, mußten eine verschwindend kleine Minorität sein, die nicht in der Lage war, irgend etwas zu beweisen, und der sowieso niemand Beachtung schenken würde.

Außerdem bestand die Gefahr, daß man ihn mißverstand, ermahnte er sich selbst, während er versuchte, den in ihm aufsteigenden Zorn zu dämpfen. Und wenn das, was er hier hörte, nicht ganz der Wahrheit entsprach, dann wahrscheinlich nur aus den lautersten Motiven. Er mußte ganz einfach realistisch sein, und das hieß zu akzeptieren, daß er nicht sofort alles haben konnte, was er wollte. Selbstmitleid und chronische Wut waren etwas für Leute vom Schlag eines Pedro Dover.

Er stürzte sein Bier hinunter und ging. Die rhetorische Abschlußansprache des Präfekten konnte er sich ebensogut schenken.

Der Heimweg war zu kurz, als daß er sich hätte beruhigen können. Mondheim war als postlunarische Siedlung kompakt und nach pragmatischen Gesichtspunkten errichtet worden. Alles lag dicht beieinander, es gab keine herrschaftlichen Paläste hinter kunstvoll verzierten Toren oder Kristallhöhlen für esoterische Riten.

Normalerweise herrschte in Fenns Appartement eine

fröhliche Atmosphäre. Er hielt peinlich genau Ordnung wie in einem Raumschiff, hatte aber etliche Gegenstände angesammelt, die größtenteils dort standen, wo er sie sehen konnte – Werkzeuge zum Holzschnitzen, ein paar kleine Figuren und andere Dinge, die er selbst gemacht und noch nicht verschenkt hatte, seine Scharfschützen- und Kampfkunsttrophäen, Weltraumausrüstung, ungewöhnliches Mondgestein, eine Angelrute aus seiner Zeit in den lunarischen Wäldern, Bergsteigerschuhe und ein Kajakpaddel, die er von Besuchen in Yukon mitgebracht hatte ... Zu dieser Abendwache erschien ihm alles grau und farblos.

Er holte sich ein frisches Bier aus dem Preversator, bevor er bemerkte, daß er zwei Anrufe bekommen hatte. Der erste Name und die Rückrufnummer ließen sein Herz schlagartig schneller klopfen. Iokepa Hakawau – von der Erde! Seit ihrer ersten Begegnung hatte der *kanaka* dem Mond zwei weitere Besuche abgestattet, einen in Begleitung von He'o, und in der Zwischenzeit waren sie in lockerer Verbindung geblieben. Aber worum, bei der Flamme, konnte es sich diesmal drehen?

Der zweite Name war der seiner Mutter. Sie hatte vor einer Stunde von der Mondoberfläche aus angerufen. Am besten kümmerte er sich zuerst um sie. Er nahm einen prickelnden Schluck Bier und aktivierte das Eidophon, ohne sich zu setzen.

Elithas Gesicht erschien hinter einer Helmscheibe, von der Seite her beleuchtet. Im Vakuum traten die Konturen scharf hervor. Über dem Hang der Kordillieren, auf denen sie sich befand, herrschte Tag, aber sie hatte ein Zeltdach errichtet und benutzte Laserlampen in den tiefen Schatten. »Fenn!« keuchte sie. »Wie geht es dir? Die Tumulte ...«

»Es geht mir gut. War nie in Gefahr.« Er hatte keine Lust, ihr zu erzählen, was ihm zugestoßen war. Nicht jetzt. »Und wie stets es mit dir?«

Erleichterung vertrieb die Anspannung aus ihrem ebenmäßigen Gesicht und der heiseren Stimme. Trotzdem konnte er hören, daß es sie Mühe kostete, gelassen zu klingen. »Ich kämpfe mit meinem Kunstwerk. Im Moment, fürchte ich, gewinnt es.«

»Zeigst du es mir?« Er hatte es schon lange nicht mehr gesehen, und vielleicht konnte er sie so von den heutigen Vorfällen ablenken.

»Wenn du willst.« Sie hatte mehrere Kameras aufgestellt, um es aus verschiedenen Perspektiven betrachten zu können.

Ihr Abbild wurde durch ein Panorama ersetzt. Die Erde hing tief im Westen, eine blaue Sichel über einer pockennarbigen Wüste. Nach Westen hin stiegen die Berge an, fahlgraue Gipfel und dunkle Schluchten. Äonenalte Meteoritenschauer hatten die scharfen Kanten aufgeweicht, aber es war immer noch ein gewaltiges Bollwerk. Auf einem Gebirgsgrat strebten die Mauern und Türme von Zamok Vysoki kühn in den Himmel. Metallkuppeln fingen das Sonnenlicht ein und krönten den Stein mit Feuer.

Fenn wußte, daß seine Mutter ihm die vertraute Szene zeigte, weil der gewählte Ort Bestandteil des Kunstwerks war. Danach richtete sie eine andere Kamera auf die Skulptur und damit auch auf sich selbst. Sie stand mit ihren Werkzeugen auf einem Arbeitsgerüst über einem luftdichten Zelt und etlichen Geräten. Einen halben Kilometer vom Schloß entfernt ragte eine vier Meter hohe Felsnadel aus einem vorspringenden Sims hervor. Elitha formte sie zu der Gestalt einer schlanken Frau, die sich vorwärts mühte, die Arme erhoben, als kämpfte sie gegen einen Sturm an, der ihr Haar und ihr Gewand flattern ließ – aber der Sturm war der Solarwind und die Frau ein Geist. Schon jetzt strahlten die Linien eine gewisse Fremdartigkeit aus, ein Konzept, das Künstlern, die seit Generationen klassische Formen verfeinerten und variierten, nicht geläufig war.

»Für mich sieht das großartig aus«, sagte Fenn.

Elitha seufzte. »Es ist nicht schlecht. Aber irgendwie – ich taste mich voran, weißt du –, irgendwie habe ich noch nicht das ... was auch immer dazu nötig ist, gefunden. Computersimulationen sind nicht mit der Realität hier draußen vergleichbar. Diese Skulptur soll ein Gefühl von Rebellion vermitteln, von unendlicher Sehnsucht ...«

Ja, dachte Fenn, das sollte sie, und damit ein paar träge, friedliche Seelen ein bißchen aufrütteln, nur für einen Moment. Er erinnerte sich, welche Schwierigkeiten es Elitha bereitet hatte, die Genehmigung für dieses Werk zu erhalten. Das Problem lag nicht so sehr an einer Ablehnung ihres Stils, sondern daran, daß sie ein Monument von Niolente schaffen wollte, der letzten großen lunarischen Rebellin gegen die Föderation. Dabei spielte es keine Rolle, daß es sich lediglich um eine romantische Erinnerung handelte und Niolentes Festung seit achthundert Jahren ein historisches Relikt war, bis auf Wärter und gelegentliche Touristen menschenleer. Den Behörden hatte die Idee nicht gefallen. Fenn argwöhnte, daß der Cyberkosmos Einspruch erhoben hatte, der allerdings auf seinem Weg hinunter bis zur Parkverwaltung durch etliche Köpfe gefiltert und abgeschwächt worden war, so daß eine Gruppe entschlossener Künstler der Verwaltung die Zustimmung zu dem Projekt hatte abtrotzen können. Ob der Einspruch etwas damit zu tun gehabt hatte, daß eine derartige Skulptur die Begeisterung der Proserpinarier erregen könnte? Aber was sollte das ausmachen, bei den gewaltigen Entfernungen, die sie von Luna trennten?

Obwohl, Feldantriebsschiffe ...

»Deshalb habe ich dich angerufen«, sagte Elitha gerade. Sie schaltete wieder auf ihr Abbild zurück. »Nicht nur wegen der Unruhen heute und dem, was dir passiert sein könnte, sondern auch wegen dieser Nachrichten aus dem Weltraum ... Was verspürst du dabei?«

Fenn trank einen Schluck Bier, bevor er antwortete. »Ich ... muß noch darüber nachdenken.«

»Ich kann sehen, daß du wütend bist. Das bist du immer, tief in dir drin, nicht wahr?«

Fenn wählte seine Worte mit Bedacht. Jedes einzelne fiel schwer. »Ich habe den Eindruck gewonnen, daß wir belogen werden, und das ärgert mich.«

»Werden wir belogen? Sie haben zugegeben, daß sie beschlossen hatten, den Mund zu halten und viele Einzelheiten, deren Wahrheitsgehalt immer noch in der Schwebe ist, vorerst nicht kommentieren können. Du weißt aus eigener Erfahrung, daß administrative Vertraulichkeit manchmal gewahrt werden muß, weil sonst keine Administration möglich wäre.« Sie bedachte ihn mit einem verschmitzten Blick. »Vergiß nicht, du bist selbst ein Mitarbeiter der Synese. Nicht technisch gesehen, aber praktisch schon, weil du ihr hilfst, ihre Form des Friedens zu bewahren. Hast du *nie* gegen irgendwelche Bestimmungen verstoßen, wenn es nötig war, um etwas Schlimmeres zu verhüten, und hinterher kein Wort darüber verloren?«

Schmerzhafte Stiche der Erinnerung. Zwei- oder dreimal. Zum Beispiel, als er und sein Partner ein gewisses Werkzeug benutzt hatten, um ein codiertes Türschloß auszutricksen und in ein gut geschütztes Appartement einzudringen und wieder zu verschwinden, ohne von den Überwachungssystemen bemerkt zu werden ... Die Spuren, die sie verfolgt hatten, hatten sich als irreführend erwiesen, ihr Verdacht als unbegründet, der prominente Bewohner des Appartements hielt keine Frau gegen ihren Willen dort gefangen, und warum hätten sie irgend jemandem Unannehmlichkeiten bereiten sollen, indem sie den Einbruch nachträglich gestanden? Daß er seiner Mutter nicht offen antworten konnte, trug nicht gerade dazu bei, seine ohnehin schon schlechte Laune zu verbessern.

»Administrative Diskretion ist nicht das gleiche wie administrative Lügen«, knurrte er. »Sieh mal, in meinem Beruf entwickeln wir eine ziemlich gute Spürnase. Ich sagte dir, dieser ganze Datenhaufen stinkt. Argh, es ist nur ein ganz schwacher Gestank, man kann nicht feststellen, wo er genau herkommt, aber ... Also, zum Beispiel diese Sache mit der Solarlinse. Warum sagt man uns nicht, was die entdeckt hat? Wenn die Wissenschaftler noch nicht ausgetüftelt haben, was es zu bedeuten hat, was schadet das? Ich meine, ein solches Rätsel müßte hier endlich mal wieder einen richtigen Denkprozeß in Gang setzen.«

Trotz der Schatten erkannte er ihre Angst und fügte hastig hinzu: »Sei unbesorgt, Mamita. Vertrau auf den Verstand, den ich von dir und Sire geerbt habe. Ich habe nicht vor, in den Straßen zu demonstrieren, Steine zu werfen oder mich auf andere Art zum Armleuchter zu machen.«

»Nein«, stimmte sie ihm leise zu. »Dazu bist du zu intelligent. Aber wenn sich irgendwelche abenteuerlichen Möglichkeiten ergeben sollten ... Die Proserpinarier haben diese Krise ausgelöst. Absichtlich? Sie hätten uns helfen können, die Fakten Schritt für Schritt zu erfahren, aber das haben sie nicht getan. Um die Stabilität der Synese zu untergraben?«

»Wäre das so verwunderlich?« entgegnete er und wurde sich bewußt, daß ein Mann, der seit sieben Jahren, seit seinem achtzehnten Geburtstag, Polizist war, so etwas eigentlich nicht sagen sollte.

»Die Synese ist das, was wir haben.« Obwohl er sie so gut kannte, überraschte ihn die Eindringlichkeit ihrer Worte. »Sie bedeutet Frieden, Gesundheit, Wohlstand, ein langes Leben und, ja, die Freiheit zu tun und zu sein, was wir am besten können.« Ihre Kunst. Ihr neuer Mann und ihr Kind.

»Wenn du so denkst, warum errichtest du dann ein Monument für Niolente?«

Sie hatten schon früher über das Thema gesprochen, aber jetzt enthielt seine Frage eine direkte Herausforderung.

Elitha sprang sofort darauf an. »Warum haben wir Denkmäler von Helden aller gescheiterten und falschen Ideale? Weil sie Helden waren. Das ist alles, was ich hier demonstrieren will. Ich verherrliche nicht, wofür Niolente eingestanden ist. Sie hat für keine andere Freiheit als ihre eigene gekämpft. Wie frei waren die Menschen, als die Regierung die Hälfte ihres Einkommens aus ihnen herausgepreßt und sie zum Sterben in den Krieg geschickt hat, wann immer ihr danach zumute war?«

Fenn brachte ein Lächeln zustande. »Mach dir meinetwegen keine Sorgen. Ich habe nicht vor, eine Revolution anzuzetteln.«

Seine Mutter wurde wieder ernst. »Laß dich auch nicht in eine verwickeln.«

»Häh? Wo finden den welche statt?«

»Überall. Oh, es sind stille Revolutionen, so leise und in so vielen Gestalten, daß wir sie gar nicht richtig wahrnehmen, und niemand kann vorhersehen, wo und wie sie enden werden.«

Sie ist eine weise Frau, dachte Fenn. Sie könnte recht haben. Vielleicht sind der Mob, die Sekten, die Priester und Intriganten nur die Schaumkronen auf einem Tsunami, vielleicht befinden wir uns mitten auf einem Ozean und erkennen die sanft und langsam anschwellenden Wellen nicht als das, was sie wirklich sind.

Er wollte seiner Mutter gegenüber nicht eingestehen, was für eine freudige Erregung ihn bei diesem Gedanken durchzuckte, aber seine Stimmung verbesserte sich sichtlich. »Ich werde mich einfach weiter von Tageszyklus zu Tageszyklus schleppen. Ähm, wann kann ich mal wieder zum Essen vorbeikommen?«

Elitha kochte nicht selbst von Hand, aber sie hatte einige wunderbare Gerichte in ihren Küchenautomaten einprogrammiert. Und was noch wichtiger war, sie hatte ein Haus. Birger in seinen Wäldern zu besuchen, war nicht das gleiche.

Auch ihre Stimmung hob sich. »Laß uns ein Datum festsetzen.« Sie unterhielten sich noch eine Weile. Als Fenn schließlich die Verbindung trennte, fühlte er sich fast wieder glücklich.

Trotzdem packte ihn schlagartig die Aufregung, als er Iokepa anrief.

Nach einigen allgemeinen Bemerkungen über die letzten Neuigkeiten sagte der Lahui Kuikawa: »Fenn, wir haben *mau* über dich nachgedacht. Du warst uns ein guter Führer, ein guter Freund, und du scheinst der Mann zu sein, den wir brauchen. Möchtest du uns besuchen, damit wir es dir erklären können?«

KAPITEL 7

Manchmal kehrten Chuans frühste Erinnerungen mit einer solchen Macht zurück, daß er die Welt um sich herum vergaß. In diesen Momenten war es beinahe so, als läge er in einer Traumkammer, körperlich komatös, während sein Gehirn mit dem von ihm ausgewählten Programm interagierte – oder als sei er tatsächlich wieder ein Kind und zu Hause. Sonnenlicht wusch zahllose intensive Grünschattierungen von den Talhängen, die sich in dem breiten braunen Fluß widerspiegelten, wo ein Fisch aus dem Wasser sprang, sich ein Krokodil auf einer Sandbank sonnte, ein Schmetterling in verschwenderischen Farben vorbeiflatterte, die Wärme Düfte aus der Erde, den Blüten und dem Laub aufsteigen ließ ... Der Monsunregen rauschte herab, silberhell, Chuan lief nackt umher und lachte aus purer Lebensfreude ...

Die Erinnerung erlosch. Er stand am Sichtfenster seines Wohnzimmers. Sein Blick strich über den Garten draußen, über Kupferblatt, scharlachrote Ramona, blaue Vanadia, hügelabwärts über die Dächer, Kuppeln, Türme und Masten von Crommelin. Eine zwergenhafte Sonne sank dem nahen westlichen Horizont entgegen. Im Osten verdämmerte das blasse Rosa des Himmels zu einem weichen Rot, das in Purpur überging. Hier wog er etwa drei Achtel seines irdischen Gewichts. Die Luft, die er atmete, war kühl, nicht feuchter, als es die Gesundheit erforderte, still und zur Zeit geruchlos.

Er schüttelte den Kopf. Ein wehmütiges Lächeln huschte über sein rundes, bernsteinfarbenes Gesicht mit den schmalen Augen und der flachen Nase. Warum passiert das ausgerechnet in diesem Moment? fragte er sich. Werde ich bereits alt? Einundsiebzig Jahre – achtunddreißig nach dem marsianischen Kalender – scheinen etwas zu früh zu sein, um einem Tag nachzutrauern, an dem die Welt noch jung war.

Und selbst, wenn ich es könnte, ich würde nicht durch die Zeit zurückreisen. Er blickte sich in seinem Wohnzimmer um. Die Nüchternheit täuschte. Die Einrichtung, obwohl spärlich, war so gestaltet, daß sie eine behagliche Atmosphäre schuf. Der Fußboden war warm, federte leicht unter den Füßen und leuchtete in satten Farben. Die Muster an den Wänden verwoben sich langsam und veränderten sich ständig, ein wunderschöner Anblick für alle, die abstrakte Kunst zu schätzen wußten, doppelt herrlich für Chuan, der das Spiel der mathematischen Gleichungen hinter den Bewegungen erkennen konnte. Und *das* war es, was zählte, nicht materielle Besitztümer oder Prestige oder Macht, sondern der Intellekt, den er gewonnen hatte, und seine Vereinigungen mit dem ultimativen Verstand.

Das Haus erzeugte einen melodischen Ton und meldete: »Eine Person bittet um Einlaß.« Es erschuf das Abbild einer Frau, die durch den Draco-Tunnel hinaufgestiegen war und jetzt vor dem Hauptaufzug stand.

»Ah, ja«, sagte Chuan. »Laß sie ein.« Vorfreude brannte die letzten leisen Spuren des Bedauerns in ihm heraus. Seine menschlichen Kontakte – die persönlichen, nicht die aufgrund dessen, was er war –, hätten zahlreicher sein können. Das gehörte zu dem Preis, den ein Synnoiont zahlen mußte. Er wandte sich dem Eingang zu, ein kleiner rundlicher Mann mit grauem Haar, der eine elegante Robe trug.

Kinna Ronay trat ein und blieb stehen, als sie ihn erblickte. Er hob grüßend eine Hand, die Handfläche nach außen gedreht. »Sei mir willkommen, meine Liebe«, sagte er in dem Anglo, das sie zu Hause sprach.

»Da... danke, Sir«, erwiderte sie leise.

Er betrachtete sie. Sie war neun marsianische Jahre alt, groß und schlank mit feinem Knochenbau, in eine schmucklose Tunika und weite Hosen gekleidet. Ihr zu einem Pony geschnittenes hellbraunes Haar, das ihr bis knapp unter die Ohren reichte und sich nie ganz bändigen ließ, kräuselte sich über einer Haut, die hell genug war, um eine Ader an ihrem Hals bläulich durchschimmern zu lassen. Große graue Augen unter gewölbten Brauen, eine Stupsnase und sinnlich geschwungene Lippen über einem kleinen festen Kinn. Er wußte, daß ihre Zartheit und die hohe Stimme einen Mann leicht täuschen konnten. Sie bewegte sich mit der Geschmeidigkeit einer geborenen Bergsteigerin und Kunstturnerin. Ihre Hände waren kurz und kräftig, die Hände einer Arbeiterin, die gleichzeitig Künstlerin war. Aber jetzt war sie unsicher, wie sie sich an diesem Abend verhalten sollte.

»Ach, komm schon«, half er ihr über die Schüchternheit hinweg. »Sind wir nicht alte Freunde?«

»Sie ... Sie kennen meine Eltern schon sehr lange.« Schon seit der Zeit, bevor ihr Vater zum ersten Mal zum Bezirksvertreter gewählt worden war. Danach hatten sich die beiden Männer naturgemäß häufig getroffen. In ihrem speziellen Fall aber hatten die Treffen nicht nur dann stattgefunden, wenn das Haus Ethnoi tagte.

»Und ich habe dich aufwachsen sehen«, lachte Chuan. »Nur hin und wieder, das ist wahr, und meistens über ein Eidophon, aber ich erinnere mich genau und gern an jeden meiner Besuche in Sananton. Deshalb wollte ich dich in unserer Stadt willkommen heißen, jetzt, da du eine Weile bleiben wirst.«

»Das ist sehr freundlich von Ihnen.«

»Ganz und gar nicht. Es ist mir ein Vergnügen. Und ich schulde deiner Familie etwas.« Für die Gastfreundschaft, für fröhliche Stunden und die Tatsache, daß sie ihn einfach als Mensch mochten. »Bitte, setz dich.«

Kinna nahm in einem Sessel Platz, der sich den Konturen ihres Körpers anschmiegte, ohne sich aber sofort zu entspannen. Chuan ließ sich ihr gegenüber hinter einem niedrigen Tischchen in einem anderen Sessel nieder und gab dem Haus ein Handzeichen. Ein Servierautomat glitt herbei.

Er trug ein Tablett mit Wein und Appetithäppchen. Musik erklang. Kinna lächelte. Ihr Gastgeber hatte in seinem privaten Datenspeicher vermerkt, daß sie alte Kompositionen mochte. Mozart gefiel ihm ebenfalls.

»Wir werden in Kürze zu Abend essen«, sagte er, »aber laß uns zuerst über das sprechen, was wir gerade tun. Du wirst also die Universität besuchen. Die Zeit vergeht, die Zeit vergeht.«

Allerdings würden David und Helen ihre Tochter nicht so verlieren, wie seine Eltern ihn verloren hatten. Er würde ihnen ewig dankbar sein, daß sie ihn in einen Gehirngarten eingeschrieben hatten, nachdem sich seine äußerst seltene Eignung bei den entsprechenden Untersuchungen herausgestellt hatte. Dadurch war ihm eine gewaltige Dimension erschlossen worden, die ihr Vorstellungsvermögen bei weitem überstieg. Seither hatte er sie immer besucht, wenn er sich auf der Erde aufhielt, und er schickte ihnen noch immer regelmäßig Nachrichten. Aber sie waren Fremde für ihn geworden. Ihre Lebensweise – nicht das Tal in der Südöstlichen Union, in dem sie wohnten, die Padmanyana-Sekte, der sie angehörten – war ihm so fremd geworden wie die einer Affenhorde. Nichts dergleichen würde Kinna widerfahren.

Sie gewann ihre Fassung schnell zurück. »Warum haben Sie mich eingeladen?« fragte sie kühn unter einer höflichen Fassade. »Ich bin nur eine neue Studentin unter einigen hundert. Sie sind der Synnoiont des Mars.«

Chuan hob die Brauen. »Muß ich dazu hintergründige Motive haben?«

»Es tut mir leid!« sprudelte sie zerknirscht hervor. »Ich wollte nicht ... Ich meine nur, nun, Sie haben so viel anderes zu tun, zu viele wichtige Dinge.«

»Auf lange Sicht bist du wichtiger. Ihr, junge Leute wie du, seid die Zukunft. Ich gestehe, daß ich hoffe, durch dich einiges über ... den Faktor zu erfahren ... den ihr darstellt.«

Kinna wurde ernst. »Warum fördern Sie dann nicht jemanden, der zum Beispiel Psychotechnologie studiert und später zum Koordinationsdienst gehen will? S/er könnte irgendwann größere Bedeutung erlangen.«

»Vielleicht auch nicht. Es kommt mehr auf die Person als auf das Fachgebiet an. Du beispielsweise ...« Er ließ den Satz offen, so daß sie ihn aufgreifen konnte, nahm sein Glas und trank einen Schluck. Der Wein war ein einheimischer Chablis, synthetisch, aber deshalb von verläßlicher Qualität. Sein feines blumiges Bouquet weckte Erinnerungen an den Frühling in den nördlichen Regionen der Erde.

»Ich? Nein, wirklich nicht!« protestierte Kinna. »Ich studiere Biotechnik, weil das in Sananton gebraucht wird.« Und weil sie in den hiesigen Laboratorien eine praktische Unterweisung bekommen würde, wie sie keine Simulation ebenbürtig leisten konnte. »Literatur und Geschichte, weil ich mich dafür interessiere.« Und soziale Kontakte und Beziehungen, eine andere Form der Ausbildung, ein weiterer Grund, weshalb man Studenten nicht nur virtuell in einem Gebäude zusammenführte. Darüber hinaus würden sie in Sporthallen, Parks und Kneipen zusammensein, und ... »Nicht gerade weltbewegend, oder?« Plötzlich kehrte ihre Schüchternheit zurück. »Es tut mir leid«, wiederholte sie. »Ich versuche nicht, Ihnen zu widersprechen. Ich verstehe nur nicht, worauf Sie hinauswollen.« Sie lächelte. »Was wohl zu erwarten gewesen sein dürfte, schätze ich« – von einem gewöhnlichen Menschen, der sich dem ehrfurchtgebietenden Synnoionten gegenübersah.

Chuan bemerkte, daß er ebenfalls einen Teil seiner Selbstsicherheit verloren hatte. »Nein, *mir* tut es leid«, sagte er. »Meine Unbeholfenheit. Ich wollte etwas ganz Einfaches sagen und habe mich schlecht ausgedrückt. Ich bin mit gewöhnlichen Beziehungen nicht so vertraut, wie ich es gern wäre.« Er seufzte. »Das ergibt sich durch meinen ... Zustand.« Er beugte sich vor und sah ihr in die Augen. »Kinna, von allen Leuten solltest du am besten verstehen, was ich bin. Ein Verbindungsglied, ein Vermittler zwischen der Menschheit und dem Cyberkosmos, der versucht, Dinge zu erklären oder zu helfen, wo immer er kann. Und glaube mir, oft ist es der Cyberkosmos, der Erklärungen oder Hilfe benötigt. Das ist alles. Wenn meine Rolle so wichtig wäre, hätte man dem Mars, einem ganzen Planeten, dann nicht mehr von meiner Art zugeteilt?«

»Das habe ich mich auch schon gefragt«, gestand sie.

Er trank erneut einen Schluck und sah zu seiner Freude, daß auch sie ihr Glas hob. »Es wäre schön, wenn du mir einen besseren Einblick in das Leben der jungen Leute ermöglichen könntest«, fuhr er fort, »aber ich habe dich heute abend wirklich aus Freundschaft eingeladen. Hab keine Angst vor einem alten Mann. Ich werde dich früh genug in deine Unterkunft zurückschicken, damit du ausreichend Schlaf findest. Den benötige ich ebenfalls. Aber ich bin ... könnte ich so etwas wie dein Patenonkel sein? Und wenn ich dir jemals irgendwie mit Informationen, Rat oder Tat helfen kann, würde es mich verletzen, wenn du mich nicht darum bitten würdest.«

Kinna war nicht direkt ein naives kleines Mädchen vom Lande, und auch Crommelin war nicht sonderlich groß oder lasterhaft.

Trotzdem hatte sie etwas Unschuldiges an sich, und es würde ihn traurig machen, wenn er erleben mußte, wie sie zerstört wurde.

Ihr Lächeln wurde strahlend. »Danke, *trouvour*.«

Zweifellos hatte sie das lunarische Wort in Belgarre aufgeschnappt, wo sie, wie er wußte, regelmäßig zu Besuch war. Es besaß eine auf subtile Weise tiefergehende Bedeutung als das Wort Freund. Er spürte, wie sich Wärme in ihm ausbreitete.

Zunehmend entspannter unterhielten sie sich über dies und das. Unvermeidlich näherte sich das Gespräch den Nachrichten aus dem Centauri-System. Nach Wochen ohne weitere Neuigkeiten war es keine Sensation mehr, aber die Vermutungen, Meinungen, versuchten Analysen, emotionellen Ausbrüche, müden Witze und endlosen Diskussionen gingen unablässig weiter.

»Ich fürchte, daß mich viele Menschen in letzter Zeit zwar nicht unbedingt für einen Feind, aber für einen Agenten des unmenschlichen Terrabewußtseins und seiner mysteriösen Ziele halten«, sagte Chuan traurig.

»Nicht Sie!« Kinna beugte sich vor und berührte seine Hand.

»Lieb von dir«, murmelte er. »Das bedeutet mir viel.« Er atmete tief ein. »Dir ist doch hoffentlich klar, daß es so etwas wie Agenten des Terrabewußtseins nicht gibt, oder?«

Sie lehnte sich in ihrem Sessel zurück. »In keiner Hinsicht?« fragte sie vorsichtig.

»Wie könnte es so etwas geben? Warum sollte das so sein? Könntest du das Privatleben von Mikroben lenken? Wäre dir überhaupt daran gelegen? Ich versichere dir, der größte Intellekt des bekannten Universums hat Wichtigeres zu tun, als uns zu beherrschen.«

»Aber was will er dann?«

»Was willst *du*? Das sein, was du bist, so gut, wie du es kannst. Habe ich recht?« Es war ihm wichtig, sich ihr verständlich zu machen. »Der grundlegende Unterschied ist der, wie Intelligenz entsteht und sich weiterentwickelt. Laß mich das wiederholen, was man dir vermutlich beigebracht hat, denn ich glaube, daß es nie so stark betont wird, wie es eigentlich nötig wäre. Die Evolution der Maschinen ist nicht darwinistisch und blind, sie ist nicht das Ergebnis einer natürlichen Auslese und zufälliger Mutationen. Die maschinelle Evolution verläuft lamarckistisch, gesteuert, auf ein festes Ziel hin ausgerichtet. Das ist schon immer so gewesen, seit der erste Hominide einem Stein eine bestimmte Form gegeben hat. Sobald die Maschinen zu denken begonnen hatten, haben sie sich natürlich darangemacht, die Hardware und Software zu verbessern, die ihnen das Denken ermöglicht. Die neuen Modelle waren in der Lage, noch leistungsfähigere Nachfolger herzustellen, und so ist die Entwicklung immer weiter vorangeschritten. So schreitet sie auch jetzt noch weiter voran.«

»Ja, ich weiß, und ...« Kinna zögerte. »Ich versuche, mich nicht davor zu fürchten. Was ich meinte ... was sehr vielen Menschen Sorgen macht, sind diese Mikroben, die Sie erwähnt haben. Einige davon machen uns krank, wenn wir sie nicht unter Kontrolle halten. Angenommen, wir stören den Cyberkosmos irgendwie, stehen seinen Zielen und Absichten im Weg wie Krankheitskeime ...«

»Du solltest es besser wissen, als dich vor solchen

Schauermärchen zu ängstigen«, tadelte er sie. »Es gibt weder einen Konflikt noch einen Grund dafür. Menschen und empfindungsfähige Maschinen sind Partner. Sie führen außerhalb dieser Partnerschaft ihr eigenes Leben und verfolgen ihre eigenen Interessen, aber das muß keine Auswirkungen auf ihre Partnerschaft haben, abgesehen davon, daß sie durch die unterschiedlichen Fähigkeiten beider Seiten gestärkt wird.«

»Das versichert man uns immer wieder.« Kinna legte den Kopf schief und sah Chuan aufmerksam an. »Aber in Wirklichkeit ist es längst nicht so einfach, nicht wahr?«

»Nein.« Er wünschte, er könnte ihr die unendliche Komplexität der Problematik zeigen, aber Kinna würde sie nie direkt erfahren können, und alles, was ihm stattdessen blieb, waren Worte, abgegriffene Formulierungen, die sie ständig verwendeten, als hätten sie sie nicht schon unzählige Male gehört. »War irgend etwas jemals einfach? Aber du hast doch keine Feindseligkeit dem Cyberkosmos gegenüber entwickelt, oder?« *Bitte nicht.*

»Niemals Ihnen gegenüber, *trouvour*«, sagte sie leise.

»Aber für gewisse Aspekte des Systems?« ließ er nicht locker. Wenn er die Ängste aus ihr herauslockte, würde er sie vielleicht für sie ausschalten können. Es war bedrückend, daß sie, intelligent, aufgeschlossen und zu einer pragmatischen Einstellung erzogen, überhaupt solche Ängste hatte.

Kinna runzelte nachdenklich die Stirn. »Nein«, erwiderte sie nach einer Weile, »das auch nicht. Aber ich stelle mir immer häufiger Fragen. Warum wurden wir all die Jahre im Ungewissen gelassen? Hätten die Proserpinarier keinen Kontakt hergestellt und den marsianischen Lunariern nicht davon berichtet, wären wir dann jemals informiert worden? Und warum ist das Wenige, das wir erfahren haben, immer noch so vage, wie zum Beispiel die Geschichten über die Schiffe mit Feldantrieb und die Solarlinse? Was der Präfekt und alle anderen gesagt haben, ist einfach unbefriedigend.«

Chuan hatte sich seine Argumente in Erwartung dieser Einwände bereits zurechtgelegt. »Meine Liebe, wenn der

Cyberkosmos jemals vorhaben sollte, uns zu täuschen, kannst du dir nicht vorstellen, daß er dann sämtliche Kommunikationskanäle manipulieren und Datenspeicher verfälschen würde, um uns in ein Traumkammeruniversum einzuschließen? Oder – ein absurder Alptraum – könntest du dir nicht vorstellen, daß es für seine Maschinen ganz leicht wäre, sich gegen uns zu stellen und uns zu vernichten? Tatsache ist, daß nichts davon geschehen ist oder jemals geschehen wird. Das kann es gar nicht. Es würde gegen die Natur des Cyberkosmos verstoßen.

Moral ist eine Funktion des Bewußtseins. Etwas ohne Gehirn, sagen wir ein Stein oder eine Mikrobe, kann nützlich, schädlich oder neutral sein, aber weder gut noch böse. Moral steigert sich schließlich zu der Achtung eines Bewußtseins für ein anderes. Und was ist sophotektisches Bewußtsein – vom Terrabewußtsein bis hinunter zum einfachsten elektrophotonischen Kontrolleur für Spezialaufgaben – anderes als reiner Intellekt, frei von tierischen Instinkten und Leidenschaften, frei von allem anderen außer dem Intellekt selbst? Es verspürt nicht den Wunsch, uns zu zerquetschen oder unseren Geist zu versklaven, sondern ihm zu helfen, sich zu entfalten, was es aber nur tun kann, wenn das auch unser eigener Wunsch ist.«

Ich bin dort gewesen und muß es wissen.

Er lachte verhalten. »Genug! Ich hatte nicht vor zu predigen. Was die Frage betrifft, weshalb die Neuigkeiten verspätet bekanntgegeben wurden und recht dürftig sind, kann ich dir nur versichern, daß die uns genannten Gründe zutreffen. Kommunikationszeiträume von Jahren, eine noch längere Reisedauer der Sonden. Schwierige, unklare und unregelmäßige Beziehungen zu Proserpina, noch schlechtere zu den Lunarieren im Centauri-System, was an der großen Entfernung und ihrem Mißtrauen uns gegenüber liegt. Besonnenheit in bezug auf solche Dinge wie den Feldantrieb. Wir hoffen darauf, Fortschritte zu machen, aber wir können uns keine plötzliche gesellschaftliche und technologische Revolution leisten. Die Geschichte lehrt uns, was für ein furchtbares Risiko damit verbunden wäre.«

»Das alles habe ich schon gehört«, sagte Kinna.

Er konnte es sich nicht verkneifen: »Warum hast du mich dann danach gefragt?«

»Weil ...« Sie stockte. »Da gibt es noch etwas, das vielleicht Teil der ganzen Problematik ist – jedenfalls bringt es mich dazu, mir meine Gedanken über alles andere zu machen ... Warum haben sie beschlossen, den Mars wieder sterben zu lassen? Und wer oder was sind *sie*?«

»Beziehst du dich damit auf die Einstellung von Eislieferungen für den Planeten?«

»Ja ...«

»Auch die Antwort kennst du bereits. Ich weiß, daß dich das sehr berührt«, sagte er so sanft wie möglich. »Das geht allen Marsianern so. Und wieder bin ich gezwungen, dir die Standardantworten zu geben, weil sie zutreffen. Die Ressourcen im Sonnensystem sind riesig, aber nicht unerschöpflich. Frische Quellen für Kometen liegen mittlerweile weit draußen im All. Es ist kostspielig, sie zu erreichen und auszubeuten. Ihre Erschließung könnte zu Konflikten mit den Proserpinariern führen. Warum sollte die Erde eine Handvoll Menschen subventionieren, die problemlos auswandern oder ihre Unterkünfte verändern könnten? Es tut mir leid, wenn das grob klingt, Kinna. Ich persönlich würde dafür eintreten, den Mars auch weiterhin mit Wasser zu versorgen, unabhängig von den anfallenden Kosten. Unser Volk hat hier etwas Einzigartiges erschaffen. Aber ich bin nur ein einzelner Bürger. Ja, ich habe mehr Einfluß auf den Cyberkosmos als du, aber es ist letztendlich doch nur der Einfluß eines einzelnen sterblichen Geschöpfs. Und es trifft auch zu, daß die Empfehlungen des Cyberkosmos sehr gewichtig sind, aber wenn der Rat der Synese tagt, hat der Cyberkosmos nur eine einzige Stimme. Die Entscheidung wurde von Menschen getroffen, Kinna.«

»Ich bin mir nicht so sicher, was diesen Einfluß betrifft.« Hastig, als wäre ihr bewußt, daß sie seine

Gefühle verletzt hatte, fügte sie hinzu: »Oh, Sie haben recht, wir kreisen unablässig im gleichen Orbit, in dem auch alle anderen schon zu lange wie eingefroren verharren. Trotzdem ... also, ich kann nicht umhin, Sympathie für das Dreierreich zu empfinden.«

Er lächelte. »Junge Leute neigen dazu, Rebellen als romantisch zu betrachten.«

Kinna richtete sich steif in ihrem Sessel auf. Er sah sie erröten und hörte die Entrüstung in ihrer Stimme. »Rebellionen brechen nicht zufällig aus!«

Diesmal war er an der Reihe, sich zu entschuldigen. »Es tut mir leid. Ich wollte nicht herablassend klingen. Meine gesellschaftliche Ungeschicklichkeit. Ich wollte, daß dieser Abend angenehm verläuft.«

Sie erkannte, daß er es ernst meinte, und lenkte sofort ein. »Oh, natürlich. Lassen Sie uns das ganze traurige Thema beenden.«

»Erzähl mir, was du in letzter Zeit getan hast«, schlug er vor.

Die folgenden Stunden erwiesen sich in der Tat als herrlich. Für Chuan war es, als würde er wie in seiner Kindheit aus einem klaren Gebirgsquell auf der Erde trinken. Auch Kinna schien die Zeit zu genießen. Als er ihr schließlich eine gute Nacht wünschte, tat er das in der Hoffnung, daß sie mehr als nur einen Beschützer in ihm sehen und ihn hin und wieder besuchen würde, nur um ein wenig zu plaudern.

Er stand vor dem Sichtfenster und starrte hinaus, ohne wirklich etwas zu sehen. Die Lichter der Stadt funkelten lebhaft in der Crommelin-Senke, ein Sternenmeer, das heller als alle anderen im vom Staub dunstverhangenen Himmel war. Die wenigen leuchtenden Punkte, die sich bewegten, gehörten zu Fahrzeugen. Nach Einbruch der Dunkelheit blieben die meisten Leute zu Hause. Einmal hatte Chuan die Antarktis bereist, um Eis und Schnee und das Polarlicht direkt zu erleben. Als er aus der Herrlichkeit der Natur nach Amundsen zurückgekehrt war, waren ihm die Lichter der Stadt, die Fröhlichkeit und sogar die Wärme geradezu lasterhaft erschienen. Vergleichbares gab es nicht auf dem Mars. Die höheren Breitengrade des Planeten und ihre ungeheuren Winternächte blieben den Robotern vorbehalten, die in den Minen dort arbeiteten. Außerdem existierte auf Mars kein Polarlicht.

Wenn alles gut verlief, würde Chuan in neunzehn irdischen Jahren auf die Erde zurückkehren und einen bequemeren Posten antreten.

Er war sich nicht sicher, ob er sich das wirklich wünschte.

Warum sollte er? Seine Blutsverwandten waren ihm in jeder Hinsicht fremd geworden. Er hatte weder geheiratet, noch war er irgendwelche anderen längerfristigen Beziehungen eingegangen. Das taten Synnoionten selten, und sie hatten auch keine Kinder. Sie konnten unmöglich gute Eltern sein. Darüber hinaus spielte die DNS keine große Rolle mehr. Das wahre Ziel, die wahre Evolution war die des Intellekts. Trotzdem hatte sich Chuan manchmal gefragt, wie es wohl gewesen wäre, eigene Kinder zu haben.

Er schob die Gedanken beiseite. Der Anflug von Schwermut lag eindeutig an der Ernüchterung, die dem Ende dieses Abends gefolgt war. Ein Beruhigungsmittel müßte das Problem beseitigen, so daß er zu Bett gehen konnte. Aber nein, ein chemischer Trost wirkte nur kurzfristig. Vielleicht würde eine Stunde in der Traumkammer helfen. Keine Begegnung – an die man sich später erinnern konnte, als hätte sie tatsächlich stattgefunden – mit kameradschaftlichen Männern, wunderbaren Frauen oder berühmten Philosophen. Die hatte er längst schon hinter sich gelassen. Aber die richtige irdische Landschaft, friedlich und schön, vielleicht von Menschen in jahrhundertelanger Arbeit liebevoll gestaltet, vielleicht völlig natürlich entstanden in einer Zeit, bevor Menschen sie erblickt hatten ... Ja, es gab wirklich keinen Grund für ihn, auf die Erde zurückzukehren, außer als Bewußtseinskopie nach seinem physischen Tod.

Was nun die Traumkammer betraf ... Er entschied sich dagegen.

Es lag nicht so sehr daran, daß es eine künstliche Illusion war, aber heute abend würde es eine Flucht vor sich selbst sein. Er benötigte nicht Erleichterung, sondern vielmehr Bestätigung. Also sollte er lieber die Verbindung herstellen.

Er drehte sich um, ließ den Himmel und die Stadt hinter sich zurück und suchte den Raum auf, den nur er betreten konnte.

Einem Menschen, der nicht initiiert worden war, wäre der Raum so kahl wie eine Mönchszelle erschienen – ein kleiner Schrank, eine Liege, eine Kontrolltafel von rätselhafter Schlichtheit, kaltes weißes Licht und Stille. Chuan zog seinen Verbindungsanschluß hervor und stülpte sich das mit Kontaktknoten übersäte Netz über den Kopf. Dann legte er sich hin, schloß Schaltkreise, entspannte sich und erteilte den gedanklichen Befehl.

Im Inneren seines Schädels begann ein zweites Netzwerk, das ihm als Kadett von Nanomaschinen implantiert worden war, mit dem äußeren Netz und seinem Gehirn zu interagieren, bis aus den drei Teilen eine harmonische Einheit wurde. Sie öffnete sich dem System, das den Cyberkosmos lenkte – sophotektische Intelligenzen, Computer, Datenbanken, Scanner, Sensoren, eine Entität, die den gesamten Planeten umfaßte – und wurde ein Teil von ihm.

Metaphern, Andeutungen, Fragmente, Verzerrungen. Worte reichten nicht aus, um die komplizierten und subtilen Zusammenhänge zu erfassen. Noch konnten die Gleichungen der relativistischen Quantenmechanik die gewaltige, vielfältige und veränderliche Psyche in all ihren Facetten beschreiben, ihr Bewußtsein, das sich von den Gezeiten innerhalb eines Atomkerns bis zur Krümmung der Raumzeit erstreckte, die milliardenfache Überwachung von Maschinen und Prozessen überall auf dem Planeten und in den Satellitenorbits, die Gedanken, Absichten und den *Willen,* der der Gesamtheit all dessen zugrunde lag und sie stärker als die durch sie pulsierende Energie antrieb. Für Chuan war es Transzendenz und Verklärung.

Wieder konnte er sich erinnern, um wieviel mächtiger der Cyberkosmos und sein Verbund mit diesem Gebilde auf der Erde war. Fast wurden die drei Male lebendig, als ihm dort für einen kurzen Moment Einheit mit dem *Ganzen* gewährt worden war und er in die Nähe des Terrabewußtseins hatte vordringen dürfen, wie ein Ion in das elektrische Feld nahe eines Blitzes. Und wieder wußte er, nicht in Form von Symbolen oder sehnsüchtigem Verlangen, sondern mit absoluter Gewißheit, daß dies der Grund war, warum er oder seine Bewußtseinskopie schließlich auf die Erde zurückkehren mußte, so daß seine Identität in das Ganze eingehen konnte.

So hatten die Mystiker danach gestrebt, sich in Gott zu verlieren. Einige taten es immer noch. Chuans Belohnung aber stand fest, es sei denn, ein Zufall löschte ihn durch rohe Gewalt vorher aus. Und das Bewußtsein, das ihn in sich aufnehmen würde, würde ständig weiterwachsen und sein eigenes Paradies erschaffen, ein Universum ohne Ende.

Die kleinere Entität auf dem Mars war ausreichend für diese Nacht, auf unbeschreibliche Weise mehr als nur ausreichend. Nervenimpulse des größeren Zusammenschlusses durchdrangen sie, durch Laserstrahlen von der Erde, Luna und Merkur übermittelt, von den Asteroiden und Monden der äußeren Planeten, von überall her, wo sich Maschinen des Cyberkosmos aufhielten.

Chuans Gedanken und Gefühle verbanden sich mit den Strömungen, die das Meer des Bewußtseins durchzogen. Ihre winzigen Wellen erzeugten Resonanz. Die Entität antwortete sich selbst.

Aus der Seligkeit der Vereinigung, die er erwartet hatte, wurde Kommunikation.

Hinterher erinnerte er sich an das, was er als fast augenblickliches und grenzenloses Wissen erfuhr, wie an ein Gespräch. Sein organisches Gehirn konnte das Erlebte nicht besser interpretieren.

Ja. Ich/du hätte mich/dich wegen dieser Angelegenheit in

jedem Fall schon bald kontaktiert. Die Nachrichten von den Sternen erweisen sich als mehr als beunruhigend. Ein Ereignis in naher Zukunft könnte durchaus eine Krise auslösen. Der konkrete Vorfall selbst kann zweifellos bewältigt werden, aber er wird seine Saat in der Geschichte hinterlassen, und was aus dieser Saat erwächst, könnte sehr merkwürdig sein. Die Einheit schaut Millionen Jahre weit voraus, aber um die große Vision Realität werden zu lassen, muß sie Vorsorge für die nächsten Jahrhunderte treffen.

Deshalb hast du, selbst in der Vereinigung mit dem Ganzen wie jetzt, bisher keine Informationen über den Plan erhalten, da du keine brauchtest und auch deine Hilfe nicht benötigt wurde. Jetzt aber muß die Arbeit beschleunigt und intensiviert werden, damit Vorkehrungen getroffen werden können, bevor die Geschehnisse außer Kontrolle geraten. Dein sterbliches Ich hat Erfahrungen mit der menschlichen Existenz gemacht, die, wie unbedeutend sie für sich genommen auch sein mögen, auf gewisse Weise einzigartig sind. Deine Gedanken und Emotionen, dein Beitrag zu dem, was erschaffen werden soll, ist wertvoll und wird den Schöpfungsprozeß beschleunigen und bereichern.

Du hättest alles nach deinem physischen Tod erfahren, aber dann wärst du nicht mehr Chuan, der Mann. Freu dich, daß du bereits jetzt eine aktive Rolle, klein aber real, in der Gestaltung des zukünftigen Kosmos spielen darfst.

Dies ist das Geheimnis. Die Solarlinse …

Immer wenn ein Synnoiont die Synnoiose verließ, erlebte er eine Phase der Desorientierung. Dann erschien ihm die Welt flach, ohne Substanz und bedeutungslos. Man lernte, wie man das Gefühl abschüttelte, einen unerträglichen Verlust erlitten zu haben, und wieder zu seiner menschlichen Existenz zurückkehrte. Mit der Zeit spürte man, daß die Vereinigung seine Kraft erneuerte und den inneren Frieden wiederherstellte.

Doch was ihm offenbart worden war, hielt Chuan diesmal bis zur Morgendämmerung wach.

Kinna, die ihre Ferien zu Hause in Sananton verbrachte, legte ihren hautengen Schutzanzug und den Biostat an und ging ins Freie. Sie hatte keine dringenden Aufgaben zu erledigen und wollte einfach nur ein bißchen umherschlendern.

Die Sonne war gerade im Osten über den Horizont geklettert. Der Himmel nahm einen rötlichen Farbton an, durchzogen von ein paar diamanthellen Wolkenfetzen aus Eiskristallen. Hügel, Sanddünen, Felsbrocken und Krater leuchteten in sanften Farben und schimmerten metallisch. Im Norden erhob sich ein zerklüfteter Bergrücken, der bis an den Rand des Eos-Grabenbruchs heranreichte. Die Hausmauern begannen, gelbbraun zu glühen, die Kuppel und die Schleusentüren glänzten, die Plantagen erwachten. Eng an den Boden geschmiegt, entrollte Solaria ihre Blätter, die weißen Seiten nach unten, die ebenholzschwarzen nach oben gedreht. Luftspendende Pflanzen breiteten ihr Grün aus und schickten sich an, Sauerstoff zu produzieren, den Saatmilben und Ackermikroben aufnehmen würden, sobald sie hervorkrabbelten. Eine Phantombrise bewegte die Fadenblätter der Seidenbäume. In einem Obstgarten hielt sich noch Dunkelheit, aber Goldfrüchte baumelten wie unzählige Laternen von Zweigen herab. Bald würde das gefrorene Wasser in seinem trommelförmigen Speicher tauen, mit Frostschutzmittel versetzt durch zahllose winzige Leitungen fließen, und das Leben würde aus seiner Starre erwachen.

Kinna hatte lange nach Worten gesucht, um ihrer Freude Ausdruck zu verleihen. Jetzt fügten sie sich zusammen, und sie sprach sie laut aus, nur für sich allein:

Täglich erwacht dieses Land aus dem Tod
wie lange es auch geruht
zu schattigem Blau und rostigem Rot
und manchmal zu Meeresglut.
Auf einem Hügel, purpurn und still
ragt ein Fels in den Himmel hinein
und ich kann gehen, wohin ich auch will
und was könnte herrlicher sein?

KAPITEL 8

Ein sanfter Wind, der dreitausend Kilometer weit über den äquatoriellen Ozean geweht war, blies Fenn entgegen, als er den Flieger verließ und den Flughafen betrat. Ein braunhäutiges Mädchen lächelte ihn mit schneeweißen Zähnen an und legte ihm eine Blumenkette um den Hals. Iokepa Hakawau umarmte ihn herzlich, doch dann trat er zurück und sagte formell: »*Aloha, hoa, he kotoku rerenga tahi*« in der gebräuchlichen Verkehrssprache des Landes. Fenn erkannte den Satz als die Begrüßungsformel für einen seltenen Besucher. Außerdem war er einer, der schon gespannt erwartet wurde. Er hatte eine Weile gebraucht, um die Genehmigung für einen verlängerten Urlaub zu bekommen.

Ein Junge, keine Maschine, trug sein Gepäck für ihn, und auch das war Bestandteil der Begrüßung. Fremde, die ihn bemerkten, verbeugten sich vor Fenn. Er ragte körperlich nicht sonderlich aus ihnen heraus. Zwar waren die meisten kleiner und dunkelhäutiger als er, aber das traf nicht auf alle zu, denn alle terranischen Blutlinien waren in die Lahui Kuikawa eingeflossen. Es war nur so, daß jemand, der vom Kamehameha Raumhafen auf Hawaii kam, und das auch noch allein, etwas Besonderes sein mußte.

Fenn nahm die übliche Höflichkeit der Mondbewohner als selbstverständlich hin, wenn er sie nicht gerade bewußt ignorierte. Dem soziologischen Diktum, daß kompliziert ausgearbeitete zwischenmenschliche Umgangsformen eine Bereicherung des Lebens darstellten und die Gesellschaft beschäftigten, begegnete er eher mit Geringschätzung. Er hatte sich Dokumentationen über die Vielfalt dieser Umgangsformen in den verschiedenen Gegenden der Erde angesehen. Doch hier entdeckte er plötzlich ein Ritual, das kein Theater, sondern so natürlich wie das Atmen war.

Iokepa führte ihn über die große, von vielen Menschen bevölkerte schwimmende Plattform, von der pastellfarbene Aufbauten in die Höhe ragten, die an Segel und Schiffsbuge erinnerten. Der Verkehr beschränkte sich größtenteils auf Fußgänger, die fröhlich miteinander plauderten. Blumen leuchteten in Rinnen und Kübeln, erfüllten die salzige Luft mit einem schwachen Duft.

»Ich habe ein Zimmer für dich im *Lilisaire* reserviert«, sagte Iokepa. »Hab' mir gedacht, daß du dich in einem Hotel entspannter fühlen würdest als in einem Privathaus, bis du dich an uns gewöhnt hast. Ich könnte dich gleich dort hinbringen, wenn du dich etwas ausruhen möchtest.«

»Nein, ich bin nicht müde«, erwiderte Fenn.

»*Pomaikai*. Das habe ich auch nicht erwartet. Lassen wir Mikala dein Gepäck im Hotel abliefern. In der Zwischenzeit können wir uns unterhalten. Danach begleite ich dich zu deiner Unterkunft. Du solltest lieber ein wenig schlafen, bevor das *luau* beginnt.«

»Ihr werdet eine Party geben ... für mich?«

»Draußen auf der *Malolo*.« Ein muskulöser Arm deutete durch eine Lücke zwischen den Wänden über blaue Wellen hinweg, die im hellen Sonnenlicht mit funkelndem Diamantenstaub überzogen zu sein schienen, auf ein mehrere Kilometer weit entferntes großes Schiff. Fenn wußte, daß dort Iokepas *anaina* lebte, eine Gemeinschaft von weitverzweigten Großfamilien. »Zuerst ein *talimalo*, ein angemessener Empfang für dich.« Als er sah, wie sich sein Freund ein wenig anspannte, fügte der *kanaka* hinzu: »Ich denke, es wird dir Spaß machen. Keine steife Geschichte. Mit Sicherheit wirst du die anschließende Feier genießen. Wir sind keine spröden *po'e* hier, glaub mir. Aber ohne ein *talimalo* wäre es nicht richtig. Du bist ein wichtiger Mann.«

Da war sich Fenn nicht so sicher, aber er beschloß abzuwarten und herauszufinden, was das zu bedeuten hatte.

Die beiden Männer überließen das Gepäck dem Jungen, bestiegen eine der Fähren, die ständig zwischen der Landeplattform und Nauru hin- und herpendelten, und erreichten kurz darauf die Insel. Wie oft er die Bilder auch im Multiceiver oder Vivifer gesehen hatte, Fenn staunte. Er war an eine Umgebung gewöhnt, in der sich Hochtechnologie auf engstem Raum ballte. Nauru war ein Atoll, größer und höher als die meisten anderen, maß aber trotzdem kaum zwanzig Kilometer im Umfang. Und doch bedeckten Parkanlagen und Gärten mindestens die Hälfte der Insel. Palmen wiegten sich raschelnd im Wind. Prachtvolle Beete mit scharlachroten, violetten, goldenen, rosafarbenen und marsorganenen Blumen begrenzten und durchzogen samtartige Rasenflächen. Hier lud ein Springbrunnen zum Verweilen ein, dort ein kunstvoll geharkter Kiesgarten mit aufrechtstehenden Felsen.

Obwohl es nur wenige Wohnhäuser gab, waren alle Gebäude niedrig und in traditioneller Architektur aus Naturholz gebaut, mit ausladenden Dächern und schattigen Veranden, an denen sich Bougainvillea und Fuchsien emporrankten. Einige handgeschnitzte Götterbilder zierten die Frontseiten, und Figurenköpfe ragten aus Giebeln hervor. Die wenigen Fahrzeuge waren klein. Menschen schlenderten ohne Eile in weiter bunter Kleidung umher, blieben stehen, um eine Weile zu plaudern, oder verweilten eine Stunde in einem Café im Freien. Eine Gruppe junger Leute in einem Haus, dessen Tür offenstand, sang zu den Klängen von Gitarren und Flöten, ein Mann und eine Frau sprangen Hand in Hand übermütig dahin. In einem anderen Haus verwob eine alte Frau Stoff zu einem Muster, das sie sich selbst ausgedacht haben mußte. Mehrere Männer in Federmasken liefen vorbei ... Der Ort wirkte nicht wie das Zentrum eines Landes, das den halben Pazifik umfaßte und dessen menschliche Einwohner allein rund acht Millionen zählten.

Nun, dachte Fenn, natürlich gibt es noch jede Menge andere Inseln, ganz zu schweigen von Schiffen wie Iokepas schwimmende Heimatstadt. Außerdem konnte man hier mit der richtigen Ausrüstung und – was noch wichtiger war – der richtigen Einstellung alles erreichen, was man wollte, ohne stur auf Effizienz bedacht sein zu müssen. Der wirklich außergewöhnliche Aspekt aber war, wie geordnet diese Gesellschaft wirkte, wie sehr praktisch jeder *dazuzugehören* schien.

Ohne Zweifel gab es auch etliche Ausnahmen. Er hatte von wachsenden Spannungen und Unruhen gehört, hier wie überall auf der Welt.

»Wohin gehen wir?« fragte er.

»Zum *luakini,* da du bereit bist, dich gleich an die Arbeit zu machen«, erwiderte Iokepa. »Auf Anglo heißt das ungefähr ›Tempel‹ oder ›spirituelles Zentrum‹, aber ich halte beide Übersetzungen nicht für ganz treffend. Manu möchte dich vorher kennenlernen und dir persönlich die Angelegenheit in groben Zügen unterbreiten. Er möchte deine Vorschläge hören und einen Eindruck gewinnen, ob du der geeignete Mann für uns bist. He'o und ich haben dich ihm empfohlen.«

»Worum es auch immer bei dieser ›Angelegenheit‹ geht.« Fenn grinste trotz seiner inneren Anspannung.

»Wie ich dir schon gesagt habe, wirst du es heute noch erfahren. Zumindest die Grundzüge. Später wirst du auch die Entwürfe der Ingenieure und alles weitere sehen. Wir sind an deiner Einschätzung wie an der der Experten interessiert. Wenn der Vorschlag diese Hürden überwindet, werden wir ihn öffentlich bekanntgeben. Sollte er genug Interesse hervorrufen, wird er in den Langhäusern auf jeder Insel und jedem Wohnschiff diskutiert werden. Und wenn er den Lahui Kuikawa gefällt, können wir anfangen, mit der Synese und allen anderen zu feilschen, die es betreffen könnte. Ein langer Weg, der vielleicht nirgendwo hinführt. Aber ich habe Hoffnung.«

»Wer ist dieser . . .äh, Manu?«

»Manu Kelani, der Oberste *kahuna* von Nauru. Du fängst ganz oben an, Kumpel.«

Tatsächlich ganz oben, dachte Fenn und spürte ein Prickeln im Nacken. Hohepriester, Oberster Ratgeber, Erster Hüter eines ungeschriebenen Gesetzes, das stärker als jedes andere in den verankerten Datenbänken ist. Wie auch immer man den Titel übersetzte, hatte sich der Oberste *kahuna* der Hauptstadt dieses Landes jemals zuvor die Mühe gemacht, ein persönliches Urteil über einen unbedeutenden jungen Fremden zu fällen?

Das *luakini* war ein massives Holzgebäude hinter einem mit Skulpturen verzierten Säulengang. Eine Ehrenwache in Sarongs und Regenbogenumhängen, bewaffnet mit Speergewehren, stand vor dem Eingang unter dem Stern-und-Wellenkamm-Banner der Lahui Kuikawa. Iokepas übliche Ungezwungenheit wich ernster Feierlichkeit, als er grüßte und den Anführer der Wache ansprach. Mit dem gleichen würdevollen Ernst wurden er und Fenn eingelassen. Vier Frauen in weiten weißen Gewändern und mit Blumen durchflochtenem offenen Haar geleiteten sie durch eine dämmrige kühle Halle in einen Raum, der offensichtlich für private Gespräche gedacht war, und ließen sie dort allein. Die hoch in die Wände eingelassenen Fenster waren geöffnet. Eine sanfte Brise vom Meer her wehte herein. Jede Wand trug ein Gemälde – die Erschaffung der Keiki Moana, das Reservat der Vorfahren auf Hawaii mit einigen menschlichen Hütern, Kelekolio Pela, der das Dao Kai festlegte, die Abtretung von Nauru an die Nachfahren des Volkes, das zu einer Nation geworden war. Ein Tisch mit einem Terminal und ein paar Stühle waren die einzigen Möbelstücke auf dem Hartholzfußboden.

Manu Kelani trat durch die Hintertür ein. Er war ein großer Mann mit buschigem weißen Haar. In seinem Gesicht, das eher melanesisch als polynesisch wirkte, waren die smaragdgrünen Augen ein überraschender

Anblick. Ein goldenes Kreuz hing über einer blauen Robe auf seiner Brust. Er trug einen Stab, dessen Spitze die Miniatur eines altertümlichen Ankers zierte. Iokepa ließ sich auf ein Knie sinken. Manu legte ihm eine Hand auf den Kopf. Worte wurden gewechselt. Fenn konnte nur unbeholfen salutieren.

Iokepa erhob sich, und Manu wandte sich Fenn zu. »Seien Sie willkommen«, sagte er in fließendem Anglo. »Ich habe schon viel von Ihnen gehört.«

»Nichts allzu Schlechtes, hoffe ich, Sir«, murmelte Fenn.

Manu lächelte. »Genug, um zu wissen, daß Sie einen lebendigen Verstand haben. Bitte, setzen Sie sich.« Er nahm auf einem Stuhl am Tisch Platz und schaltete das Terminal an. Ein Diener erschien. »Möchten Sie eine Erfrischung?«

Kurz darauf tranken sie Kaffee. Manu erkundigte sich nach dem Flug von Luna zur Erde. Fenn schilderte ihn mit knappen Worten – ein ganz gewöhnlicher Flug in einer gewöhnlichen Standardfähre – und platzte dann heraus: »Was ist jetzt mit dieser ... Verzeihen Sie, Sir. Ich ... ich hatte nicht vor ... äh, unhöflich zu sein.«

Manu lächelte erneut. »Wenn Sie ungeduldig sind, ist das nur zu verständlich. Wir sind es, die sich dafür entschuldigen müssen, bis jetzt Informationen zurückgehalten zu haben. Es war großzügig von Ihnen, auf unser bloßes Wort hin zu kommen. Aber zu diesem frühen Stadium ist es am klügsten, Verschwiegenheit zu wahren.«

Er wußte, wie man einem Mann die Anspannung nahm. »Nun, Iokepa hat mir versprochen, daß es interessant werden würde«, erwiderte Fenn, »und in dieser Beziehung hat er mich bisher nie enttäuscht.«

Der Seemann lachte. Offensichtlich erforderte der Respekt vor hochrangigen Persönlichkeiten bei den Lahui keine ehrfürchtige Zurückhaltung. »Ich fürchte, diesmal geht es nicht um derbe Vergnügungen.« Er zwinkerte. »Obwohl wir zu gegebener Zeit auch dafür sorgen werden.«

Manu wurde ernst. »Sie stammen aus dem Weltraum,

Lieutenant Fenn. Sie sind dort geboren und aufgewachsen. Ihr Wissen und Ihre Fähigkeiten überschreiten bei weitem das, was Sie für Ihr tägliches Leben auf dem Mond benötigen, und Sie könnten sich mühelos jederzeit weiteres Wissen und Fähigkeiten aneignen, wie mir versichert wurde. Das klingt so, als sehnten Sie sich danach, Ihr Können auch anzuwenden.«

Fenns Gefühle explodierten. »Tod und Verderben, ja!« Mit verlegener Hast: »Verzeihung, Sir. Aber Iokepa hat angedeutet ... Haben Sie vor ...?«

»Die Neuigkeiten von den Sternen haben jeden im Sonnensystem berührt«, sagte Manu. »Sie haben einen Gärungsprozeß in Gang gesetzt, der in seinen verschiedenen Formen täglich dynamischer wird, zum Guten oder zum Schlechten. Auch in uns.«

»In vielen von uns nicht bloß ein Gärungsprozeß«, grollte Iokepa. »Ein verdammtes Feuer!«

»Sicher können Sie verstehen, Lieutenant Fenn«, fuhr Manu fort, »welche Auswirkungen das Konzept, die ungeheure Tatsache, daß es Lebensmütter gibt, auf uns haben muß. Sie sind eine plötzliche Inkarnation des Dao Kai.«

Fenn rekapitulierte schnell, was er über den ›Weg des Meeres‹ wußte: weniger eine Religion als vielmehr eine Philosophie, eine Art zu denken, zu fühlen und zu leben; weniger eine Reihe von Geboten als vielmehr eine Reihe von Verhaltensregeln, ein organisches Weltbild, das auf der Zugehörigkeit zu allem Leben und dessen Einheit mit dem Universum beruhte ... Er hatte Iokepa und He'o unter den Sternen und unter Wasser meditieren gesehen. Wenn es jemals ein Volk gegeben hatte, das das Leben liebte, dann waren es die Lahui Kuikawa ...

»Die Synese wird nicht gewillt sein, eine Erdenmutter zu erschaffen«, fügte Manu hinzu.

Irgendwie hatte Fenn das Gefühl, der Endgültigkeit dieser Behauptung widersprechen zu müssen, und wenn auch nur, um den Zorn in ihm zu dämpfen, der nicht in diese Runde gehörte. »Ich weiß nicht, Sir. Wenn eine Mehrheit der Bevölkerung es will ... sie will ...«

»Es wird keine Mehrheit dafür geben«, knurrte Iokepa. »Das würde ihre bequemen Gewohnheiten wie ein Vulkanausbruch zerreißen. Und vergiß nicht, es würde Unsummen kosten.«

Fenn nickte.

Er hatte eine Menge Diskussionen seit Ibrahims Ansprache verfolgt. Abgesehen von den Investitionen in Form von Ressourcen und Arbeit – die niemand auch nur annähernd realistisch abschätzen konnte, außer daß sie gigantisch sein würden –, würde es zu einer unvorhersehbaren Zerstörung an materiellen Gütern und sozialen Institutionen kommen, nur um Freiräume für die Veränderungen zu schaffen. Die untergeordneten Vertreter des Cyberkosmos hatten keine Prognosen dazu erstellen können, und das Terrabewußtsein selbst ließ sich zu keiner Prophezeiung herab.

»Außerdem könnte das Vorhaben nicht in der Lebensspanne der jetzt lebenden Menschen verwirklicht werden oder auch nur in der ihrer Enkel«, gab Iokepa zu bedenken. »Ein so großes Opfer für ein derart fernes Ziel? Glaub das nur nicht.«

Irgendwie mußte Fenn erneut Einspruch erheben. »Ich habe gehört, wie sich einige Leute darüber unterhalten haben, als Bewußtseinskopien auf diese Zeit zu warten« – während ihre gealterten Körper der Euthanasie zugeführt werden würden. Andererseits, welcher Sinn steckte dahinter? Ein glücklicher und ein glückloser Zwilling ...

»Ein paar wären dazu bereit, ohne Zweifel«, schnaubte Iokepa. »Was bedeutet, daß sie sich selbst aus dem Spiel nehmen würden. Glaubst du ernsthaft, daß man sie wiedererwecken würde, damit sie an einer Erdenmutter teilhaben könnten, zu deren Entstehung sie nichts beigetragen haben? Oder daß sie in einer solchen Welt glücklich wären? Aber die Erde wird ohnehin keine Lebensmutter bekommen.«

Manus sanfter Tonfall zog die Aufmerksamkeit der beiden sofort wieder auf sich. »Es wäre möglich, daß uns das Terrabewußtsein einfachere Mittel in die Hand gibt, um das gleiche Ziel zu erreichen.«

»Aber das hat es bisher nicht getan, oder, *kapena*?« fragte Iokepa, schlagartig wieder ruhig.

»Nein. Aber wir müssen die Möglichkeit in Betracht ziehen, auch wenn ich nicht glaube, daß es dazu kommen wird. Vielleicht gibt es keinen anderen Weg, oder vielleicht wäre er falsch für unsere Rasse. Es steht uns nicht zu, das Terrabewußtsein in Frage zu stellen.«

»Aber wir müssen auch nicht einfach demütig und tatenlos abwarten, nicht wahr, *kapena*?« Iokepa suchte Fenns Blick. »Das ist es, worum alles hier geht. *Ich* würde gerne versuchen, Unsterblichkeit zu erlangen und – ja, bei Pele! – die Sterne zu erreichen. Es ist sehr gut möglich, daß es mir nie gelingen wird, aber ich könnte viel Spaß bei dem Versuch haben, und der halbe Spaß würde allein schon in dem Wissen bestehen, daß wir eines Tages unsere eigene Lebensmutter dem selbstgefälligen Terrabewußtsein entgegenstellen können.«

Fenn lief ein kalter Schauder über den Rücken. Er spürte, wie sich seine Kopf- und Barthaare sträubten. »Bei allen Toten in ihren Gräbern ...«, stöhnte er.

»Unser Freund ist ziemlich hitzig, Lieutenant«, sagte Manu sanft und gelassen. »Aber er hat recht. Ein solches Unternehmen entspricht unserem Dao sehr viel mehr als alle anderen Projekte oder Überlegungen im Sonnensystem.«

Fenn bemühte sich, ihn zu verstehen. »Meinen Sie damit ... Aber Sie können die Erde nicht umwandeln. Das hat Iokepa gerade erläutert. Man würde es Ihnen nicht gestatten.«

Iokepas Tonfall wurde sachlich. »Das Territorium, das wir kontrollieren, ist zu klein, um eine Lebensmutter tragen zu können. Zumindest vermuten unsere Biologen das.«

»Klein?« rief Fenn aus. »Der halbe Pazifische Ozean?«

»Es gibt nicht genug festes Land, und das Leben im Meer ist zu ... ähm, zu diffus. Davon gehen die Experten aus, und glaub mir, unsere Computer und wir haben uns ausgiebig damit beschäftigt.« Iokepa seufzte. »*Könnten* wir überhaupt unseren eigenen Kurs vom Rest des

Lebens auf der Erde getrennt steuern? Das erscheint mir ziemlich unwahrscheinlich.«

»Darüber hinaus«, fügte Manu hinzu, »dürfen wir nicht arrogant sein. Es ist durchaus möglich, daß eine Umwandlung der Erde tatsächlich zu kostspielig wäre, mehr in geistiger als in materieller Hinsicht. Auch wissen wir nicht, ob es in einer derart hochentwickelten Biosphäre überhaupt machbar ist.« Er schwieg einen Moment lang. »Aber ist uns der Traum deshalb gänzlich verwehrt? Können wir nicht das gleiche tun, was Menschen auf Demeter und anderen Planeten getan haben, auf einer Welt, wo uns nichts oder nur sehr wenig im Weg steht?«

Es dämmerte Fenn. »Augenblick!« keuchte er. »Ich verstehe ... im Weltraum ... auf dem Mond? Sie waren daran interessiert, dort eine Kolonie ...«

»Ja, aber wie Sie wissen, haben wir uns dagegen entschieden.«

»Trotzdem haben Sie weitere Missionen zu uns geschickt.«

Da Manu nichts darauf erwiderte, antwortete Iokepa: »Oh, es ist nicht die Art der Lahui, endgültig die Tür zu etwas zuzuschlagen, das vielversprechend aussieht. Und vermutlich würde ein solches Projekt auch Luna einbeziehen.« Er verzog die Lippen zu einem schiefen Lächeln. »Außerdem hatten wir dadurch eine Entschuldigung für weitere ausgelassene Besuche. Jetzt aber ...«

»Wo?« rief Fenn. »Der Mars?«

»Wir haben es bisher nicht ernsthaft erwogen«, sagte Manu, »weil unsere Idee, Kolonien außerhalb der Erde zu errichten, zu sterben begann, nachdem sich der Mond als enttäuschend herausgestellt hatte. Die Existenz von Lebensmüttern verändert jedoch die gesamte Gleichung. Der Mars scheint eine Option zu sein.«

»Ihn te-te-terraformieren, so wie Demeter? Diese Aufgabe wurde immer als unbezahlbar betrachtet, und ...«

»Vergessen Sie nicht, wir sprechen hier von Jahrhunderten.«

»Und wir werden mit kleinen Schritten beginnen«,

warf Iokepa ein. »Und jeder Schritt auf diesem Weg muß es wert sein, für sich selbst getan zu werden, Profit abzuwerfen, was auch immer das im Einzelfall bedeuten mag.«

Manus Stimme vibrierte leise. »Das Habitat war früher einmal Ragaranji-go und auf wunderbare Weise lebendig.«

Fenns Gedanken überschlugen sich vor Überraschung angesichts der ungeahnten Weiten, die auf einmal offen vor ihm lagen, schossen hin und her wie ein gefangener Delphin, dem unvermittelt die Freiheit geschenkt worden war. »Sie fangen mit einem Habitat an«, stammelte er, »mit einem Habitat nach Ihren Vorstellungen und einer Art Meer in ihm und ... In einem Marsorbit? Das wäre weit genug weg, so daß sich niemand beschweren könnte, Sie würden die Erde-Luna-Satelliten stören oder dergleichen. Aber die benötigten Materialien ...«

»Wir denken an den kleinen äußeren Mond Deimos«, erklärte Iokepa. »Und, ja, wir sondieren unauffällig die politischen Aspekte.«

»Sollten wir beschließen, unsere Idee weiterzuverfolgen, könnten wir fast sofort ein oder zwei Raumschiffe erwerben«, sagte Manu. »Sie kreisen unbenutzt in einem Parkorbit. Natürlich würde es nötig werden, etliche mehr zu bauen. Luna ist wahrscheinlich der geeignetste Standort für eine neue Werft. Das wäre ein Gebiet, auf dem Sie uns helfen und beraten könnten, Lieutenant Fenn. Sie verfügen über das erforderliche Wissen und die Erfahrung, Sie könnten uns mit weiteren Helfern in Verbindung bringen, und es ist ziemlich unwahrscheinlich, daß Sie Skrupel oder Hemmungen entwickeln werden.« Er lächelte. »Ganz im Gegenteil.«

Fenn starrte vor sich hin. Ihm war, als löste sich die Wand, die die Ankunft der Lahui-Vorfahren auf Nauru zeigte, auf, und er könnte die Planeten und die Sterne sehen. »Der Weltraum«, flüsterte er.

Durch das Pochen des Blutes in seinen Ohren hörte er Manu sagen: »Verstehen Sie bitte, daß das alles noch sehr provisorisch ist. Einige von uns haben schon an den

Mars gedacht, bevor die Nachrichten vom Centauri ausgestrahlt wurden. Die Gerüchte, die schon vorher kursierten, haben diese Überlegungen ein wenig beeinflußt, und seither hat es eine radikale Neubewertung gegeben. Aber der Prozeß geht immer noch weiter. Wir haben keinen tatsächlichen Plan, nur einen Traum. Wir werden noch sehr viel mehr Daten und Überlegungen brauchen, bevor wir wissen, ob das Unternehmen überhaupt verwirklicht werden kann, geschweige denn wünschenswert ist. Das war ein Grund, weshalb wir Sie haben kommen lassen. Aber kündigen Sie Ihre Stellung nicht, und setzen Sie sich auch nicht in anderer Form unter Druck.«

»Noch nicht«, schränkte Iokepa vieldeutig ein.

»Wenn Sie wollen, erforschen wir die Idee näher, solange Sie hier sind«, schloß Manu, »und lernen auch einander besser kennen.«

Allen Ermahnungen zum Trotz, nichts zu überstürzen flammte für Fenn der Himmel auf.

KAPITEL 9

»Begleite mich auf ein Abenteuer«, sagte Elverir.

»Wohin?« fragte Kinna sofort.

»Wir könnten wohl zwei bis drei Tage fort sein. Ich werde dir mehr erzählen, sobald wir gestartet sind.«

Einen Moment lang zögerte sie. Es lag nicht daran, daß sie seinen Absichten mißtraute. Schon oft waren sie deutlich länger fortgewesen, hatten die Valles Marineris erkundet und waren einmal sogar nach Süden bis zum Nereidum-Gebirge geflogen. In ihrem luftdichten Zelt lagen ihre Matratzen dicht nebeneinander, und manchmal, wenn sie sich wuschen oder umkleideten, geschah es, daß der Trennvorhang versehentlich ein Stückchen zur Seite gezogen wurde und einen flüchtigen Blick auf die jeweils andere Seite erlaubte. Bei diesen Gelegenheiten hatte sie sein Verlangen gesehen und ihre eigene Versuchung gespürt. Niemand bräuchte jemals davon zu erfahren. Auch mußten sie sich keine Sorgen machen, daß sie schwanger werden könnte. Doch sie war stets vor dem letzten Schritt zurückgeschreckt – es wäre ihr wie Verrat an ihren Eltern vorgekommen, würde ihre Freundschaft und sie selbst auf unvorhersehbare Weise verändern –, und Elverir, der das spürte, war zu stolz, um ihr den Hof zu machen. Er hielt sich mit einer ruhigen Gelassenheit zurück, die sie so nie erreichen konnte. Schließlich hatte er ja auch jede Menge Mädchen zu Hause.

Jetzt aber war es durchaus möglich, daß er wieder eine dieser unverschämt arroganten Gesetzesübertretungen beabsichtigte, die mehr als nur einmal zu einem Streit zwischen ihnen und einer längeren Trennung geführt hatten. Kinna ging gern Risiken ein – zumindest innerhalb vernünftiger Grenzen –, aber sie war nun mal die Tochter von David Ronay, der eine hohe Position in seiner Gemeinschaft innehatte und dem Haus Ethnoi diente.

Die Aufregung siegte über ihre Unschlüssigkeit. Wenn das, was er vorhatte, unakzeptabel war, konnte sie immer noch ablehnen und ihre Weigerung mit dem nötigen Nachdruck durchsetzen.

»Kannst du sofort aufbrechen?« fragte er.

»Laß mich nur meine Ausrüstung holen und meinen Eltern Bescheid sagen«, erwiderte sie.

Kurz darauf schoß ihr Flitzer aus Belgarre heraus und schwenkte nach Westen. »Entspann dich«, forderte Elverir Kinna auf. »Wir werden sechs bis sieben Stunden unterwegs sein.«

»Was?« rief sie aus. »Aber, dann kommen wir bis ... was *ist* dein Ziel?«

»Die Tharsis. Ich weiß noch nicht, wo genau im Dreierreich, aber du wirst die Inrai kennenlernen.«

Einen Moment lang schien sich alles im Kreis um sie zu drehen. Die Inrai – nicht die Städte, die sich von der Republik losgesagt hatten, sondern die Gesetzlosen, die Karawanen ausplünderten, Maschinen zerstörten,

Sophotekten und Menschen töteten ... Die Erkenntnis machte sie schwindlig. Elverir, ihr Begleiter auf zahllosen Ausflügen, ihr persönlicher lunarischer Freund, auch er gehörte ihnen heimlich an.

Er bemerkte ihre Reaktion und sagte: »Ihr Wunsch ist nur, mit dir zu sprechen und dir ein paar Dinge zu zeigen. Ich dachte, es würde dich interessieren und nicht erschrecken.«

Sein Sarkasmus verletzte sie. »Wenn du glaubst, daß ich mich fürchte, bist du zu dumm, um den Unterschied zwischen einem Mineneingang und -ausgang zu erkennen!« Sie sah ihn grinsen, riß sich zusammen und fragte ruhig: »Meinst du das ernst? Das ist wirklich kein Witz? Wenn ja, dann bist du verrückt.«

»Nay«, antwortete er leise. »Ich strebe nach Freiheit. Das ist etwas, das den meisten Terranern nichts bedeutet, aber ich dachte, dich würde es interessieren, auf deine Art.«

»Darüber haben wir früher schon oft genug diskutiert und sind uns nie einig geworden.«

»Wo Gespräche versagen, könnte der Anblick Erfolg bringen.«

Kinnas Zurückhaltung schwand. Ein Abenteuer, o ja! Ihre Neugier kochte hoch. Sie umklammerte die Armlehnen des Sitzes. Es überraschte sie ein wenig, wie beherrscht ihre Stimme klang.

»Du wirst mich nicht bekehren, das ist dir hoffentlich klar. Natürlich bin ich interessiert ... nein, das wäre nicht ehrlich. Ich finde es faszinierend. Aber warum ich? Wie hast du sie dazu gebracht, damit einverstanden zu sein, und aus welchem Grund?«

Er antwortete mit ungewöhnlichem Ernst. »Es war meine Idee, und es hat viel Zeit gekostet, Scorian zu überreden. Ich bin ... noch neu im Widerstand und unbedeutend. Aber ich habe dich gut kennengelernt, und durch dich auch andere Terraner. Einige wenige davon haben etwas Einfluß im öffentlichen Leben. Dadurch spüre ich deutlicher als die meisten von uns, so isoliert und entfremdet, wie wir sind, wie wenig der Rest der Welt – selbst unsere eigene Rasse – unsere Lebensanschauung versteht. Sogar du nennst sie verrückt.

Wir verlieren nichts, aber wir könnten etwas gewinnen, wenn überall die Wahrheit bekannt wird, daß unser Lebensweise ... *douris* ist.« Das lunarische Wort, das er benutzte, konnte nicht direkt mit ›anständig‹ oder ›gerecht‹ übersetzt werden. Das waren keine lunarischen Begriffe. ›Natürlich‹ oder ›geradlinig‹ traf es eher. »Ey, wie du gesagt hast, können wir niemanden bekehren. Und nur zur ... Klarstellung, du selbst stellst nur einen winzigen Anfang dar. Aber einen guten Anfang. Dein Vater wird auf dich hören, und über ihn vielleicht andere, die zumindest eine Spur von Einfluß haben. In der Universität hast du gewiß einige Freunde unter den Studenten, die wiederum Freunde haben, und bestimmt gibt es Dozenten, die deine Worte nicht einfach verwerfen werden. Und wie du mir erzählt hast, besuchst du oft den Synnoionten. Wer als du könnte sich also besser für uns einsetzen?«

Obwohl ihr das Blut vor Aufregung in den Ohren dröhnte, ärgerte sie sich – wie schon so oft zuvor – über seine Annahme, daß der Einfluß von David Ronay und Menschen im allgemeinen praktisch vernachlässigbar war. »Zähl nicht wie selbstverständlich auf meine Fürsprache«, warnte sie ihn. »Ich werde das, was ich sehe, nur so berichten, wie ich es empfinde.«

Sein Lächeln wurde beinahe warm. »Das war mir klar. Du warst schon immer eine schlechte Lügnerin.«

Stille machte sich breit, abgesehen von dem leisen Dröhnen der Triebwerke und dem Vibrieren des Flitzers. Über ihnen erstreckte sich ein allmählich dunkler werdender rötlicher Himmel. Am nördlichen Horizont braute sich ein Staubsturm wie eine Phalanx gelblichgrauer Gewitterwolken zusammen, aber auf dem Mars hatte es seit mindestens einer Milliarde Jahre kein Gewitter mehr gegeben. Ockerfarbene Dünen zogen sich endlos dahin, mit Felsen übersät und von Kratern durchsetzt, deren Ränder, von der Sonne angestrahlt, scharfe Schatten warfen. Direkt unten ihnen war das Land stärker zerklüftet, mit schroffen Hügelkämmen, Felsgraten und Schluchten zerfurcht, bis es abrupt in die gewaltigen Abgründe der Valles hinabstürzte. Kinna konnte abfallende Plateaus, Risse und vom Wind unheimlich geformte Gesteinsformationen durch die Glaskuppel sehen, schwarz, rot und dunkelbraun, von grünen und blauen Bändern in weichen Farbtönen durchzogen, wo Mineralienadern zutage traten, bis die Tiefen sie verschluckten.

»Sieh mal«, sagte sie nach einer Weile und deutete auf eine markante Formation. »Der Guthriekopf. Erinnerst du dich noch?«

»Wie könnte ich das vergessen«, lachte Elverir.

Auf einem ihrer ersten gemeinsamen Ausflüge – sie waren gerade fünf marsianische Jahre alt gewesen und von Kinnas Mutter begleitet worden – hatten sie dort ihr Lager aufgeschlagen und stundenlang in den Felsspalten und hinter Schutthügeln Verstecken gespielt. Helen Ronay hatte sie aus den Augen verloren und war völlig verzweifelt gewesen, als sie schließlich – jeder für sich allein – den Weg zurück gefunden hatten. Sie hatte sie bei Wasser und Brot mit einem Rechenautomat in das Zelt eingeschlossen und erst wieder herausgelassen, nachdem sie die Sinusfunktionen der Winkel von einem bis neunzig Grad bis auf vier Stellen hinter dem Komma auswendig gelernt und fehlerfrei hatten aufsagen können. Als Elverirs Vater später in Belgarre von dieser Eskapade erfahren hatte, hatte er gelacht – was er nur sehr selten tat – und ihnen ein Glas Wein gegeben, das erste in Kinnas Leben.

Sie schwieg, als die »Schwestern« unter ihnen dahinhuschten. Dort waren sie im Alter von sieben Jahren eine Weile allein in ihrem Zelt gewesen und hatten sich geküßt. Schon damals war Elverir wie ein Tiger gewesen, der trotz seiner Wildheit wie ein Kätzchen schnurren konnte. Es war beim Küssen geblieben, aber Kinna hatte nie wieder riskiert, ihm so nahe zu kommen, und seither hatte sie kein terranischer Junge derart erregen können.

Die auffälligen Formationen blieben hinter ihnen

zurück wie die unwiederbringliche Vergangenheit. Jetzt flogen sie über ein Gebiet, das sie – wenn überhaupt – nur von Bildern kannten. Es würde noch eine Weile dauern, bis sie die nächsten Regionen erreichten, in denen sie früher schon einmal gewesen waren.

»Wie sieht ... deine Verbindung zu den Inrai aus?« erkundigte sich Kinna schließlich.

Elverirs Antwort erfolgte langsam, aber bereitwillig. »Ich darf keine Einzelheiten verraten. Außerdem weißt du, daß es nicht viel zu verraten gibt. Die *siamos*« – eine abfällige Bezeichnung für Behörden – »kümmern sich nicht weiter darum, weil die Inrai keine Spuren hinterlassen, die sie verfolgen könnten. Trotzdem ist allgemein bekannt, daß Lunarier überall auf dem Planeten den Inrai geben, was sie brauchen, Vorräte, Unterschlupf, Transportmöglichkeiten, Informationen, Hilfe. Und ein Teil des Verkehrs in das Dreierreich und aus ihm heraus folgt Routen, die die Satelliten nicht überwachen können.«

Kinna nickte. Ihr Hals fühlte sich steif an. »Du bist also ein Reservist, hin und wieder ein Kurier und ein ... äh ... Zulieferer oder so etwas?«

»Richtig. Du wirst niemandem etwas davon sagen.« Es war eine Feststellung, keine Frage.

»Nein, nein.« Sie suchte nach den richtigen Worten, um ihm weitere Informationen zu entlocken. »Welchen Unterschied würde das schon machen? Was kann eure Bewegung überhaupt erreichen?«

Fragmente aus der Geschichte der Inrai wirbelten durch ihren Kopf. Die Siedler auf dem Mars waren nicht ausschließlich Leute gewesen, die Reichtum, Ruhm und Besitz gesucht hatten. Einige waren terranische Dissidenten, ausgestoßen von ihren irdischen Regierungen, andere Lunarier, die Probleme mit den Gesetzen der Blutfehde auf dem Mond hatten. Was ihre individuellen Gründe auch gewesen waren, die Lunarier hatten die Mehrzahl der Immigranten gestellt. Viele etablierten sich, und es zeichnete sich so etwas wie die Selenarchie auf Luna ab, die nicht davon träumte, den Mars zu terraformieren, sondern ihn zu lunaformieren. Doch ihre Herrschaft und die Träume starben mit der Zeit. Die Terraner vermehrten sich schneller als die Lunarier. Luna wurde zu einer Republik innerhalb der Weltföderation, die eingeborene Bevölkerung schrumpfte. Der langsame Niedergang der marsianischen Wirtschaft nahm seinen Anfang. Die Lunarier auf dem Mars fühlten sich im Stich gelassen.

Als die Lyudov-Rebellion auf der Erde ausbrach, erklärten die Städte Arainn, Layadi und Daunan in der Tharsis-Region ihre Unabhängigkeit. Keine der anderen Siedlungen schloß sich ihnen an, und schließlich streckten sie die Waffen, wie es die Friedenskommisson von ihnen verlangte. Aber sie gaben ihren Anspruch nie auf. Sie lebten und handelten friedlich, ohne jedoch die Föderation und später die Synese als rechtmäßige Regierung anzuerkennen. Sie beteiligten sich nicht an den Wahlen, stellten keine Delegierten und speisten weder Informationen noch Meinungen in das offizielle Netzwerk ein. Ihr Verhalten erschien harmlos, ein pittoreskes Relikt aus der Vergangenheit, bis vor kurzem auch auf dem Mars die allgemeine Unzufriedenheit um sich griff. Männer und Frauen aus dem Dreierreich – sowie Freiwillige aus anderen Gegenden – begannen, Waffen zu schmieden und in die Wildnis zu ziehen. Wären sie Terraner gewesen, hätte man sie wahrscheinlich als Briganten oder Guerillas bezeichnet. Doch da sie Lunarier waren, nannte man sie Inrai.

»Worauf hofft ihr?« fragte Kinna.

Elverir setzte sich in seinem Sessel gerade auf. Seine Stimme nahm einen arroganten Unterton an. »Heute, daß die Hoffnung lebendig bleibt. Morgen, daß wir frei sind, so wie die anderen auf Proserpina und im Centauri-System.«

Er spricht nicht von einem freien Mars oder dergleichen, dachte Kinna, sondern davon, daß *sie* frei sind. Frei, Lunarier sein zu können. Nicht, daß sie die Terraner verfolgen würden, sollten sie irgendwie die Herrschaft über den Planeten erringen. Zu einem solchen Verhalten würden sie sich nicht herablassen. Ich denke sogar, daß Elverir sterben würde, um mein Leben zu verteidigen, nicht weil er mich liebt, was nicht der Fall ist, auch nicht weil er mich mag, was wiederum zutrifft, sondern weil ich Teil seiner Ehre und seiner Selbstachtung bin.

»Proserpina«, sagte sie herausfordernd. »Erwartet ihr ernsthaft Hilfe von dort? Oh, ich habe die Gerüchte über heimliche Besuche auf dem Mars gehört, und vielleicht hat es tatsächlich einen oder zwei gegeben, obwohl ich mir nicht vorstellen kann, wie diese Hilfe aussehen soll. Hauptsächlich deshalb, weil Proserpina in den Randbezirken des Sonnensystems liegt.«

»Wir könnten ihnen einen Grund liefern, sich uns anzuschließen.«

»Ich ... ich habe früher schon so etwas von dir gehört, aber ich hätte nie gedacht ... *Trouvour*, was du hier sagst, ist mehr als nur eine Revolte gegen einen übermächtigen Gegner. Es widerspricht jeder Vernunft.«

Die Gespenster aller Eroberer und Tyrannen, aller Sklaven und Unterdrückten stiegen vor ihrem inneren Auge auf.

»Ihr Terraner werdet auch weiter dort leben können, wo ihr euch niedergelassen habt, so wie es euch richtig erscheint. Laßt uns nur unseren Weg gehen.« Er seufzte. »Haben wir zwei diese Diskussion nicht schon zur Genüge geführt?«

Widerstrebend nickte sie. Sie hatten immer wieder darüber gesprochen, während sie erwachsen geworden waren. Aber Kinna hatte nicht gewußt, daß er direkte Kontakte zu den Inrai unterhielt.

»Du wirst die Realität erleben«, fuhr er fort. »Ich glaube, Scorian wird uns in ein Lager der Inrai mitnehmen, so daß du sehen kannst, mit welcher Kraft die Flamme der Leidenschaft in uns brennt. Eyach, ich hoffe es jedenfalls. Ich bin selbst noch nie in einem ihrer Lager gewesen.« Sein Lächeln machte ihr Angst. »Ich möchte wissen, was mich dort erwartet.«

Sie umklammerte seinen Arm. »Elverir, nicht! Du meinst das nicht ernst, oder? Willst du wirklich zu einem

Gesetzlosen werden? Nicht nur zu einem Helfer, sondern zu einem richtigen Banditen?«

Er lächelte weiter. Kinna erinnerte sich, wie er einmal einen wilden Roboter gejagt hatte. Appellier an seine Vernunft, dachte sie hektisch. »Ich ... fürchte, du wirst dieses Leben nicht sonderlich ruhmreich finden. Endlose Wochen draußen im Ödland, sich von Trockenrationen ernähren und wiederaufbereitete Pisse trinken, auf Taten warten, zu denen es nie kommt ...« Der Gedanke belustigte sie. Es gab kaum Situationen, denen sie nicht etwas Lustiges abgewinnen konnte. »Mein Freund, du stehst vor dem Punkt, wo aus Machismo Masochismus wird.«

Nicht zum ersten Mal gelang es ihr, seinem Übermut einen Dämpfer zu versetzen. Schließlich war er noch ziemlich jung. »Ich spreche nur von einer Möglichkeit«, murmelte er.

»Dann stürz dich nicht blindlings in irgendwelche unüberlegten Abenteuer«, stichelte sie. »Zähl lieber erst rückwärts von hundert bis null.«

Sie schaffte es, ihn zu beruhigen, wenn auch nicht zu überzeugen. Wenigstens konnten sie sich während der folgenden Stunden zwanglos unterhalten, Spiele spielen, eine Show ansehen oder die vorbeiziehende Landschaft beobachten, sich in ihren Sitzen zu Musik zu wiegen, die sie beide mochten. Daß die Spannung unter der Oberfläche allmählich wieder stieg, merkten sie erst, als sich der Flug seinem Ende näherte.

Elverir hatte ihr Kommen angekündigt und war nach Layadi geschickt worden. Für den Funkverkehr benutzten sie harmlos klingende Codes statt Verschlüsselungen, die nur die Aufmerksamkeit zufälliger Mithörer hätten erregen können. Der Flitzer ging in den Landeanflug über.

Die Stadt, eine kleinere und bescheidenere Version von Belgarre, lag in einem Flickenteppich kultivierter Felder, die von Straßen durchzogen und mit vereinzelten Außengebäuden übersät waren. Die Siedlung wirkte fast verloren in der zerklüfteten graubraunen Einöde. Hunderte von Kilometern entfernt ragten die höchsten Erhebungen des Pavonis Mons gerade noch als schwarze Silhouetten über den westlichen Horizont, dem die Sonne entgegensank. Dünen, Felsen und Krater warfen lange Schatten über die Wüste.

Es gab kaum Verkehr. Die Landesfürsten des Dreierreichs hatten den Handel mit der Tharsis-Region zwar nicht verboten, sich aber bemüht, potentielle Geschäftsleute zu entmutigen. Mehrere Luftfahrzeuge parkten auf dem Flugfeld, aber es waren kleine Maschinen, für den Familienbetrieb und den lokalen Verkehr gedacht, obwohl »lokal« recht beachtliche Entfernungen beinhalten konnte. Als der Flitzer vor dem Ankunftsterminal ausgerollt war, wurde ein Verbindungsschlauch ausgefahren und an die Luftschleuse angekoppelt.

Elverir und Kinna betraten das Gebäude. Kinna beachtete die Kalligraphien an den Wänden kaum, so sehr erschreckte sie der Anblick der vier Männer, die sie in Empfang nahmen. Sie waren gewöhnlich gekleidet, aber jeder trug eine Pistole an der Hüfte. Schußwaffen innerhalb einer Siedlung? Das würde überall sonst auf dem Mars und auf Luna eine sofortige Verhaftung und strenge Strafen nach sich ziehen.

Kinna schluckte und überließ ihrem Freund das Reden. Er unterhielt sich mit einem hageren Mann mit hellgrauem Haar, der selbst an seinen verwegen aussehenden Begleitern gemessen einen gefährlichen Eindruck machte und ihr Anführer oder Sprecher zu sein schien. Entdeckte sie tatsächlich Haß in dem verstohlenen Blick, den er ihr zuwarf? Nein, sie durfte ihm nicht unrecht tun, schließlich waren sie sich nie zuvor begegnet. Seine Stimme klang mürrisch und schroff, und es war unverkennbar, daß er seine Aufgabe mißbilligte. Elverir, der ihn mit Namen ansprach, mochte ihn offensichtlich nicht.

Doch Befehl war Befehl, das galt auch für Lunarier. Der Wortwechsel war nur kurz. Die Wachen führten die beiden Neuankömmlinge schweigend durch einen Tunnel und im Zickzack durch mehrere Gänge. Kinna hätte nicht sagen können, wo sie wieder herauskamen, aber aus dem Umstand, daß sie auf ihrem Weg kaum jemandem begegneten, schloß sie auf die Außenbezirke der Stadt.

Der Raum, in dem ihre Eskorte sie zurückließ, bestätigte ihre Vermutung. Ein kleines Fenster gestattete den Blick auf Felder, hinter denen sich eine nackte Hügellandschaft erstreckte. Der Raum selbst war schmucklos und spärlich möbliert. Die kalte Luft roch schwach nach Eisen.

Nachdem sie wieder allein waren, fragte Kinna: »Wer war der Mann, mit dem du gesprochen hast? Du scheinst ihn zu kennen.«

Elverir schnitt eine Grimasse, was Lunarier nur sehr selten taten. »Ja wir haben uns ein paarmal während meines *zailin* getroffen.« Das Wort bedeutete nicht genau »Indoktrination« oder »Ausbildung«. »Initiation« traf es vermutlich besser. »Tanir von der Phyle Conaire aus Daunan. Er ist ein fähiger Mann in der Wildnis, aber grausam und zu schnell mit der Waffe. Vielleicht begreift er nicht ganz, worum wir hier eigentlich kämpfen.« Und auch zu dieser Art der Beurteilung ließ sich ein Lunarier nur äußerst selten hinreißen.

Daß Kinna zitterte, lag nicht an der Kälte. Die Geschichte zeigte, daß Krisen oft Leute seines Schlages hervorbrachten, aber die großen mörderischen Krisen gehörten der Vergangenheit an, nicht wahr? Es gab sie schon seit Jahrhunderten nicht mehr, oder?

Sie machte eine Geste, die den gesamten Raum umfaßte. »Diese Armut ... Ist es das wert, um sich Unabhängigkeit vorzugaukeln?«

»*Saou*«, ermahnte er sie, sich zu mäßigen. »Scorian findet Zuflucht in diesem Haus. Er legt keinen Wert auf Bequemlichkeit, da er sich meistens im Hinterland aufhält ... Ai, er kommt.«

Eine Tür öffnete sich und schloß sich sofort wieder hinter dem Anführer der Inrai. Er trug einen schwarzen Overall und Stiefel. In seinem Gürtel steckten ein Messer und eine Pistole. Scorian war kleiner, als es die durchschnittlichen Lunarier auf Luna gewesen waren – auch wenn er Kinna immer noch um einige Zentimeter überragte. Er war hager, hatte ein scharfgeschnittenes Gesicht und gelbe Augen. Die ehemals weiße Haut war durch die Auswirkungen lebenslanger Streustrahlung dunkel und ledrig geworden. Daß er nichts von Biobehandlung hielt, verrieten seine Kahlköpfigkeit und eine auffällige Narbe an der rechten Wange. Oder waren das seine Markenzeichen?

Kinna rekapitulierte schnell, was sie über seine Vergangenheit wußte. Sein Vater hatte im Verlauf eines Streits über Zugangsrechte drei Sophotekten und einen Menschen getötet. Statt sich der Bestrafung zu stellen, war er mit einem Dutzend anderer Rebellen in die Wildnis geflohen und hatte so die Keimzelle der Inrai gegründet. Seither stellten sie eine Institution dar, die von den Städten und Großgrundbesitzern der Tharsis-Region unterstützt wurden. Die meisten führten zwischen den Lagern und Patrouillen ein ziviles Leben. Ihr Einflußgebiet umfaßte die drei erschlossenen Vulkane. Manchmal überfielen sie eine Versorgungskarawane, aber nur wenn es sicher erschien und um ihre Vorräte aufzustocken. Zerstörungen und Todesfälle waren selten. Manchmal schossen sie auch auf Polizeitruppen, die sich in ihr Territorium wagten, aber nur, um die Eindringlinge zu vertreiben.

Zumindest entsprach das ihren offiziellen Verlautbarungen, die sie gelegentlich von mobilen Funkstationen aus der Wildnis sendeten.

Im übrigen hielten sie sich zurück, bauten ihre Organisation aus und warteten auf den Tag des Aufstandes, dessen Natur Kinna unklar war – und auch ihnen selbst, wie sie vermutete. Das erforderte eine Disziplin, die unter diesen Umständen für Terraner bemerkenswert gewesen wäre. Irgendwie gelang es Scorian, die Kontrolle über seine Lunarier zu behalten – ob durch die Kraft seiner Persönlichkeit oder rohe Rücksichtslosigkeit –, obwohl Kinna Geschichten gehört hatte, aus denen hervorging, daß diese Kontrolle nicht ganz stabil war und sich Inrai-Banden hin und wieder als richtige

Räuber betätigten. Das konnte sie sich bei Tanir gut vorstellen.

Scorian blieb vor ihr stehen und musterte sie aus seinen Raubvogelaugen. »Zum Gruß, Donrai«, begrüßte er sie mit einer überraschend sanften Stimme auf altertümliche Art.

»Meine Hochachtung«, erwiderte sie im gleichen formellen Lunarisch. (Eigentlich bedeutete das Wort *enteur* Respekt vor der Ehre, einschließlich der eigenen.)

Elverir stand kerzengerade da, eine Hand auf die Brust gelegt. »Aou, Freelord«, sagte er.

Scorian zeigte die Andeutung eines Lächelns und machte eine einladende Geste in Richtung der Stühle. Kinna und Elverir nahmen ihm gegenüber Platz. Er stieß einen leisen Pfiff aus. Ein bewaffneter Diener erschien mit einer Karaffe Wein und drei Kelchen, stellte sie auf dem niedrigen Tischchen ab und verschwand wieder. Scorian nickte Elverir zu, der eilig einschenkte.

Der Anführer der Inrai hob seinen Kelch. »*Uwach yei*«, brachte er den traditionellen Trinkspruch an.

»Auf Eu-eure Gesundheit«, stotterte Kinna. Sie trank nach ihm. Es war ein vollmundiger Weißwein mit einem intensiven Sternbeerengeschmack, der sie an ihr Zuhause erinnerte. Konnte es sich um Diebesbeute handeln? »Ein ... guter Wein.«

»Ihr müßt Euch bei Elverir bedanken«, erwiderte Scorian. »Ihr seid auf sein Drängen hier.«

»Was kann ich schon tun?«

»Ey, vielleicht nichts – vielleicht eine Menge. Sollte dieser Versuch Erfolg zeitigen, werden wir mehr Terraner zu uns einladen, um unsere Geschichte zu erzählen.«

»Er wird Erfolg haben, Freelord«, behauptete Elverir kühn. »Ich habe mich für Kinna Ronays Vertrauenswürdigkeit verbürgt.«

»Seid Ihr Euch da ganz sicher?«

Der junge Mann hob hochmütig den Kopf. »Ich stehe mit meinem Leben für sie ein.«

»Du ehrst mich, *trouvour*«, gab Kinna zurück. Elverirs Versicherung rührte sie mehr, als sie erwartet hatte. »Ich werde versuchen, mich deines Vertrauens würdig zu erweisen.« Sie nahm all ihren Mut zusammen. »Aber ich könnte durchaus zu dem Schluß kommen – so wie ich es bisher glaube –, daß es falsch ist, was ihr hier tut.«

»Kühn gesprochen«, sagte Scorian.

Sein beifälliger Tonfall ermutigte sie fortzufahren: »Eure Städte, Euer Land ... die Revolte ...«

»Wir fordern nicht mehr als das ein, was unser ist, gegründet auf den Knochen unserer Ahnen«, stellte Scorian klar. »Crommelin hat kein Recht über uns, ebensowenig die *Maschinen* der Erde.«

Der eisige Zorn in seiner Stimme ließ Kinna erschaudern. Wie lange konnte die einseitig erklärte Unabhängigkeit noch andauern? Es lag ihr auf der Zunge zu sagen, daß die Streitkräfte der Republik jederzeit die Städte der Inrai besetzen und die Rebellen allmählich aufreiben könnten und nur davon Abstand nahmen, weil sie kein Blut vergießen wollten. Vermutlich würde er darauf erwidern – so wie schon ihr Vater –, daß der lunarische Druck auf das Haus Ethnoi etwas mit der Geduld der Republik zu tun hatte. Wie sonst konnte sie ihn davon überzeugen, daß Gewalt nicht in der Natur der Synese und ihres Cyberkosmos lag? Es war schon schlimm genug, die gefangenen Gesetzlosen einzusperren. Viele Lunarier würden lieber Selbstmord begehen, als sich freiwillig in Gefangenschaft zu begeben. Einige hatten es bereits getan, wie human die Haftbedingungen auch waren. Doch wenn die Inrai zu einer ernsthaften Bedrohung wurden und die Behörden keine andere Möglichkeit sahen ...

»Wie frei seid Ihr jetzt?« Sie erinnerte sich an ihre Bemerkung während des Fluges. »Dieses Leben, das Ihr dort draußen in der Wüste führt, muß Euch auf schmerzliche Weise aufzeigen, wie begrenzt Eure Freiheit ist.«

»Auf seine Art ist es ein hartes Leben in engen Grenzen«, räumte Elverir ein. Die Natur – Staubstürme, Geröllawinen, Treibsand, die Gefahr, sich zu verirren, zu ersticken oder zu erfrieren, wenn die Biostats versagten ... Das alles kostete mehr Rebellen das Leben, als es bewaffnete Auseinandersetzungen taten. Aber was auch immer ihnen zustieß, kein Inrai, bei dem eine Chance auf Wiederbelebung bestand, wurde zurückgelassen. »Doch solange es währt, ein Leben voller Intensität!«

Ich habe ihn nicht beeinflussen können, dachte Kinna betrübt, doch ihre Stimmung hob sich wieder, als Scorian sagte: »Zur Zeit ist Euer Freund dort, wo er ist, nützlicher für uns. Wenn Ihr ihn davor bewahren wollt, in die Wildnis zu gehen, dann helft uns, unsere Freiheit zu erlangen.«

»Ich verstehe Euch nicht«, bekannte sie. »Ich habe es wirklich versucht, aber es gelingt mir nicht. Welchen Nachteil würde es Euch denn bringen, sich uns anzuschließen? In welcher Form werden wir unterdrückt oder bevormundet, außer daß wir uns an ein paar vernünftige Regelungen halten, auf die sich alle Menschen einigen müssen, wenn sie friedlich zusammenleben wollen?«

»Der Cyberkosmos rückt ständig näher.«

»Donrai, Ihr redet, als würde er das Sonnensystem beherrschen.«

»Tut er das nicht? Niemand ist frei, außer auf Proserpina und den Kometen ... und hier auf diesem kleinen Landstreifen, das uns Stück für Stück entrissen wird.«

»Wie das? Hat die Synese – ich spreche nicht vom Cyberkosmos, sondern von der menschlichen Zivilisation – Euch nicht bisher in Ruhe gelassen? Trotz einiger anmaßenden Provokationen Eurerseits, Donrai!«

Ein verkniffenes Lächeln huschte über Scorians Gesicht. Die Narbe auf seiner Wange verzog sich. »Zumindest Euch wurde der Geist nicht getrübt, Mylady. Doch was das Eindringen der Synese in unser Land betrifft, seht selbst.« Er deutete auf die Silhouette am Horizont, die der Pavonis Mons war. Jetzt, da die Sonne sehr tief stand, erschien der Gipfel größer als zuvor, ein schwarzer Umriß unter einem dunkler werdenden roten Himmel, über den Staubwolken zogen. »Dort, auf halbem Weg zum Gipfel, befindet sich jetzt eine Festung des Feindes.«

»Was?« fragte Kinna verblüfft. »Meint Ihr die Sternennetz-Station? Natürlich weiß ich von ihr. Aber wie sollte sie Euch schaden können? Ist sie etwas anderes als eine wunderbare Einrichtung?«

Einen Moment lang tanzte und sang die Vision vor ihrem inneren Auge. Das Sternennetz, unzählige astronomische Instrumente, die sich von einem engen Orbit um die Sonne bis zu den fernen Kometen erstreckten, durch Laserstrahlen und elektrophotonische Gehirne miteinander verbunden, ein gewaltiger Beobachter, der in das Herz der Galaxie hineinspähte und hinaus zu den äußersten Grenzen des Universums – und jetzt gab es auch hier auf dem Mars ein Teil dieses Verbunds, das Daten empfing und speicherte, ein Hort der Wunder und Geheimnisse ...

»Es gehört *ihnen*«, sagte Scorian nüchtern, »von *ihnen* auf dem Territorium des Dreierreiches ohne Zustimmung der freien Grundbesitzer und Lehnsherren errichtet. Ein Wissenschaftler berichtete mir, daß die Begründung für den Bau der Station fadenscheinig ist. Sie bräuchte nicht an diesem Ort zu sein, um der Forschung zu dienen. Sie hätte genausogut an anderer Stelle errichtet werden können. Was also ist sie dann, wenn nicht ein feindlicher Außenposten und eine Ungeheuerlichkeit?«

»Aber niemand lebt dort.«

»Ein Roboter«, warf Elverir ein, »falls man ihn lebendig nennen kann.«

Seine Worte erschreckten Kinna. War Scorians Fanatismus so ansteckend, oder hatte ihr Freund sich in ihrer Gegenwart all die Jahre nur gemäßigt?

»Wären die Arbeiter, Maschinen und Materialien auf dem Landweg transportiert worden«, sagte das Oberhaupt der Inrai, »hätten wir sie auf jedem Zentimeter des Weges bekämpft.«

Kinna hatte schon gehört, daß genau aus diesem Grund die Materialien und das Personal auf dem Luftweg herbeigeschafft worden waren. Damals war sie empört gewesen – Banditen, die ein großartiges Projekt sabotierten –, aber heute bekam sie zum ersten Mal einen flüchtigen Eindruck, wie sich das Problem aus einem anderen Blickwinkel darstellte. Sie mußte Scorians Einstellung nicht akzeptieren, um zu sagen: »Eyach, wäre eine Straße mit Versorgungsdepots durch Euer Gebiet gebaut worden, hättet Ihr Euch bedroht fühlen können.«

»Wir hätten sie noch während der Bauarbeiten wieder zerstört. Wenn wir könnten, würden wir auch dieses Ding auf dem Berg zerstören.«

»O nein!« rief Kinna. »Bitte nicht!«

»Hab keine Furcht«, seufzte Elverir. »Es ist durch seinen Zaun und seine Maschinen gut geschützt.«

»Eines Tages«, murmelte Scorian, »könnten wir versuchen herauszufinden, wie gut es geschützt ist.«

»Aber wie ich schon gesagt habe, ich *verstehe* Euch einfach nicht«, protestierte Kinna. »Warum seid Ihr so zornig? Warum könnt Ihr keinen Frieden mit der Synese schließen? Ich weiß, wie einfach das wäre. Mein Vater hat davon gesprochen. Amnestie ...«

»Domestizierung«, unterbrach Scorian sie abfällig.

»Nein! Seid Ihr Sklaven? Lebt Ihr in Belgarre nicht nach Euren eigenen Gesetzen und Vorstellungen? Das gleiche würde für das Dreierreich gelten.«

»Ja, auch Haustieren gestattet man frei in einem Raumschiff herumzulaufen«, spottete Scorian. »Aber Stahlschotten halten sie von allen wichtigen Räumen fern. Sie haben kein Mitspracherecht über das Ziel der Reise.«

»Was wollt Ihr denn?«

Er spießte sie regelrecht mit seinem Blick auf und antwortete unnachgiebig: »Zuerst ein souveränes Dreierreich in der ganzen Tharsis, das mit Proserpina verbündet ist.« In welchem Ausmaß waren es Botschaften und Boten von dieser Welt gewesen, die seinen Zorn erregt hatten? »Später einen souveränen Mars.« Einen lunarischen Mars. »Schließlich, daß Luna, die uns gehört hat und noch immer gehört, unserem Volk zurückgegeben wird.« Der bisher verhaltene Hochmut sprach jetzt überdeutlich aus ihm. »Ist das zuviel verlangt? Die Erde bräuchte uns nie zu fürchten.« Sein Tonfall wurde verächtlich: »Wir haben kein Interesse an dem, was die Terraner als ›Imperium‹ bezeichnen.«

»Aber warum?« fragte Kinna verwirrt. »Zu welchem Zweck? Ihr sprecht über die Freiheit, als hättet Ihr jetzt keine. Was würdet Ihr mit Eurer ... kostbaren Souveränität anders machen?«

Dunkelheit machte sich im Raum breit. Kinna stellte sich vor, wie das Gespenst der unabhängigen Nation aus dem unatembaren kalten Wind draußen durch die Wände hereindrang, gefolgt von endlosen Kriegen.

Nein, vielleicht hatte Scorian in diesem Punkt recht. Lunarier waren keine Rudeltiere wie Wölfe oder Terraner, immer bereit, dem stärksten Alphamännchen zu folgen. In ihrem Stolz erinnerten sie eher an Löwen. Aber auch Löwen waren Jäger. Und Scorian konnte sich täuschen. Es barg ein furchtbares Risiko, sich auf seine Einschätzung zu verlassen.

»Wir verfolgen keinen bestimmten Zweck und kein festes Ziel«, erwiderte er. »Im Gegensatz zu den Plänen des Cyberkosmos, wie auch immer sie aussehen mögen. Wir werden uns nicht wie Ihr demütig und blind davon mitreißen lassen. Wir wollen frei sein zu gehen, wohin wir selbst gehen wollen.«

Die Sonne sank unter den Horizont. Die marsianische Nacht brach mit ihrer charakteristischen Abruptheit herein. Scorian hatte die Innenbeleuchtung ausgeschaltet, so daß sie das Sternenlicht des Himmels nicht überstrahlen konnte. Er blieb eine Weile in der Dunkelheit sitzen und redete leise weiter, beinahe unsicher.

»Seht das Universum. Seine Fremdartigkeit überwältigt uns. Aber sind wir ungeeignet für den Versuch, seine Geheimnisse zu ergründen? Ist das nur dem Terrabewußtsein vorbehalten? Wir hören von einer monumentalen Entdeckung, die eine Solarlinse gemacht haben soll. Der Bericht muß überall in den Datenspeichern des Cyberkosmos archiviert sein, wie auch in der Station auf dem Pavonis. Warum wird er nicht freigegeben? Was enthält uns der Cyberkosmos vor, und aus welchem Grund?«

»Wohin fliegen diese lichtschnellen Schiffe, die in letzter Zeit gebaut worden sind?« warf Elverir ein.

»Wenn sie überhaupt irgendwohin fliegen«, schränkte Kinna ein. »Es wurde uns erklärt, daß sie sich noch im Experimentalstadium befinden. Und wir erhalten Berichte über die Erkenntnisse der interstellaren Missionen.«

»Wieviel Wahrheit liegt in diesen Berichten?« fragte Scorian. »Woher sollen wir das wissen? Nay, uns wird etwas verschwiegen.«

»Die Daten sind unklar, sie müssen erst noch bestätigt werden . . .«

»Weil das Terrabewußtsein sonst zugeben müßte, einen Fehler gemacht zu haben? Die Proserpinarier haben versucht, eine eigene Linse zu installieren, und sind gescheitert. Sie vermuten, daß der Cyberkosmos ihre Bemühungen sabotiert hat. Eines Tages werden wir es herausfinden.« Das Zischen, mit dem Scorian den Atem ausstieß, klang wie das Schaben eines Dolches, der aus seiner Scheide gezogen wurde.

KAPITEL 10

Ein Boot verließ die Schiffstadt *Malolo* in Richtung Osten. Wie ein lebendiger Schwimmer, aber sehr viel schneller, durchschnitt der Bug das Wasser mit einem kaum wahrnehmbaren Flüstern. Der Induktionsantrieb arbeitete lautlos. Langgestrecke Wellen, blau, violett und grün mit weißen Schaumkronen, auf denen das Sonnenlicht wie Sterne und Diamantensplitter glitzerte, murmelten leise. Obwohl ein Schirm um das offene Cockpit den Wind von den beiden Passagieren fernhielt, umspielte sie sein endloses Lied.

Steuerbordwärts erstreckten sich die Felder der Meerespflanzen wie ein dunkler Teppich bis zum Horizont und über ihn hinaus. Gleißende Lichtblitze verrieten den

Standort von Maschinen, die die Plantagen pflegten und Fischschwärme hüteten. In Fahrtrichtung erhob sich ein Thermalturm aus dem Ozean, der durch das Temperaturgefälle der Wasserschichten Pumpen antrieb, die Nährstoffe vom Meeresgrund zutage förderten, Frischwasserbehälter füllten und Energiespeicher aufluden. Das Meer auf der Backbordseite war eine völlig leere Fläche, nur hier und da schaukelten die Segel vereinzelter Yachten im Wind. Hoch am Himmel schwebte ein Luftschiff, von dem sich ein Gleiter löste und herabstieß, bis er – von einem Aufwind erfaßt – wieder in die Höhe stieg.

Fenn atmete die salzige Luft tief ein und genoß ihre Frische. »Was für ein herrlicher Tag«, sagte er. »Ich begreife immer noch nicht, warum sich Iokepa uns nicht angeschlossen hat.«

Wanika Tauni lächelte. »Warum sollte er?« fragte sie.

»Nun, er und He'o ... als Partner ...«

»Ich stehe den Keiki Moana ebenfalls nahe«, erinnerte sie ihn. »Und mein Cousin ist ein *simpático* Mann.«

»Häh?« Obwohl sie fließend Anglo sprach, verstand Fenn die Bedeutung ihrer Worte nicht ganz. Er starrte sie an, ein Anblick, der sich lohnte. Eine große junge Frau mit einem wunderbaren Körper, frei herabfallendem schwarzen Haar, lebhaften dunklen Augen, einer Stupsnase, vollen Lippen, braunen Wangen und Schultern. Wie er trug sie lediglich eine Bluse und Shorts, aber im Gegensatz zu ihm benötigte sie kein Sonnenöl, um ihre Haut zu schützen. Während der Tage und Nächte, seit die *Malolo* vor Nauru kreuzte, hatten sie viele heitere und einige ernsthafte Stunden miteinander verbracht.

»Sei nicht so ernst«, neckte sie ihn. »Das verdirbt die Stimmung.«

»Äh, ich beschwere mich nicht, wirklich nicht«, erwiderte er etwas unbeholfen. »Ich könnte mir keine bessere Begleitung vorstellen. Aber dieser Ausflug heute ist doch dazu gedacht, mir ... hmm ... etwas beizubringen, nicht wahr?«

»Das trifft auf alles zu, was du bei uns erlebst. Aber

das heißt nicht, daß wir nicht auch Spaß dabei haben können.«

Da spricht das Dao Kai aus ihr, dachte Fenn. Wie einfach und entspannt es sich anhörte, aber wie kompliziert, schwer faßbar und frustrierend es sein konnte, wenn man nicht damit aufgewachsen war. In den Städten auf Luna hatte er ein halbes Dutzend Versuche gesehen, eine landgebundene Version dieser Lebensweise zu verwirklichen. Dokumentationen zeigten viele andere Ansätze überall auf der Erde. Keiner schien mehr als bestensfalls oberflächlich zu sein, schlimmstenfalls grotesk. Außerdem gründeten die Versuche lediglich auf einer Unzufriedenheit mit dem existierenden System und boten keine funktionsfähige Alternative. Manu Kelani bezeichnete sie als Teil der allgemeinen spirituellen Fluchtbewegung, die keine eigene Nische für sich gefunden hatte.

Hier draußen, mitten auf dem Ozean, herrschte das echte Dao Kai, nicht nur eine ausformulierte Philosophie, sondern eine Lebenseinstellung: Traditionen, Rituale, Beziehungsgeflechte, ein Gefühl der Einheit mit dem Leben und der Natur. In dieser Gesellschaft gab es nur äußerst wenige Sophotekten, nicht einen einzigen Synnoionten und trotzdem keine Feindseligkeit gegenüber dem Cyberkosmos oder der Synese. Aber auch hier drohte dem System der Zusammenbruch. Unter den Älteren breitete sich Unzufriedenheit aus, unter den Jüngeren kam es zur Rebellion, von einfachen Grobheiten und massivem Fehlverhalten bis hin zu Kriminalität und Gewalt. Eine wachsende Zahl der besten Lahui zog fort, um anderswo ein glücklicheres Leben zu suchen. »Allmählich erkennen wir, daß wir in einem Käfig leben«, hatte Iokepa geknurrt. »Zumindest in einem Reservat. Oh, es ist ein großes Reservat, in dessen Grenzen wir alles tun können, was wir wollen, aber was ist uns noch möglich, und was *bedeuten* die alten Sitten und Gebräuche heute noch?«

Fenn schüttelte sich. »Es tut mir leid«, entschuldigte er sich. Die letzten Tage hatten ihn ungewohnt sanftmütig werden lassen. »Wie sehr ich mich auch bemühe, ich werde nie wirklich zu euch gehören können.«

Wanika musterte ihn aufmerksam. »Du kannst es, wenn du willst. Nicht unbedingt durch das, was du bist, aber durch das, was du tust. Wir brauchen dich.«

Er respektierte ihr Urteil. Sie war mehr als nur eine Surfmeisterin. Ihre Arbeit ähnelte der seines Vaters. Sie kümmerte sich um das ökologische Gleichgewicht und das Wohlergehen wildlebender Spezies, das die Lahui Kuikawa nicht einmal intelligenten Maschinen anvertrauten, und sie spielte eine überdurchschnittlich aktive Rolle in den Angelegenheiten ihrer *anaina*. Trotzdem durfte er ihr seine Skepsis nicht verschweigen.

»Ich frage mich, ob das stimmt«, sagte er. »Was kann ich denn konkret tun?«

»Mehr, als wir bisher wissen, vermute ich. Es könnte das Leben unserer Enkel verändern.« So weit vorauszudenken, war typisch für ihr Volk. Das war kein Futurismus, sondern eine die Zeit überbrückende Geschlossenheit.

»Nein, Moment mal!« protestierte er. »Ich kann euch nicht mehr als ... eine Meinung, eine Einschätzung geben, die kaum die Bezeichnung Ratschlag verdient.«

»Wir werden heute damit anfangen, das herauszufinden, oder?«

Das Boot fuhr weiter, die *Malolo* wurde vom Horizont verschluckt. Eine kleine Insel tauchte vor ihnen aus dem Meer auf, ein künstliches schwimmendes Eiland. Es gab keine Meeresplantagen in der Nähe von Korallenbänken, da sie durch die damit verbundene Planktonschwemme in Mitleidenschaft gezogen werden würden. Auf der kleinen Insel wuchsen weder Bäume noch Gras, sie bestand lediglich aus Sand, Fels und Muscheln. In ihrer Mitte drängten sich flache und schmucklose Gebäude. Sie diente den Keiki Moana als Ruheplatz und Kinderstube. Wanika reichte Fenn ein Fernglas, durch das er eine Menge dunkler Robbenkörper auf einem Strandabschnitt erkennen konnte.

Eine Robbe durchbrach die Wasseroberfläche neben

dem Boot. Fenn erkannte He'o, der einen Stimmensyntheziser trug. Das Gerät übersetzte He'os bellenden Ruf. »*Aloha, hoapili!* Bist du bereit?«

Fenn fühlte sich von He'os Eifer angesteckt. »Dauert nicht mehr lange!« rief er zurück.

Wanika stoppte das Boot und befahl ihm, die Position zu halten. Fenn zog sich aus und ließ sich von ihr dabei helfen, seine Ausrüstung anzulegen – Tauchanzug, Helm, Biostat, Schwimmflossen, Motor, ein Instrumentenarmband – und zu überprüfen. Er hatte bereits einige Übung darin gewonnen. Es wäre angenehmer gewesen, nackt ins Wasser zu gehen, aber ihm standen mehrere Stunden anstrengenden Schwimmens und Tauchens bevor. Aber war es wirklich unangenehmer? Ohne die Ausrüstung wäre er den menschlichen Angehörigen der Lahui Kuikawa nicht annähernd gewachsen und müßte sich darauf beschränken, ihrem Wasserballett vom Boot aus zuzusehen. Als Weltraumbewohner fand er sich mit dem Zubehör sofort zurecht.

Als Wanika sich ebenfalls auszog und ihre Ausrüstung anlegte, spürte er nicht zum ersten Mal, wie ihn Erregung durchzuckte. Es war schon recht lange her, seit er ... Er verdrängte das Gefühl und sprang über Bord.

Die nächsten Stunden waren pure Zauberei. Mit Wanikas Hilfe und Erläuterungen führte ihn He'o durch seine Welt.

Vorträge, Diskussionen, Lektüre und Vivifervorführungen hatten Fenn ein wenig auf das vorbereitet, was ihn erwartete. Eine Traumkammersitzung hätte noch mehr leisten können, aber die Keiki hatten die Aufnahme der benötigten Daten nie gestattet, und außerdem gaben sich ihre menschlichen Gefährten ohnehin nur sehr selten solchen Vergnügungen hin. Für die Realität gab es eben keinen adäquaten Ersatz.

Sie schwammen kilometerweit durch wildes Wasser, und wenn Fenn auch nicht direkt daran teilhaben konnte, erlebte er zumindest als Zuschauer die Begeisterung und Ausgelassenheit, mit der He'o die Wellen durchpflügte und auf ihnen ritt, ihre Kämme erklomm und sich in ihre Täler hinabstürzte, mit ihnen und ihrer Urgewalt verschmolz. Sie begleiteten die Keiki auf ihren Runden durch unkultivierte Wasserwüsten, die von silberschuppigen Fischschwärmen durchstreift wurden. Fenn hörte ihre gebellten Gesänge, und die heiseren unmenschlichen Lieder ließen irgend etwas Urtümliches in seinem tiefsten Inneren erwachen. Er konnte beinahe die Schwingungen spüren, durch die sich die Metamorphe nicht nur verständigten, sondern eine Einheit bildeten. Er sah, wie einige von ihnen Beutefischen nachjagten und sie mit ihren Kiefern packten, wie Blut dunkel und scharf durch das grüne, vom Sonnenlicht durchflutete Wasser wallte, und es war richtig, es war so, wie es sein sollte. Er sah die vernarbten Wunden von Begegnungen mit Haien an ihren Körpern, und He'o erzählte ihm Geschichten von Tod und Tapferkeit. Er tollte mit Delphinen umher, während über ihm fliegende Fische wie Silbermeteoriten über die Wellen schossen.

Die Gruppe tauchte in Tiefen hinab, wo das Blau der Unterwasserwelt zu einer Nacht verdämmerte, die so endlos wie die über Proserpina war. Ein Wal zog vorbei wie ein Gestalt gewordener Fleischberg und folgte seinen unergründlichen Wegen. Die Keiki sanken tiefer herab, um den Fischen und unmerklichen Strömungen auf der Spur zu bleiben, um Maschinen zu überprüfen, die für sie arbeiteten, und weil auch die Tiefsee ein Teil ihres Reiches war. Ein riskanter Abstieg bis an die Grenzen dessen, was ein ungeschützter Körper ertragen konnte, bildete den rituellen Übergang von der Jugend in das Erwachsenenalter. Es war mehr als nur ein Test ihrer Stärke, es war eine religiöse Erfahrung von ehrfürchtigen Dimensionen, ein Symbol für die Mysterien und die Unerbittlichkeit des Universums.

Als Fenn schließlich das Ufer der Insel erreichte, ermüdet trotz des Antriebsmotors, lernte er He'os Frauen und Welpen kennen. Bei dieser Spezies war sexuelle Gleichberechtigung nicht nur absurd, sondern schlichtweg undenkbar. Trotzdem waren die Weibchen in keiner Form unterwürfig. Sie hatten ihre eigene Kultur mit einer eigenen Sprache, eigenen Interessen, Sitten, Zeremonien, Künsten und Geschichten, die sich von der Kultur der Männchen unterschied und doch untrennbar mit ihr verbunden war, nicht so laut, formeller und friedfertig. Sofern sich menschliche Begriffe überhaupt auf die Keiki übertragen ließen, erläuterte Wanika, war die Natur der Männchen eher dionysisch, die der Weibchen apollinisch. Fenn kannte die Worte nicht, aber vor Staunen kam er gar nicht dazu, sich nach ihrer Bedeutung zu erkundigen.

Kunstformen ... Bei einer Spezies ohne Hände war Kunst ursprünglich etwas Körperbetontes. Kunstwerke wurden aufgeführt, rezitiert und gesungen oder durch Berührungen, Gerüche und vielleicht einen Stein oder einen Strang Seetang dargestellt. Im Laufe der Jahrhunderte waren jedoch materielle Werke immer gebräuchlicher geworden. Molekularrecorder verwandelten orale Kompositionen in Literatur. Geschickt gelenkte Roboter oder einfachere Maschinen gaben Visionen feste Formen. Fenn untersuchte auf wenige Bereiche begrenzte, aber trotzdem beeindruckende technische Geräte und Viviferdarstellungen von weiteren in anderen Gegenden des Keikireiches. Seine größte Bewunderung galt der medizinischen Ausrüstung, besonders der zur Behandlung von Verletzungen. Architektur interessierte eine Rasse von Robben aus naheliegenden Gründen nicht sonderlich, aber er wünschte, seine Mutter könnte aus erster Hand die unheimliche Gefühle erzeugenden Skulpturen und Bilder sehen, die man ihm zeigte. Es gab sogar eine Anzahl unterschiedlicher Musikinstrumente.

Trotzdem blieb der lebendige Körper der Keiki Moana ihr Haupttransportmittel und -werkzeug. Fenn erlebte den Höhepunkt des Tages, als die gesamte lokale Bevölkerung – beide Geschlechter und alle Altersschichten außer den Kindern – ins Wasser ging und ein klassisches Ballett für ihn aufführte. Die Regeln waren ihm unbekannt, und Wanika konnte den Inhalt der Geschichte kaum skizzieren, aber nach dem, was sich vor seinen Augen abspielte, erschienen ihm die Meerestänze der menschlichen Lahui geradezu banal. Die Aufführung erschütterte ihn durch ihre tragische Kraft und Intensität wie ein Erdbeben oder ein Orkan.

»Wir schaffen weniger als unsere menschlichen Gefährten«, sagte He'o in die Stille hinein, die dem Wasserballett folgte.

»Aber ihr lebt intensiver«, flüsterte Wanika. An Fenn gewandt fuhr sie lauter fort: »Nein, du wirst es niemals verstehen, ebensowenig wie ich, außer gerade genug, um sich danach zu sehnen, es wirklich verstehen zu können.«

Sie rief das Boot herbei, um sie abzuholen. He'o und die beiden Menschen warteten allein auf einem Pier. Wellen plätscherten leise, die Luft war still und kühl, die Keiki gaben keinen Laut von sich. Im Westen näherte sich die Sonne dem Horizont, überzog das Wasser mit Gold und entzündete ein Feuer in den Wolken. Hoch über ihnen segelte ein Albatros vor dem dunkler werdenden unendlichen Blau des Himmels.

Wanika legte Fenn eine Hand auf den Unterarm. »Jetzt hast du diese Seite von uns kennengelernt«, sagte sie ruhig. »Glaubst du, wir könnten in den Weltraum ziehen?«

Er zögerte.

»Du hast uns dort gesehen.« He'os natürliche Stimme mischte sich vibrierend mit der künstlichen des Synthesisers.

»Ja, als Individuen und für kurze Zeiträume«, erwiderte Fenn. »Aber eine Kolonie zu gründen und im All zu bleiben, ist nicht das gleiche. Alle sind sich darüber einig, daß zumindest eure ersten Generationen in einer Version des Habitats werden leben müssen. Wie gut wir es auch für euch entwerfen ...« – er deutete auf die schimmernde endlose Wasserfläche – »... könnten wir es überhaupt groß genug bauen?«

Er hatte die provisorischen Pläne gesehen und einige Vorschläge dazu gemacht. Für einen Mond war Deimos winzig, wie Phobos ein eingefangener Asteroid. Trotzdem brachte er es auf eine recht beachtliche Masse. Zu konzentrischen Zylindroiden ausgewalzt, würde er den Satelliten Lunas geradezu zwergenhaft erscheinen lassen. Allerdings war seine Substanz größtenteils chondritisch. Ursprünglich hatte er auch gefrorenes Wasser enthalten, doch alles, was mit einem vernünftigen Aufwand hatte gefördert werden können, war schon längst auf den Mars gebracht worden. Das verbliebene Felsgestein würde eine intensive Bearbeitung erfordern, und zusätzlich würden Metalle aus dem Asteroidengürtel und Eis sowie organische Substanzen von den Kometen herbeigeschafft werden müssen, was mit hohen Kosten verbunden war. Was Fenn darüber hinaus Sorgen machte, war die Winzigkeit des Meeres, das das neue Habitat beherbergen konnte.

»Wir werden unsere Bevölkerung klein halten«, sagte Wanika, »bis wir bereit sind, den nächsten Schritt zu tun.«

He'o hob den Kopf über die massigen Schultern. Seine Barthaare sträubten sich, das Licht der untergehenden Sonne spiegelte sich in seinen Augen. »Hrrach-ch, ja, unsere Jungen werden gehen, zusammen mit ein paar Älteren wie mir, um sie am Anfang zu leiten. Die Sterne werden unser Ozean sein.«

Erregung durchflutete Fenn. Allein die Kühnheit des Unternehmens, die Vorstellung, daß die Lahui Kuikawa, Menschen und Robben gemeinsam, einen Brückenkopf im Orbit um den Mars erbauen und von dort aus den Planeten selbst erobern und ihm schließlich sein Wasser und Gewitter zurückgeben würden ... Diese Aufgabe würde gewaltige Anstrengungen und Unsummen erfordern, aufgebracht von Generationen von Entdeckern und wagemutigen Händlern im gesamten Sonnensystem, die sich dadurch wiederum genug Ressourcen aneignen würden, daß ganze Flotten zu den Sternen geschickt werden konnten ... Nein, bis dahin – falls sie jemals so weit kamen – würden sie, die den Mars verändert und den Blick auf die Galaxie gerichtet hatten, nicht länger Lahui Kuikawa sein. Sie würden sich selbst verändert haben, so wie Guthries Leute sich von einfachen

Terranern in Kinder der Lebensmütter verwandelt hatten. Aber das Blut und die Erinnerung ihrer Ahnen, die den ersten Schritt gemacht hatten, würde in ihnen weiterleben.

Und wenn das Unternehmen scheiterte, wie gründlich auch immer, würden zukünftige Generationen sich an die erinnern, die den Mut besessen hatten, den Versuch zu wagen.

Fenn war kein großer Rhetoriker. »Ich habe die Argumente früher schon gehört«, sagte er. »Ihr wißt selbst am besten, was ihr bereit und in der Lage seid, an Krediten und allem anderen zu investieren. Alles, was ich euch dazu sagen kann – ein paar weitere günstige Faktoren vorausgesetzt, von denen ich bisher noch nichts weiß ... also, ich würde sagen, daß ihr verdammt gute Voraussetzungen für einen Versuch habt.«

Wanikas Finger schlossen sich um seinen Arm. »*Mahalo*«, flüsterte sie. »Danke.«

Das Boot erreichte den Pier und legte an. »*Aloha no*, mein Bruder«, sagte He'o zum Abschied. Fenn bückte sich impulsiv und umarmte den geschmeidigen feuchten Robbenkörper. Selten hatte er einen Menschen so gern gemocht wie dieses metamorphische Geschöpf.

Er und Wanika gingen an Bord. Sie winkten He'o zu, während das Boot davonfuhr, dann wechselten sie die Kleidung und machten es sich im Cockpit bequem. Fenn fühlte sich angenehm müde. Als Wanika zwei Dosen Bier aus einem Schrank holte, war das beinahe wie eine Gottesgabe.

»Was für ein wunderbarer Tag«, seufzte er.

»Es war das Leben, das du erfahren hast«, sagte sie ernst, »seine Vielfalt, die ... die Eigenwilligkeit, ja, die Grausamkeit und Tragik.« Er erinnerte sich an lebendig zerrissene Fische, die Aufführung einer legendären Katastrophe. »All das, was die Maschinen nicht kennen. Das ist es, was wir, die Lahui, bewahren wollen.«

»Ja, ich verstehe.«

»Aber können wir es? Ich meine damit nicht, hier – in dem uns zuerkannten Gebiet der Erde – zu bleiben und immer wieder dasselbe zu tun, Generation für Generation. Das mag früher gut gewesen sein. Natürlich ist es eine neue Erfahrung für jede neue Generation, und es gibt mehr zu erleben, als es der einzelne bis zu seinem Tod könnte. Jetzt aber haben wir Nachricht von den Sternen ... Glaubst du wirklich, daß wir ausbrechen können?«

»Du weißt, daß ich dir nur meine Einschätzung geben kann, und ich bin kein Ingenieur.«

»Davon haben wir genug, dazu das Wissen aus den Datenbanken und Computerkapazitäten. Was wir für unser Vorhaben brauchen, ist das *Gespür* eines Weltraumbewohners.«

Kein Sophotekt braucht so etwas, dachte er. Ratgeber wie Benno und Irma konnten es begrüßen, aber niemals teilen, denn sie dachten rational.

»Wie ich dir schon gesagt habe, glaube ich, daß eine ziemlich kleine Anzahl von euch in einer Oribitalstation, wie sie technisch machbar wäre, leben könnte. Dabei rechne ich die Vorteile der Niedrigschwerkraft und des freien Raumes ein, aber es scheint den Aufwand nicht zu lohnen, wenn ihr nicht auch eure weitergehenden Ziele erreichen könnt.«

»Überlaß die wirtschaftlichen und politischen Aspekte den Experten, Fenn.«

Er grinste, ein helles Aufblitzen von Zähnen in seinem kurzen Bart, der vom Sonnenuntergang in Kupfer verwandelt wurde. »Mit Freuden!«

»Die Anfangskosten sind recht erträglich. Wir denken nicht wie Festländer. Wir würden uns nicht für den Nutzen einiger weniger ausbeuten lassen. Als Gemeinschaft verfügen wir über einen riesigen Bürgerkredit, den wir nie ausgegeben haben. Warum sollten wir ihn nicht für unseren Traum verwenden? Unsere Leute wären dazu bereit, weil es der Verwirklichung unseres Traums dient und eine Investition in ein Abenteuer ist.«

»Aber wird er ausreichen?«

»Für den Anfang. Oh, natürlich werden wir auch Investoren von außen für unser Projekt gewinnen müssen.

Aber wir können ihnen einen Anteil an den Reichtümern bieten, die wir im All finden werden, und eine Rolle in einer zweiten Ära der Pioniere.«

»Ja, ich kenne die Argumente.« Zur Genüge. »Aber werdet ihr sie überzeugen können? Ich habe auch schon Kommentatoren überall auf der Erde gesehen und gehört, die erklären, was für eine schlechte Idee das ist.«

»Dem Establishment innerhalb der Synese und den Konversativen gefällt das Projekt nicht, richtig. Sollte es gelingen, wird es auf lange Sicht das stabile Wirtschaftsgefüge und die gewachsene Weltordnung stören, und der Cyberkosmos denkt stets in großen Zeiträumen. Aber er kann das Projekt weder genehmigen noch verbieten, ebensowenig wie die menschlichen Direktoren. Diese Entscheidung liegt einzig und allein bei der Republik Mars, und unsere Führer glauben, die politische Führung des Mars von ihrem Vorhaben überzeugen zu können. Mach dir deswegen keine Sorgen.«

Fenn hob eine Hand. »*Por favor*, Wanika, ich habe diese Punkte schon etliche Male diskutiert. Du warst nicht dabei, weil du Besseres zu tun hattest. Worum es mir heute abend geht, sind konkretere Fragen. Wie ich schon gesagt habe, erscheint mir euer Orbitalhabitat machbar. Aber das wäre lediglich ein Anfang. Euer Ziel ist die Terraformierung des Mars. Darüber wird schon vor dem Beginn der Raumfahrt diskutiert, schätze ich, und bisher ist nichts passiert. Ist das Projekt überhaupt durchführbar, besonders auf die spezielle Art, die euch vorschwebt und schließlich zur Erschaffung einer Lebensmutter führen soll? Ich weiß nicht. Kann das irgend jemand wissen?«

»Es wurden Studien angefertigt«, sagte Wanika langsam. Der Sonnenuntergang übergoß das Meer und ihr Haar mit Feuer.

»Natürlich. Und ihr könnt euch nicht allein an meiner Einschätzung orientieren.« Fenn spannte sich an. »Aber ich werde keine weiteren mehr abgeben, bevor ich mir nicht persönlich einen Eindruck verschafft habe. Ich kann euch nicht guten Gewissens empfehlen, mit Deimos anzufangen, solange ich keine bessere Vorstellung vom Mars habe.«

Sie musterte ihn durch die waagerecht einfallenden goldenen Sonnenstrahlen. »Meinst du damit, du solltest ihn persönlich aufsuchen?«

Er umklammerte die Bierdose so fest, daß seine Fingerknöchel weiß hervortraten. »Wenn meine Meinung auch nur eine Elektronenschwingung wert sein soll, ja. Das dürfte dir klar sein. Warum sonst hat man mich heute auf diese Tour geschickt? Simulationen sind nützlich, aber wenn es um die Wahrheit geht, sollten wir lieber mit beiden Beinen auf dem harten Boden der Realität stehen.«

»Du *würdest* zum Mars fliegen?«

Geysire und Tsunamis tobten in ihm. »Feuer und Flamme, ja!«

»Damit würdest du dich ... ziemlich eindeutig für uns entscheiden, nicht wahr? Wenn du so lange fortbleibst, müßtest du deine Stellung auf Luna aufgeben, nehme ich an. Du müßtest in Betracht ziehen, für immer bei den Lahui zu bleiben und schließlich sogar selbst einer zu werden.«

»Ich habe darüber nachgedacht, und ich bin dazu bereit, wenn deine Leute es wirklich ernst meinen.« Es war an der Zeit, sich vorbehaltlos in das Abenteuer zu stürzen. Zur Hölle mit der Vorsicht und den Konsequenzen. Das konnte seine Fahrkarte zum Mars sein!

Wanika war nicht gänzlich überrascht, aber sie sprach immer noch zögerlich. »Das ... das Schiff ...« – der Zubringer, der alle zwei Jahre zwischen der Erde und dem vierten Planeten des Sonnensystems verkehrte – »... ich glaube, es startet schon bald. Wir müßten Vorbereitungen treffen ... aber du mußt erst noch mit dem *kahuna* sprechen und ...«

Er rang sich ein Grinsen ab, obwohl er am ganzen Körper zitterte. »Sollte ich den Mars erreichen, werde ich mich bemühen, dort nicht wie ein Elefant im Porzellanladen aufzutreten.«

Obwohl ihr diese archaische Redewendung unbekannt

war, erfaßte sie ihre Bedeutung. »Eines Tages könnten wir vielleicht einen Elefanten gebrauchen ... O Fenn! Was für einen Fang wir mit dir gemacht haben!«

Wie eine Woge stürzte sie sich auf ihn.

»Wir haben Lebensmittel an Bord, und die Kabine ist gemütlich eingerichtet«, sagte sie nach einer Weile leise. »Wir haben es doch nicht eilig, oder?«

Sie schaltete den Motor ab und ließ das Boot Mast und Segel ausfahren. Es paßte sich dem Wind und den Wellen an, glitt lautlos unter dem Vollmond dahin, der gerade aufging. Und inmitten der unzähligen Sterne am Himmel funkelte hell Alpha Centauri.

KAPITEL 11

Mars!

Er spazierte tatsächlich über den Mars. Nicht länger ein roter funkelnder Punkt zwischen den Sternen, ein Bild, eine Viviferdarstellung oder ein Traumkammerprogramm, sondern Gravitation zwischen der Lunas und der Erde, knirschendes Geröll unter den Füßen und ein rosafarbener Himmel über ihm, Häuser und Hügel hinter ihm, ein Felshang voraus. Ein neues Szenario und neue Bekannte, und jetzt ein hübsches Mädchen an seiner Seite. Die Erfüllung einer lebenslangen Sehnsucht.

Ohne einen bestimmten Grund – das Feuer hatte die ganze Zeit über tief in ihm geschwelt, begraben unter ständiger Geschäftigkeit, von der er jetzt frei war – flammte plötzlich Zorn in ihm auf, der nach Eisen schmeckte.

Kinna Ronay bemerkte seine finstere Miene durch die Helmscheibe. »Irgendwelche Probleme?« erkundigte sie sich.

»Nein, alles in Ordnung«, murmelte Fenn.

Er spürte ihren Blick überdeutlich, während sie dem Pfad folgten. Bei jedem Schritt wirbelte Staub auf, wurde vom Material der Schutzanzüge abgestoßen und sank in Schwaden auf den Boden zurück, bildete Ablagerungen auf den Geröllhängen und den überall verstreut herumliegenden Felsbrocken. Das Gestein war rot, braun und grau, häufig von farbigen Mineraladern durchzogen und mit kristallinen Flecken übersät, die in der Morgensonne funkelten.

»Sie sind wütend, nicht wahr?« fragte Kinna nach einer Weile leise.

Ich bin kein guter Schauspieler, was? dachte Fenn. Er zwang sich zu einem Lächeln. »Nicht auf Sie.«

»Kann ich Ihnen irgendwie helfen?«

»Das glaube ich nicht. Aber ich danke Ihnen trotzdem. Gehen wir weiter.« Sie wollte ihm die Gegend auf einem Ausflug zeigen, für den sie einen ganzen Tag eingeplant hatte. Er war sich bewußt, daß sie dafür die Vorlesungen auf der Universität ausfallen ließ. Nun, Besucher von der Erde oder Luna waren äußerst selten, und er würde auch nicht lange bleiben.

»Nein, bitte«, sagte sie. »Ich habe nicht vor, Sie auszuhorchen, aber ... Sie sind doch nicht nur gekommen, um sich den Planeten anzusehen, sondern um mit uns, mit den Marsianern, zu sprechen. Das muß es sein, was Sie so verärgert, und vielleicht kann ich irgend etwas sagen oder vorschlagen, das hilfreich ist. Ich fände es schrecklich, wenn die kurze Zeit, die Ihnen bleibt, verschwendet wäre. Sie waren bei so glücklich bei Ihrer Ankunft.«

Die Überraschung dämpfte seine Wut. »Woher wissen Sie das?«

»Oh, die Art, wie Sie sich umgesehen und gesprochen haben, Ihr ganzes Verhalten.«

Sie hatte ihren Vater begleitet, der zusammen mit einigen anderen Marsianern Fenn am Raumhafen abgeholt, ihn während der nächsten Tage in Crommelin herumgeführt und sich ausführlich mit ihm unterhalten hatte. Natürlich hatte Fenn sie bemerkt – das mit Abstand hübscheste Mitglied seiner Begleiter –, aber sie hatte sich stets scheu im Hintergrund gehalten. Erst nachdem er die Einladung der Ronays angenommen hatte, ihr Gast in Sananton zu sein und sich bei ihnen von seinen diversen Erkundungsflügen in verschiedene Gegenden der Valles auszuruhen, hatte sie ihre Zurückhaltung aufgegeben und sich ihm als Führerin angeboten. Am gestrigen Abend hatte sie sogar Balladen aus alten Zeiten gesungen und ihn in zwei von drei Schachpartien geschlagen.

Es wäre dumm von ihm gewesen, mürrisch zu bleiben, aber er wußte, daß sich seine Laune nicht auf Befehl bessern ließ. »Also, es war schon immer mein Traum, den Mars zu besuchen.« Der Anfang seines Traumes. Hinter diesem Himmel lagen die äußeren Planeten, die Kometen und Sterne.

Kinna nickte. »Das habe ich erwartet.« Aber sie war nicht der Typ, der Probleme mit Sanftmütigkeit überspielte. »Ich kann mir nicht vorstellen, daß Dad Sie wütend gemacht hat.«

»Tod und Teufel, nein!« Die Flamme des Zorns in ihm schrumpfte weiter. »Ganz im Gegenteil. Wäre ich sonst hier? Nein, er, Ihre Mutter und Ihre Freunde waren immer ausgesprochen freundlich.« Er war sich nicht sicher, wieso es ihm so wichtig war, sich ihr zu erklären. Gewöhnlich spielte es für ihn kaum eine Rolle, was die anderen von ihm dachten. »Sie waren vorsichtig, ja, sie haben keine Zusagen gemacht. Das ist nur vernünftig. Dieser Vorschlag, den ich ihnen überbracht habe, ist gewaltig in seinen Dimensionen und äußerst radikal.« Um nicht den Eindruck zu erwecken, er wollte prahlen, fügte er schnell hinzu: »Natürlich hatten sie schon vorher davon gehört. Aber daß die Lahui Kuikawa mich geschickt haben, zeigt, daß die Idee ein ernsthaftes Stadium erreicht hat.«

»Was hat Sie dann gestört? Wer? Warum?« Sie sah, wie sich sein Gesicht erneut verfinsterte und hob eine Hand, die trotz des Handschuhs schmal wirkte. »Nein, antworten Sie nicht, wenn Sie es lieber nicht möchten. Wie ich schon gesagt habe, will ich mich nicht in Ihre Angelegenheiten einmischen. Und ich kann mir auch nicht vorstellen, daß ich Ihnen irgend etwas Hilfreiches sagen könnte. Aber wenn ein Gespräch dazu beitragen kann, Ihre Stimmung zu verbessern ... Ich möchte, daß Sie Ihren Besuch bei uns genießen.«

Er dachte darüber nach, während sie weitergingen. Schließlich lächelte er erneut, innerlich wie äußerlich, und sagte: »Das möchte ich auch. Sie haben recht. Seit meiner Kindheit habe ich zu Ihrem Planeten hinaufgestarrt, und mir bleiben nur noch ein paar Wochen, bis der jährliche Marstransporter den Rückflug nach Luna antritt.« Und wieder fügte er hastig hinzu: »Nicht, daß ich mir selbst leid täte, bitte glauben Sie mir.«

Sie erwiderte sein Lächeln, und dabei erschienen zwei Grübchen auf ihren Wangen. »Ich bedauere Sie auch nicht. Zu Hause warten zahllose Wunder auf Sie.« Sie hatte verzückt seinen Berichten gelauscht und ihn regelrecht ausgequetscht, nicht so sehr über Maschinen und Städte, sondern über die Oberfläche und die Parkanlagen Lunas, die yukonische Wildnis, die Weite des Meeres und das Leben in ihm.

»Ich bin daran gewöhnt.« Das war nicht ganz richtig. Er war ein Neuling unter den Inselvölkern, die meisten anderen Subkulturen waren ihm noch fremd, aber ...

Kinna lachte. »Und ich bin an all das hier gewöhnt. Wollen wir für eine Weile tauschen?«

»Ich würde Sie liebend gern in meiner Welt herumführen«, erwiderte er aufrichtig. »Aber das wird kaum möglich sein, nicht wahr?«

»Das fürchte ich auch.« Ihre Fröhlichkeit kehrte zurück. »Begnügen wir uns mit dem, was wir haben. Zumindest mangelt es hier nicht an Landschaft.«

Der Pfad erreichte die Hügelkuppe. Fenn sah den Eos Grabenbruch vor sich. Kinna hatte nicht übertrieben.

Sie machten auf einem breiten Sims Rast, der aus einer Felswand hervorragte, um zu Mittag zu essen. Der Felsvorsprung befand sich schon tief in der Schlucht, aber der Abgrund schien bodenlos zu sein.

Die Technik der marsianischen Schutzanzüge wies Ähnlichkeiten mit den auf Luna und im freien Raum gebräuchlichen Raumanzügen auf, aber es gab auch einige Unterschiede. Die enganliegende Schutzkleidung war eben kein Raumanzug. So fuhr sie beispielsweise drei Beine aus, wenn man sich setzen wollte, und bildete eine Art eingebauten Hocker, der verhinderte, daß man den seit Äonen ausgekühlten und energieraubenden Marsboden mit dem Hinterteil berührte. Die Nahrungsschleuse, durch die man sich Essen und Getränke zuführte, war weniger kompliziert aufgebaut. Die Einrichtungen zum Auffangen von Körperausscheidungen entsprachen denen eines konventionellen Raumanzugs, aber der Biostat bereitete lediglich die Atemluft und eine geringe Wassermenge wieder auf. Ein vollständiges System wäre zu schwer gewesen und hätte die Beweglichkeit eingeschränkt, so daß Exkremente und Urin für eine spätere Wiederaufbereitung gespeichert wurden. Das Tragen von Sonnenkollektor-›Flügeln‹ lohnte sich nicht ... Es gab etliche Unterschiede mehr. Fenn hatte sich ohne Schwierigkeiten darauf eingestellt.

Sie verweilten noch eine Weile, nachdem sie sich gestärkt und ausgeruht hatten. Es gab unendlich viel zu sehen, denn jeder Wechsel von Licht und Schatten ließ die Umgebung anders erscheinen. Eine gegenüberliegende Felswand, durch die gewaltige Entfernung nur undeutlich und verschwommen zu erkennen, erinnerte an die Brüstung einer Burg aus dem Elfenreich. Tafelberge stiegen aus dem Abgrund auf, glatte, zerklüftete oder terrassenförmige Pyramiden in allen erdenklichen Farben. Felsnadeln ragten wie gotische Türme empor. Uralte Flußläufe schlängelten sich durch die phantastische Landschaft. Über die empfindlich eingestellten Außenmikrophone hörte Fenn das geisterhafte Pfeifen des Windes.

Auf der Funkfrequenz, die sie zur Kommunikation benutzten, herrschte Stille. Kinna schien damit zufrieden zu sein, einfach zu schauen und die Großartigkeit der Szenerie in sich aufzunehmen – so wie Wannika versonnen die Wellen des Ozeans betrachtet hatte, dachte Fenn. Ihm fehlte die nötige Ruhe. Seine Gedanken kehrten zu seiner Mission zurück, und er spürte, wie die Erinnerungen ihm erneut die Laune zu verderben drohten. Er wollte es nicht, es half ihm kein bißchen, war nur eine Vergeudung der kurzen Zeit, die er in so reizender Begleitung verbringen durfte. Schließlich räusperte er sich und sagte: »Das ruft beinahe Schuldgefühle in mir hervor.«

Obwohl er nicht besonders gut darin war, andere Leute zu durchschauen, konnte er erkennen, daß Kinna froh war, sich mit ihm unterhalten zu können. »Schuldgefühle weswegen?«

»Sollte der Mars terraformiert werden, würde dies alles hier und alles andere, was diesen Planeten so einzigartig macht, zerstört.«

»Nein, so sollten Sie nicht denken«, erwiderte sie ernst. »Stellen Sie sich vor ... den Planeten lebendig zu machen. Nicht nur unsere Siedlungen und Plantagen, sondern die ganze *Welt*. Das Leben ist wunderbarer als ... als jede unbelebte Materie.« Sie schwieg einen Moment lang, überlegte und fügte lächelnd hinzu: »Außerdem werden wir sämtliche Daten über den heutigen Zustand des Mars gespeichert haben. Wir können ihn in einer Traumkammer erleben. Und darüber hinaus werden ›wir‹ dann nicht mehr da sein. Wie Sie selbst gesagt haben, muß die Deimos-Kolonie erst reich und mächtig werden, draußen im Asteroidengürtel, auf den Monden der großen Planeten und noch weiter draußen, nicht wahr? Nun, wir werden nicht mehr da sein, Sie und ich, um das miterleben zu können. Und sollte uns tatsächlich eine Lebensmutter eines Tages wiederauferstehen lassen, wird der Mars dann schon lange begrünt sein.«

Sie konnte es nicht wissen, es war sogar irrational, aber ihr Enthusiasmus ließ wieder Bitterkeit in ihm aufsteigen. Obwohl er seine Verstimmung nicht an ihr auslassen wollte, brach sie aus ihm heraus. »Rechnen Sie nicht damit.«

Ihre großen grauen Augen weiteten sich. »Was?« fragte sie bestürzt. »Fenn, Sie glauben doch nicht, daß sich das Projekt nicht verwirklichen lassen wird, oder?« Sie beugte sich vor und ergriff seine rechte Hand. »Lassen Sie das nicht zu!«

Trotz des Materials der Handschuhe und der Heizfäden erschien es ihm, als berührten sich ihre nackten Hände. Er suchte nach Worten. »Nein, das wäre verfrüht. Zu diesem Zeitpunkt schätze ich, daß der Plan umgesetzt werden könnte.«

»Warum sind Sie dann ...« Ihre Stimme verklang.

Fenn sah keine andere Möglichkeit, als brutal offen zu sein. »Ich frage mich nur, ob er auch umgesetzt werden *wird*.«

»Warum denn nicht? Ich ... ich denke, daß die meisten Marsianer dazu genauso bereit sind wie ich.« Ihr Griff wurde fester.

»Der Cyberkosmos ist es nicht«, sagte Fenn grimmig.

Kinna ließ seine Hand los und rückte von ihm fort. »Woher wissen Sie das?« erkundigte sie sich.

»Er hat es uns gesagt ...«

»Wann? In welcher Form?« Sie atmete tief ein. »O ja, ich habe auch schon davon gehört. Einige Leute waren schon dagegen, seit das Thema zum ersten Mal zur Sprache gebracht worden ist. Einige Leute sind immer gegen alles Neue. Und dann behaupten sie, der Cyberkosmos hätte es ihnen mitgeteilt, obwohl sie nur die Ergebnisse ihrer Computersimulationen kennen – Schlußfolgerungen, die nicht besser als ihre Modelle sind, die sie sich aus ihren eigenen Vorurteilen zusammengebastelt haben. Das ist wie bei den Priestern aus alten Zeiten, die ein oder zwei Sätze aus einem heiligen Buch herausgesucht, sie nach ihren persönlichen Vorstellungen interpretiert und dann als das Wort Gottes verkauft haben.«

»Wollen Sie damit sagen, daß der Cyberkosmos wie Gott ist?« entfuhr es Fenn.

»Stehen Sie ihm feindlich gegenüber?«

Er bildete sich ein, daraus heraushören zu können: *Ich hatte Besseres von Ihnen erwartet.*

Sein Zorn verwandelte sich in Traurigkeit. Also gut, dachte er, ich habe das, was ein großartiger freier Tag hätte werden können, gründlich verdorben, und jetzt kann ich nur noch versuchen, meine Einschätzung zu begründen. Aber muß das zwangsläufig schlecht sein? Sie ist zwar noch sehr jung, aber intelligent, ganz außerordentlich intelligent, sie ist in einer Welt aufgewachsen, in der sie gelernt hat, sich der Realität zu stellen. Ehrliche Argumente werden sie nicht erschüttern. Ich soll nicht nur Erfahrungen über den Mars sammeln, sondern auch über die Marsianer, und sie vielleicht ein wenig in unserem Sinn beeinflussen. Hier ist eine Marsianerin, deren Karriere wahrscheinlich ganz nach oben führen wird.

Hmm ... es könnte klug sein, ihr erst meine Einstellung klarzumachen – meine Prinzipien –, bevor ich ihr erzähle, was passiert ist.

Er schüttelte den Kopf und wählte seine Worte mit Bedacht.

»Nein, ich bin weder ein Feind des Cyberkosmos noch einer dieser revolutionären Wirrköpfe. Ich weiß, daß es mich ohne High-Tech gar nicht geben würde. Uns beide nicht. Auch würden wir viele Wunder, wie zum Beispiel dieses hier heute, nicht erleben können. Und, sicher, High-Tech bedeutet Cyberkosmos, und der Cyberkosmos hat die Synese ermöglicht. Ich habe ein wenig Geschichte studiert, ich weiß von Kriegen, Krankheiten, Hungersnöten, Regierungen, all den Schrecken, die sich niemand von uns zurückwünscht. Aber ...« Er verstummte und überlegte, welche Argumente er als nächstes anführen sollte.

»Aber?« drängte sie ihn.

»Ich bin kein Gelehrter und auch kein Philosoph. Aber ich habe immer mehr den Eindruck, daß irgendwann ein Zeitpunkt kommt, an dem irgend etwas – eine Spezies, ein System, was auch immer – an seine Grenzen stößt, in eine Sackgasse gerät, und danach ist es nur noch nutzloser Ballast.«

Eine Weile saß Kinna schweigend da. Fenns Außenmikrophon übertrug das Pfeifen des Windes.

»Das Terrabewußtsein hat aufgehört zu wachsen?« fragte sie schließlich und sah Fenn dabei direkt in die

Augen. »Nein, niemals. Jedenfalls wird es das nicht früher tun, als wir es uns auch nur vorstellen können.«

»Yeh, vielleicht werden seine Erkenntnisfähigkeit und ... alles andere endlos weiterwachsen.«

Es gab zahllose Spekulationen über diese Zukunft, die sich mit jeder neuen Generation wiederholten. Ein alles durchdringender Intellekt, der sich ständig weiterentwickelte. Wahrheiten, die es zu entdecken, und abstrakte Schönheit, die es zu schaffen galt, jenseits der Vorstellungskraft eines Sterblichen. Ein Verstand, ein Bewußtsein, das die Sterne überlebte, das dem sterbenden Universum vielleicht dereinst neues Leben schenken würde.

»Aber wieviel bekommen wir von diesen Vorgängen mit?« fuhr er fort. »Sicher, wir erhalten unsere Dienstleistungen, für uns werden Berechnungen erstellt, Theoreme ausgearbeitet, Kunst und Technik auf Bestellung erschaffen – und wenn wir nicht verstehen, was die Maschinen im Lauf dieses Prozesses für sich selbst tun, ist das ihr Fehler? Wenn wir tausend Jahre und mehr bräuchten, um nachvollziehen zu können, worüber das Terrabewußtsein heute nachdenkt – und es dann immer noch nicht könnten –, ist das sein Fehler? Das ist es, was man uns immer erzählt, Kinna, und ich bezeichne es nicht als eine Lüge. Aber was bleibt für uns Menschen, für uns Tiere übrig?«

Das Argument war alt, so alt, daß es schon vor langem praktisch völlig verschwunden war. Doch seit kurzem hörte man es wieder. Ihre Antwort fiel fast genauso aus, wie er erwartet hatte.

»Alles, was uns wichtig ist.«

»Theoretisch, schön«, erwiderte er. »Organische und elektrophotonische Geschöpfe, Partner, wo immer wir uns gegenseitig helfen können – besonders dort, wo das elektrophotonische Leben uns armen schwachen Wesen helfen kann. Darüber hinaus frei, unseren eigenen Bahnen zu folgen und soviel wie möglich von dem, was wir auf unserem Weg finden, miteinander zu teilen ... sicher, sicher.« Er schlug sich mit der Faust auf den Oberschenkel. »Tod und Verderben!« stieß er hervor. »Der Cyberkosmos hat die Antimaterieproduktion wiederaufgenommen, um Treibstoff für Raumschiffe zu gewinnen, die sich der Lichtgeschwindigkeit nähern! Welche Mission führen sie durch? Warum haben wir keine solchen Schiffe?«

»Das ... wurde erklärt. Sie haben es selbst gehört. Es wäre zu gefährlich für uns. Es würde uns umbringen. Vielleicht später ...«

»Das sagt man uns. Und warum verrät man uns nicht, was diese Solarlinse entdeckt hat? Nichts als Gerüchte, hauptsächlich von Proserpina, wie es scheint. Sind wir unfähig, es zu erfahren? Ich sage Ihnen, es gibt da noch unzählige Fragen.«

Kinna spannte sich an und sagte spröde: »Wahrscheinlich habe ich diese Fragen häufiger als Sie gehört?«

»Haben Sie?« fragte Fenn überrascht.

»Was wollten Sie sonst noch sagen?« Ihr Tonfall war fordernd.

Nein, dachte er, sie ist kein Kind, das einen faszinierenden Fremden bewundert. Er ließ ein bis zwei Minuten verstreichen, um sich seine Antwort zurechtzulegen. Man konnte sich jede Menge Zeit in dieser Schlucht nehmen, die Milliarden Jahre und mehr gesehen hatte. »Also gut, um es noch einmal zu wiederholen, ich halte nichts davon, das ganze System umzustoßen. Dann würden fast alle Menschen sterben, und wahrscheinlich wäre es ohnehin unmöglich. Aber ... warum hat man uns so lange in unsere bequeme und immer gleiche Welt gesperrt, wie Käfer in Bernstein? Nur weil Maschinen alles, was im All getan werden muß, besser als wir Menschen erledigen können? Tod und Teufel, was sie uns nicht abnehmen können, ist selbst dort zu *sein*!«

Er riß sich zusammen. »Aber lassen wir das. Bleiben wir beim Deimos-Projekt. Ich hatte eine Besprechung mit Chuan, Ihrem Synnoionten. Er hat mir gesagt, das Projekt würde nie in die Tat umgesetzt werden. Nicht wenn der Cyberkosmos es verhindern kann.«

»Chuan?« rief Kinna. »Nein! So etwas würde er nie tun!«

Fenn sah ihr Entsetzen. Sie kann nicht so naiv sein, dachte er, sich nicht so demütig unterordnen. Nicht sie. Sie mußte ihre Gründe für diese Reaktion haben, und er würde gut daran tun, diese Gründe in Erfahrung zu bringen.

»Er war höflich, man könnte sagen, freundlich«, räumte er ein. »Er hat nichts direkt verboten – natürlich hätte er auch gar nicht die Macht dazu. Er hat davon gesprochen, daß der Nutzen in keinem vernünftigen Verhältnis zum Aufwand stehen würde, über unbeabsichtigte und unvorhersehbare Konsequenzen, über die Gefahren für die soziale Stabilität im Laufe der Jahrhunderte ... er hat mir eine soziodynamische Analyse vorgelegt, die mich – das gebe ich zu – größtenteils überfordert hat. Aber er spricht für den Cyberkosmos, dem sein ganzes Leben gewidmet ist, und ich erkenne Opposition, wenn sie mir begegnet.«

Kinna ließ ihren Blick über die Schlucht wandern, als könnte sie Kraft aus der Zeitlosigkeit der Landschaft schöpfen, bevor sie sich ihm wieder zuwandte und antwortete: »Ich muß Ihnen sagen, daß Chuan ein alter Freund von mir ist. Er war für mich so etwas wie ... wie ein sicherer Zufluchtsort auf der Universität. Es ist nicht immer leicht dort, ich hatte meine gelegentlichen Schwierigkeiten.«

Zweifellos unverschuldet, dachte Fenn. Sie ist geradlinig und vertrauenswürdig.

Sie schluckte. »Ja, ich bin voreingenommen. Aber sollten wir nicht versuchen ... objektiv zu sein? Chuan erfüllt seine Pflicht. Sie ... die Lahui ... haben diesen großartigen Traum. Ich fände es wunderbar, wenn Sie ihn verwirklichen könnten. Aber *können* wir seine Auswirkungen überhaupt absehen?«

»Das Terrabewußtsein weiß es am besten«, stichelte er.

»Sie reden wie ein Lunarier.« Es war kein Vorwurf, nur eine Feststellung, ein wenig verwirrt, und er begriff, daß sie wie er einen sicheren Standort suchte.

Er zwang sich zur Ruhe. »Kinna, lassen Sie uns nicht streiten. Ich bin auf den Mars gekommen, um zu lernen.

Vielleicht ist der Vorschlag, den ich mitgebracht habe, falsch.« Das war etwas, das er nicht akzeptierte, aber warum nicht wenigstens die Geste machen? »Vielleicht habe ich Chuan auch mißverstanden. Er hat technische Probleme angeführt, die mein Verständnis überschreiten, und es ist richtig, daß er nie behauptet hat, von gesicherten Tatsachen zu sprechen, nur von Wahrscheinlichkeitsfunktionen.«

»Ja, es würde mich nicht überraschen, wenn es ihm einfach nicht gelungen wäre, sich Ihnen klar verständlich zu machen. Er lebt so sehr in der Welt seiner Maschinen und Abstraktionen. Ich denke, daß er tief im Herzen sehr einsam sein muß. Ich werde bei der nächsten Gelegenheit mit ihm sprechen. Und er kann sich bisher noch nicht mit dem Haupt-Cyberkosmos verbunden haben, oder? Nicht über diese Millionen von Kilometern. Vielleicht wird er herausfinden, daß das begrenzte System des Mars die falschen Schlußfolgerungen gezogen hat. Oder schlimmstenfalls ... Der Mars ist eine freie Republik innerhalb der Synese. Die Synese kann uns zu nichts zwingen. Wir werden selbst entscheiden, was wir tun wollen.«

Sie ergriff erneut seine Hand und drückte sie. »Es hängt noch immer alles in der Schwebe, nicht wahr? Warum machen wir nicht weiter wie bisher? Es gibt noch so viel, was ich gern mit Ihnen teilen würde.«

Ihr Optimismus wirkte wie reiner Sauerstoff auf Fenn. »Unbedingt.« Aber er konnte sich die Gelegenheit, die er erspäht hatte, nicht entgehen lassen. »Ähm ... Sie haben Lunarier erwähnt. Könnte ich vielleicht einige der hiesigen kennenlernen?«

Kinnas Fröhlichkeit kehrte schnell wieder zurück. Vielleicht forcierte sie sie ein wenig, aber er nahm an, daß sie größtenteils echt war. »Kein Problem, ich habe eine Menge Freunde unter ihnen.«

»Wirklich?« sprudelte Fenn hervor. »Sie sind schon ein bemerkenswertes Mädchen.«

Als sie den Rand der Schlucht erreichten, brach die Nacht herein. Die übergangslos erscheinenden Sterne verwandelten sie in eine Dämmerung. Hangabwärts leuchteten die Sichtluken von Sananton honiggelb.

Kinna blickte zum Himmel empor. »Deimos«, flüsterte sie. »In einen richtigen Mond verwandelt. Groß, deutlich zu sehen, hell strahlend und voller Leben.« Sie schlang Fenn einen Arm um die Taille. »O Fenn, wie sehr ich darauf hoffe! Ich danke Ihnen für diese Hoffnung.«

KAPITEL 12

Bei der derzeitigen Konstellation der Planeten konnten Nachrichten zwischen Erde und Mars direkt übermittelt werden, ohne über Relaisstationen um die Sonne herumgeleitet werden zu müssen. Der Satellit, der die Nachricht vom Mars empfing, schickte sie an eine Bodenstation auf der Erde weiter, von der aus sie nach Nauru weitergereicht wurde. Sie sollte entweder direkt an den Empfänger gesendet oder so lange zurückgehalten werden, bis dieser sie abrief. Einen Sekundenbruchteil nach ihrem Eintreffen überprüfte das Netz die möglichen Aufenthaltsorte, die Fenn den globalen Datenspeichern eingegeben hatte. Es stellte fest, daß er sich zuletzt in London gemeldet hatte, überprüfte die in Frage kommenden öffentlichen Unterkünfte und machte ihn ausfindig. Als er und Wanika ihr Hotelzimmer betraten, teilte ihm das Eidophon mit, daß eine Nachricht vom Mars auf ihn wartete.

Sie feierten seine Rückkehr mit einer kleinen Reise. Natürlich hätten sie die Stadt und ihre Geschichte auch mittels einer Traumkammersitzung erleben können, die Zeit der Britannen, Römer, Könige, Händler und der großen räuberischen Entdecker, die Zeit der Gründer der Herrschaftsdynastien und des Industriezeitalters, die Rückkehr des Weidelandes, der Wälder und blühenden Weißdorns, verwaiste und verwüstete Landstriche. In ebenso sorgfältigen Rekonstruktionen der Geschichte hätten sie William dem Eroberer, Elisabeth der Ersten, Winston Churchill, Diana Leigh, Chaucer, Shakespeare, Pepys, Kipling, Wells, Newton, Faraday, Medawar, Moll Flanders, Wilkins Micawber und Sherlock Holmes begegnen und mit ihnen in Kontakt treten können. Aber es wären lediglich Rekonstruktionen gewesen, Trugbilder, Illusionen. In diesem uralten Kern Englands, wiederhergestellt und konserviert, konnten sie über soliden Stein wandern, hier und dort Rauchschwaden einatmen, Blumen von einem reisenden Händler im Hyde Park kaufen, einen Pub besuchen, um ein Bier zu trinken oder eine Runde Darts zu spielen und mit Menschen aus Fleisch und Blut zu plaudern. Ja, es war eine Art Museum, das für Touristen und eine Handvoll hartnäckiger Traditionalisten aufrechterhalten wurde, aber diese Welt hatten die Vorfahren der heutigen Bewohner Londons tatsächlich erlebt, und ihre Nachkommen pflegten die Skurrilitäten von einst nicht nur wegen der zusätzlichen Verdienstmöglichkeiten. Sie fühlten sich in diesem Anachronismus wohl und hatten eine Subkultur daraus entstehen lassen, die genauso authentisch wie die meisten anderen der heutigen Erde war.

Was auch immer das bedeutet, dachte Fenn.

Das Eidophon registrierte das Öffnen der Tür und blinkte. »*Hea*?« fragte Wanika. »Sprich.«

»Eine Botschaft vom Mars für Fenn«, sagte das Eidophon und fügte Fenns Kennummer hinzu.

»Hmm?« Er verharrte mitten in der Bewegung. Es dauerte eine Sekunde, bis er sich bewußt wurde, daß er nicht allein im Zimmer war. »Äh, das muß jemand sein, den ich dort getroffen habe.«

»Offensichtlich«, murmelte Wanika. »Soll ich draußen warten, während du die Nachricht abspielst?«

Fenn spürte, wie sein Gesicht vor Aufregung heiß wurde. »Nein, dafür gibt es keinen Grund. Das kann nichts sonderlich Persönliches sein. Könnte durchaus ... uns alle angehen.«

Er setzte sich, legte die Handfläche auf den Identitätsscanner und schaltete auf Abrufmodus. Der Bildschirm vor ihm erhellte sich. Kinna Ronay blickte ihm mit zerzaustem braunen Haar entgegen, das Hemd über den kleinen festen Brüsten halb offen. Sie lächelte und winkte. »*Hola* Fenn!« begrüßte sie ihn munter. Im Geist hörte er Echos der hohen lebhaften Stimme, die Erinnerungen an Sananton, den Eos-Grabenbruch, an Belgarre, die fernen Ausläufern der Valles, die Flüge und die Reise durch Argyre Planitia und über die polaren Eisfelder des Mars und schließlich an das Raumhafengebäude weckte, in dem sie sich von ihm verabschiedet hatte. Dort hatte ihre Stimme ein wenig gezittert, und sie hatte sich die Augen getupft und seine Hand etwas länger als unbedingt nötig festgehalten.

»Du hattest mich gebeten, dich anzurufen und dir zu erzählen, was in letzter Zeit bei uns passiert ist und was ich herausgefunden habe«, fuhr sie fort. »Also, da bin ich. Nicht mit einem Haufen Neuigkeiten, fürchte ich, aber ich werde mich gern bemühen, mehr in Erfahrung zu bringen, wenn du willst. Ich ... ich hoffe, du hattest einen guten Heimflug und es läuft alles gut für dich auf der Erde. Bei uns ist soweit alles in Ordnung. Ich bin wieder auf der Uni und ... nun, das Übliche, eben. War gestern abend mit ein paar Freunden in der *Tweel Tavern* und hab' ihnen dieses alte ›MacCannon‹-Lied vorgesungen, das du mir beigebracht hast. Hat ihnen unheimlich gut gefallen, wollten sie auch gleich lernen, aber vielleicht erinnerst du dich noch, daß ich der Meinung war, die Übersetzung in modernes Anglo könnte noch etwas verbessert werden, und ...« Sie lachte glockenhell. »Tut mir leid. Ich sollte das hier wohl lieber zurückspulen und diesen ganzen Unsinn rausschneiden, aber es tut einfach gut, mit dir zu sprechen, auch wenn es einseitig ist, und mittlerweile kennst du ja meine Art. Du wirst schon etwas Ernst in die Geschichte bringen, wenn du Lust hast, mir zu antworten. Ich hoffe, das tust du.«

Fenn stoppte die Aufzeichnung. Kinnas Fröhlichkeit gefror zu einem Standbild.

»Die junge Frau, die mir die Gegenden gezeigt hat, in denen sie sich auskennt«, erklärte er Wanika. »Ich habe dir von ihr erzählt. Ihre Eltern haben einen gewissen Einfluß.«

»Wie interessant, sie kennenzulernen«, sagte Wanika langsam.

Als Fenn die Aufzeichnung weiterlaufen ließ, wurde Kinna ernst. So ernst, wie es Kinder manchmal sein können, dachte er.

»Also, ich habe mich mit Chuan unterhalten, wie ich dir versprochen habe«, berichtete sie. »Mehr als nur einmal. Es gibt da so viel zu bedenken, und er hat versucht, mir vieles zu erklären. Und außerdem ist er ja so etwas wie mein Patenonkel. Wenn wir uns treffen, geht immer eine Menge Zeit für persönliche Dinge drauf und dafür, einfach nur ein bißchen Spaß zu haben.«

»Ein Anflug von Menschlichkeit bei ihm«, sagte Wanika ein wenig geringschätzig.

Wieder hielt Fenn die Aufzeichnung kurz an. »Wir können froh sein, daß wir diesen Kontakt haben«, gab er ihr zu bedenken.

»Richtig. Ein kleiner Einblick in die gegnerische Sichtweise ... *Auwe*, mir ist schon klar, daß es nicht annähernd so einfach ist. Synnoionten sind nicht unmenschlich oder entmenschlicht, sie sind nur eine andere Art ... ein anderer Aspekt der Menschheit. Und der Cyberkosmos ist kein Feind.«

»Er könnte sich zu einem entwickeln«, murmelte Fenn.

»Was?«

»Nicht so wichtig.« Er berührte die Wiedergabetaste.

»Ich kann das alles nicht mündlich erklären«, sagte Kinna bekümmert. »Ich habe lange darüber nachgedacht und schließlich das niedergeschrieben, was Chuan meint, soweit ich es verstehe. Schau es dir an.«

Ihr Abbild verschwand und machte einem Text Platz. Fenn ließ ihn langsam durchlaufen, hielt ihn hin und wieder an oder spulte ihn zurück, wenn Wanika und er einen Abschnitt genauer betrachten wollten, obwohl der Text knapp und leicht verständlich war.

»Wir sind die verschiedenen Argumente immer wieder durchgegangen. Chuan hat sich mit der Erde und dem dortigen Cyberkosmos in Verbindung gesetzt, so gut das über diese Entfernungen möglich ist. Wahrscheinlich hat er nicht alle komplexen und subtilen Informationen parat, aber immer noch mehr als genug für Leute wie mich. Du kannst dort, wo du jetzt bist, jede Menge mehr bekommen, deshalb werde ich auf die Details verzichten, es sei denn, du forderst sie von mir an.

In erster Linie hält der Cyberkosmos das Deimos-Projekt für furchtbar destabilisierend. Es gefährdet nicht *ihn*, sondern *uns*, nicht die Maschinen und Sophotekten, sondern die Menschen. Du hast mir erzählt, daß Chuan mit dir über die wirtschaftlichen und kulturellen Auswirkungen gesprochen hat. Ich kann mir diese Auswirkungen in groben Zügen vorstellen, aber die Gleichungen und analytischen Matrizen sind mir um astronomische Dimensionen zu hoch. Ich habe ihm gegenüber wiederholt, was du mir gesagt hast, daß die Lahui Kuikawa durchaus bereit sind, eine Veränderung ihrer Gesellschaft in Kauf zu nehmen, auch auf der Erde, wenn sie dafür freien Zugang zum Weltraum gewinnen. Er sagte, daß ein Marsianer natürlich so denken würde, aber er hofft, daß ein Volk, das auf dem Meer zu Hause ist, dem irdischen Meer, sich einen Moment lang Zeit nimmt, um sich zu fragen, was diese Entscheidung in all ihren Konsequenzen wirklich bedeutet.

Seine nächste Sorge gilt den Proserpinariern, wie sie reagieren werden und welche Auswirkungen das auf die inneren Planeten hat – ich meine damit auf die Bewohner dieser Planeten. Das ist nicht vorhersehbar. Er hat mir anhand einer Menge historischer Beispiele gezeigt, daß sich das Unvorhersehbare immer wieder als schrecklich erwiesen hat. Ein Verrückter tötete einen Adligen, und die Erde stürzte in einen jahrhundertlangen Krieg und grausame Tyrannei. Der Verbrennungsmotor löste die Dampfmaschine ab, und die Erde wäre fast erstickt und litt ein Jahrhundert lang unter katastrophalem Wetter. O ja, er gab zu, daß es im Grunde nicht so einfach ist, aber gerade weil so viele Faktoren miteinander verflochten sind, wie es immer der Fall ist, könnte schon eine kleine Veränderung enorme Konsequenzen nach sich ziehen. Er hat mir weitere Beispiele aufgezeigt, auf die ich hier aber nicht eingehen möchte.

Schließlich habe ich all meinen Mut zusammengenommen und ihm die Fragen gestellt, die du mir aufgetragen hast. Was hat es mit diesen neuen lichtschnellen Raumschiffen auf sich? Was ist mit dieser Entdeckung durch die Solarlinse? Wozu die ganze Heimlichtuerei? Ist das wirklich nötig?

Fenn, darauf ist er sehr traurig geworden. Ich hatte fast das Gefühl, als hätte ich ihm ein Messer zwischen die Rippen gerammt. Zuerst sagte er, der Cyberkosmos – wenn wir ihn uns als ein vernunftbegabtes Wesen vorstellen – hätte die gleichen Rechte wie jeder Mensch. Dazu gehört das Recht, sein persönliches Urteil zu fällen und persönliche Daten zurückzuhalten. Wenn wir selbst feldgetriebene Raumschiffe bauen und benutzen wollen, verbietet uns das kein Gesetz. Aber der Cyberkosmos – das Terrabewußtsein oder eine untergeordnetere Institution des Cyberkosmos, die besser für den Umgang mit uns geeignet ist? – ist der Überzeugung, daß es zu diesem Zeitpunkt unverantwortlich wäre, uns dazu Informationen zu liefern. Chuan sagte, wir würden diese Raumschiffe nicht brauchen – wir bräuchten sowieso kaum noch irgendwelche Raumschiffe –, und außerdem könnten wir einen Flug mit den superschnellen Schiffen ohnehin nicht überleben, es sei denn – wenn überhaupt – in Form von Bewußtseinskopien. Ich konnte ihn nicht dazu bewegen, es unumwunden zuzugeben, aber ich denke, auch in diesem Punkt fürchtet er sich vor den Proserpinariern und vor dem, was sie tun könnten.

Nun, ich bin sicher, daß ihr, du und deine Lahui Kuikawa, das alles schon direkter gehört habt.

Es ist aber irgend etwas merkwürdig mit dieser Solarlinse. Chuan wollte mir dazu noch weniger erzählen, aber ich habe ja schon geschrieben, wie bekümmert er geworden ist. Nicht, daß er es gesagt hätte, aber ich konnte es daran erkennen, wie er meinen Blick ausgewichen ist, wie seine Schultern herabgesackt sind und an seinem Tonfall. Was er statt dessen gesagt hat, waren die üblichen Argumente, daß es noch keine verläßlichen Daten gibt, daß weitere Nachforschungen angestellt werden und man uns zu gegebener Zeit Bericht erstatten wird. Fenn, ich habe es einfach nicht übers Herz gebracht, ihn weiter zu bedrängen.

Stell dir vor, daß ich jetzt eine längere Pause einlege. Das habe ich an dieser Stelle tatsächlich getan, während ich über das bisher Geschriebene nachgedacht und mir überlegt habe, was ich dir als nächstes berichten soll.

Was jetzt kommt, ist erfreulicher. Du erinnerst dich bestimmt an meinen Freund Elverir, den du getroffen hast, und an das, was ich dir über ein paar andere Lunarier erzählt habe, die ich durch ihn kenne. (Vielleicht sollte ich nicht mehr dazu schreiben. Du weißt schon, was ich meine.) Also, um es ganz kurz zu machen, wie jeder weiß, sind die meisten unserer Lunarier für das Projekt Deimos. Sie würden neue Leute, neuen Wohlstand und neue Möglichkeiten begrüßen, wahrscheinlich noch mehr als wir Terraner, und wenn es auf lange Sicht dazu führt, daß der Mars wirklich zum Leben erwacht … nun, sie sind ebenfalls Menschen. Die Aussicht, wieder in den Weltraum fliegen zu können, fasziniert sie ganz ungeheuer. Hier auf dem Mars wollen sie nur sicherstellen, daß ihr Volk sich niemals einer Lebensmutter unterordnen muß – so wie sie es sehen –, und sie sind sich bewußt, daß sie die Voraussetzungen dafür schaffen können, wenn sie von Anfang an, wenn ihre Hilfe von unschätzbarem Wert ist, mit uns kooperieren.

Vor kurzem habe ich gehört, daß die Führer des Dreierreiches – nein, ›Führer‹ ist nicht die treffende Bezeichnung, die lunarische Gesellschaft funktioniert anders, aber du verstehst mich schon – das Projekt ebenfalls befürworten. Sie stehen in gelegentlichem Funkkontakt mit Proserpina, das ist kein großes Geheimnis, und jetzt habe ich von Elverir erfahren, daß uns vielleicht sogar die Proserpinarier ihre Unterstützung anbieten werden. Das wäre eine Möglichkeit für sie, in das innere

Sonnensystem zurückzukehren, und natürlich erwarten sie auch, dabei Profit machen zu können. Außerdem könnte es zu einer Aussöhnung zwischen dem Dreierreich und der Republik und zur Auflösung der Inrai führen. Das war jedenfalls mein erster Gedanke. Ich weiß, daß das nicht einfach werden wird. Ein paar Inrai sind vermutlich unbelehrbar. Ich weiß einiges über ihre wildesten Mitglieder, zum Beispiel über einen Mann namens Tanir. Aber das spielt jetzt keine Rolle. Das liegt viel zu weit in der Zukunft. Trotzdem besteht Anlaß zur Hoffnung, nicht wahr?

Was vielleicht noch wichtiger ist, wir wissen, daß die Proserpinarier Kontakt zu den Menschen draußen zwischen den Sternen haben. Könnte das – deine Arbeit, Fenn – irgendwie ein Anfang sein, alle Menschen überall im Universum wieder zusammenzuführen? Wie könnte das falsch sein?

Ich bin mir nicht sicher, ob ich Chuan diese Frage stellen soll. Ich meine, er wird das alles zwangsläufig erfahren, falls er es nicht schon längst weiß, aber was wird er mir sagen? Mir liegt wirklich viel an ihm. Vielleicht sollte ich warten, bis ich von dir höre, wie du darüber denkst, bevor ich irgend etwas unternehme, außer mein normales Leben hier weiterzuführen.«

Der Text endete, Kinna erschien wieder auf dem Bildschirm. Fenn unterbrach die Aufzeichnung und sah Wanika an.

»Also, das sind interessante Neuigkeiten«, sagte er. »Nicht gänzlich unerwartet, aber es hat sich gelohnt, sie zu bekommen.«

»Das Mädchen ist kaum eine Geheimdienstagentin«, erwiderte Wanika ohne große Begeisterung.

»Nein, nein. Aber sie hat eine Menge Kontakte und kennt die Situation auf dem Mars von innen ... Wir sollten ihr raten, weitere Informationen nur noch mit Quantenverschlüsselung zu übermitteln. Wir können die anfallenden Kosten übernehmen, und wer weiß, wie wichtig das noch werden könnte?«

»Es würde Aufmerksamkeit und Mißtrauen erregen.«

Fenn kicherte. »Es würde die Vermutung nahelegen, daß es sich um einen intimen Nachrichtenaustausch zwischen uns handelt.«

Wanika wandte den Blick ab. »Vielleicht ... Aber warum bist du plötzlich so vorsichtig?«

»Warum Informationen aus der Hand geben, wenn uns ein Kampf bevorsteht?« erwiderte er aufbrausend.

»Tun wir das?« Ihr Blick kehrte zu ihm zurück. »Du stürmst einfach voran, deiner glorreichen Vision entgegen – du, für dich selbst, frei im Weltraum leben zu können. Die Vertreter im Rat der Lahui sind konservativer. Sie haben mehr zu berücksichtigen, auch für die Zeit nach ihrem Tod. Sie werden den Rat des Cyberkosmos – oder des Terrabewußtseins, falls es sich direkt an uns wenden sollte – in ihre Entscheidung miteinbeziehen.«

»Natürlich.« Fenn setzte sich gerade auf. »Aber ihr gehört nicht zum Cyberkosmos, oder? *Wir* gehören nicht dazu. Und er gibt zu, daß er keine Prophezeiungen machen kann. Wie will er dann beweisen, daß jede größere Veränderung zu einer Verschlechterung führen würde? Er ist ja nicht einmal menschlich.«

»Ich weiß, ich weiß.« Wanika seufzte. »Du redest wie Iokepa und so viele andere. Wie ich meistens auch, nur daß ich hin und wieder meine Zweifel habe. O ja, wir werden weitermachen, zumindest vorläufig. Bisher erforschen wir ja nur die Durchführbarkeit unserer Idee. Aber diese Andeutung, daß die Proserpinarier dazustoßen könnten ... das gibt mir doch zu denken.«

Sie stand auf. »Ich denke, ich möchte jetzt ein bißchen spazierengehen, allein. Laß mich wissen, ob deine Freundin sonst noch etwas Wichtiges zu berichten hat. Ich werde in ein bis zwei Stunden wieder da sein, und wir können dann zusammen essen gehen.« Sie strich ihm flüchtig über die Wange und verließ das Zimmer.

Fenn fragte sich einen Moment lang, was sie vorhatte. Sie war selten so schwermütig. Doch er vergaß den Gedanken sofort wieder, als er die Aufzeichnung weiterlaufen ließ.

Nicht, daß der Rest noch etwas Bemerkenswertes enthalten hätte. Kinna lächelte und sagte: »Ich bin froh, daß das erledigt ist. Du auch? Es tut mir nur leid, daß ich nicht hilfreicher sein konnte. Ruf mich zurück, falls ich noch irgend etwas tun kann oder wenn du einfach Lust hast, ein bißchen zu quatschen. Ich versuche, auf dem laufenden zu bleiben, ich meine, auf die Dinge zu achten, die in den Nachrichten nicht erwähnt werden. Laß es dir gutgehen, Fenn, *trouvour. Ai devu.*«

Die letzten Worte waren ein lunarischer Abschiedsgruß mit einem auf unsentimentale Art sehnsüchtigen Unterton, wie es ihn in keiner terranischen Sprache gab. Sie winkte ein letztes Mal, dann endete die Aufzeichnung.

Der Bildschirm erlosch.

KAPITEL 13

Die gemietete Suborbitalmaschine brachte Fenn und He'o nach Port Bowen, wo sie sofort in einen Miniwagen der Einschienenbahn umstiegen. Sie ließen die Innenbeleuchtung auf der Fahrt nach Tychopolis im Süden ausgeschaltet. Fenn war zufrieden damit, sich ausruhen zu können, und schlief irgendwann in seinem Liegesitz ein. Die letzten Tageszyklen waren selbst für ihn anstrengend gewesen, was nicht zuletzt daran lag, daß er häufig seinem Freund hatte helfen müssen, während sie mit ihren Maschinen im Archimedes-Krater und dem angrenzenden Hochland im Mondgeröll herumgekrochen waren. Der Metamorph lag still und reglos auf seinem Transportkarren, aber er schlief nicht und sah unverwandt aus dem Kabinenfenster hinaus. Er betrachtete weder die lunarische Landschaft noch die gelegentlichen Bauwerke der Menschen oder des Cyberkosmos, die immer wieder am nahen Horizont auftauchten und vorbeihuschten. Sein Blick war auch nicht auf die zur Hälfte erleuchtete Erdscheibe gerichtet, die ihn angesichts der Mondnacht ohnehin geblendet hätte, sondern auf die Sterne.

Fenn schreckte auf, als der Wagen den Ringwall des Kraters überquerte und langsamer wurde. Er blinzelte, streckte sich und sagte: »Also, *amigo*, da wären wir. Das war eine ziemlich lange Tour, was?«

»Ermüdend.« Die langsame synthetische Stimme wurde von einem Seufzen untermalt, das wie leise rauschende Wellen klang. »Jetzt werden wir bald den Weltraum verlassen. Ich sehne mich nach meinem Meer.«

»Und nach deinen Frauen, oder?«

Fenn bedauerte die kleine Stichelei sofort, als He'o zurückfragte: »Freust du dich nicht darauf, wieder bei Wanika zu sein?«

Er zögerte einen Moment lang und fluchte stumm vor sich hin. »Ja, sie ist ein gutes Mädchen«, sagte er schließlich.

He'o sah ihm direkt in die Augen. »Ich fürchte, sie findet dich ein bißchen ... *kauwi*, so wie du dich in letzter Zeit von ihr zurückgezogen hast.«

Fenn errötete. Er hatte es ebenfalls bemerkt. Wanika spürte, daß er nicht mehr so oft wie früher an sie dachte, und das verletzte sie. Aber welche Versprechungen hatte er ihr jemals gemacht, und wer hatte diese Beziehung denn begonnen? »Ich steuere meinen eigenen Kurs«, fauchte er. Ein flüchtiger Gedanke huschte ihm durch den Kopf. Früher hätte er so etwas wie: *Ich folge meinem eigenen Orbit* gesagt. Scheint, als hätten die letzten vier Jahre bei den Lahui meine innere Programmierung verändert, dachte er. Ich muß von der Erde wegkommen, länger und weiter fort als auf dieser Mondexpedition.

Nun, der Mars ... Sein Herz begann, schneller zu schlagen.

He'o senkte die Schnauze, eine Geste der Demut, die der narbige alte Alphabulle nur selten machte. »*Ua hewa ao*. Verzeih mir. Ich hätte nicht in dein Wasser pissen dürfen.«

»*Nada*, vergiß es«, murmelte Fenn, von Schuldgefühlen beinahe überwältigt.

»Es ist nur so, daß Wanika meine *hoapili* ist«, erklärte He'o. »Ich kenne sie seit ihrer Welpenzeit. Und jetzt stehst du mir auch nahe.«

»Du mir auch.« Fenn fühlte sich erleichtert, als das Schienenfahrzeug unter die Mondoberfläche tauchte. Es durchquerte zügig den Schleusentunnel und rollte an einer Bahnstation aus. Licht von der Terminalbeleuchtung fiel durch die Kabinenfenster.

Fenn sprang auf. »Wir sind da. Bringen wir unsere Angelegenheiten hinter uns, und dann ab nach Hause.« Er ergriff ihr Gepäck und stieg aus.

Wie üblich war die Station geräumig und fast menschenleer. Die Bewohner Lunas unternahmen kaum noch Reisen, höchstens in der virtuellen Welt. He'o und Fenn wurden von den wenigen Anwesenden, die miteinander zu tuscheln begannen, neugierig beäugt. Ein dunkelhäutige Frau näherte sich ihnen mit lebhaften Schritten. Fenn entdeckte eine Kamera auf ihrer Schulter, die herumschwang und sich auf die Neuankömmlinge richtete. »Tod und Teufel!« stöhnte er. »Nicht noch eine Reporterin! Ich hatte gehofft, wir hätten diese Quälgeister endlich abgeschüttelt.«

»Unser Besuch hat großes öffentliches Interesse erregt«, erinnerte He'o ihn gutmütig. »Das gilt für das ganze Unternehmen.«

»Als ob ich das nicht wüßte.« Nur ein Kordon sophotektischer Wächter, die ihnen der Yuan-Geheimbund freundlichweise zur Verfügung gestellt hatte, hatte verhindern können, daß die Archimedes-Region während des Aufenthalts der beiden Lahui von Reportern regelrecht überschwemmt worden war. »Ähm, yeh, wenn sie einen Beobachtungsposten vor Ort installiert hätten, hätten sie gesehen, daß wir nach Bowen geflogen sind, und eine Anfrage bei der Verkehrskontrolle hätte ergeben, daß von dort aus ein Miniwagen – mit vermutlich uns an Bord – nach Tychopolis gefahren ist. He'o, im Moment wünschte ich, meine Spezies hätte sich auch aus Robben und nicht aus Affen entwickelt.«

Die Frau hatte sie erreicht. »*Saludos, seatte* «, sagte sie auf Anglo mit einem professionellen strahlenden Lächeln. »Habe ich die Ehre mit Pilot Fenn und Captain He'o?« Vermutlich hatte sie die Titel in irgendeiner Liste entdeckt. »Mein derzeitiger Name ist Stellarosa. Ich arbeite für den *Cosmochronicle Service*. Wie Sie bestimmt wissen, fasziniert Ihr wundervolles Projekt Millionen unserer Zuschauer. Dürfte ich Ihnen ein paar Fragen stellen, oder möchten Sie lieber eine Erklärung abgeben?«

»Wir sind gerade auf dem Weg zu einem Treffen«, knurrte Fenn kurz angebunden.

»Ja, ich weiß, und ich werde Sie einfach begleiten. Ich will Sie in keinster Weise aufhalten.« Es war unverkennbar, daß sie es eilig hatte, mit ihren Opfern zu verschwinden, bevor ihre Konkurrenten von der Ankunft der beiden erfuhren.

»Tod und Verdammnis, sickert denn alles durch?«

»Sollte Ihre Reise denn geheim bleiben?«

»Nein, nicht direkt. Wir wollten nur unsere Ruhe haben. Wie würde es Ihnen gefallen, wenn ich in Ihren Angelegenheiten herumschnüffeln würde?«

»Fenn, *malino*, bleib ruhig«, mischte sich He'o ein. »Sie tut nur ihre Pflicht.«

»Pflicht?«

»Ja, deiner Spezies und ihrem Informationsbedürfnis gegenüber, ein Bedürfnis, das wir in diesem Fall alle teilen. Unser Projekt könnte die Wucht eines Tsunamis entwickeln.«

»Ich danke Ihnen für Ihr Verständnis, Sir«, sagte Stellarosa.

Ihre Worte besänftigten Fenn ein wenig. »Das heißt, wenn es umgesetzt wird«, schränkte er ein. »*Muy bien*, wir können uns unterhalten, während wir gehen.«

Er winkte einen Gepäckträger herbei und übergab ihm die Taschen mit dem Auftrag, sie aufzubewahren und später an der Adresse abzuliefern, die er ihm noch mitteilen würde, hoffentlich nicht zu irgendeiner Unterkunft auf dem Mond, sondern zur nächsten Fähre, die zur Erde flog. Danach steuerten er, Stellarosa und He'o, der auf seinem Karren neben ihnen her rollte, einen Gleitweg an.

Die flüssige Bewegung, mit der sie auf das schnellste Band in der Mitte des Weges überwechselten, hatte etwas Sinnliches an sich, das Fenn noch mehr entspannte, und die leichte Brise, die ihm entgegenwehte, bis sich ihre Geschwindigkeit der des Luftstroms angepaßt hatte, wirkte erfrischend nach der langen Zeit in Raumanzügen, Schutzunterkünften und diversen Transportmitteln – beinahe wie der Wind über dem Meer. Ja, dachte er, vielleicht bin ich dazu geboren, ein Vagabund zu werden, aber diese Jahre unter dem Meeresvolk waren gut für mich, und ich sollte dankbar dafür sein.

Und ich sollte mehr Rücksicht auf Wanika nehmen.

Die Botschaften zum und vom Mars allerdings ...

»Ja«, beantwortete er eine Frage der Reporterin, »die Archimedes-Gegend scheint vielversprechend für unser Vorhaben zu sein. Weitgehend isoliert, so daß niemand durch unsere Arbeit gestört wird, aber leicht durch erweiterte Transportwege zu erreichen. Es gibt eine passable Menge noch unberührter Mineralien in der Nähe. Ein ziemlich hoher Breitengrad als Startplatz für Raumschiffe, aber auf Luna macht das keinen nennenswerten Unterschied.«

»Ihr Vorhaben«, hakte Stellarosa nach. »Die Errichtung einer Raumschiffswerft und eines kleinen Raumhafens zur Unterstützung Ihrer Aktivitäten auf dem Mars. Ist das korrekt?«

»Im wesentlichen, auch wenn es da viele Komplikationen gibt«, erwiderte He'o, ohne auf Einzelheiten einzugehen. Das affenartige Bedürfnis der Menschen nach wortreichem Geplapper war ihm fremd.

Fenns Schweigsamkeit war mittlerweile verflogen. Jetzt, da er sich damit abgefunden hatte, ein Interview zu geben, fand er das braune Gesicht mit den vollen Lippen neben sich recht anziehend. Er hatte seit Wochen enthaltsam gelebt ... »Wie Sie wissen, befinden wir uns noch in der Planungsphase«, gab er zu bedenken. »Bisher hat noch niemand irgendwelche verbindlichen Zusagen gemacht. Wir haben nur die Gegend erforscht und Daten gesammelt.«

»Aber ein Konsortium von Seleniten hat Ihnen geholfen und Sie ermutigt, und jetzt sind Sie auf dem Weg, einige ihrer Vertreter zu treffen«, sagte Stellarosa.

»Hmm, tja, die Familien Trinh und Chandrakumar, der Yuan-Geheimbund, die Ziganti Properties und einige mehr sind an unserem Projekt interessiert. Sollten die Lahui Kuikawa Deimos umwandeln und alle anderen Pläne in Angriff nehmen, was zu neuen Aktivitäten der Menschheit im All führen würde, wäre das eine Chance für alle Beteiligten, quasarmäßige Profite zu machen.«

Ein nahezu unglaublich langfristiges Unternehmen, dachte ein Teil in Fenn, der Teil, der nie geflucht, gezecht und krakeelt, sondern sich still mit Geschichte beschäftigt hatte. Früher hätte niemand ernsthaft so weit vorausplanen können. Aber durch die heutige Langlebigkeit und moderne Datensysteme – und das Beispiel des Cyberkosmos – hatten einige Menschen und ihre Organisationen damit begonnen. Oder lag es eher daran, daß die persönliche Unsterblichkeit in den Bereich des Möglichen rückte?

Und überhaupt, Profite? Was genau war eigentlich darunter zu verstehen? Wenn jeder Mensch auch ohne Arbeit genug hatte, um ein angenehmes Leben führen zu können, wenn man sich durch Arbeit nur ein wenig zusätzlichen Luxus beschaffen konnte, was war dann Profit?

Macht? Die Möglichkeit, aus dem System auszubrechen? Aber wer, der bei gesundem Verstand war, wollte das? Alles, was Fenn sich wünschte, war die Freiheit, sich seine Ziele selbst setzen und verfolgen zu dürfen.

Ein paar Zeilen eines uralten Gedichts stiegen aus seiner Erinnerung auf. Eines Tages, als sie auf dem Mars ein überwältigendes in Licht und Schatten getauchtes Gebirgspanorama bewundert hatten, hatte Kinna ihm das Gedicht in ihrer Übersetzung vorgetragen.

Wir reisen um des Reisens willen nicht allein
ein heiß'rer Wind hat unser wildes Herz entflammt.
Aus Lust zu kennen, was verborgen sollte sein
beschreiten wir den goldnen Pfad nach Samarkand.

Was aber, wenn diese Freiheit erforderte, das System aufzubrechen?

»Und man möchte Sie persönlich und direkt treffen, richtig?« fragte Stellarosa. »Eine Besprechung via Bildschirm kann keine direkte Begegnung ersetzen, wenn man beabsichtigt, viele Jahre lang mit jemandem Geschäfte zu machen, die derart wichtig sind.«

Fenn ging immer gern auf eine intelligente Bemerkung ein. Es kam nicht allzu häufig vor, daß er eine von dem erschreckend unbedarften Durchschnitt dieses Berufszweigs hörte. »Richtig. Wir organischen Spezies benutzen sehr viele subtile Gesten.« Er registrierte den leicht verächtlichen – oder feindseligen, oder wie auch immer – Tonfall in seiner Stimme und legte eine kurze Pause ein, um nachzudenken. Er hatte keine Lust, sich wie einer dieser Hohlköpfe anzuhören, die ein »Zurück-zu-einer-Natur-wie-sie-es-so-nie-gegeben-hatte« propagierten. Doch gleichzeitig war er nicht bereit, das Terrabewußtsein als seine übermächtige Beschützerin und Endpunkt der Evolution zu akzeptieren. »Solange wir bleiben, was wir sind«, fügte er hinzu.

»Dann hoffen Sie also, daß Ihre Gesprächspartner in Ihr Projekt investieren werden?« erkundigte sich Stellarosa.

»Auf lange Sicht, ja«, erwiderte er. »Wie schon gesagt, bisher befinden wir uns noch im Planungsstadium. Wir müssen auch Investoren von der Erde gewinnen. Und vergessen Sie nicht, daß die Marsianer noch keine positive Entscheidung getroffen haben. Die Auswirkungen für sie wären größer als für alle anderen Beteiligten.«

Und ich werde schon bald dorthin zurückkehren, um sie zu überzeugen, dachte er sehnsüchtig.

»Es ist für alle eine große Sache«, stellte Stellarosa fest. »Eine Sache, die immer kontroverser diskutiert wird, je mehr sie Gestalt annimmt, nicht wahr? Die psychosoziologischen Analytiker warnen, daß sie die Wirtschaft erschüttern und den Frieden gefährden könnte ...«

»Die und ihre schwachsinnigen Gleichungen!« explodierte Fenn. »Sicher, dem Cyberkosmos und den Sprechern der Synese gefällt die Idee nicht. Sie würde die Dinge verkomplizieren und unvorhersehbar machen. Aber bedeutet das, daß sie sich zum Schlechteren entwickeln müssen – für uns? Wir, die Menschen und die Keiki Moana, sind keine Maschinen. Noch nicht!«

»Glauben Sie nicht, daß es Gefahren geben könnte? Wie sieht es mit den möglichen Reaktionen der Proserpinarier aus? Wir wissen so wenig über sie und ihre Absichten und sogar noch weniger über das, was zwischen den Sternen geschieht.«

»Die Proserpinarier, ha! Wann hat sich jemals ein Haufen Lunarier, von welcher Größe auch immer, auf ein gemeinsames Vorgehen einigen können? Und was die Sterne angeht, sie sind das Ziel, das wir uns setzen sollten!«

»Eine Albatros-Reise«, sagte He'o leise. »Wir können nur das Wasser durchqueren, in dem wir heute schwimmen. Alles andere sind die Strömungen eines Traums.«

Doch trotz seiner Worte hatte er ein Leben lang gegen Stürme, Haie und seine Rivalen unter den Bullen seiner Sippe gekämpft.

Stellarosa wußte genau, wie man ein Gespräch führte. Es wurde lebhaft. Fenn verspürte beinahe Bedauern, als sie den Gleitweg am Tsiolkovsky Prospect im alten Stadtviertel verließen. Das Treffen sollte in einem der Gebäude vor dem Hydra Square stattfinden. Noch immer in ihr Gespräch vertieft, schlenderten sie zwischen den Dreifacharkaden über mit Duromoos bewachsenen Boden dahin. Hinter den Spitzbögen gab es längst keine ausgefallenen Geschäfte oder lunarische Treffpunkte mehr, nur noch Wohnungen oder alte Sehenswürdigkeiten. Die Decke zeigte keine extravaganten Illusionen wie früher einmal, sondern die Simulation eines sommerlichen Himmels auf der Erde. Keine würzigen

Gerüche und lebhafte Musik lagen in der Luft, nur das Schlurfen unzähliger Füße und die Stimmen von Terranern. Es waren viele unterwegs, die geschäftig hin und her eilten, sich zu größeren Mengen zusammenballten, wie es die Lunarier nie getan hatten, bunter und gleichzeitig weniger kostbar gekleidet als die ehemaligen Bewohner dieses Viertels. Fenns kleine Gruppe wurde sofort erkannt und erregte allgemeine Aufmerksamkeit. Die Leute warfen ihnen neugierige Blicke zu, stießen einander an, einige verstummten plötzlich, andere tuschelten und riefen irgend etwas. Wiederum andere standen einfach da, als bildeten sie ein Empfangskomitee, und starrten Fenn, He'o und die Reporterin unverwandt an.

»Sieht so aus, als wäre die Nachricht, daß wir kommen, uns schon vorausgeeilt«, bemerkte Fenn. Aber da er immer noch recht gut gelaunt war, störte es ihn nicht sonderlich.

»Ja, natürlich«, erklärte Stellarosa. »Ihnen ist wahrscheinlich gar nicht bewußt, wie viele Leute sich brennend für Sie interessieren. Sie sind etwas Neues, Ungewöhnliches und Aufregendes. Viele Menschen, sowohl auf der Erde als auch hier auf Luna, haben ihre Multis darauf programmiert, alles über Sie aufzuzeichnen, was in den Nachrichtenkanälen gesendet wird. Die Satelliten der Verkehrskontrolle hatten routinemäßig einen Suborbitalflug von Archimedes nach Port Bowen gemeldet, bei dem es sich um Sie beide handeln mußte, und die Information, daß Sie hier ankommen würden, um sich mit unseren hiesigen Instanzen zu treffen, ist bereits vor Ihrer Ankunft über Eidophon weitergeleitet worden.«

»Warum haben uns dann nicht mehr Journalisten an der Bahnstation aufgelauert?«

Stellarosa lachte. »Ich war eben schneller als der Rest.«

Rivalität um Nichtigkeiten, dachte Fenn. Was, wenn die Menschen eines Tages wieder um wirklich bedeutende Dinge miteinander wetteifern?

He'o, der flach auf seinem Karren lag, rührte sich. Seine natürliche Stimme bellte und knurrte rauh, während der Synthesizer seine Worte übersetzte. Er hob den schlanken Kopf über den massigen Körper und sah sich mit glänzenden Augen um. »Ja, ihr seid schon eine merkwürdige Rasse«, sagte er. »Ich werde euch nie völlig verstehen. Versteht ihr euch überhaupt selbst?« Seine Barthaare zitterten. »Ich aber kehre jetzt heim in mein Meer.«

Ein ohrenbetäubender Donnerschlag ertönte. He'os Kopf explodierte, verspritzte Blut und Gehirnmasse. Das Geschoß prallte jaulend als Querschläger an zwei Wänden ab, bevor es zu Boden fiel.

Irgendwo aus der dritten Ebene der Arkade brüllte eine Baritonstimme auf Anglo, gefolgt von Spanyol und Sinese:

»Menschen, wo immer ihr auch seid, wahre Menschen, Terraner, hört mich an! Heute haben wir ein Monster niedergestreckt, das im Begriff war, sich unserer Seelen zu bemächtigen. Es war das erste, aber nur die Vorhut unzähliger weiterer Monster, Metamorphe, Maschinen und Abscheulichkeiten aus der tiefsten Dunkelheit ...«

Den Rest bekam Fenn nicht mehr mit, er sollte ihn erst später in einer Aufzeichnung hören.

Während die Menge schreiend durcheinanderlief, während Alarmsirenen heulen, die ersten Aufzeichnungsgeräte eintrafen, gefolgt von menschlichen Polizisten, kniete er auf dem Duramoosboden, He'os Leiche in den Armen.

Nach all der Zeit, seit er den Polizeidienst verlassen hatte, war es ein merkwürdiges Gefühl, wieder im Büro eines Polizeichefs zu sitzen.

Wie die meisten Angehörigen seiner Truppe legte auch Georghios großen Wert auf persönliche Anwesenheit. Er bestand darauf, daß sich seine Leute täglich in der Zentrale einfanden, so wie er es selbst tat. Jetzt saß er hinter seinem zerschrammten Schreibtisch, der bis auf ein Computerterminal und ein Eidophon leer war, ein untersetzter grauhaariger Mann mit einem markanten Gesicht, und starrte seinen Besucher auf der anderen

Seite des Schreibtischs düster an, aber sein Zorn galt nicht Fenn, reichte weit über das Büro hinaus.

»Ja«, grollte er. »Wir haben den Mörder identifiziert. Mehrere Passanten haben beobachtet, wie er sein Gerät den Prospect entlanggeschleppt und dann damit das Gebäude mit der verlassenen Wohnung betreten hat. Wir haben eine recht brauchbare Beschreibung von zwei oder drei Zeugen erhalten. Was wichtiger ist, unser Labor konnte ein paar Hautpartikel an der Waffe finden und ihre DNS bestimmen. Der Täter ist sofort nach dem Mord verschwunden – seine Hetzrede war eine Aufzeichnung mit einer synthetischen Stimme – und konnte im allgemeinen Durcheinander untertauchen. Er könnte sich jetzt überall auf Luna aufhalten. Oder, wenn er Komplizen hat, was wahrscheinlich ist, könnte er zur Erde geflohen sein. Er könnte eine der beiden Fähren genommen haben, die abgeflogen sind, bevor wir ihn identifizieren und die Fahndung einleiten konnten. Eine einfache Verkleidung hätte ausgereicht, um seine Spur zu verwischen. Jetzt aber wird im gesamten Netz nach ihm gesucht, überall im Sonnensystem. Die Fahndung nach ihm wird erst eingestellt werden, wenn wir ihn erwischt haben.«

Das könnte Jahre dauern, dachte Fenn, oder bis in alle Ewigkeit. Eine heimliche Bioskulptur, um Gesicht und Fingerabdrücke zu verändern, dann eine unauffällige Lebensführung ... Auch mit Hilfe des Cyberkosmos waren die Mittel der Polizei begrenzt, und sie wurden ständig weiter eingeschränkt.

Er rutschte in seinem Sessel herum. Seine Muskeln schmerzten vor Anspannung, vor dem mühsam unterdrückten Verlangen, irgend etwas zu zertrümmern, aber das kam hier natürlich nicht in Frage, und er tat gut daran, auch seine Lautstärke zu zügeln. »Wer ist es?«

»Registrierter Name – eigentlich zwei Namen – Pedro Dover.«

Die Erinnerung schlug wie eine Woge über Fenn zusammen. »Tod und Verdammnis! Ich bin ihm schon mal begegnet! Er war für die Verstümmlung eines

Sophotekten in Mondheim verantwortlich, damals während der Unruhen nach der Ansprache des Präfekten über die Nachrichten vom Centauri. Ich bin ein paar Tageszyklen später aus dem Dienst ausgeschieden, aber ich dachte, der Widerling wäre kurz darauf erwischt worden.«

Georghios nickte. »O ja, wir haben ihn erwischt, hier in Tychopolis. Es hat eine Weile gedauert, weil wir alle Hände voll zu tun hatten, wieder Ordnung zu schaffen, und so viele in die Aufstände verwickelt waren. Danach waren die Gerichte und Behörden mit Anklagen völlig überlastet. Pedro Dover und andere Gizaki-Mitglieder hatten tüchtige Anwälte, die die Vorschriften, über schnelle Anhörungen zu einer Entscheidungsfindung zu gelangen, geschickt ausgenutzt haben, um die Richter gründlich einzuwickeln. Als Ergebnis wurde Pedro Dover zu sechs Monaten Haft wegen ›emotionaler Instabilität‹ verurteilt. Welcher Therapie man ihn dort auch immer unterzogen hat, sie war offensichtlich nur oberflächlich und hat nicht angeschlagen. Sein Vergehen war nicht so schwer, als daß man gegen seinen Willen eine Tiefenbehandlung an ihm hätte durchführen können. Nach seiner Entlassung hat er sein altes Leben wieder-aufgenommen, ausgefallene Arbeiten für Bezahlung erledigt – er ist recht geschickt mit den Händen – und seine verqueren Ansichten jedem gepredigt, der bereit war, ihm zuzuhören. Er schien keine nennenswerte Gefahr darzustellen.« Der Polizeichef ballte hilflos eine Hand auf seinem Schreibtisch zur Faust. »Jetzt ist es allerdings zu spät, den Irrtum zu korrigieren.«

Allerdings, seufzte Fenn innerlich. He'o war tot. Sein Leichnam war tiefgefroren worden, damit er in seine Heimat gebracht werden konnte, wo sein Volk ihn mit den letzten Riten den Delphinen übergeben würde. Eine Wiederbelebung war kaum möglich, und wenn doch, wäre sie grausam gewesen, angesichts der massiven Hirnschäden, die das Geschoß verursacht hatte. Nein, sollte sich das Meer seiner annehmen und sein Gedenken bewahren.

»Die Gizaki.« Fenn verzog das Gesicht. »Ich habe von ihnen gehört, aber nicht viel. Eine Sekte von Irren, nicht wahr?«

»Eine von viel zu vielen. Ich erinnere mich noch gut, wie mein Vater mir erzählt hat – ich war damals noch ein kleiner Junge –, daß unsere Gesellschaft endlich erwachsen geworden wäre und wir uns im Laufe der Zeit alle zu geistig gesunden Menschen entwickeln würden. Aber die Dinge verändern sich immer schneller ...« Georghios richtete sich gerade auf. Seine Stimme wurde monoton. »Wie es scheint, ist die Gizaki-Sekte im Gebiet der Pyrenäen auf der Erde entstanden. Das Wort stammt aus einer vergessenen lokalen Sprache und bedeutet ›Mensch‹. Der Begründer der Sekte faselte von Blutrechten, organischem Leben, der heldenhaften Lyudov-Rebellion und ihrer tragischen Niederschlagung, dieser Art von Unfug.«

»Yeh, davon kriegen wir in letzter Zeit eine ganze Menge zu hören, was?«

»Die Gizaki stehen am Ende dieses Spektrums. Ich habe mich über die Geschichte der Lyudoviten informiert und versucht herauszufinden, wie es zu diesem Attentat auf Ihren Freund kommen konnte, und ich habe entdeckt, daß *sie* nicht völlig unvernünftig waren. Sie fürchteten sich vor den möglichen Auswirkungen sophotektischer Intelligenz und der allgemeinen Robotisierung der Welt. Sie verlangten ein Moratorium über diese Entwicklung. Die Gesellschaft sollte entscheiden, ob sie damit einverstanden wäre, und die Lyudoviten stimmten für nein. Doch die Geschichte begann als eine legale Bewegung, ob sie nun in der Folge mißbraucht wurde oder nicht. Die Dinge gerieten außer Kontrolle, es kam zu Aufständen, die zu vielen Toten führten, bis die Ordnung wiederhergestellt wurde. Allerdings liegt schon das Jahrhunderte zurück, um des Kosmos willen! Die Gizaki fordern nicht nur, daß wir die Entropie anhalten, sie meinen, wir müßten sie umkehren, und wenn wir das nicht tun – zum Beispiel, weil durch den Zusammenbruch des Cyberkosmos vermutlich etliche Millionen

Menschen sterben würden –, nun, dann wollen sie uns zu einem von ihnen festgelegten Zeitpunkt mit Gewehren und Bomben klarmachen, daß wir auf dem falschen Weg sind.«

Fenn nickte. »Ich verstehe. Menschlicher Schrott. Sie wissen, daß sie nutzlos und bedeutungslos sind, und sie geben der Technologie die Schuld dafür. Wenn sie die Technologie in ihre Schranken weisen, wird die Menschheit aufblühen, besonders sie selbst, die ja ach so großartig sind. Bis es soweit ist, predigen sie Haß auf die Technik und ihre Erungenschaften, einschließlich die Metamorphe, die ein ungefährlicheres Ziel als die Maschinen abgeben.« Er verstummte kurz und fügte dann grimmig hinzu: »Die Lahui Kuikawa werden anfangen, Vorkehrungen gegen die Gizaki zu treffen.«

»Vorsicht«, warnte Georghios. »Wir können nicht zulassen, daß Gewaltätigkeiten ausufern. Unabhängig davon, für wie gerechtfertigt die Beteiligten ihre Maßnahmen halten.«

Fenn verschluckte eine scharfe Erwiderung. Daß ihm die Sachlage ausführlich und privat erläutert wurde, war ein Entgegenkommen, weil er früher einmal selbst im Polizeidienst gearbeitet hatte. Zweifellos trug auch der Umstand dazu bei, daß es sich bei dem Mordopfer um einen engen Freund von ihm handelte und er alles, was er hier erfuhr, einer großen und einflußreichen politischen Gemeinde auf der Erde berichten würde. Aber er müßte ein Trottel sein, wenn er die Polizei gegen sich aufbrachte ... oder ihr gar drohte.

»Die Mordwaffe«, sagte er statt dessen. »Was für eine Waffe war das? Wie, bei der Flamme, konnte Pedro Dover mit einer *Schußwaffe* durch eine Stadt auf Luna laufen, ohne aufgehalten zu werden?«

Schließlich lauerte jenseits der Schutzkuppel das Vakuum, harte Strahlung, der Weltraum.

»Es war keine Schußwaffe, solange er sie mit sich herumgetragen hat«, erwiderte Georghios. »Zu diesem Zeitpunkt bestand sie lediglich aus mehreren unscheinbaren Metallobjekten. Wie die Zeugen ausgesagt haben, hielten sie das Ding für eine unfertige Hobbyarbeit. Aber es bestand aus vorprogrammiertem Formmetall. Als Pedro Dover seinen Posten in diesem Raum bezogen hatte – er muß gewußt haben, wann Sie beide in etwa über den Tsiolkovsky Prospect kommen würden, was die Vermutung nahelegt, daß die Gizaki systematisch die Datenleitungen anzapfen, ähnlich wie die Nachrichtenleute –, hat er die Waffe Hitze ausgesetzt, worauf sie wieder ihre ursprüngliche Form angenommen hat, die für den Transport verändert worden war. Ein harpunenartiges Geschoß und eine federgetriebene Abschußvorrichtung. Dazu ein photonischer Zielmechanismus, den er vermutlich in seiner Gürteltasche versteckt hatte, zusammen mit einem kleinen Hitzestrahler und dem Abspielgerät für seine anschließende Ansprache. Nachdem er alles ausgepackt hatte, konnte er das Attentat durchführen.«

Fenn nickte. »Ja, wir werden unsere Inseln und Schiffe absichern. Wie Sie wissen, versuchen wir, ein Unternehmen aufzubauen, bei dem Robotik eine große Rolle spielen wird. Wir werden mit den Lunariern auf dem Mars zusammenarbeiten, vielleicht auch mit den Lunariern auf Proserpina und im Centauri-System. Ganz zu schweigen davon, daß mehr als die Hälfte von uns Lahui Metamorphe sind, Robben ... Wir werden nur Vorsichtsmaßnahmen ergreifen. Ich hoffe, Sie verstehen das. Nichts Aggressives.«

Das war eine Lüge, aber er weigerte sich, deswegen Schuldgefühle zu verspüren.

Die menschlichen Lahui würden sich an die Gesetze halten, bewaffnete Konflikte waren ihnen unbekannt, und für die Keiki Moana spielte das Thema praktisch keine Rolle. Außerdem bezweifelte Fenn, daß die Gizaki eine ernsthafte Bedrohung darstellten, erst recht nicht, nachdem zwei eng miteinander verbundene Welten sie im Auge behielten. Eine Beobachtung, bei der der Cyberkosmos in seiner Wachsamkeit nicht nachlassen würde.

Aber He'o war tot.

Und er, Fenn, würde schon bald wieder zum Mars fliegen. Trotz seines Kummers erregte ihn die Vorstellung.

Sollte die Polizei Pedro Dover bis zu seiner Rückkehr nicht gefaßt haben, hatte er vor, sein eigenes Suchprogramm in die Wege zu leiten. Es würde sehr viel gründlicher als das sein, das die offiziellen Ordnungskräfte durchführen konnten, denn sie hatten die Aufgabe, eine ganze Zivilisation zu schützen, und waren durch gesetzliche Bestimmungen in ihren Möglichkeiten eingeschränkt.

Fast hoffte er, daß die Polizei mit ihren Bemühungen scheitern würde. Die Synese, das ganze leidenschaftlose und gnädige System, würde versuchen, He'os Mörder zu rehabilitieren.

Warum? Aus welchem Grund?

Vergeltung war sinnvoller.

KAPITEL 14

Chuan verbeugte sich nach Art seiner Ahnen und streckte die Hand nach Art der Seleniten aus. »Willkommen zurück auf dem Mars«, sagte er.

Fenn ergriff die dargebotene Hand, schüttelte sie kurz und versuchte, das freundliche Lächeln des rundlichen bernsteinfarbenen Gesichts vor ihm ebenso zu erwidern. Dazu mußte er den Blick senken. Der Synnoiont war ein kleiner Mann. Es waren seine Möglichkeiten, die ihn größer erscheinen ließen. »Ich danke Ihnen«, entgegnete Fenn.

Er sah sich schnell um. Als er zum ersten Mal auf dem Mars gewesen war, vor einem marsianischen oder zwei irdischen Jahren, hatten Chuan und er sich nur einmal persönlich in einem Büro in der Stadt getroffen und sich ansonsten nur per Eidophon unterhalten. Die Einladung, ihn in seinem Haus zu besuchen, hatte Fenn direkt nach seiner Landung überrascht. Er vermutete, daß es sich um den Versuch des Synnoionten handelte, einen zwischenmenschlichen Kontakt herzustellen, die Beziehungen etwas freundlicher zu gestalten. Wahrscheinlich hoffte Chuan, seinen Gast dadurch leichter für seine Überredungskünste empfänglich zu machen.

Das würde ihm kaum gelingen. Der nüchtern gestaltete Raum, in dem die sich ständig verändernden Muster an den Wänden die einzige Dekoration darstellten, verstärkte den Eindruck der Fremdartigkeit. Oder etwa doch nicht? Der Boden zeigte ein Farbenspiel, das Mobiliar war offensichtlich gemütlich bis hin zur Sinnlichkeit, und das Sichtfenster ging auf Blumenbeete über dem Kraterhang hinaus, der zur Stadt Crommelin und der großen roten Senke abfiel. Leise Musik ertönte im Hintergrund, nichts Komplexes oder Abstraktes, sondern eine schlichte und eher sentimentale Melodie für Streicher, die Fenn nicht erkannte. Wahrscheinlich war sie sehr alt. Kaum wahrnehmbar lag ein schwacher Duft wie nach frischgemähtem Gras unter einer sommerlichen Sonne in der Luft. Wenn die sinnliche Untermalung für ihn gedacht war, bewies sie zumindest, daß Chuan in gewöhnlichen Bahnen denken konnte und Rücksicht auf die Gefühle seines Gastes nahm.

Außerdem mochte Kinna diesen Mann, der häufig freundlich zu ihr gewesen war.

Trotzdem ...

»Ich hoffe, Sie hatten eine angenehme Reise«, sagte der Synnoiont gerade.

Fenn zuckte die Achseln. »Routine.«

Das traf nicht ganz zu, da die Flüge immer nur dann stattfanden, wenn sich die Erde anschickte, den Mars auf seiner Umlaufbahn zu überholen, und Passagiere äußerst selten waren. Andererseits war die Reise bei einer energiesparenden Beschleunigung, die der lunarischen Schwerkraft entsprach, ziemlich eintönig gewesen. Nur von einigen spezialisierten Robotern umgeben, hatte Fenn nichts anderes zu tun gehabt, als Ausgleichssport zu treiben, zu lesen, aufgezeichnete Sendungen anzuschauen, Computerspiele zu spielen und sich seinen Studien zu widmen. Vom Inneren eines solchen Metallkastens aus betrachtet, vermittelten einem nicht einmal die Sterne das Gefühl, sich im Weltraum zu befinden. Erst als der Zielplanet zu gewaltiger Größe vor ihnen angeschwollen war, hatte Fenn wieder die alte Erregung verspürt.

»Hat man Sie angemessen empfangen?« erkundigte sich Chuan.

»Ja, alle waren freundlich und hilfsbereit«, sagte Fenn. Kein Wunder. Das wäre jedem Besucher von außerhalb so ergangen, und seine Reise diente einem ganz besonderen Zweck. »Wie auch Sie«, fügte er bedächtig hinzu.

»Ich freue mich über Ihren Besuch. Ich weiß, daß Sie sehr beschäftigt sind.«

»Nun, ich werde es bald sein. Morgen werde ich mit der Inspektion des Mondhüpfers beginnen. Man hat uns vorgewarnt, daß er nach all den Jahren, in denen er nicht mehr in Betrieb war, einiges an Arbeit erfordern würde. Ich weiß noch nicht, wieviel Arbeit nötig werden wird.«

Chuan deutete auf einen Clubsessel. »Entschuldigen Sie, ich bin ein schlechter Gastgeber. Bitte, machen Sie es sich bequem. Was möchten Sie trinken? Ich habe mich bemüht, eine brauchbare Auswahl an Getränken bereitzustellen.«

Fenn nahm seinem Gastgeber gegenüber Platz und bat versuchsweise um ein Bier. Chuan sprach in die leere Luft hinein. Fast augenblicklich erschien ein Servierautomat mit einem Tablett und brachte ein recht anständiges heimisches Bier für Fenn, einen Tee für Chuan und eine Auswahl kleiner Appetithäppchen.

»Ich vermute, daß Sie zum Chefexperten der Lahui Kuikawa für Weltraumoperationen geworden sind«, sagte Chuan.

Die Formulierung »ich vermute« ist wahrscheinlich eine klassische Untertreibung, dachte Fenn. Aber es war zweifellos ratsam, wenn er sich seine Emotionen so lange wie möglich nicht anmerken ließ. »In gewisser Hinsicht«, antwortete er. »Durch meinen persönlichen Hintergrund hatte ich einen großen Vorsprung auf diesem Gebiet. Seither habe ich mir mehr Wissen angeeignet, wann immer ich konnte, und die Lahui haben meine Ausbildung bezahlt. Sie wissen schon, Schulungsaufzeichnungen, Simulatoren, Traumkammern, eben alles, womit man den Menschen die Fähigkeiten beigebracht hat, die sie früher einmal benötigt haben. Mittlerweile wäre ich ein fähiger Pilot, wenn die Raumschiffe heutzutage noch von Piloten gesteuert werden würden.«

»Sie wollen persönlich zum Deimos fliegen?«

»Natürlich. Sobald das Raumschiff bereit ist. Ich hoffe, in den nächsten Tagen herausfinden zu können, was genau repariert werden muß, und daß die robotischen und menschlichen Techniker es so schnell wie möglich erledigen können.« Die entsprechenden Vorkehrungen waren bereits über die interplanetaren Richtfunkverbindungen getroffen worden. »Schließlich kehrt die Fähre schon in rund sechs Wochen zur Erde zurück.«

»Womit werden Sie sich sonst noch beschäftigen, während Sie hier bei uns sind, wenn Sie mir die Frage gestatten?«

»Mit ähnlichen Dingen wie beim letzten Mal. Mit Leuten reden. Datenspeicher durchforsten. Vielversprechende Stätten für diverse Operationen besuchen, wie Bergbau, Fabriken, was auch immer wir brauchen. Sollte alles zu meiner Zufriedenheit ausfallen, werde ich einen Bericht erstellen, der der letzte Anstoß sein könnte, um die Ratsmitglieder der Lahui Kuikawa davon zu überzeugen, das Unternehmen voranzutreiben, und um genug fremde Investoren dafür zu gewinnen, unser Projekt zu unterstützen.« Fenn beschloß, mit dem Spielchen aufzuhören. Er musterte Chuan über den Rand seines Krugs hinweg. »Aber das alles dürfte Ihnen bereits bekannt sein.«

Der Synnoiont verzog kaum merklich das Gesicht. »Ja, und ich kann nicht gerade behaupten, daß ich davon begeistert bin.«

Nein, dachte Fenn, das dürfte dir schwerfallen. Wir haben uns bereits mit einigen der wichtigsten Bevollmächtigten der Synese und dem Cyberkosmos hinter ihnen herumgestritten, um zwei alte unbenutzte Fackelschiffe auf der Erde und einen Mondhüpfer auf dem

Mars zu erwerben. Wir haben ihnen ihr Einverständnis mit der Drohung abgerungen, daß wir im Fall einer Weigerung ihrerseits jede Menge Lärm schlagen würden. *Wir* – Manu, He'o, Iokepa, ich und andere – haben einzelne Geldgeber gefunden, genügend Kredite zusammengekratzt, um die Schiffe zu kaufen, und sie dann der Gemeinschaft der Lahui geschenkt, damit niemand nachträglich irgendeinen Grund erfinden konnte, sie uns wieder wegzunehmen.

Waren wir paranoid? fragte er sich einen Moment lang. Sind wir es immer noch?

Also wollte er ihm den Wind aus den Segeln nehmen, vielleicht aber auch völlig aufrichtig, fuhr Chuan fort: »Aber Sie wollen allein zum Deimos fliegen, abgesehen von ein paar Robotern? Ist das nicht gefährlich?«

»Nicht solange ich nicht leichtsinnig werde und mich ... äh, niemand behindert. Der Flug wird öffentlich sein, alles wird aufgezeichnet und in Echtzeit direkt in das Nachrichtennetz überspielt werden.«

Chuan zeigte sich durch den versteckten Vorwurf nicht im mindesten beleidigt. »Ist diese Mission wirklich nötig? Sind nicht alle Daten über diesen winzigen Mond, seine Eigenschaften und Komponenten, schon vor Jahrhunderten erforscht und aufgezeichnet worden, als man sein Wasser gefördert hat?«

»Dieses ›vor Jahrhunderten‹ ist der springende Punkt«, erklärte Fenn. »Da Deimos seither nicht mehr beobachtet worden ist, kann sich einiges auf ihm verändert haben. Zum Beispiel könnte ein Meteoriteneinschlag Felsgestein zertrümmert oder neue Erze gebracht haben. Wie auch immer, die früheren Beobachtungen haben anderen Zwecken gedient, als das bei meiner Mission der Fall ist. Ich werde mir den Himmelskörper mit dem Auge des Ingenieurs ansehen, als den Mars umkreisendes Ausgangsmaterial für den Bau eines Habitats.«

»Ich möchte Sie nicht beleidigen, aber könnte ein Sophotekt, vielleicht mit verschiedenen spezialisierten Körpern ausgestattet, diese Aufgabe nicht gründlicher und gefahrloser erledigen? Ich kann Ihnen versichern, daß ein solcher Sophotekt verfügbar wäre, wenn Sie einen anfordern würden, so wie auch etliche andere Dienste, solange sie legal und technisch durchführbar sind, die Menschen nicht so leicht selbst leisten könnten.«

»Nein, wir möchten, daß diese Arbeit von einem Menschen getan wird.«

Chuan hob die Brauen. »Vertrauen Sie dem Cyberkosmos nicht?« fragte er leise.

»Ich möchte Sie nicht beleidigen«, erwiderte Fenn und benutzte dabei ganz bewußt die gleichen Worte wie Chuan kurz zuvor. Zieh deine eigenen Schlüsse daraus, fügte er in Gedanken hinzu. »Lassen Sie es mich so ausdrücken, wir haben ein besseres Gefühl dabei, wenn wir es auf unsere Art machen. Das Ziel des gesamten Unternehmens besteht darin, wieder Leben im Weltraum anzusiedeln. Deimos ist der Punkt, an dem wir damit beginnen.«

Chuan stellte seine Teetasse ab und beugte sich vor. »Das ist es, worüber ich heute mit Ihnen sprechen möchte. Über Ihre Gefühle. Über die Unwägbarkeiten.«

Fenn spürte Unbehagen in sich aufsteigen. »Dinge, die sich nicht gut in eine sozioanalytische Matrix quetschen lassen«, versuchte er zu kontern.

»Richtig«, stimmte ihm Chuan zu. »Das Wunderbare und schrecklich Irrationale des organischen Lebens.« Er seufzte. »Aber genau das ist mein Zuständigkeitsbereich. Es ist meine Aufgabe, die Kluft zwischen organischem und elektrophotonischem Leben zu überbrücken.«

»Vielleicht sind wir verrückt, wir organischen Geschöpfe.« Fenn spannte sich innerlich an, stürzte den letzten Schluck Bier hinunter und knallte den Krug auf den Tisch zwischen ihnen. »Wenn es so ist, dann entspricht es eben unserer Natur.«

Chuan erkundigte sich fürsorglich, ob Fenn noch etwas trinken wollte. »Wie Sie wissen, versucht die moderne Gesellschaft nicht, das emotionelle Leben der Menschen oder Metamorphe zu unterdrücken«, stellte er klar, nachdem der Servierautomat Fenn ein weiteres Bier gebracht hatte. »Ebensowenig die Natur selbst, Tiere und Pflanzen, alles Lebendige, sofern es keine allzu große Gefahr für die Menschen darstellt. Im Gegenteil, das Leben hat größere Freiheiten und wird stärker gefördert als je zuvor in seiner Geschichte.«

»Vorausgesetzt, es bleibt in den Grenzen dessen, was Sie rational nennen«, fauchte Fenn.

»Sie sind ein intelligenter und gebildeter Mann. Bestimmt glauben Sie nicht, der sophotektische Geist wäre lediglich eine kalte Rechenmaschine.«

»Nein«, räumte Fenn ein, »Sie haben Ihre eigenen Träume und Motivationen, wie auch immer die aussehen mögen.«

»*Wir*?« fragte Chuan leise. »Auch ich bin ein Mensch.«

»Ich weiß, was Sie meinen«, erwiderte Fenn defensiv. »Lassen Sie uns nur die unseren. Welche Bedrohung geht von ihnen aus?«

Chuan schüttelte den Kopf, als wäre er ihm zu schwer geworden. »Ich – wir, wenn Sie darauf bestehen – bitte Sie im Namen der Zivilisation und des Lebens, die sehr reale Möglichkeit zu bedenken, daß Ihr Traum sich in einen Alptraum verwandeln könnte. Wie oft ist das im zufälligen und unkontrollierten Verlauf der Geschichte schon geschehen? Christus predigte die Liebe Gottes, und Christen massakrierten die Ungläubigen und verbrannten Ketzer im Namen dieses Glaubens. Reformer forderten universelle Gleichheit, und Tyranneien entstanden, um diese Gleichheit – angeblich – mit Gewalt durchzusetzen.«

»Sie brauchen nicht fortzufahren«, knurrte Fenn. »Ich kenne die Beispiele. Aber ich weiß auch, daß wir nur deshalb heute hier sind, weil die Leute früher nicht mit dem Zustand ihrer Welt zufrieden waren.«

»Veränderung um der Veränderung willen?« Chuans Tonfall wurde schärfer. »Ist das Ihre Vorstellung von Fortschritt? Ihnen ist doch bewußt, nehme ich an, daß Ihre Lahui Kuikawa aufhören werden, Lahui Kuikawa zu sein, wenn sie eine lebensfähige Zivilisation jenseits der Erde errichten.«

Fenn nickte, froh darüber, eine fertige Antwort auf dieses Argument parat zu haben. »Sicher. Und das akzeptieren wir, so wie ... äh, wie jeder die Tatsache akzeptiert, durch eine große Erfahrung verändert zu werden. Das Problem ist, daß für uns, für alle organischen Lebewesen, lange Zeit keine großen Herausforderungen mehr übriggeblieben sind. Wir müssen unsere eigenen Erfahrungen machen.« Die meisten Leute, die seine Einstellung teilten, hätten es anders formuliert. Aber zu sagen, daß es ihnen um die Möglichkeit ging, mit den Proserpinariern und Sternenbewohnern direkten Kontakt aufzunehmen, hätte nur einen wunden Punkt berührt. Dabei spielte es keine Rolle, Chuan war sich dessen nur zu gut bewußt. Die Frage war öffentlich diskutiert worden, teilweise weltweit, jahrelang. Warum, bei der Flamme, vergeudete der Synnoiont überhaupt Zeit mit Argumenten, die schon lange fadenscheinig geworden waren? »Außerdem würde ohnehin nur eine Minderheit der Lahui die Erde verlassen. Die überwiegende Mehrheit würde in ihrer angestammten Heimat bleiben.«

»Aber kaum unberührt durch die Veränderung.« Chuan suchte Fenns Blick. »Mein Freund – darf ich Sie so nennen, jetzt, da wir offen miteinander reden? –, ich habe Angst vor dieser Zukunft, für die Sie kämpfen wollen. Und so geht es nicht nur mir und dem Cyberkosmos, sondern auch vielen anderen nachdenklichen Menschen. Die Konsequenzen Ihres Vorhabens sind unberechenbar, Konsequenzen für unsere gesamte Rasse, Ihre und meine, die der Lunarier, der Keiki Moana, für alle. Wir haben bereits unter den Auswirkungen der Nachrichten von Alpha Centauri gelitten, auch die Lahui Kuikawa, habe ich recht? Unzufriedenheit, Entfremdung und Rebellion ohne ein klares Ziel waren die Folgen, Verbrechen und *Wahnsinn*.«

Fenn spannte sich innerlich an, um sich der Herausforderung zu stellen. »Lag das nur an den Nachrichten selbst, oder haben sie – und die Frage, wieviel man uns tatsächlich erzählt – nicht eher ein Feuer in uns entfacht, das die ganze Zeit über verborgen in uns gebrannt hat?«

»Sie deuten damit an, daß die Menschheit nicht zur Vernunft fähig ist«, stellte Chuan fest. »Daß eine friedliche, gedeihende, tolerante, gerechte und wunderbar vielschichtige Welt aufgrund ihres natürlichen Charakters für die Menschen unerträglich geworden ist.«

»Also ...«, murmelte Fenn überrumpelt.

»Ich weigere mich, das zu glauben. Weder soziodynamische Theorien noch empirische Fakten zwingen mich dazu. Aber es ist wahr, daß wir Menschen, genetisch betrachtet, noch immer primitive Jäger und Sammler sind, Wilde. Keine wilden Tiere, es wäre einfacher und weniger gefährlich für uns, wenn das zuträfe. Nein, das älteste Haustier ist der Mensch selbst, und er kann genauso verrückt und selbstmörderisch gefährlich wie ein Hund werden, wenn sein Herr es ihm befiehlt. Die Zivilisation ist ein Kunstprodukt, die größte aller menschlichen Errungenschaften – die Erfindungen, Dramen und künstlerische Werke hervorgebracht hat – und zugleich die zerbrechlichste. Belasten Sie sie nicht so stark, bis sie irgendwann zerbricht, Fenn.«

»Wieso sollten wir das tun? Mir scheint, daß wir sie nur erweitern, sie wieder zu den Planeten tragen und auf die Sterne ausrichten.«

»Sie wissen ganz genau, was ich meine. Sie haben es immer wieder gehört. Aber lassen Sie es mich wiederholen. Etwas so Radikales wie Ihr Projekt würde zu viele soziale Gleichgewichte empfindlich stören. Stellen Sie sich beispielsweise nur vor, was die Wiedereinführung der intensiven Raumfahrt oder das Wachstum größerer neuer Industrien für Luna bedeuten würde: den Zusammenbruch kleiner Geschäfte und Unternehmen, die dem Leben so vieler Menschen einen Sinn geben, den Zerfall von Sitten und Traditionen, die ihr kulturelles, miteinander verflochtenes Gerüst bilden. Wirtschaftliche Konkurrenz. Die Ressourcen des Sonnensystems sind immer noch gewaltig, aber weiter verstreut und schwerer auszubeuten als früher. Das Elend derjenigen, deren Bemühungen, an dem Aufschwung teilzuhaben, scheitern werden. Unvorhersehbare neue Ideen, Weltanschauungen, Glaubensrichtungen und Bedürfnisse, von denen sich viele mit Sicherheit als ebenso unerfreulich wie der Kathederismus, Kommunismus, Avantismus und Hunderte andere zu ihrer Zeit erweisen würden. Unmittelbarere Auswirkungen: Wie würden die Lunarier reagieren, auch diejenigen hier auf dem Mars? Nur wenige haben sich bisher vom Irredentismus losgesagt. Was könnten sie tun, wenn sie durch einen blühenden Weltraumhandel und einen wiedererstarkten Planeten auf die Idee kämen, den Mond als ihr rechtmäßiges Erbe zurückzufordern?

Unabhängig davon, ob sie damit Erfolg hätten, stellen Sie sich die unermeßlichen Tragödien vor, die allein der Versuch mit sich bringen würde. Was die Lunarier auf Proserpina betrifft, können wir keinerlei Vorhersagen machen, ebensowenig wie über diejenigen im Centauri-System.

Ich möchte einen weiteren Punkt hervorheben, der kaum jemals diskutiert wird, weil wiederholte Warnungen allgemeine Empörung hervorrufen würden – das Gefühl, gedemütigt worden zu sein – und bestimmte Personen auf schreckliche Weise darauf reagieren könnten. Denken Sie an den Fanatiker, der Ihren Kameraden aus dem Volk der Keiki ermordet hat – ja, wir haben auch hier davon gehört –, und multiplizieren Sie ihn tausendfach.

Unsere Politik wird nicht von Arroganz und Verachtung bestimmt. Der Grund, warum wir die Technologie der feldgetriebenen Raumschiffe vor der Öffentlichkeit zurückhalten, ist der, daß wir noch nach einer Lösung für die Probleme suchen, die sie aufwirft. Sie ist zu gefährlich. Schlimm genug, daß die Proserpinarier sie besitzen.

Ihre Bevölkerung ist relativ klein, und aufgrund der großen Entfernung ist ihr Interesse an uns nicht sonderlich groß. Sollte sich der Feldantrieb im inneren Sonnensystem ausbreiten, Fenn, würde er einen interplanetaren Krieg möglich machen.

Auch in jedem anderen Bereich ist das Kräftegleichgewicht erschreckend empfindlich. Ich beschwöre Sie, bringen Sie es nicht durcheinander.«

Er ließ sich zurücksinken und lächelte reumütig. »Entschuldigen Sie. Ich habe die schlechte Angewohnheit, Vorträge zu halten. Unsere gemeinsame Freundin Kinna Ronay hat mich deswegen schon öfters aufgezogen.«

Fenn ignorierte Chuans Versuch, die Stimmung ein wenig aufzulockern, und richtete die Schultern auf. »Sagen Sie mir eins«, forderte er ihn auf, »will der Cyberkosmos – nun gut, die Synese, die Bevollmächtigten, die Ratsmitglieder und die Ausschüsse, die von den Maschinen beraten werden ... –, hat dieses Gebilde wirklich vor, uns für alle Zeiten in diesem Zustand erstarren zu lassen? Kann es das?«

Chuan breitete die Hände aus. »Nein, nein, auf gar keinen Fall! Das wäre weder wünschenswert noch durchführbar. Aber ebensowenig müssen wir vor dem Chaos kapitulieren. Es ist sogar unsere Pflicht, das nicht zu tun, eine Pflicht, die ich heilig nennen würde.« Fenn erinnerte sich, von Kinna etwas über die religiösen Wurzeln des Synnoionten gehört zu haben. »Lassen Sie mich ganz offen und ehrlich sein. Was Sie und Ihre Partner als Fortschritt bezeichnen, ist tatsächlich das Gegenteil. Bestenfalls, ganz unabhängig von den drohenden Gefahren, würde Ihr Projekt uns auf eine archaische Entwicklungsstufe zurückwerfen. Unsere wahre Zukunft, unsere wahre Evolution, liegt im Wachstum des Intellekts, des Bewußtseins und Geistes.«

»Das sagen Sie«, grollte Fenn. »Scheint mir etwas großspurig zu klingen.«

»Es ist eine Jahrtausendvision, ja. Aber sie gibt einem Kosmos Sinn, der sonst keine Struktur und kein Ziel hätte, und ist das nicht die Aufgabe der Wissenschaft?« Chuan schwieg einen Moment lang. »Aber lassen Sie uns in der Gegenwart bleiben. Ich akzeptiere, daß Sie mit Ihrem Vorhaben die besten Absichten verfolgen, und ich weiß, daß die meisten Marsianer darin eine Hoffnung für ihre Welt sehen. Doch obwohl Sie noch ganz am Anfang stehen, nehmen die täglichen Übergriffe im Dreierreich jetzt schon zu, und es gibt eine direkte Verbindung zu der bloßen Aussicht auf eine Verwirklichung des Deimos-Projekts.«

»Mag sein. Ich möchte mehr darüber in Erfahrung bringen.« Fenn hatte Geschichten über zunehmende Unruhen gehört. Er nahm an, daß sie Auswirkungen auf seine Mission haben könnten.

»Ausgezeichnet.« Chuan nickte ihm beifällig zu. »Verlassen Sie sich nicht auf mein Wort allein. Sehen Sie sich die Nachrichten und Aufzeichnungen an. Sprechen Sie mit informierten Marsianern. Es ist eine Menge passiert, seit Sie das letzte Mal hier waren.«

»Das habe ich vor«, sagte Fenn, »und werde schon bald die erste Gelegenheit dazu haben. Sobald die Arbeit an dem Mondhüpfer begonnen hat und ich nicht mehr vor Ort gebraucht werde, kann ich auf die Einladung von David und Helen Ronay zurückkommen, meine freie Zeit bei ihnen zu verbringen.« Schon die Erwähnung ließ seine innere Anspannung abklingen und Vorfreude aufkeimen.

Chuan schien ebenfalls bereit zu sein, die Spannung abzubauen. »Schön für Sie.«

Das Gespräch verlagerte sich, zuerst auf weitere wichtige Themen, die sie aber nur oberflächlich anschnitten, dann auf eine unverbindliche Plauderei, eine zivilisierte Form des gegenseitigen Beschnüffelns und Umtänzelns, die Menschen nur aus dem einfachen, aber ungemein wichtigen Grund betreiben, um eine freundschaftliche Beziehung herzustellen. Trotzdem fragte sich Fenn immer noch, warum Chuan ihn zu sich gebeten hatte. Es war nichts Neues von beiden Seiten gesagt worden. Bestimmt würde kein Synnoiont, der Zugang zu Sphären und Informationen hatte, die das Verständnis eines Normalsterblichen bei weitem überschritten, mehrere Stunden nur für eine leere Geste vergeuden.

Er schafft sich eine Art Ausgangsbasis, vermutete Fenn mit einem inneren Frösteln. Er bereitet mich auf irgend etwas vor – auf eine subtile Art, die ich nicht durchschauen kann, die nur er versteht –, und durch mich alle

Lahui, vielleicht sogar alle Menschen überall im Sonnensystem. Er legt den Grundstein für irgend etwas, das Jahre, Jahrzehnte oder Jahrhunderte in der Zukunft liegt, damit wir es, wenn der Tag kommt, so hinnehmen, wie das Terrabewußtsein es von uns erwartet.

Trotz erwachte in ihm. Nun, es muß nicht wie geplant funktionieren, dachte er. Es wird, verdammt noch mal, nicht funktionieren, worin auch immer der Plan besteht.

Die geschrumpfte Sonne sank dem westlichen Horizont entgegen. Schatten machten sich im Crommelin-Becken breit, wie eine Flut, die die Türme der Stadt umspielte. Fenn verabschiedete sich.

»Richten Sie den Ronays herzliche Grüße von mir aus«, sagte Chuan. »Ganz besonders Kinna.« Und verborgen hinter seinem Lächeln, hinter seinen Augen, erahnte Fenn etwas von dieser unermeßlichen Traurigkeit, von der Kinna gesprochen hatte.

Ein Summen und Zittern lief durch den Flitzer, als der Teibstoffzellenantrieb zum Leben erwachte. Die Maschine rollte die Startbahn entlang, breitete riesige Flügel aus, öffnete die großen Luftansaugöffnungen und hob mit einem Satz ab. In fünfhundert Metern Höhe beendete sie den Steigflug und ging auf Westkurs.

David Ronay ließ sich in seinen Sitz zurücksinken. »Jetzt können wir uns entspannen«, sagte er. »Fast drei Stunden bis nach Sananton, wie Sie sich vielleicht noch erinnern.« Er war ein Mann von durchschnittlicher marsianisch-terranischer Gestalt, was ihn nach irdischen Maßstäben groß und schlank machte, mit einem schmalen und ebenmäßigen Gesicht unter grauem Haar. Auf der Brust seines schlichten Overalls glänzte ein Abzeichen, ein aus Felskristall herausgeschnittener Stern. Es hatte keine besondere Bedeutung, vermittelte aber unaufdringlich eine bestimmte Geisteshaltung, die Hoffnung und Trotz ausdrückte. Immer mehr dieser Abzeichen waren überall auf dem Planeten zu sehen, vermehrten sich auf die geheimnisvolle Art und Weise, wie das bei Symbolen stets der Fall war.

»Entspannen?« fragte Fenn, der im Sitz neben David saß. »Nicht gerade die einfachste Übung.«

»Nein, Sie haben furchtbar hart gearbeitet, nicht wahr? Nun, wir werden schon dafür sorgen, daß Sie Ihre Spritztour zum Deimos gestärkt und ausgeruht antreten. Schon eine Vorstellung, wann es soweit ist?«

»Wie es aussieht in rund einer Woche.«

»Besuchen Sie uns wieder, wenn Sie damit fertig sind, falls Sie dann noch etwas Zeit haben.«

»Danke. Ich würde gern für ein oder zwei Tage kommen, aber dann muß ich wieder los, um mir noch ein paar Orte anzusehen und mich mit noch mehr Leuten zu treffen, genau wie beim letzten Mal. Bei der Gelegenheit möchte ich mich auch für Ihre Hilfe bedanken, für die Vorräte und Ausrüstung und dergleichen.«

»Nicht der Rede wert, wenn man bedenkt, was Sie für uns tun.«

»Vorausgesetzt, alles läuft nach Plan.«

David warf Fenn einen kurzen Blick zu. »Glauben Sie, daß sich Deimos als geeignet herausstellen wird?«

»Oh, ich bin ganz zuversichtlich. Wir wissen bereits, welche Materialien es dort gibt und wo wir die anderen benötigten Substanzen herbekommen können. Das gleiche gilt für den Mars selbst. Was ich jetzt noch in Erfahrung bringen muß, sind die exakten Daten, die Details.«

»Vorsichtig, ich habe vor, Sie darüber auszuquetschen. Meine entsprechenden Kenntnisse sind sehr vage, wie die der meisten Marsianer.« David schnalzte mit der Zunge. »Ironisch, nicht wahr? Für uns hier draußen, wo nur ein Raumschiff pro Jahr landet, ist der Weltraum abstrakter und weniger real als für den durchschnittlichen Erdenbewohner, der wenigstens den regelmäßigen Verkehr zwischen der Erde und Luna erlebt.«

»Trotzdem haben Ihre *po'e* ... Ihre Leute den Plan, Deimos in ein Habitat zu verwandeln, sehr schnell erfaßt. Und Sie befürworten ihn noch immer, oder?«

»Unbedingt. Wenn sich überhaupt etwas verändert hat, dann ist die Zustimmung seit Ihrem letzten Besuch noch gewachsen.«

»Aber ich habe auch von Problemen gehört«, sagte Fenn. »Nicht technischer Art. Soziale, ökonomische, politische ... die Sorte von Unfug, von der *ich* keine Ahnung habe, wie man etwas Nützliches daraus machen kann.«

David verzog leicht das Gesicht, beschloß offensichtlich aber, keinen Anstoß an der abfälligen Bemerkung zu nehmen. »Überlassen Sie das meinen Kollegen und mir. Bringen Sie nur Ihre Investoren und Ihre Organisation zusammen, und sagen Sie uns, daß Sie bereit sind, mit der Arbeit zu beginnen. Ich kann Ihnen garantieren, daß die Republik sich dann dafür aussprechen wird, Ihr Projekt zu genehmigen und zu unterstützen. Wie Sie wissen, ist das für uns die Chance, das zu bleiben, was wir sind, unsere gesamte Gesellschaft in dieser Form zu erhalten.« Und als Gegenleistung für die marsianische Hilfe, Wasser von den Kometen für den Planeten zu bekommen. »Ich gebe zu, daß die langfristigeren Pläne, die Umwandlung des gesamten Planeten, noch umstritten sind, was allerdings mehr an der Frage nach ihrer Durchführbarkeit als an prinzipiellen Einwänden liegt. Aber diese Entscheidung werden unsere Enkel treffen.«

»Vielleicht wird es sie nicht mehr interessieren.«

»Häh? Oh, weil eine neue Technologie von den Sternen alles verändern und unsere heutigen Sorgen bedeutungslos machen könnte? Ja, das wäre möglich.« David schwieg einen Moment lang. »Was unsere Generation tun muß, ist, diese Option für unsere Nachfahren offenzuhalten.«

Fenn nickte. »Das System abschütteln.«

Wieder musterte David den großen Mann von der Erde eine Weile schweigend, bevor er bedächtig antwortete. »Nein. Jedenfalls nicht auf die Art, an die Sie anscheinend denken. Die Synese ist nicht unser Feind. Wir sind ein Teil von ihr. Und ich bin mir sicher, Sie erinnern sich, daß der Synnoiont Chuan ein persönlicher

Freund unserer Familie ist. Er und ich, wir haben öfter an einem Strang gezogen, als daß wir gegensätzlicher Meinung waren. Wenn wir Kontroversen austragen, dann auf eine zivilisierte Art und Weise.«

Fenn errötete. »Natürlich, natürlich! Ich meine seine ablehnende Haltung gegenüber dem Deimos-Projekt, überhaupt gegenüber der Idee, daß organisches Leben ernsthaft ins All zurückkehrt, ganz zu schweigen davon, den Mars in eine neue Demeter zu verwandeln. Kennen Sie den Grund dafür? Er redet und redet über Dinge wie Destabilisation, wie viele andere auch, aber es bleibt so nebelhaft wie der Schweif eines Kometen.«

»Der aus der Entfernung gesehen hell und klar sein kann«, erwiderte David. »Ich muß allerdings gestehen, daß er seinen Standpunkt auch nicht zu meiner Zufriedenheit erklärt hat. Niemand hat das bisher getan. Vielleicht kann der Cyberkosmos das gar nicht, vielleicht ist das Thema zu komplex, zu tiefgründig für menschliche Gehirne. Keine Angst, ich bin nicht davon überzeugt, wie die wenigsten von uns Marsianern. Aber wir haben bestimmte dringende Sorgen, bei denen wir und Chuan den gleichen Standpunkt beziehen.«

Fenn spannte sich in seinem Sitz an. »Welche sind das?«

»Sie müssen davon gehört haben, in groben Zügen. Die Proserpinarier. Wir Terraner hegen ein tiefes Mißtrauen gegen sie, und das entfernt uns mehr als jemals zuvor von unseren lunarischen Nachbarn. Wir wissen, daß die Proserpinarier die Geschehnisse auf dem Mars seit Jahren beeinflussen, und wir glauben, daß dieser Einfluß zunimmt, auch wenn wir keine Ahnung haben, wie stark, wie subversiv und wie weit verbreitet er ist, wie wichtig wir ihn nehmen müssen.« David hob eine Faust. »Wir haben nicht vor, uns von ihnen für ihre eigenen Ziele einspannen zu lassen, wie zum Beispiel für die Rückeroberung Lunas. Seit kurzem liegen uns Indizien vor, Erkenntnisse über eine Verschwörung und Aufwieglung der Lunarier im Dreierreich durch die Proserpinarier. Sie erinnern sich, die lunarischen Städte in der

Tharsis, die die Gesetze der Republik nie anerkannt haben und sich ihnen nur unter Protest fügen, wenn überhaupt. Robotische Instrumente haben Raumfahrzeuge entdeckt, bei denen es sich um Schiffe mit dem neuen Feldantrieb handeln muß, die in dieser Region gelandet oder gestartet sind. Nur selten, aber auch drei oder vier Besuche sind schon zuviel.«

»Hat irgend jemand diese Schiffe direkt gesehen?« erkundigte sich Fenn.

»Also ... nein, zumindest niemand, den ich kenne. Wir verfügen über kein richtiges Raumflugüberwachungssystem, wie Sie wissen. Auch Aufklärungsflüge oder unsere wenigen Beobachtungssatelliten haben nichts gefunden. Aber es wäre nicht schwer, die Raumschiffe auf dem Boden zu tarnen, so schlecht wie unsere Ordnungskräfte für solche Aufgaben ausgerüstet sind. Es würde schon ausreichen, die Schiffe mit Staub zu bedecken, um sie wie Wanderdünen aussehen zu lassen. Außerdem, die offene Aggressivität der Proserpinarier, wie zum Beispiel ihr Versuch, eine Solarlinse zu kapern ...«

»Eine weitere Geschichte, die Ihnen der Cyberkosmos aufgetischt hat«, unterbrach ihn Fenn. »Woher wissen Sie, daß sie stimmt?«

»Weil ... warum sollte der Cyberkosmos lügen?«

»Wer weiß? Wozu sollte er diese Station auf dem Pavonis bauen, nicht nur ein Beobachtungsknoten, sondern ein Datenspeicherzentrum, und sich weigern zu verraten, um welche Daten es sich handelt?«

»Das ist nicht der Fall. Astronomen können auf die Daten der Einrichtung zurückgreifen und tun es auch. Einige haben die Station sogar persönlich aufgesucht, um mit den dortigen Instrumenten zu arbeiten.«

»Aber ein großer Bereich der Daten bleibt ihnen und allen anderen verschlossen, richtig?«

»Stimmt. Der Cyberkosmos hat das gleiche Recht, Informationen zurückzuhalten, wie es auch menschliche Wissenschaftler haben, bis sie sich sicher sind, was ihre Beobachtungen bedeuten.«

»Es geht hauptsächlich um Daten der Solarlinse, nicht wahr? Seither sind schon etliche Jahre vergangen, oder? Ich dachte, das Terrabewußtsein wäre angeblich in der Lage, alle möglichen Informationen sofort zu interpretieren.«

David seufzte. »Diese Diskussion wird allmählich sinnlos – und ärgerlich, was noch schlimmer ist. Bitte, hören Sie mir zu. Die ganze Angelegenheit ist von äußerster Wichtigkeit für Sie. Sie können Deimos wohl kaum in ein Habitat verwandeln, wenn der Mars unter Ihnen explodiert, oder?

Dürfen wir einfach tatenlos herumsitzen, während sich die Situation ernsthaft verschlechtert? Ich gehöre zu denjenigen, die zu der Erkenntnis gelangt sind, daß die Republik die Kompromißlosigkeit des Dreierreichs nicht länger tolerieren kann. Wir sollten eingreifen, solange es noch ohne Blutvergießen möglich ist, die Städte besetzen, die Inrai-Banditen von ihren Nachschubquellen abschneiden und herausfinden, was dort sonst noch alles passiert ist. Es wird nicht leicht werden, diese Entscheidung zu treffen und umzusetzen, besonders angesichts der lunarischen Delegierten im Haus Ethnoi, aber ich glaube, daß diese Maßnahmen unbedingt nötig sind. Chuan ist der gleichen Meinung. Wir werden seine Hilfe und die des Cyberkosmos benötigen, zusammen mit der Billigung der Synese. Nein, das System ist nicht unser Feind.«

Fenn schwieg und starrte durch das Cockpitfenster. Sie hatten die dunkle Wüstenei von Margaritifer Sinus erreicht, die sich starr und unaussprechlich kalt unter ihnen erstreckte. Selbst in diesen niedrigen Breitengraden der wärmeren südlichen Hemisphäre benötigte der Frühling lange, sich aus den Klauen des Winters zu lösen.

»Kein Blutvergießen?« fragte er schließlich. »Sind Sie sich da sicher? Ich habe einige Ihrer Lunarier kennengelernt.«

»Ich kenne mehr«, gab ihm David zu bedenken. »Es besteht Anlaß zur Hoffnung. Die Städte werden nicht mobilmachen, um gegen uns zu kämpfen. Oh, sie werden furchtbar wütend sein, auf ihre eisige Art. Die Inrai könnten einige neue Rekruten bekommen. Die heimliche Unterstützung für sie könnte durchaus weitergehen, obwohl der Nachschub nicht mehr so umfangreich wie jetzt sein dürfte. Wahrscheinlich werden sie in der Wildnis herumziehen und versuchen, unseren regionalen Bodenverkehr völlig zu unterbinden, und das könnte zu einigen bewaffneten Zusammenstößen führen, bei denen es Tote gibt. Aber wie bedauerlich das auch sein mag, letztendlich wird es keine große Rolle spielen. Wir werden weiterhin die Luftwege kontrollieren. Ich glaube nicht, daß wir die Inrai jagen und zur Strecke bringen müssen. Nichts dergleichen. Sollen sie sich in ihre Verstecke verkriechen. Irgendwann, vielleicht noch nicht in der nächsten Generation, werden sie die Sinnlosigkeit ihres Tuns einsehen und damit aufhören.« Er lächelte freudlos. »Dank Chuan, der eine Langzeitprognose über die Situation erstellt hat.«

»Während dieses langen Zeitraums werden aber auch Unzufriedenheit und Unglück weiterbestehen«, warf Fenn ein.

»Ich hatte nicht den Eindruck, daß Sie sich übermäßig von Mitleid leiten lassen.«

»Das tue ich auch nicht. Aber einige Leute verdienen Mitgefühl.«

»Sie meinen Kinna, nicht wahr?« fragte David langsam.

»Häh?« entfuhr es Fenn überrascht.

»Ich weiß, daß sie sich wegen ihrer lunarischen Freunde – von denen einige im Dreierreich leben, wie ich vermute – hin- und hergerissen fühlen wird. Und ich weiß, das Sie und meine Tochter ... eine hohe Meinung voneinander haben.«

»Wir sind in Verbindung geblieben«, murmelte Fenn.

»Nun, sie ist ein tüchtiges und vernünftiges Mädchen. Wenn irgend etwas getan werden mußte, war sie immer bereit, es zu erledigen. Machen Sie sich wegen ihr keine übermäßigen Sorgen.«

»Äh, wird sie … äh, da sein?« Sie war während der letzten Tage mit wichtigen Feldstudien beschäftigt gewesen und hatte sich nicht mit Fenn treffen können.

David grinste. »Versuchen Sie mal, sie davon abzuhalten! Als ich sie angerufen habe, um ihr mitzuteilen, daß wir heute nach Sananton fliegen, hat sie geschimpft, ich hätte ihr früher Bescheid sagen sollen, und ich mußte ihr erklären, daß wir beide nicht wußten, wann Sie Zeit für Ihren Besuch haben würden. Sie möchte Sie wieder auf dem Planeten herumführen, sobald Sie Ihre Deimos-Mission beendet haben.«

Sein Grinsen verblaßte, während er den Mondbewohner aus den Meeren der Erde nachdenklich betrachtete. Dann fuhr er äußerst behutsam fort: »Bitte, mißverstehen Sie mich nicht. Ich halte Sie für einen ehrenhaften Mann. Aber ich bitte Sie, auch meine Tochter nicht mißzuverstehen. Sie sind ein Fremder auf dieser isolierten Welt. Ihnen ist vielleicht nicht bewußt, wie intensiv unsere Gefühle in gewissen Belangen sind. Für uns Terraner ist die Familie zur Ausgangsbasis der Gesellschaft geworden. Wir gehen mit unseren verwandtschaftlichen Beziehungen nicht leichtfertig um. In diesem Punkt sind wir kaum einmal impulsiv. Meine Tochter kann ohne Einschränkungen mit jedem umherziehen, mit dem sie will, weil jeder, der sie kennt, weiß, daß sie eine von uns ist.«

Fenn verschluckte die spontane Antwort, die ihm auf der Zunge lag. Der Flitzer schoß weiter leise dröhnend über der Wüste dahin.

»*Muy bien*«, sagte er schließlich. »Ich nehme das als einen freundschaftlichen Rat an. Aber er wäre nicht nötig gewesen.«

Vielleicht war er das doch. Fenn konnte es kaum noch erwarten, Kinna wiederzusehen.

Wie so oft um die Zeit des marsianischen Äquinoktiums kam es fast überall auf dem Planeten zu einer längeren Periode ruhigen Wetters. Kein Wind wirbelte den Staub auf dem Boden auf, und der in der Atmosphäre schwebende konnte herabsinken. Der Himmel wurde klar. Bei Nacht leuchteten die Sterne fast so zahlreich, farbig und kristallklar wie im Weltraum. Tagsüber reichten die Farbtöne des Himmels von Pfauenblau über dem Horizont bis zu Indigoschwarz im Zenith. Langgezogene Eiskristallwolken reflektierten die Strahlen der kleinen Sonne. Farben glühten, wo Felsblöcke, Dünen, Krater und Hügel aus messerscharf abgezirkelten Schatten hervorragten.

Kinna führte Fenn über Wege, die sie zuvor noch nicht gegangen waren, durch den Morgen. Ohne sie hätte er schon nach kurzer Zeit die Orientierung verloren und wahrscheinlich lange umherirren müssen, um den Rückweg zu finden, denn hier gab es keinen festen Pfad, und dies war auch nicht Luna, wo Fußspuren Jahrtausende oder gar Jahrmillionen unverändert überdauerten. Kinna jedoch schien jeden Felsen, jede Grube, jeden Riß und jede Erhebung zu kennen. Sie stiegen den Hang im Zickzack in nordwestlicher Richtung hinauf, bis sie sich hoch über Sananton befanden, auch wenn der Eos-Grabenbruch noch nicht in Sicht kam. Als sie die Hügelkuppe erreicht hatten, umrundete Kinna einen Felsvorsprung. Fenn folgte ihr und fand sich auf einem halbkreisförmigen Sims mit einem Durchmesser von rund fünf Metern wieder, der von niedrigen Klippen eingerahmt wurde. Nach Süden hin fiel ein geröllübersäter Hang steil ab. Darunter erstreckten sich die Plantagenfelder – um diese Jahreszeit hauptsächlich schwarz und weiß, von Versorgungswegen durchschnitten und mit den Kuppeldächern der Kontroll- und Lagergebäuden gesprenkelt, die in der Sonne glänzten, als wären sie poliert worden – bis zum roten Saum der Wüste.

Kinna strahlte. »Mein privater Garten, von dem ich dir erzählt habe«, verkündete sie.

»Er ist hübsch«, erwiderte Fenn unbeholfen. Was er sah, erschien ihm genauso öde und farblos wie die Kulturpflanzen der Plantagen. Stengel und Stiele, dürre Zweige, ledrige Halbkugeln, fest zusammengerollte Blätter. Es wäre interessanter gewesen, wenn er irgend etwas von metamorphischer Botanik verstanden hätte. Allerdings konnte er die säuberlichen Reihen und die rührend anmutenden Miniterrassen würdigen. »Eine beachtliche Leistung, so einen Garten anzulegen. Hast du das wirklich alles allein gemacht, nur in deiner Freizeit hier zu Hause während des letzten ... äh, Jahres?« Es waren zwei irdische Jahre seit ihrem letzten Spaziergang verstrichen.

»Also, ich habe mir natürlich ein paar Maschinen für die grobe Arbeit ausgeborgt.« Sie wandte den Blick ab. Ihre Stimme wurde leiser. »Ich glaube nicht, daß ich es in unserer ... Korrespondenz erwähnt habe, aber die Idee dazu stammt eigentlich von dir. Du hast mir erzählt, daß die Lahui überall auf ihren Schiffstädten und Seeflugplätzen Blumen, Ranken und Bäume haben, und wie gut dir diese Pflanzen gefallen.«

»Es muß schön aussehen, wenn alles blüht«, war die beste Antwort, die ihm einfiel.

»Das denke ich auch, aber ich bin natürlich voreingenommen. Dies ist ein guter Standort. Die Felswände bieten Schutz vor den Stürmen und strahlen Wärme ab, deshalb kann ich Vanadia pflanzen, das herrlichste Blau, und es scheint, als würde auch die Feuerblume wachsen, und die robusteren Pflanzen gedeihen ganz prächtig, mit ihren eigenen Farben ...« Sie lachte. »Vergiß die Aufzählung. Komm einfach das nächste Mal im Sommer und sieh es dir selbst an. Bis dahin müßte ich viel mehr geschafft und mich um das gekümmert haben, was ich bis jetzt vernachlässigt habe, die armen Dinger ...«

Ja, dachte er, bis dahin müßte sie ihr Studium beendet haben und wieder nach Sananton zurückgekehrt sein. Jetzt hatte sie ihr Studium erneut unterbrochen, um bei ihm sein zu können.

»Könntest du nicht ein oder zwei Roboter darauf programmieren, sich während deiner Abwesenheit um den Garten zu kümmern?« fragte er. Aufblitzende Lichtreflexe in den Feldern unter ihnen verrieten, wo die Maschinen ihren Aufgaben nachgingen.

Kinna schüttelte den Kopf. Die braunen Locken tanzten in ihrem Helm. »Nein, dann wäre es nicht mehr *mein* Garten. Ich meine, das wäre so, als ... als würde ich einen Roboter für meine Kinder sorgen lassen. Nur daß es ein Sophotekt sein müßte, um mit den Streichen klarzukommen, die sie sich bestimmt ausdenken würden. Aber auch die liebenswerteste Maschine mit dem weichsten und flauschigsten Pelz wäre nicht ich.«

Streiche, ja, zweifellos, dachte Fenn. Ihre Kinder werden unglaublich klug und lebhaft sein, wenn sie den richtigen Mann findet.

Auf einem der Felsen tauchte ein Objekt auf. Es glänzte in leuchtenden Emaillefarbtönen. Einen Moment lang hockte es geduckt da, dann schnellte es los, landete auf einer Terrasse und hüpfte auf die Menschen zu. Es erinnerte entfernt an einen Grashüpfer und maß, auf den Hinterbeinen stehend, etwa vierzig Zentimeter, hatte einen großen Kopf, riesige Augen und gazeartige metallische Flügel.

»Da ist ja Taffy!« rief Kinna. »Hallo, Kleines! Komm zu Mama!« Der Hüpfer sprang in ihre ausgebreiteten Arme und wand sich ausgelassen. Seine Flügel vibrierten, die Hände an seinen vorderen Gliedmaßen krallten sich in ihren Schutzanzug. Fenn hörte die Stimme des Dings über Funk zirpen. Kinna liebkoste es und gurrte mit schmelzender Stimme, dann sah sie zu Fenn auf und lachte. »Ich vergesse meine Manieren. Fenn, ich möchte dir Taffimai Metallumai vorstellen. Auf ihre flatterhafte Art ist sie ein liebes Ding. Taffy, das ist Fenn. Er ist auch ein netter Kerl, auf seine schroffe Art.«

»Äh, *hola*«, grüßte Fenn so feierlich, wie er konnte. »Das ist ein ungewöhnlicher Name.«

»Ich bin durch das Abspielen eines alten Buchs darauf gekommen«, erklärte Kinna. »Er bedeutet ›kleine Person ohne jegliche Manieren, der man den Hintern versohlen sollte‹.«

»Ein Roboter?«

»Ja, natürlich. Kein Tier von dieser Größe könnte im Freien überleben. Noch nicht.«

Fenn nickte. Die »Augen« waren Optiken und die

»Flügel« Energiekollektoren. Er vermutete, daß die Pseudokreatur die meiste Zeit schlief, während sich ihre Energiespeicher aufluden. Oder zapfte sie zusätzlich die Energiezentren in den Feldern an oder fraß bestimmte Pflanzen, um Treibstoffzellen aufzufüllen? Der Bedarf eines einzelnen Exemplars wäre vernachlässigbar gering. Wie auch immer, die Algorithmen, die den Roboter steuerten, mußten ziemlich kompliziert sein und die Fähigkeit besitzen, zu lernen und flexibel auf wechselnde Situationen zu reagieren. Vielleicht verfügte er sogar über ein nonalgorithmisches Quantenelement, was ihn technisch gesehen zu einem Sophotekten machen würde, auch wenn ein elektrophotonisches System dieser Größe nicht intelligenter als beispielsweise ein Hund sein konnte.

»Du hast wahrscheinlich von den wilden Robotern gehört, die von einigen Lunariern hergestellt und dann zur Jagd freigelassen werden«, fuhr Kinna fort. »Ich habe Onkel Chuan gegenüber einmal erwähnt, wie schön es wäre, ein kleines und gutmütiges Exemplar dieser Sorte zu haben, das mir hier draußen, wohin mir die Katzen nicht folgen können, Gesellschaft leisten kann. Das heißt, sie könnten schon, aber sie hassen Schutzanzüge. Er hat das hier für mich bauen lassen, als Geburtstagsgeschenk.«

Sie benötigt keine Gesellschaft, dachte Fenn, sie braucht nur ein Ventil für ihre Liebe, von der sie jede Menge hat.

Taffimai Metallumai zappelte ruhelos in ihren Armen. »Schon gut, lauf«, sagte Kinna und ließ das Kunstgeschöpf los.

Es hüpfte davon, blieb auf einer Terrassenstufe sitzen, wo es die Menschen aufmerksam – neugierig? – beobachtete. Kinna lächelte und beachtete es dann nicht weiter.

Sie ist nicht verliebt in diese Maschine, dachte Fenn, nicht mehr als ich in das Raumschiff, das *ich* zum Deimos fliegen werde. »Das war nett von Chuan«, sagte er.

»Er ist ein Schatz«, murmelte Kinna.

»Hmm-hmm, du mußt es ja wissen. Für mich ... aber lassen wir das.«

Ihre Fröhlichkeit erhielt einen Dämpfer. »Er muß seine Pflicht tun, so wie er sie sieht«, sagte sie besorgt. »Müssen wir das nicht alle?«

»Einige Leute haben sich die falschen Pflichten ausgesucht«, fauchte Fenn und bedauerte seinen Ausbruch sofort wieder.

»Oh.« Kinna schwieg einen Augenblick. »Du denkst an diese Fanatiker ...« Sie streckte eine Hand in seine Richtung aus, hielt dann aber inne, ohne ihn jedoch zu berühren. »Fenn, ich konnte dir nie sagen, wie leid es mir getan hat, als ich von der Ermordung deines Freundes erfahren habe. Wie leid es mir auch jetzt noch tut. Ich weiß immer noch nicht, wie ich es ausdrücken sollte. Ich habe geweint, aber was hilft das schon?« Sie blinzelte heftig. Das Sonnenlicht ließ die Tränen glitzern, die plötzlich an ihren Wimpern hingen.

»Ich danke dir trotzdem.« Wie steif das klang. »Ich verstehe, was du meinst.« Ich hoffe es. »Das ist sehr lieb von dir.«

»Eigentlich nicht. Aber ich mache mir Gedanken um dich, eine Menge Gedanken.« Diesmal dauerte das Schweigen länger, bis sie ein Lächeln und einen fröhlicheren Tonfall zustande brachte. »Das sollte ich auch, nach allem, was ihr für uns tun werdet, du und deine Leute.«

Fenns Stimmung, die sich so abrupt verdüstert hatte, hob sich nicht so leicht wieder. »Wenn man uns läßt.«

Kinnas große graue Augen ruhten traurig auf ihm. »Also sind wir wieder bei Chuan angelangt, ja?«

»Nicht bei ihm persönlich«, schränkte Fenn hastig ein. »Es ist das System, das uns innerhalb seiner Grenzen halten will.«

Sie ging nicht auf sein Angebot ein, die Verantwortung zu verlagern, und richtete sich gerade auf. »Er dient dem System«, erklärte sie. »Er ist ein fester Bestandteil des Systems.«

»Ich wollte das nicht näher erörtern.« ***

»Aber ich möchte keine Lügen und Ausflüchte zwischen uns.«

»Ich auch nicht.«

Wieder machte sich Schweigen breit, eine gegenseitige Verunsicherung und Schüchternheit, auch auf Fenns Seite.

»Laß uns offen reden und diese Sache ein für allemal klären«, sagte Kinna nach einer Weile. Sie sprach jetzt, ohne zu zögern. »Hast du jemals in Betracht gezogen, daß wir, unser Standpunkt, unsere Ziele falsch sein könnten? Daß wir vielleicht auf unverantwortliche Weise mit dem Leben von Abermillionen Menschen spielen, die nie darum gebeten haben, Figuren in unserem Spiel zu sein?«

Fenn überlegte sich seine Antwort. Es wäre dumm von ihm gewesen, etwas wie »zum Teufel mit ihnen« zu sagen, eine Bemerkung, der er sich selbst schämen würde, hier, in Kinnas Gegenwart. »Ich wäre eher bereit, das zu akzeptieren, wenn man mir die Spielregeln erklären würde«, stellte er fest.

»Du meinst ... Oh, natürlich. Du denkst, wir hätten ein Recht auf mehr Informationen und Argumente, als man uns gegeben hat.«

»Man verlangt von uns, dem Cyberkosmos ... nein, der Synese zu vertrauen. Unseren menschlichen Vertretern, Ratsmitgliedern und Administratoren, die diese Positionen innehaben, weil *sie* dem Cyberkosmos vertrauen. Man sagt uns, er wüßte es am besten. Seine Datenverarbeitungskapazität, seine Analysen, seine eingebaute Vernunft und vor allen Dingen sein allwissendes und moralisch makelloses Terrabewußtsein ... das sind Dinge, denen wir organische Geschöpfe einfach nichts entgegenzusetzen haben. Wir sollen in unserem gemütlichen Laufstall bleiben und ihm alle wichtigen Entscheidungen überlassen.«

»Nein. Wir sollen erwachsen werden.«

Fenn sah sie an, die Augen im hellen Licht zu schmalen Schlitzen zusammengekniffen. »Das glaubst du selbst nicht, oder?«

Sie senkte den Blick und verknotete die Finger. »Ich weiß es nicht«, flüsterte sie. »Ich bin mir nicht sicher. Onkel Chuan, er hat mir von der Vergangenheit und unserer derzeitigen Metastabilität erzählt ...«

»Er hat nicht genug erzählt.«

Kinna hob den Kopf und sah ihm wieder in die Augen. »Du meinst die ... vertraulichen Informationen?«

Er nickte heftig. »Als Einstieg, ja. Es geht um mehr als nur um Daten, aber das wäre ein Anfang. Zum Beispiel die Daten über die feldgetriebenen Raumschiffe oder diese mysteriöse Entdeckung, die eine Solarlinse angeblich gemacht hat.«

Vier einzelne Tränen rollten über Kinnas Wangen. »Fenn, ich habe es dir schon einmal gesagt, irgend etwas an diesen Dingen bereitet ihm großen Kummer ... Manchmal habe ich furchtbare Angst.«

Fenn ballte beide Hände zu Fäusten. »Ist es nicht besser, unsere Ängste offen darzulegen? Damit wir uns ihnen selbst stellen können.«

»Ja.« Kinna drehte den Kopf zur Seite und sah zu Taffimai Metallumai hinüber. Sie lächelte ein wenig, als schöpfte sie neuen Mut aus dem Anblick des glänzenden Roboters, wandte sich wieder Fenn zu und sagte: »Versteh mich nicht falsch, ich habe immer wieder mit Chuan über diese Dinge diskutiert. Ich hätte ihn sogar stärker bedrängt, aber ich kann es nicht ertragen, ihm weh zu tun. Deshalb wenden wir uns dann meistens nach kurzer Zeit wieder angenehmeren Themen zu oder hören gemeinsam ein Musikstück oder so etwas. Er hat mich nachdenklich gemacht aber nicht überzeugt. Ich stehe auf deiner Seite.«

»Ich glaube dir«, sagte Fenn leise.

Sie errötete. »Danke. Das Problem«, fuhr sie hastig fort, »die Gefahr, wenn es denn eine gibt, geht nicht vom Cyberkosmos aus. Er ist kein Diktator oder Unterdrücker. Unsere wahren Gegner – vielleicht sogar Feinde – sind Menschen.«

»Wahrscheinlich«, erwiderte er ausweichend. »Einschließlich diejenigen, die den Cyberkosmos hassen.«

Sie legte ihre Hand in die seine. Eine Weile standen sie einfach nur schweigend da und gedachten He'o.

»Zum Teufel damit«, sagte er schließlich. »Chuan hat recht, was diesen Punkt betrifft. Wir Menschen sind Experten darin, uns gegenseitig Schwierigkeiten zu machen. Wie die Proserpinarier und euer Dreierreich.« Fast im gleichen Moment verfluchte er sich dafür, das Thema erneut angeschnitten zu haben.

Kinna zuckte zusammen, ließ seine Hand aber nicht los, und ihre Stimme blieb sachlich. »Ja, jetzt sind auch Dad und ich uns uneinig. Obwohl wir uns nicht streiten.«

»Ihr habt euch darauf geeinigt, euch nicht zu einigen.« Das war unverkennbar gewesen, nach allem, was er in ihrem Haus beobachtet hatte. »Ich schätze, du persönlich bist nicht der Meinung, das Dreierreich sollte ... äh, in einen vernünftigen Orbit gebracht werden?«

»Nein. Wie würde es uns gefallen, wenn sie uns in den ihren ziehen würden?«

»Aber du entschuldigst nicht die Zerstörungen und die Raubüberfälle, oder? Ich habe auch von Morden gehört.«

Sie zog ihre Hand zurück. »Natürlich nicht!« protestierte sie. »Wer tut das schon? Die Vorfälle sind provoziert worden, aber selbst den Inrai – abgesehen von ein paar, die ein hitziges Gemüt haben – gefällt das alles nicht, und Scorian hat die wenigen anderen recht gut unter Kontrolle ...«

Fenn nickte steif. Als Polizist hatte er selbst solche Leute kennengelernt. Pedro Dover war kein Einzelfall. Einige schafften es einfach nicht, sich zivilisiert zu verhalten; ihre DNS stand ihnen im Weg.

Flüchtig ging ihm der Gedanke durch den Kopf, daß er zu einem gewissen Grad vielleicht selbst zu dieser Gruppe gehörte, aber er hatte diese gewalttätigen Impulse immer in eine andere, in eine ungefährliche Richtung gelenkt. Oder? Der Trick bestand darin, den Situationen, die dazu führen konnten, daß das innere Gleichgewicht des geborenen Wilden aus den Fugen geriet, nach Möglichkeit aus dem Weg zu gehen, Wachsamkeit und Stärke zu bewahren, um der Versuchung zu widerstehen.

»Nein, ich möchte nicht, daß die Knochen meines *trouvours* Elverir in der Wüste bleichen«, sagte Kinna.

Fenn wußte, daß er kein allzu großes Bedauern darüber verspüren würde, und erkannte gleichzeitig, wie unvernünftig dieses Gefühl war. Welchen Anspruch hatte er schon?

Kinna beruhigte sich wieder. »Den echten Inrai und ihren Unterstützern geht es nur um das, was sie unter Freiheit verstehen. Sie könnte eine völlig andere Form als alles andere annehmen, was wir bisher kennen. Wenn wir irgendwie Frieden mit ihnen schließen könnten ... Ich habe dir schon gesagt, daß die Landesfürsten der Tharsis an eurem Projekt genauso interessiert sind wie die anderen Lunarier, und daß sie die Proserpinarier vielleicht zu uns zurückbringen könnten.«

Obwohl es Fenn widerstrebte, ihren wiederaufkeimenden Optimismus abzuwürgen, trieb ihn irgendein obskurer Drang dazu – vielleicht ein Rest von Gereiztheit, dachte er später unbehaglich – zu sagen: »Mit unvorhersehbaren Folgen, sollte es überhaupt dazu kommen. Der Cyberkosmos möchte es nicht. Die Synese würde es nicht zulassen.«

Kinna ließ den Kopf sinken. »Ich weiß nicht, Fenn, ich weiß es nicht. Ich versuche, die Hoffnung nicht aufzugeben, aber alles ist so verworren, so unklar. Die Politik ... wir haben geglaubt, unsere gewandelte Gesellschaft hätte die Politik überwunden, nicht wahr? Politische Zwänge, Regierungen und all diese anderen primitiven Dinge. Aber sie kommen zurück.«

»Falls wir sie überhaupt jemals losgeworden sind.«

»Genug davon. Bitte.«

»Sicher«, sagte Fenn reumütig. »Es tut mir leid. Ich hatte nicht vor, solche unerfreulichen Themen aufzuwerfen und ... unseren Ausflug zu verderben.«

»Und ich wollte nicht, daß wir uns davor verstecken.« Kinnas Fröhlichkeit brach wieder hervor. »Aber heute,

Fenn, warum stellen wir uns heute nicht statt dessen vor, wie wunderbar alles ausgehen *könnte*?«

Er spürte Erleichterung und Freude in sich aufsteigen. »Eine großartige Idee!«

Sie faßten sich wieder an den Händen, ließen die Arme ausgelassen hin und her und auf und nieder schwingen. Taffimai Metallumai hüpfte zu ihnen zurück, um an ihrer Freude teilzuhaben. Auf einmal begannen Kinna und Fenn ohne einen ersichtlichen Grund zu lachen, bis ihre Helme vibrierten.

»Wenn alles so verläuft, wie es sollte«, sagte Fenn später, »werde ich bald schon zum Mars zurückkehren. Diesmal vielleicht für immer.«

»Das hoffe ich«, erwiderte Kinna. »Ich werde auf dich warten.«

KAPITEL 15

Vom Dach des hohen Gebäudes in der Walvis Bay reichte der Blick nach Westen weit auf den Südatlantik hinaus, der sich blau und grün endlos bis zum Horizont erstreckte. Die rastlosen Wellen mit ihren weißen Schaumkronen glitzerten und glänzten unter der Sonne. Ein leichter Wind von der See her brachte angenehme Kühlung und trug den salzigen Geruch des Ozeans weit landeinwärts. Die Bucht selbst zwischen dem Pelikan Point im Norden und der Siedlung im Süden, die aus einem einzelnen Wolkenkratzer bestand, der Wohnungen und Büroräume beherbergte, und kleineren pastellfarbenen Nebengebäuden inmitten einer Parklandschaft, lag ruhig da. Ausflugsboote tanzten wie Libellen über das Wasser. Zwei große Frachter ankerten an den Docks, Roboter löschten die Ladung. Soweit das Auge reichte, wuchsen Gras, Bäume und Blumen, metamorphische Eroberer einer uralten Wüste. Die Nervenbahnen, die von hier aus den halben Kontinent durchzogen, waren unsichtbar – Kommunikationsverbindungen und Datenaustausch, ein Subsystem des globalen Netzwerks, des Cyberkosmos.

Fenns Aufmerksamkeit aber galt nicht der herrlichen Aussicht, sondern dem Mann, mit dem er sich unterhielt, und dem Schauspiel, das für sie aufgeführt wurde. Er und Maherero saßen unter einer Markise an einem Tisch mit Erfrischungen vor einer offenen, mit Duramoos überzogenen Fläche, hinter der Trommeln dröhnten und Flöten erklangen. Geschmeidige schwarze Körper in kurzen traditionellen Gewändern, mit prächtigen Federn und Edelsteinen geschmückt, die vor Schweiß glänzten wie poliert, führten einen Tanz auf, der mal feierlich und kompliziert, dann wieder wild und feurig war. Speziell für diesen Zweck gezüchtete Vögel schwirrten über den Tänzern herum, ein einziger Farbenwirbel, scharlachrote und gelbe Finken, leuchtend blaue Eisvögel.

Das Spektakel hatte mit der Ankunft der beiden Männer begonnen und ging unermüdlich weiter. Es störte ihr Gespräch nicht, sondern untermalte es. Fenn vermutete, daß der Tanzleiter Ohrlautsprecher trug, die Diskussion aufmerksam verfolgte und seinen Tänzern entsprechende Anweisungen gab. Wurde die Unterhaltung ernster, sank die Musik zu einem Flüstern herab, und die Tänzer bewegten sich kaum noch, wurde sie gelöst und heiter, nahm das Tempo wieder zu, verstummte sie gänzlich, explodierten die Musiker und Tänzer förmlich, als wollten sie ihr neues Leben einhauchen.

Für dieses Volk war die Unterhaltung geehrter Gäste eine Sitte, die eine ebenso große Bedeutung wie Gesetze hatte. Führende Lahui, die vor ihm hier gewesen waren, hatten Fenn davon berichtet und ihm versichert, daß kein Vivifer das reale Erlebnis adäquat vermitteln konnte. Er war begeistert gewesen, als er ebenfalls eine Einladung erhalten hatte, und war unverzüglich nach Afrika geflogen. Seine Erwartungen waren nicht enttäuscht worden.

Natürlich konzentrierte er sich hauptsächlich auf Maherero. Der schlanke Afrikaner, dessen Gesicht trotz des grauen Haars beinahe jugendlich wirkte, trug ein legeres weites Gewand und Sandalen. Obwohl er ein hochrangiges Ratsmitglied der Südlichen Vereinigung war, hatte er Fenn wie einen Gleichgestellten empfangen. Aber seine freundliche und ungezwungene Art änderte nichts daran, daß er ein halbes Dutzend Gemeinschaften vertrat, deren wirtschaftliche Interessen die gesamte Erde und Luna umfaßten.

Nach den allgemeinen unverbindlichen Plaudereien hatte er das Gespräch auf den Mars und die Dinge gelenkt, die Fenn dort in Erfahrung gebracht hatte. Es schien ihm weniger auf konkrete Punkte anzukommen, über die er sich auch aus den Datenspeichern informieren konnte, als vielmehr auf Fenns persönliche Erlebnisse und Ansichten, seine Eindrücke von dem winzigen unregelmäßigen Mond Deimos, der Anblick des Mars, der von Deimos aus gesehen fast den gesamten Himmel ausfüllte, die Stille, die Sterne, ein Meteoriteneinschlag, die Einsamkeit in der Gesellschaft von wenigen Maschinen, die Städte, Felder und die Wildnis des Planeten und seine Bewohner.

»Und die wachsende Zersplitterung, der mögliche Bürgerkrieg, welche Auswirkungen könnte das Ihrer Meinung nach auf Ihr Projekt haben?« wollte er wissen.

»Ich habe nur mein Wissen und meine Einschätzung über die technischen Aspekte weitergegeben«, erwiderte Fenn. »Ich bin keine Sozioanalytiker.« Ein Translator auf dem Tisch übersetzte ihre Worte in die Sprache des jeweils anderen. Trotz der Qualität der Übersetzung klang die künstliche Stimme im Vergleich zu Mahereros melodischem Tonfall ausdruckslos und nüchtern.

»Ich habe um keine logisch-mathematische Abstraktion gebeten, sondern um eine menschliche Einschätzung.«

Fenn lächelte. Der Mann wurde ihm immer sympathischer. »Nun, dann möchte ich Ihnen empfehlen, das ganze Problem um das Dreierreich einfach zu ignorieren«, antwortete er nach einem Schluck Gin Tonic.

»Selbst wenn es sich zu einer Krise auswächst?«

»Ein aufgeblasenes Wort, ›Krise‹. Sehen Sie, das Deimos-Projekt wird anfangs bescheiden sein und das auch jahrelang bleiben. Wir benötigen nur eine feste Basis auf dem Mars, die wir auf der der Tharsis gegenüberliegenden Seite des Planeten errichten können, wenn wir das wollen. Dazu noch ein paar verstreute Minen und Fabriken, aber hauptsächlich können wir uns auf die etablierten marsianischen Industrien stützen, die nur zu gern mit uns zusammenarbeiten und die Dinge anfertigen werden, die wir brauchen. Wen kümmert es also, wenn es irgendwo zu kleineren Kämpfen kommt? Wie sollten die uns beeinflussen? Bis wir uns dem Mond selbst zuwenden, wird das alles vorbei und fast schon wieder vergessen sein.«

»Hmm.« Maherero strich sich über das Kinn. »Es ging mir mehr um den emotionellen Faktor. Ihre Lahui werden in einer gefährlichen Umgebung arbeiten müssen, die ihnen völlig fremd ist. Wut, Kummer und Heimweh könnten ihre Wachsamkeit beeinträchtigen und ihre Vernunft trüben. Als wie belastend werden sie den Aufenthalt auf einer Welt empfinden, auf der es zu organisierter Gewalt kommt? Ja, die Gewalt wird nicht in ihrer unmittelbaren Nachbarschaft stattfinden, aber sie wird in den Nachrichten und in ihren Köpfen ständig präsent sein.«

»Die Lahui sind keine Weichlinge. Sicher, niemand wird diese Situation genießen, falls sie nicht schon bis zu ihrem Eintreffen bereinigt ist. Aber sie sind Fischer und Hirten, sie haben eine enge Verbindung zur Natur, in der der Stärkere den Schwächeren frißt. Und diejenigen, die zum Mars fliegen, werden neben anderen Voraussetzungen nach ihren Fähigkeiten ausgewählt werden, sich in erster Linie auf ihre Arbeit konzentrieren zu können. Ebenso wie die Marsianer, mit denen sie zu tun bekommen werden.«

»Aber was, wenn die Ereignisse sich über das Vulkanland hinaus ausbreiten, möglicherweise bis ins All? Nehmen wir beispielsweise einmal an, die mysteriösen Proserpinarier würden beschließen, sich stärker einzumischen?«

»Das ist unwahrscheinlich. Sie sind nur wenige und weit entfernt, und sie haben genug bei sich zu Hause zu tun. Wie auch immer, Ihre Leute werden sich nicht damit befassen müssen. Sie werden hier auf der Erde bleiben und sich darum kümmern, Ihre Meereswirtschaft auszubauen.« Das war der Handel, auf den die Führer der Lahui Kuikawa setzten, ihre Erfahrung und Hilfe in ozeanischen Unternehmungen als Gegenleistung für die Unterstützung der Südlichen Vereinigung für das Mars-Projekt.

»Wir müssen eine gewisse Vorsicht walten lassen«, sagte Maherero. Fenn ließ sich von der zurückhaltenden Formulierung nicht täuschen. Der Tanzleiter bemerkte die kritische Phase des Gesprächs ebenfalls, der Trommelwirbel verlangsamte sich zu einem gedämpften Grollen wie von Meeresbrandung. »Die Investitionen, die Sie von uns erwarten, sind beträchtlich.« Der Afrikaner beugte sich halb über den Tisch. Seine dunklen Augen musterten Fenn durchdringend. »Wenn man bedenkt, daß die Synese Ihrem Plan ablehnend gegenübersteht, wieviel Hilfe könnten Sie in einem Notfall erwarten? Auf uns dürften Sie in einer solchen Situation nicht zählen. Wie gut würden Ihre Leute allein zurechtkommen, wenn sie sich auf ihre eigenen Ressourcen beschränken müßten?«

»Ich denke, sie kämen damit klar. Aber wie ich Ihnen bereits erklärt habe, die soziodynamischen Aspekte kann ich nicht beurteilen.« Fenn spannte sich innerlich an. »Lassen Sie es mich so formulieren: Niemand kann die Zukunft voraussagen. Wer nicht bereit ist, sie so zu nehmen, wie sie kommt, sollte sich denen, die dazu bereit sind, nicht in den Weg stellen.«

Maherero saß reglos da. Die Trommeln und Flöten verstummten, die Tänzer erstarrten, die Vögel ließen sich auf ihren Schultern nieder. Fenn erschrak. Hatte er seinen Gastgeber beleidigt?

Plötzlich warf Maherero den Kopf in den Nacken und begann, aus voller Kehle zu lachen. »Bravo!« rief er.

Fenn starrte ihn verunsichert an. »Sir?«

Der Afrikaner wurde wieder ernst. »Entschuldigen Sie«, bat er. »Ich habe keine Spielchen mit Ihnen getrieben. Es war meine Aufgabe, mich mit den Hauptverantwortlichen dieses Unternehmens zu treffen und abzuschätzen, mit welcher Art von Leuten wir es zu tun haben. Diese Informationen sollten als ein kleiner, aber nicht unwichtiger Faktor in unsere Entscheidung miteinfließen.«

So also funktioniert ihre Gesellschaft, dachte Fenn. »Und ...?«

»Die Analyse der technischen Aspekte ist bereits zu unserer Zufriedenheit ausgefallen. Gut möglich, daß wir sowieso einverstanden gewesen wären, uns an Ihrem Projekt zu beteiligen. Jetzt aber kann ich Ihnen versichern, daß wir Sie auf jeden Fall unterstützen werden.« Maherero lächelte. »Sie werden feststellen, daß Sie mit uns gute Partner gefunden haben.«

»Aber, das ... das ist die letzte Raketenstufe, die wir noch gebraucht haben!« rief Fenn. »Wir werden abheben!«

Die Trommeln und Flöten der Musiker, die Schwingen der Vögel und die Füße der Tänzer erwachten aus ihrer Starre und steigerten sich zu einem triumphalen Crescendo.

Ein Hurrikan bildete sich in der tropischen Zone des mittleren Pazifiks. Die Wetterkontrolle beobachtete die Entstehung, analysierte einen Wust von Daten und ergriff ihre Maßnahmen. Es fand kein Versuch statt, den Hurrikan aufzulösen. Gigantische Stürme waren genauso unabdingbar für den Temperaturausgleich der Erde, die Gesundheit des Planeten und seines Lebens, wie die gleichmäßigen Meeres- und Luftströmungen. Doch während der Wirbelsturm noch in den Kinderschuhen steckte, halfen sorgfältig gezielte Energiestrahlen aus dem All, seinen Kurs festzulegen. Wahrscheinlich würde er einen weiten Bogen um die Gebiete machen, in denen er ernsthafte Schäden anrichten könnte.

Wahrscheinlich. Wie einfach sie auch im Vergleich zu dem primitivsten Lebewesen sein mag, ist die Struktur der Atmosphäre komplex genug, um chaotisch genannt werden zu können. Die Instabilität, die es ermöglichte, den Verlauf eines Hurrikans durch einen kleinen Anstoß zu verändern, machte auch eine absolut zuverlässige Vorhersage unmöglich. Die Unsicherheit erstreckte sich auf den gesamten Planeten und die Dauer des Zyklons. Und welchen Weg er auch einschlug, er würde zwangsläufig einige Einrichtungen der Menschen oder Maschinen überqueren.

In seinem Verlauf wich er tatsächlich ein wenig von dem vorherbestimmten Kurs ab, und eine der zahlreichen schwimmenden Inseln mußte ihren Quadranten räumen.

Überall in ihrem großen Reich feierten die Lahui Kuikawa seit Tagen ein rauschendes Fest. Ihr Traum würde sich erfüllen! Selbst in denjenigen, denen der Mars gleichgültig war, und in den abgelegensten Kolonien der Keiki Moana erwachte der Stammesstolz. Feuerwerk erhellte überall den Nachthimmel, um den errungenen Sieg zu verkünden.

Wanika Tauni und Fenn hatten *Malolo* verlassen und eine private Reise angetreten, die unter Umständen Wochen dauern und sie weit fortführen würde. Sie befanden sich zufälligerweise gerade auf Waihona Lanamokupuni, als der Hurrikan zuschlug.

Zu keinem Zeitpunkt bestand eine echte Gefahr für sie. Die Insel war unsinkbar. Durch die sich selbst stabilisierenden Auftriebszentren, flexibel und sicher miteinander verbunden, die Sensoren, Servos und Computer, die ein dichtes Netzwerk bildeten, und die aufeinander abgestimmten Aufbauten, reagierte die schwimmende Insel wie ein einziger riesiger Organismus auf die Naturgewalten. Nur die Gärten und Parkanlagen trugen Schäden davon. Die Decks schwankten, aber ihre Bewegung blieb gemächlich und sanft, ihre Neigung betrug nur wenige Grad. Die ungezügelte Energie der Wellen versetzte das Metall in Schwingungen, ein dumpfes Pulsieren, das sich in Fleisch und Knochen fortpflanzte, während die Luft von wütendem Heulen und Brüllen des Sturms erfüllt war. In ihrer Kabine, von der aus der Blick direkt auf das Meer hinausging, fühlten sich Fenn und Wanika von dem Hurrikan wie eingekesselt.

Fenn stand lange vor dem Bullauge und starrte hinaus. Dämmerung umgab ihn. Er hatte die Innenbeleuchtung ausgeschaltet, und die Außenwelt wurde von Gischt und Schaum verschluckt. Hin und wieder erhaschte er einen flüchtigen Blick auf den Ozean, auf die gewaltigen Wogen, die einen weißen Farbton angenommen hatten. Das Schauspiel nahm ihn völlig gefangen, er verlor sich in dem Anblick, wurde eins mit den Elementen. Seine Gedanken rasten wie die Wellen, sein Innerstes war aufgewühlt wie das tobende Meer.

Irgendwann bemerkte er, wie Wanika seinen Arm berührte. Im Halbdunkel sah er undeutlich, daß sich ihre Lippen bewegten, aber er konnte nicht verstehen, was sie sagte. Widerstrebend ging er zu den Kabinenkontrollen hinüber und nahm ein paar Einstellungen vor. Die Deckenbeleuchtung flammte auf. Gegenschwingungen dämpften den Lärm zu einem dumpfen Dröhnen und leisen Heulen.

»Huii!« rief er aus.

Wanika lächelte schwach. »Das ist besser. Der Lärm hat mir in den Ohren weh getan.«

»Was? Warum hast du ihn dann nicht schon früher abgestellt?«

Sie deutete auf das Bullauge, wo er jetzt nur noch das Wasser sehen konnte, das über die Glasscheibe strömte. »Du hast es genossen, nicht wahr? Als Teil des Gesamtspektakels.«

»Also«, sagte er, ein wenig verunsichert, »nun, das war ... äh, wirklich lieb von dir, aber ... Was wolltest du mir sagen?«

»Nichts. Ich habe nur gefragt, ob du nicht hungrig bist. Es ist ziemlich lange her seit dem Frühstück.«

»Uhh!« brummte er. »Das hatte ich völlig vergessen.« Erst später machte er sich Gedanken darüber, wie

Wanika sich gefühlt haben mußte. Sein Blick kehrte zum Bullauge zurück. »Ich hatte mir überlegt, nach draußen zu gehen. Was für ein Schauspiel.«

»Nein!« Wanika umklammerte erschrocken seinen Arm. »Du könntest dich umbringen! Ein herumfliegendes Trümmerstück, ein Windstoß, der dich über Bord schleudert . . .«

Fenn grinste ohne große Heiterkeit. »Das Risiko wäre der größte Reiz daran.«

»Würdest du dafür deine Zukunft im All aufs Spiel setzen?«

Er benötigte einen Augenblick, um das zu verdauen. »Ein Punkt für dich«, gab er zu. »Ein guter Punkt.« Er seufzte. »In Ordnung, ich werde drinnen bleiben. Du bist eine kluge Frau.«

Sie lächelte erneut. »Nicht unbedingt. Nur eine besorgte Frau.«

Darauf hatte er keine passende Antwort parat. Sie standen eine Weile in unbehaglichem Schweigen da, bis Wanika hinzufügte: »Weißt du, ich möchte dich noch so lange wie möglich bei mir haben.«

»Ja, wir hatten viel Spaß zusammen, nicht wahr?« brachte er etwas verlegen hervor. »Mehr als nur Spaß. Du hast viel für mich getan, Wanika. Für das Projekt.«

Sie ließ den Kopf sinken. Ihre schwarzen Locken fielen herab und verbargen ihr Gesicht. »Das dich mir wegnehmen wird, Fenn.«

»Nicht unbedingt. Und nicht für immer.«

»Wir werden sehen, wie sich die Dinge entwickeln.«

Denkt sie dabei an Kinna? fragte er sich. Warum, zum Teufel?

Nicht, daß sie jemals viele Worte über das marsianische Mädchen verloren hätte. Im Gegenteil, sie hatte die Botschaften, die immer häufiger zwischen den Planeten gewechselt wurden, auffällig ignoriert, als würde es sich um intime Informationen handeln, oder als ginge sie das alles nichts an. Fenn spürte, wie ein unvernünftiger Groll in ihm aufstieg und sich mit den Gefühlen vermengte, die das Unwetter in ihm ausgelöst hatte.

Wanika sah wieder zu ihm auf. Ihre Stimmung hob sich. »Aber in den nächsten Monaten wird nichts Besonderes passieren, oder?« fragte sie. »Wir werden die ganze Zeit für uns haben, bis alles soweit erledigt ist, daß du aufbrechen kannst.«

Fenn richtete den Blick wieder auf den draußen tobenden Hurrikan.

»Du wirst dich nicht langweilen, das verspreche ich dir.« Ein kleines vibrierendes Lachen. »Dafür werde ich schon sorgen. Dieser ganze Planet wartet darauf, von uns gemeinsam erforscht zu werden, *aikane*.«

Die Dunkelheit in ihm brodelte hoch.

Er ballte die Hände zu Fäusten und murmelte einen Fluch.

»Was ist los?« Er hörte die Beunruhigung in Wanikas Stimme.

»Was du gerade gesagt hast«, erwiderte er. »Daß alles für mich soweit erledigt ist, damit ich ins All zurückkehren kann. Und ich habe gedacht: ›Könnte doch He'o nur mitkommen.‹ Ich habe mir vorgestellt, wie er in diesen Wellen herumtollen würde ...« Es schnürte ihm die Kehle zusammen.

»Ja.« Er hörte ihre Antwort kaum. Als er sie ansah, entdeckte er Tränen in ihren Augen glänzen.

Der Anblick besänftigte ihn ein wenig, aber es war eine kalte Ruhe, und ihm wurde klar, daß er zärtlicher mit Wanika umgehen mußte. Nun, das würde er auch, später, später.

»Der Mörder ist noch nicht gefaßt worden, oder?« fragte er ruhig und eigentlich überflüssigerweise.

»Nein.«

»Was bedeutet, daß er wahrscheinlich nie gefaßt werden wird, es sei denn ... Und sollte die Polizei ihn doch erwischen, wird sie ihn in eine gemütliche Einrichtung stecken, wo man versuchen wird, ihn zu rehabilitieren.«

»He'o hätte es so gewollt«, sagte Wanika.

»Wirklich?« schleuderte er ihr entgegen.

Wanika schwieg.

Auch sie mußte immer wieder an den alten Meeresjäger denken, an den alten Kämpfer.

Fenn nickte. »Ja, ich habe jetzt ein paar Monate Freizeit. Zeit, um Pedro Dover aufzuspüren.«

Draußen heulte der Sturm.

KAPITEL 16

Seine Suche führte Fenn zurück zu den Förstern von Vernal.

Den größten Teil seiner Nachforschungen hatte er vor einem Monitor angestellt, die vielfältigen Nachrichtenkanäle, weltweiten Kommunikationssysteme und ihre Datenspeicher durchstöbert. Anfangs hatte er daran gedacht, Georghios auf Luna anzurufen und ihn um uneingeschränkten Zugang zu den Polizeiarchiven zu bitten, sich dann aber entschieden, den Polizeichef nicht unter Druck zu setzen. Auch im eigenen Interesse eine vernünftige Entscheidung angesichts dessen, was er vorhatte. Sein Wissen über kriminalistische Vorgehensweisen versetzte ihn in die Lage, sich fast alle benötigten Informationen auch allein zu besorgen und die fehlenden daraus abzuleiten.

Detektive hatten herausgefunden, daß Pedro Dover den Mond mit einer Fähre nach Port Kenya verlassen hatte. Dort war er untergetaucht. Vielleicht hatte ihn ein Mitglied seiner Gizaki-Sekte erwartet und ihm ein Versteck besorgt, vielleicht hatte er auch einfach ein öffentliches Verkehrsmittel bestiegen und war zu einem vorbereiteten Treffpunkt gefahren. Nachfragen ergaben, daß er mit einer gewissen Wahrscheinlichkeit – nicht mit Sicherheit – in Cantabria gesehen worden war, doch sollte das zutreffen, verlor sich seine Spur danach endgültig. Er würde auf keinen Fall dort geblieben sein, da er in dieser dünnbesiedelten Gegend, deren Bewohner größtenteils in Sippen organisiert waren, zwangsläufig Aufmerksamkeit erregt hätte. Auch war es unwahrscheinlich, daß ihm irgendeine Familie Unterschlupf gewährt und ihn für längere Zeit versteckt hatte. Er mußte also weitergereist sein.

Seinen Bürgerkredit nahm er nicht länger in Anspruch. Solange das System nach ihm fahndete, hätte jede derartige Transaktion seinen genauen Aufenthaltsort verraten. Benutzte er eine falsche Identität? Eine Tarnidentität zu erstellen, war ein schwieriges und gefährliches Unternehmen, das von langer Hand hätte vorbereitet werden müssen. Die Registrierung einer fiktiven Geburt erforderte die Mitwirkung mehrerer Leute, die normalerweise mit einem solchen Vorgang in Verbindung kamen, dazu noch jemanden, der geschickt genug war, um eine Genomkarte und andere körperliche Merkmale zu entwerfen. Darüber hinaus hätten Jahr für Jahr Einträge in die Datenspeicher stattfinden müssen, Informationen über Ausbildung, medizinische Versorgung und alle anderen Dinge, die ein Kind normalerweise durchlief – ein Fehlen solcher Daten wäre auffällig gewesen –, bis die fiktive Person erwachsen war und ihre Selbständigkeit erreicht hatte. Die Polizei gab sich damit zufrieden, daß die Gizaki weder über die nötigen Hilfsmittel noch über die Geduld für eine derart langfristige Operation verfügten. Im Prinzip existierte die Organisation kaum lange genug, um einen solchen Plan in die Tat umzusetzen.

Also mußte Pedro Dover von Bargeld leben. Diese Tatsache allein würde kein übermäßiges Mißtrauen erregen. Es geschah recht häufig, daß Menschen kleinere Rechnungen mit Ucus bezahlten, was bequemer war, als jedesmal einen Kredittransfer durchzuführen. Manchmal wechselten auch größere Summen aus persönlichen Gründen den Besitzer in bar, in der Regel, weil das Geschäft dem Käufer oder Verkäufer peinlich war. Gizaki-Angehörige konnten Pedro Dover hin und wieder Geldscheine oder Münzen zustecken oder sie an eine vorübergehende Adresse schicken, die er ihnen vorher mitteilte. Allerdings würde das nicht sehr regelmäßig und nicht zuverlässig geschehen können, um ihn mit ausreichenden Beträgen zu versorgen. Bestimmt verdiente er den größten Teil seines Geldes, vielleicht sogar alles, als umherziehender Gelegenheitsarbeiter. Obwohl das nicht allzu häufig vorkam, waren solche Leute andererseits auch nicht außergewöhnlich, besonders in bestimmten Gemeinden der Erde.

Wo also konnte Pedro Dover sich aufhalten? Das psychologische Profil, das nach seiner Verhaftung über ihn erstellt worden war, zeigte, daß er über keine ausgeprägte Sprachbegabung verfügte. Seine Hetztirade von der Arcade in Tychopolis war für ihn aufgezeichnet worden. Da er keine Fremdsprachen fließend beherrschte, würde er überall auffallen, wo etwas anderes als Anglo gesprochen wurde.

Nachforschungen in Australien, wo er geboren worden war, verliefen im Sande. Die Erfolgsaussichten waren ohnehin äußerst gering gewesen; ein gänzlich modernes Land mit robotischen Industrien, über Generationen hinweg gewachsenen Wohnorten, Freizeitparks und Naturreservaten. Pedro Dover hatte dort nie hingepaßt. Vielleicht war das der Grund, warum er sich zu gefährlichen Dummheiten hatte hinreißen lassen und schließlich fortgezogen war.

Das gleiche galt für Neuseeland. Andere Inseln und Enklaven waren zu klein. Er konnte sein Gesicht verändert haben. Zweifellos hatte das Mordkomplott entsprechende Vorkehrungen enthalten. Aber wo er sich auch aufhielt, würde er offensichtlich ein Außenseiter sein. Die Ermittler hatten nur wenige Kandidaten gefunden, und alle waren unschuldig gewesen.

Damit blieb nur noch Nordamerika, mehr oder weniger das Gebiet nördlich des fünfunddreißigsten Breitengrads – der Verbund von Vernal, ein entmutigend großes und vielschichtiges Land. Die Polizei war mit ihren anderen Aufgaben mehr als ausgelastet. Nachdem sie die vielversprechendsten Orte erfolglos durchstöbert hatte, hatte sie die Fahndungsunterlagen in das örtliche Netz eingegeben und ihre Bemühungen eingestellt.

Offensichtlich ging sie davon aus, daß Pedro Dover kaum weiteren Schaden anrichten und sich vermutlich nicht bis in alle Ewigkeiten vor ihr verstecken können würde.

Die Sensoren in öffentlichen und privaten Gebäuden waren zahllos, von Transportterminals über Taxis zu Wohnhäusern und Geschäften, deren Inhaber auf zusätzliche Sicherheit Wert legten. Es wäre schon äußerst bemerkenswert, wenn ihn niemand im Lauf der nächsten zehn bis zwanzig Jahre gut genug zu Gesicht bekommen würde, um eine mögliche Ähnlichkeit mit dem gesuchten Täter festzustellen und die nächste Polizeidienststelle zu benachrichtigen. Das Aussehen konnte zwar leicht verändert werden, nicht aber der gesamte Körper, die Statur, der Gang, die Gewohnheiten und alle anderen charakteristischen Merkmale, die einen Menschen auszeichneten.

Außerdem legte sein psychologisches Profil die Vermutung nahe, daß er nie beabsichtigt hatte, bis an das Ende seiner Tage ein mittelloser Herumtreiber zu bleiben. Das widersprach seiner grenzenlosen Selbstüberschätzung. Er hatte seinen Mordanschlag durchgeführt, um sich in den Köpfen seiner Sektengenossen als ein bedeutender Mann der Tat zu verankern. Sein Plan würde vorsehen, so lange unterzutauchen, bis der wachsende Terrorismus, den er erwartete, die von ihm gehaßte Gesellschaft wegfegte. Dann würde er aus seinem Versteck hervorkriechen, um die ihm zustehende Position als Anführer der ruhmreichen Revolution einzunehmen.

Das bedeutete, daß er zumindest in gelegentlichen Kontakt mit anderen Gizaki-Mitgliedern treten würde, und wenn auch nur, um seinen Namen im Gespräch zu halten. Doch alle Angehörigen der Sekte standen unter Überwachung.

Es mußte sich einfach irgendwann eine Gelegenheit ergeben, ihm eine Falle zu stellen.

Nicht, daß er sonderlich wichtig gewesen wäre, ein kranker Mensch, der eine Behandlung benötigte, nur ein kleines unerledigtes Problem. Schon bald war der Name Pedro Dover fast wieder vergessen.

Von allen vergessen, außer von Fenn.

Kraftloses Winterlicht fiel in den Raum, ließ den Holzfußboden und die Wandvertäfelung glänzen, erzeugte Schatten hinter den ebenfalls hölzernen handgearbeiteten Möbeln, schimmerte auf getriebenem Messing und polierter Keramik, kroch über ein Regal und zeichnete die Konturen einer geschnitzten Elchfigur nach, des Wappentiers der Thistledew-Gemeinde. Fenn, der aus einem altmodischen Fenster hinaussah, entdeckte draußen andere Häuser im gleichen altmodischen Stil und eine dunkle Straße, die erst kürzlich geräumt worden war, zwischen hohen Schneewällen. Hinter ihnen erhaschte er einen flüchtigen Blick auf den zugefrorenen See, an dem das Dorf lag, und auf die immergrüne Wildnis, die es auf allen anderen Seiten umgab. Das Fenster schien gegen die Gesetze der Thermodynamik zu verstoßen und Kälte auszustrahlen, doch im Inneren des Hauses war es gemütlich warm. Kaffeeduft lag in der Luft.

Fenn riß seinen Blick vom Fenster los und richtete ihn wieder auf das Ehepaar, das ihm gegenübersaß. Der Mann und die Frau waren nicht mehr ganz jung, aber kräftig. Ihre ledergegerbte Haut zeugte von einem Leben, das sie größtenteil im Freien zugebracht hatten. Beide waren auf die schlichte hiesige Art gekleidet, Hemden und Hosen und Gürtel, an denen Beutel baumelten und in denen große Messer steckten. Rachel trug darüber hinaus eine Kette mit dem Abzeichen des Amts um den Hals, in das sie gewählt worden war, Bürgermeisterin und Friedensrichterin ihrer Gemeinde. Lars trug keinerlei Insignien. Wie jeder erwachsene Förster hatte er den Titel eines Wildhüters, hauptsächlich aber bewirtschaftete er ein kleines Grundstück, fischte, jagte und führte gelegentlich Touristen oder Sportler durch die Wälder.

»Also, sei uns nochmals willkommen«, wiederholte er

in seinem archaischen Anglo-Dialekt. »Schön, dich wieder mal hier zu sehen. Ist schon ziemlich lange her.«

Fenn hatte seinen Besuch im voraus angekündigt, war auf dem kleinen Flugfeld in der Nähe gelandet und direkt zu Rachel und Lars gegangen. »Das ist es«, erwiderte er. »Ich war sehr beschäftigt in letzter Zeit.«

»Von Birger haben wir auch lange nichts mehr gehört«, warf Rachel ein. »Wie geht es ihm?«

»Gut«, sagte Fenn. Erinnerungen wurden in ihm wach. Als Kind war er mit seinem Vater mehrmals hier gewesen, später ein- oder zweimal allein, und schließlich der ... nicht direkt ein Bruch, aber die unausgesprochene Mißbilligung seines Vaters, als der Sohn Luna verlassen hatte. Seither hatten sie nur ein paar kurze Gespräche über Eidophon geführt. »Er hat wieder geheiratet, wußtet ihr das schon?« Und zwar eine Frau, die bereits die ihr zustehende Zahl an Nachkommen gehabt hatte.

»Das ist gut«, meinte Rachel. »Wir waren traurig, als wir erfahren haben, daß er sich von deiner Mutter getrennt hat.« Der Kaffee war fertig. Rachel holte ihn und nutzte die Gelegenheit, das Thema fallenzulassen. Als sie eine Tasse vor Fenn auf den Tisch stellte, musterte sie ihn genau und bemerkte: »Du hast dich ganz schön verändert.«

»Ich habe in anderen Gegenden gelebt«, erklärte er. »Kaum noch auf dem Mond.«

Sie nickte. »Das sieht man.«

»Ich hoffe, du magst unseren Whiskey noch«, sagte Lars.

Fenn grinste. Etwas von der Härte in ihm schmolz. »Davon bin ich überzeugt.«

Lars brachte eine Flasche und Gläser. Sie machten es sich bequem und unterhielten sich. »Wo lebst du zur Zeit?«

»Im Pazifischen Becken«, erwiderte Fenn. »Ich gehöre jetzt zu den Lahui Kuikawa. Nicht als vereidigtes Mitglied, sondern als Partner.« Das hätten sie auch allein herausfinden können. Im Verlauf der Ereignisse waren viele Informationen über ihn in die öffentlichen Datenbanken eingespeist worden. Außerdem wollte er sie nicht belügen, solange es nicht unbedingt erforderlich war.

»Und du bist mitten im tiefsten Winter von dort direkt zu uns geflogen?«

Rachel lächelte. »Vielleicht braucht er etwas Abwechslung. Wie lange kannst du bleiben, Fenn? Zur Zeit wohnt niemand im Gasthaus, du kannst dir dein Zimmer aussuchen. Alle hier würden sich über ein neues Gesicht freuen, das nicht nur ein Bild auf einem Eidophonmonitor ist.«

»Es tut mir leid, aber ich bin geschäftlich unterwegs. Ich muß morgen schon wieder abfliegen.« Fenn kam zu dem Schluß, daß es seiner Sache nicht schaden konnte, wenn er ein bißchen mehr Wärme zeigte. »Aber es tut gut, wieder hier zu sein. Ich hatte ganz vergessen, wie schön es hier ist.«

Und das stimmte. Diesem Waldland fehlte zwar die spektakuläre Naturkulisse Yukons, aber es vermittelte das gleiche Gefühl von Freiheit und Lebendigkeit, die endlose Weite von den Rockies bis zu den Alleghenies, von der Prärie im Süden bis zur Tundra im Norden. Die Förster, deren kleine Siedlungen und einsamen Gehöfte weit über das Land verstreut waren, bildeten praktisch einen eigenen kleinen Staat innerhalb der Republik Vernal. Sie bewahrten die Sitten und Gebräuche, die ihnen ihre Vorfahren im Laufe der Jahrhunderte vermacht hatten. Ihre sture Eigenständigkeit hatte Fenn schon immer gefallen.

Natürlich, dachte er, war es letztendlich eine Selbständigkeit, die durch die Außenwelt ermöglicht wurde, durch die Technologie des Cyberkosmos und den Bürgerkredit, wodurch die Förster ihre Grundbedürfnisse ebenso selbstverständlich befriedigen konnten wie ihr Verlangen nach frischer Luft und Sonnenschein. Ein kleines Zusatzeinkommen durch Dienstleistungen für Besucher wurde gern mitgenommen. Auch war die Unabhängigkeit natürlich nur ein Geschäft auf Gegenseitigkeit. Naturreservate wie dieses Waldland dienten der Aufrechterhaltung des ökologischen und klimatischen Gleichgewichts. Es durften nie viele Menschen in den Reservaten leben, und von ihren Bewohnern wurde erwartet, daß sie sich um das Land kümmerten. Sollten sie dabei jemals versagen, würden Roboter und Sophotekten sofort ihren Platz einnehmen.

»Ich hoffe, ich kann später noch einmal wiederkommen und eine Weile bleiben«, fuhr Fenn fort. Wie sehr Kinna die Natur genießen würde! Tagträume, Tagträume.

»Wenn du das noch in dieser Jahreszeit tust, werden wir dir ein paar neue Erlebnisse vermitteln«, versprach Lars. »Schneeschuhwandern, Eisangeln – und die Sonnenwende, ja, zur Wintersonnenwende feiern wir hier ein großes Fest.«

»Ich bin mir sicher, daß er das weiß«, sagte Rachel.

»Aber er hat es nie *erlebt* wie sein Vater.« An Fenn gewandt fügte Lars hinzu: »Und wir ermutigen keine Fremden, zu uns zu kommen und unsere Feiern für virtuelle Zwecke aufzunehmen.«

Fenn nickte. Wie die Lahui schätzte diese Gemeinschaft ihre Privatsphäre. Einen rücksichtsvollen Besucher herumzuführen war etwas anderes, als die Traditionen zu einem öffentlichen Spektakel zu machen.

»Auch das weiß er«, stichelte Rachel. »Verschwenden wir nicht seine Zeit damit. Warum bist du gerade jetzt hier?«

Fenn spannte sich an. Er hatte sich seine Worte im voraus zurechtgelegt. »Ich versuche, Verbindung mit einem Mann aufzunehmen. Ich denke, er könnte sich irgendwo in eurem Land aufhalten.«

»Wer ist er?«

»Ich weiß nicht, welchen Namen er zur Zeit benutzt, aber so sieht er aus.« Er zog eine Datenkarte aus der Tasche und reichte sie Rachel. Sie erhob sich, ging zu einem Terminal und führte die Karte ein. Pedro Dovers Abbild erschien, eine Aufnahme, die die lunarische Polizei nach seiner Verhaftung gemacht hatte. Er ging hin und her, wie man es ihm befohlen hatte. Es folgte eine Nahaufnahme seines Kopfs. Beim Anblick des schmalen Gesichts spürte Fenn Haß in sich aufsteigen.

»N-nein. Ich kenne ihn nicht«, sagte Rachel.

»Ich auch nicht«, fügte Lars hinzu.

»Er könnte sein Aussehen verändert haben«, erklärte Fenn.

»Ein Bart oder so etwas?« Rachel spielte auf der Tastatur herum und variierte das Abbild, verpaßte ihm verschiedene Frisuren und Bärte, zusätzliches Körpergewicht. »*Nada*.«

»Möglicherweise eine Bioskulptur«, sagte Fenn.

Rachel schaltete das Gerät aus, zog die Karte hervor und musterte Fenn, während sie sie ihm zurückgab. »Weshalb suchst du ihn?«

»Tut mir leid, aber das ist vertraulich. Sagen wir einfach, ich muß eine dringende Angelegenheit mit ihm besprechen.«

»Hmm.« Sie setzte sich wieder, ohne ihn aus den Augen zu lassen.

»Dann hast du also kein Inserat wie ›*Por favor*, bitte setz dich mit mir in Verbindung‹ aufgegeben«, stellte Lars fest.

»Nein, darauf hätte er nicht geantwortet«, erwiderte Fenn. Damit hätte ich ihn nur gewarnt, fügte er in Gedanken hinzu.

»Also versteckt er sich?«

Fenn zuckte die Achseln. »Tut mir leid«, wiederholte er.

»Ich habe vor einiger Zeit von deinem Vater gehört, daß du die Polizei verlassen hast. Arbeitest du jetzt wieder für sie?«

»Nein, das ist eine persönliche Angelegenheit.«

»Wie kommst du auf die Idee, daß er hier sein könnte?« wollte Rachel wissen.

»Nicht direkt hier«, schränkte Fenn ein. »Irgendwo in der Region, in einer kleinen und abgeschiedenen Gemeinde, wo die Leute nicht viel mit Außenstehenden reden.«

Selbst in Thistledew tun sie das nicht, dachte er. Jedenfalls nicht richtig. Auch die Förster gingen immer mehr auf Distanz zur Synese, standen ihrer Einmischung in ihr Leben zunehmend feindseliger gegenüber. Birger hatte ihm einmal im Vertrauen erzählt, als sie sich noch nahegestanden hatten, daß gelegentliche Gerüchte über mehr als zwei Geburten pro Familie durchaus begründet waren. Ein einsames Häuschen, eine verschwiegene Hebamme, die Weigerung, das Kind registrieren zu lassen ... wer würde schon davon erfahren? Die Grundschulen in diesen Gegenden waren privat, und nur wenige speisten ihre Unterlagen in die allgemeinen Datenbanken ein. Einige Mediziner arbeiteten ähnlich privat. Natürlich konnten solche illegal geborenen Kinder nach Erreichen der Volljährigkeit keinen Bürgerkredit in Anspruch nehmen, wenn sie sich nicht verraten wollten, es sei denn vielleicht hin und wieder durch einen Trick, bei dem das Verschweigen eines Todesfalls eine Rolle spielte. Aber Geld konnte auch geteilt oder unauffällig verdient werden. In einer Gesellschaft, in der die Menschen genügsam und größtenteils weit draußen auf dem Land lebten, häufig weiter draußen, als es ganz legal war, benötigte niemand viel Geld. Nachbarn, die von illegalen Geburten erfuhren oder etwas ahnten, bewahrten den Behörden gegenüber Stillschweigen. Wer es nicht tat, mußte mit gesellschaftlicher Ächtung rechnen. Die Förster verspürten kein Verlangen danach, daß fremde Polizisten bei ihnen auftauchten und bei der Gelegenheit auch gleich nachsahen, was sonst noch alles in diesem Land vor sich ging.

Zweifellos ahnten der Cyberkosmos oder auch seine menschlichen Partner etwas von diesen Zuständen, vielleicht war es sogar mehr als eine bloße Ahnung. Aber solange die Naturreservate nicht wirklich in Mitleidenschaft gezogen wurden, schien man bereit zu sein, die Menschen gewähren zu lassen. Wozu Feindseligkeit provozieren? Davon braute sich anderswo schon genug zusammen.

»Er ist handwerklich geschickt«, sagte Fenn. »Ich schätze, daß er sich irgendwo niedergelassen hat, in der

Umgebung herumreist, von Dorf zu Dorf, von Gehöft zu Gehöft und kleinere Arbeiten für Leute erledigt, die kaum über Roboter oder andere moderne Gerätschaften verfügen. Arbeiten, die sie auch selbst ausführen könnten, die er ihnen aber für wenig Geld abnimmt.«

Lars schmunzelte. »Damit sie mehr Zeit für solche Dinge wie Angeln und Jagen haben, was?« Er rieb sich das Kinn. »Hm-hm. Ich nehme an, er müßte sich Mitfahrgelegenheiten besorgen, wo keine Busse verkehren. Aber das dürfte kein Problem für ihn sein. Nein, ich habe von niemandem gehört, der in Frage kommen würde.«

»Aber vielleicht du, Rachel«, drängte Fenn. »Deshalb habe ich euch aufgesucht.«

»Du möchtest uns nicht verraten, was du von ihm willst?« fragte sie langsam.

»Es ist nichts, was euch oder euren Leuten schaden könnte«, versicherte Fenn. Sie *sollten* es nicht erfahren. »Wir sind alte Freunde, nicht wahr? Ihr wißt, daß ich euch nicht hintergehen würde.«

»Ja, du bist ein alter Freund«, murmelte sie. »Seit der Zeit, als du noch ein Kind und mit deinem Vater hier warst. Und Birger ist unser Eidbruder.«

Fenn wartete. Sein Herz hämmerte.

Rachel traf eine Entscheidung. »Ich habe von einem Wanderarbeiter gehört, auf den deine Beschreibung zutrifft«, sagte sie. »Wir Richter haben unsere inoffiziellen Kanäle, über die wir für alle Fälle Verbindung halten. Vor zwei bis drei Jahren hat sich ein Fremder in Munsing niedergelassen. Nennt sich, hmm ... laß mich nachdenken ... ja, Robin.«

»Wie hat er das gemacht?« fragte Lars interessiert.

»Soweit ich gehört habe«, berichtete Rachel, »hat ein Mann, der gelegentlich in diese Gegend kommt, um auf die Jagd zu gehen, diesen Robin mitgebracht und ihm die Aufsicht seiner Jagdhütte übertragen. Seither war er ein paarmal auf einen kurzen Besuch da, aber die meiste Zeit lebt Robin allein dort.«

Fenn spürte ein Kribbeln in der Magengegend. Also hat wenigstens ein Gizaki genug Geld für so etwas, dachte er. Oder vielleicht übernimmt die Sekte die Kosten, weil sie es für eine lohnende Investition hält, Pedro Dover eine Zuflucht zu finanzieren.

»Ja, Robin lebt als Einsiedler, wenn er nicht gerade auf Arbeitssuche ist«, fuhr Rachel fort. »Niemand stört sich an ihm. Ich schätze, mittlerweile gehört er praktisch schon zum Inventar. Munsing ist ein ziemlich einsamer Ort.«

Irgendwie gelang es Fenn, ruhig und beherrscht zu sprechen. »*Muchas gracias*. Das klingt tatsächlich nach dem Mann, den ich suche.«

»Entschuldige«, sagte Rachel, »aber ich bin Richterin und muß dich das fragen. Du hast doch einen ehrenhaften Grund, oder?«

Fenn sah ihr direkt in die Augen. »Ja«, erwiderte er. »Einen äußerst ehrenhaften Grund.«

Sie entspannte sich und lächelte. »Das genügt mir. Dann erzähl uns jetzt, was du in letzter Zeit so getrieben hast. Du bleibst doch zum Abendessen, nicht wahr?«

Das Gasthaus hatte ein paar einfache, aber recht ansprechend ausgestattete Zimmer, die der Inhaber an Reisende vermietete. Die Nacht war bereits hereingebrochen, als Fenn dort eintraf, nachdem er in klirrender Kälte eine dunkle und zu seiner Erleichterung menschenleere Straße entlanggegangen war. Er wechselte nur wenige Worte mit dem Besitzer und zog sich nach der Anmeldung sofort auf sein Zimmer zurück, wo er sich in einen Sessel fallen ließ und die Wand anstarrte.

Es war anstrengend gewesen, vor Lars und Rachel stundenlang den Anschein guter Laune aufrechtzuerhalten. Er hatte sich immer wieder selbst versichern müssen, daß er ihr Vertrauen nicht mißbrauchte. Jetzt, da das Ende seiner Jagd in Sichtweite war, verspürte er nichts von der Freude, die er erwartet hatte.

Nach einer Weile knurrte er resigniert und wandte sich dem Eidophon zu. Er mußte Wanika anrufen. Das Suchprogramm entdeckte sie auf der *Malolo,* informierte sie, daß ein Anruf für sie hereingekommen war, und kurz darauf meldete sie sich auch schon aus ihrer gemeinsamen Kabine. Tageslicht fiel durch die Bullaugen, ergoß sich auf ihre nackte Haut und ließ ihr schwarzes Haar glänzen.

»Fenn!« rief sie glücklich. »Wo bist du? Wie geht es dir?«

»Mir geht es gut«, erwiderte er. »Ich komme vielleicht schon bald zurück.«

»So schnell? Wunderbar!« Sie zögerte. »Dann hast du ... Pedro Dover also gefunden?«

»Ich bin mir noch nicht sicher.« Mittlerweile bedauerte er es, ihr den Grund seiner Reise verraten zu haben. Aber sie sollte auf keinen Fall erfahren, was er tun wollte, wenn er Pedro Dover aufgespürt hatte. »Möglicherweise habe ich eine Spur von ihm entdeckt. Sollte ich mich täuschen, nun, ich habe nachgedacht. Ich darf nicht zulassen, daß sich diese Jagd zu einer Obsession entwickelt, daß ich die Arbeit der Polizei übernehme. Vielleicht gebe ich auf und kehre zu dir zurück.«

Nicht, wenn es wirklich eine falsche Spur ist, dachte er. Dann mache ich weiter. Aber wenn nicht ... Die Leute in Munsing werden sich zwar wundern, warum Pedro Dover plötzlich mit einem Fremden verschwunden ist, aber sie werden vermuten, daß es sich um eine persönliche Angelegenheit handelt. Vielleicht wird irgend jemand seine Leiche im Wald finden, wenn der Schnee im Frühling schmilzt. Aber wahrscheinlich wird niemand deswegen Lärm schlagen, um keine Detektive von außerhalb anzulocken. Sie werden seine Überreste unauffällig beseitigen, ohne die Sache ernsthaft zu untersuchen.

Obwohl ich das Land der Förster danach lieber nicht mehr besuchen sollte ...

»Ich habe mich noch nicht endgültig entschieden«, fügte er hinzu. »Wir werden sehen.« Die Worte fühlten sich klebrig an.

»Dann habe ich Hoffnung«, sagte Wanika. »Pedro Dover verhaftet und du wieder hier bei mir ...« Übergangslos wurde sie ernst. »Es ist eine Nachricht für dich eingetroffen, die darauf wartet, direkt an dich weitergeleitet zu werden. Vom Mars.«

»Was?« Fenns Herz machte einen kleinen Satz. »Einen Augenblick.« Das Eidophon auf seinem Zimmer war in der Lage, codierte Nachrichten zu entschlüsseln, sofern sie nicht gerade quantencodiert waren. Er gab den Codeschlüssel ein, auf den sich Kinna und er geeinigt hatten. »Bitte stell sie durch.«

»In Ordnung«, sagte Wanika. Ihr Abbild verschwand.

Fenn mußte einige Sekunden warten, die sich in die Länge zogen. Als er das letzte Mal von Kinna gehört hatte, hatte sie ihren Kummer über die Besetzung des Dreierreichs durch die Republik noch nicht überwunden. Die Operation war ohne Blutvergießen abgelaufen, und bisher verhielten sich die Städte friedlich. Aber die Inrai hatten sich mit ihrer gesamten Ausrüstung und all ihren Aktivisten in die Wildnis zurückgezogen. Nachdem sie mehrere Convoys angegriffen hatten, war der Bodenverkehr in der Tharsis fast völlig zum Erliegen gekommen. Obwohl die Polizei von Gegenmaßnahmen absah und der Verkehr jetzt ausschließlich auf dem Luftweg abgewickelt wurde, hatte Kinna Angst um ihren Freund Elverir.

Sein Herz schlug schneller, als sie auf dem Bildschirm erschien. Ihr lebhaftes Gesicht, in das ihr die Locken noch ungezähmter als sonst fielen, glühte vor Aufregung, ihre grauen Augen funkelten. Sie bebte am ganzen Körper, und ihre Stimme überschlug sich beinahe.

»Fenn, Fenn, etwas Unglaubliches ist passiert, ich muß es sofort für dich aufzeichnen! Elverir ... Scorian ... P-p-pro*serpina* ...« Sie holte tief Luft und lachte. »Meine Zunge kommt gar nicht mehr mit! Ich verschlucke mich fast an den Neuigkeiten. Ich werde versuchen, mich zusammenzureißen und der Reihe nach zu berichten.«

Als sie nach einer kurzen Pause erneut ansetzte, sprach sie schnell, aber beherrscht. »Elverir ist wieder in Belgarre. Die Inrai sind nicht ununterbrochen auf Streife. Sie bleiben eine Weile in der Wildnis, dann kehren sie nach Hause zurück und gehen eine Zeitlang ihrem normalen Leben nach. Das ist nötig, damit ihr Nachschub gewährleistet bleibt. Und es macht es der Polizei schwerer herauszufinden, wer von ihnen den Inrai angehört. Das ist gerade jetzt, da das Dreierreich besetzt ist, noch wichtiger als sonst. Ich hoffe, daß Elverir für längere Zeit in Belgarre bleiben kann. Für immer, wenn es nach mir ginge. Es ist so furchtbar, Leute mit den besten Absichten wie meine Eltern gegen andere Leute, die nur ihre Freiheit wollen ...« Sie schluckte. »Tut mir leid. Ich bringe alles durcheinander. Ich sollte das, was nur mich betrifft, für mich behalten und bei dem bleiben, was für dich wichtig ist.« Ein flüchtiges Lächeln. »Schließlich bist du es, dem ich diesen Bericht schicke. Und ... Fenn, was dich interessiert, interessiert auch mich, weil es wichtig ist und ... weil du es bist, *trouvour* ...« Ihr Gesicht rötete sich.

»Also, Elverir hat mir die Neuigkeiten erzählt«, fuhr sie eilig fort. »Er hat sie von Scorian, dem Oberhaupt der Inrai, sofern sie überhaupt eins haben. Die Nachrichten sollen vertraulich bleiben, aber ich vermute, Scorian wußte, daß Elverir mir Bescheid sagen würde, und er hat es ihm nicht direkt verboten. Wahrscheinlich hat er nichts dagegen, wenn die Lahui Kuikawa davon erfahren, was auch immer sie damit anfangen wollen. Aber es wäre ihm lieber, wenn die Synese nicht wüßte, daß ihr informiert seid. Zumindest vermute ich das.«

Sie blickte direkt aus dem Bildschirm heraus. Fenn beugte sich etwas vor, als wollte er ihre Hände ergreifen.

»Fenn«, sagte sie, »ein Schiff von Alpha Centauri nähert sich Proserpina.«

Er hatte das Gefühl, als wäre eine Bombe in seinem Schädel explodiert.

Nach einer Weile sprach Kinna weiter, so ruhig, wie er es von jemandem erwartet hätte, der sein Leben auf einem Planeten fristete, der entschlossen war, tot zu bleiben. »Die Lunarier im Centauri-System müssen beim Start des Schiffes eine Nachricht abgestrahlt haben, so daß die Proserpinarier schon seit Jahren davon wußten.

Ich vermute, daß die Synese – gut, jedenfalls der Cyberkosmos – es vor einiger Zeit entdeckt hat, die Strahlung von der Schockwelle im interstellaren Gas und diese Dinge, ohne die Öffentlichkeit zu informieren, aus welchen Gründen auch immer. Die Proserpinarier glauben, daß der Cyberkosmos das Schiff abgefangen hätte, wenn ihm das möglich gewesen wäre, daß ihm aber kein geeignetes Raumschiff zur Verfügung stand. Vielleicht sind alle superschnellen Schiffe zur Zeit auf Forschungsreise zwischen den Sternen unterwegs, wie man uns immer erklärt hat. Vielleicht ist die Behauptung der Proserpinarier aber auch falsch und ungerechtfertigt. Ich wünschte, der Cyberkosmos würde uns mehr verraten, du nicht auch? Chuan sagt, wir würden so viel erfahren, wie es klug ist, aber ...«

Daß die Proserpinarier von der bevorstehenden Ankunft des Schiffes wissen, dachte Fenn, dürfte schon ausreichen, den Cyberkosmos von Gegenmaßnahmen abzuhalten.

»Also«, fuhr Kinna fort, »jetzt zu dem Grund, warum die Proserpinarier Bescheid wissen und plötzlich die Inrai informiert haben. Normalerweise hätten sie das nicht getan, das entspricht nicht der lunarischen Mentalität. Aber die Nähe des Schiffes und die Ideen, die sie in der Zwischenzeit mit den Centauriern ausgetauscht haben, haben sie dazu veranlaßt, sich ausgiebig Gedanken darüber zu machen, worin das große Geheimnis besteht, das von einer Solarlinse entdeckt worden ist. Sie sind überzeugt davon, daß es sich dabei tatsächlich um ein Geheimnis handelt, um eine konkrete Tatsache von außerordentlicher Bedeutung und nicht nur um ein wissenschaftliches Rätsel. Das klingt plausibel für mich. Warum sollte ein Rätsel nicht veröffentlicht werden?« Ein Schatten huschte über ihr Gesicht. »Und der gute alte Chuan, die Art, wie er immer zusammenzuckt, wenn das Gespräch zwischen uns auf das Thema kommt, und wie er es dann sofort wechselt ...

Wie auch immer, du erinnerst dich doch bestimmt noch, daß die Proserpinarier früher versucht haben, ihre eigenen Solarlinsen zu installieren, und damit gescheitert sind. Sie glauben, daß Sabotage durch Miniroboter dafür verantwortlich war, aber vielleicht war das Projekt auch einfach nur zu kompliziert und ist deshalb schiefgegangen. Das ist es, was ich eher vermute. Jedenfalls sind sie zu dem Schluß gekommen, daß die Entdeckung, oder der größte Teil davon, von einer ganz bestimmten Solarlinse gemacht worden ist, von der, die direkt auf das Zentrum der Galaxis zielt. Ich bin mir nicht sicher, warum sie das glauben. Aber auch die Lunarier im Centauri-System und die Terraner auf den Planeten der weiter entfernt gelegenen Sterne haben astronomische Beobachtungen durchgeführt. Vielleicht haben sie nichts Überraschendes in allen anderen Richtungen entdeckt und verfügen nicht über die Mittel, intensiver nachzuforschen. Vielleicht gehört das zu den Dingen, die die Proserpinarier vom Centauri gehört haben.

Sie haben eine Expedition zu der fraglichen Solarlinse geschickt und versucht herauszufinden, welche Informationen ihr Datenspeicher enthält. Dabei sind sie auf ein Sicherungssystem gestoßen, mit dem sie sich nicht anlegen wollten. Vielleicht ist jede Linse so gesichert, vielleicht auch nicht, aber um das zu überprüfen, müßten sie einen riesigen Raumabschnitt absuchen, nicht wahr?«

Kinna straffte die Schultern. »Anscheinend geht es um irgend etwas von kosmischen Dimensionen, und es könnte durchaus etwas mit der Mission des centaurischen Schiffes zu tun haben. Die Proserpinarier möchten mehr darüber erfahren. Die einzige Gruppe im inneren Sonnensystem, die für sie so etwas wie ein Verbündeter ist, sind die Inrai, und zweifellos enthält diese Sternennetzstation auf dem Pavonis Mons die benötigten Informationen. Vielleicht können die Inrai etwas unternehmen. Ich weiß nicht was und wie, aber auf Grund der großen Entfernung können die Proserpinarier die Lage vielleicht nicht richtig beurteilen, oder aber es hat etwas mit lunarischer Verwegenheit und dem Gefühl zu tun, nichts mehr zu verlieren zu haben.

Wie auch immer, da das Dreierreich besetzt ist, konnten die Proserpinarier nicht einfach einen gebündelten Funkstrahl von einem weit draußen im All stationierten Schiff abschicken, und sie mußten davon ausgehen, daß mittlerweile alle ihre Quantencodes entschlüsselt worden sind. Also haben sie ein kleines robotisch gesteuertes Schiff mit Feldantrieb dicht am Mars vorbeifliegen lassen und die Tharsiswüste mit einem breitgefächerten Strahl überstrichen. Ein paar Empfangsstationen der Inrai mußten die Nachricht zwangsläufig auffangen. Danach ist das Schiff sofort nach Proserpina zurückgejagt, und wir ... wir wissen jetzt Bescheid. Was auch immer wir mit den Informationen anfangen können.«

Ihr Blick richtete sich auf ihn, den sie seit längerem nicht mehr direkt gesehen oder gesprochen hatte. »Was immer *du* damit anfangen kannst«, fügte sie leise hinzu. »Wenn es nichts ist, dann mach dir deswegen keine Vorwürfe. Der nächste Versorgungsflug von Luna startet erst in einigen Monaten. Bis dahin könnte alles mögliche passieren.« Sie ließ ein trotziges Lächeln aufblitzen. »Und wahrscheinlich wird es das auch. Aber ich mußte dir die Neuigkeiten einfach erzählen, *trouvour*.«

Sie seufzte. »Davon abgesehen geht das Leben bei uns irgendwie weiter, wenn auch ziemlich chaotisch. Unsere Uneinigkeit über die Politik und ähnlich Gräßliches hat die Familie nicht gespalten, wir können immer noch gemeinsam lachen. Ich freue mich darauf, von dir zu hören, wenn du es einrichten kannst, dich zu melden, und noch mehr darauf, dich hier bei uns wiederzusehen. Mach dir keine Sorgen. Wir werden dieses ganze Durcheinander schon irgendwie überstehen, darauf wette ich. Mach's gut.«

Sie warf ihm einen Kuß zu, was sie bisher noch nie getan hatte. Die Übertragung endete.

Fenn saß fast eine Stunde lang nahezu reglos da und starrte blicklos vor sich hin.

Wieder war es ein früher Winterabend. Die Luft war so kalt, daß sie sich in seiner Nase flüssig anfühlte. Dort, wo der Wald keinen Schatten warf, leuchtete der Schnee hell im Licht der Sterne und knirschte bei jedem Schritt leise unter Fenns Stiefeln. Davon abgesehen war es vollkommen still. Hinter ihm schrumpften die Häuser Munsings, die sich eng aneinanderschmiegten, in der Dunkelheit zusammen. Vor ihm fiel gelbliches Licht aus den Fenstern einer einsamen kleinen Hütte.

Sein Ziel. Er hatte heute morgen von Thistledew aus einen willkürlich herausgesuchten Einwohner von Munsing angerufen und ihm erklärt, daß er mit Robin sprechen wollte, aber nicht wüßte, unter welchem Namen seine Eidophonnummer im Register eingetragen war. Dann hatte er die Nummer dieser Hütte gewählt, dabei nur eine Audiofrequenz benutzt und um ein heimliches Treffen gebeten. Der Mann am anderen Ende hatte freudig aufgeregt reagiert, ihm den Weg beschrieben und eine Zeit festgelegt, zu der sie ungestört sein würden.

Für Fenn bestand kein Zweifel mehr. Seine Suche war beendet.

Auch sein innerer Aufruhr und die Zweifel waren verstummt. Eine kalte Ruhe erfüllte ihn. Er hatte eine Aufgabe zu erledigen, und danach würde er dieses Kapitel endgültig abschließen.

Als er die Tür erreicht hatte, klopfte er, eine anachronistische Eigenart der Förster. Das harte Holz ließ seine eisigen Fingerknöchel schmerzen, das Pochen hallte laut und dumpf in der Stille wider. Die Tür öffnete sich. Fenn schlüpfte hindurch, wirbelte herum, entriß den Knauf einer schlaffen Hand und stieß die Tür zu.

»Was soll das?« Pedro Dovers Stimme klang überrascht und ängstlich. Er wich vor dem Mann zurück, der drohend vor ihm aufragte. Sein Gesicht war tatsächlich verändert worden, aber nach all den Monaten, die Fenn sein Bild angestarrt hatte, hätte er die einfältigen Züge sogar auf dem Grund eines Schwarzen Lochs wiedererkannt. Das Innere der Hütte war unordentlich und schmutzig, in der überhitzten Luft hing ein unangenehm muffiger Geruch. Fenn verspürte ein schwaches Gefühl der Befriedigung; genauso hatte er sich das Versteck des Mörders vorgestellt.

»Wer sind Sie?« fragte Pedro Dover schrill. »Haben Sie mich angerufen? Was wollen Sie? Starren Sie mich nicht so an!«

»Wenn Sie mitkommen, ohne Ärger zu machen, ersparen Sie uns beiden Probleme«, sagte Fenn kalt. »Der hiesige Polizist wird Sie zur nächsten regulären Polizeistation fliegen, und die Sache ist geregelt.«

»Was ... was für einen Unsinn quatschen Sie da?«

»Sie erkennen mich nicht wieder, was? Ich war zufällig in der Nähe, als Sie einen Mob gegen einen kleinen freundlichen Sophotekten in Mondheim aufgehetzt haben. Und ich habe Sie zwar nicht gesehen, denn sonst wären Sie längst schon tot, aber ich war dabei, als Sie einen engen Freund von mir in Tychopolis ermordet haben. Einen Keiki Moana, eine metamophische Robbe. Erinnern Sie sich?«

Pedro Dover stieß einen Schrei aus und griff nach dem langen Messer, das in seinem Gürtel steckte. Fenns Faust schoß vor. Die Wucht des Schlags kugelte ihm beinahe die Schulter aus. Das Gesicht vor ihm explodierte förmlich und verwandelte sich in ein blutiges Trümmerfeld. Pedro Dover taumelte zurück.

Fenn schickte eine Linke hinterher, die sich in den Bauch direkt unterhalb der Rippen bohrte. Pedro Dover brach zusammen, ruderte hilflos mit den Armen und schnappte mühsam nach Luft.

»Keine Angst«, sagte Fenn ruhig. »Du bist es nicht wert, daß ich dich töte.«

Er nagelte den Mann mit einem Fuß auf dem Boden fest und rief den Dorfpolizisten an.

KAPITEL 17

Guthrie erwachte.

Es geschah übergangslos durch das Schließen eines Kontakts. Seine Träume verblaßten langsam in seiner Erinnerung, als er die Klappen vor seinen optischen Sensoren öffnete, sie auf ihren Stielen ausfuhr und sich umblickte. Er war deaktiviert gewesen – in gewisser Hinsicht tot – und jetzt wieder funktionstüchtig – in gewisser Hinsicht lebendig.

Fünfunddreißig Jahre, dachte er, fast so genau, daß die Differenz keine Rolle spielt. Was hat sich in der Zwischenzeit im Universum ereignet?

Bevor er sich damit befaßte, verband er sich mit den Instrumenten und Computern des Schiffes. Die Daten beruhigten ihn. Alle Systeme arbeiteten fehlerfrei. Nicht, daß er an der Zuverlässigkeit des Schiffes, das er in *Dagny* umgetauft hatte, gezweifelt hätte.

Aber irgend etwas Unvorhersehbares hätte sich ereignen können, das schlecht für das Schiff und gut für einen Feind war.

Nein, der Flug war planmäßig verlaufen. Obwohl die *Dagny* immer noch abbremste, war er nicht mehr weit von seinem Ziel entfernt, der Rückkehr ins Solare System nach mehr als einem Jahrtausend.

Man hätte den Unterschied kaum durch bloßen Augenschein feststellen können. Unzählige Sterne strahlten in der Dunkelheit, die Milchstraße zog sich wie eine gekrümmte frostige Straße durchs All, kosmische Nebel schimmerten, Andromeda war ein riesiger Fleck in der Schwärze, blaß und geheimnisvoll, ein Szenario, das Guthrie von zwei anderen Sternen aus und auf dem Weg zwischen ihnen gesehen hatte, kaum verändert durch eine Reise von nur wenigen Lichtjahren. Nur Sols Position hatte sich merklich verschoben. Fast sechshundert Astronomische Einheiten entfernt, war die irdische Sonne der größte und hell strahlendste Stern, auch wenn sie hier draußen nur ein Drittel des Lichts spendete, das der Vollmond auf die Erde warf. Trotzdem verweilte Guthries Blick minutenlang auf ihr.

Juliana, dachte er. Irgendwo dort in der Ferne liegt deine Asche, im Leibniz-Gebirge des Mondes verstreut, wo ewiger Tag herrscht, vermischt mit der Asche meines ersten Körpers, des Körpers, den du gekannt hast.

Die *Dagny* umgab ihn mit ihrem Schweigen. Sie war kein *c*-Schiff, keine *Yaeger* mit minimaler Masse, und daher nicht in der Lage, im Grenzbereich der Lichtgeschwindigkeit zu fliegen, sondern ein Kreuzer, der zwar auch einen Feldantrieb besaß, aber ursprünglich für den interplanetaren Verkehr gedacht war. Deshalb war sie groß genug, um Fracht transportieren zu können, verfügte zusätzlich über Passagierkabinen sowie Lebenserhaltungssysteme und medizinische Einrichtungen für mehrere Personen. Dazu kamen Bordwaffen, die die centaurischen Lunarier für ihn installiert hatten. Das Schiff besaß die Form eines Kegels von knapp hundert Metern Länge mit einer abgerundeten Basis, die etwa vierzig Meter durchmaß. Luken, Luftschleusen und stromlinienförmige Aufbauten verteilten sich über die stumpfe Oberfläche. Die Antennen und Radarschüsseln waren nach dem langen Flug ausgefahren worden, lauschten nach Funksignalen und sammelten andere Informationen. Jetzt, da die Geschwindigkeit nur noch im zweistelligen Kilometerbereich pro Sekunde lag und weiter fiel, arbeitete der Partikeldeflektorschirm mit schwacher Leistung und war unsichtbar, zeigte nicht mehr das Leuchten von Elmsfeuer, das den Rumpf vom Bug bis zum Heck eingehüllt und einen flackernden Schweif gebildet hatte.

Guthrie stieß eine gemurmelte Verwünschung aus und schreckte aus seinen Träumereien hoch. Die Instrumente zeigten ihm drei Schiffe, die sich der *Dagny* mit hoher Beschleunigung anscheinend auf einem Abfangkurs näherten. Sie besaßen Plasmatriebwerke, waren aber mit Sicherheit äußerst leistungsfähig. Jeden Augenblick konnte ihn eine dringende Anfrage über einen Laserfunkstrahl erreichen. Es war ratsam, daß er sich vorher schnell über den derzeitigen Stand der Dinge informierte.

Wie vereinbart, hatten die Centaurier eine verschlüsselte Zusammenfassung der letzten Nachrichten so abgeschickt, daß sie das Schiff kurz vor Guthries Erwachen erreicht hatte. Natürlich waren die Nachrichten fünf und ein Drittel Jahre alt – die Neuigkeit von Sol, die über Centauri an ihn weitergereicht worden waren, sogar doppelt so alt – und bedauerlich dürftig. Sie enthielten nur das, was die Centaurier wußten, und selbst diese wenigen Informationen waren unvermeidlich durch Mißverständnisse und Vorurteile verzerrt worden. Dazu kam noch das, was Guthrie für Aberglauben hielt. Aber es war besser als gar nichts. Er überspielte die Botschaft in seinen Gedächtnisspeicher, ohne ihr vorerst größere Aufmerksamkeit zu schenken. Dafür würde er noch genügend Zeit während der letzten Anflugsphase haben.

Eine lunarische Stimme klang in seinen akustischen Sensoren auf. »Aou, einfliegendes Schiff aus dem fünften Oktanten. Hier spricht Zefor, Kommandant dieser Wacheinheiten, die dem Rat der Vorsteher der freien Welt Proserpina dienen. Identifiziert Euch und nennt Euer Begehr.«

Guthries Antwort erfolgte via gebündeltem Laserfunk. Er benutzte die gleiche Sprache, aber wie immer verlieh er ihr seine persönliche Note und würzte sie mit einigen uralten Amerikanismen. »Regt Euch ab, *amigo*. Ihr wißt verdammt gut, wer ich bin. Ich schätze, Eure *honchos* haben mich schon erwartet, als Ihr noch nicht geboren wart.«

Vor fünf Milliarden Jahre, als sich das Sonnensystem noch im Embryonalstadium befand, begann sich eine Kugel jenseits der Materieansammlung zu formen, aus der einmal der Mars entstehen würde. Jupiter, bereits voll ausgebildet – die Riesenplaneten entwickelten sich schneller –, wirbelte die kleinen Gas- und Staubwolken durcheinander und verhinderte so die Geburt eines weiteren Planeten. Allerdings hatte sich in einigen dieser Wolken genug Materie angesammelt, um durch die Adhäsionskräfte und radioaktive Energien zu schmelzen. Die schweren Elemente sanken in die Zentren der kleinen Himmelskörper. Als sich die Planetoiden verfestigten und abkühlten, besaßen sie Eisen/Nickelkerne. Im Laufe der Zeit wurden sie durch ständige Kollisionen und kosmische Geschosse zertrümmert, bis lediglich ein aus Asteroiden bestehender Gürtel zurückblieb.

In der Anfangsphase sprengte ein solcher Zusammenstoß die äußeren Schichten des größten Planetoiden ab und verwandelte ihn in ein eisenhaltiges Sphäroid mit einem Durchmesser von zweitausend Kilometern. Durch die Wucht des Aufpralls kam er dem Jupiter gefährlich nahe, und der Riesenplanet schleuderte ihn von der Sonne fort. Seine neue exzentrische Bahn war etwa vierundvierzig Grad zur Ekliptik geneigt und variierte durch verschiedene Einflüsse leicht. Auf seinem Perihel näherte er sich der Sonne bis auf knapp hundert Astronomische Einheiten. Das Aphel war mehr als 31000 Astronomische Einheiten entfernt, lag jenseits des Kuiper-Gürtels der Kometen und tief innerhalb der Oortschen Wolke. Irgendwann schlug einer dieser eisigen Kometen auf dem Planetoiden ein und ließ ein reiches Vorkommen an gefrorenem Wasser und organischen Verbindungen zurück. Ein metallischer Himmelskörper reicherte ihn mit anderen Bodenschätzen an. Zu diesem Zeitpunkt der menschlichen Existenz hatte die kleine Welt die Sonne auf ihrer Bahn umrundet und befand sich wieder auf dem Weg nach außen. Sie war noch nicht weit gekommen; ihre Periode betrug fast zwei Millionen Jahre.

Als Guthrie den Planetoiden entdeckte, weit entfernt und stark vergrößert, funkelte und glitzerte er. Die einst dunkle Oberfläche war mit zahllosen Lichtpunkten übersät, Sonnen- und Sternenlicht, das von Kuppeln, Dächern, Türmen und Masten reflektiert wurde. Die Lichtquellen wanderten, während er sich dem Himmelskörper näherte, denn die Flugbahn der *Dagny* war gekrümmt, und der Planetoid drehte sich in neuneinhalb Stunden einmal um die eigene Achse. Allmählich konnte Guthrie Straßen, Schienenstränge, Raumhäfen und einzelne Raumschiffe ausmachen, die wie Libellen landeten und starteten. Weiter entfernt entdeckte er künstliche Gebilde im All, von denen einige das Sphäroid umkreisten, die meisten aber seinem Orbit folgten – Habitate, Fabriken, Lagerstätten, Ausweichraumhäfen und andere Strukturen, die sich nicht so leicht identifizieren ließen. Er vermutete, daß es sich bei zwei oder drei davon um Flottenstützpunkte handelte, bei anderen um Stationen, die der Forschung und anderen Aktivitäten dienten, für die eine größere Entfernung angebracht war, wie beispielsweise Anlagen zur Antimaterieproduktion.

Aber wie auch immer, Proserpinas Wirtschaft und Bevölkerung war offensichtlich kontinuierlich gewachsen. Mit Sicherheit lebte der größte Teil der Proserpinarier nicht hier auf seiner Mutterwelt, sondern in kleinen Kolonien auf kleineren Himmelskörpern und in Minen auf den Kometen, über einen riesigen Raumabschnitt verteilt, der das innere Sonnensystem winzig erscheinen ließ. Und noch immer wuchs und gedieh ihr Reich, schoben sich seine Grenzen weiter hinaus, den Sternen entgegen.

Das entspricht dem lunarischen Temperament, dachte Guthrie. Ihnen muß die Einsamkeit ihrer Siedlungen gefallen, die noch ausgeprägter als auf den Asteroiden von Alpha Centauri ist. Jede Gruppe konnte hier draußen ihren eigenen Weg gehen und ihre eigenständige Kultur entwickeln. Trotzdem hatte er herausgefunden, daß die grundlegenden sozialen Strukturen der Proserpinarier im Prinzip denen ähnelten, die auf dem irdischen Mond unter der Selenarchie vorgeherrscht hatten. Verwandtschaftsbande schlossen Familien und deren Gefolgsleute zu Phratrien zusammen. Mehrere miteinander verschwägerte Phratrien bildeten eine Phyle, eine lockere gesellschaftliche Einheit, die gemeinsame Interessen vertrat und mehr oder weniger zusammenarbeitete. Stärker, oft über viele Generationen zurückreichend, waren die Bande zwischen den Feudalfürsten, die das Gleichgewicht von Reichtum und Macht aufrechterhielten, und ihren *armurini* – ›Gefährten‹, was in etwa Anhänger, Vasallen oder Samurai bedeutete, oder welche inadäquate Übersetzung man auch immer dafür benutzte. Die meisten größeren Unternehmen wurden von *courai* geführt, was mit Firmen oder Gilden nicht exakt umschrieben werden konnte, die ihre Mitglieder in der Regel aus derselben Phratrie rekrutierten, einige aber befanden sich im Besitz der feudalherrschaftlichen Familien.

Auf Proserpina, wo viele Lunarier auf relativ engem Raum lebten und arbeiteten, hatte sich zwangsläufig ein anderes Gesellschaftssystem entwickelt, das einer Regierung so nahe kam, wie es dem lunarischen Selbstverständnis überhaupt möglich war. Die Phratrien wählten einen Rat der Vorsteher. In Absprache mit ihnen – durch eine Art elektronisches Althing, dachte Guthrie – stellte der Rat Polizeitruppen zusammen und organisierte größere öffentliche Einrichtungen. Der überwiegende Teil seiner Beschlüsse beschränkte sich auf Sicherheitsbestimmungen und dergleichen. Lunarische Führungsinstanzen neigten immer dazu, Verhaltensregeln zu postulieren, die eher ein »Du-sollst-nicht« als ein »Du-sollst« enthielten. Trotzdem wurden nicht nur Verbote umgesetzt, sondern auch aktive Maßnahmen durchgeführt. Diese wurden durch für den jeweiligen Fall speziell eingerichtete Sonderfonds finanziert.

Der Rat wiederum bestimmte einen Versammlungsleiter, einen *primus inter pares,* der so lange im Amt blieb, wie ihn der Rat stützte. Alle seine Beschlüsse waren jederzeit von der Kontrollkammer der Feudalfürsten, den Oberhäuptern der Phyles, einzusehen und konnten durch ein Veto außer Kraft gesetzt werden. Wie schwach das System auch erscheinen mochte, war es offenbar doch effektiver als seine terranischen Vorgänger, die es in ähnlicher Form beispielweise unter den mittelalterlichen Slawen oder Isländern gegeben hatte. Wenn die höchste Autorität, die irgendeine Person erringen konnte, derart begrenzt war, waren Verhandlungen im Geist von vernünftigem und vorsichtigem Eigeninteresse der einzelnen Parteien die aussichtsreichste Vorgehensweise. Wer auch immer seinen Einfluß zu rücksichtslos durchzusetzen versuchte, lief Gefahr, getötet zu werden.

Anscheinend unterhielten die Proserpinarier sogar eine kleine, aber sehr disziplinierte Kriegsflotte. Guthrie war sich nicht sicher, warum sie das taten. Hingen sie tatsächlich dem Hirngespinst nach, sie könnten über den Abgrund hinweg, der ihre Welt und die Erde trennte, angegriffen werden? Vielleicht wollten sie damit aber auch nur verhindern, daß Blutfehden zwischen den Phratrien oder Phyles außer Kontrolle gerieten.

Zefors Stimme klang wieder auf. »Ihr werdet hier in einen Parkorbit gehen, Donrai.« Er übermittelte die für das Manöver erforderlichen Parameter.

»Ganz schön weit draußen, was?« erwiderte Guthrie. »Meinetwegen.« Er gab die Daten an die *Dagny* weiter und spürte das sanfte Zupfen der Beharrungskräfte, als das Schiff die letzten Kurskorrekturen vornahm.

»Wir werden Euch nach Proserpina bringen.«

»Das ist nicht nötig, *gracias*. Wenn Ihr oder Eure Verkehrskontrolle mich reinlotst, flitze ich direkt rüber. Ähm, dieses Schiff ist übrigens gesichert und reagiert ziemlich empfindlich, sollten Fremde versuchen, an Bord zu gehen. Bitte gebt diese Nachricht weiter. Ich fände es sehr bedauerlich, wenn irgend jemand zufällig zu Schaden kommen würde.«

»Verstanden, Donrai.« Zefors Antwort klang auf grimmige Art belustigt.

Guthrie steckte bereits in seinem humanoiden Körper. Im Gegensatz zu seiner Ankunft im Centauri-System zeigte der dreidimensionale Schirm seines Kopfauswuchses diesmal das Abbild seines Gesichts, wie es in mittleren Jahren ausgesehen hatte. Hier, wo die Proserpinarier zumindest hin und wieder direkten Kontakt mit Terranern unterhielten, hielt er diese Maßnahme aus psychologischen Gründen für angebracht.

Er schnallte sich ein Jetpack um, befestigte eine Navigationseinheit an seiner Brust, verließ die *Dagny* durch eine Luftschleuse und stieß sich ab. Der freie Flug durch das All, umgeben von unzähligen Sternen, ließ ihm einige Stunden Zeit, seine Gedanken zu ordnen.

Wäre er ein Mensch aus Fleisch und Blut gewesen, hätte ihm der kurze Aufschub auch geholfen, seine innere Anspannung abzubauen. Eine Bewußtseinskopie war jedoch nicht in der Lage, Angst oder Ärger zu empfinden, jedenfalls nicht in bezug auf ihr eigenes Schicksal. Andererseits ermöglichten die Schaltkreise und die Programmierung so etwas wie Hingabe zu Zielen, Ideen und ... ja, auch zu anderen Lebewesen, und das wiederum führte zu Mitgefühl ihnen gegenüber. Auf eine gespenstische Weise überdauerte die Liebe so den Tod.

Aber ich wäre ein sehr viel besserer Liebhaber in der Gestalt eines lebendigen Menschen, dachte Guthrie, und das meine ich nicht nur in körperlicher Hinsicht.

Er schob den Anflug von Selbstmitleid mit der Geringschätzigkeit, die ihm gebührte, beiseite – zu solchen Empfindungen war er auch in dieser Existenzform fähig – und konzentrierte sich auf die vor ihm liegende Aufgabe. Sie war ohne Zweifel interessant.

Proserpina schwoll vor ihm an, bis es den halben Himmel ausfüllte und seine Flugbahn allmählich von der Horizontale in die Vertikale überging. Er folgte den Anweisungen in seinem Empfänger und landete sanft auf einer Metallterrasse, die aus einem schlanken Wolkenkratzer hervorragte. Von Reflektoren vielfach gebrochenes Licht verbarg das dunkle All hinter einem künstlichen Tag. Eine Maschine stand bereit, um ihm seine Ausrüstung abzunehmen und ihn zu einer Luftschleuse zu führen. Es war eine robotische Konstruktion, vielseitig ausgestattet und anpassungsfähig, aber im Grunde nicht mehr als ein Automat ohne Bewußtsein. Auf Proserpina gab es nur wenige Sophotekten mit zudem stark eingeschränktem Intellekt und einer Begrenzung des freien Willens.

Guthrie betrat das Innere des Planetoiden. Die Luftfeuchtigkeit kondensierte kurzfristig zu Rauhreif auf seinem metallischen Körper. Seine Sensoren registrierten Wärme, eine schwache Brise und Schwerkraft. Die Gravitation betrug rund vierzehn Prozent der irdischen, was immerhin sechsundachtzig der lunarischen entsprach. Eine Ehrenwache erwartete ihn, ein Dutzend hochgewachsener Männer in enganliegender Kleidung, schwarz und silbern. Es war mehr als nur eine Ehrenwache. Zwar verzichteten die Männer auf Schußwaffen, wie es die Vorschriften in Gebäuden, die direkt dem Vakuum ausgesetzt waren, verlangten, aber neben den üblichen Schwertern und Schlagstöcken trugen sie zwei elektromagnetische Projektoren, mit denen sie ihn sofort außer Gefecht setzen konnten, sollte sein Verhalten eine Bedrohung darstellen.

Sie salutierten in perfektem Einklang, indem sie die rechte Hand auf die linke Brust legten. »Seid uns gegrüßt und willkommen, Donrai, Captain, Abgesandter«, empfing ihn der Anführer zeremoniell. Guthrie bemerkte, wie stark sich das Lunarisch auf Proserpina vom dem unterschied, das im Centauri-System gesprochen wurde. Allerdings waren die Unterschiede nicht so groß, daß sie ihm Probleme bereitet hätten. »Was immer Ihr wünscht oder verlangt, das soll und wird Euch gewährt werden, da Ihr diese gewaltige Reise gemacht habt und uns wichtige Nachrichten bringt. Wollt Ihr zuerst das Quartier aufsuchen, das für Euch bereitet wurde?«

Das gleiche Spielchen wie beim letzten Mal, dachte Guthrie. »Nicht nötig. Wenn die anderen bereit sind, mich zu empfangen, ich bin es auch.«

»Drei Selenarchen harren in dieser Hoffnung auf Euch, Donrai. Gestattet uns, Euch zu ihnen zu führen.«

Ja, sie haben den alten Titel wiederbelebt, stellte Guthrie fest. Das bedeutet, daß sie den Anspruch auf ihre Heimatwelt, den irdischen Mond, niemals aufgegeben haben.

Es war ein langer Weg bis zum Palast, wo das Treffen stattfinden sollte. Sie gingen zu Fuß oder benutzten Gleitbänder. Vieles von dem, was Guthrie unterwegs sah, war einzigartig. Die meisten Bauwerke befanden sich über der Erde, da die Ausschachtung des Eisenkerns nur langsam voranschritt. Obwohl die gesamte Oberfläche des Planetoiden schon seit langem bebaut worden war, gab es keine Städte im terranischen Sinn. Kulturelle und wirtschaftliche Knotenpunkte erfüllten diese Aufgabe und gesellschaftlichen Bedürfnisse. Die Leute bewegten sich hier genauso rücksichtsvoll wie anderswo, aber die Gänge, Arkaden, Geschäfte, Vergnügungszentren und esoterischen Einrichtungen waren dichter als sonst bevölkert. Wie leise sie sich auch unterhielten, wie zurückhaltend sie auch auftraten, die Passanten erzeugten eine unterschwellige Geräuschkulisse, die Guthrie an das Schnurren einer riesigen Katze denken ließ. Die Art ihrer Kleidung unterschied sich von der centaurischen und neigte zur Grellheit. Neben den vielen zahmen Schoßtieren – winzigen Falken, Angoraeichhörnchen, Affen, Frettchen und farbenprächtigen Vögeln –, die auf den Schultern oder Handgelenken ihrer Besitzer hockten, entdeckte er auch größere Tiere wie ein Paar Windhunde, einen Zwergbär und einen gefleckten schwarzen Leoparden, die ihre Herrchen begleiteten. Er fragte sich, wo ihre Besitzer die Tiere abrichteten. Sie vermittelten einen Eindruck arroganter Opulenz.

Im Grunde aber war Proserpina typisch lunarisch und ähnelte den centaurischen Siedlungen mit ihren Reihen schmaler Arkaden unter hohen Decken, über die bunte Trugbilder spielten, phantastischen oder subtilen Ornamenten, Parkanlagen, in denen überdimensionale Blumen unter großen Niedriggravitationsbäumen blühten, kompliziert tanzenden Wasser-, Feuer- und Lichtfontänen, Emblemen auf unauffälligen Türen, fremdartigen Werkstätten, einer Gruppe maskierter und federngeschmückter Tänzer, kaum wahrnehmbaren Düften und schwebenden Musikklängen. Es herrschte kein terranisches Gedränge und Geschrei, alles war ruhig und floß reibungslos dahin wie Meeresströmungen, aber ebenso verschlungen und mit der gleichen Ahnung von tiefgründiger Kraft und potentieller Gewalttätigkeit. O ja, Guthrie erinnerte sich nur zu gut.

Schließlich erreichte er den Treffpunkt am Ende eines gewölbten Korridors, in dem die Illusion blauer Flammen und perlmuttfarbener Schwingen aufflackerte. Seine Eskorte ließ ihn vor einem Eingang zurück, der durch einen traumartig langsam herabfallenden Vorhang aus Wasser versperrt wurde, das schäumend durch einen Kanal abfloß, in dem phosphoreszierende Schlangen schwammen. Der Wasserfall versiegte, als Guthrie sich ihm näherte, und schloß sich wieder hinter ihm, nachdem er den Eingang durchquert hatte. Der anschließende Raum war überraschend klein und intim eingerichtet, die Decke alabasterfarben, die Wände mit goldenen Blättern bedeckt und mit Edelsteinen verziert, die kalligraphische Muster bildeten. Vielleicht führte die Tür am anderen Ende in einen größeren Raum oder in ein Labyrinth. Auf einem aus hauchdünnem Metall gefertigten Tisch standen eine Karaffe mit Wein, Kelche und eine Obstschale. Drei Lunarier erwarteten Guthrie.

Einer von ihnen trat mit fließenden Bewegungen vor und vollführte eine Willkommensgeste. »Seid geehrt, Donrai, Captain, Gesandter«, grüßte er. »Nach all den vielen Jahren erfüllt uns Euer Kommen mit großer Freude. Ich bin Velir, der derzeitige Versammlungsleiter, und heiße Euch im Namen von ganz Proserpina willkommen.«

Die Centaurier hatten Guthrie das Wenige berichtet, das sie über diesen Mann wußten – Feudalherr der Phyle Aulinn, Hüter von Zamok Drakon, Teilhaber an Raumschiffen und Industriezentren, eine Macht, die durch seine Frauen und andere Verbindungen gestützt wurde. Raumfahrer in seiner Jugend, Kundschafter auf dem Mars und sogar auf der Erde, wie gemunkelt wurde, mutig und verwegen, was in seiner Position unabdingbar war, aber beherrscht und pragmatisch. Mißtrauisch gegenüber der Synese bis hin zur Feindseligkeit, aber vielleicht etwas realistischer in diesem Punkt, als es Guthries Zwecken nützlich gewesen wäre. Er hatte das neunzigste Lebensjahr überschritten und war kräftiger gebaut als der durchschnittliche Lunarier, fast schon beleibt. Seine Haut war bernsteinfarben, das schwarze Haar wurde allmählich grau. Velir hatte eine Adlernase und ruhige braune Augen. Seine Kleidung war eher schlicht, eine purpurfarbene Tunika, eine schwarze Kniehose, weiße Schuhe und weißer Gürtel, aber vor seiner Brust baumelte ein Diamant von der Größe einer Männerfaust.

»Gestattet mir, Euch meine Partner vorzustellen«, fuhr er fort. »Catoul von der Phyle Randai, der für die Kontrollkammer spricht.« Catoul war mittleren Alters, muskulös und scharlachrot gekleidet. Sein Gesicht wirkte verschlossen und wachsam. »Luaine von der Phyle Janou, Hüterin von Zamok Gora, die für die Captains der Äußeren Kometen spricht.« Die Frau war schlank und rothaarig und hatte ausgeprägte kühne Gesichtszüge. Ihr bodenlanges Gewand schimmerte in gebrochenen Regenbogenfarben, die sich ständig veränderten.

Natürlich, dachte Guthrie. In einem derart weiträumigen Territorium war damit zu rechnen, daß die Anführer ihren Oberhäuptling nicht allein mit mir sprechen lassen würden, solange sie praktisch nichts über meine Absichten und Möglichkeiten wissen. Und wenn Velir in letzter Zeit ein oder zwei Rückschläge eingesteckt hat – vor neun Jahren hat es ganz danach ausgesehen –, könnte er etwas wacklig im Sattel sitzen.

Er verbeugte sich vor den drei Proserpinariern. »Seid gegrüßt«, sagte er. »Verzeiht, wenn es mir an den gebührenden Umgangsformen mangelt. Ich habe sie nie erlernt.«

Luaine lächelte. »Doch vieles andere habt Ihr gelernt, Sauvin«, murmelte sie. Der Ehrentitel, der Weisheit mit Bedeutung vereinte, war respektvoller als die übliche Anrede Donrai, die einfach nur Mylord oder Mylady entsprach, oder auch Señor oder Herr.

Guthrie, der das Abbild seines menschlichen Gesichts kontrollierte, erwiderte das Lächeln. »*Gracias*. Ich hoffe, noch mehr zu lernen, während ich hier bin, und vielleicht etwas gegen meine Unwissenheit zu unternehmen.«

»Ihr seid ein mächtiger und vornehmer Gast«, sagte Catoul. »Welch eine Schande für uns, daß wir Euch nicht besser unterhalten und bewirten können.« Verriet sein Tonfall eine Andeutung von Abneigung oder vielleicht von Nervosität über die Gegenwart eines Maschinenwesens? »Was Ihr wünscht und was wir Euch gewähren können, das soll Euch gehören.«

»Was auch immer ich will?« Guthrie brachte ein Grinsen hervor.

»Nay, es gibt da einige Ausnahmen.« Velir lachte. »Aber laßt uns entspannt darüber reden.«

Die Lunarier füllten ihre Kelche mit Wein, entboten ihrem Gast einen Toast, erkundigten sich nach seinem Zuhause auf Amaterasu und berichteten über das ihre im Grenzbereich des Sonnensystems, als wäre dies eine gesellschaftliche Veranstaltung.

Es war Luaine, die das Gespräch schließlich in pragmatischere Bahnen lenkte. »Und wie ergeht es unserem Volk im Centauri-System?« erkundigte sie sich.

»Das wißt Ihr besser als ich«, entgegnete Guthrie. »Ich war lange von allen Informationsquellen abgeschnitten. Ich weiß nicht viel über Euch und rein gar nichts über das, was im restlichen Sonnensystem vor sich geht.«

»Was glaubt Ihr dann, hier ausrichten zu können?« wollte Velir wissen. Seine Wortwahl war weniger unverblümt als der eigentliche Inhalt der Frage, aber es war trotzdem unübersehbar, daß seine direkte Art Catoul nicht behagte.

»Hört«, sagte Guthrie, »vielleicht sollte ich ohne Umwege auf das Offensichtliche zu sprechen kommen, damit wir uns die Leisetreterei ersparen können.« Er verzichtete darauf, den letzten Begriff aus dem Anglo zu übersetzen. »Es ist klar, daß irgendeine gewaltige Sache vorbereitet oder zumindest unter Verschluß gehalten wird. Die Tatsache, daß eine Gravitationslinse damit zu tun hat, deutet darauf hin, daß die Auswirkungen weit über die lokalen Planeten hinaus weit in die Galaxis hineinreichen. Und dann ist da der Cyberkosmos und der Status der Menschen auf der Erde, auf Luna und dem

Mars – besonders der der Terraner, meiner direkten Vorfahren ... Wir auf Amaterasu haben nicht den leisesten Schimmer, worum es hier geht, und ich denke, wir sollten besser etwas dagegen unternehmen. Deshalb bin ich gekommen, um ein paar Informationen direkt vor Ort einzuholen.«

»Wir wären mehr als erfreut, Euch diese Informationen zur Verfügung zu stellen«, versicherte Velir. »Bereitet Euch darauf vor, eine Menge Zeit mit der Sichtung zu verbringen. Es gibt vieles zu erfahren.«

»Aber Ihr werdet Euch nicht damit zufriedengeben, Euch nur auf unsere Version zu verlassen«, prophezeite Luaine. »Nicht Ihr, Anson Guthrie.«

»*Gracias,* daß Ihr diesen Punkt angeschnitten habt, Mylady«, erwiderte die Bewußtseinskopie. »Ja, ich möchte meine eigenen Eindrücke sammeln.«

»Und für Euch allein vorgehen?« murmelte Catoul.

»Wir werden sehen. Überflüssig zu sagen, daß ich nichts tun werde, das Eure Interessen gefährden könnte.«

»›Interesse‹ ist eine Sache der Interpretation.«

Luaine hob eine Hand. »Halt«, sagte sie. »Guthrie, ich werde Euch ein Raumschiff und eine Besatzung zur Verfügung stellen.«

Velirs Augen wurden schmal. »Nay«, stellte er sanft fest. »Das werdet Ihr nicht tun.«

Neid? Mißtrauen?

»*Gracias,* aber das ist nicht nötig«, wehrte Guthrie ab. »Ich bitte Euch lediglich, meinen Kreuzer aufzutanken. Dann komme ich ohne Probleme selbst zurecht.«

»Zweifellos ...«, flüsterte Luaine.

Velir gab sich höflich.

»Das ist leichter gesagt als getan, Sauvin. Euch dürfte bewußt sein, daß wir nicht über die unerschöpflichen Energien verfügen, die die Sonne auf den Merkur abstrahlt. Wir müssen Fusionskraftwerke betreiben, um Antimaterie zu erzeugen. Die Herstellung ist teuer und die Produktion gering. Wir benötigen diesen äußerst kostbaren Stoff für die Unternehmen, von denen wir leben, und als Sicherheitsreserve für Notfälle und zur Verteidigung.«

»Zur Verteidigung gegen wen?« fragte Guthrie. Was für ein Angriff sollte schon über eine Entfernung von Hunderten Astronomischen Einheiten möglich sein? Selbst *c*-Schiffe mit nuklearen Gefechtsköpfen würden rechtzeitig genug entdeckt werden, um sie abfangen zu können. Und war es vorstellbar, daß die Synese jemals einen Krieg führen würde? Konnte sie das überhaupt? Jedenfalls nicht ohne die Hilfe des Cyberkosmos. Jedes Informationsbruchstück, das Guthrie im Laufe der Jahrhunderte über den Cyberkosmos aufgeschnappt hatte, deutete auf eine ihm innewohnende Rationalität hin, auf eine ... Ethik, die die der Menschen durchdrang.

»Vielleicht werdet Ihr die Antwort auf Eure Frage noch herausfinden«, sagte Velir.

Was die Vermutung nahelegt, daß sie ziemlich verzwickt ist, dachte Guthrie. Durchaus möglich.

»Ich werde selbstverständlich zuhören«, erwiderte er. »Ich werde Eure Zusammenfassungen lesen, mir Eure Dokumentationen ansehen, Eure Rundreisen machen, was immer Ihr wollt. Vor allen Dingen möchte ich mich mit den Leuten unterhalten. Mit Leuten aus den verschiedensten Gebieten und Schichten.« Er schwieg einen Moment lang. »Aber eins sage ich Euch in aller Deutlichkeit, ich möchte, daß mein Schiff wieder aufgetankt wird, und nicht nur für den Heimflug. Es wird auch zu Eurem Vorteil sein, Mylady und Mylords. Vielleicht in einem größeren Ausmaß, als wir das heute auch nur erahnen können. Ich werde mich bemühen, Eure Unterstützung zu gewinnen.«

Oder dafür sorgen, daß mich der richtige von euch unterstützt, fügte er in Gedanken hinzu. Oder irgendein anderer Proserpinarier, der euch in meinem Sinn beeinflussen kann. Uns stehen einige Intrigen und eine Menge leiser Gemeinheiten bevor. Und vielleicht einige, die nicht so leise verlaufen werden.

KAPITEL 18

Ein Boot verließ die *Malolo* und fuhr auf das offene Meer hinaus. Schon bald wurde das gewaltige Stadtschiff vom Horizont verschluckt. Fenn und Wanika waren allein. Es war ein schöner und strahlender Tag, nur fern im Westen zog sich ein schmales weißes Wolkenband über die See. Die Luvseiten der niedrigen Wellen wurden von der leichten Brise kaum gekräuselt. Sonnenlicht glitzerte auf ständig wechselnden Blautönen. Ein einsamer Albatros segelte hoch über ihnen dahin, sein Gefieder leuchtete unglaublich weiß. Wanika und Fenn saßen im Cockpit des Bootes, spürten die Sonne in ihrem Blut und die salzige Luft in den Lungen.

Es war Fenn, der das lange Schweigen brach. »Es war eine gute Idee, allein wegzufahren. Ich bin froh, daß du daran gedacht hast.« Er fühlte sich unbehaglich und bemühte sich um einen herzlichen Tonfall.

Wanika lächelte schwach. »Ich hoffe, du wirst dich daran erinnern.«

»Das werde ich, das werde ich. Dort, wo ich hinfliege, ist es sehr trocken.«

Ihr Lächeln erlosch. »Aber es ist nicht die Erde.«

»Wie meinst du das?« Er bemerkte, wie scharf seine Frage klang.

Sie richtete den Blick in die Ferne. »Mars ... der Weltraum ... wo du immer zu Hause gewesen bist. Obwohl du nie ein Zuhause gewollt hast, nicht richtig. Wirst du jemals hierher zurückkehren?«

»Was ... äh ... natürlich. Das muß ich doch, nicht wahr? Schon wegen der Geschäfte, die mit diesem Projekt verbunden sind. Und außerdem, all das hier ...«, er deutete auf die Herrlichkeit, die sie von allen Seiten umgab, »... und, und die Leute, meine Freunde ... Ihr wart alle so freundlich zu mir ...«

Wanika seufzte. »Ja, zweifellos wirst du uns einen gelegentlichen Besuch abstatten wollen.«

Verärgerung stieg in Fenn auf. »Was redest du da?«

Ihr Blick kehrte zu ihm zurück. »Du hast keine Ahnung, wann du wiederkommst, oder wie oder ob überhaupt, aber das bereitet dir nicht die geringsten Sorgen«, stellte sie ruhig fest. »Dein Anker ist gelichtet, und deine Segel sind gesetzt.«

Ihren Kummer zu sehen, stachelte Fenns Ärger noch weiter an. Warum, zum Teufel, empfand sie so, und was sollte er dagegen tun? »Natürlich freue ich mich darauf, ins All zu fliegen«, erwiderte er vorsichtig. »Was für ein Abenteuer!«

Er brauchte es nur auszusprechen, und schon fühlte er sich besser. Die Überredung von Manu Kelani und anderen wichtigen Führern der Lahui Kuikawa, ihre diskreten Verhandlungen mit Vertretern der Synese, und jetzt, nach endlosen Wochen des Wartens, stand ihm die Zukunft offen.

Gestern hatte Iokepa, der ihm eine Hauptstütze während all der Zeit gewesen war, eine Party gegeben. Trotz der Entgifter spürte Fenn noch immer die Nachwirkungen des Gelages. Das mußte es sein, was ihn so gereizt machte, nicht irgend etwas, das Wanika gesagt oder getan hatte ... oder?

»Aber ich wünschte, du würdest mitkommen«, fügte er mit Bedacht hinzu.

Wanikas Stimme blieb ruhig. »Nein, das tust du nicht.«

»Oh, also ... äh ... richtig, du hast keine entsprechende Qualifikation. Und es könnte unter Umständen ein bißchen gefährlich werden.«

»Es ist mehr als das, fürchte ich.« Wanikas Trauer trat jetzt offen zutage. »Rebellion, Intrigen und dieses Geheimnis, das uns der Cyberkosmos vorenthält ...« Sie schluckte. »Zu unserem eigenen Schutz, wie ich glaube. Du machst einen Fehler, wenn du versuchst, ihm dieses Geheimnis mit Gewalt zu entreißen.«

»Sieh mal, ich fliege einfach nur zum Mars, um Nachforschungen anzustellen«, erklärte Fenn, noch immer gereizt. »Nach den letzten Nachrichten, die wir erhalten haben, ist das unvermeidlich, und ich bin nun mal am besten für diese Aufgabe geeignet, eigentlich sogar der einzige unter den Lahui, der dafür in Frage kommt. Wir können mit dem Deimos-Projekt nicht weitermachen, wir können überhaupt nichts unternehmen, solange wir nicht die geringste Ahnung haben, wie die Situation aussieht und was demnächst passieren könnte. Wenn wir einfach auf der Erde bleiben, untätig abwarten und darauf vertrauen, daß sich die Dinge von selbst regeln, werden unsere Leute den Mut verlieren, unsere Investoren werden abspringen, und eure ganze verdammte Hoffnung, ins All zurückzukehren, wird auf Grund laufen.«

»Ja, das ist mir klar, ich habe das oft genug gehört, und ich denke immer noch, daß wir die Informationen über das Schiff vom Centauri, die Proserpinarier und diese Geschichte mit der Solarlinse nicht für uns behalten sollten ... Die Welt sollte es erfahren.«

»Der Cyberkosmos scheint da anderer Meinung zu sein. Wie viele Menschen in der Führungsriege der Synese sind informiert worden? Höchstens ein halbes Dutzend, würde ich wetten. Und in diesem Fall habe ich keine Einwände, jedenfalls nicht, solange wir nicht mehr wissen. Welche Konsequenzen hätte eine sofortige und allgemeine Bekanntmachung?«

Wanika nickte. »Unvorhersehbare. Besonders unter den Radikalen und den Dummen.« Ihre Stimme wurde weicher. »Es war richtig von dir, He'o so zu ... rächen, wie du es getan hast. Ich habe nächtelang vor Angst wachgelegen.«

»Angst wovor?«

»Davor, was du tun könntest. Aber das hast du nicht getan. Du bist ein guter Mann, ein ehrenhafter Mann.« Sie legte ihre Hand auf die seine. »Wir können dir diese Mission guten Gewissens anvertrauen.«

»*Mahalo*. Danke.« Er fragte sich, warum er sich ein wenig schämte. »Ich werde mein Bestes tun.«

»Und danach, wenn du dich überzeugt hast, daß alle Probleme bereinigt werden können?«

»Wir werden abwarten müssen und dann weitersehen.«

Sie zog die Hand zurück. Ihre Stimme wurde ausdruckslos. »Was wir sehen werden, ist, daß du für immer auf dem Mars bleiben wirst.«

»Das hängt von den Umständen ab und läßt sich heute noch nicht sagen. Ich denke, daß ich zumindest das Schiff zur Erde zurückbringen werde.« Er versuchte, die Wogen zu glätten. »Aber was auch immer passiert, Wanika, wir hatten eine wunderbare Zeit zusammen, nicht wahr? Du warst eine großartige Freundin.«

»Freundin ...«, flüsterte sie.

Kurz darauf hob sie den Kopf und lächelte wieder. Die Brise frischte auf, ließ ihre dunklen Locken tanzen und fuhr kitzelnd in Fenns Bart.

»Aber noch bleibt uns dieser Tag und die Nacht. Laß uns die Zeit genießen.«

Erleichterung und Freude spülten Fenns Verstimmung fort. »Unbedingt! Der beste Vorschlag, den ich seit langem gehört habe.«

»Deshalb wollte ich auch, daß wir diesen Tag gemeinsam auf dem Boot verbringen«, erwiderte Wanika. »Hier haben wir uns zum ersten Mal geliebt, weißt du noch?«

Zu seiner Zeit war das Raumschiff ein stolzes Wunderwerk der Technik gewesen, ein Fackelschiff, das mit hohen Werten beschleunigen konnte, solange Reaktionsmasse und Antimaterie ausreichten, wie eine den Sternen entgegengeschleuderte Feuerlanze. Es war klein, da es nicht für den allgemeinen Frachtverkehr, sondern für den schnellen Transport von Menschen und Spezialgütern über interplanetare Entfernungen gebaut worden war. Seine Recyclingsysteme, Homeostats und Schutzeinrichtungen sorgten dafür, daß der Flug für die Passagiere, von starken Beschleunigungsphasen abgesehen, angenehm verlief. Das zentrale robotische Gehirn führte unter dem Kommando des Piloten alle Messungen, Berechnungen und Flugmanöver im wesentlichen selbständig durch, warnte gelegentlich vor einer Entscheidung des Kommandanten und äußerte eigene Empfehlungen und Vorschläge. Was auch immer es tat, geschah mit unglaublicher Geschwindigkeit und Präzision. Ein fliegender Traum aus Metall, dachte Fenn.

Doch in gewisser Weise hatte es sein Schicksal selbst besiegelt. Wenn ein Roboter so leistungsfähig war, wozu brauchte es dann noch einen Piloten? Für Unternehmungen, die mehr als algorithmische Entscheidungen erforderten, konnte man das Kommando einem Sophotekten übertragen. Es gab nichts im Weltraum, was Maschinen nicht besser als Menschen hätten erledigen können. Der einzige Grund, weshalb es Menschen auf Luna oder auf dem Mars gab, war der, daß sie beschlossen hatten, dort zu leben. Den damit verbundenen Verkehr konnte man robotischen Schiffen überlassen. Und so wurden die bemannten Raumschiffe nach und nach umgebaut, bis alle vollautomatisiert waren. Nur einige wenige blieben in ihrer ursprünglichen Form in unterirdischen Hangars oder einem fernen Parkorbit zurück, historische Relikte, die aus Sentimentalität aufbewahrt wurden, und selbst diese kleine Zahl war von Generation zu Generation weiter zusammengeschrumpft, bis kaum noch jemand von ihrer Existenz wußte.

Die Lahui hatten sich auf die verbliebenen Erinnerungen an die Zeit der bemannten Raumfahrt gestützt, um zwei oder drei dieser Schiffe zu erwerben. Oder vielmehr hatten sie damit gedroht, diese Erinnerungen wieder ins öffentliche Bewußtsein zu rufen, als Vertreter der Synese versucht hatten, sie von der Sinnlosigkeit und den Gefahren ihres Unternehmens zu überzeugen. Es gab kein Gesetz, das die Lahui daran hinderte, ihre Pläne zu verwirklichen, und ein wachsendes öffentliches Interesse an ihrem Projekt hätte die ohnehin schon in Unruhe geratene irdische Gesellschaft weiter destabilisieren können. Also hatte die Synese widerwillig nachgegeben und das Geschäft unauffällig abgewickelt, wozu die Hilfe von Maschinen bei der erforderlichen Überholung der alten Raumschiffe gehörte.

Die Lieferung von Antimaterie als Treibstoff war wieder etwas anderes. Dieser hochgefährliche Stoff stand unter strikter und ständiger Kontrolle. Zwar war die Produktion wiederaufgenommen worden, aber das lag an der gewachsenen Nachfrage, die in erster Linie auf Experimenten und interstellaren Forschungsexpeditionen beruhte. Die geringeren Mengen, die von gewöhnlichen Schiffen verbraucht wurden, stammten aus früher angelegten Reserven und waren trotz ihres beachtlichen Umfangs nicht unerschöpflich.

Wenn die Lahui einen Mann zum Mars schicken wollten, so die Haltung der Synese, sollte er mit dem regulären Frachtschiff fliegen, so wie er es schon zuvor getan hatte.

Während der Verhandlungen machte Iokepa unmißverständlich klar, daß ihr Mann diesmal – aus Gründen, die er nicht näher zu erläutern brauchte, weil sie ziemlich offensichtlich waren – nicht ein Jahr lang auf den nächsten Flug warten konnte. Was die Sicherheit betraf, würde die Software des Navigationsroboters, die sich nicht verändern oder ersetzen ließ, ohne zur Selbstzerstörung des gesamten Systems zu führen, niemals einem Befehl gehorchen, bei dem eine nennenswerte Wahrscheinlichkeit bestand, daß Unbeteiligte gefährdet wurden. Im Kaufvertrag war festgelegt worden, daß das Schiff einsatzbereit sein mußte und seine Besitzer Anspruch auf die dazu erforderlichen Dienstleistungen hatten. Wollten die Sprecher der Synese die Vertragsbedingungen vielleicht vor einem Schiedsgericht anfechten? Das würde in den Nachrichten für erhebliches Aufsehen sorgen.

Zähneknirschend gaben sie nach. Sie erklärten sich bereit, den Lahui soviel Treibstoff zu verkaufen, wie der regelmäßig zwischen dem Mars und der Erde verkehrende Transporter auf dem Hin- und Rückflug verbrauchte. Da das Schiff der Lahui jedoch erheblich größer war und mehr Fracht transportieren würde, würde es ein um den Faktor sechs höheres delta *v* haben, vielleicht noch mehr, was von der Masse seiner Ladung abhing. Die bewilligte Treibstoffmenge reichte nicht aus, um diese weitaus längere Reise bei auch nur annähernd gleichmäßiger Beschleunigung zu machen, aber die

Lahui durften den Bogen mit ihren Forderungen nicht überspannen.

Die Zeit rann Iokepa durch die Finger. Ihm blieb nichts anderes übrig, als einzuwilligen.

So bestieg Fenn das voller Hoffnung in *'Atafa* umgetaufte Schiff – was Fregattvogel bedeutete – mit dem Wissen, daß ihm ein langer Flug bevorstand. Wegen der derzeitigen Konstellation der Planeten bestand die beste Vorgehensweise darin, in kurzen und kritischen Phasen relativ stark zu beschleunigen und sich ansonsten von der Gravitation ziehen zu lassen. Anfangs störte ihn das nicht. Ja, es würde fast drei Wochen dauern, bis er Kinna und den Mars wiedersah, aber er würde als sein eigener Steuermann durch das All reisen! Sein Herz trommelte und jubilierte wie das eines Verliebten.

Hinter dem Heck der *'Atafa* ging die Sonne über der Erde auf. Ihre Phase nahm kontinuierlich zu, während er sich von ihr entfernte. Sie leuchtete in weißer und blauer Pracht und schrumpfte immer weiter zusammen, bis sie nicht mehr als ein Stern unter vielen war mit Luna als mattem Begleiter. Die Schubphase endete, und er schwebte schwerelos. »Kurs liegt an, alle Systeme arbeiten fehlerfrei«, meldete das Schiff.

Fenn lachte laut auf. »Wir sind unterwegs.«

Aus Stunden wurden Tageszyklen. Obwohl er mit Mikrogravitation vertraut war, hatte Fenn niemals längere Zeiträume in völliger Schwerelosigkeit verbracht. Medikamente verringerten die schädlichen Nebenwirkungen, er schlief gut, und seine Träume waren im allgemeinen angenehm, aber der Raum war zu begrenzt, als daß er sich darin hätte austoben können. Das Schiff konnte fast wie ein Mensch Gespräche führen, nur war seine Themenauswahl beschränkt und Jahrhunderte überaltert, und oft verstand Fenn nicht einmal, was es meinte. Er hatte genügend Bücher, Filme, Musik und sogar eine Traumkammer dabei, aber es war ihm unmöglich, sich nur passiv unterhalten zu lassen, ohne von Zeit zu Zeit selbst aktiv zu werden. So trainierte er mehr, als nötig gewesen wäre, um die Spannkraft seiner Muskeln zu erhalten, und war froh, daß er sich etwas zum Basteln mitgenommen hatte. Selbst wenn Werkzeuge und Materialien hin und wieder in der Schwerelosigkeit davontrieben, war das eine willkommene Ablenkung.

Er flog durch das All und hätte mit niemandem tauschen wollen. Trotzdem mußte er immer häufiger an die Meere der Erde denken, an Wind in den Segeln, das Rauschen der Wellen und das Vibrieren einer Ruderpinne unter seiner Hand. Wenn man den Dingen auf den Grund geht, dachte er, zählen im Universum nur die Dinge, die irgendwie mit Leben erfüllt sind.

Die *'Atafa* umrundete die Sonne auf einer hyperbolischen Bahn in sicherer Entfernung und zündete auf dem Perihel kurzfristig die Triebwerke, um ihren Vektor zu korrigieren, bevor sie wieder in den freien Fall überging. Der Navigationsbildschirm zeigte einen roten Funken, der der Mars war.

Etwas später meldete das Schiff, daß es einen Kommunikationsstrahl zwischen dem Planeten und einer L-4-Relaisstation der Erde durchquerte. Es erkundigte sich, ob Fenn mithören wollte.

Und ob er wollte! Er war seit dem Start von allen Nachrichten abgeschnitten.

Zuerst hörte er nur leise Klicklaute und Pfeiftöne, die Begleitgeräusche der Sprache, in der sich die Maschinen verständigten, doch kurz bevor der Kontakt wieder abbrach, schnappte er eine menschliche Stimme auf. Einige Leute wollten wissen, was anderswo passierte, und erwarteten einen täglichen Bericht. Das Gesicht, das Fenn auf dem Bildschirm sah, wurde schon wieder unscharf und begann zu flackern, aber die Stimme war nach wie vor klar verständlich.

Sie berichtete mit aufreizender Beiläufigkeit über Geschehnisse, die sich seit Fenns Start ereignet hatten. Er konnte den Informationsbruchstücken entnehmen, daß die Banditen in der Tharsis versucht hatten, die Sternennetzstation auf dem Pavonis Mons einzunehmen, aus Gründen, die unklar, aber mit Sicherheit verrückt waren, wie der Sprecher meinte. Sie waren unter bedauerlichen

Verlusten von den robotischen Verteidigungseinrichtungen der Station zurückgeschlagen worden. Das Haus Ethnoi, tief gespalten zwischen den terranischen und lunarischen Delegierten, diskutierte darüber, ob es eine Eingreiftruppe aufstellen sollte, die die Inrai ein für allemal zerschlug.

Die Nachrichten wandten sich anderen Themen zu. Schon bald hatte das Schiff den Strahl verlassen, und der Empfang brach ab. Fenn fluchte minutenlang vor sich hin und schlug mit der Faust gegen ein Schott, bis ihn die Schmerzen einhalten ließen. Die Freude über seine Mission hatte sich in Bitterkeit verwandelt.

Nachdem er sich etwas beruhigt hatte, überlegte er, ob er die Triebwerke wieder zünden sollte, um schneller auf dem Mars einzutreffen. Doch dann entschied er sich dagegen. Mittlerweile würde der Zeitgewinn nicht mehr so groß sein, wie er es gewesen wäre, wenn er früher stärker beschleunigt hätte. Ohne einen absolut dringenden Grund durfte er das delta *v*, das er für den Heimflug benötigte, nicht leichtfertig verschwenden. Das Schiff gehörte den Lahui Kuikawa, die ihm vertrauten.

Gut, dachte er, es sieht ganz so aus, als würde die Ausrüstung, die ich mir von Iokepa habe besorgen lassen und von der sonst niemand etwas weiß, tatsächlich zum Einsatz kommen.

KAPITEL 19

Die *Dagny* schwebte antriebslos zwischen den Sternen. Quantenempfindliche Sensoren wachten daüber, daß sich ihr niemand näherte. Alles, was sie auffingen, waren das Licht der fernen Sonne, das Brodeln der kosmischen Hintergrundstrahlung und im Inneren des Schiffes die Geräusche, die von organischem Leben zeugten.

Luaine von der Phyle Janou, Hüterin von Zamok Gora, stieß sich ab. Mit schwereloser Eleganz segelte sie aus dem Gang in den Mannschaftsraum, packte einen Handgriff, bremste ihren Schwung ab und verharrte mitten in der Luft. Rote Locken trieben über ein Gesicht, das aussah, als wäre es aus Elfenbein geschnitzt. Schwarze hautenge Kleidung schmiegte sich an ihren großen schlanken Körper.

Der Raum war kärglich ausgestattet. Früher hatte sich hier die Besatzung aufgehalten, aber Guthrie hatte die Dekorationen und den größten Teil des Mobiliars entfernen lassen. Die Decke zeigte immer noch die Wiedergabe des aktuellen Sternenhimmels, dessen Leuchtkraft so verstärkt wurde, daß der Blick, unabhängig von der jeweiligen Innenbeleuchtung, in der Herrlichkeit des Alls schwelgen konnte. Der künstliche Himmel rahmte die Frau ein, als Guthrie sich hinter ihr in den Mannschaftsraum schob wie ein fliegender Ritter in voller Rüstung aus einem Märchenreich. Einen Moment lang hüllte sie die Stille ein.

»Das hat man Euch also gegeben«, murmelte Luaine. »Dort drüben.« Sie nickte in Richtung des funkelnden Punkts an der Decke, Alpha Centauris Abbild.

»Was haltet Ihr davon?« erkundigte sich Guthrie.

Sie hätten ihr Privattreffen auch auf einem ihrer Schiffe abhalten können, aber Luaine hatte die *Dagny* in allen Details inspizieren wollen. Ihr Wunsch war nur zu verständlich. Sie gehörte zu den Feudalfürsten der Äußeren Kometen, die einen Großteil ihres Lebens an Bord von Raumschiffen verbrachten und von ihr auf Proserpina vertreten wurden. Ihre Leute erwarteten von ihr, daß sie ihnen ausführliche Informationen über das centaurische Schiff lieferte. Guthrie hatte gerade die Führung durch die *Dagny* beendet.

»Es ist faszinierend«, sagte sie. »Die Unterschiede des Designs verglichen mit unseren Schiffen ... und vor allen Dingen die Waffen.«

»Sind sie so bemerkenswert?« Zwei kleine Schiffslaser, vier Maschinengewehre, ein paar Raketen mit nuklearen Gefechtsköpfen und eine Abschußvorrichtung. »Wie ich Euch schon erklärt habe, ist die Bewaffnung lediglich dazu gedacht, daß ich mir eine Fluchtschneise freischießen kann, sollte die Lage brenzlich werden. Man müßte schon den Schädel voller Bilgewasser haben, wenn man sich einbilden würde, ich hätte damit eine Chance gegen einen ernstzunehmenden Gegner.«

Sie ignorierte den anachronistischen Anglobegriff, den sie zweifellos nicht verstand. »Nay, es ist das Design, wie ich gesagt habe«, gurrte sie. »Spuren einer Schönheit, die mir fremd ist.«

Wie ein Mogul und ein Samurai, die das Schwert des jeweils anderen bewundern, dachte Guthrie. Ja, ich schätze, die meisten von uns Menschen haben genauso viel Liebe in ihre Waffen wie in all ihre anderen Errungenschaften investiert.

»Ich hatte erwartet, daß Euch die Unterschiede in der Konstruktion des eigentlichen Schiffes mehr interessieren würden, Mylady«, sagte er. »Schließlich tragen sie anderen Bedürfnissen Rechnung. Zum Beispiel dem Umstand, daß die Centaurier nicht so weit verstreut in ihrem Reich wie Euer Volk leben. Sie legen mehr Wert auf Beweglichkeit, gerade jetzt, nachdem unzählige Felsbrocken durch ihr System fliegen.«

Luaines grüne Augen ruhten auf ihm. »Waren es nur konkrete Sachzwänge, die zu diesem Design geführt haben? Was beruht lediglich auf den äußeren Bedingungen, und was ist Ausdruck einer Zivilisation und eines Geistes, die nicht mehr die unseren sind? Die Frage drängt sich einem auf.«

Ihr plötzlicher Wechsel in eine philosophische Stimmung hätte ihn in seiner menschlichen Existenzform vielleicht verunsichert, als Maschinenwesen aber paßte er sich ihr mühelos an, während ein Teil von ihm als aufmerksamer Beobachter im Hintergrund blieb. Sein Ziel war es, sie auszuhorchen, und um das zu erreichen, war es sinnvoll, sie für eine Weile bei Laune zu halten. »Kulturen ändern sich«, stimmte er ihr zu. »Wie sehr ähnelt Ihr heute noch Euren Vorfahren auf Luna?«

Sie grinste. Ein Anflug von Selbstironie? Schwer zu beurteilen.

»Vielleicht weniger, als wir uns gern einreden.«

»Und auch meine Rasse ...« – Guthries sterbliche Spezies – »... auch wir schlagen verschiedene Richtungen in der Evolution ein. Unsere Völker auf Amaterasu, Isis und Hestia unterscheiden sich deutlich voneinander.«

Luaines Stimme wurde ernst, ihr Blick prüfend. »Gilt das selbst für Euch, den ewigen Captain, sogar in Euren Inkarnationen durch die Mutter?«

»Ich denke, schon. Ich bin nicht mehr derselbe, der ich einmal war. Aber es ist schwer, das über Lichtjahre hinweg zu beurteilen. Irgendwann möchte ich diese Welten persönlich aufsuchen, in dieser Inkarnation« – in dieser Existenzlinie, die sich durch die vielen Verzweigungen seiner selbst mit ihren eigenen Erinnerungen und ihrer eigenen Persönlichkeit zog – »um es herauszufinden.«

Um eine Antwort auf diese und unendlich viele andere Fragen zu erhalten. Die gewaltige Größe, die Vielfalt und die Geheimnisse des Universums durch Raum und Zeit ... Was entstand gerade jetzt, während er sich mit Luaine unterhielt, welche Freuden, Triumphe, Leid, Entsetzen, Schöpfungen wurden geboren – welches Leben?

»Hier beginnt Ihr damit«, sagte Luaine leise.

Er konnte sich in der Mikrogravitation nicht verbeugen, deshalb vollführte er eine Ehrenbezeugung. »Dank Eurer Hilfe, Mylady.«

Und das meinte er aufrichtig. Sie, die ihren Einfluß so geschickt ausübte, wie ein chirurgisches Programm ein Skalpell führt, hatte den größten Anteil daran gehabt, die *Dagny* wieder aufzutanken. Einige Selenarchen standen dem ganzen Unternehmen immer noch feindselig gegenüber.

»Das war keine spontan getroffene Entscheidung, Captain Guthrie«, erwiderte sie langsam.

Das Gesicht, das er in seinem Bildschirm generierte, lächelte. »Sicher. Das weiß ich. Ihr hofft darauf, daß sich Eure Investition irgendwie auszahlt. Und ich hoffe, Eure Erwartungen erfüllen zu können.«

Luaines Blick wanderte hin und her, als könnte er die Schiffswandung durchdringen. »Dieses mächtige Werkzeug«, flüsterte sie, »und Ihr, eine unbekannte Größe, auch für den Cyberkosmos und sogar für das Terrabewußtsein ... Könntet Ihr dort erfolgreich sein, wo wir versagt haben?«

»Ihr meint die Solarlinse, nicht wahr?« Er wußte, daß Luaine und ihre Verbündeten die treibenden Kräfte in den Bemühungen der Proserpinarier gewesen waren, das Geheimnis zu lüften. Das Äquivalent eines Nervenkitzels lief durch sein neurales Netzwerk.

Der Blick der Selenarchin kehrte zu ihm zurück. »Was sonst? Für den Anfang, vielleicht auch in anderer Hinsicht.« Ihre Stimme wurde hitzig. »Es liegt auch in Eurem Interesse. Möchtet Ihr nicht erleben, wie die Menschen – beide Zweige der Menschheit – frei zu den Sternen reisen? Dann müssen wir wissen, was uns dort erwartet und weshalb der Cyberkosmos nicht will, daß wir es erfahren.«

»Falls er es nicht will.«

»*Er*, ja! Die Terraner könnten niemals so lange über ein derart bedeutsames Phänomen schweigen. Eyach, mit Ausnahme einiger weniger, die sich ihrer Synese völlig unterworfen haben.« Sie sprach das Wort Synese voller Verachtung aus.

»Sie betrachten sich selbst nicht als Untertanen. Ihr redet hier von Bevollmächtigten und ähnlichen Bonzen.«

»Nay, sie haben sich entschieden, zu gehorchen. Sie sind Gläubige wie in alten Zeiten. Ihre Gottheit ist das Terrabewußtsein.«

Guthries organometallischer Körper war nicht in der Lage, ein Achselzucken zu simulieren. Also spreizte er die Finger, wie die Lunarier es statt dessen taten. »Mag sein.« Sie ist voreingenommen, dachte er. Trotzdem ... »Aber was, glaubt Ihr, haben die Linsen entdeckt?«

»Die Linse, eine ganz bestimmte«, korrigierte sie ihn. »Sie hat die meisten der fraglichen Informationen gesammelt, wenn nicht sogar alle. Zumindest dessen sind wir uns mittlerweile sicher. Ihr habt davon gehört.«

Diesmal simulierte Guthries künstliche Stimme ein Seufzen. »Mylady, ich bin immer noch fremd hier und war bisher mit einem Wust aller möglicher Dinge beschäftigt. Unter anderem mußte ich mich erst einmal mit meiner Umgebung vertraut machen, und selbst dazu bin ich kaum gekommen, weil ich mit einem Dutzend verschiedener Bosse konferiert und mich mit ihnen herumgestritten habe. Ich hatte einfach noch keine Zeit, dieser Linsengeschichte besondere Aufmerksamkeit zu schenken.«

Luaine wirkte etwas verblüfft. »Ey, ist das denn nicht der steilste aller Gradienten, die Euch hierhergezogen haben?«

Er schüttelte seinen virtuellen Kopf. »Nicht ganz. Es ist eine von vielen Fragen, die wir uns stellen. Wir müssen erfahren, was, zur Hölle, im Solaren System während all der Jahrhunderte geschehen ist, in denen wir *incommunicado* waren. Aber Ihr habt recht, es scheint ein wichtiger Punkt zu sein. Ich möchte mehr darüber hören.«

»Das werdet Ihr, das werdet Ihr.«

»Was haltet Ihr davon, mir die Situation so zu schildern, wie Ihr sie seht?« fragte er. »Es macht nichts, wenn Ihr Dinge wiederholt, die ich bereits von anderen gehört habe. Das könnte mir helfen, sie in einen größeren Kontext zu bringen, so als würde man verstreut herumliegende Ziegelsteine wieder zu einem Haus zusammenfügen.«

»Aber werdet Ihr verstehen, warum dieses Haus dann seine ganz bestimmte Form hat?«

»Ich werde mich bemühen. Äh ... Ihr müßt mir natürlich nicht die theoretischen Grundlagen oder den Aufbau der Linsen erläutern, es sei denn, es hat seit meinem Besuch im Centauri-System Veränderungen gegeben.«

Er rief sich die Informationen mit elektrophotonischer Geschwindigkeit noch einmal in Erinnerung.

Einstein hatte es als erster in den mathematischen Formeln seiner Allgemeinen Relativitätstheorie entdeckt: Die Masse bestimmt die Metrik der Raumzeit, woraus das Phänomen entsteht, das wir Gravitation nennen.

Gravitation krümmt nicht nur die Bahn beweglicher Materie, sondern auch die der Strahlung. Die Theorie erfuhr ihre triumphale Bestätigung, als Astronomen während einer Sonnenfinsternis die vorausgesagte leichte Positionsverschiebung von Sternen in den Randbereichen der Sonne nachwiesen. Um die Mitte des 20. Jahrhunderts beobachtete man, daß Galaxien wie gewaltige irreguläre Linsen wirken, die Mehrfachbilder von weiter entfernten Objekten erzeugen, zwar verzerrt, aber auch vergrößert. Nicht sehr viel später entdeckte man in der Milchstraße dunkle Körper durch ihre Auswirkungen auf den stellaren Hintergrund.

Doch auch die Sonne ist eine Gravitationslinse. Als fast perfekte Kugel neigt sie kaum zu Aberration. Aus dieser Tatsache und bestimmten Berechnungen entwickelte sich ein wunderbarer Traum. Die nächsten Brennpunkte der solaren Gravitationslinse liegen 550 Astronomische Einheiten weit entfernt, mit etwas mehr als drei Lichttagen noch immer innerhalb des Sonnensystems. Schicken wir also Raumfahrzeuge dorthin, sagten sich die Forscher. Wir können es unter Zuhilfenahme der Gravitationskräfte sowie von Solar- und Magnetsegeln tun. Die Reise wird etwa fünfzig Jahre dauern, aber schon während des Fluges werden uns die Instrumente eine reiche Datenausbeute über den Solarwind, Parallaxen und wer weiß was sonst noch alles bescheren. Es würde sich sogar lohnen, die Schiffe weiter als 550 Astronomische Einheiten fliegen zu lassen, sowohl zu sekundären Forschungszwecken, als auch, um eine vergrößerte Bildwiedergabe bei gleichzeitiger Verminderung von Störungen durch die solare Korona zu erhalten.

Sobald die Schiffe ihr Ziel erreicht haben, werden sie einen Orbit einschlagen, der in etwa dem der Kometen im Kuiper-Gürtel entspricht, was nicht zwangsläufig bedeutet, daß sie dort auch auf einen Kometen treffen müssen. Die astronomischen Observatorien werden ihre Beobachtungsinstrumente ausfahren, auf die Sonne ausrichten, in das Universum dahinter hinausspähen und die so gewonnenen Daten zur Erde senden.

Das Wissen, das sie dabei gewinnen könnten, dürfte unglaublich sein. Ausgehend von der Minimaldistanz zur Sonne oder etwas mehr und einer bescheidenen Zwölf-Meter-Antenne liegt die Winkelauflösung in der 1420-Megahertzfrequenz neutralen Wasserstoffs in der Größenordnung von einigen Mikrobogensekunden. In räumliche Maßeinheiten übersetzt bedeutet das, daß die Instrumente in der Nähe des Alpha Centauri ein Objekt mit einem Durchmesser von nicht mehr als 1250 Kilometern erkennen – beziehungsweise von seiner Umgebung unterscheiden – könnten. In einer Entfernung von zehn Parsecs, also 36,2 Lichtjahren, wären das 9580 Kilometer große Objekte, und bei zehn Kiloparsecs, im Zentrum der Galaxis, Gebilde von weniger als zehn Millionen Kilometern Durchmesser.

Diese Auflösung wächst proportional mit der Erhöhung der Frequenz. Bei Wellenlängen im sichtbaren Bereich des Lichts könnte ein solches Observatorium theoretisch einen menschlichen Körper im Centauri-System entdecken, einen fünfzehn Kilometer durchmessenden Asteroiden im galaktischen Zentrum und einzelne Kontinente auf Planeten in der Andromeda-Galaxis.

Niemand dachte ernsthaft über derartige Extravaganzen nach. Sie überschritten die Grenzen des Praktikablen und vielleicht auch die der Naturgesetze. Als ein Beispiel unter vielen mag der Umstand dienen, daß sich das Observatorium in einem Orbit um die Sonne befindet. Obwohl es sich relativ langsam bewegt, befindet es sich nicht im Ruhezustand, und das gleiche gilt für seine Sichtlinie. Je weiter das beobachtete Objekt entfernt ist, desto schwächer sind die von ihm eintreffenden Signale und desto schneller wandern sie durch den Blickwinkel der Station, der sich mit zunehmender Auflösung immer stärker verengt. Schließlich wird die Zeit einfach nicht mehr ausreichen, um genug Photonen einzufangen, anhand derer man irgend etwas identifizieren könnte, das zu klein oder zu weit entfernt ist, wenn die Frequenz zu hoch wird.

Die Träumer würden sich mit Radiowellen zufriedengeben. Diese eröffneten ihnen bereits phantastische Ausblicke auf die Gestalt der Galaxis, die Geburt, das Leben und den Tod von Sternen, die titanischen Nebelwolken und Geisterwinde zwischen ihnen, Pulsare, Quasare und andere noch unbekannte Objekte – bis zur Grenze des beobachtbaren Raumes und der Morgendämmerung der Zeit. Für diejenigen Forscher, die auf Signale intelligenten Lebens im All lauschten, schienen Radiowellen das wahrscheinlichste Transportmedium für Nachrichtenübermittlungen zu sein. Senden wir also Observationsstationen aus, deren Meßinstrument die Sonne selbst ist!

Eine der Stationen, die ihren Platz – von der Erde aus gesehen – zwischen den Hörnern des Sternbilds Stier einnehmen würde, etwas südlich des Elnath, würde sich auf einer direkten Linie von Sol zum galaktischen Zentrum befinden. Von dort aus fällt der Blick auf Unmengen von Sternen. Das irdische Sonnensystem befindet sich in den Randbezirken der Milchstraße, wo die Sternendichte immer weiter abnimmt und in den intergalaktischen Leerraum übergeht. Das Herz der Milchstraße ist gewaltig. Die Station zwischen den Hörnern des Stiers würde viel Zeit haben, es zu erforschen, bevor ihre Eigenbewegung, die in dieser großen Entfernung zur Sonne sehr gering ist, sie aus diesem Abschnitt fortträgt. Mit Sicherheit würden ihre Kommunikationslaser Wunder über Wunder zur Erde funken, vielleicht sogar endlich Zeichen anderer intelligenter Lebewesen.

Also laßt uns das Projekt in Angriff nehmen, sagten die Forscher.

Es wurde nicht sofort umgesetzt, und nicht alles auf einmal. Die Weltraumfahrt kam schon kurz nach ihrer Geburt wieder fast völlig zum Erliegen. Bemannte Missionen wurden äußerst selten, und die Unterstützung für ein Projekt, dessen Ergebnisse sich erst nach dem Tod der beteiligten Wissenschaftler zeigen würden, fiel dürftig aus. Anfangs, als Fireball Enterprises wieder frischen Schwung in die Weltraumfahrt brachte, gab es zuviel anderes zu tun. Erst später griff Juliana Guthrie die Idee wieder auf. Es bereitete ihr keinerlei Schwierigkeiten, ihren Mann zu überreden.

Mittlerweile waren effektivere und ökonomischere Antriebssysteme verfügbar, die die Raumschiffe in die Lage versetzten, ihre Reise in Jahren statt in Jahrzehnten zu bewältigen. Eins dieser Schiffe flog tatsächlich zu einer Position vor dem Sternbild Stier in die Nähe des Elnath, rund sechshundert Astronomische Einheiten von der Sonne entfernt. Etliche mehr flogen zu anderen Sektoren. Und was sie entdeckten, war so aufschlußreich, wie es sich die Visionäre erhofft hatten ...

... auch wenn sie nie eine eindeutige Spur außerirdischer Intelligenzen fanden.

Ja, sie entdeckten Planeten bei anderen Sternen, weitaus mehr, als es die optischen Systeme bis dahin getan hatten, und sie führten sehr viel präzisere spektroskopische Analysen durch. Aber die planetarischen Atmosphären mit einem vielfältigen und veränderlichen Gasgemisch, ganz zu schweigen von denen mit freiem Sauerstoff, konnte man an den Fingern eines Astronoms abzählen. Wenn das Leben so rar war, konnte es durchaus sein, daß die Menschheit die einzige intelligente Spezies in der Galaxis stellte. Vielleicht sogar im Universum?

Die Ergebnisse konnten Guthrie nicht entmutigen. Er war einer von der sturen Sorte. Aber das allgemeine Interesse an den Forschungsergebnissen der Solarlinsen ließ allmählich nach, und gleichzeitig begannen die Schwierigkeiten zuzunehmen, die Fireball Enterprises und die ganze Welt erfaßten. Als seine Bewußtseinskopie schließlich gezwungen war, seine Dissidenten zum Alpha Centauri zu führen und Fireball aufgelöst wurde, schenkte man den Linsen keine Beachtung mehr.

(Diese Terminologie ist natürlich irreführend. Die eigentliche Linse ist die Sonne selbst. Aber der Vergleich der gravitatorischen Observationsstationen mit den Okularen von konventionellen Spiegelteleskopen hatte sich unvermeidlich aufgedrängt.)

Die Linsen waren so konstruiert worden, daß sie kaum und nur in sehr großen Intervallen gewartet werden mußten, aber selbst das wurde ihnen jetzt versagt. Die Weltföderation hatte genug mit dringenden Angelegenheiten im inneren Sonnensystem zu tun. Das Projekt wurde formell zwar nie eingestellt, seine Wiederaufnahme aber immer weiter aufgeschoben, bis es fast gänzlich in Vergessenheit geriet. Die Energiequellen der Observatorien versiegten, kosmische Strahlung und Quanteneffekte belasteten die Systeme. Eine Linse nach der anderen fiel aus.

Dann entstanden die Sophotekten. Mit zunehmender Intelligenz wurde auch die Einheit größer, die ihr Verbund bildete. Das Netz aus Computern und Endgeräten, das die Zivilisation durchdrang, entwickelte sich zum Cyberkosmos, der auf seine unauffällige Art immer intensivere wissenschaftliche Forschungsarbeit leistete, für die sich immer weniger Menschen interessierten.

Diese Entwicklung war gar nicht so paradox, wie sie auf den ersten Blick erschien. Nach allgemeiner Lehrmeinung hatte die Wissenschaft schon vor Generationen ihren Endpunkt erreicht. Die große Gleichung, aus der alle physikalischen Gesetze abgeleitet werden konnten, existierte bereits. Ihre Lösungen beschrieben den Ursprung und das Endschicksal von allem, was war und jemals sein würde. Es stimmte zwar, daß noch nicht allzu viele dieser Lösungen ausgearbeitet worden waren, und selbst unter denjenigen, die man gefunden hatte, waren nur ziemlich spezielle Fälle für Sterbliche vollständig nachvollziehbar. Aber für alle Beobachtungen, die gemacht werden konnten, gab es eine grundlegende Erklärung, und das Terrabewußtsein verstand den kosmischen Gesamtzusammenhang.

Zugegeben, in der Regel erwies es sich als unmöglich, exakte Berechnungen anzustellen. Die Prinzipien des Chaos und der Komplexität verhinderten das. Man stieß praktisch auf jedem wissenschaftlichen Gebiet, von der Archäologie bis hin zur angewandten Astronomie, immer wieder auf Überraschungen. Die meisten Menschen sahen diese Dinge als unbedeutend an, einer tiefergehenden geistigen Beschäftigung unwürdig. Der Cyberkosmos teilte diese Ansicht nicht. Er verfügte über die nötigen Ressourcen, einschließlich einer Art persönlicher Unsterblichkeit, um das Reich des Empirischen zu erforschen.

Irgendwann schlug er vor, ein neues Netz aus Solarlinsen zu installieren. Die Synese willigte ein. Die Menschen erinnerten sich an die bevorstehende Vernichtung Demeters. Sie hörten Gerüchte über Kontakte zwischen Proserpina und Centauri, und plötzlich interessierten sie sich wieder für die Sterne.

Natürlich wurde die Durchführung des Projekts dem Cyberkosmos anvertraut. Für Terraner gab es keinen Grund, in die Abgründe jenseits der Plutobahn vorzudringen. Ihr schwaches Fleisch und ihre fehlbaren Gehirne würden die Arbeiten nur behindern.

Die Maschinen machten sich auf den Weg. Sie zerlegten die alten funktionsuntüchtigen Observatorien und ersetzten sie durch neue. Die neuen Stationen waren erheblich verbessert worden, was ihre Meßempfindlichkeit, Spektralbreite und alle anderen Funktionen betraf. Jede besaß ihr eigenes Kraftwerk, Wartungseinrichtungen und eine sie kontrollierende Intelligenz. Diese Intelligenzen waren zwar sehr stark darauf spezialisiert, nur bestimmten Aufgaben nachzugehen, aber trotzdem besaßen sie ein eigenes Bewußtsein. Sollte eine der vierzig Stationen auf ihrem stark geneigten Orbit irgendwelche Schätze entdecken, würden ihr weitere nachfolgen.

Neue Datenströme begannen zu fließen. Menschliche Wissenschaftler, die die eintreffenden Berichte eifrig studierten, waren nicht enttäuscht, als sie keine fundamentalen Neuentdeckungen fanden. Sie hatten ohnehin keine erwartet, die große Gleichung ließ das nicht zu. Die Verteilung der Galaxien zu kartografieren, die Strukturen derjenigen zu erkennen, die am weitesten in Raum und Zeit entfernt waren, und dadurch ihre Evolution zu verfolgen, die Ausbreitung der Milchstraße und ihre Schwestergalaxien genauer und vollständiger zu erfassen, als es bisher möglich gewesen war, das waren ausreichende Betätigungsfelder …

… bis der Datenstrom immer mehr unerklärliche Anomalien aufzuweisen begann, zu einem Rinnsal routinemäßiger Meldungen zusammenschrumpfte und bald darauf gänzlich versiegte.

Auf der Erde, Luna und dem Mars akzeptierte fast jeder die Begründung des Cyberkosmos, daß er zur Zeit noch keine Erklärung für das Phänomen hätte und eine weitere Veröffentlichung der Daten aus Gründen wissenschaftlichen Verantwortungsbewußtseins unterbleiben müßte, bis das Rätsel gelöst sei. Die Linsen würden ihre Nachforschungen und Übertragungen fortsetzen, die Informationen aber vorläufig nur anderen Sophotekten zugänglich machen. Die Menschen sollten ihr ohnehin kurzes Leben nicht mit aussichtslosem Grübeln und Rätseln über diese Dinge vergeuden. Sie hätten genügend Informationen zur Verfügung, mit denen sie sich beschäftigen könnten, wenn sie den Wunsch nach einer wissenschaftlichen Betätigung verspürten. Und die Menschen hatten sich längst daran gewöhnt, einem Intellekt zu vertrauen, der dem ihren überlegen war.

Auf die Lunarier traf das allerdings nicht zu, ebensowenig auf die Terraner außerhalb des Solaren Systems, aber nur die Bewohner Proserpinas und der Kolonien auf den Kometen waren der Erde nahe genug, um gegen die Entscheidung des Cyberkosmos aufzubegehren. Sie besorgten sich unter erheblichen Anstrengungen und mit viel Zeitaufwand nach und nach alle Informationen, die die Linsen in die Datenspeicher überspielt hatten, und arbeiteten sie immer wieder durch. Je präziser die Analyse wurde, desto stärker deutete sie auf die Elnath-Station als Ursprung des Geheimnisses hin. Dort waren die ersten unerklärlichen Beobachtungen gemacht worden, dort war die öffentlich zugängliche Kommunikation zuerst versiegt, dort waren die Instrumente direkt auf das galaktische Zentrum gerichtet, das von dicht gedrängten Sternenfeldern und Staubwolken verhüllt wurde, weshalb man bis zum heutigen Tag weniger über das Herz der Milchstraße als über die Nachbargalaxien wußte, die man von außen betrachten konnte.

Mißtrauisch wie immer war es den Selenarchen nie glaubwürdig erschienen, daß der Cyberkosmos Beobachtungen nur deshalb zurückhalten würde, weil sie ein Rätsel darstellten. Welche Gefahr lag darin, sollte sich herausstellen, daß die große Gleichung korrigiert werden mußte? Oder ... welche Möglichkeiten konnten sich daraus ergeben, von denen das Terrabewußtsein nicht wollte, daß die Menschen davon erfuhren? Vielleicht weil es fürchtete, daß sie ihm dann ähnlich werden könnten?

Die Selenarchen beschlossen, die Antworten auf diese Fragen herauszufinden.

»Was wißt Ihr über unsere Bemühungen, eine Gravitationslinse zu installieren?« fragte Luaine.

»Nicht viel«, gestand Guthrie. »Ich habe erfahren, daß zwei Versuche, zwischen denen Jahrzehnte lagen, gescheitert sind und die Proserpinarier Sabotage dafür verantwortlich machen. Aber war es wirklich Sabotage?«

»Wieso zweifelt Ihr daran?«

»Nun, ich weiß ein wenig darüber Bescheid, wie schwer es ist, eine Linse zu installieren, und was an Ressourcen und fähigen Leuten mit Erfahrung dazu erforderlich ist. Um es mit den bereits existierenden aufnehmen zu können, müßt Ihr bis an die Grenzen der verschiedenen Technologiegebiete herangehen. Im Centauri-System mit seinen drei Sonnen, die durcheinandertanzen, die Gravitationsfelder verzerren und keinen festen Orbit zulassen, war es unmöglich, ein solches Projekt durchzuführen. Wir haben bis jetzt erst vier Linsen um Beta Hydri positioniert und dazu die alten Fireball-Konstruktionen verwendet, weil wir nicht in der Lage waren, bessere zu entwickeln. Sie haben sich als nützlich erwiesen, aber sie decken nur sehr kleine Himmelssegmente ab, und sie leisten nicht mehr, als den Erkenntnissen, die wir durch unsere anderen Beobachtungsinstrumente gewinnen, einige Details hinzuzufügen. Niemand auf Isis oder Hestia hat Ähnliches zustande gebracht, es sei denn, es hat Fortschritte gegeben, seit ich zum letzten Mal von diesen Welten gehört habe.«

»Ai, ja«, sagte Luaine ungeduldig. »Dann hört zu. Unsere erste Linse, deren Bau uns viele entbehrungsreiche Jahre gekostet hat, war auf dem Weg zum Kuiper-Gürtel, als das Trägerschiff und mit ihm die Linse selbst zerstört wurden. Der Grund schien die Kollision mit einem Felsbrocken gewesen zu sein. Aber wie groß ist die Wahrscheinlichkeit für einen solchen Unfall? Abgesehen von dem gewaltigen Raumvolumen, hätte es ein Vagabund aus interstellaren Tiefen sein müssen, um eine ausreichend große Geschwindigkeit zu entwickeln. Von diesen Himmelskörpern haben wir bisher nur sehr wenige beobachtet, Guthrie.«

Der Kopf in seinem Bildschirm nickte. Er hatte das alles schon von anderen gehört. Aber sollte sie nur reden. Eine Lunarierin konnte genauso wie ein Terraner das Bedürfnis verspüren, sich etwas von der Seele zu reden.

»Beim zweiten Mal«, fuhr sie fort, »erreichte die Linse den vorgesehenen Orbit planmäßig, weit entfernt von der nächsten Station der Synese, aber ebenfalls auf das galaktische Zentrum ausgerichtet. Während sie noch die ersten Tests und Kalibrierungen durchführte, versagte sie plötzlich und stellte sämtliche Funktionen ein. Wir mußten sie mit erheblichem Aufwand an Zeit und Treibstoff zurückholen, um sie untersuchen zu können.«

Sie hatten keinen Sophotekten vor Ort gehabt, der das für sie hätte erledigen können, dachte Guthrie, weil sie den Gebrauch von Sophotekten mit ausreichenden Fähigkeiten ablehnen. Ein bemanntes Labor in der Nähe wäre zu teuer gewesen. Antimaterie für die Triebwerke war Mangelware, wenn man keinen Zugang zu den Fabriken auf dem Merkur hatte und gezwungen war, den Stoff mit thermonuklearen Reaktoren herzustellen. Luaine mußte viel Mühe gehabt und einige Tricks angewandt haben, um die Treibstofftanks der *Dagny* auffüllen zu lassen.

»Die Techniker fanden heraus, daß ein defektes Interface mit fehlerhafter Kristallstruktur zur Störung der Programmierungsmatrix geführt hatte«, fuhr sie fort. »Wie hätte eine solche schadhafte Komponente unbemerkt alle Sicherheitskontrollen passieren können? Aber wenn sich ein robotisches Gerät der Linse während des Fluges genähert und gezielt eine winzige Energiemenge abgegeben hätte ...« Sie vollführte eine abgehackte schnippende Geste mit Daumen und Zeigefinger.

»Ich habe davon gehört«, erwiderte Guthrie. »Auch daß Ihr beschlossen habt, keinen weiteren Versuch mehr zu unternehmen, zumindest nicht in nächster Zeit. Glaubt Ihr, daß der Cyberkosmos Euch zu genau überwacht?«

»Eyach, seine Minimaschinen können nicht überall sein und auch nicht ständig alles beobachten.« Ihre geringe Größe, die damit verbundene Geschwindigkeit, Probleme bei der Kommunikation und ähnliche Faktoren schränkten ihre Leistungsfähigkeit ein. »Stichprobenartige Spionage an bestimmten neuralgischen Punkten ist schon schlimm genug.«

Lunarier würden keine allzu strengen Sicherheitsmaßnahmen durchführen, dachte Guthrie. So etwas empfinden sie als zu einengend. »Nun, ich habe diese Möglichkeit auch schon erwogen, selbst draußen auf unseren Welten. Das ist einer der Gründe, weshalb ich gekommen bin. Aber bleiben wir bei Eurer Geschichte. Ich habe nur sehr wenig darüber gehört, wie sie weitergeht.«

»Heute werdet Ihr den Rest erfahren. Das Unternehmen wurde hauptsächlich den Captains der Äußeren Kometen übertragen.«

»Ihr habt einen Frontalangriff geplant und versucht, auf direktem Weg herauszufinden, worin das Geheimnis der Linse besteht.«

»Ja. Wir haben uns jahrelang vorbereitet und äußerste Vorsichtsmaßnahmen gegen Spione getroffen. Wir wußten, daß wir nur einen Versuch haben würden. Danach würde der Feind gewarnt sein.«

Obwohl Guthrie seine eigenen Vorbehalte gegenüber

der Synese und dem Cyberkosmos hatte, beunruhigte es ihn, Luaine von einem »Feind« sprechen zu hören. Aber davon durfte er sich jetzt nicht ablenken lassen. »Ihr hattet vor, einen Schlag gegen die Linse zu führen, von der Ihr sicher seid, daß sie die geheimen Informationen enthält.«

»Ja. Die Orion-Linse.« Von Proserpina aus gesehen, stand die Beobachtungsstation des galaktischen Zentrums nicht im Sternbild des Stiers.

»Hm-mh. Und Eure Expedition mußte feststellen, daß der Cyberkosmos Euch bereits erwartet und das Ziel gut gesichert hatte.«

Luaine wölbte den Rücken wie eine wütende Katze. »*Raiach!*« Ihr Gesicht erstarrte zu einer beherrschten Maske. »Ich werde es Euch zeigen.«

Sie zog eine Datenkarte hervor, die sie irgendwie unter ihrer hautengen Kleidung verborgen hatte. Wie ein Falke schoß sie auf den Multiceiver zu und führte die Karte in das Laufwerk ein. Der Monitor wurde schwarz und zeigte einen Sternenhintergrund.

Ein schlankes Gebilde schwebte ins Blickfeld, ein feldgetriebener Jäger, aus größerer Entfernung gesehen. »Unser Schiff«, erklärte Luaine. Ihre Stimme klang jetzt ausdruckslos und metallisch. »Die Mannschaft hatte mehrere Kameras mit Eigenantrieb ausgesetzt, die ihnen ihre Aufnahmen übermittelten. Dies ist ein Zusammenschnitt.«

Die Kamera schwenkte zur Solarlinse. Guthrie hatte die Konstruktionspläne studiert, die nach der Genehmigung des Systems veröffentlicht worden waren. Trotzdem saugte sich sein Blick an der Linse fest. Ein märchenhaft schönes kompliziertes Spinnennetz aus Antennen und Kabeln, das silbern glänzte, umgab ein goldfarbenes Sphäroid, winzig im Vergleich zu dem riesigen Netz.

Das Sphäroid enthielt die Wartungseinrichtungen, die Flugkontrollsysteme und das interne Kraftwerk. Auf seiner Außenwandung saß eine im Sternenlicht schillernde Kuppel, die das eigentliche Observatorium schützte.

Guthrie konnte undeutlich eine Schleuse an ihrer Basis erkennen.

Drei funkelnde Punkte lösten sich von dem Schiff und trieben über die Sternenkonstellationen auf die Linse zu. Eine Kamera holte sie näher heran. Aus den kleinen Gebilden ragten Sensoren und Instrumente hervor. »Roboter«, klang Luaines tonlose Stimme auf. »Äußerst vielseitig und gut programmiert. Sie hätten problemlos in die Station selbständig eindringen und die Daten entnehmen können, aber wir wollten auf alle Eventualitäten vorbereitet sein. Die Mannschaft stand in ständigem Kontakt mit ihnen und konnte die Programme notfalls überbrücken.«

Die Roboter näherten sich ihrer Beute. Guthrie erwartete, daß sie jeden Augenblick die Triebwerke zünden würden, um mit dem Zielanflug zu beginnen. Aber das taten sie nicht. Sie trieben einfach an dem Netz vorbei und verschwanden in der Dunkelheit.

Über Funk war verblüfftes Stimmengewirr zu hören. Luaine drehte die Lautstärke herunter. »Die Roboter hörten auf zu funktionieren«, berichtete sie so emotionslos, als wäre sie selbst eine Maschine. »Sie reagierten nicht mehr auf Signale oder Befehle. Meßinstrumente an Bord des Schiffes registrierten elektromagnetische Impulse von hoher Intensität in den Regionen, die die Roboter durchquert hatten, als sich der Systemausfall ereignete.«

Guthrie hatte diese Erklärung erwartet. »Yeah. Der Sophotekt der Station hat die Impulse so abstrahlen lassen, daß sie sich überlagerten und ihr Maximum genau an diesem Punkt entfalten konnten. Induktionsfelder und magnetische Schwingungen, stark genug, um durch Metall hindurchzuwirken, die elektronischen und elektrophotonischen Komponenten im Inneren der Roboter durcheinanderzubringen und damit alles lahmzulegen, was von ihnen abhängt – was so ziemlich alles sein dürfte. Eure Jungs sollten dankbar sein, daß sie nicht näher mit ihrem Schiff an die Station herangeflogen sind, obwohl ich bezweifle, daß sie das auch so empfunden haben.«

»Sie waren vorsichtig. Ein paar Minuten später ...« Luaine erhöhte die Lautstärke wieder.

Die Funkstimme, die die Schiffsbesatzung empfangen und aufgezeichnet hatte, sprach Proserpinarisch, ein gelassener geschlechtsloser Tenor, offensichtlich synthetischer Natur. »Achtung. Sie haben versucht, eine kriminelle Handlung zu begehen, und die unmittelbaren Konsequenzen gesehen. Dies war keine Reaktion auf eine Überraschung. Ihr Schiff wurde bereits kurz nach seinem Start von uns entdeckt und beobachtet. Ihnen wurde gestattet, sich der Station so weit zu nähern, um Ihnen die Undurchführbarkeit Ihrer Absichten zu demonstrieren. Wenn Sie sofort umkehren, wird die Synese den Verlust Ihrer Roboter und die Ihnen dadurch entstandenen Kosten als ausreichende Bestrafung betrachten. Andernfalls werden in Kürze bewaffnete Wachschiffe erscheinen und Ihr Schiff zerstören. Wir empfehlen Ihnen dringend, wieder nach Hause zu fliegen und Ihre Mitverschwörer vor einem weiteren Versuch dieser Art zu warnen.«

Das proserpinarische Raumschiff verharrte auf der Stelle – Guthrie konnte sich den verbissenen Trotz an Bord gut vorstellen – aber nur einen kurzen Moment lang. Eine der Überwachungskameras fing einen sich bewegenden Lichtpunkt ein und vergrößerte ihn, wie es zweifellos auch die optischen Systeme des Raumschiffs taten. Das sich nähernde Schiff war zwar kleiner als das der Proserpinarier, aber es verfügte ebenfalls über einen Feldantrieb und einen deutlich zu erkennenden Raketenwerfer. Ein zweiter Lichtpunkt tauchte zwischen den Sternen auf. Die Proserpinarier machten kehrt und beschleunigten.

Der Bildschirm erlosch.

»Wie bitter es auch war, ihnen blieb keine andere Wahl, als zu gehorchen«, sagte Luaine.

Guthrie entdeckte keine Resignation in ihrer Haltung. Die grünen Augen funkelten ihn an. »Habt Ihr und Eure Freunde Euch überlegt, was Ihr sonst noch versuchen könntet, um an die Daten zu kommen?« fragte er.

Sie nickte. Ihre Locken züngelten wie Flammen durch

die Luft. »Selbstverständlich. Aber wir haben keine Möglichkeit gesehen ... bis jetzt.«

Seine Erinnerung kehrte zu den wilden Tagen seiner ersten Inkarnation zurück, seiner ersten Jugend, als er die entlegensten Winkel der Erde durchstreift hatte. Auch in den folgenden Jahrhunderten hatte er Kämpfe und Gefahren bestanden und verwegene Pläne geschmiedet. Er verdrängte vorerst die moralischen Aspekte. Diese Situation war unter rein pragmatischen Gesichtspunkten viel zu interessant.

»Hmm ...«, brummte er. »Wenn die Maschine nicht gelogen hat, wovon ich nicht ausgehe, scheint es, als würde der Cyberkosmos Patrouillen in diesen Raumabschnitten durchführen. Radar und andere Ortungssysteme könnten die Wachschiffe sehr früh alarmieren, sollte irgend jemand einen verdächtigen Kurs einschlagen. Aber aus eben diesem Grund müssen die Schiffe auch unglaublich weit verstreut sein. Ich schätze, daß höchstens zwei bis drei von ihnen einen unbefugten Eindringling, der über einen Feldantrieb verfügt, an irgendeinem beliebigen Punkt abfangen könnten. Ein gut ausgerüsteter Angreifer müßte eine Chance haben, den Absperriegel zu durchbrechen.«

»Nay«, sagte die Lunarierin. »Die Wächter haben keinen vernünftigen Grund, mit einem solchen Schiff zu rechnen.« Sie erweckte nicht den Eindruck, als wollte sie ihm widersprechen. Es schien ihr nur darauf anzukommen, einen weiteren Punkt der Vollständigkeit halber abzuhaken.

»Richtig«, stimmte Guthrie ihr zu. »Ein Schiff, das ihnen entwischen oder sie in einem Kampf besiegen könnte, müßte von einem Sophotekten gesteuert werden, von einem elektrophotonischen Gehirn. Kein Mensch könnte schnell genug reagieren oder Berechnungen anstellen. Ein Roboter wäre zwar dazu in der Lage, aber ihm fehlt das erforderliche Urteilsvermögen, Phantasie und List. Und Ihr Proserpinarier duldet keine Sophotekten mit wirklich ausgeprägten intellektuellen Fähigkeiten.«

»Wenn wir einen bauen würden, könnten wir es wagen, ihm zu trauen?«

»Vielleicht nicht, selbst ungeachtet Eurer Paranoia. Er könnte Sympathien für seine Maschinenkameraden entwickeln – oder jedenfalls für die Logik, die ihrer Existenz und ihrer Denkweise zugrunde liegt – und sich auf ihre Seite schlagen. Ein strittiger Punkt. Proserpina verfügt weder über die Mittel noch die Spezialisten, einen brauchbaren Sophotekten zu konstruieren und in Eurem Sinn zu erziehen. Es würde mindestens eine Generation dauern, bis Ihr dazu in der Lage wärt.«

Luaine warf den Kopf in den Nacken und lachte laut auf. »Nicht nötig, Captain Guthrie. Ihr seid diese Maschine!«

Er hatte damit gerechnet, heuchelte aber trotzdem Überraschung. »Häh? Einen Moment mal, Mylady ...«

Ihr Körper bebte, die Worte sprudelten aus ihr heraus. »Ihr besitzt die erforderliche Intelligenz, die Fähigkeiten und die List. Mit dem Computer und den Instrumenten Eures Schiffes verbunden, verfügt Ihr über die eine ausreichende Präzision und Reaktionsgeschwindigkeit. Und Ihr seid bewaffnet.«

»Ich ... Angenommen, ich würde es versuchen, sobald ich in die Reichweite dieses elektromagnetischen Feldes gerate und es aktiviert wird, werde ich durchbrennen wie diese armen Roboter. Und das würde auch mit der *Dagny* passieren. Nein, danke.«

»Ihr könntet in sicherer Entfernung bleiben, während ein Mensch in die Station eindringt.«

»Kennt Ihr jemanden, der verrückt genug wäre, sich freiwillig dafür zu melden?«

Wieder brandete lautes Gelächter auf. »Ich kann gar nicht zählen, wie viele sich um diesen Einsatz reißen würden.«

»Schön, ja, es sind Lunarier«, räumte Guthrie ein. »Von Natur aus wild. Und sie hegen den proserpinarischen Groll gegen die Synese.«

»Es wäre leicht, einen Raumanzug und seine Systeme so zu modifizieren, daß das Feld ihn nicht lahmlegen kann. Ich habe meine Ingenieure angewiesen, die Veränderungen auszuarbeiten.«

Du bist wohl ziemlich optimistisch, was? dachte Guthrie. »Und wenn dieser Einbrecher gelandet ist, was dann?«

»Meine Leute haben bereits eine Strategie für ihn ausgearbeitet.« Luaine zog eine zweite Datenkarte hervor und reichte sie ihm. »Darauf findet Ihr alle Informationen. Spielt sie ab, studiert sie und stellt mir dann so viele Fragen, wie Ihr wollt, aber ich nehme an, es werden nur wenige sein. Die Konstruktionspläne der Linsen, ihre Programmierung und alles andere wurde während ihres Baus veröffentlicht. Es gibt keinerlei Hinweise darauf, daß nachträgliche größere Veränderungen an ihnen vorgenommen wurden, abgesehen von den Verteidigungseinrichtungen und der Verschlüsselung der Datenübertragung. Jetzt, nachdem die Linsen von bewaffneten Schiffen bewacht werden, hätte der Cyberkosmos auch keinen Grund dazu. Die Beobachtungsergebnisse, die die Stationen vor ihrem Verstummen übermittelt haben, liefern jede Menge Indizien, die Rückschlüsse darauf zulassen, wie sie funktionieren – und wie man ihnen ihre Daten entreißen kann. Es ist wirklich ganz einfach.«

»Hm-mh, möglich. Aber Ihr müßt bedenken, daß die Manöver, um den Abfangjägern auszuweichen oder sie zu bekämpfen, fast mit Sicherheit hohe Beschleunigungsphasen beinhalten werden. Ich bezweifle, daß ein Lunarier sie unbeschadet überstehen und die Linse in einem Zustand erreichen würde, in dem er auch nur einem Kätzchen sein Wollknäul wegnehmen könnte.«

»Auch das Problem werden wir noch lösen«, fauchte Luaine. »Ich habe mir bereits meine Gedanken darüber gemacht.«

Guthrie hob eine Hand. »Moment mal. ›Wir‹ werden es lösen? Betrachtet Ihr es als selbstverständlich, daß ich bei Eurem Husarenstreich mitmachen werde?«

»Aus diesem Grund habe ich gehandelt, intrigiert und gekämpft, um Euch Euren Treibstoff zu besorgen«, erwiderte sie scharf.

»Ja, ich verstehe, und haltet mich bitte nicht für undankbar. Allerdings habe ich Euch nichts versprochen, außer daß ich nichts gegen Proserpina unternehmen oder irgend etwas tun werde, das Eure Interessen verletzen könnte. Ich habe nie gesagt, daß ich mich Euch *anschließen* würde.«

Luaines Verhalten und ihr Tonfall wurden wärmer. Sie lächelte, streckte eine Hand in seine Richtung aus, als wollte sie ihn berühren und schnurrte: »Aber trotzdem werdet Ihr es tun, nay? Anson Guthrie war schon immer ein wagemutiger Mann.«

Obwohl sie nicht mehr ganz jung war, wäre es ihm als Mensch aus Fleisch und Blut wahrscheinlich schwergefallen, ihr zu widerstehen. In seiner jetzigen Zustandsform aber konnte er trocken entgegnen: »Anson Guthrie war allerdings auch nie ein Mann, der einfach auf den fahrenden Zug eines anderen aufgesprungen ist.«

Ihr entging der Sinn der alten Angloredewendung. »Es wäre auch in Eurem Interesse.«

»Da bin ich mir gar nicht so sicher. Das Ziel meiner Mission besteht darin, die Wahrheit herauszufinden. Ein feindlicher Akt wie der, den Ihr gegen die Synese – die meinem Volk, soweit ich das beurteilen kann, keinen Schaden zugefügt hat – plant, würde meine Gespräche mit ihren Vertretern etwas kompliziert machen.«

Die Haltung der Lunarierin versteifte sich. »Ist das Zurückhalten wichtiger Daten ein freundlicher Akt von ihrer Seite?«

»Ich weiß es nicht. Vielleicht sollte ich sie aufsuchen und mich erkundigen.«

Ihre Maske zerbrach. Sie starrte ihn mit weit aufgerissenen Augen und offenem Mund an. »Das kann nicht Euer Ernst sein!«

»Oh, ich kann so ernst wie ein Bauer am Sonntag sein«, sagte Guthrie schleppend. »Nicht, daß ich vorhätte, direkt ins Sprechzimmer des Terrabewußtseins zu marschieren. Aber ich werde mich auch nicht Hals über Kopf in ein Abenteuer stürzen, das sich als ein ebenso großer Fehler wie der Sozialismus erweisen könnte. Meine Aufgabe ist es, in Erfahrung zu bringen, was im Solaren System vorgeht, und das hat für mich Priorität.« Er schwieg einen Moment lang. »Tut mir leid.«

»Ihr würdet ...«

»Ich werde eine Weile im inneren System herumschnüffeln. Danach sehen wir weiter.«

Luaines Augen wurden schmal. »Was wir sehen werden, ist, ob Ihr überhaupt von hier abfliegen könnt«, sagte sie gefährlich ruhig. »Bewaffnete Schiffe von mir liegen in der Nähe.«

Das Gesicht im Kopfauswuchs des Roboterkörpers lächelte. »Das gilt auch für bewaffnete Schiffe von Velir, der – ich bedauere, das sagen zu müssen – Euch nicht sonderlich traut, und für Schiffe von Catoul, der es für eine gute Idee hält, Erkundungen über die aktuelle Lage auf der Erde anzustellen, und der außerdem der Meinung ist, daß ich mich am besten für diese Aufgabe eignen könnte. Vor unserem heutigen Treffen, Mylady, habe ich ein paar interessante Gespräche mit den beiden und noch ein paar anderen Herrschaften geführt.«

Luaine schüttelte sich einmal, dann entspannte sie sich und lachte erneut, leise und beinahe fröhlich. »Diesen Kampf habt Ihr gewonnen, Lord Guthrie. Mein Fehler. Ich hätte die Geschichte Fireballs genauer studieren müssen. Jetzt weiß ich, zu spät, wie der frühere Anson Guthrie sein Imperium geschmiedet hat.«

KAPITEL 20

Das über Crommelin gelegene Haus öffnete Fenn die Tür. Er betrat das Wohnzimmer, auf dessen Wänden mathematische Muster ihren langsamen Tanz vollführten, und blieb stehen, als der kleine Hausherr aufstand und ihm entgegenkam. Eine Weile lastete das Schweigen wie ein körperliches Gewicht auf den beiden Männern. Dann verbeugte sich Chuan und sagte auf Anglo: »Ich grüße Sie. Sie kommen früh, aber Sie sind mir deshalb nicht weniger willkommen.«

»Ich bin direkt vom Raumhafen zu Ihnen gekommen, nachdem ich dort Ihre Nachricht vorgefunden habe«, erwiderte Fenn. Seine Körperhaltung war genauso steif wie sein Tonfall.

»Das wäre wirklich nicht nötig gewesen. Sie hätten erst Ihre Unterkunft aufsuchen und sich eine Nacht lang ausruhen können. Ich habe Ihnen eine Einladung geschickt und keinen Marschbefehl.«

Fenn hob die Augenbrauen. Wo ist da der Unterschied? lautete die unausgesprochene Frage.

»Daß Sie früh gekommen sind, habe ich auch in einem allgemeineren Sinn gemeint«, fuhr Chuan ohne erkennbare Verstimmung fort. »Wir haben Sie erst im nächsten Jahr erwartet. Ihre Freunde auf dem Mars werden sich freuen.«

»Meine Freunde wußten, genau wie Sie, im voraus, daß und warum ich kommen würde.« Fenns Pläne waren auf der Erde bekannt gewesen – er hätte sie kaum geheimhalten können, selbst wenn er das gewollt hätte –, und seine Nachricht an die Ronays war über einen offenen Kanal erfolgt.

Die Botschaften, die Kinna und er ausgetauscht hatten, waren dagegen verschlüsselt gewesen. Vielleicht waren sie mittlerweile aufgezeichnet und decodiert worden. Der bloße Gedanke an diese Möglichkeit ließ Wut in ihm hochkochen. Ganz ruhig, alter Junge, beschwor er sich selbst. Wenn du jemals einen kühlen Kopf gebraucht hast, dann heute.

»Ja.« Chuan wurde ernst. »Sie und Ihre Leute waren der Meinung, daß Sie unverzüglich genauere Informationen über die Situation auf diesem Planeten einholen und herausfinden müßten, welche Auswirkung die Ankunft des Schiffes vom Alpha Centauri auf die allgemeine Lage hat. Um so mehr, weil die Synese diese Nachricht erst bekanntgegeben hat, nachdem Sie auf indirektem Weg davon erfahren hatten, obwohl unsere Instrumente das Schiff schon viele Monate zuvor entdeckt haben mußten.

Sie fragen sich, warum wir diese Informationen so lange zurückgehalten haben und wie sie Ihre Pläne beeinflussen könnten.«

»Ist das nicht ganz natürlich? Würde es Ihnen an unserer Stelle nicht genauso ergehen?«

Chuan lächelte erneut. »Kommen Sie, bitte machen Sie es sich bequem und lassen Sie uns darüber reden. Möchten Sie eine Erfrischung?«

Fenn zögerte.

»Ich bin nicht Ihr Feind, das wissen Sie«, sagte der Synnoiont.

»Ja, sicher, ich weiß«, erwiderte Fenn, ein wenig aus dem Gleichgewicht gebracht. Weiß ich das wirklich? fragte er sich. Ich sollte wohl besser etwas entgegenkommender sein. »In Ordnung, *gracias*. Ich nehme eins von Ihren Bieren.«

Chuan schmunzelte. »Und dazu ein paar von meinen gesalzenen Knabbereien?«

Sie nahmen in den Sesseln Platz, die sich automatisch ihren Körperkonturen anpaßten. Fenns Blick fiel auf das große Sichtfenster. Der Herbst hatte die Farben des Blumengartens verblassen lassen, aber jetzt gingen die Pflanzen in die Winterphase über. Sie wurden allmählich purpurrot und schwarz. Der Himmel war dunkel für die Mittagszeit, intensiv rot statt lachsfarben, und ein paar streifenförmige Eiswolken zogen über die Sonne. Die sonst so kühn aufragenden Türme und Masten der Stadt wirkten diesmal irgendwie verloren und trostlos.

Der Servierautomat brachte ein Tablett. Chuan hob seinen Weinkelch. Hatte er sich für Wein anstelle des üblichen Tees entschieden, um einen freundlichen Eindruck zu erwecken? »Auf Ihr Wohl«, sagte er.

»Auf einen freien Orbit«, entgegnete Fenn.

Es war Chuan nicht entgangen, daß Fenn den ehemaligen Trinkspruch der terranischen Raumfahrer benutzt hatte. Er musterte seinen Gast einen Moment lang. »Normalerweise müßte ich mich jetzt erkundigen, ob Sie eine angenehme Reise hatten. Aber das wäre etwas albern, nicht wahr? Sie haben Ihren Lebenstraum verwirklicht.«

»Nein«, sagte Fenn.

»Wie bitte? Dürfte ich fragen, warum nicht?«

»Ich bin nicht frei geflogen. Ich wurde nur transportiert. Und die Neuigkeiten, die mich erreicht haben, waren alles andere als lustig.«

»Ah.« Chuan war die Ruhe selbst. »Die furchtbaren Nachrichten. Sie haben sie unterwegs empfangen?«

Fenn nickte. »Und einige mehr während des Landeanflugs. Allerdings nicht genug. Nicht annähernd genug. Allein diese Nachrichten hätten schon ausgereicht, mich früher als geplant wieder hierherzubringen.« Er knallte seinen Bierkrug auf den Tisch und beugte sich vor. »Ja, ich bin unhöflich, nehmen Sie an, ich hätte mich für mein Benehmen entschuldigt, aber können wir jetzt zur Sache kommen? Warum wollten Sie mich so schnell sehen?«

»Um Ihnen bei Ihrer Mission zu helfen. Sie wollen Informationen sammeln. Sehr gut, ich würde Ihnen gern ein paar Fakten liefern, die Sie sonst nicht so leicht erhalten könnten, und versuchen, alle Fragen zu beantworten, die Ihnen einfallen.«

»Und so allen anderen zuvorkommen, die eine von Ihnen abweichende Ansicht haben könnten?« erwiderte Fenn impulsiv. Im gleichen Moment wurde ihm bewußt, daß er sich am Rand der Unverschämtheit bewegte, aber er beschloß, sich nicht dafür zu entschuldigen. Statt dessen brachte er eine Art Lächeln zustande.

»Bitte, ich habe nicht vor, Ihre Intelligenz zu beleidigen, indem ich noch einmal die Argumente aufgreife, die wir bereits ausführlich erörtert haben. Zumindest werde ich mich bemühen, sie nicht öfter zu wiederholen, als es mir nötig erscheint, um die Dinge in ihren Kontext zu stellen.«

»*Gracias*«, war alles, was Fenn dazu einfiel.

»Bitte machen Sie sich auch klar, daß ich nicht in die Ratsbeschlüsse der Lahui Kuikawa eingeweiht bin. Es hat keine Spionage und keine Abhöraktionen von unserer Seite gegeben.«

Wieder fragte sich Fenn, wie weit er dem Synnoionten glauben konnte. Kinna und ihre Eltern bezeichneten

Chuan als einen ehrenhaften Mann, aber Ehre war eine Frage der Interpretation.

»Allerdings haben sich Ihre Leute auch nie um besondere Geheimhaltung bemüht, habe ich recht?« fuhr der Synnoiont fort. »Aus dem, was sie sagen und tun, lassen sich Rückschlüsse ziehen. Die Ereignisse der letzten Jahre haben Sie zwangsläufig besorgt werden lassen. Ihre Beunruhigung ist in dem Maß ständig gewachsen, in dem sich Gerüchte über Proserpina, Alpha Centauri und das, was im All vor sich geht, ausgebreitet haben. Wie schon gesagt, Sie möchten wissen, welche Auswirkungen das alles auf Sie und Ihre Pläne haben könnte. Einflußreiche Sprecher der Synese haben ganz offen versucht, Sie zu überreden, Ihr Vorhaben fallenzulassen. Sie fragen sich, ob wir, diejenigen, die ich repräsentiere, heimlich drastischere Maßnahmen planen könnten. Die Unruhe unter den Marsianern ist ein weiterer Grund für Ihre Nervosität. Das, die Besetzung des Dreierreichs durch die Republik und das Schweigen der Synese über das centaurische Schiff hat die Lahui dazu bewogen, intensive Nachforschungen anzustellen. Sie sind derjenige, der sie durchführen soll. Der Vorfall am Pavonis Mons hat Ihre Besorgnis und – wenn ich eine Vermutung äußern darf – Ihren Zorn weiter steigen lassen.« Er schüttelte den Kopf. »Ich kann Ihnen nicht versprechen, Sie völlig zu beruhigen. Aber ich will mich aufrichtig bemühen, Ihnen zu beweisen, daß ich, in meiner Funktion als Sprecher des Cyberkosmos und in bescheidenem Ausmaß auch des Terrabewußtseins, Ihr wohlwollender Freund bin.«

»*Gracias*«, wiederholte Fenn. Er glaubte Chuan. Vielleicht war gerade das das Verzwickteste an der ganzen verdammten Geschichte. »Fahren Sie fort ... Sir.«

»Die Synese hat erklärt, warum sie die Öffentlichkeit nicht sofort darüber informiert hat, daß sie ein Schiff aus den Tiefen des Raumes entdeckt hat, das sich dem Solaren System nähert. Diese Erklärung ist genauso wahr wie einfach. Uns war nicht mehr als die nackte Tatsache bekannt. Das Schiff hatte eindeutig Kurs auf Proserpina eingeschlagen und keine Anstalten gemacht, mit uns zu kommunizieren oder auf unsere Funkbotschaften zu reagieren. Auch die Proserpinarier haben unsere Anfragen nicht beantwortet. Uns liegen noch immer keine weiteren Erkenntnisse vor. Angesichts der wachsenden Spannungen, der Instabilität und der überall grassierenden Unwahrheiten kamen wir zu der Überzeugung, daß eine allgemeine Bekanntmachung bei diesem Stand der Dinge nicht nur verfrüht gewesen wäre, sondern auch negative Konsequenzen nach sich hätte ziehen können. Das mag ein Fehler gewesen sein, denn als die Nachricht trotzdem durchsickerte, vergrößerte sie das unbegründete Mißtrauen gegenüber dem gesamten sozialen Fürsorgesystem.«

»Wie auch Ihre Heimlichtuerei um die Solarlinsen.«

Chuan runzelte die Stirn. »Das hat damit nicht das geringste zu tun.«

»Vielleicht nicht. Aber es hat Schlimmeres provoziert, als es das Schiff allein jemals hätte tun können.«

»Zu behaupten, eine Handlung wäre provoziert worden, setzt voraus, daß sie in irgendeiner Form gerechtfertig und nachvollziehbar ist«, sagte Chuan ausdruckslos. »Was zu der Tragödie am Pavonis Mons geführt hat, war eine zynische Manipulation.«

»Das ist einer der Punkte, die ich herausfinden soll.«

»Ich kann Ihnen Filmausschnitte zeigen. Sie werden Ihnen nicht gefallen.«

»Das habe ich auch nicht erwartet.«

»Die Aufnahmen wurden unbemerkt gemacht, nicht von Menschen, sondern von unpersönlichen Maschinen und Sensoren.«

Ja, dachte Fenn, von versteckten oder getarnten Kameras, die so klein sind, daß man ein Mikroskop bräuchte, um sie zu entdecken. Wie viele davon gibt es überall im Sonnensystem und darüber hinaus? Er unterdrückte ein Frösteln.

»Das Filmmaterial wurde nachträglich bearbeitet, nur aus Gründen der Übersichtlichkeit«, erklärte Chuan. »Sollten Sie bezweifeln, daß eine objektive Berichterstattung überhaupt möglich ist, möchte ich Sie darauf hinweisen, daß kein menschlicher, sondern ein maschineller Verstand hinter der Art der Aufnahmen und ihrer nachträglichen Bearbeitung steht. Aus diesem Grund oder durch Zufall könnte er den einen oder anderen wichtigen Punkt übersehen haben, aber er hat die Daten nicht stärker mißinterpretiert oder durch Auslassungen verfälscht, als es auch einem menschlichen Wissenschaftler hätte passieren können.«

Da Fenn nicht wußte, wie er das beurteilen sollte, schwieg er lieber.

»Lassen Sie uns chronologisch vorgehen«, schlug Chuan vor. »Bevor wir zu dem furchtbaren Vorfall selbst kommen, sollten Sie etwas über die Hintergründe erfahren, die letztendlich zu der Katastrophe geführt haben.« Er zog eine Fernsteuerung unter seinem weiten Gewand hervor und drückte ein paar Tasten. Ein Tisch, auf dem ein Multiceiver stand, rollte herein. »Eine audiovisuelle Wiedergabe dürfte vorerst genügen. Sie können später die volle Vivifer-Darstellung abrufen, wenn Sie das möchten, und viele Aufzeichnungen mehr. Das hier sind nur ein paar typische Beispiele aus dem Dreierreich und seinem Hinterland.«

Auf dem Bildschirm erschien eine lunarische Stadt – staubiges Straßenpflaster, düstere Gebäude aus grob behauenen Steinen mit Balkonen und hohen spitzen Dächern, Luftschleusen, die die Embleme der Phyles trugen und sich nur selten für Außenstehende öffneten. Fenn entdeckte Daunan, Kinna hatte ihm diverse Bilder gezeigt. Ein Trupp Polizisten, der gerade eingetroffen war, zog vorbei. Fahrzeuge rollten mit höchstens sechs Stundenkilometern dahin, flankiert von Männern in hautengen Schutzanzügen mit schußbereiten Waffen, ausschließlich terranischer Herkunft. Die Straßen waren verwaist, die Besatzer bewegten sich wie auf einem Friedhof. Wer auch immer sie aus den Häusern heraus beobachtete, zweifellos voller Wut, die so eisig wie die bevorstehende Nacht war, ließ sich nicht blicken.

Später kam notgedrungen wieder Leben in die Stadt.

Zwei junge Polizisten wagten sich in ihrer Freizeit in die Markthalle, wo der Großteil der täglichen Geschäfte abgewickelt wurde. Arkaden durchzogen das Innere mit ihren grazilen Säulen und Torbögen. Die Decke zeigte die animierte Darstellung allerlei fliegender Objekte, Fantasyvögel, Drachen, Kometen, Blumen, die ihre Blütenblätter als Flügel benutzten. Leute waren unterwegs, kauften und verkauften, aßen, tranken, spielten und arbeiteten, ein gemischtes Spektrum menschlicher Aktivitäten. Als die Terraner auftauchten, erstarrten alle Gesichter einen Moment lang. Dann, nach und nach, machten die Lunarier mit dem weiter, was sie gerade getan hatten. Sie benahmen sich so, als wären die Neuankömmlinge gar nicht da. Als die Polizisten versuchten, etwas zu kaufen, ein oder zwei Souvenirs, starrten die Ladenbesitzer durch sie hindurch, ohne zu antworten. Nur die Hintergrundmusik hatte sich verändert, statt fröhlicher Melodien erklang jetzt ein dumpfes Trommeln und Knurren. Nach kurzer Zeit gaben die beiden jungen Männer auf und verschwanden wieder.

»Dieses Verhalten war praktisch überall gleich und von Anfang an zu beobachten«, bemerkte Chuan. »Es ist ganz spontan entstanden. So etwas wäre bei unserer Rasse in dieser Form nicht möglich gewesen.«

»Was ist mit Lunariern aus anderen Gegenden?« erkundigte sich Fenn.

»Kein Lunarier, der im Polizeidienst arbeitet, wurde zu den Besatzungstruppen beordert, und keiner hat sich freiwillig gemeldet. Allerdings besteht nicht die Gefahr, daß es auf dem Mars zu einem Bürgerkrieg kommen könnte, wie Sie wahrscheinlich wissen. Die gewöhnlichen Lunarier haben keine besonders engen Verbindungen zu den Bewohnern des Dreierreichs und machen sich auch keine größeren Sorgen, abgesehen von ihrem prinzipiellen Mißtrauen gegenüber der Republik. Sie sind von ihrem Naturell her individualistischer als die durchschnittlichen Terraner. Einige von ihnen, darunter gar nicht einmal so wenige im Haus Ethnoi, haben sogar eingeräumt, daß die Besetzung zwar bedauerlich, aber unumgänglich war. Sie machen sich mehr Sorgen um das unbekannte Problem, sprich Proserpina. Nur die Bewohner des Dreierreichs kennen keine Gnade.«

Der Bildschirm zeigte eine andere Szene. In der Wüste lag ein demoliertes Fahrzeug. Die beiden Insassen waren auf Patrouille gewesen und hatten die Gefahren des Abhangs, den sie heruntergefahren waren, nicht erkannt. Der Staub und der zusammengebackene Sand unter einer scheinbar festen Schicht aus Felsgestein waren plötzlich ins Rutschen gekommen und hatten eine Geröllawine ausgelöst. Der Wagen, durch den Sturz aufgerissen, wurde fast von einer neu entstandenen roten Düne verschluckt. Natürlich hatten die Terraner Schutzanzüge und Helme getragen, aber einer war bewußtlos, und der andere, der seinen Kameraden aus dem Wrack gezerrt hatte, hatte sich ein Bein gebrochen. Ein Lunarier auf einem Bodenrad hatte den Unfall aus der Ferne beobachtet und kam näher. Der Polizist mit dem gebrochenen Bein winkte ihm zu. Der Lunarier fuhr ungerührt weiter. Der Polizist schrie ihm hinterher.

Entweder hatten die Notfallsysteme des Wagens Hilfe anfordern können, oder der unsichtbare Beobachter hatte es getan. Jedenfalls traf ein Flitzer aus Arainn noch rechtzeitig am Unfallort ein, um die beiden Männer zu retten.

»Ein Minimum an Gesprächsbereitschaft und Zusammenarbeit ist unumgänglich«, sagte Chuan.

Fenn sah einige kurze Beispiele von Gesprächen zwischen offiziellen Vertretern der Republik und Landesfürsten des Dreierreichs. Sie verliefen höflich, die Terraner bemühten sich um eine freundschaftliche Atmosphäre und wiederholten die Zusagen, die bereits zu Beginn der Besatzung gemacht worden waren. Der Einsatzbefehl wäre nur widerwillig erfolgt, nachdem keine andere Wahl geblieben war. Die Truppen würden die individuellen Rechte der Bevölkerung respektieren und allen Beschwerden sofort nachgehen. Ihr Auftrag bestünde lediglich darin, die gesetzlosen Zustände und die Intrigen zu beenden, die der Region schwer schadeten, damit die Marsianer beider Rassen sich gemeinsam den Problemen und Gefahren zuwenden könnten, die sie alle betrafen. Darüber hinaus hätte niemand den Wunsch oder die Absicht, die alten Sitten und Gebräuche der Bevölkerung in irgendeiner Form zu verändern. Sobald die Ziele der Eingreiftruppen erreicht wären, würden sich die Polizisten zurückziehen. Niemand wollte länger als unbedingt nötig bleiben. Die Mithilfe der einheimischen Bevölkerung würde diesen Zeitpunkt noch beschleunigen können.

Die Landesfürsten gaben ihre Einwilligung zu bestimmten vorübergehenden Maßnahmen. Weitere Zugeständnisse machten sie nicht.

Die abschließende Filmsequenz der Vorgeschichte, die zu den Ereignissen am Pavonis Mons geführt hatte, zeigte die Überreste des letzten Transporterconvoys, der versucht hatte, die Tharsis auf dem Landweg zu durchqueren. Leichen lagen zwischen geschwärzten und verbeulten Fahrzeugwracks herum. Im Hintergrund stiegen die Hügel, aus denen die Guerillas zugeschlagen hatten, dunkel, zerklüftet und unübersichtlich zum Arsia Mons hin unter einem Himmel von der Farbe geronnenen Blutes an.

Chuan schaltete die Aufzeichnung ab. Seine Stimme war ausdruckslos, verriet aber trotzdem seine innere Anspannung. »Die Inrai. Einige der Toten gehörten zu ihnen, aber das hat sie nicht entmutigen können. Es hat sie sogar noch wilder gemacht und ihre Wut weiter angestachelt. Zumindest hoffe ich, daß es nur Wut war, Vergeltung für ihre gefallenen Kameraden.«

»›Nur‹ Wut?« fragte Fenn. »Was meinen Sie damit?«

Der Synnoiont kniff die Lippen zusammen, bevor er antwortete. Es gelang ihm nicht, ein leichtes Zittern zu verbergen. »Fünf der Polizisten, die dem Convoy Geleitschutz gegeben haben, waren Frauen. Wir haben nur zwei Leichen von ihnen gefunden. Von den drei anderen fehlt jede Spur. Was ihnen zweifellos zugestoßen ist ... dürfte für marsianische Frauen noch furchtbarer als für solche terrestrischer oder selenitischer Herkunft sein. Kulturelle Eigenarten, die so stark verwurzelt sind, daß sie fast schon Instinkten ähneln ...« Er seufzte. »Wir glauben nicht, daß sie noch lange gelebt haben.«

Fenn spürte, wie ihm Zorn und Übelkeit die Kehle zusammenschnürten. Solche Vorfälle waren dort, wo er herkam, ziemlich selten gewesen, aber er hatte sich während seiner Zeit als Polizist mit einigen befassen müssen. »Warum schicken Sie ... die Republik ... warum schicken Sie keine bewaffneten Flugzeuge aus, um diese Tiere zur Strecke zu bringen?«

Chuan, der jetzt äußerlich wieder gefaßt wirkte, betrachtete seinen Gast schwermütig. »Wir sind hier zivilisiert«, sagte er.

Ja, dachte Fenn, diese Menschen, die ich auf Luna zu verhaften geholfen habe – wenn ich sie denn als Menschen bezeichnen muß –, sind nur in einer Besserungsanstalt gelandet. Und ... als es soweit war, konnte ich mich nicht überwinden, Pedro Dover etwas anderes anzutun.

»Der Republik sind auch dadurch die Hände gebunden, daß dies nicht die übliche Praxis ist«, fuhr Chuan fort. »Es bleibt festzuhalten, daß sich die Anführer der Inrai nach Kräften bemühen, einen gewissen Anstand zu wahren, wie in einigen Armeen früherer Zeit, auch wenn es ihnen nicht immer gelingt.

Wenn wir – mit ›wir‹ meine ich die Vertreter der Republik und diejenigen der Synese, die wie ich versuchen, die Republik so gut wie möglich zu unterstützen –, wenn wir die schuldigen Einzeltäter identifizieren könnten, würde sie die volle Härte des Gesetzes treffen. Sollten Besserungsmaßnahmen nicht ausreichen, und ich bezweifle, daß das ohne eine vollständige Zerstörung ihrer Persönlichkeit möglich wäre, würden die Täter nie wieder in die Freiheit entlassen werden. Aber wie sollen wir sie ausfindig machen? Wir können nicht einfach wahllos Personen verhaften und verhören, solange wir keine konkreten Verdachtsmomente haben. Das würde die gesamte Gesellschaftsstruktur und die Regeln, nach denen wir leben, untergraben.

Es liegt an der allgemeinen Situation, Fenn, an den grauenhaften Umständen. Es ist genau das, was immer wieder in der unkontrollierten Vergangenheit passiert ist, wie eine Seuche, die alles, was sie nicht vernichten konnte, entstellt hat. Gewalt nährt sich aus sich selbst und führt unvermeidlich zu Scheußlichkeiten. In ihren Augen kämpfen die Inrai für ihre Rechte. So sehen es auch die Lunarier im Dreierreich, die ihnen Unterstützung und moralischen Beistand gewähren. Die Inrai kommen sogar in regelmäßigen Abständen aus der Wildnis zurück, nehmen ihr normales Leben wieder auf und tun so, als wären sie nie fort gewesen. Ihre Nachbarn spielen dabei mit. Sehen Sie nicht, welchen Anreiz und welche Möglichkeiten dieses Verhalten für die Extremisten, die moralischen Ungeheuer unter den Inrai schafft, für all diejenigen, die sich schon immer vom Krieg angezogen fühlen?«

Ein Teil des Aufruhrs, der in Fenn wütete, richtete sich plötzlich gegen den anderen Mann. »Könnten Sie denn, innerhalb der legalen Grenzen, nicht bessere Polizeiarbeit leisten?« wollte er wissen. »Zum Beispiel durch Überwachung und geheimdienstliche Aufklärung. Wie eng ist das Spionagenetz, über das Sie verfügen?«

Chuan seufzte.

»Nicht annähernd so eng, wie ich es mir persönlich wünschen würde. Wir haben ein paar Täter erwischt, aber nur sehr wenige. Die vielfältigen Schwierigkeiten überall im Sonnensystem haben unsere Ressourcen stark ausgedünnt. Außerdem wäre eine totale Überwachung illegal und nicht praktikabel. Sie würde uns nur Freunde kosten und die schon existierenden feindseligen Gefühle noch weiter verstärken.«

Vorausgesetzt, die Leute würden etwas davon bemerken, dachte Fenn.

»Ich nehme an, Sie haben gesehen, weshalb die Republik ihre Truppen noch nicht zurückziehen kann«, sagte Chuan. »Das gleiche werden Sie zweifellos von den meisten Ihrer marsianischen Bekannten hören. Aber Sie werden ebenfalls hören, daß immer mehr unter ihnen, einschließlich Terraner, zu der Überzeugung gekommen sind, daß die Besetzung der Tharsis unter dem Strich ein

Fehler war, der eine angespannte Lage noch verschlimmert hat. Die Gesetzmäßigkeit unbeabsichtigter Konsequenzen.«

»Der Ritt auf dem Tiger, yeh«, murmelte Fenn.

»Wenn es nur so einfach und ungefährlich wäre. Es stimmt zwar, daß die Banditen seit ihrem Desaster auf dem Pavonis Mons keine offenen Aktionen mehr durchgeführt haben, aber die Stimmung unter der Stadtbevölkerung, die allmählich zu tauen begann, ist jetzt wieder eisig. Und welche Vergeltungsmaßnahmen könnten die Familien und Phyles planen, die Angehörige verloren haben? Wie stark ist die Disziplin der Inrai zusammengebrochen? Nach allem, was wir erfahren konnten, hat ihr oberster Anführer Scorian nur noch sehr wenig Kontrolle über seine verstreuten Überlebenden.

Wenn Sie das ganze Ausmaß unseres Dilemmas verstehen wollen, müssen Sie den Vorfall sehen, der zu dieser Zuspitzung geführt hat.« Chuans Züge verhärteten sich. »Bereiten Sie sich bitte auf das Schlimmste vor. Was jetzt folgt, ist entsetzlich.«

»Der Angriff auf die Sternennetzstation?«

»Ja. Die Inrai haben ihre Streitmacht zusammengezogen und sind im Schutz eines länger andauernden Staubsturms vorgerückt. Sie wußten, daß unsere Satelliten und Flugzeuge über kein Radar verfügen, das eine derart dichte Staubwand durchdringen kann. Die Lunarier im Haus Ethnoi haben alle bisherigen Versuche, ein adäquates Überwachungssystem zu installieren, durch ihren Einspruch blockiert, obwohl das Fehlen eines solchen Systems einige Menschenleben gekostet hat, die andernfalls hätten gerettet werden können. Der Schutz der Privatsphäre ist ein schönes Ideal, aber man kann jedes Ideal auch übertreiben.

Gut, ich will Ihnen keine Predigt halten. Der Sturm hat auch die Beobachtungsgeräte beeinträchtigt, die wir am Boden stationiert hatten. Es waren ohnehin nur wenige, deren Effektivität durch ihre geringe Größe und Geschwindigkeit zusätzlich eingeschränkt war. Wir wußten, daß die Inrai irgend etwas geplant hatten, aber da uns keine näheren Informationen vorlagen, wurden wir von ihrem Überfall überrascht.«

»Also hatten sich die Inrai gut organisiert. Besser, als man es von einer größeren Anzahl Lunarier hätte erwarten können.«

»Alles, was wir über Scorian erfahren haben, zeigt uns, daß er ein bemerkenswerter Mann ist.«

Wir, dachte Fenn. Dieser Synnoiont arbeitet vielleicht nicht offiziell mit der Polizei oder irgendeiner anderen Behörde der Republik zusammen, aber er ist indirekt in fast alle Aktivitäten verwickelt, weil er ein Bestandteil des Cyberkosmos und dieser wiederum ein Bestandteil der Synese ist. Soviel hat er mir gerade verraten.

»Er würde also nicht einfach blindlings angreifen«, sagte er. »Er muß schon im Vorfeld Aufklärungsarbeit geleistet und ziemlich genau gewußt haben, was ihn erwartete und wie sich seine Leute darauf einstellen konnten.«

Das Kribbeln, das Fenn verspürte, während er versuchte, einen beherrschten Gesichtsausdruck und einen ruhigen Tonfall zu bewahren, steigerte sich zu einem Hitzegefühl, als Chuan erwiderte: »Das war nicht allzu schwierig. Der allgemeine Aufbau der Station war nicht geheim. Er ist während des Baus in den Nachrichten veröffentlicht worden, und viele Wissenschaftler haben die Station seither besucht. Schließlich ist sie von öffentlichem Interesse, und wir wollten auf die Stimmung im Dreierreich Rücksicht nehmen. Eine vollständige Berichterstattung sollte das Mißtrauen vor Ort beschwichtigen. Zumindest haben wir das gehofft. Normalerweise beschränken sich die Schutzvorrichtungen auf nicht viel mehr als einen Zaun und ein Tor mit Sensoren, ein paar Geräten und ihren Hilfsmechanismen. Im Fall von Problemen setzt sich das System mit der nächstgelegenen Polizeistation in Verbindung, die das benötigte Personal einfliegen lassen kann. Das einzige größere Geheimnis ist der Zugangscode. Alle hielten diese Sicherheitsvorkehrungen für ausreichend. Wer hätte auch mit einem derart waghalsigen Angriff rechnen können?«

Diese Informationen waren Fenn nicht neu, er hatte sie schon vor seinem Abflug auf der Erde eingeholt, aber ihre Bestätigung zu erfahren, untermauerte seine Vermutung. »Offensichtlich hatte Scorian vor, die Station im Handstreich einzunehmen und alle Gegenangriffe durch die Republik zurückzuschlagen«, sagte er, erfreut darüber, wie gelassen seine Stimme klang. »Die Polizei verfügt nicht gerade über viele Waffen.«

»Bisher waren sie kaum erforderlich«, gab Chuan traurig zurück.

»Was es den Inrai ermöglichte, ein Arsenal zusammenzusammeln oder selbst herzustellen, das dem der Polizei in dieser Region ebenbürtig oder sogar überlegen war«, führte Fenn seinen Gedankengang fort. »Die Republik hatte zwar genügend Kräfte mobilisiert, um das Dreierreich in Schach zu halten, aber die würden größtenteils gebunden sein. Scorian konnte zwar nicht damit rechnen, aus eigener Kraft lange durchzuhalten, aber vielleicht lange genug, um das zu erledigen, was er sich vorgenommen hatte. Doch dann stellte sich heraus, daß die Station besser als erwartet gesichert war. Wodurch?«

Davon hatte nichts in den Datenspeichern der Erde gestanden und auch nicht in den Nachrichten, die er bisher gehört hatte. Er spannte sich an.

»Sie ... werden es ... sehen.« Chuan biß die Zähne zusammen und drückte auf eine Taste der Fernsteuerung. Der Bildschirm erhellte sich wieder und zeigte die Aufnahmen, die von den stationären Beobachtungskameras der Sternennetzstation gemacht worden waren.

Aus der Flanke des mächtigen Vulkans ragte ein Felssims hervor, der ungefähr einen Kilometer lang und einen halben breit war. Im Bildhintergrund stieg der Hang an, im Vordergrund fiel er ab, schwarz und trostlos, pockennarbig und zerklüftet unter einem Himmel, der einen rotbraunen Farbton angenommen hatte. Aus der Ferne gesehen wirkte die Sternennetzstation klein, ein Gebäude unter einer Kuppel, ein Sensorennetz und ein Radioteleskop hinter einem hohen Maschendrahtzaun. Längs der Station erstreckte sich eine Landepiste mit einem halbzylinderförmigen Hangar. Eine rostfarbene Woge, die fast bis an das Felsplateau heranreichte, die obersten Ausläufer eines gewaltigen Staubsturms, verschleierte die Sicht in der Nähe und verschluckte sie ein Stückchen weiter gänzlich. Fenn bildete sich ein, das Pfeifen des dünnen Marswindes zu hören und die eisige Kälte zu spüren, die ihm das Mark in den Knochen hätte gefrieren lassen.

Ja, dachte er, die Polizei war praktisch vollkommen blind gewesen. Bisher hatten Beobachtungssatelliten, Überwachungsflüge und robotische Bodenspione alle größeren Konzentrationen von Guerillas im Auge behalten können. Scorians Kämpfer hatten einzeln oder in kleinen Gruppen agiert, das zerklüftete Gelände und Tarnungstricks benutzt, um unsichtbar zu bleiben, aus ihren Verstecken heraus zugeschlagen und waren danach sofort wieder untergetaucht. Sie waren in diesem wilden Land geboren und als Einzelkämpfer aufgewachsen. Trotzdem war es Scorian gelungen, sie so gut in eine größere Streitmacht einzubinden, daß sie sich schnell zusammengeschlossen und ihren Angriff gestartet hatten, als sich eine Möglichkeit ergab.

Fenn selbst war einmal während eines Ausflugs mit Kinna von einem kleineren Staubsturm überrascht worden. Der Anblick hatte ihn an die Rauchwolken eines Waldbrandes in Vernal erinnert. Ein Monstrum wie das, das er hier sah, würde eine für alle Weltrauminstrumente undurchdringliche Schicht über ein riesiges Gebiet legen, denn die Republik besaß keine empfindlicheren Systeme. Und es würde die kleinen und langsamen bodengebundenen Kameras stark behindern. Aber trotzdem ... Tod und Verderben! dachte er. Der Mut dieser Männer!

Nun, es waren Lunarier. Sie mochten es, verrückte Risiken einzugehen.

Und da kamen sie.

Zuerst verschwommen, dann plötzlich klar zu erkennen, brachen sie aus der trockenen roten See hervor und kletterten hangaufwärts, hundert oder mehr in Schutzanzügen, beladen mit Biostats, Verpflegungsrationen und Waffen. Unglaublich, daß sie sich so schnell und wohlgeordnet unter einer Gravitation bewegen konnten, die der zweieinhalbfachen Lunas entsprach. Es war das Erbe ihrer terranischen Urahnen, das bis zu den Affen der Urwälder und den Jägern der eiszeitlichen Steppen zurückreichte ... Über Funk ertönten die Appelle des Stationsleiters in einer Sprache nach der anderen. »Wer sind Sie? Was haben Sie vor? Halt, Sie begehen einen Verstoß gegen das Gesetz! Bitte, kehren Sie um, bevor Sie zu Schaden kommen ...«

Ein Feuerstrahl zuckte durch das Bild, gefolgt von einer Explosion. Ein Abschnitt des Zauns zerbröckelte. Eine Rakete, ein explosiver Gefechtskopf? »Halt!« flehte die synthetische Stimme. »Kehren Sie um, Sie sind in Lebensgefahr!«

Ein zweites Geschoß blitzte auf und dann noch eins. Die Inrai stürmten auf die Bresche im Maschendrahtzaun zu.

Der Funk übertrug ihre Stimmen. Sie schrien oder jubelten nicht, sondern sangen, jeder Mann sein eigenes wortloses Lied.

Kurz bevor sie den Zaun erreichten, flackerte ein blaßblaues Feuer auf. Dort, wo es die Speerspitze der Angreifer erfaßte, starben die Männer. Ihre Anzüge platzten auf, ihre Körper explodierten. Die Nachfolgenden taumelten und zuckten, kippten um und bewegten sich nicht mehr. Dampf wallte in ihren Helmen. Ihre Körper kochten, ihre Gesichter röteten sich, schwollen an, fielen in sich zusammen und verkohlten. Die Männer in den hinteren Reihen wurden langsamer und bewegten sich schwerfällig, als wären sie in Leim getaucht worden. Sie rissen sich frei und wichen vor der gespenstischen Barriere zurück.

Mit einem Teil seines Verstandes nahm Fenn jede Einzelheit in sich auf, mit einem weitaus größeren Teil kämpfte er gegen seine Übelkeit an. Mit Mühe unterdrückte er einen Brechreiz, aber noch zwei oder drei Minuten lang wurde er von eiskalten Krämpfen geschüttelt. Und ein anderer Teil in ihm bewunderte trotz seines

Entsetzens die Zielstrebigkeit, mit der sich die überlebenden Inrai in den Schutz des Sturms zurückzogen. Scorian mußte wirklich ein tollkühner Bursche sein. Fenn hoffte, ihm irgendwann einmal zu begegnen, und er beneidete Kinna darum, ihn kennengelernt zu haben.

Der Bildschirm erlosch erneut. Chuans Stimme schien aus weiter Ferne zu kommen. Sie klang heiser vor mühsam beherrschter Anspannung. »Unsere Beobachter haben alle Daten gesammelt, die sie bekommen konnten, und unser Geheimdienst konnte noch ein paar Erkenntnisse dazusteuern. Anscheinend haben sich die Überlebenden in ihre Lager oder Städte zurückgeschleppt. Einige sind unterwegs verschollen. Es war ein Desaster für die Inrai. Sie könnten gut die Hälfte ihrer Leute verloren haben, auf dem Berg und während des Rückzugs durch die Wüste. Diskrete Nachforschungen in den Städten haben ergeben, daß viele entmutigt sind und auf weitere Aktionen verzichten werden. Aber noch immer schleichen Banden von Unbelehrbaren herum, rachsüchtiger als je zuvor. Wir wissen nicht, ob Scorian sie erneut um sich scharen und zum Kern einer neuen Streitmacht formen kann, aber wir wagen zu hoffen, daß es ihm nicht gelingen wird.«

»*Was* war das für ein Abwehrsystem?« keuchte Fenn. »Jedenfalls keine Art von Geschütz.«

Er hörte den Schmerz in Chuans Stimme. »Natürlich nicht. Glauben Sie etwa, könnten Sie sich tatsächlich vorstellen, wir hätten sie alle töten wollen? Daß die Nachrichten nichts von dieser Gefahr erwähnt haben, war lediglich ein Versäumnis.« Ein Fehler der menschlichen Journalisten, dachte Fenn, obwohl auch Sophotekten mit vergleichbaren geistigen Kapazitäten nicht unfehlbar sind. »Niemand hat eine solche Möglichkeit vorhergesehen. Der Schutzmechanismus war für unwahrscheinliche Notfälle wie zum Beispiel den Einschlag eines Meteoriten gedacht. Der Mars bekommt einige davon ab, wie Sie wissen, Brocken aus dem Asteroidengürtel, die mühelos die dünne Marsatmosphäre durchdringen. Sollte ein solches Objekt geortet werden, würde noch vor seinem Einschlag ein magnetohydrodynamisches Energiefeld um die Station erzeugt werden.«

Fenns Übelkeit machte Ehrfurcht Platz. Er stieß einen anerkennenden Pfiff aus. »Whew! Was für eine technische Meisterleistung!«

Raumschiffe benutzten dasselbe Prinzip, jedenfalls wenn sie Menschen transportierten und die Gefahr harter Partikelstrahlung bestand. Aber in diesem Fall handelte es sich lediglich um Ionen und Elektronen, die durch das Vakuum schossen. Fenn hatte gehört, daß Schiffe mit Feldantrieb, die sich der Lichtgeschwindigkeit näherten, einen stärkeren Schutz benötigten. Gepulste elektromagnetische Felder, genauso präzis und komplex wie intensiv, erfaßten Atome und Moleküle anhand ihrer schwachen Polaritäten und lenkten sie ab.

Aber eine tonnenschwere Masse aufzuhalten ... Gut, der Generator auf dem Pavonis Mons mußte nicht transportiert werden. Er konnte so groß und schwer sein, wie es seine Aufgabe erforderte. Trotzdem war seine bloße Existenz eine unglaubliche Leistung. Und der Cyberkosmos hatte ihn einfach so nebenbei entworfen und gebaut, vielleicht nur für diesen einen Standort.

»Die Wellen werden in Phase gebracht, um ein Feld zu erzeugen, das einer nahezu festen halbkugelförmigen Kuppel entspricht«, sagte Chuan. Das war offensichtlich. Vielleicht mußte er sich einfach an der einen oder anderen Banalität festhalten. »Tragischerweise ist der Angriff so überraschend und schnell erfolgt, daß sich viele der Männer bereits in dieser Zone befanden, als das Feld aktiviert wurde.«

Fenn starrte ihn an. »Der Stationsleiter hätte das Feld nicht aktivieren müssen und die Männer eindringen lassen können.«

Chuan schüttelte den Kopf. »Der Stationsleiter ist ein Roboter, zwar hochentwickelt, aber ohne ein Bewußtsein, das ihn befähigt, ein persönliches Urteil zu fällen, und es war ein Notfall. Natürlich ist der Zaun mittlerweile repariert und das Programm so modifiziert worden, daß es mehr ... Vorsicht walten läßt.« Er schien

Mühe zu haben, die nächsten Worte auszusprechen. »Allerdings hätte ein Sophotekt den gleichen Befehl erteilt, und dieselbe Doktrin ist immer noch gültig. Die Einrichtung selbst mag nicht ein einziges Menschenleben wert sein, aber das Prinzip und seine Auswirkungen sind von entscheidender Bedeutung.«

Wahrscheinlich ist es am besten, wenn ich mich auf den eigentlichen Vorfall konzentriere, dachte Fenn. »Warum haben die Inrai überhaupt diesen wahnsinnigen Versuch unternommen? Wissen Sie das?«

»Ja, so ungefähr.« Mittlerweile klang Chuan nicht mehr ganz so bedrückt. Er war dabei, die Geschehnisse zu rechtfertigen. »Es bestätigt unsere Vorgehensweise. Vielleicht können Sie es besser als ich nachvollziehen, da Sie im Gegensatz zu mir ... völlig menschlich sind.«

»Was meinen Sie damit?«

»Ich werde es Ihnen zeigen. Aber seien Sie gewarnt, Sie könnten es noch schlimmer als das finden, was Sie bereits gesehen haben.«

Der Bildschirm erhellte sich wieder und zeigte landende Flugzeuge, denen Roboter, ein paar Menschen und einige Sophotekten in Maschinenkörpern entstiegen. Sie gingen zwischen Reihen aufgestapelter Leichen entlang. (Kein Inrai war nur verwundet worden. Die Beschädigung der Schutzanzüge und Biostats führte ebenfalls zum Tod.) Es folgten Nahaufnahmen von der Sichtung der Habseligkeiten, die bei den Toten gefunden worden waren, eine auf Papier gekritzelte Notiz, Einträge in elektronische Palmtops auf Lunarisch. Es waren nur kurze Fragmente, aber sie lieferten trotzdem Hinweise.

Umschnitt in ein Labor. Gehirne in chemischen Bädern, gespickt mit Leitungen und Drähten, Anzeigen auf Bildschirmen, von Stimmensynthesizern gekrächzte Satzfetzen. Während Fenn den Alptraum betrachtete, hörte er Chuan erklären: »Die Leichen waren bereits gefroren, als die Polizei eintraf. Körperzellen, die nicht verbrannt waren, wurden durch die Kristallbildung zerstört, einschließlich der Gehirne. Eine Wiederbelebung konnte in keinem Fall durchgeführt werden. Aber einige Gedächtnisspuren waren noch vorhanden. Sie konnten aktiviert und zu einem gewissen Grad interpretiert werden. Ich betone noch einmal, es waren keinerlei Lebensfunktionen mehr vorhanden. Was Sie hier sehen, ist weder eine Folter, noch ein Verhör. Es war so, als würde man eine stark beschädigte Aufnahme abspielen. Das müssen Sie mir glauben. Wenn nicht, fragen Sie einen Neurophysiologen, oder informieren Sie sich in den öffentlichen Datenbanken über dieses Thema.«

»Oh, ich glaube Ihnen«, murmelte Fenn. »Soviel weiß ich über Biomedizin.«

Der Bildschirm erlosch. Fenn atmete tief aus. Als er wieder Luft holte, konnte er den kalten Schweiß auf seiner Haut riechen.

»Ich denke, Sie könnten jetzt noch ein Bier und etwas Stärkeres dazu gebrauchen«, sagte Chuan leise.

Fenn nickte. »Das würde helfen.«

Der Servierautomat brachte ein paar Getränke, darunter Aquavit. Chuan blieb bei seinem leichten Wein. Vielleicht ist er das Material schon so oft und gründlich durchgegangen, dachte Fenn, daß er so etwas wie eine mentale Hornhaut entwickelt hat.

»Sie können eine Kopie der kompletten Datei haben«, bot ihm Chuan nach einem längeren Schweigen an. »Dazu eine Übersetzung aus dem Lunarischen, wenn Sie die Informationen selbst auswerten wollen.«

»Nein, danke.« Fenn verzog das Gesicht. »Ich verzichte, wenn Sie mir erzählen, was das alles zu bedeuten hat.«

»Das werde ich.« Chuan hatte seine Ruhe wiedergefunden, auch wenn ihr für Fenn der Beigeschmack von etwas beinahe Maschinellem anhaftete. »Der Anlaß für den Überfall kam von außen. Sicher, die Inrai hatten schon vorher ein Motiv für ihre Aktion. Das fremdartige Gebäude auf dem Berg – *ihrem* Berg – zu erobern und es zu besetzen oder zu zerstören, wäre ein äußerst symbolträchtiger Sieg gewesen. Er hätte das schwelende Feuer des Widerstandes im gesamten Dreierreich angefacht, die Feindseligkeit überall auf dem Mars geschürt und die Synese auf der Erde erschüttert. Allerdings hätte Scorian wohl kaum den Versuch unternommen, hätte er nicht eine Botschaft von Proserpina erhalten.

Wir wissen von unseren Beobachtungssatelliten, daß ein kleines ultraschnelles Raumschiff, ein sogenanntes *c*-Schiff, gezwungenermaßen robotisch gesteuert, aber sehr gut programmiert, den Mars angeflogen und die Tharsis überquert hat und dann wieder in den Tiefen des Weltraums verschwunden ist. Wir hatten nichts verfügbar, das die Verfolgung hätte aufnehmen können. Das Schiff hat zweifellos eine Nachricht abgestrahlt, komprimierte Daten, die die Banditen ebenso zweifellos empfangen konnten. Aber mit welchem Inhalt?

Anhand des Materials, das wir nach dem Überfall gesammelt haben, wie unvollständig und manchmal zusammenhanglos es auch sein mag, und mit Hilfe anderer Quellen konnten wir ein relativ klares Bild vom Inhalt der Botschaft ableiten. Die Proserpinarier – oder vielmehr die Gruppe, die hinter dieser Geschichte steckt – haben die Inrai zu dem Unternehmen gedrängt und ihnen Hilfe versprochen, sollten sie erfolgreich sein.« Er hob eine Hand, um einem möglichen Einwand zuvorzukommen. »Nein, keine direkte militärische Unterstützung. Die Absurdität einer solchen Zusage wäre offensichtlich gewesen, auch für Scorian. Aber man könnte Druck auf die Synese ausüben. Zum Beispiel indem eine größere Flotte proserpinarischer Schiffe in das innere System einfliegt, wozu sie jedes Recht hat. Sie hätte helfen können, die Wahrheit aufzudecken und sie der gesamten Menschheit zu verkünden. Die Synese, mit allgemeiner Empörung und Fragen konfrontiert, hätte Konzessionen machen müssen, vielleicht sogar mehr als nur Konzessionen.«

Er trank einen Schluck Wein.

»Die Wahrheit?« hakte Fenn nach.

Chuan sah ihm direkt in die Augen. »Die Informationen, die in den Datenspeichern des Sternennetzes verborgen sind, einschließlich in dem der Station auf dem

Pavonis Mons. Die Beobachtungen, die die Solarlinsen gemacht haben. Die Proserpinarier beharren darauf, daß es sich dabei um eine gewaltige Entdeckung handeln muß, über die der Cyberkosmos und seine wenigen menschlichen Vertrauten nur Lügen verbreiten. Sie behaupten, daß für ihr Scheitern bei dem Versuch, ihre eigenen Solarlinsen zu installieren, Sabotage durch Roboter des Cyberkosmos verantwortlich ist, der das Geheimnis hüten will, weil eine Enthüllung der Wahrheit katastrophale Folgen für ihn hätte.«

»Und Scorian hat ihnen das abgekauft?« Fenn starrte finster vor sich hin und zupfte an seinem Bart. »Hmm, schön«, brummte er, »ich habe zwar keine engen Kontakte zu irgendwelchen Lunariern, aber ich könnte mir vorstellen, daß er das getan hat.«

Ich muß Kinna nach ihrer Meinung fragen, nahm er sich vor. Der Gedanke an sie hellte seine düstere Stimmung auf.

Chuan nickte. »Allerdings. Die Proserpinarier haben die Inrai kaltblütig in ein Unternehmen getrieben, das sich als selbstmörderisch erwiesen hat. Was hat Proserpina schon riskiert? In früheren Zeiten hätte jede Regierung diese Anstachelung als kriegerischen Akt betrachtet. Ohne den mäßigenden Einfluß des Cyberkosmos würde vielleicht sogar die Synese Vergeltungsaktionen planen.«

Fenn kaute auf seiner Unterlippe herum. »Hm-hm-hm.«

»Diese Tat ist nur der letzte Anlaß für Argwohn«, fuhr Chuan fort. »Was war denn wirklich falsch daran, die Nachricht über das Auftauchen eines Schiffes vom Centauri-System zurückzuhalten? Sein Ziel ist Proserpina. Was könnte es im Schilde führen?«

»Wollen Sie damit sagen, daß Sie ... tatsächlich vorhaben, diese Angelegenheit herunterzuspielen, und die öffentliche Meinung nicht gegen Proserpina mobilisieren wollen?«

»Was würden wir durch eine solche Haltung erreichen, außer die Verhandlungen, auf die wir hoffen, um die alten Streitigkeiten und Ressentiments endlich beizulegen, noch schwieriger zu gestalten?«

Fenn schwieg.

»Denken Sie nach, ich bitte Sie«, drängte Chuan. »Sie haben hier die Art von Instabilität und die daraus folgenden Gräßlichkeiten gesehen, die die Synese durch ihre Existenz verhindern will. Ein uraltes Schreckgespenst, das aus seinem Grab wiederauferstanden ist, wie Hungersnöte, Sklaverei oder Unterdrückung der Meinungsfreiheit.«

»Eine schmutzige Sache, aye«, knurrte Fenn.

»Möchten Sie und Ihre friedfertigen Lahui Kuikawa wirklich in solche Dinge verwickelt werden? Und das werden Sie, wenn Sie versuchen, Ihr Kolonisierungsprojekt durchzuführen. Das ist unvermeidlich. Ich habe schon bei unseren früheren Treffen versucht, Sie davon zu überzeugen, und es ist mir nicht gelungen. Vielleicht werden Sie jetzt zugeben, daß meine Argumente eine gewisse Berechtigung haben. Ob Sie es nun tun oder nicht, ich hoffe, Sie werden Ihren Freunden wenigstens empfehlen, die Operation aufzuschieben, bis diese Krise überwunden ist, und dann noch einmal über Ihren Traum nachdenken.«

»Wann wird das sein? Wenn wir nicht bald mit der Arbeit beginnen, wird uns alles aus den Händen gleiten, und wir werden nie mehr in den Weltraum gelangen.«

Chuans Gesichtsausdruck schien zu sagen, daß er das ebenfalls bedauern würde. Und doch hatte er Kinna erzählt, wie auch jedem anderen, der bereit war, ihm zuzuhören, daß die Erde die einzige wahre Heimstatt der Menschen war und der Intellekt, das Wachstum von Intelligenz und geistigen Fähigkeiten, die einzige Grenze.

Fenn sammelte sich und nahm all seinen Mut zusammen. »Worin besteht das Geheimnis?« fragte er. »Sie müssen die Antwort kennen.«

Die Stimme des Synnoionten wurde ausdruckslos. »Es ist nichts, was ich Ihnen erklären kann.«

»Warum nicht? Es kann sich nicht bloß um ein wissenschaftliches Rätsel handeln. Diese Geschichte hat schon immer unglaubwürdig geklungen, und jetzt, nach allem, was passiert ist, hört sie sich erst recht hohl an. Der Cyberkosmos würde nicht so extreme Maßnahmen ergreifen, nur um einer intellektuellen Verwirrung vorzubeugen. Er enthält uns etwas vor.«

»Nein. Nicht in diesem Sinn. Die Informationen werden aus zwingenden Gründen zurückgehalten. Sie *sind* unvollständig. In ihrer derzeitigen Form veröffentlicht, wären sie vollkommen irreführend, und die Konsequenzen für die Gesellschaft, für jede menschliche Gemeinschaft, wären quälend, vielleicht sogar katastrophal.«

»Mit anderen Worten«, fauchte Fenn, »Sie – Ihr kostbarer Cyberkosmos und sein Terrabewußtsein – behandeln uns wie nicht allzu kluge Kinder.«

Chuan schüttelte den Kopf. »Das ist nicht wahr. Zugegeben, die Menschheit ist immer noch unreif, in dem Sinn, daß sie noch weit davon entfernt ist, sich ihrem wahren Potential bewußt zu sein.« Seine Stimme wurde wieder wärmer. »Wie könnte Intellekt, reiner Intellekt, jemals etwas anderes wollen, als seine eigene Entwicklung überall auf der Welt zu schützen und zu fördern? Sie wissen, wie absolut lächerlich die alten Befürchtungen waren, daß die Sophotekten sich gegen uns wenden könnten, um uns auszulöschen oder zu versklaven. Das liegt nicht in ihrer *Natur*. Erkennen Sie denn nicht die noch viel subtilere Tatsache, daß den Sophotekten ebensowenig an einer verdummten, antriebslosen, uninteressierten und unschöpferischen Menschheit gelegen ist? Wenn die Zeit reif ist, wird die Wahrheit offenbart werden, und unsere Hoffnung ist, daß sie dann nicht furchteinflößend, sondern inspirierend, befreiend und herrlich sein wird.«

»Wie lange wird das noch dauern?«

»Das kann niemand wissen. Bis dahin könnten noch ein oder sogar zwei Jahrhunderte vergehen.«

»Und solange wird von uns erwartet, dumm zu leben und zu sterben? Warum? Welche Bedrohung stellen wir für Sie dar?«

Chuans ruhige Fassade zerschellte. Er sprang auf, die Fäuste geballt, und zitterte am ganzen Körper unter seinem weiten Gewand. »Glauben Sie etwa, das Terrabewußtsein hätte Angst um sich selbst?« schrie er. »Glauben Sie wirklich, es würde mir Spaß machen, mitansehen zu müssen, wie Leute, die mir etwas bedeuten, verstimmt, frustriert, mißtrauisch und wütend werden? Nein, ich werde Ihnen eins sagen, was ich schon ein paar wenigen anderen gesagt habe. Es ist ein Eingeständnis, das wir lieber nicht der gesamten Bevölkerung gegenüber machen wollen. Wir haben Angst um *Sie,* um die Menschheit, Terraner und Lunarier und Ihre Keiki Moana, Angst um jedes einzelne Bewußtsein, das in irgendeinem organischen Körper wohnt. Wonach wir suchen, ist Hoffnung, eine Hoffnung, die wir Ihnen geben können. Und das ist alles, was ich dazu sagen werde!« Den letzten Satz brüllte er beinahe. »Haben Sie verstanden? Das ist alles!«

KAPITEL 21

Nach seinem Gespräch mit Chuan hatte es Fenn doppelt so eilig, Kinna zu treffen. In dem Moment, als sich die Tür zu ihrem Appartement öffnete, verflogen all seine Zweifel und Ängste, erlosch seine Wut. Er sah nur noch sie. Kinna stieß einen Freudenschrei aus und warf sich in seine Arme. Lange standen sie engumschlungen da.

»Tut mir leid, daß ich so spät komme«, brachte er mühsam hervor, nachdem sie sich voneinander gelöst hatten und sich ansahen. »Das Treffen hat länger gedauert, als ich erwartet hatte.«

»Du ... du kommst nicht zu spät«, stammelte sie. »Du bi-bist ein gutes halbes Jahr zu früh gekommen.«

Durch die Botschaften, die sie über die Tiefen des Weltraums hinweg ausgetauscht hatten, wußte er, daß sich ihre äußere Erscheinung verändert hatte, aber so hatte er sie noch nie gesehen. Ein filigran gearbeitetes Silberband hielt ihre braunen Locken in Schach, eine ebenfalls silberne Brosche verzierte ein altmodisches, wadenlanges blaues Kleid, das sich an ihren schlanken Körper schmiegte, und silbern waren auch ihre Schuhe. Fenn suchte nach den passenden Worten. »Was für ein ... großartiger Anblick. Wie eine Prinzessin aus längst vergangenen Zeiten.«

Ihr Lächeln glühte. »Habt Dank, edler Herr. Das ist nicht meine übliche Aufmachung, wie du weißt. Speziell für diese Gelegenheit ausgesucht.« Sie kicherte. »Ich habe mein Haar fast bändigen können. Aber du bist hier die interessante Erscheinung. Wie geht es dir, Fenn? Wie war dein Flug? Wie ist dein Treffen mit Chuan verlaufen?«

Die in ihm schwelende Dunkelheit wallte hoch. Er drängte sie zurück. »Über diese Dinge können wir uns später unterhalten«, erwiderte er rauh. »Laß uns diesen Abend einfach genießen. Einverstanden?«

Sie schluckte einmal und zögerte einen Moment, bevor sie erneut lächelte. »Einverstanden.«

»Dann laß uns sofort zu unserem geplanten Abendessen aufbrechen.«

»Gut, wir haben uns all die letzten Monate darauf gefreut. Gehen wir.« Sie gab der Tür ein Zeichen, sich zu schließen, und ergriff seinen Arm, ein weiterer Anachronismus, der sich auf dem Mars erhalten hatte. Fenn war sich der Berührung auf dem ganzen Weg bewußt.

Xanadu Gardens lag an der Stadtgrenze, ein eigenständiger Komplex aus mit Hyalonkuppeln überdachten Terrassen, die sich den Innenhang des Kraters bis zu einem Aussichtsturm hinaufzogen, der über den Kraterrand ragte. Von dort aus fiel der Blick auf kultiviertes Tiefland und die zerklüftete rote Wüste dahinter. Die Nacht war bereits hereingebrochen, und unzählige Lichter in allen erdenklichen Farben flammten auf. Lampenketten säumten duftende Wanderwege, hingen als Girlanden in Hecken und Bäumen, rahmten Torbögen ein, ließen Springbrunnen schillern, blinkten fröhlich über Tanzflächen, Spielhallen und phantasievollen Karussellen, formten die Namen von Restaurants, Kneipen und Imbißbuden, erhellten aber kaum die schattigen Lauben, in die sich Pärchen zurückziehen konnten, die ungestört sein wollten. Fröhliche Musik erklang aus hundert verschiedenen Quellen. Kinna und Fenn stiegen mit Skulpturen verzierte Treppengänge empor, kamen an einer offenen Bühne vorbei, auf der ein Ballett mit echten Tänzern zur Musik eines leibhaftigen Orchesters aufgeführt wurde. Auf einer anderen Bühne trieben Harlekin und Kolumbine ihre uralten pantomimischen Späße. Überall schlenderten Passanten müßig und entspannt umher.

Fenn kannte das *Semiramis* nur dem Namen nach, obwohl es auf dem ganzen Planeten berühmt war. Erstklassige Restaurants mit lebendiger Bedienung gab es nicht gerade viele auf dem Mars. Kinna und er bekamen einen Verandatisch, halb abgeschirmt durch Jasminsträucher. Der Duft der weißen Blüten vermengte sich mit sentimentaler Hintergrundmusik. Der Tisch stand dicht am Geländer der Veranda, von wo aus der Blick auf das bunte und ausgelassene Treiben auf der tiefergelegenen Ebene fiel. Über ihnen wölbte sich die unsichtbare Hyalonkuppel, der Schutzwall vor der unatembar dünnen Luft. Die Sterne waren nicht zu sehen, aber das spielte keine Rolle.

Die ersten Kelche mit funkelndem Wein wurden gebracht, serviert mit pikanten Vorspeisen. Fenn und Kinna stießen an. »Worauf auch immer«, sagte Kinna.

»*Ola me manu.*«

Sie hatten sich redlich bemüht, die fröhliche Stimmung aufrechtzuerhalten, aber Fenns gedankenlos ausgesprochener lahuischer Trinkspruch schien einen Bruch herbeizuführen. Kinna trank einen Schluck, setzte ihren Kelch ab und betrachtete Fenn eine Weile schweigend. »Wie lange, denkst du, wirst du diesmal auf dem Mars bleiben?« fragte sie schließlich.

Er zuckte die Achseln. »Hängt davon ab, was ich herausfinden kann.«

Es gelang Kinna, ihrer Stimme einen unbekümmerten

Tonfall zu verleihen. »Ist es sehr selbstsüchtig von mir, wenn ich hoffe, daß es nicht allzu schnell geht?«

Fenn spürte, wie sein Gesicht heiß wurde, und lachte leise. »Nun, die Versuchung zu trödeln, ist ziemlich groß.« Gleich darauf stieg wieder Ernüchterung in ihm auf. »Die Aufgabe wird auf jeden Fall nicht leicht sein.«

Kinna wandte den Blick ab, ließ ihn über die märchenhaften Lichter wandern. »Nein. Nicht nach dem, was passiert ist.«

»Die ... äh ... Ereignisse in letzter Zeit haben doch keine Auswirkungen auf dich gehabt, oder?« Fenn war es nicht gewohnt, sich Sorgen zu machen. »Keine direkten, meine ich.«

Sie schüttelte den Kopf. »Elverir ... meine Freunde in Belgarre ... niemand von ihnen war am Pavonis Mons dabei.« Ihr Blick kehrte zu ihm zurück. Sie lächelte zaghaft. »Elverir war wütend, weil man ihn nicht informiert hat.« Ihr Lächeln verblaßte. »Und er ist traurig und ... nun, ich bin es auch. Geht uns das nicht allen so?« Sie straffte die Schultern und führte den Kelch an ihre Lippen. »Aber er ist am Leben und unverletzt.« Ihre Stimme klang beinahe trotzig. »Und ich glaube nicht, daß die Inrai in nächster Zeit wieder eine so leichtsinnige Sache versuchen werden. Mit etwas Glück sogar überhaupt nicht mehr.«

»Das freut mich ... für dich.«

Ihr entging nicht der verhaltene Groll in seiner Stimme. Sie strich mit den Fingern über seinen Handrücken und sagte schnell: »Aber jetzt droht das Gespräch, ernst zu werden. Wir haben uns darauf geeinigt, das nicht zuzulassen. Nicht heute abend.«

»Tut mir leid. Mein Fehler. Bleiben wir bei dir. Erzähl mir mehr von dem, was du so gemacht hast. Das ist viel wichtiger. Die wichtigen Dinge fallen in dein Ressort, nicht in meins.«

Diesmal war ihr Lachen echt. »Sind unsere Augen Spiegel, zwischen denen alles Wichtige hin- und hergeworfen wird?«

Wenn sie fröhlich sein konnte, zum Teufel, dann

konnte er es auch! »Was würdest du als das Wichtigkeitsquantum bezeichnen?«

»Das Ion«, erwiderte sie, ohne zu zögern.

Fenn ließ seiner Phantasie freien Lauf. »Ich habe von einem alten Volk auf der Erde gelesen, das sich Ionier nannte. Haben die auch gesummt und geknistert?«

»Nein, ich habe im Geschichtsunterricht auch ein bißchen über sie gelernt. Die Ionier waren Seefahrer – Salze, die naß geworden sind.«

»Wie ionisch.« Er hatte gar nicht gewußt, daß er kalauern konnte.

»Ohh ... Laß uns das nicht zu weit treiben.« Beide tranken sie einen Schluck Wein. »Aber, weißt du«, fuhr sie fort, »ich habe kürzlich jemanden gesehen, der wirklich gesummt und geknistert hat.«

»Wie das?«

»Erinnerst du dich noch an Taffimai Metallumai?«

»Natürlich. Dein kleiner halbwilder Roboter. Ich vergesse nichts, was irgend etwas mit dir zu tun hat, Kinna.«

Er sah, wie sich ihre Wangen röteten. Sie wich einen Moment lang seinem Blick aus, bevor sie wieder aufsah und zu erzählen begann. »Es ist während meiner letzten Ferien zu Hause passiert. Ich konnte Taffimai endlich dazu bringen – man könnte fast sagen überreden –, mich in unser Haus zu begleiten. Sie war unglaublich vorsichtig. Wie du weißt, muß sie sich keine Sorgen wegen irgendwelcher Raubtiere machen, aber das Terrain, in dem sie lebt, ist tückisch, und diese Umgebung war für sie eine völlig neue Welt. Genghis John war auch nicht gerade erfreut über die Situation. Du kennst ihn noch nicht.« ›Noch nicht‹, dachte Fenn. »Unser neuester Kater, der Nachfolger des armen Torpid Francis. Er hat sich ganz plötzlich auf Taffimai gestürzt. Sie rollten wild über den Boden, es war ein einziges Fauchen und ein wirres Durcheinander. Wir, ich und meine Familie, waren entsetzt. Taffys Haut und ›Flügel‹ sind furchtbar dünn. Wenn es Genghis gelungen wäre, sie zu zerfetzen, hätte er sich an den scharfen Kanten aufschlitzen und mit den

Frostschutzmitteln vergiften können. Als ich versucht habe, die beiden auseinanderzubringen, hat mich irgend etwas wie eine Keule getroffen und durch den halben Raum geschleudert. Ich konnte gerade noch sehen, wie Genghis blitzartig davongeschossen ist und dabei gekreischt hat, daß es einem die Trommelfelle hätte zerreißen können. Das Fell stand ihm zu Berge, und ich schwöre, es war voller Funken. Später haben wir den armen Kerl in der Küche auf dem Konservierungsschrank wiedergefunden. Er wollte gar nicht mehr runterkommen, und wir mußten ihn mit dem Eis locken, das wir eigentlich zum Nachtisch essen wollten. Taffy hatte die gesamte Ladung ihrer Akkus abgegeben und dabei auch mich erwischt. Sie war ganz still und passiv, bis wir sie wiederaufgeladen und ins Freie gesetzt hatten, aber es kam mir so vor, als hätte ich ein ganz neues Leuchten in ihren Optiksensoren entdeckt. Ionenaugen ... oh, entschuldige. Aber ich muß dich warnen, seither macht sich Tessy, meine jüngere Schwester, einen Spaß daraus, mich Kinetik zu nennen, Expertin für Energieladungen aller Art.«

Ihre Heiterkeit war ansteckend, und das Essen verlief fröhlich.

Später schlenderten sie Hand in Hand die gewundenen Wanderwege zwischen den Lichtern und dem ausgelassenen Trubel entlang. Fenns Herzschlag beschleunigte sich sprunghaft, als sie eine leere Laube entdeckten und Kinna fragte: »Wollen wir uns eine Weile setzen und reden?« Er ermahnte sich streng, daß sie nur mit ihm reden wollte, und fragte sich, was er ihr eigentlich erzählen sollte.

Wände aus Gitterwerk umschlossen einen kleinen Raum, von Ranken und Blumen überwuchert, die auch über den Eingang hinabfielen. Im Halbdunkel stand eine Bank. Farbige Lichtstrahlen fielen durch Lücken in der Pflanzenwand und malten bunte Flecken auf das Laub. Die Musik, die Schritte und Stimmen der draußen vorbeischlendernden Passanten, das Plätschern eines Springbrunnens, alles schien plötzlich weit entfernt zu sein. Oder lag es nur daran, daß Kinna so dicht neben ihm saß?

Sie sahen einander an – die Schatten ließen Kinnas Gesichtszüge noch weicher erscheinen – und wandten dann beide den Blick in seltsam einmütiger Befangenheit ab. Fenn verspürte das dringende Bedürfnis, das Schweigen irgendwie zu durchbrechen. »Du wirst bald deinen Abschluß machen«, sagte er, »und ich habe nicht einmal ein Geschenk für dich.«

»Komm einfach zur Abschlußfeier«, bat sie. »Das wäre für mich Geschenk genug.«

»Ich werde es versuchen.« Und wie ich es versuchen werde! »Äh ... wirst du danach nach Hause zurückkehren?«

»Natürlich. Ich weiß nur noch nicht, wie lange ich dort bleiben werde.«

»Was?« rief er überrascht aus. »Ich dachte, du wolltest ... also ...«

Sie nickte. Das Stirnband, unter dem sich ihr widerspenstiges Haar wieder selbständig zu machen begann, glitzerte. »Ja, das hatte ich gesagt. Eigentlich hatte ich geplant, all das Wissen, das ich hier erwerben sollte, auf unserem Land in die Praxis umzusetzen. Vielleicht werde ich die Farm irgendwann vollständig übernehmen.« Sie ballte eine Hand auf ihrem Knie zur Faust. »Aber jetzt bin ich mir nicht sicher, ob ich das wirklich will, Fenn. Nicht mehr.«

Er merkte, daß sie sich ihm anvertrauen wollte. Einen Moment lang war er überwältigt. »Sagst du mir auch, warum?« hörte er sich fragen.

Kinna starrte die Lichtflecken auf dem Laub an. »Dafür gibt es nicht nur einen Grund. Es sind eine ganze Menge Gründe, die alle irgendwie zusammenhängen. Meine Eltern brauchen eigentlich gar keine Hilfe bei der Bewirtschaftung der Farm. Sie werden noch viele Jahre allein zurechtkommen. In der Zwischenzeit werden meine Geschwister erwachsen, und einer von ihnen –

Jim, wie es im Augenblick aussieht, obwohl seine Pläne und Träume in diesem Alter noch so sprunghaft wie Wassermoleküle in einer Quelle sind – wird dort bleiben wollen, vielleicht auch zwei. Und das Land sollte nicht aufgeteilt werden, nicht nach all den Jahrhunderten.«

Ihr Sinn für Traditionen, dachte Fenn. Für Loyalität. »Aber warum solltet ihr die Farm nicht gemeinsam bewirtschaften können? Ihr seid eine Familie mit engen Banden.« Ein weiterer selten gewordener Anachronismus.

»Eyach, ich werde nicht für immer fortgehen. Ich werde immer wieder zu Besuch nach Hause kommen. Sananton ist Teil meines Lebens. Aber mich endgültig dort niederzulassen, während überall sonst Veränderungen stattfinden ... ich glaube nicht, daß ich das könnte.«

»Ich verstehe.«

Sie ergriff seine Hand und drückte sie kurz. »Natürlich verstehst du das. Du hast dich nie irgendwo fest niedergelassen. Du sehnst dich nach den Sternen.«

»Ich denke«, sagte er langsam, »daß ich meinen Hauptwohnsitz vielleicht ... für den Rest meines Lebens auf dem Mars aufschlagen könnte.«

»Das könntest du, das könntest du!« Begeisterung klang in ihrer Stimme auf. »Der Mars ist eine ganze *Welt*, Fenn. Du hast noch nicht die Argyre Wildlands gesehen, oder die Kristallstadt in Elysium, oder die Mittsommerriten im Gebiet der Träumerkrater – Wells, Weinbaum, Heinlein, all die alten Träumer ... oder, ach, es gibt da noch so viel mehr! Selbst ich kenne das alles kaum. Ich habe nie daran *teilgenommen,* ich habe es nie richtig von innen kennengelernt. Und jetzt, da sich alles zu verändern beginnt, wenn deine Leute kommen und mit ihnen all die Unvorhersehbarkeiten ... Ich möchte dabei sein. Ich möchte daran teilhaben, helfen, zusammen mit dir.«

Alles in ihm sehnte sich danach, ihre Hoffnung zu teilen. Doch er mußte ihr gegenüber ehrlich sein. Er blickte ihr in die Augen und sagte: »Es könnte unangenehm werden, Kinna. Du wirst vielleicht noch froh sein, eine sichere Zuflucht in Santanton zu haben, und ich bin jedenfalls verdammt froh, daß du sie hast.«

»Du scheust das Risiko nicht, oder?« erwiderte sie leidenschaftlich mit einem unterdrückten Lachen. »Warum sollte das bei mir anders sein? Ich möchte lieber dort sein, wo der ganze Spaß stattfindet. Besonders, wenn es nicht nur deine Meeresbewohner sind, die zu uns kommen.« *Falls* sie kommen, dachte Fenn. »Es sind die Sterne.«

»Wie meinst du das?«

»Die Sternenmenschen, sollte ich wohl besser sagen.«

»Du meinst das Schiff vom Centauri auf Proserpina? Aber wir haben nichts weiter darüber gehört.« Seine Stimme wurde bitter. »Ich würde von diesen beiden lunarischen Haufen auch keine Offenheit uns Terranern gegenüber erwarten. Jedenfalls nicht mehr zu meinen Lebzeiten, wenn man die gewaltigen Entfernungen und die Geheimniskrämerei bedenkt, die sie ermöglichen.« Er starrte sie gespannt an. »Es sei denn, du hast kürzlich irgendwelche Neuigkeiten von deinen lunarischen Freunden erfahren.«

Sie schüttelte den Kopf. »Nein, nichts.«

Er seufzte. »Damit war auch kaum zu rechnen. Was wissen sie schon? Die Proserpinarier haben eure Inrai benutzt, und ihr Plan ist fehlgeschlagen. Warum sollten sie den Kontakt jetzt noch aufrechterhalten?«

»Sei nicht zynisch«, ermahnte ihn Kinna. »Das hast du nicht nötig.« Ihre Begeisterung kehrte zurück. »Aber das ist gar nicht der Punkt. Fenn, ich glaube nicht, daß es hier nur um Lunarier geht, auch nicht nur um die aus dem Centauri-System. Ich habe von den Sternenmenschen gesprochen.«

»Wie meinst du das?« wiederholte er verwirrt.

Sie rückte näher. Ihr Atem ging schnell. Er spürte ihn in seinem Bart kitzeln. »Ich habe nachgedacht. Es war kein *c*-Schiff, das nahe der Lichtgeschwindigkeit geflogen ist. Das können wir aus den Beobachtungen ableiten, die jetzt freigegeben worden sind, und daraus können wir auch auf die Zeit schließen, die es unterwegs gewesen sein muß. Alle gehen davon aus, daß es eine lebendige centaurische Besatzung hatte. Zweifellos im Kälteschlaf, Lunarier würden nur ungern zwei oder drei Jahrzehnte auf engem Raum zusammengepfercht verbringen. Aber ergibt das wirklich Sinn? Warum sollten sie so etwas tun? Was könnten sie erfahren oder gewinnen, das sie nicht ebenso durch Kommunikation erreichen könnten, und das sogar erheblich schneller? Ein paar Fremde, die nach Proserpina kommen, wären ... machtlos.«

Erregung durchzuckte ihn. Sie kennt die Lunarier besser als jeder andere heutzutage auf der Erde oder auf Luna, dachte er. Sie kann sich in ihre Köpfe hineinversetzen.

»Was aber, wenn die Besatzung überhaupt nicht lunarisch ist?« fuhr sie fort.

»Sophotekten?« Er versuchte, ihre Gedankengänge nachzuvollziehen. »Es wäre möglich, daß die Centaurier nicht die lunarischen Ängste teilen.«

Wieder schüttelte Kinna den Kopf. »Vielleicht nicht. Aber ich glaube auch nicht, daß sie ihnen genug vertrauen, um sie auf eine solche Mission zu schicken. Nein.« Ihre Stimme wurde tiefer. »Ich habe jahrelang die Sterne beobachtet, besonders seit ich dich und deine Träume kennengelernt habe. Ich habe die rausgesucht, wo Menschen leben – Terraner –, und ich bin zu dem Schluß gekommen, daß sie mittlerweile bestimmt etwas über uns wissen. Genug, um zu erkennen, wie wenig und wie überaus wichtig es ist, die Wahrheit zu erfahren. Würden *sie* nicht versuchen, jemanden mit dem Auftrag zu uns zu schicken, mehr Informationen einzuholen?«

»Aber das Schiff kam eindeutig vom Centauri«, protestierte Fenn. »Soviel steht doch fest, oder?«

»Seine Passagiere auch? Oder haben sie einfach nur im Centauri-System Zwischenstation gemacht? Das würde Sinn ergeben.«

»Nein, Augenblick, die Entfernungen zu ihren Sonnen, selbst zur nächsten ... dann wären sie jetzt immer noch unterwegs.«

»Nicht wenn sie vorher mit einem *c*-Schiff zum Centauri geflogen wären.«

»Aber das hätte sie umgebracht. Ich habe mir die Berechnungen angesehen. Kein Schutzschirm könnte genug von dem abwehren, was einem bei derartigen Geschwindigkeiten blüht. Allein schon die Gammazyklotronstrahlung wäre tödlich.«

»Nicht für Bewußtseinskopien in dicken Bleibehältern.«

Fenn saß wie vom Blitz getroffen da. »Im Namen des Todes ...«, flüsterte er.

»Die Terraner haben bestimmt Kontakt zu den Centauriern gehalten, seit sie Demeter verlassen haben, um ihre neuen Kolonien zu gründen. Ich könnte mir vorstellen, daß einige zurückgekehrt sind, um sich direkt mit ihnen zu unterhalten und gemeinsame Pläne schmieden zu können, ohne die üblichen jahrelangen Verzögerungen zwischen Fragen und Antworten. Dann könnten sie die Centaurier überredet haben, ihnen ein größeres Raumschiff zur Verfügung zu stellen, das zwar langsamer, dafür aber besser ausgestattet ist. Paßt das nicht zu den wenigen Daten, die wir haben?«

Seine Gedanken überschlugen sich. »Sie?« krächzte er. »Oder er?«

Diesmal war Kinna verwirrt. »Er?«

»Anson Guthrie ...« Fenns gesunder Menschenverstand meldete sich wieder. »Aber das sind wilde Spekulationen.«

»Wir leben in einem wilden Universum«, erwiderte Kinna. »O ja, gut möglich, daß ich mich irre. Aber wenn nicht, dann wird dieses seltsame Schiff nicht mehr sehr lange draußen bei Proserpina bleiben. Würdest du es an seiner Stelle tun? Seine Passagiere sind Bewußtseinskopien von Terranern. Oder die Kopie *eines* Terraners. Die alte Heimat ruft.«

»Du hast es geschafft, daß sich alles in meinem Kopf dreht.«

Sie grinste. »Das war so beabsichtigt.«

»Ich ... ich möchte das alles erst einmal überschlafen.

Falls ich überhaupt schlafen kann. Und mich dann morgen weiter mit dir darüber unterhalten.«

»Sag mir wann, und ich lasse das Seminar ausfallen«, sagte Kinna glücklich. »Ich würde sowieso kaum aufpassen können.«

Fenn stellte verblüfft fest, daß die innere Dunkelheit aus ihm gewichen war. Kinnas Vision hatte wie eine stark euphorisierende Droge auf ihn gewirkt, aber sein Kopf war glasklar geblieben. Die Worte sprudelten nur so aus ihm hervor. »Aber jetzt ... Wir wollten heute nacht nicht ernst sein, oder? Wir sind da reingerutscht, aber, verdammt noch mal, das muß nicht so bleiben!«

»Ja, ja!« rief Kinna. »Dann laß uns von jetzt an unser Versprechen halten.«

Sie sprangen auf, liefen aus der Laube heraus und lachten wie ausgelassene Kinder. Sie fuhren mit der Achterbahn, mit dem Drachenexpreß, mit einem echten Karussell und einem Boot auf dem Heiligen Fluß Alph; sie tanzten Saturn in einem Tanzsaal, und in einem anderen brachte Kinna Fenn den Volai bei; sie tranken Bier, aßen exotische Süßigkeiten und plauderten mit einem Maskenschnitzer; sie stiegen den Aussichtsturm hinauf, betrachteten die Lichter der Häuser und die frostigen Felder, und auf dem Rückweg benutzten sie die Rutsche.

Xanadu Gardens schloß bereits, als sie sich endlich auf den Heimweg machten.

Um diese frühe Morgenzeit war die Lyra Passage menschenleer. Sie standen vor Kinnas Appartementtür, hielten Händchen und sahen einander in die Augen. Bis auf das Rauschen der Belüftungsanlage war es völlig still. Einmal rollte ein Wartungsroboter vorbei. Sie bemerkten ihn kaum.

»Ich wünsche dir eine gute Nacht«, sagte Fenn schließlich. »Oder vielmehr einen guten Morgen.«

»Ich dir auch«, flüsterte Kinna. »Danke ... für alles.«

Dann küßten sie sich, und auf dem großflächigen Deckenbildschirm sangen die Morgensterne.

»Was für eine ... wunderbare Überraschung«, war alles, was Fenn schließlich herausbrachte.

»Wenn du wüßtest, wie lange ich das schon tun wollte ... wie lange ich darauf gewartet habe«, schluchzte Kinna beinahe.

»Und ich ... aber ...«

»Komm mit rein.« Sie gab der Tür ein Zeichen, sich zu öffnen, und zog ihn in ihre Wohnung. Die Tür schloß sich hinter ihnen.

Er war schon früher zweimal kurz bei ihr gewesen. Von dem Wohnzimmer führten drei Türen zu winzigen Kammern, die ein Bett, eine Küche und eine Toilette enthielten. Der harte Fußboden war mit einem dicken grauen Bioteppich ausgelegt. Das Mobiliar war spärlich, aber auf den Regalen reihten sich herrlich glänzende Steine, grandiose Landschaftsaufnahmen schmückten die Wände, und Fenn wußte, welche Bücher, Musikstücke, Filme und Kunstwerke Kinna in ihrem Multi gespeichert hatte. Das Gerät begrüßte sie mit einer uralten Melodie, die sie ihm schon einmal vorgespielt hatte. Er erinnerte sich an den Titel: *Eine kleine Nachtmusik*.

Wieder standen sie sich gegenüber und sahen einander an.

»Es ist Zeit, ernst zu werden«, sagte sie. »Ich liebe dich. Ich habe mich schon bei unserer ersten Begegnung in dich verliebt.«

»Und ich ...« Er zögerte. Bei ihm war es langsamer gegangen. Er hatte seine Gefühle verleugnet, sich dagegen gewehrt, sie als aussichtslos abgetan. »Ich habe genauso für dich empfunden ... schon lange ... immer stärker.«

»Ich habe darauf gehofft. Oh, wie ich es gehofft habe!«

»Das wußte ich nicht.«

»Jetzt weißt du es«, sagte sie zwischen Lachen und Tränen.

Wie merkwürdig das Universum auf einmal erschien. Es war nicht mehr dasselbe, ganz und gar nicht. Und doch war er immer noch er selbst. Daran konnte er nichts ändern, wie sehr er es sich auch wünschen mochte. Er war es, der den Kuß beendete und einen Schritt zurücktrat.

»Wir müssen das überdenken«, brummte er. »Es ist eine schwere Zeit für uns. Für alle.«

»Du wirst sie besser machen.«

»Nein, warte, ich bin kein Held oder Retter oder so etwas Albernes.«

Ihre Stimme war ruhig. »Vielleicht nicht. Aber du bist ein kluger, zäher und außergewöhnlich mutiger Mann, und ich erwarte, daß unsere Söhne absolute Rabauken sein werden.«

»Du überstürzt die Dinge ziemlich, *makamaka*.« Das lahuische Kosewort, das er ganz impulsiv benutzt hatte, rief Erinnerungen in ihm wach. Er kam sich plötzlich schäbig vor, unterdrückte das Gefühl und sagte schroffer, als er es eigentlich wollte: »Verlaß dich nicht auf mich. Noch nicht.«

Sie wurde übergangslos ernst und sah ihn ein paar Herzschläge lang an, bevor sie erwiderte: »Du mußt bald irgend etwas Gefährliches tun, nicht wahr?«

»Also ...« Seine übliche Entschlossenheit ließ ihn im Stich.

»Worum geht es?«

»Das kann ich dir nicht sagen.«

»Das kannst du sehr wohl, und das wirst du auch.« Sie schwieg einen Moment lang. »Nicht sofort. Morgen, später an diesem Tag ist früh genug. Diese Stunde gehört uns allein.«

»Wir gehen mit unseren verwandtschaftlichen Beziehungen nicht leichtfertig um«, hatte ihn David Ronay gewarnt. »In diesem Punkt sind wir kaum einmal impulsiv. Meine Tochter kann ohne Einschränkungen mit jedem umherziehen, mit dem sie will, weil jeder, der sie kennt, weiß, daß sie eine von uns ist.«

Ihr Vater hatte recht gehabt, wie Fenn erfuhr, und es war richtig, diesen Kodex zu respektieren, weil es auch Kinnas Kodex war. Auch ihr schien es nicht leichtzufallen, standhaft zu bleiben. Aber als er sie verließ – der Sonnenaufgang überzog den künstlichen Himmel über dem Hausflur bereits mit seinem rötlichen Schein –, flüsterte sie ihm zum Abschied zu: »Vor allen Dingen aber bist du ein ehrenhafter Mann«, und da wußte er, daß er noch nie einen größeren Sieg errungen hatte.

Sie trafen sich, wie verabredet, am Nachmittag wieder, beide hellwach, obwohl sie nicht geschlafen hatten. In ihren Schutzanzügen ließen sie die Stadt hinter sich, kletterten bis zum Kraterrand hinauf und folgten ihm. Beide sprachen kaum und sahen sich immer wieder kurz an. Sie hatten den Wanderpfad für sich allein. Die Bewohner Crommelins gingen ihrer Arbeit nach, und trotz des niedrigen Breitengrades waren kaum Winterurlauber in der Stadt.

Aus der Höhe blickten Kinna und Fenn auf menschliche Bauwerke hinab und weit auf die endlose Wüste hinaus. Dünen, Felsbrocken, kleine Krater, eine gelbliche Staubwolke und die im lachsfarbenen Dunst verschwommene Sonne. Akustische Verstärker machten das dünne Pfeifen des Windes hörbar.

Das Knirschen des Gerölls unter ihren Stiefeln war deutlich lauter.

»Das ist meine Art von Land«, sagte Kinna leise. »Und trotzdem würde ich gern an deiner Seite erleben, wie es ergrünt, wie ein See im Krater und ein Ozean dort hinten entsteht, wie sich alles in deine Art von Land verwandelt, Fenn.«

Nach einem Marsch von dreißig oder vierzig Minuten erreichten sie eine Schutzunterkunft, eine kleine Kuppel mit einfachen Lebenserhaltungssystemen. Sie passierten die Luftschleuse, nahmen die Helme ab und umarmten sich. Der Duft ihres Haars rief Fenn Erinnerungen an Sommerwiesen auf der Erde ins Gedächtnis.

Irgendwann lösten sie sich wieder voneinander. Fenn fragte sich unschlüssig, wie er die Farbe ihrer Augen beschreiben sollte – perlgrau, rauchgrau, das Grau der nördlichen Ozeane? –, bis sie ihn auf ihre direkte Art ansprach und ihn auf den Boden der Tatsachen zurückholte. »Du hast gesagt, du kommst nicht mit nach Sananton.«

Sei auf der Hut! ermahnte er sich selbst. »Nicht sofort. Aber mit Sicherheit später.«

»Du bist dir nicht *sicher*.«

Sie kann es mir ansehen, dachte Fenn. Sie ist so verdammt aufmerksam.

»Warum nicht? Du weißt, daß du dort stets so willkommen bist, wie die Blumen im Frühling.« Die von Menschen erschaffenen Blumen nach dem Ende des langen, langen Marswinters.

»Und du weißt, wie gern ich kommen würde.«

Damit gab sie sich nicht zufrieden. »Warum tust du es dann nicht? Du hast mir erklärt, daß du dich über die allgemeine Lage informieren willst. Ich kann mir keinen besseren Ort vorstellen, wo du damit anfangen könntest, als Sananton. Vater und Mutter kennen so ungefähr jeden auf dem Planeten, der wichtig ist.«

»Das ist es nicht, worum es mir geht«, mußte er zugeben. »Zumindest nicht für den Anfang.«

»Worum geht es dir dann?«

»Es tut mir leid. Das kann ich dir nicht verraten ... Schatz.«

Sie preßte die Lippen zusammen. »Muß ich mich wiederholen? Warum nicht?«

»Es ist vertraulich. Ich habe es versprochen.«

»Hast du? Wirklich?«

»Ja ...«

»Für einen Lügner gibst du ohne jeden Zweifel einen hervorragenden Raumfahrer ab.« Kinna seufzte und schnalzte mit der Zunge. »Fenn, Fenn, hast du etwa geglaubt, ich hätte nicht über dich nachgedacht, dich studiert und jedes erdenkliche Szenario über dich in meinem Kopf durchgespielt – in meinem gesamten Körper? Ich weiß ganz genau, daß du mich anlügst und daß es etwas mit meiner Welt zu tun hat. Laß das.«

»Tod und Verdammnis!« grollte er und fuhr drängend fort: »Hör zu, du sollst es nicht wissen. Es würde dich nur in Gefahr bringen. Später, später.«

»Falls es ein Später gibt.«

»Das wird es.«

»Du bist nicht hundertprozentig überzeugt davon.«

»Im Namen des Todes, Frau, sei vernünftig! Mit jedem Atemzug, den wir machen, gehen wir ein Risiko ein.«

»Fenn«, sagte sie unnachgiebig, »ich liebe dich, und mir ist klar, daß du versuchst, mich zu beschützen, aber du wirst dich nicht aus dieser Sache herauswinden. Du mußt begreifen, daß ich kein verweichlichtes Erdenmädchen bin. Wir können uns kein gemeinsames Leben aufbauen, wenn der eine den anderen unterschätzt. Schenk mir das Vertrauen, das du mir schuldig bist.«

Überrumpelt und innerlich aufgewühlt, sagte er sich, daß sie ihm tatsächlich den Rat geben konnte, den er brauchte, und bis jetzt hatte er noch niemanden ausfindig gemacht, auf den er sich verlassen konnte, und ...

»Also gut, du hast gewonnen«, gab er nach. »Aber es muß ein absolutes Geheimnis zwischen uns bleiben. Kein Wort, keinen Hinweis deinen Eltern gegenüber oder sonst irgend jemandem, nicht einmal Taffimai Metallumai oder dem Wind.«

Sie vollführte eine merkwürdige Geste, ihr rechter Zeigefinger huschte von ihrer linken zur rechten Schulter und dann von der Stirn zur Brust. »Kein Wort. Du machst mir angst, aber ...« Ein Lächeln erhellte ihr Gesicht. »Aber du machst mich gleichzeitig unendlich glücklich. Eine komische Mischung.« Ihr Lächeln erstarb. Sie erschauderte.

»Es geht um die Geheimniskrämerei des Cyberkosmos«, brach es geradezu aus ihm heraus. Er fühlte sich beinahe erleichtert und erlöst. »Ich sage Cyberkosmos, nicht Synese. Du hast schon eine Menge von mir zu diesem Thema gehört. Es hat keinen Sinn, das jetzt alles wieder aufzuwärmen. Aber was auch immer die Solarlinsen entdeckt haben – die in der Station auf dem Pavonis Mons archivierten Daten, wo die Inrai gestorben sind –, warum verrät man uns nicht, worum es sich handelt? Es muß irgend etwas Gewaltiges sein, nicht wahr? Irgend etwas von kosmischen Dimensionen. Das hat mir mein gestriges Gespräch mit Chuan endgültig klargemacht.«

Großer Kosmos! War es wirklich erst gestern gewesen?

»Wir, die Lahui Kuikawa, können keine weiteren Pläne schmieden und nicht mit der Arbeit beginnen, bevor wir nicht darüber Bescheid wissen«, fuhr er fort. »Und wenn wir nicht bald damit anfangen, werden wir es nie schaffen. Ist das vielleicht einer der Gründe, weshalb uns der Cyberkosmos die Informationen vorenthält?«

»Es ist mehr als nur das«, flüsterte Kinna. »Ich habe Chuans Kummer gesehen.«

»Also ... ja, ich auch. Es sei denn, er ist einfach nur ein genialer Schauspieler.« Fenns Tonfall wurde grimmig. »Aber sieh mal, wenn du ein Recht darauf hast zu erfahren, was ich vorhabe, warum dürfen wir dann nicht beide wissen, worum es bei dieser ganzen Geschichte eigentlich geht?«

Kinna starrte ihn an. Es sah fast so aus, als schrumpfte sie vor ihm zusammen. »Ich hatte ... so etwas befürchtet. Du willst in die Station einbrechen und das Geheimnis stehlen.«

»Nein«, stellte er richtig. »Nicht stehlen. Es in Erfahrung bringen. Und dann werden wir unser Recht in Anspruch nehmen, selbst zu entscheiden, was wir mit dem Wissen anfangen.«

»Das ist unmöglich!« rief sie. »Das ist Wahnsinn! Die toten Inrai könnten dir das bestätigen!«

Er ergriff ihre Hände, die eiskalt geworden waren. »Ich weiß«, sagte er, unvermittelt sanft. »Aber es wird anders ablaufen. Hör mir zu.«

Sie richtete sich gerade auf. »Ich höre.«

Fenn ließ ihre Hände los und begann, in dem engen Raum auf und ab zu laufen, während er sprach.

»Ich habe diesen Plan mit einem anderen Mann – Iokepa Hakawau, ich habe dir von ihm erzählt – vor meinem Abflug immer wieder durchgesprochen. Wir haben es nicht gewagt, irgend jemanden sonst einzuweihen. Das wäre auch nicht fair gewesen, so explosiv wie diese Sache werden könnte. Die Probleme im Dreierreich und das Schiff vom Centauri waren die offiziellen Gründe, mich auf den Mars zu schicken, und sie sind stichhaltig genug. Aber je länger wir das Thema diskutiert haben, desto mehr hatten wir den Eindruck, daß das Rätsel um die Linsen nicht nur älter, sondern auch sehr viel grundlegender ist. Es gibt jede Menge Leute, die sich genauso gut wie ich, oder sogar noch besser, mit der sozialen und politischen Situation auf dem Mars beschäftigen könnten. Aber ich bin der einzige, den wir kennen, der vielleicht etwas wegen der Daten in der Sternennetzstation unternehmen kann, sollte ich das für erforderlich halten. Nach meinem letzten Gespräch mit Chuan bin ich zu der Überzeugung gekommen, daß wir tatsächlich etwas unternehmen müssen. Und ich habe Vorkehrungen getroffen.

Ich kann dir versichern, daß wir die Aktion sorgfältig geplant haben. Uns war klar, daß ich nicht einfach mit einem Flugzeug direkt vor der Station auf dem Berg landen kann. Der wachhabende Roboter würde mich fragen, was ich will, und wahrscheinlich ist er darauf programmiert, die Polizei sogar über einen routinemäßigen Besuch zu informieren. Aber ich kann in einiger Entfernung landen und von dort aus zu Fuß weitergehen. Ich habe meine Karten, Vorräte und Marschausrüstung. Ich weiß, wie vergleichbare Sicherheitssysteme funktionieren und wo ihre Schwachstellen liegen, und es gibt keinen vernünftigen Grund anzunehmen, daß ausgerechnet dieses System aktualisiert worden ist. Ich kann mich auf dem letzten Stück der Strecke so tarnen, daß ich nicht bemerkt werde, und dann ein Gerät benutzen, das ich von der Erde mitgebracht habe. Während meiner Zeit bei der Polizei auf Luna habe ich gelernt, damit umzugehen. Eigentlich dürfen Zivilisten so etwas gar nicht besitzen, aber die Lahui haben überall auf der Erde ihre Verbindungen, und Iokepa konnte mir so ein Gerät über inoffizielle Kanäle aus Lagerbeständen besorgen. Der Roboter und die Sensoren dürften nicht einmal registrieren, daß ich das Schloß decodiere und in die Station eindringe. Ich rechne auch nicht damit, im Inneren einen Alarm auszulösen, schlimmstenfalls erst dann, wenn ich den Datenspeicher anzapfe, und dann wäre es schon zu spät.«

Nachdem er geendet hatte, standen sie sich eine Minute oder noch länger stumm gegenüber. Ohne die Helmmikrophone konnten sie das Pfeifen des Windes nicht hören. Die fernen Staubwirbel drehten sich lautlos.

»Du bist nicht verrückt.« Kinnas Stimme bebte.

»Nein«, bekräftigte Fenn. »Ich wiederhole es noch einmal, Iokepa und ich haben intensive Nachforschungen betrieben und den Plan gründlich durchdacht.«

»Das ist das Beängstigendste daran.«

»Sieh mal«, beschwor er sie, »die Maschine dürfte nicht gewalttätig werden, solange ich sie nicht wirklich bedrohe, wie es die Inrai getan haben. Ich gehe davon aus, daß sie mich gar nicht bemerkt. Wenn sie mich entdeckt und die Polizei ruft, bevor ich fliehen kann, wird man mich verhaften. In diesem Fall müßte ich durch das allgemeine Aufsehen, das der Fall zwangsläufig erregen würde, schnell wieder freikommen. Du weißt schon, das Recht der Bürger auf freie Information.« Er holte tief Luft. »Ja, es bedeutet, darauf zu vertrauen, daß eine Menge riskanter Schritte nahtlos ineinandergreifen, aber das ist es, was ich tun werde.«

»Dort draußen streifen immer noch Inrai-Banden herum.« Kinna hob warnend die Hände. »Ich weiß, wie rachsüchtig sie sein müssen. Und einige von ihnen sind absolut rücksichtslos.«

Der Zorn, der ständig in ihm schwelte, ballte sich zu einem festen Klumpen zusammen. »Auch das Risiko nehme ich in Kauf, und wenn es sein muß, werde ich mir den Weg freischießen.«

Er sah, daß sie die Unumstößlichkeit seiner Entscheidung erkannte. Sie ließ den Kopf hängen. »Ich glaube nicht, daß ich dich umstimmen kann.«

»Nein«, sagte er schwer. »Nicht einmal du kannst das.« Gleich darauf wurde seine Stimme wieder lebhafter. »Aber du kannst mir helfen, Kinna. Du kannst meine Chancen unglaublich erhöhen.«

»Ja ...«

»Wir werden den Plan Schritt für Schritt zusammen durchgehen. Du wirst mir sagen, was verbessert werden muß. Dir werden bestimmt ein paar eigene gute Ideen einfallen. Ich bin froh, daß du mich überredet hast, dich einzuweihen, *pa'aka* – Partner.«

Sie hob den Kopf und blickte ihm direkt in die Augen. »Weggefährte«, verbesserte sie ihn.

»Was?« Schlagartig begriff er, was sie damit meinte. »Nein!«

»Doch«, sagte sie ruhig. »Du wirst das durchziehen. Das kann ich nicht verhindern. Aber ebensowenig kann ich zulassen, daß du unnötige Risiken eingehst und stirbst.«

»Nie-niemand und nichts wird auf mich schießen.«

»Du hast gerade noch gesagt, daß du vielleicht zurückschießen mußt.« Und dann überraschte sie ihn mit einem Lachen. »In diesem Punkt hast du allerdings recht«, räumte sie ein. »Ich habe versucht, dir deinen Plan auszureden, aber ich war nicht ganz ehrlich. Wie groß ist die Wahrscheinlichkeit, daß wir auf eine der wenigen, schlecht ausgerüsteten, flüchtigen kleinen Banden stoßen werden, die sich zu verstecken versuchen? Denk mal darüber nach. Da ist es schon wahrscheinlicher, daß wir von einem Meteoriten getroffen werden.«

Sie sah einen Moment lang durch das Sichtfenster auf die Wüste hinaus und wandte sich dann wieder Fenn zu. »Worum es mir ging, war der Mars selbst. Der schöne und erbarmungslose Mars. Du kannst das nicht allein schaffen, Fenn. Nicht all die Kilometer durch die Wildnis in dieser Höhe. Du brauchst einen erfahrenen Hinterlandbewohner als Führer.«

»Also ... äh ... nun, ja ... Daran habe ich auch schon gedacht. Vielleicht könnte dein Freund Elverir ...«

Ein kleines sanftes Lächeln huschte über ihre Lippen. »Ich mag ihn, und ich liebe dich, aber ihr beide zusammen – oder du mit irgendeinem anderen Lunarier – würdet kaum klarkommen. Ihr hättet mit Sicherheit nicht das nötige Vertrauen zueinander, und das bei einem

Unternehmen, das absolutes und blindes Vertrauen erfordert. Und was andere Terraner betrifft, kenne ich niemanden, außer mir, der bereit und gleichzeitig erfahren genug wäre, sich auf dieses Wagnis einzulassen. Außerdem, wie lange würdest du brauchen, um einen Führer zu finden, und wie groß wäre die Gefahr, daß du dabei die Aufmerksamkeit der Behörden erregst? Hier bin ich. Wir könnten in zwei oder drei Tagen unbemerkt aufbrechen.« Sie grinste. »Du bist an mich gefesselt, Fenn. Jetzt und für immer.«

Er hieb so heftig mit der Faust gegen die Wand, daß ein dumpfes Dröhnen ertönte und seine Knochen vibrierten.

»Nein! Ich werde dich nicht mitnehmen! Ende der Debatte!«

»Aber du wirst auf jeden Fall gehen, sogar allein, wenn es sein muß?«

»Ja.«

»Nein«, sagte sie schlicht. »Denn wenn du das versuchst, werde ich dich verpfeifen. Verlaß dich darauf.« Sie blinzelte ein paarmal. »Ich weiß, daß ich dich dadurch verlieren würde, aber das ist immer noch besser, als deine mumifizierte Leiche in der Wüste zu finden.«

Er konnte nur noch nach Luft schnappen.

Kinna warf den Kopf in den Nacken, breitete die Arme weit aus und lachte.

»Zusammen mit mir ist es gar kein so verrücktes und aberwitziges Unternehmen. Nein, es wird ein Abenteuer sein!«

Meinte sie das wirklich ernst, oder sagte sie das nur ihm zuliebe?

KAPITEL 22

Pavonis Mons, der zweithöchste Berg des Sonnensystems, ragt achtzehn Kilometer über das auf dem Äquator gelegene Tharsis Plateau hinaus, siebenundzwanzig Kilometer über die durchschnittliche Höhe, sozusagen den »Meeresspiegel« des Mars. Seine Basis, die sich über acht Längen- und sechs Breitengrade erstreckt, ist so gewaltig, daß sie kaum wie der erloschene Schildvulkan erscheint, der das Massiv ist. Wer sich dem Berg nähert, findet eine Landschaft aus lohfarbenen Dünen, Felsgeröll und Kratern vor, die allmählich in einen dunklen Basaltuntergrund übergeht, während das Gelände relativ gleichmäßig immer weiter ansteigt. Fenn hatte den Eindruck, der Flug würde sich endlos dahinziehen.

»Da drüben!« rief Kinna irgendwann. Fenn blickte von der dreidimensionalen Landkarte im Monitor des Armaturenbretts auf, entdeckte das Felsband vor ihnen und sah, daß es mit der Abbildung übereinstimmte. Kinna, die am Steuer saß, ergänzte die Programme und Systeme des Flugzeugs mit ihren Fähigkeiten als Pilotin. Die unregelmäßige schwarze Fläche schwoll mit furchteinflößender Geschwindigkeit an. Es war der einzige Geländeabschnitt in der Nähe ihres Ziels, der ihren Erfordernissen entsprach, nicht einsehbar von der Sternennetzstation oder irgendwelchen Beobachtungsinstrumenten im Gebiet des Dreierreichs, groß und eben genug für eine Landung. Einen beängstigenden Moment lang fragte sich Fenn, ob der Landeplatz wirklich groß genug war. Würde der linke Flügel den Felsen dort verfehlen? Die Motoren dröhnten. Ein Schlag schüttelte ihn durch, ein zweiter, weniger heftiger und ein noch schwächerer. Dann waren sie gelandet. Das Heulen der Turbine verstummte.

Kinna grinste ihn triumphierend an. »Hättest du das auch gekonnt?« fragte sie ihn streitlustig.

»Nei-nein«, gab er unsicher zu. Der Weltraum stellte

seine eigenen Herausforderungen, aber nicht unbedingt solche. »Die Stelle, die ich mir ausgesucht hatte, ist um einiges größer.«

»Und um einiges weiter entfernt. Bist du nicht froh, daß du eine unnütze Frau mitgenommen hast?« Sie tätschelte seine Hand. »Tut mir leid. Ich sollte mich nicht über dich lustig machen. Das ist dein Einfall, deine Mission.«

»Sollten wir, äh ... uns nicht lieber beeilen?«

»Verdammt richtig. Wir haben noch schrecklich viel vor uns.«

Sie schnallten sich los und stemmten sich aus ihren Sitzen hoch. »Küß die Pilotin«, befahl Kinna. Da sie ihre Schutzanzüge schon angelegt hatten, mußten sie nur noch die Helme schließen und die Biostats aktivieren. Während die Bordaggregate die kostbare Atemluft in die Tanks pumpten, lösten sie die Sicherungsnetze, mit der sie die Ladung festgezurrt hatten. Dann begannen sie, die Fracht auszuladen.

Gegen Mittag waren sie damit fertig. Die Bewegung tat ihren verkrampften Muskeln gut. Sie waren noch vor Sonnenaufgang losgeflogen, nachdem sie die Nacht an Bord in einer einsamen Gegend über den Valles Marineris verbracht hatten, die Kinna kannte. Crommelin hatten sie einen Tag zuvor verlassen, so unauffällig wie möglich. Die letzten drei Tage und teilweise auch die Nächte waren sie damit beschäftigt gewesen, genauso unauffällig Ausrüstungsgegenstände zu besorgen, Informationen einzuholen und ihren Schlachtplan zu entwerfen. Das hatte ihnen nicht viel Zeit für Zärtlichkeiten oder gar für körperlichen Ausgleichssport gelassen.

Einmal hatte Fenn sogar laut darüber nachgedacht, ob sie sich wirklich so beeilen mußten. Könnten sie sich nicht ein oder zwei Wochen Zeit füreinander lassen? »Laß uns das zuerst erledigen«, hatte Kinna grimmig erwidert. »Wenn wir das hinter uns gebracht haben, haben wir alle Zeit der Welt nur für uns.«

Jetzt mußte er zugeben, daß sie damit wahrscheinlich recht gehabt hatte, wie auch mit allem anderen. Die von ihr festgelegte Flugroute und die ebenfalls von ihr zusammengestellte Ausrüstung würden das Unternehmen erheblich erleichtern. Abgesehen von den Ausflügen, die Fenn während seiner früheren Besuche mit ihr unternommen hatte, war dies seine erste echte Bergbesteigung auf dem Mars. Sie hatte herzlich wenig mit den Kletterpartien auf der Erde oder auf Luna zu tun. Seine Studien hatten ihn kaum auf die Realität vorbereiten können.

Kinna hatte unter anderem auf einen hochwertigen Lastenroboter bestanden. Die Anschaffung riß ein großes Loch in die Geldmittel, die Fenn für seine Nachforschungen bewilligt worden waren, aber Kinna wies ihn darauf hin, daß der Roboter einen hohen Wiederverkaufswert besaß. Er hatte die Form eines Zylinders von rund zwei Metern Länge und einem Meter Durchmesser mit sechs Beinen, die in klauenförmige Füße ausliefen, und einem Sensorturm am vorderen Ende. Die Energie seiner Akkus reichte nicht nur für die eigentliche Expedition aus, sondern auch für den Betrieb der eingebauten Funkanlage, mit der sie im Notfall Hilfe anfordern konnten. Da der Roboter den Großteil der Ausrüstung trug – ausreichende Vorräte an Luft, Wasser, Brennstoffzellen, Medikamenten und medizinischem Gerät, Werkzeugen, Instrumenten, Kleidung zum Wechseln und anderem mehr, vor allen Dingen ein luftdichtes Zelt –, würden Kinnas und Fenns Rucksäcke einigermaßen leicht sein. Ursprünglich hatte Fenn geplant, die Nächte in einem beheizbaren Schlafsack zu verbringen.

Die Luftlinie von hier zur Sternennetzstation betrug nur siebenundsechzig Kilometer. Die Strecke, die sie zu Fuß zurücklegen mußten, war jedoch erheblich länger und zeitaufwendig, der Weg beschwerlich, an einigen Stellen gefährlich. Kinna schätzte, daß sie ihr Ziel in zwei Tagen würden erreichen können. Dann würde Fenn das Kommando übernehmen. Bis dahin mußte er sich ihr unterordnen.

Er verschloß das Flugzeug mit einem Sicherheitscode, der auch die Steuerung blockierte. Das war keine Vorsichtsmaßnahme, die man normalerweise mitten in der Wildnis traf, aber Kinna hatte darauf hingewiesen, daß noch immer ein paar Inrai in der Gegend herumschleichen konnten. Wenn sie nicht geschworen hätte, daß die Chancen für eine Begegnung mit den Banditen vernachlässigbar gering waren, hätte er lieber das ganze Unternehmen abgeblasen, als sie mitzunehmen. Trotzdem beruhigte ihn die Maßnahme ein wenig. Was auch immer passierte, er hatte keine Lust, nach ihrer Rückkehr feststellen zu müssen, daß irgend jemand ihnen die Flügel gestutzt hatte.

»Können wir?« fragte sie. Eigentlich war es keine Frage. Er nickte. Sie setzten sich in Bewegung. Kinna ging voraus, gefolgt von Fenn, während der Roboter den Abschluß bildete. Sein Programm versetzte ihn in die Lage, einfache Anweisungen zu verstehen und, was wichtiger war, mit dem schwierigen Gelände zurechtzukommen.

Und es war gottverdammt schwierig! Mit dem Schutzanzug, Helm, Biostat, Energiesystem, Hilfsgeräten, Flüssigkeitsreserven und Rucksack wog Fenn ungefähr das gleiche wie auf der Erde ohne Kleidung, und die zusätzliche Masse erhöhte das Trägheitsmoment. Da der Schutzanzug eng am Körper anlag, besaß er nur schwache Servomotoren für die Gelenkverbindungen, wo der Reibungswiderstand des steifen Gewebes durch den Innendruck am stärksten war. Bei einigermaßen ebenem Terrain spielte das kaum eine Rolle, hier aber bestand das Gelände aus riesigen Felsbrocken, zwischen denen man sich ständig hindurchwinden, oder die man hinauf- und hinunterklettern mußte, immer auf der Suche nach einem sicheren Halt für Hände und Füße. Fenn dankte den Konstrukteuren für die eingebauten Tastverstärker, die ihm ein relativ normales Gefühl in Fingern und Zehen ermöglichten. Schon bald war das Kühlsystem seines Schutzanzugs überlastet, der Schweiß ließ seine Unterwäsche klebrig werden, brannte ihm in den Augen und stieg ihm beißend in die Nase. Seine Kehle wurde so staubtrocken, daß er Unmengen Wasser trank und hörte, wie sich die Pumpen und die Wiederaufbereitungsanlage mühten, mit seinem Flüssigkeitsbedarf Schritt zu halten. Er atmete schwer und keuchend. Manchmal führte der Weg über einen relativ geröllfreien Hang, aber dann war die Böschung immer sehr steil und der Untergrund tückisch, belastete die Knie und forderte höchste Aufmerksamkeit, um nicht zu straucheln und über eine Klippe oder in einen tiefen Erdspalt zu stürzen.

Kinna bewegte sich geschmeidig und sicher. Ihr Anblick erinnerte Fenn an eine wilde Bergziege, die er einmal in Yukonia gesehen hatte. In dieses herrliche Land würde sie gehören, wo schneebedeckte Gipfel in der Ferne leuchteten und Enzian blau auf den Wiesen vor kleinen Bergseen blühte, nicht in diese Einöde. Und doch war dies ihre Welt. Sie trug einen elektronischen Pfadfinder um ihren linken Arm, verglich in regelmäßigen Abständen die sich verändernde Darstellung der Landkarte, die sie selbst einprogrammiert hatte, mit den auffälligen Orientierungspunkten, an denen sie vorbeikamen, aber sie blieb kaum einmal stehen, um ihre Position zu überprüfen.

Nach einigen Stunden ordnete sie eine Rast an. »Wir müssen uns ausruhen«, sagte sie. Als Fenn zu ihr aufschloß, sah er, daß auch ihr Gesicht hinter der Helmscheibe vor Schweiß glänzte. Die braunen Locken klebten ihr feucht am Kopf. »Außerdem brauchen wir ein bißchen Zeit, um die Aussicht genießen zu können«, fügte sie leise hinzu. »Ich hatte gehofft, daß sie so schön sein würde. So eine Gelegenheit werden wir später nicht mehr bekommen.«

Er schaute sich um. Sie hatten einen schmalen Vorsprung über einem steilen Abhang erreicht. Rechts, links und über ihnen türmte sich Spritzlava zu gigantischen schwarzen Blöcken und Schlackehaufen auf. Die von der Witterung glattgeschliffenen Felsen des Steilhangs glänzten fast wie Obsidian. Unendlich tief unter ihnen erstreckte sich das Tharsis Plateau rosafarben in die Ferne, von dunklen Berggipfeln eingerahmt, verschwommen wie in einem Traum durch die gewaltige

Entfernung und den atmosphärischen Dunst. An diesem Tag hatte der dünne Marswind keinen Staub bis in diese Höhe aufgewirbelt. Die Schatten in dem wild zerklüfteten Hochland waren messerscharf abgezirkelt unter einem Himmel, dessen Blau dunkler als das irgendeines Meeres war und über den ein paar Eiskristallwolken trieben, zarte blendendweiße Schleier. Als sich Fenns Herzschlag und Atem beruhigt hatten, überkam ihn ehrfürchtiges Staunen.

Er warf Kinna einen Blick zu.

Wie verzückt sie in die Ferne starrte. Ein Kind des Mars, dachte er. »Du liebst diesen Planeten, nicht wahr?« fragte er leise.

»Oh!« Sie schrak zusammen, drehte sich zu ihm um und lächelte. »Nun, das bin ich«, sagte sie nach einer Weile. »Praktisch jedes Atom meines Körpers ist marsianisch.« Ihr Lächeln wurde strahlender, ihre Augenlider flatterten. »Was nicht heißt, daß ich nicht so viele irdische Atome von dir wegküssen möchte, wie ich kann. Und ... äh ...« Sie verstummte hastig und senkte den Blick. Fenn sah, wie sie errötete, und fühlte sich mehr gerührt als belustigt.

»Ich frage mich immer wieder, ob es richtig ist, deine ... Heimat zu verändern«, murmelte er. Falls wir überhaupt dazu in der Lage sind, fügte er in Gedanken hinzu.

»Mach dir deswegen keine Sorgen«, erwiderte sie, jetzt wieder völlig beherrscht. »Ich werde nicht lange genug leben, um wesentliche Veränderungen beobachten zu können.«

»Ich wünschte, du würdest ewig leben.«

»Nur zusammen mit dir. Wenn uns eine Lebensmutter gemeinsam wiedererwecken würde. Aber wie auch immer die Zukunft aussehen wird, den Mars wirklich lebendig zu machen, ist so etwas wie das Erwachsenwerden eines Babys, oder? Man wird sich immer daran erinnern, wie es unbeholfen durch das Haus getapst ist, wie man mit ihm gespielt, es im Arm gehalten und ins Bett gesteckt hat, aber man möchte trotzdem nicht, daß es für alle Zeiten ein Baby bleibt. Alles im Universum verändert sich. Das ist natürlich und richtig.«

»Wenn es eine Veränderung zum Besseren ist.«

»Nun, nichts währt ewig ...« Ihre Stimme verklang. Sie richtete den Blick in den Himmel. Hatte irgendein düsterer Gedanke sie berührt? Sie sagte kaum noch ein Wort, während sie sich ausruhten, und Fenn beschloß, sie nicht zu bedrängen.

Als sie ihren Weg fortsetzten, stellte er erfreut fest, daß er sich allmählich besser zurechtfand. Der Marsch wurde weniger anstrengend. Trotzdem war er mehr als froh, als Kinna verkündete, daß sie ihr Nachtlager aufschlagen würden.

Die Stelle, die sie schon vorher auf der Karte herausgesucht hatten, war einigermaßen eben. Sie beseitigten das lose Geröll, um genug Platz für das Zelt und den Roboter zu schaffen. Ein Energiestoß dehnte die Molekülketten aus, die sich durch Katalyse zusammengefaltet hatten und sich am nächsten Tag von selbst wieder zusammenfalten würden. Das Zeltpaket verwandelte sich in eine dicke isolierende Bodenmatte, über der sich eine Kuppel mit einer Luftschleuse wölbte. Der Stoff war mit Heizelementen durchsetzt. Danach mußten Kinna und Fenn die Energie- und Recyclingeinheiten aufbauen und ihre persönlichen Habseligkeiten im Zelt verstauen. Ihre früheren Ausflüge waren kürzer und weniger beschwerlich gewesen, damals hatten sie keine komplette Bergsteigerausrüstung mitgenommen, und die Arbeit erforderte ihre Zeit. Sie waren gerade damit fertig geworden, als die Sonne unterging und die Nacht übergangslos hereinbrach.

Ein paar Minuten lang blieben sie draußen vor dem Zelt sitzen. Phobos und Deimos standen gleichzeitig am Himmel, fast unscheinbar zwischen unzähligen Sternen. Die meisten waren rein und farblos wie Kristall, doch etliche leuchteten gelb, blau und rot, gestochen scharf und ohne zu funkeln. Die Milchstraße war ein eisiger lautloser Fluß, Nachbargalaxien glühten schwach und geheimnisvoll. Fenn sah die Konturen von Kinnas Gesicht so deutlich wie einen Scherenschnitt vor dem Universum.

»Dein Himmel«, flüsterte sie.

»Hmm?«

»Du weißt, wie selten wir die Sterne so klar von unseren Siedlungen aus sehen. Hier scheint es, als bräuchte ich nur den Arm auszustrecken, um sie zu berühren. Wie im Weltraum. Du bist den Anblick gewohnt.«

»Ich frage mich, ob ich mich wirklich jemals daran gewöhnen kann.«

»Du gehörst zu den Sternen.«

»Ich gehöre zu dir.«

Kinna schwieg eine Weile, bevor sie etwas unsicher sagte: »Sie sind irgendwie ... dreidimensional, vierdimensional. Wir stehen hier auf einer winzigen Kugel, die durch die Unendlichkeit wirbelt. Würden wir fortgeschleudert werden, würden wir für immer durch ... das da fallen.« Er sah, wie sie trotz des Schutzanzugs zitterte. »Wir sollten lieber ins Zelt gehen. Uns steht ein weiterer langer und anstrengender Tag bevor.«

Sie krochen durch die Luftschleuse und schlossen sie hinter sich. Fenn berührte ein Ventil. Aus den Tanks zischte Luft. Als die atmosphärische Kontrollampe grün aufleuchtete, nahmen sie ihre Helme ab, küßten sich, schälten sich aus den Schutzanzügen und küßten sich ausgiebiger.

Kinna beendete den Kuß mit einem glucksenden Lachen. »Bist du nicht auch hungrig?«

Ja, dachte Fenn. Hungrig auf dich.

»Wir können uns später waschen«, schlug sie vor. »Es stört mich nicht, wie du riechst, ganz im Gegenteil. Und was mich betrifft, kann ich heißes Wasser erst richtig genießen, wenn mein Magen nicht mehr knurrt.«

Da sie mehr Erfahrung mit dem Kochen hatte, beschäftigte sie sich mit dem Glühofen, den Kochutensilien und Nahrungsmitteln. Irgendwann erkundigte er sich, was sie da über das Gericht in der Pfanne streute.

»Eine Gewürzmixtur«, erklärte sie. »Wir nennen sie zu Hause ›Niesen-mit-Spaß‹. Ein paar Gramm davon, und diese Feldrationen schmecken nicht mehr nach wiederaufbereitetem Kaugummi.«

»Daran konntest auch nur du denken«, schmunzelte er.

»Wart nur ab, was ich tun kann, wenn wir eine richtige Küche haben.«

Warten!

Bald war das Essen fertig, die Luft im Zelt warm und voller Gerüche. Fenn und Kinna saßen mit überkreuzten Beinen auf dem Boden und machten sich über ihre Teller her. »Köstlich«, sagte er nach einigen Bissen. »Genau wie du.«

Sie vollführte eine Art Verbeugung, zerzaust, verschwitzt und schön. »Zu deinen Diensten. Jederzeit.«

Er hätte nicht sagen können, ob es an seiner Erschöpfung, seinen schmerzenden Muskeln, dem dumpfen Druck in seinem Schädel oder einfach an seinem Wesen lag, aber er wurde unvermittelt schwermütig. »Ja, das wärst du, nicht wahr? Ich muß mittlerweile zugeben, daß ich diese Tour wahrscheinlich nicht ohne deine Hilfe schaffen würde, aber trotzdem wünschte ich mir, du wärst nicht hier.«

Ihre Fröhlichkeit verschwand. Vielleicht war sie ohnehin nur ein kurzer Anflug gewesen, flüchtig wie ein Regenbogen. »Ich nicht.«

»Du mühst dich ab, du setzt dich all diesen Gefahren aus, nur mir zuliebe ...«

Sie schüttelte den Kopf. »Nein. Nicht nur. Ich bin froh, daß du das angesprochen hast. Ich wollte es dir schon erklären, seit ich es selbst begriffen habe. Aber wir waren so beschäftigt, daß ich erst jetzt die Zeit dazu finde.«

Fenn wartete. Sie ist es wert zu warten, dachte er.

Kinna suchte nach den richtigen Worten. »Ja, zuerst habe ich es nur wegen dir getan«, sagte sie schließlich ganz ruhig. »Ich konnte dich einfach nicht allein gehen lassen. Aber meine Drohung, dich notfalls zu verraten ... ich bin mir nicht sicher, ob ich das wirklich fertiggebracht hätte. Jedenfalls hat sie funktioniert und dich gezwungen, mich mitzunehmen. Aber später, bei den seltsamsten Gelegenheit und nachts, wenn ich nicht einschlafen konnte ... Fenn, ich bin zu der Überzeugung gelangt, daß du recht hast. Zumindest mehr recht als unrecht. Die Inrai, all die Toten, das furchtbare Gemetzel, von Proserpina provoziert ... warum? Nicht absichtlich, davon bin ich überzeugt. Können die Proserpinarier einen guten Grund gehabt haben, einen gerechtfertigten Anlaß? Und die ganze Geheimniskrämerei um die Solarlinse ... warum? Was sie entdeckt hat, ist ungeheuer wichtig, das ist unübersehbar. Wichtig für *uns*. Aber was ist dann mit unserem verbrieften Recht, die Wahrheit zu erfahren? Mit unserem Recht, unser Schicksal selbst zu bestimmen?«

»Chuan sieht das anders«, rief ihr Fenn in Erinnerung.

Sie nickte. »Ja, und ich habe eine hohe Meinung von ihm. Ich finde es schrecklich, mich gegen ihn zu stellen, aber ... Er ist selbst zutiefst besorgt, nicht wahr? Ist er sich so sicher, daß die Heimlichtuerei gerechtfertigt ist?« Sie holte tief Luft und fuhr dann schnell fort: »Andererseits ist er ein Synnoiont, er ist Teil des Cyberkosmos und ihm gegenüber loyal ... auf dieselbe Art, wie meine Gliedmaßen mir gegenüber loyal sind? Ich weiß es nicht, ich weiß nur, daß er nie versuchen würde, uns irgendwie zu schaden. Aber sind die Entscheidungen des Cyberkosmos immer weise?«

Zu wissen, daß sie einer Meinung mit ihm war, war ein berauschendes Gefühl. »Diese Entscheidung müssen wir selbst für uns treffen dürfen.«

»Ja«, stimmte sie ihm zu. »Wir. Ein jeder von uns für sich selbst.«

Sie beendeten das Essen und säuberten das Geschirr fast wortlos. Kinna warf einen Blick auf ihre Schlafmatten.

»Ja«, sagte Fenn. »Zeit, ins Bett zu gehen.« Er deutete mit dem Daumen auf die Waschgelegenheit vor der durch einen Vorhang abgetrennten Toilette. »Doch zuerst sollten wir uns gründlich abreiben.«

»Kein Widerspruch.« Kinna zögerte. »Bist du einverstanden, wenn wir uns abwechseln und jeder in eine andere Richtung sieht, bis wir fertig sind und uns umgezogen haben?«

Fenn erinnerte sich mit schmerzlicher Klarheit an eine beiläufige Bemerkung, die sie einmal zu Anfang ihrer Bekanntschaft gemacht hatte. »Du hast mir erzählt, du und Elverir . . .«

Sie errötete. »Wir haben es meistens auch so gehandhabt. Außerdem, das war damals, und er war er. Dies ist jetzt, und du bist du. Verstehst du?«

Er spürte einen Anflug heißer Eifersucht, konnte aber nur nicken. »Ja. Wir können uns keinerlei Ablenkungen leisten.«

»Es ist viel komplizierter. Aber wir werden bald verheiratet sein. Schon sehr bald, nicht wahr?«

Fenn dachte an seine Eltern und viele andere Paare. »Du gehst ein furchtbares Risiko ein.«

»Nein«, murmelte sie. »Nicht mit dir.«

Würde er ihre Erwartungen erfüllen können? Das sollte er wohl besser.

Sie erwachten, frühstückten hastig, brachen das Lager ab und zogen weiter. Irgendwann am späten Vormittag rief Kinna: »Halt!«

Fenn schrak zusammen und war sofort hellwach. Er blickte sich aufmerksam um, konnte aber nichts außer schwarzem und manchmal rostfarbenem Schotter, Felsblöcken und Gesteinsschlacke unter einem indigodunklen Himmel entdecken. »Was ist?« Er näherte sich Kinna.

»Da. Sieh.« Sie gab ihm ein Zeichen, stehenzubleiben. »Nein, bitte bleib, wo du bist.« Sie kletterte hangabwärts und verschwand hinter einem Felsen. Fenn wartete nervös und beneidete den Roboter um dessen Geistlosigkeit.

Schließlich tauchte Kinna wieder auf und winkte ihn heran. Er beeilte sich, zu ihr zu kommen. Gemeinsam stiegen sie zu einer kleinen schüsselförmigen Senke hinab, die ungefähr so groß wie ihr gestriger Rastplatz war. Das Geröll, das ursprünglich dort gelegen haben mußte, war an den Rändern der Mulde aufgeschichtet worden, und der mit einer dünnen Schicht verwitterter Lava bedeckte Boden wies Abdrücke auf, die nicht natürlichen Ursprungs sein konnten.

»Ein Lagerplatz«, sagte Kinna. Das war offensichtlich, obwohl Fenn bezweifelte, daß er ihn im Vorbeigehen bemerkt hätte. Ihre nächste gelassene Feststellung ging einen Schritt weiter. »Es können nur Inrai gewesen sein.«

Er durfte sich nicht aus der Ruhe bringen lassen, er mußte die Situation sorgfältig untersuchen. »Bist du sicher?« fragte er. »Nicht irgend jemand, der früher hier gewesen ist? Ich habe gehört, daß diese Gegend bei Bergsteigern ziemlich beliebt war – über die Jahrhunderte müssen eine ganze Menge hier gewesen sein –, bis die Spannungen im Dreierreich so weit zugenommen haben, daß niemand mehr gekommen ist. Ich denke, die Witterung hier löscht Spuren nur sehr langsam aus.«

Sie schüttelte den Kopf. Ihre braunen Locken tanzten hinter der Helmscheibe. »Nein, diese Spuren sind nicht mehr als höchstens ein Jahr alt, wahrscheinlich sogar noch jünger. Der Luftdruck hier oben ist immer noch rund halb so stark wie auf planetarer Durchschnittshöhe.« Fenn verpaßte sich selbst einen geistigen Tritt in den Hintern. Natürlich. Niedrige Gravitation bedeutete niedrige Gradienten. »Und ab und zu wird der Staub bis in diese Höhe getragen«, fuhr Kinna fort. Sie streckte einen Arm aus. »Siehst du, wie er sich in Felsspalten und Rissen festgesetzt hat? Es gäbe kleine wellenförmige Ablagerungen hier auf dem Boden, wenn er nicht erst kürzlich aufgewirbelt worden wäre.« Sie ließ sich in die Hocke nieder und zeichnete einige Spuren mit dem Finger nach. »Dort, im tiefsten Punkt der Senke, hatten sie ihr Zelt aufgebaut. Und da, diese Stiefelabdrücke gehen immer im Kreis herum. Irgend jemand ist dort patrouilliert. Wer außer einem Wachposten hätte das tun sollen? Normale Bergsteiger würden keine Wachen aufstellen, Krieger schon.«

Fenn ignorierte die kalten Schauder, die ihm über den Rücken liefen, und nickte. »Du hast recht. Schön, Scorian hat die Gegend vor dem Angriff auf die Station bestimmt von seinen Männern auskundschaften lassen.«

Kinna richtete sich auf und schüttelte erneut den Kopf. »Erinnere dich, der Angriff ist nicht aus dieser Richtung erfolgt. Es stimmt schon, die Kundschafter müssen ein ziemlich großes Gebiet abgesucht haben, um die günstigste Route festzulegen. Für ein kriegerisches Unternehmen braucht man mehr als Satellitenkarten, auch wenn sie noch so detailliert sind. Außerdem wollte Scorian bestimmt geheime Vorratslager anlegen, um die Besatzungstruppen nach der Eroberung der Station zu versorgen – falls er wirklich vorhatte, sie über eine längere Zeit besetzt zu halten. Aber das heißt nicht zwangsläufig, daß wir hier auf ein solches Lager gestoßen sind. Du weißt sicher noch, was ich dir gesagt habe.« Sie wiederholte es noch einmal, um ihre Argumente zu unterstreichen. »So wie ich die Lunarier kenne, würden sie ihre Vorräte nicht einfach abschreiben. Sie würden von Zeit zu Zeit kleine Gruppen ausschicken, um das Material zu den verbleibenden Guerillas zurückzuschaffen. Auch ohne diesen Grund würde ich mit gelegentlichen Besuchen rechnen, schon allein wegen ihrem Stolz und ihrer Weigerung, sich selbst ihre Niederlage einzugestehen. Ich wäre sogar nicht einmal überrascht, wenn sie ein winziges Lager weiter bergabwärts in einer Höhle oder einem anderen Versteck unterhalten würden, das aus der Luft nicht aufgespürt werden kann. Vielleicht auch nur ein paar kleine robotische Beobachtungsposten, die ihnen mitteilen, was dort vor sich geht und wann sich die Inrai wieder gefahrlos nähern können.«

Diese Möglichkeit hatte sie bisher mit keinem Wort erwähnt. »Du glaubst, Banditen könnten jetzt auf dem Berg herumschleichen?« fragte Fenn.

»Genau in diesem Moment? Nein, ich habe dir gesagt, wie unwahrscheinlich das ist.« Ihre Miene hellte sich auf. »Darüber brauchen wir uns sowieso keine Sorgen zu machen. Wenn wir ihnen nicht gerade direkt in die Arme laufen, warum sollten sie sich uns gegenüber feindselig verhalten? Wir sind keine Bediensteten der Republik. Ich könnte sogar einigen von ihnen früher begegnet sein, auf eine freundschaftliche Art.«

Sie ist so optimistisch, so voller Vertrauen, dachte Fenn. Aber sie ist nicht dumm, ignorant oder leichtsinnig. »*Muy bien*, wenn du meinst, daß es sicher ist, oder auch nicht ungefährlicher, als umzukehren, dann können wir weitergehen.« Seine Hand glitt über die Faustfeuerwaffe an seiner Hüfte, und in Gedanken strich er über das Gewehr, das er sich auf den Rucksack geschnallt hatte. Notfalls würde er sich auf seine Waffen verlassen.

Im Lauf des Nachmittags blieb Kinna erneut unvermittelt stehen. »Warte!« rief sie. »Da stimmt was nicht!« Sie überprüfte den Pfadfindermonitor an ihrem Handgelenk. »Oh-oh«, stöhnte sie. »Das sieht gar nicht gut aus.«

Fenn schob sich an sie heran. »Was gibt es für ein Problem?«

»Diese Böschung, die wir hier eigentlich überqueren müßten. Die zerplatzten Felsen, die da überall verstreut herumliegen.« Einige der scharfkantigen Brocken sahen teilweise wie geschmolzen aus. »Davon steht nichts in der Karte.«

»Aber du hast mir gesagt ...«

»Ja, Satellitenaufnahmen, Auflösung im Zentimeterbereich, einschließlich der Höhenangaben. Aber das war damals. Irgend etwas muß seither passiert sein. Ein größerer Meteoriteneinschlag, vermute ich.« Sie musterte den Hang. »Korrekt. Wenn du dir die Spuren ansiehst, da und da und dort drüben, wirst du feststellen, daß kein Einschlagskrater entstehen konnte, weil nicht die richtigen Voraussetzungen gegeben waren.«

»Hmm-mhh. Ja, jetzt, wo du es erwähnst ... So was gibt es nicht auf Luna.« Anderes Gestein, eine andere Welt. »Was jetzt?«

»Also, ich habe das Vertrauen in den Hang verloren. Wir könnten ins Rutschen kommen und eine Lawine aus schweren scharfkantigen Felssplittern lostreten. Nein, danke. Setz dich hin und entspann dich. Ich werde versuchen, eine andere Route zu finden.«

»Aye, Boß.« Ja, dachte Fenn, ohne sie könnte ich es gar nicht schaffen. Er wollte nie mehr ohne sie sein.

An diesem Abend aber legte sie die Führungsrolle ab.

Der Umweg hatte sie nicht nur aufgehalten, er zwang sie auch, früher Rast zu machen, da sie den ursprünglich geplanten Lagerplatz nicht mehr vor Einbruch der Dunkelheit würden erreichen können und den einzigen anderen nehmen mußten. Ein Felsgrat im Westen versperrte ihnen die Sicht auf das Tiefland. Als sie das Lager aufgeschlagen hatten, waren die Schatten bereits lang und kalt, und die Sonne stand dicht über der schwarzen Felswand.

Sie blieben noch eine Weile im Freien. Zwar war das Zelt auf seine spartanische Art gemütlich, aber auch eng und fensterlos. Hier draußen hatten sie den Himmel und die Weite. Fenn konnte sich vorstellen, wie er mit Kinna auf einer irdischen Hochalm stand, weißer Schnee auf blaugrauen Berggipfeln, Wind, der das feuchte weiche Gras tanzen ließ, eine kühle Brise, die den schwachen Duft von Kiefern mit sich trug, nicht die warme, nach Körperausdünstungen riechende Luft, die er hier atmete.

Außerdem, dachte er – und vielleicht ging es ihr ja ebenso –, könnte die Versuchung für uns zu groß werden, wenn wir nur leicht bekleidet wenige Zentimeter voneinander entfernt im Zelt sitzen, nicht so erschöpft wie gestern und das Ziel vor Augen. Er konnte sich nicht vorstellen, daß er viel oder tief schlafen würde, es sei denn, in ihren Armen, und das durfte nicht sein. Wie makellos sich ihr Profil vor der öden Landschaft und dem Himmel abzeichnete.

»Bitte, sieh nach Osten, ja?« bat sie plötzlich.

»Warum?«

»Darum.«

Er gehorchte. »Na gut, wenn du es von mir verlangst.«

»Dreh dich ein paar Minuten lang nicht um. Ich hoffe, ich habe eine Überraschung für dich.«

»Du allein bist Überraschung genug für mich«, lachte er, unvermittelt sorglos. »Bumm, bumm, bumm, wie ein Feuerwerk.«

Sie schmiegte sich an ihn. Er spürte die Schutzanzüge überdeutlich. »Ich muß schließlich dein Interesse an mir wachhalten, nicht wahr?«

Hand in Hand standen sie da, den Blick in die leere Unendlichkeit gerichtet. Zwielicht umfing sie.

»Jetzt!« rief Kinna. »Dreh dich wieder um, schnell!«

Fenn folgte ihrer Aufforderung. Eine kleine weißlich schillernde Flamme stand im dunkelvioletten Himmel direkt über dem Felsgrat. Ihre Ränder bestanden aus silbernen Spitzen, und ein scharlachrotes Band ragte aus ihrer Mitte empor.

Die Sonnenkorona, begriff Fenn, und eine Protuberanz über dem Rand der verdeckten Scheibe. Die Luft war so dünn und klar, daß man das Phänomen mit bloßem Auge beobachten konnte.

Sekunden später versank die Sonne endgültig hinter dem Bergrücken. Kinna tanzte ausgelassen auf dem Felssims herum. »Wir haben es gesehen, wir haben es gesehen!« jubilierte sie. »Es ist das erste Mal in meinem Leben, und ich konnte es mit dir teilen!«

Er brachte es nicht übers Herz, ihr zu sagen, daß er das Schauspiel oft genug auf Luna beobachtet hatte und daß es hier winzig und blaß gewesen war, so kurz und flüchtig wie das Leben. Daß sie es ihm gewidmet hatte, machte es zu etwas Besonderem. »Du bist süß«, sagte er unbeholfen.

»Nein«, erwiderte sie. »Nur verliebt, das ist alles.«

Dunkelheit senkte sich über sie. Die Vorboten der Nacht über dem Berg wurden immer länger. Kinna war kaum noch mehr als ein Schatten. Er hörte ihre Stimme, die auf einmal ernst klang. »Dieser Moment gestern abend, als wir über Veränderungen gesprochen haben, weißt du noch? Er ist mir nicht mehr aus dem Kopf gegangen.«

Während wir marschiert sind? dachte Fenn. Erstaunlich.

»Es ist schwer, die richtigen Worte für das zu finden, was ich sagen will«, fuhr Kinna fort. »Aber ich habe es versucht. Für dich.«

Wieder legte sie eine kurze Pause ein, dann begann sie langsam zu sprechen:

»Der Mars zieht seine Kreise
auf seiner ew'gen Reise
und eines Tages werden
die Monde auf ihn bersten
so wie die Winde sterben
die seinen Himmel färben.
Versiegt der Ströme Wogen,
die einstmals ihn durchzogen
begraben seine Seen
mit kalten staub'gen Wehen.
Wo Leben einst geboren,
ist jeder Keim erfroren.
Nur eins wird nie verschwinden,
die Bande, die uns binden
die Liebe, die uns eint
in alle Ewigkeit.«

KAPITEL 23

Den letzten kurzen Abschnitt legte Fenn allein zurück. »Sei vorsichtig«, bat Kinna. »Es ist es nicht wert, dafür zu sterben – oder dich auf die eine oder andere Art zu verlieren. Das ist es einfach nicht wert.«

»Hab keine Angst«, beruhigte Fenn sie. »Ich habe dir gesagt, daß die einzige Gefahr für mich darin besteht zu versagen. Ich melde mich so schnell wie möglich bei dir.« Er zögerte. Sentimentalität war etwas, worin er keine Übung hatte. »Du weißt doch, daß ich dich liebe.«

»Und ich liebe dich.« Sie umarmten sich. »Also gut, Junge, dann geh.«

Er löste sich von ihr und schlich los. Die Nacht war hereingebrochen, so sternenklar wie die Nächte zuvor. Als Fenn um den Felsvorsprung herumlugte, den sie als Deckung benutzten, sah er einen Streifen freien Geländes vor sich, der sich bis zur Station erstreckte, eine helle Fläche, wo eine Staubschicht lag, durchsetzt mit dunklem Geröll. Über den schwarzen Umrissen der Gebäude ragten Masten, Kuppeln und eine Teleskopschüssel skelettartig in den Himmel. Sein Atem erschien ihm unnatürlich laut.

Niemand würde ihn hören. Die dünne Luft konnte kaum Schallwellen transportieren, und er hatte sein Funkgerät ausgeschaltet. Ultrasensitive Mikrofone und Instrumente zur Überwachung von Bodenvibrationen würden zwar feststellen können, daß sich irgend etwas der Station näherte, aber er rechnete nicht damit, daß es hier welche gab.

In den öffentlichen Konstruktionsplänen war nichts dergleichen aufgeführt, und wieso hätten die Konstrukteure erahnen sollen, daß solche Schutzmaßnahmen erforderlich werden könnten?

Aber zweifellos verfügte die Station über Systeme, die im sichtbaren und infraroten Wellenbereich arbeiteten. Fenn entfaltete seinen Kälteschild. Er hielt ihn vor seinen Körper und kroch auf allen vieren aus seiner Deckung hervor. Es war ein einfacher Trick, den er sich selbst auf der Erde hatte einfallen lassen, als die ersten Pläne zu diesem Unternehmen entstanden waren. Mit der rechten Hand umklammerte er den an einer Scheibe aus wärmedämmendem Material angebrachten Griff. Dünne Streben desselben Materials ragten aus der Scheibe hervor und hielten den eigentlichen Schild, eine größere Fläche, die aus einer ultraleitfähigen Legierung bestand, unregelmäßig geformt und mit einer matten Oberfläche und winzigen Sichtschlitzen versehen, durch die er gerade noch das Terrain vor ihm erkennen konnte. Er rückte Zentimeter für Zentimeter vor, verharrte immer wieder reglos, in völliger Stille bis auf seinen Atem und das Dröhnen des Bluts in seinen Schläfen.

Da der Schild genauso kalt wie seine Umgebung war, sollte sich die Infrarotstrahlung der Metallegierung nicht von der des Hintergrundes unterscheiden. Für ein Überwachungssystem, das im Bereich der sichtbaren Wellenlängen arbeitete, müßte der Schild wie einer der vielen Felsbrocken oder eine andere Bodenunebenheit aussehen. Ein menschlicher oder sophotektischer Beobachter hätte durchaus bemerken können, daß es sich um eine neue Kontur handelte, die sich bei genauerem Hinsehen bewegte, aber die Station war robotischer Natur. Ihr Hauptprogramm und die diversen Subprogramme waren hochleistungs- und anpassungsfähig und in der Lage, eigenständige Schlußfolgerungen zu ziehen, aber nur innerhalb der von ihren Programmierern vorgesehenen Grenzen. Fenn wettete, daß sie eine solche Situation nicht eingeplant hatten.

Er hatte Kinna nicht angelogen. Sollte die Station ihn doch entdecken und Alarm auslösen, würde sie ihn nicht wie die Inrai vernichten – schon gar nicht nach diesen Ereignissen –, solange er keine offensichtliche Bedrohung darstellte. Statt dessen würde sie ihre Wachsamkeit und ihre Verteidigungssysteme erhöhen und eine Nachricht an das Polizeihauptquartier senden, und das wäre das Ende von Fenns Einbruchsversuch. Vielleicht würden er und Kinna dann geschnappt und verhört werden, aber bis dahin hätten sie noch kein Verbrechen begangen.

Was ihm dagegen zum Verhängnis werden konnte, war der Mars selbst. Sein Schutzanzug war nicht für eine solche Aufgabe konstruiert worden. Wie sehr sich die Thermostate auch abmühten, die Kälte begann, unerbittlich durch die Handschuhe und die Gelenkverbindungen zu dringen. Zuerst war sie nur unangenehm, dann wurde sie zu einem stechenden Schmerz, und schließlich ließ sie seine Gliedmaßen taub werden und fraß sich ihren Weg in sein Mark.

Fenn biß die Zähne zusammen und kroch weiter.

Irgendwann erreichte er das Tor.

Er ließ den Schild sinken, richtete sich auf und stand eine Weile zitternd da, bis er wieder in der Lage war, sich umzublicken. Hier, unmittelbar am Eingang, müßte er sich außerhalb der Region befinden, die die Beobachtungssysteme erfaßten. Doch der Zaun selbst war mit anderen Instrumenten gesichert – er sah den Abschnitt, an dem die von den Inrai verursachten Schäden behoben worden waren –, wie auch der Bereich innerhalb der Absperrung. Sie alle waren mit der zentralen Kontrolleinheit der Station verbunden.

Das bedeutete, daß das mit dem Eingangstor verknüpfte allgemeine Sicherungssystem, durch Zugriffscodes vor Unbefugten geschützt, der neuralgische Punkt war, über den man in den gesamten Abwehrkomplex eindringen konnte. Mit dem richtigen Gerät ließen sich alle Alarmsysteme überbrücken, ohne irgendwelche anderen Schaltkreise zu beeinträchtigen. Es war in etwa so, als würde man mittels einer unfühlbaren Injektionsnadel einen nur örtlich wirksamen Neuralblocker in die Hand eines Mannes injizieren, wenn er gerade nicht hinsah. Die Hand würde empfindungslos werden, ohne daß sich ihr Besitzer dessen bewußt wurde. (Nein, das war nicht ganz korrekt. Der Mann würde bemerken, daß irgend etwas Seltsames geschehen war. Aber vermutlich war der Roboter nicht auf derartige Eventualitäten programmiert worden. Wer hätte schon damit rechnen können, daß das jemals erforderlich werden könnte?)

Es gab ein Gerät, das in der Lage war, ein solches Kunststück zu ermöglichen. Normalerweise sollte nur die Polizei Zugriff darauf haben, und auch das nur nach einer besonderen Genehmigung in außergewöhnlichen Notfällen. Iokepa hatte sich mit gewissen Personen auf der Erde in Verbindung gesetzt, die Fenn bevollmächtigt hatten, ein solches Gerät mit sich zu führen. Da die Genehmigung heimlich erteilt worden war, konnte der Gebrauch des Geräts erhebliche Konsequenzen nach sich ziehen, aber man würde das Vergehen nicht als schlimm genug betrachten, um einen Rechtsstreit mit den einflußreichen Lahui Kuikawa zu riskieren.

Fenn streifte seinen Rucksack ab und entnahm ihm den kastenförmigen Gegenstand, der auf den letzten Metern sein einziger Inhalt gewesen war. Damit müßte er sich Zutritt verschaffen können, es sei denn, irgend jemand hätte dagegen Vorkehrungen getroffen, die nie veröffentlicht worden waren. Seine Lippen verzogen sich zu einem grimmigen Lächeln. Er würde es gleich herausfinden.

Das Gerät unterschied sich von denen, die er aus seiner Zeit im Polizeidienst auf Luna kannte. Es hatte modifiziert werden müssen, um unter diesen Bedingungen zu funktionieren. Er streckte und krümmte seine eiskalten Finger, damit das Gefühl in sie zurückkehrte, während er in Gedanken noch einmal die Übungsdurchläufe rekapitulierte. Es war schon unter normalen Umständen eine schwierige und langwierige Arbeit. Er versank völlig in ihr. Über ihm zogen die Sterne unbemerkt ihre Bahnen.

Als das Tor zur Seite glitt, keine Lichter aufflammten und kein Alarm auf den Funkfrequenzen aufheulte, hatte Fenn das Gefühl, als stürzte er in einen tiefen Abgrund. Er blieb einen Moment lang reglos stehen, ohne richtig erfassen zu können, was er geschafft hatte.

Falls er es geschafft hatte. Sein Argwohn kehrte schlagartig zurück. Die Nacht war vollkommen still – zu still? Er verstaute das Gerät wieder in seinem Rucksack, zurrte ihn auf seinem Rücken fest, schaltete den Funkempfänger auf höchste Leistung und überprüfte alle Frequenzen. Stille dröhnte ihm entgegen. Er glitt durch das Tor, ging in die Hocke und spähte um sich. Nichts regte sich. Er schlich über den schwach erleuchteten Boden auf das dunkle Gebäude zu. Geisterhafte Staubwölkchen wirbelten um seine Stiefel auf. Eine Tür öffnete sich unter seiner Berührung. Dahinter erstreckte sich ein kahler Korridor, der sich ohne sein Zutun erhellte. Fenn betrat ihn und eilte zu der Luftschleuse, die in den mit einer atembaren Atmosphäre gefüllten Bereich der Station führte. Wieder öffnete sich das Außenschott bereitwillig, als er es berührte.

TRETEN SIE EIN, blinkte die Aufforderung auf einer

Anzeigetafel. INITIIEREN SIE DRUCKAUSGLEICH, WENN BEREIT.

Fenn ließ das Außenschott offen, lief zurück zum Eingangstor, schaltete den Sender seines Funkgeräts an und rief: »Kinna, wir sind drinnen! Komm schnell!« Seine Stimme war so laut, daß das Material des Helms vibrierte.

Die Langwellen umrundeten den Felsvorsprung, und Kinna sprang hervor. Fenn fand, daß sie sich selbst in ihrem Schutzanzug, mit Unmengen von Ausrüstungsgegenständen beladen, noch immer mit antilopenhafter Eleganz bewegte. Sie fielen einander lachend in die Arme, ihre Helme stießen geräuschvoll aneinander. Kinna warf ihm einen Kuß zu. Fenn konnte ihr Gesicht im Sternenlicht deutlich erkennen, ihr zerzaustes Haar, die großen Augen, die Stupsnase, den süßen Mund.

»Du hast es geschafft, du hast es geschafft!« sang sie.

»*Wir* haben es geschafft«, korrigierte er sie, »aber noch nicht alles erledigt. Komm.«

Der Konstruktionsplan der Station hatte sich in sein Gehirn förmlich eingebrannt. Er führte Kinna zur Luftschleuse. Als sie das Innere der Station betraten, bildete sich augenblicklich eine Rauhreifschicht auf ihren Schutzanzügen und Helmscheiben, die ihnen die Sicht nahm. Ein automatisches Heißluftgebläse ließ die Eiskristalle schnell wieder tauen und die Feuchtigkeit verdunsten. Sie lösten die Helme, klappten sie an den Scharnieren zurück und atmeten die geruchlose Luft ein. Außer ihnen gab es hier keine Spur von Leben.

»Jetzt kannst du mich küssen«, sagte Kinna.

Er befolgte ihren Befehl, doch der Kuß war nur kurz. »Wir sollten die Schutzanzüge lieber anlassen«, schlug er vor. »Könnte sein, daß wir überstürzt verschwinden müssen. Zieh nur die Handschuhe aus.«

Der Eingangsbereich und der anschließende Flur waren genauso kahl wie alles andere. Ein paar Räume waren möbliert, um menschlichen Besuchern als Unterkunft zu dienen, aber es mußte schon lange her sein, seit zuletzt jemand in diesen Sesseln gesessen, aus den Hähnen getrunken oder die Betten zerwühlt hatte. Ein Stückchen weiter stießen sie auf einen komplizierter ausgestatteten Raum. »Für Sophotekten, die eine solche Umgebung bevorzugen«, erklärte Fenn. Kinna erschauderte und eilte weiter.

Schließlich erreichten sie ein großes Gewölbe, das ebenfalls Sessel und einen Tisch enthielt, dazu Arbeitsflächen mit Terminals entlang der Wände. Die gesamte gegenüberliegende Wand wurde von einer Kontrollkonsole unter einer Reihe von Monitoren eingenommen, flankiert von zwei Vivifers.

»Da wären wir«, verkündete Fenn. Seine Stimme klang tonlos in der Stille. »Die Kommunikations- und Kommandozentrale der Station.«

»Sie ist ... nicht gerade gemütlich, nicht wahr?« wisperte Kinna.

»Ein Sophotekt hat alle Extras, die er sich wünscht, in sich, oder er besorgt sie sich, indem er sich mit dem Cyberkosmos draußen verbindet«, rief Fenn ihr in Erinnerung. »Menschen kommen nur selten hierher, und dann auch nur, um Fragen einzugeben, die nicht so leicht über Funk gesendet werden können.« Die Station ihrerseits konnte senden, aber nur über audiovisuelle Kanäle empfangen, die nicht mit den restlichen Systemen verbunden waren. Das war eine Sicherheitsvorkehrung gegen eine feindliche Übernahme durch Funkbefehle von außen.

Kinna straffte die Schultern. Sie hatte nicht vor, sich von der Umgebung einschüchtern zu lassen. »Du weißt, was zu tun ist«, sagte sie.

»Ich hoffe es.« Fenn zupfte an seinem Bart. »Aber wie ich dir schon erklärt habe, muß ich ultravorsichtig vorgehen. Ich glaube nicht, daß das System als streng geheim klassifizierte Daten auf eine simple Anfrage hin freigeben wird. Ich werde mich langsam vortasten müssen.« Er warf ihr ein wehmütiges Lächeln zu. »Amüsier dich in der Zwischenzeit, so gut du kannst, Liebes. Das wird wahrscheinlich Stunden dauern.«

Als er nach einer undefinierbaren Zeitspanne seine Konzentration für einen Moment unterbrach, sah er, daß es Kinna trotz der sperrigen Ausrüstungsgegenstände an ihrem Schutzanzug irgendwie gelungen war, sich in einem Lehnstuhl zusammenzurollen und zu schlafen. Er konnte sich vorstellen, wie sie als kleines Mädchen ausgesehen hatte.

Anfrage um Anfrage, Versuch um Versuch tastete er sich vorwärts. Die Anlage war eigentlich ein wissenschaftlicher Arbeitsplatz, ein Knotenpunkt in der Interferometrie, die das halbe Sonnensystem umspannte und Feuerwolken am Rand des beobachtbaren Universums vermaß. Sie spuckte bereitwillig Daten aus, meistens Zahlenkolonnen, mit denen Fenn nichts anfangen konnte.

Auch Informationen aus anderen Quellen wurden hier archiviert, um sie zu studieren, bevor sie in einen einzigen großen Zusammenhang gebracht wurden. Meßergebnisse aus dem gesamten elektromagnetischen Spektrum, Radiowellen im Kilometerbereich und Mikrowellen, Frequenzen im Infrarot-, Ultraviolett-, Röntgen- und Gammaspektrum und dem des sichtbaren Lichts ... kosmische Hagelschauer aus Partikeln, von Atomen losgerissen, aus harten Quanten geboren und hier und da im Vakuum entstanden ... Gravitationswellen, Spuren von Sternenmonstren, die rasend schnell rotierten oder im Todeskampf zerbarsten, von zusammenstoßenden Neutronenzwergen oder kollabierenden Schwarzen Löchern ... Bilder aus natürlichen Gravitationslinsen, die galaktische Cluster, Einzelgalaxien, Dunkle Körper im Halo der Milchstraße oder die irdische Sonne waren ...

Die Struktur und der Aufruhr des galaktischen Zentrums, in dem seit Milliarden von Jahren ein Kampf tobte, der noch Abermilliarden Jahre in ferner Zukunft währen würde ...

Der Bildschirm erlosch. »Ende dieser Serie«, klang die unpersönliche Roboterstimme auf. »Möchten Sie mit Daten von anderen Stationen fortfahren?«

»Ja«, sagte Fenn heiser, weil es das war, was ein normaler Besucher tun würde.

Er forderte Erläuterungen an und erhielt sie.

Die Solarlinse im Drachen hatte Anzeichen für Planeten in der Kleinen Magellanschen Wolke entdeckt, flüchtig aber durch diese und jene Interferometrie bestätigt, Quelle SMG.j.175 ... Die Solarlinse in der Jungfrau ...

Nicht nur der Datenfluß der Linse im Stier hatte aufgehört. Zwar war er als einziger völlig versiegt, aber auch in den Aufzeichnungen von drei weiteren Linsen klafften unübersehbare Lücken. »Gibt es ein Problem mit diesen Linsen?« wagte Fenn zu fragen.

»Die gemeldeten Beobachtungen weisen Anomalien auf«, antwortete der Roboter. »Weitere Nachforschungen werden durchgeführt. Die Resultate werden zu gegebener Zeit veröffentlicht.«

Du lügst, ohne mit einer nicht vorhandenen Wimper zu zucken, dachte Fenn. Aber das wurde dir befohlen. Wie umfassend sind diese Befehle?

Seine Finger glitten über die Konsole. Bisher, so hoffte er, hatte er die Rolle des autorisierten menschlichen Wissenschaftlers überzeugend gespielt. Wie weit konnte er das Spiel noch treiben?

Ein Wissenschaftler, wie er ihn spielte, würde normalerweise nicht die zurückgehaltenen Informationen anfordern. Wenn er es tat, würde sich der Roboter mit der Zentrale in Verbindung setzen und nachfragen, ob er die Daten freigeben sollte. Fenn mußte ihm einen Prioritätsbefehl eingeben, ohne eine Reaktion auszulösen, die er auch als Mißtrauen bezeichnen könnte. War er dazu in der Lage? Der Roboter verfügte über eigenes Urteilsvermögen, das innerhalb seiner begrenzten algorithmischen Funktion sehr leistungsfähig war. Wenn er einen Alarm auslöste oder auch nur eine schlichte Anfrage an die Zentrale stellte, würde sie ihn bestimmt anweisen, unverzügliche Gegenmaßnahmen zu ergreifen, sich bestenfalls einfach abzuschalten, schlimmstenfalls den Eindringlingen das Verlassen der Station zu verwehren.

Und kurz darauf würde auch schon die Polizei auf dem Weg sein.

Fenn hatte vor seinem Abflug von der Erde alle verfügbaren Informationen studiert. Es war eine brutale Prozedur gewesen, das Wissen mit Hilfe von chemischen und elektrischen Stimulanzen abnorm schnell im Gehirn abzuspeichern. Er besaß weder die Intuition noch die Begabung, die der Erfahrung entspringen. Allerdings hatte er sich durch seine Arbeit als Polizeidetektiv und später als Raumfahrer Wissen und Fähigkeiten angeeignet, die der eines Wissenschaftlers nicht unähnlich waren. Diese Maschine und ihr Programm waren ihm nicht völlig fremd.

Er drückte Tasten, artikulierte Befehle, betrachtete die Ergebnisse auf dem Bildschirm und sah, wie sich ein Muster herausbildete. Mit trockenem Mund bereitete er den Code vor, der den Befehl *Priorität, keine Kommunikation außerhalb der Station* beinhaltete, und schickte ihn ab. »Wir benötigen die anomalen Daten für eine neue Untersuchung«, krächzte er.

»Erlaubnis zur Einsicht erteilt«, sagte die Roboterstimme.

Fenns Herz hämmerte. Einen Moment lang war ihm schwindlig.

»Wünschen Sie eine optische Darstellung?« fuhr der Roboter fort. »Bei durchschnittlicher menschlicher Lesegeschwindigkeit beträgt die Laufzeit etwa dreißig Stunden.«

Natürlich, dachte Fenn. Kein richtiger Wissenschaftler würde eine zusammenfassende Erklärung von Daten anfordern, die angeblich in sein Fachgebiet fielen. Also mußte er sie in dieser Form akzeptieren und darauf vertrauen, daß er später eine qualifizierte Person fand, die sie für ihn interpretierte.

»Nein«, sagte er. Sein Herz hämmerte immer noch. »Überspiel die Daten auf eine Speicherkarte. Wir werden das Material mitnehmen.«

»Das ist unvereinbar mit den Geheimhaltungsvorschriften.«

Die Ernüchterung war wie ein Schlag in die Magengrube. Es war ihm nicht gelungen, die grundlegende Einschränkung der Informationsfreigabe zu knacken.

»Ich muß darüber nachdenken«, sagte er und unterbrach das Programm.

Minutenlang lief er auf und ab, fluchte vor sich hin, ließ sich in den einen oder anderen Sessel fallen und sprang gleich wieder auf, kämpfte sich durch ein Gestrüpp von Gedanken und Ideen, die ihm immer wieder zu entgleiten und ihn zu verspotten schienen. Die Erleuchtung kam nicht von einer Sekunde auf die andere. Schritt für Schritt zerrte er Ideen hervor, die funktionieren konnten oder auch nicht, wog sie ab, verwarf sie wieder oder paßte sie mehr oder weniger gewaltsam in ein Gedankengebäude ein, bis er schließlich eine Strategie ausgearbeitet hatte. Vielleicht würden dem Roboter seine nächsten Befehlseingaben und Fragen plausibel erscheinen. Vielleicht würde er nicht blockieren oder Alarm schlagen, sondern ihm gehorchen.

Fenn murmelte einen letzte Verwünschung und kehrte an die Konsole zurück.

Kinna war sofort hellwach, als er ihre Wange berührte. Sie sprang auf.

»Wieviel hast du gesehen oder gehört?« fragte er.

»Ich fürchte, ich bin schon ziemlich am Anfang eingeschlafen«, sagte sie. Sie streckte sich, um ihre verkrampften Muskeln zu lockern. »Ich bin keine Robotikerin.«

»Ich auch nicht.« Wer, außer dem Cyberkosmos selbst, war das schon? »Aber ich habe etwas geschafft.«

Sie umklammerte seinen Arm. »Was?«

»Ich habe mich zu einem Punkt vorgearbeitet, an dem die Maschine bereit sein wird, die Geheimhaltungsdirektive zu mißachten. Sie wird alle Daten der Linsen freigeben, die sie bisher zurückgehalten hat. Mit anderen Worten, die verbotenen Sachen.«

»Fenn, du hast gewonnen!« jubelte Kinna triumphierend.

Er hob beschwichtigend eine Hand. Kinna bemerkte seinen verkniffenen Gesichtsausdruck und verstummte.

»Das bedeutet, alle Daten«, sagte er ernst. »Sieh mal, ich kann nicht beurteilen, was irgend etwas davon bedeutet, deshalb muß ich sie alle anfordern. Ein Wissenschaftler würde das tun, und ich habe mich als ein Wissenschaftler mit Zugriffsberechtigung ausgegeben. Aber die Daten in eine Speicherkarte zu überspielen, die wir mitnehmen könnten, widerspräche dem Sinn der Geheimhaltung. Ich konnte nicht darauf bestehen. Der Roboter könnte zu leicht ... skeptisch werden, die Sicherheitssysteme überprüfen, keine Einträge über unsere Ankunft und kein Flugzeug auf der Landebahn entdecken. Also habe ich mich so weit durchgemogelt, daß ich die Sicherheitdirektive vollständig außer Kraft setzen kann. Dann aber macht es nur Sinn, die Informationen direkt in die öffentlichen Datenbanken zu überspielen, nicht wahr? Alles andere würde unlogisch erscheinen und vermutlich eine Sicherheitskontrolle oder eine Anfrage beim sophotektischen Zentralgehirn des Mars oder gleich beides auslösen. Also bin ich das Risiko eingegangen, die Verbindung zu dem Roboter noch einmal zu unterbrechen, bis wir eine Entscheidung getroffen haben. Ich habe ihm gesagt, ich müßte meinen Vorgesetzten konsultieren.« Er grinste schief. »Dieser Vorgesetzte bist du.«

»Nein ... Worauf wartest du noch? Mach weiter.«

Fenn seufzte. »Du hast geschlafen. Nimm dir eine Minute Zeit und denk nach. Wir haben ausgiebig über das alles gesprochen, über die Verantwortung und die Möglichkeit, daß der Cyberkosmos recht haben könnte und das Geheimnis lieber gewahrt bleiben sollte. Wir hatten vor, die Wahrheit herauszuschmuggeln, damit sich einige wenige Leute wie wir ein Bild von der Situation machen können, bevor wir weitere Schritte unternehmen. Aber das geht jetzt nicht mehr. Jetzt heißt es, alles oder nichts, jeder oder keiner. Das könnte uns zu den größten Verbrechern der Welt machen, verstehst du? Ich habe erwartet, daß die Lahui Kuikawa mir dankbar sein und ihren Einfluß einsetzen würden – Berufung auf die Informationsfreiheit, Schadensersatzforderungen gegen die Synese –, um uns notfalls aus dem Gefängnis zu holen. Aber vielleicht werden sie das nicht tun.«

Was auch immer geschieht, ich werde versuchen, die ganze Schuld auf mich zu nehmen, dachte er. Ich werde versuchen, deinen Anteil an diesem Unternehmen zu verheimlichen. Obwohl ich bezweifle, daß mir das gelingen wird. Ich glaube nicht, daß du das zulassen würdest.

Kinnas Hände ballten sich zu Fäusten. »Warum soll . . . gerade ich das entscheiden?«

»Weil ich weitermachen würde«, sagte Fenn. »Aber ich weiß auch, daß ich rücksichtslos und egoistisch bin.«

»Das ist nicht wahr!« protestierte sie. »Du bist der freundlichste und großzügigste . . .«

»Ein Teufel bin ich. Ich bürde dir die ganze Last auf. Wir können sonst niemanden fragen, die Zeit läuft uns davon, und wie wir uns auch entscheiden, ich trage die Schuld. Aber du bist ein unendlich viel besserer Mensch als ich, und deine Einschätzung wird eher richtig sein als meine.«

Eine Weile stand Kinna stumm da, dann hob sie den Kopf, sah ihn an und sagte ziemlich ruhig: »Ich glaube nicht, daß es hier letztlich um richtig und falsch geht, Fenn. Aber da ist die Wahrheit und das Recht, sie zu erfahren. Also mach weiter.«

Mitternacht war längst vorbei, als sie die Station gemeinsam verließen. Der Marsch durch die Dunkelheit würde gefährlich werden, aber zwei Menschen, die einander halfen, konnten langsam vorankommen, und schließlich würde die Sonne aufgehen und den Rest des Weges zu ihrem Lager erhellen.

KAPITEL 24

Als sie ihr Zelt erreichten, waren sie gerade noch in der Lage, sich zu waschen, ein paar Lebensmittel in den Kochtopf zu werfen, sie hinunterzuschlingen und danach auf der Stelle einzuschlafen. Sie verschliefen den Rest des Tages und die Nacht und wachten lange vor dem nächsten Sonnenaufgang wieder auf. Was sie einander in der Dunkelheit zuflüsterten, dachte Fenn, ging niemanden außer ihnen etwas an, und niemand würde jemals etwas davon erfahren.

Am frühen Morgen überließ er es Kinna, den Rest ihrer Ausrüstungen zusammenzupacken, während er das Einbruchsgerät unter losem Geröll versteckte. Er gab sich Mühe, die Steine so aufzuhäufen, daß die Ansammlung natürlichen Ursprungs zu sein schien, und seine Spuren wieder zu verwischen. Sobald die Behörden die Manipulation der Sternennetzstation entdeckten, würden sie ahnen, wie der Einbruch durchgeführt worden war, aber warum sollte er ihnen das Beweismittel freiwillig überlassen?

Ursprünglich war er davon ausgegangen, daß seine – und jetzt auch Kinnas – Rolle bekannt werden würde, es sei denn, die Lahui beschlossen, die gewonnenen Informationen auch weiter unter Verschluß zu halten. Angesichts einer derart sensationellen Angelegenheit, bei der es um verfassungsmäßige Prinzipien ging, war er einigermaßen zuversichtlich gewesen, was ihre juristischen Möglichkeiten betraf. Manu Kelani hatte ihm versichert, daß die Lahui Kuikawa bereit wären, einen Handel abzuschließen, die Niederschlagung aller Anklagen gegen ihre Agenten im Austausch dafür, daß sie darauf verzichten würden, einen Prozeß gegen die Synese und ihre Vertreter anzustrengen. »Auf diese Art wurde das Gleichgewicht der Kräfte in der Gesellschaft schon immer aufrechterhalten«, hatte der *kahuna* traurig festgestellt.

Aber so, wie sich die Ereignisse entwickelt hatten,

würde die gesamte Welt unvermittelt mit vollendeten Tatsachen konfrontiert werden. Zweifellos würde es starke Verdachtsmomente gegen die Verantwortlichen geben, aber wäre es angesichts der Umwälzungen und Unruhen überhaupt noch lohnenswert oder gar klug, sie überführen zu wollen? Fenn war völlig zufrieden damit, anonym zu bleiben, um so mehr, als daß Kinna betroffen war. Sollten die Lahui Kuikawa ihn dafür zur Rechenschaft ziehen, seine Kompetenzen so weit überschritten zu haben, würde zumindest Kinna auf dem Mars in Sicherheit sein.

Das alles setzte jedoch voraus, daß man sie nicht bereits hier auf dem Berg aufspürte und verhaftete. Es stand völlig außer Frage, daß sie unbemerkt bleiben würden. Beobachtungssatelliten mußten sie bereits entdeckt und den Besatzungsstreitkräften gemeldet haben. Vermutlich hatte man sie als unwichtig eingestuft. Aber sobald das Mißtrauen erwachte, würden ein oder zwei Flugzeuge auftauchen, um einen genaueren Blick auf sie zu werfen.

Zwar gab es in dieser Gegend kaum Landeplätze, aber das spielte keine Rolle. Bei Bedarf konnten ausgebildete Polizisten mit Jetpacks abspringen. Welchen Widerstand würden zwei Leute, die zu Fuß unterwegs waren, schon leisten können oder *wollen*? Fenn hatte nicht vor, auf Polizisten zu schießen, unter keinen Umständen.

Während er sich zwischen Kinna und dem Lastenroboter dahinschleppte, kam er zu der Überzeugung, daß dieser Fall nicht eintreten würde, denn sonst wäre es längst schon dazu gekommen. Die Behörden schienen kein größeres Interesse am Pavonis Mons zu haben, trotz des Überfalls auf die Station, trotz der Möglichkeit, daß sich hin und wieder Inrai hier blicken lassen könnten, trotz ... obwohl es Gründe genug gab. Diese Gleichgültigkeit, diese geradezu verblüffende Sorglosigkeit war schon irgendwie merkwürdig.

Oder war es bewußte Politik? Fenn erinnerte sich an Chuans Begründung, weshalb die Republik keine Vergeltungsmaßnahmen gegen den brutalen Überfall der

Inrai auf den Transporterconvoy durchgeführt hatte. Die Guerillas hatten eine verheerende Niederlage einstecken müssen. Danach war es wahrscheinlich am klügsten gewesen, sie einfach zu ignorieren. So konnte man ihre Moral und die Unterstützung der Bevölkerung im Dreierreich unter Umständen schneller brechen, als durch irgendwelche gezielten Aktionen. Vielleicht aber war das auch nur eine Überlegung des Cyberkosmos gewesen, die Chuan, sein menschlicher Arm auf dem Mars, vertrat.

Trotzdem fühlte sich diese Haltung irgendwie nicht menschlich an. Zumindest erschien sie zu nachsichtig. Teilten die Kommandanten der Besatzungstruppen diese Einstellung? Und wenn nicht, hatten sie im Haus Ethnoi dagegen protestiert? Der Cyberkosmos gab lediglich Empfehlungen, er fällte keine Entscheidungen. Die Legislative konnte ihn jederzeit überstimmen. Offensichtlich hatte sie das bisher nicht getan. Nun, der Cyberkosmos konnte unglaublich überzeugend sein. Fenn nahm sich vor, mit David Ronay darüber zu sprechen, sobald er nach Hause kam.

Nach Hause ... Er hob den Kopf, und sein Blick fiel auf Kinna. Ihr Helm glitzerte unter dem riesigen indigofarbenen Himmel. Kinna, die auf dem Heimweg war, zusammen mit ihm.

Seine Gedanken kehrten zu dem Rätsel um den Pavonis Mons und die Haltung des Cyberkosmos zurück, wie ein Hund, der über einen vergrabenen Knochen wacht. Die Spannung und die Anstrengungen, in die Station einzudringen, lagen hinter ihm. Nach einem ausgiebigen Schlaf und Muße, alles noch einmal gründlich zu überdenken ...

»Es war so unheimlich einfach«, sagte er, als sie eine Pause einlegten.

»So würde ich das nicht nennen«, erwiderte Kinna. »Hätte das irgend jemand außer dir durchziehen können?« Ihr Lachen klang fröhlich und glockenhell, irgendwie unpassend in dieser lebensfeindlichen Landschaft. »Nein, irgend jemand außer uns beiden?«

Sie saßen auf den in ihre Schutzanzüge eingebauten Hockern. Vor ihnen erstreckte sich ein Schlackefeld bis zu einer steil abfallenden Felskante. Hinter ihnen stieg der Hang an, übersät mit Felsen und Geröllhalden, die den Blick in die Richtung, aus der sie gekommen waren, begrenzten. Getrockneter Schweiß ließ Fenns Haut jucken, stieg ihm beißend in die Nase. Der Hunger wühlte in seinen Eingeweiden, da sie unterwegs nichts aßen. Er trank einen Schluck abgestandenes Wasser und knurrte: »Ich hatte nicht erwartet, daß wir keine Chance haben würden, sonst hätte ich mich gar nicht erst auf diese Sache eingelassen. Das ist wohl klar. Trotzdem finde ich es überraschend, daß ich auf keine Sicherungen gestoßen bin, wie ich sie selbst dort eingerichtet hätte. Und jetzt, nachdem wir auf dem Rückweg sind, fallen mir noch etliche mehr ein. Warum hat das große sophotektische Gehirn, das die ganze Anlage entworfen hat, nicht daran gedacht?«

»Ich nehme an, es *hat* daran gedacht, sie aber nicht für nötig befunden.« Kinna verzog das Gesicht. »Du darfst nicht vergessen, wie die Station sich ... verteidigt hat.«

»Und die Möglichkeit, daß sich jemand heimlich hineinschleichen könnte, einfach ignoriert? Das erscheint mir schlampig.«

»Niemand, den ich kenne, hat dem Cyberkosmos jemals Schlampigkeit vorgeworfen«, stellte Kinna nachdenklich fest. Fenn beobachtete sie und wünschte sich, sie müßten nicht die Schutzanzüge und all diese Ausrüstungsgegenstände mit sich herumschleppen. Schließlich seufzte sie, lächelte schwach und sagte: »Aber trotz seiner gewaltigen Kapazität ist er in gewisser Weise unschuldig.«

»Häh ...?«

»Das sophotektische Bewußtsein ist *gut*, Fenn. Wie das eines uralten Buddhas. Es ist rein, es ist nicht zu Haß, Wut, Gier oder irgendeiner dieser animalischen Empfindungen fähig, wie wir sie kennen. Es existiert ... es lebt nur, um Erleuchtung zu erlangen, und alles, was es von uns erwartet, ist, daß wir seine Hilfe akzeptieren und irgendwann seine Lehren annehmen, soweit wir dazu fähig sind.«

»Hmm ...«, brummte Fenn. Er fragte sich, wieviel von dieser Überzeugung Kinnas Zuneigung zu Chuan entsprang.

»Ich weiß nicht, wie gut es sich in einen kriminellen Verstand hineinversetzen kann.« Sie stockte kurz und fügte dann hastig hinzu: »Oh ... nicht, daß du, ich wollte damit nicht sagen ...«

»Schon gut, ich weiß, was du meinst.« Er tätschelte ihre Hand. »Aber die Effektivität von Sicherheitssystemen ist im Prinzip ein rein technisches Problem. Warum hat der Cyberkosmos auf diesem Gebiet keine bessere Arbeit geleistet?«

»Sieh mal, du sprichst von ›dem‹ Cyberkosmos, aber du weißt selbst, daß er eigentlich nicht daran beteiligt war. Menschen und ein oder zwei spezialisierte Sophotekten waren vermutlich dafür verantwortlich. Der menschliche Beitrag an den Verteidigungseinrichtungen könnte größer gewesen sein, als du glaubst. Warum denn nicht? Schließlich ging es darum, Vorkehrungen gegen ein unbefugtes Eindringen von *Menschen* zu treffen.« Kinnas Stimme wurde lebhafter. »Die Abwehrsysteme, die die Inrai zurückgeschlagen haben«, fuhr sie voller Überzeugung fort, »waren ausschließlich für den Fall eines Meteoriteneinschlags gedacht, nicht für den eines Angriffs durch bewaffnete Menschen. *Trouvour,* diese alten Schrecken liegen so weit hinter uns, wir haben so lange in Frieden und Vertrauen gelebt, daß wahrscheinlich niemand auch nur im Traum mit einem gewaltsamen Angriff gerechnet hat.«

Wir haben keineswegs in einem solchen Zustand gelebt, dachte Fenn, und das von Jahr zu Jahr weniger.

»Was mir Sorgen macht, ist, wie es jetzt weitergehen wird«, kam Kinna seinem Einwand zuvor. »Weiß der ... gut, bleiben wir bei der Bezeichnung Cyberkosmos ... weiß er, daß sein Geheimnis mittlerweile allgemein verfügbar ist?«

»Wir gehen beide davon aus, daß er es noch nicht

weiß«, sagte Fenn. »Und bisher werden wir noch nicht gejagt, was sich vermutlich sofort ändern würde, wenn er Bescheid wüßte.«

Kinna nickte. »Richtig. Er überwacht nicht alle Eingaben in die öffentlichen Datenbanken. Davon gibt es einfach zu viele in jeder Sekunde. Und höchstwahrscheinlich hat bis jetzt noch niemand die Daten entdeckt, sonst würde es ein weltweites Geschrei geben. Richtig? Glaubst du, daß es noch vor unserer Rückkehr passieren wird?«

Fenn zuckte die Achseln. »Keine Ahnung. Früher oder später wird irgendein Astronom oder ein anderer Wissenschaftler, der Daten anfordert, zwangsläufig darüber stolpern.« Sollte das zufällig ein Sophotekt sein, dachte er, würde der Zugriffspfad mit Sicherheit sofort gesperrt werden, bis die Datei gelöscht worden war. Aber der Cyberkosmos benutzte in der Regel seine eigenen Datenspeicher für wissenschaftliche Zwecke, oder? »Auf dem Mars gibt es nicht allzu viele Leute, die dafür in Frage kommen.«

Kinna beugte sich vor. »Also besteht eine recht große Wahrscheinlichkeit, daß wir beide die ersten sein werden, die die Daten abrufen, nicht wahr? Und dann können wir sie irgend jemandem bringen, der sie interpretieren kann, und dann entscheiden, was wir damit anfangen wollen, so wie wir es ursprünglich vorgehabt haben.«

»Was, wenn wir entscheiden, daß sie doch nicht veröffentlicht werden sollen?«

»Dann werde ich Chuan Bescheid sagen und ihn um Entschuldigung bitten«, erwiderte Kinna mit kindlicher Unschuld.

Er hatte genau diese Antwort erwartet und fragte sich, wie er darauf reagieren sollte. Während er sich noch eine Antwort überlegte und seine eigenen Gefühle zu ergründen versuchte, sprang Kinna plötzlich auf. Die Sitzstreben ihres Schutzanzugs zogen sich automatisch zusammen und verschwanden augenblicklich. Sie hob einen Arm und deutete in den Himmel. »Da oben!« rief sie.

Fenn folgte ihrem ausgestreckten Arm und sah Sonnenlicht auf Metall aufblitzen. Die Entfernung ließ das Flugzeug winzig erscheinen, aber die breiten Flügel, die riesigen Ansaugöffnungen und der insektenartige Rumpf zeichneten sich messerscharf in der dünnen Luft ab.

Alle Nervenbahnen seines Körpers vibrierten wie elektrisiert. Er griff nach seinem Gewehr, ließ die Hand auf halbem Weg wieder sinken und krächzte: »Polizei?«

»N-nein. Keine offizielle Maschine. Die Form ... keine Kennzeichnung. Ein Privatflugzeug. Wie Hunderte in dieser Gegend.«

Das Flugzeug drehte eine Schleife und sank tiefer, flog über sie hinweg. »Auch keine ... Ausflugsmaschine.« Kinnas Stimme stockte. »Wer würde auch schon in diesen Zeiten einen Ausflug machen? Es müssen Inrai sein, drei oder vier an Bord. Sie brauchen Flitzer, um die Gegend in überschaubaren Zeiträumen absuchen zu können.«

Sie erhöhte die Amplitude ihres Senders. Fenn wollte sie schon daran hindern, als ihm bewußt wurde, daß das sinnlos war. Die Unbekannten über ihnen hatten sie bereits im Visier. Kinna hob den Kopf, als wäre die marsianische Luft atembar und könnte ihren Ruf übertragen. »Hola, hola! Hier ist Kinna Ronay! Ich bin eine Bekannte von Scorian und mit Elverir aus Belgarre befreundet. Bitte melden, bitte melden!«

Sie fügte irgend etwas auf Lunarisch hinzu, das Fenn nicht verstand.

Das Flugzeug stieg wieder in die Höhe, flog weiter und verschwand hinter dem nahen Horizont.

Fenn legte ihr eine Hand auf die Schulter. »Vielleicht sind sie einfach nur vorsichtig.« Der Klang seiner Stimme erschien ihm selbst mechanisch.

»Also ...« Kinnas Tonfall wurde zuversichtlicher. »Ja, natürlich. Wahrscheinlich sind sie gekommen, um etwas aus einem ihrer Verstecke zu holen, oder um die Gegend auszukundschaften oder ... um sich selbst zu beweisen, daß sie noch nicht geschlagen sind. Natürlich sind sie argwöhnisch. Sie sehen zwei Fremde, die unverkennbar Terraner sind. Woher sollen sie wissen, was das zu bedeuten hat, ob es eine Falle oder die Vorhut einer Gegenoffensive ist? Sie werden sich umsehen und vergewissern wollen, daß keine Gefahr besteht, einen sicheren Landeplatz suchen und ihr Lager aufschlagen. Danach ... aber ich schätze, bis dahin werden wir schon verschwunden sein.«

»Hoffen wir es«, sagte Fenn.

Sie starrte ihn an. »Du nimmst das sehr ernst, nicht wahr? Warum?«

»Ich bin eben von Natur aus mißtrauisch«, gab er kurzangebunden zurück. »Ich könnte mich täuschen, und im Moment hätte das auch keine konkreten Auswirkungen. Komm, wir sollten uns lieber wieder auf den Weg machen.«

Viel zu spät war ihm eingefallen, was für eine leichte Beute sie darstellten, aber das wollte er Kinna gegenüber nicht erwähnen. Zwecklos. Mit etwas Glück würden sie ihr Flugzeug am nächsten Tag erreichen und nach Hause fliegen können.

Doch von jetzt an beobachtete er das Gelände, das sie durchquerten, besonders sorgfältig. In dieser kahlen Einöde würde es schwer sein, einen Hinterhalt zu legen. Trotzdem nahm er sich vor, einen großen Bogen um alle Stellen zu machen, die für einen Hinterhalt in Frage kommen könnten, und in der Zwischenzeit merkte er sich jeden Fleck, der sich als Deckung eignete.

Nachdem sie gegessen hatten, saßen sie noch eine Weile in ihrem Zelt. Jetzt, da das Ende ihrer Reise unmittelbar bevorstand und sie noch ausreichend Vorräte hatten, verzichteten sie darauf, sparsam mit ihren Energiereserven umzugehen. Kinna ließ eine Heizspirale des Kochers glühen, während sie die Beleuchtung ausschaltete. Dadurch wurde die Luft im Zelt wärmer als durch die Heizelemente in der Plane allein.

Das schwache rötliche Leuchten in der Dunkelheit

machte die Konturen ihres Gesichts weicher. »Wie ein Feuer«, sagte sie.

Fenn hörte die Sehnsucht in ihrer Stimme. Sie hatte noch nie ein Kamin- oder ein Lagerfeuer erlebt, höchstens als Simulation. Dagegen würde er etwas unternehmen, wenn er sie auf der Erde herumführte.

Er dachte daran, ihr ein Versprechen zu geben, doch dann überlegte er es sich anders. Wenn er jetzt irgend etwas Intimes sagte, konnte es leicht passieren, daß er einen Schritt zu weit ging, bevor er es bemerkte. Sie würde bestimmt keinen Anstoß daran nehmen, aber vielleicht ihre innere Zurückhaltung verlieren, und er wollten nach ihren Regeln spielen, den Regeln ihrer Welt.

»Morgen werden wir schon wieder in der Luft sein«, sagte er lahm in die Stille hinein.

Kinna lächelte. »Und am nächsten Abend in anständigen Betten schlafen.«

»Ein anständiges Bett ...« Verdammt! Jetzt war er doch wieder übers Ziel hinausgeschossen. »Tut mir leid«, murmelte er.

Er konnte im schwachen Licht nicht erkennen, ob sie errötete, aber sie sah ihn unverwandt an. »Bald, Liebster«, sagte sie leise.

Ich sollte lieber einen anderen Kurs einschlagen und in sicherere Gewässer steuern, dachte Fenn. »Jedenfalls werde ich *matua* froh sein, in die Zivilisation zurückzukehren.«

»Ich auch, wenn das ›sehr‹ heißt.« Sie schwieg einen Moment lang. »Und trotzdem nicht so froh wie darüber, daß wir hierhergekommen sind.«

»Hmm-mh. Ja, es war schon ein ... äh ... ein Erlebnis.«

»Wir haben etwas Schwieriges und Riskantes getan, etwas von großer Bedeutung ... und wir haben es gemeinsam getan.« Tränen schimmerten in ihren Augen. »Das macht mich unbeschreiblich glücklich. Wir werden zusammen sein. Für immer.«

Als die Sonne aufging, brachen sie das Lager ab, beluden den Roboter, schnallten sich das restliche Gepäck auf den Rücken und zogen weiter. Gegen Mittag erreichten sie das Flugzeug und erlebten eine unangenehme Überraschung.

KAPITEL 25

Vom Kamm eines langgestreckten Geröllhügels aus konnten sie das ebene Felsband in etwa einem Kilometer Entfernung sehen, auf dem ihr Flugzeug stand. Es leuchtete grell unter dem indigofarbenen Himmel im Licht der kleinen im Zenith stehenden Sonne. Fenn schirmte seine Augen mit einer Hand ab und erstarrte.

»Oh … oh …«, murmelte er. »*'A'ole maika'i.*«

Einen Moment lang spürte er Übelkeit in sich aufsteigen, die sofort von einer Welle des Zorns hinweggespült wurde. Das hätte nicht passieren dürfen! Wie konnten diese Halunken es nur wagen?

Sein Zorn verwandelte sich in grimmige Entschlossenheit. »Das ist gar nicht gut«, wiederholte er seine Worte auf Anglo.

Kinna war bereits stehengeblieben und zog ihr Fernglas hervor. Als Fenn zu ihr aufgeschlossen hatte, reichte sie es ihm stumm mit kalkweißem Gesicht. Er starrte hindurch und entdeckte eine vor dem Flugzeug aufgeschichtete Steinmauer, dahinter vier Gestalten in Schutzanzügen, die Gewehre in den Händen hielten.

»Sie haben uns überholt, um hier auf uns zu warten«, sagte er überflüssigerweise mit ausdrucksloser Stimme.

Hier oben auf der Hügelkuppe waren sie nicht zu übersehen. In ihren Helmlautsprechern klang eine männliche Stimme mit lunarischem Akzent auf. »Aou, Ihr beiden. Wir möchten mit Euch sprechen.«

»Warum, zum Teufel, haben Sie sich dann so verbarrikadiert?« rief Fenn zurück.

»Wir müssen Vorsicht walten lassen. Weder wissen wir, wer Ihr seid, noch was Ihr hier tut.«

»Ich glaube, daß Ihr mich kennt«, erwiderte Kinna. Ihre Stimme wurde ruhiger. »Ich habe Euch gestern über Funk gerufen, als Ihr über uns hinweggeflogen seid. Kinna Ronay aus Sananton nahe Eos. Ich bin ein Freund.«

»Tatsächlich?« Der Tonfall des Lunariers klang sarkastisch.

»Ich bin kein Feind. Das solltet Ihr wissen, wenn Ihr Inrai seid.« (Was sonst sollten sie sein? dachte Fenn.) »Elverir aus Belgarre ...«

»Elverir!« Der Mann stieß den Namen voller Verachtung hervor. »Kommt näher!« befahl er.

»Einen Teufel werden wir tun!« fauchte Fenn. Er warf Kinna einen kurzen Blick zu. »Wenn wir das tun«, erklärte er ihr, »sind wir ihnen hier auf dem Hang hilflos ausgeliefert, und sie können hinter ihrer Mauer in Deckung gehen.« Er wandte sich wieder den Lunariern zu. »Sie können zu uns kommen, wenn Sie wollen. Aber verhalten Sie sich friedlich.«

»Ihr seid kaum in der Position, Forderungen zu stellen«, sagte der Lunarier. »Nehmt dies als Warnung.«

Es gab kein Aufblitzen und auch kein Geräusch in dieser hauchdünnen Luft, aber von einem Schlackebrocken in der Nähe flogen Splitter auf, und dort, wo die Kugel eingeschlagen war, funkelte es.

»Ein Schuß!« rief Fenn Kinna für den Fall zu, daß sie nicht begriffen hatte. »Zurück! Die sind zu allem entschlossen!«

Er zerrte an ihr. Sie machte einen Satz. Gemeinsam liefen sie den Hang auf demselben Weg hinab, den sie gerade erst hinaufgestiegen waren. »Komm mit!« befahl Fenn dem Roboter. »Mir nach!« Er übernahm die Führung.

Nach etwa hundert Metern gelangten sie in eine Art Schacht mit einem Durchmesser von rund zehn Metern, der auf drei Seiten von übereinandergetürmten Felsbrocken umgeben war. Der Boden dazwischen war mit kleineren Steinen übersät. Die Rückseite bestand aus einem überhängenden Lavablock und war so tief in Schatten getaucht, daß eine noch dunklere Stelle an seinem Fuß beinahe unsichtbar war. Fenn stieß Kinna darauf zu. Sie entdeckte eine kleine Höhle, vielleicht zwei Meter hoch und drei Meter tief, wahrscheinlich durch eine Gasblase oder einen Spannungsbruch entstanden, als der Pavonis Mons aus den Eingeweiden des Planeten emporgequollen war.

»Gut, daß ich auf solche Verstecke geachtet habe«, keuchte Fenn. »Einigermaßen gut zu verteidigen. Wenn wir versucht hätten, über die Hänge davonzulaufen, hätten die Inrai uns erwischen können. Aber jetzt müssen wir so viel Geröll wie möglich vor dem Eingang aufstapeln.« Er bückte sich und begann, Felsbrocken vom Boden aufzusammeln.

Einen Moment lang stand Kinna verblüfft über ihm. Er hörte den Schrecken, nein, den Schmerz in ihrer Stimme. »Uns erwischt ... auf uns geschossen? Nein! Das kann nicht sein! Was wollen sie von uns?«

»Unser Flugzeug und den Roboter. Die Banden haben nicht mehr viel Nachschub, oder?« Er rammte die Steine so heftig auf den Haufen vor dem Eingang, daß er glaubte, das Klappern hören zu können. »Und vielleicht wollen sie sogar noch mehr.«

Als Kinna immer noch keine Anstalten machte, sich zu regen, was völlig untypisch für sie war, richtete er sich auf. Entsetzen spiegelte sich in ihrem Gesicht wider, ihre Augen waren starr, ihre Nasenflügel bebten, ihr Mund bewegte sich krampfartig unter hastigen Atemzügen. Ja, sie weiß, was den Wachposten der Karawane in der Tharsis zugestoßen ist, begriff er. Er umklammerte ihre Schultern. »Hab keine Angst«, knurrte er. »Sie werden es nicht schaffen. Ich habe nicht vor, ihnen irgendeine verdammte Sache in die Hände fallen zu lassen.«

Sie erschauderte einmal, atmete tief durch und erwiderte seinen Blick. »Danke, *trouvour*«, sagte sie leise. Dann machte sie sich daran, die Barrikade vor dem Eingang zu erhöhen.

Fenn half ihr nicht sofort dabei, sondern wandte sich dem Roboter zu. »Übermittle folgende Nachricht auf den Langwellenfrequenzen der Polizei: ›Kinna Ronay und Fenn in Not. Brauchen dringend Hilfe. Wir werden auf dem Pavonis Mons von Inrai festgehalten. Sie sind bewaffnet und gefährlich. Vier Personen. Kommen Sie mit Kampfausrüstung. Wir versuchen, uns zu verteidigen, ungefähr einen Kilometer nordöstlich bergaufwärts von unserem Flitzer entfernt. Es gibt keine andere Landemöglichkeit in der Nähe. Die Position ist ...‹« Er ratterte die Koordinaten herunter, die er sich vor ihrem Marsch fest eingeprägt hatte.

»Gut gemacht«, sagte Kinna. »Vielleicht eine halbe Stunde, bis eine Mannschaft hier eintreffen kann. Wir haben einen guten Rettungsdienst auf dem Mars.«

»Ich fürchte, es wird länger dauern.« Fenn stapelte wieder hektisch Steine übereinander. »Wozu wären ein paar unbewaffnete Rettungssanitäter gut? Sie würden nur getötet oder als Geiseln genommen werden. Und ich rechne auch nicht mit der regulären Polizei. Nicht aus dem Dreierreich. Die Einwohner dort haben seit Generationen dafür gesorgt, daß alle öffentlichen Autoritäten geschwächt werden. Die nächste Garnison der Besatzungstruppen ist ziemlich weit entfernt. Und ich vermute, daß die Leute dort nicht dazu ausgebildet sind, schnell zu reagieren.« Sie hatten den Krieg nie kennengelernt, ebensowenig wie ihre Väter oder Großväter. »Wir werden eine Stunde oder länger allein durchhalten müssen.«

»Bestimmt können wir mit den Inrai reden«, sagte Kinna. Es klang wie ein Hilferuf. »Wir können verhandeln.«

»Wir können es versuchen«, grunzte Fenn. Sie hat zu viel Vertrauen in die menschliche Natur, dachte er. Trotz aller Gefahren hier auf dem Mars hat sie ein behütetes Leben geführt. Sie ist unschuldig ... so unschuldig wie der Cyberkosmos in ihren Augen.

»Was können sie von uns wollen?«

»Das habe ich dir bereits gesagt. Unsere Ausrüstung,

wenn nicht mehr. Als sie uns aus der Luft gesehen haben, müssen wir ihnen als ein lohnendes Ziel erschienen sein.«

Kinna glitt ein Stein aus den Händen und fiel ihr vor die Füße. Sie hob ihn wieder auf und legte ihn auf die Barrikade. »Nein«, protestierte sie. »Sie können nicht so ... verrückt sein.«

»Das sind sie eigentlich gar nicht.« Fenns Gedanken rasten. »Es ist eine Art verzweifelter Logik. Du hast wahrscheinlich recht gehabt, und die Inrai haben eine Wache auf dem Berg zurückgelassen, vielleicht nur ein paar versteckte kleine Roboter hier und da. Einer davon hat unser Flugzeug entdeckt und eine Nachricht gesendet. Diese Halunken dort haben sie aufgefangen und beschlossen, der Sache auf den Grund zu gehen, vielleicht auf eigene Faust, uns alles Wertvolle wegzunehmen und von uns zu erfahren, was hier los ist. Schließlich könnten wir die Vorhut einer größeren Truppe sein, die hier für Ordnung sorgen soll.

Nachdem sie gesehen haben, daß wir allein sind, haben sie den nächsten Landeplatz gesucht und sich zu Fuß auf den Weg hierher gemacht. Ihr Flugzeug ... nun, an ihrer Stelle würde ich es nicht am Boden zurücklassen, wo es von einem anderen Patrouillenflug oder einem Satelliten entdeckt werden könnte. Ich würde es, von einem Roboter gesteuert, wieder starten lassen und es erst bei Bedarf zurückrufen. Jedenfalls haben sie festgestellt, daß unser Flugzeug blockiert ist, und sich darauf vorbereitet, uns gebührend zu empfangen.«

»Scorian hätte ihnen nie so etwas befohlen!« rief Kinna aus.

»Das habe ich auch nicht behauptet.«

»Ja.« Sie hielt einen Moment lang in der Arbeit inne. »Das Desaster an der Station ... das könnte einige von ihnen zum Durchdrehen veranlaßt haben.«

Sie muß es wissen, dachte Fenn. Sie hat sich bei ihnen aufgehalten, und sie ist mit mindestens einem von ihnen befreundet.

»Wenn sie es nicht schaffen, uns zu überwältigen«,

fuhr er fort, »können sie verschwinden, bevor Hilfe für uns eintrifft, sich irgendwo verstecken und ihr Flugzeug rufen, sobald wir wieder abgezogen sind. Es ist ein riskantes Spiel, aber wenn ein Mann, der ohnehin schon verzweifelt ist und sieht, wie ihm die Dinge immer mehr aus der Hand gleiten, und dann plötzlich eine Hoffnung ...«

Irgend etwas blinkte in einer Lücke zwischen den Felsbrocken. »Deckung!« bellte Fenn. »Sie kommen!«

Er schubste Kinna vor sich her in die Höhle hinein. Einen Moment lang machte ihn die Dunkelheit blind. Er konnte spüren, wie die Kälte in diesem Felsloch, in das nie ein Sonnenstrahl fiel, durch seinen Schutzanzug drang. Sofort pumpte der Thermostat mehr Energie in das Gespinst aus Heizdrähten, und das Gefühl, in einer eisigen Grabkammer zu stecken, ließ nach. Fenn starrte auf die im hellen Tageslicht liegenden Schlacke- und Aschefelder hinaus. Die Zeit hatte nicht ausgereicht, eine Mauer vor dem Höhleneingang aufzuschichten, die den Namen auch verdiente, sie war kaum einen Meter hoch. Er dirigierte den Roboter herbei, bis der zylindrische Metallkörper auf dem Schutzwall lag und ihnen zusätzliche Deckung gab.

Dann streifte er das Gewehr von der Schulter, ließ sich auf die Knie nieder und wartete.

»Kommt heraus«, dröhnte es über das Funkgerät.

»Ich glaube, ich kenne die Stimme«, flüsterte Kinna hinter Fenns Rücken. Er konnte hören, daß sie darum kämpfte, ihre Angst in den Griff zu bekommen. Es war keine Angst um ihr Leben.

»Nein, kommen Sie raus, wo ich Sie sehen kann!« rief er zurück.

»Kommt raus oder sterbt.«

»Versuchen Sie es. Wir sind bereit, mit Ihnen zu reden, aber vorher wollen wir sehen, mit wem wir es zu tun haben.«

»Wir ... wir werden nicht ... schießen«, stammelte Kinna.

»Ihr könnt also wirklich schießen?« fragte die lunarische Stimme hämisch. »Oder behauptet Ihr das nur? Wir werden es sehen. Haltet ein.«

Ein Inrai tauchte am Rand der Senke auf, sprang die Böschung hinab und blieb kühn stehen, eine Faustfeuerwaffe lässig in der rechten Hand. Fenn sah ein knochenweißes hageres Gesicht hinter der Helmscheibe, dünnes aschefarbenes Haar, das dem Mann bis zu den Schultern fiel. Der Schutzanzug des Lunariers, an mehreren Stellen geflickt, war grau vor Schmutz, ein kalligraphisches Symbol auf seiner Brust beinahe bis zur Unkenntlichkeit verblaßt. In einer Scheide an seiner Hüfte steckte ein lunarisches Kurzschwert. Seine linke Hand ruhte auf dem Griff.

»Ja, er ist es«, sagte Kinna, als wäre ihr übel. »Tanir von der Phyle Conaire aus Daunan.« Sie verlieh ihrer Stimme einen festen Klang und rief: »Erinnert Ihr Euch an mich, Tanir? Ich erinnere mich jedenfalls noch gut an Euch und an alles andere, was ich seither über Euch gehört habe.«

Ich kann mir vorstellen, was sie über ihn gehört hat, dachte Fenn. Nichts Konkretes, sonst hätte sie es der Polizei gemeldet, aber *irgend jemand* muß diese Greueltaten begangen haben, und hier ist jemand, der uns beweist, daß er sich auf einem hyperbolischen Orbit befindet.

»Verschwendet meine Zeit nicht«, sagte Tanir. »Sie ist kostbarer als Wasser.«

Ja, dachte Fenn, er weiß, daß wir einen Hilferuf abgeschickt haben.

»Wir wollen Euren Flieger und den Roboter«, fügte Tanir hinzu.

»Fenn«, wisperte Kinna. »Das ist keinen Kampf wert.«

»Mit Sicherheit nicht«, stimmte er ihr zu. Nicht wenn sie dabei verletzt werden könnte. »*Muy bien*«, sagte er an Tanir gewandt. »Ziehen Sie sich zurück. Ich werde den Codeschlüssel für das Flugzeug auf den Roboter legen und ihn zu Ihnen schicken.«

Der Bandit grinste.

»Nay, Ihr werdet aus Eurem Versteck herauskommen.

Wir möchten auch erfahren, was Ihr auf diesem Berg getan habt.«

»Es ... nichts, was Euch schaden könnte ...« Kinna verstummte.

Tanirs Grinsen wurde raubtierartig. »Unsere ermordeten Kameraden erzählen etwas anderes. Wo könnt Ihr gewesen sein, wenn nicht in der Festung, die wir erobern wollten? Was könnt Ihr uns darüber berichten?«

Angst, dachte Fenn. Paranoia. Rachedurst. Grausamkeit. Übersteigerte Eitelkeit. Mächtige Triebe. Ein labiler Charakter kann völlig von ihnen beherrscht werden.

»Warum kehren Sie nicht in Ihre Deckung zurück, wo Sie in Sicherheit sind?« schlug er vor. »Dann können wir verhandeln.«

Tanir machte tatsächlich kehrt, huschte geschickt die Geröllböschung hinauf und verschwand hinter der Kuppe außer Sicht. Aber gleich darauf dröhnte seine Stimme erneut aus den Helmlautsprechern. »Nay, kein Handel. Ihr würdet uns nur zu lange hier festhalten.«

Das würde ich liebend gern tun, antwortete Fenn ihm in Gedanken.

»Euch bleibt nicht mehr viel Zeit!« rief Kinna. »Geht jetzt! Verschwindet, solange Ihr es noch könnt!«

»Noch haben wir Zeit genug, dich zu schnappen, kleine *pousim*.« Fenn hatte keine Ahnung, was der lunarische Ausdruck bedeutete, aber er hörte, wie Kinna stockend Luft holte, und wünschte sich im selben Augenblick, er hätte rechtzeitig geschossen. »Reden können wir später«, fügte Tanir hinzu. »Legt Eure Waffe weg, Mann, und tretet vor ...«

»Nein ...«, keuchte Kinna.

»Nie und nimmer«, erwiderte Fenn. Er warf einen Blick über die Schulter. Kinna war dicht an ihn herangerückt. Er konnte ihr gequältes Gesicht in der Dunkelheit nur undeutlich erkennen. »Das gilt auch für dich«, sagte er zu ihr.

»Entweder das, oder Ihr sterbt«, erklärte Tanir.

Kinna krallte die Hände ineinander. »Fenn, vielleicht sollten wir ...«

»Ich sagte nein«, schnitt er ihr das Wort ab. »Wir werden sehen, wer hier stirbt.«

»Ihr habt drei Minuten«, sagte Tanir.

Er meint es ernst, dachte Fenn. Kinna hat ihn erkannt. Sie hätte es nicht erwähnen dürfen. Jetzt glaubt er, daß ihm keine andere Möglichkeit mehr bleibt. Wenn sie entkommt, ist er gebrandmarkt. Dann wird er im Dreierreich keine Zuflucht mehr finden. Erst recht nicht, wenn Scorian davon erfährt, darauf würde ich wetten. Aber woher hätte sie das wissen sollen? Unschuldig, wie sie ist ... Wahrscheinlich hätte es sowieso keinen Unterschied gemacht.

Er drehte sich auf den Knien zu ihr herum. »Drei Minuten. Zeit genug, um dir zu sagen, daß ich dich liebe.«

»Und ich liebe dich.« Ihr Stimme zitterte. »Wenn doch nur ...«

Wehmut überkam ihn. »Ja, wenn.« Er griff an seine Hüfte, zog die Pistole aus dem Holster und hielt sie ihr hin. »Nimm sie. Nur für alle Fälle.«

Sie nahm ihm die Waffe aus der Hand. Plötzlich klang ihre Stimme fest und entschlossen. »Ich werde an deiner Seite kämpfen. Natürlich.«

»Nein! Auf diesem Gebiet bin ich es, der die Erfahrung hat. Jetzt bin ich der Boß. Zieh dich zurück und leg dich flach auf den Boden. Sofort!«

Sie gehorchte, und er wußte, daß sie es nicht aus Angst tat, sondern aus Vernunft. »Gut«, sagte er. Dann bezog er Stellung hinter der Barrikade, so daß er zwischen der obersten Steinschicht und dem Roboter hindurchspähen konnte. Er spürte die rauhen Felsbrocken durch den Schutzanzug auf seinem Oberkörper. »Ich muß sie nur eine Weile auf Distanz halten. Irgendwann müssen sie fliehen, um der Polizei zu entgehen.« Er schob den Gewehrlauf durch eine Lücke. »Und das ist mein Werkzeug für diese Aufgabe.«

Die Inrai hatten zweifellos zugehört, aber vielleicht war das nur gut so. Sie sollten ruhig wissen, daß sie es mit einem zu allem entschlossenen Gegner zu tun hatten.

Vielleicht würden sie sofort verschwinden. Wenn nicht, würde er versuchen, sie zu zwingen, in Deckung zu bleiben. Das würde bei vier Mann nicht einfach werden, aber er war ein überdurchschnittlich guter Schütze.

Er war viel zu konzentriert, um jetzt noch Angst zu verspüren, außer einer unterschwelligen Angst um Kinna.

»Fenn!« rief sie. »Ich habe vorher nicht daran gedacht, aber du solltest noch einen Funkspruch abschicken. Über das, was wir getan haben. Damit es nicht umsonst war, was auch immer passiert.«

Er verfluchte seine Gedankenlosigkeit und befahl dem Roboter: »Gib folgende Nachricht an das allgemeine Kommunikationsnetz weiter: ›Die geheimen Daten aus der Sternennetzstation auf dem Pavonis Mons wurden in die öffentliche Datenbank überspielt. Sie könnten jeden Moment wieder gelöscht werden. Interessierte Gruppen sollten sie unverzüglich abrufen und speichern.‹«

Seine Gedanken rasten den Funkwellen hinterher. Sie nahmen den gleichen Weg wie die erste Nachricht, dem nächsten Kommunikationssatelliten entgegen, der gerade am Himmel stand, und von dort zurück auf den Planeten. Diesmal aber würde der Automat das Signal nicht nur an einen definierten Empfänger weiterleiten. Statt dessen würden sich Fenns Worte in das Meer der unzähligen Funkbotschaften ergießen, die den gesamten Globus umspülten, in buchstäblich jedes Haus, Büro und jeden Arbeitsplatz, in Fahr- und Flugzeuge, Armbandtelefone, Roboter und Sophotekten ... Sollte gerade niemand den richtigen Kanal eingeschaltet haben, sollte gerade kein Aufnahmegerät die Botschaft aufzeichnen, könnte der Cyberkosmos der erste Empfänger sein, und dann würde er die Nachricht und den Eintrag in der Datenbank, auf den die Nachricht verwies, unverzüglich löschen. Aber die Wahrscheinlichkeit sprach dagegen. Die Menschen waren einfach zu neugierig auf Informationen und Tratsch. Das Erbe ihrer äffischen Vorfahren.

Eine Kugel schlug in die Höhlenwand nahe des Eingangs und jagte als Querschläger davon. Weitere

Geschosse bohrten sich in die Barriere. Staub wallte auf, Gesteinssplitter flogen. Ein Treffer ließ den Roboter erzittern. Das Feuergefecht hatte begonnen.

Fenns Blick zuckte hin und her. So kümmerlich seine Schutzvorkehrungen auch waren, die Inrai hatten überhaupt keine treffen können. Wenn die vor Urzeiten von dem Vulkan ausgespuckten Felsbrocken ihnen keine natürlichen Schießscharten boten, die ihr Schußfeld automatisch einschränkten, mußten die Lunarierer von den Flanken her feuern, die er aus seiner Position nicht einsehen konnte, oder zumindest ein Stückchen aus ihrer Deckung auftauchen, um zu zielen.

Dort war einer! Ein halber Helm über diesem Felsen. Fenn jagte einen Kugelhagel in die Richtung. Der Helm verschwand unversehrt. »Tod und Verderben«, knurrte Fenn verbittert. Er *wollte* töten. Aber eigentlich mußte er die Männer nur entmutigen. Und er mußte sparsam mit seiner Munition umgehen. Reiß dich zusammen! beschwor er sich. Warte auf eine vernünftige Chance. Vielleicht kannst du den Feind zu einem leichtsinnigen Vorstoß verleiten. »Wir halten uns gut«, sagte er zu Kinna.

»Du hältst dich gut, *trouvour*«, erwiderte sie.

Eine weitere Gewehrsalve deckte sie ein. Ein paar Kugeln surrten bösartig durch die Höhle und prallten von den Wänden ab, bevor sie harmlos zu Boden fielen. »Bleib unten«, zischte Fenn.

Er musterte den Felshang ihm gegenüber, am Ende der geröllübersäten Senke. Da war ein Spalt, wo zwei Felsen aneinanderlehnten ... Ja, dort könnte ein Schütze Position beziehen ... Er behielt die Stelle im Auge, solange sich ihm kein anderes Ziel bot.

Ein Helm, ein Gewehr. Fenn krümmte den Finger um den Abzug. Der Helm explodierte. Feuchtigkeit wirbelte hervor und kristallisierte, eine weiße Nebelwolke, die sich vor dem indigoblauen Himmel wie ein flüchtiges Gespenst auflöste. Der Helm verschwand aus seinem Blickfeld. Glitzernde Splitter blieben im Staub zurück.

»Ich hab' ihn!« brüllte Fenn. »Ich habe einen von euch

Virensöhnen erwischt, hört ihr? Jetzt verschwindet von unserem Berg!«

Hinter ihm schrie Kinna auf. Er konnte nicht anders, als sich umzudrehen. »Was ist?« rief er.

»Ein Mann ... tot ...«

»Ich mußte es tun! Für dich!«

»Ich bin es nicht wert«, wimmerte sie schrill.

»Doch, du bist es wert, verdammt noch mal!«

Sie bewegte sich.

»Nein! Bleib, wo du bist! Bleib unten!«

Sie krabbelte auf ihn zu. Als sie in das von außen einsickernde Licht gelangte, sah er Tränen auf ihren Wangen glitzern, hörte ihr hustendes abgehacktes Schluchzen. Sie zitterte am ganzen Körper, aber sie kroch zielstrebig weiter und preßte sich an ihn, die Pistole in der Hand.

»Ich flehe dich an, geh zurück«, krächzte er.

Kinna schüttelte den Kopf. Ihre Locken flogen hinter der Helmscheibe wild hin und her. Sie sah ihm in die Augen. »Nein, ich kann ... dich nicht die ... ganze Gefahr und die Sch-schu-schuld ... allein auf dich nehmen lassen«, brachte sie mühsam hervor. Ihre Stimme wurde fester. »Wir tun ... was wir tun müssen ... gemeinsam.«

Sie ist zu zivilisiert, dachte er, und zu tapfer.

Von rechts und links schlugen Kugeln ein.

Fenn sah, wie sie gegen die Felswände klatschten, immer wieder und wieder, ein Inferno aus Staub, Splittern und kleinen Blitzen erzeugten. Er spürte die Einschläge durch die Felsbrocken hindurch auf seinem Bauch. Der Roboter ruckte, sein Sensorenturm zerbarst. Er riß auseinander und rutschte nach außen über die Barrikade. Tanirs Bande hat mitgehört! durchzuckte es Fenn. Sie wußten, daß wir abgelenkt waren. Jetzt nehmen sie uns von beiden Seiten in die Zange und decken den Höhleneingang mit ihrem Feuer ein.

Ich bin zu zivilisiert, schoß ihm ein anderer Gedanke durch den Kopf. Ich müßte ein gelernter Soldat sein. Aber es gibt keine Soldaten mehr in unserer Welt, nur noch Polizisten und Banditen.

Er stemmte sich auf die Knie hoch und streckte einen Arm nach Kinna aus, während der Kugelhagel anhielt. Zieh sie zu Boden, dachte er, zumindest dorthin, wo sie halbwegs sicher ist.

Sie zuckte unter seinem Griff zurück. Ihre Arme schnellten hoch. Dann kippte sie nach hinten weg und fiel rücklings mit dem Biostat voran in den Staub. Eine Dampfwolke schoß in die Höhe, weiß und mit leuchtendem Rot vermischt.

»*Kinna!*« Fenn warf sich neben ihr auf den Boden. Sie lag an einer Stelle, auf die genug Licht fiel, so daß er sie deutlich sehen konnte. Eine Kugel hatte ihre rechte Brust durchschlagen. Das Austrittsloch neben dem Lufttank war zu groß, als daß der Versieglungsmechanismus des Schutzanzugs es hätte schließen können. Ihre Augen waren offen und auf die seinen gerichtet, aber er wußte nicht, ob sie irgend etwas wahrnahm. Ihre Lippen bewegten sich lautlos. Blut quoll zwischen ihnen hervor, glänzte beinahe schwarz im Zwielicht, breitete sich unter ihren Schultern aus und ergoß sich dampfend über den Boden.

Die Blutlache begann zu sieden. Hinter der Helmscheibe verschwand Kinnas Gesicht in einem roten Nebel. Ihr Blut, jetzt dem kaum vorhandenen Luftdruck ausgesetzt, verkochte wie ihre anderen Körperflüssigkeiten.

Über der Geröllmauer am Eingang tauchte ein dunkler Schemen aus. Ohne daß es ihm bewußt geworden war, hatte Fenn die Pistole neben Kinnas Hand aufgehoben. Er wirbelte herum und drückte ab. Die Kugel des Guerillas verfehlte ihn in der Dunkelheit, aber Fenn traf. Der Inrai wurde zurückgeworfen und rutschte an der Außenseite der Barrikade herab. Fenn hörte ihn in seiner Muttersprache aufheulen.

Er kroch hastig an seine alte Position zurück und riß das Gewehr hoch. Ein weiterer Lunarier lief durch die Senke auf die Höhle zu. Fenn schoß. Der Mann verschwand blitzschnell aus seinem Blickfeld. Fenn ließ den Gewehrlauf in einem Halbkreis herumschwenken und deckte die Senke mit einer Kugelsalve ein. Das sollte die Inrai eine Weile auf Distanz halten.

Der Mann, den er angeschossen hatte, lag zwischen den Schlackesteinen neben dem zerstörten Roboter. Er krümmte sich und schrie. Die kleinkalibrige Kugel hatte seinen Schutzanzug nicht so schwer beschädigt, als daß das Material die Löcher nicht hätte selbsttätig versiegeln können. Aber er schien einen Bauchschuß abbekommen zu haben, war halb gelähmt und fiel in einen Schockzustand. Seine Schreie wurden mit jeder Sekunde leiser.

Fenn visierte ihn an, um ihn aus seinem Elend zu erlösen. Doch dann zögerte er. Kinna würde das nicht wollen, *hätte* es nicht gewollt.

»Ahoy!« rief er. »Wollt ihr eine Feuerpause, um euren Mann zu holen?«

Eine Kugel antwortete ihm, ließ Steine und Staub aufspritzen, harmlos bis auf die Verachtung, die hinter ihr steckte. Natürlich, dachte Fenn, sie wollen keine Sekunde der knappen Zeit vergeuden, die ihnen noch bleibt. Wenn sie mich töten können, wird dieser Überfall für die Überlebenden ohne Folgen bleiben. Und wenn sie es nicht schaffen und zu Fuß flüchten müssen, werden sie sich nicht mit diesem *muchacho* belasten wollen.

Soll er in Frieden sterben, wenn er Frieden finden kann. Ich habe anderes zu tun.

Er kehrte zu Kinna zurück. Sie war mit Sicherheit tot. Aber obwohl ihre Körperflüssigkeit verdampfte – der Vorgang hörte allmählich auf, Eis bildete sich bereits um die Einschußlöcher herum und verflüchtigte sich wieder –, mußte ihr Kopf noch ungefähr Körpertemperatur haben. Der Helm, das Fleisch und die Schädelknochen isolierten das Gehirn, und die Leitfähigkeit der dünnen Marsluft war vernachlässigbar gering. Fünf Minuten, bis irreversible Hirnschäden einsetzten. Kälte konnte den Verfall manchmal erstaunlich lange herauszögern, aber die Temperatur durfte auch nicht zu tief fallen. Wasser dehnt sich aus, wenn es gefriert, und die Kristallbildung zerstört die Zellen irreparabel. Und trotz des rapiden Flüssigkeitsverlusts durch den Unterdruck mußten ihre Körperzellen noch erhebliche Wassermengen enthalten.

Fenn nahm ihr den Helm ab. Vielleicht, nur vielleicht würde die einsetzende Abkühlung ausreichen, ohne zu stark zu sein. Er wünschte, er könnte die Schicht aus verspritztem Protein von ihrem Gesicht wischen, die blicklosen Augen schließen und ihren herabgefallenen Unterkiefer hochbinden, aber dazu blieb ihm jetzt keine Zeit. Später, später, sofern es ein Später gab.

Komisch, dachte ein distanzierter Teil von ihm, komisch, wie schnell und methodisch mein Verstand arbeitet. Nun gut, er hatte eine Aufgabe zu erledigen. Falls er sie erledigen konnte. Wahrscheinlich würde er es nicht schaffen, aber er mußte es wenigstens versuchen.

Er kehrte an die Barrikade zurück, bevor ein weiterer Angreifer zuschlagen konnte. Der Mann am Fuß der Mauer war verstummt. Fenn schob den Kopf über den Rand. Niemand zu sehen. Wenn er sich beeilte, würde er die Senke vielleicht durchqueren und die Felsblöcke am anderen Ende lebendig erreichen können. Dann mußte er die beiden verbliebenen Inrai so schnell wie möglich ausschalten, Kinna ins Flugzeug schaffen, die nächste Rettungsstation anfliegen und hoffen, daß man sie wiederbeleben konnte.

Fenn hechtete ins Freie.

Kugeln schlugen um ihn herum ein und rissen kleine Krater in den Boden.

Er spürte einen Schlag, taumelte und sah eine kleine Nebelwolke über seinem linken Arm aufsteigen und sofort wieder verwehen. Bevor es ihm richtig bewußt wurde, kauerte er wieder in der Höhle hinter der Steinmauer. Glück, das Überraschungsmoment und seine Geschwindigkeit hatten ihn gerettet. Er hatte nur eine Fleischwunde auf dem linken Bizeps davongetragen, die er bisher kaum spürte, und das sich selbst versiegelnde Material seines Schutzanzugs hatte die kleinen Löcher verschlossen.

Aber er würde in Deckung bleiben müssen, so viel war klar. Nicht, daß er Angst um sein Leben hatte, doch wenn er schon sterben mußte, dann nicht, um Tanir Genugtuung zu verschaffen.

Er nahm wieder seine Verteidigungsposition ein. Nicht schießen, beschwor er sich. Laß dir Zeit. Vielleicht kannst du die beiden dadurch weit genug aus ihrer Deckung hervorlocken, um einen tödlichen Treffer zu landen.

Die Zeit schleppte sich dahin. Gelegentliche Einschläge verrieten ihm, daß die Banditen noch immer auf der Lauer lagen. Er selbst kam nicht mehr zum Schuß. Hin und wieder hörte er ihre Stimmen in seinem Funkgerät, aber sie sprachen Lunarisch, das er nicht beherrschte.

Immer wenn er einen Blick in Kinnas Richtung warf, sah er, wie schnell ihr Körper steif wurde.

Er erinnerte sich an die alten Mythen über die Hölle. Der wesentliche Punkt war, daß die Qual nie endete ...

Zeit ...

Es war eine Weile vergangen, seit er das letzte Mal irgend etwas gehört oder gesehen hatte. Die Inrai konnten die Belagerung nicht ewig fortsetzen. Waren sie verschwunden?

Fenn beschloß, es darauf ankommen zu lassen.

Er schlang sich das Gewehr über die Schultern, schob die Pistole ins Holster, ging neben Kinna auf die Knie und hob sie hoch. Ausgepumpt, wie er war, kam ihm ihr steifer Körper unglaublich schwer vor. Er hätte sie ausziehen können, nackt wäre sie bedeutend leichter gewesen, aber das würde noch mehr Zeit kosten. Also wuchtete er sie in ihrem Schutzanzug über die Mauer und den toten Inrai hinweg. Nachdem er die Senke hinter sich gebracht hatte, mußte er sie zwischen den Geröllblöcken hindurchziehen, bevor er sie wieder tragen konnte, wie unbeholfen auch immer. Er vermied es, ihr ins Gesicht zu sehen. Es war nicht mehr ihres, jetzt nicht mehr.

Zwei schlanke Flugzeuge mit breiten Tragflächen schossen metallisch funkelnd über ihn hinweg. Über dem Felssims gingen sie in Schwebemodus. Ein halbes Dutzend bewaffneter Gestalten in Schutzanzügen mit umgeschnallten Jetpacks sprangen heraus und schwebten herab. Dort, wo sie landeten, wirbelten Staub- und Dunstwolken auf.

Sie trafen Fenn auf halbem Weg. Er stolperte, fiel immer wieder hin, stemmte sich aber jedesmal wieder hoch und schleppte sich mechanisch weiter. »Hier«, krächzte er, als er sie erreicht hatte, und legte den reglosen Körper vorsichtig in den Staub. »Nehmt sie. Sie ist vor ... oh ... einer, anderthalb Stunden oder so erschossen worden. Könnt ihr sie wiederbeleben?«

Der Zugführer bückte sich, betrachtete sie kurz und richtete sich wieder auf. »Wir schaffen sie so schnell wie möglich zur nächsten Rettungsstation«, erwiderte er, »aber ich fürchte, daß es längst zu spät ist. Allein den Augen nach zu urteilen ...« Die trüben glasigen Augen des endgültigen Todes. Er gab seinen Leuten ein Zeichen. Zwei Männer eilten herbei, hoben den Leichnam auf und trugen ihn fort. Befehle schwirrten knisternd durch den Äther. Ein Flugzeug schwebte in Position und seilte eine Schlinge ab.

Zu spät, dachte Fenn betäubt. O ja, der Planet hatte sich um zehn oder fünfzehn Grad zu weit gedreht. Das Zellgewebe, seine Strukturen und Verknüpfungen, alles, was Kinnas Bewußtsein und Erinnerungen und ihre Persönlichkeit ausgemacht hat, alles, was sie gewesen ist, ist zerstört, unwiederbringlich verloren.

Sicher, einige der einfacheren Zellen können vielleicht gerettet werden. Man könnte einen Klon aus ihnen erschaffen. Und selbst wenn das nicht mehr möglich ist, sind ihre Genome wie die jedes anderen Menschen in ihrer medizinischen Datei gespeichert. Durch sie könnte man einen neuen Organismus aus chemischen Substanzen züchten. Das ermöglicht die Technologie der Leute, die draußen zwischen den Sternen leben, und auch wir könnten es hier tun, wenn wir nur wollten.

Aber wozu? Sie ist fort. Wir würden einen Zwilling von ihr erschaffen, nicht sie selbst, nicht Kinna.

Die Gerüchte besagen, daß die Lebensmütter den Toten ein neues Leben schenken können. Sie nehmen den Inhalt einer Bewußtseinskopie und überspielen sie in einen neuen Körper. Aber es ist nicht annähernd so einfach. Dazu benötigt man einen kompletten lebendigen Planeten, der eine Einheit mit der Mutter bildet. Das ist eine ganz neue Lebensweise für uns Menschen, eine neue Art zu denken und zu sein. Wir verfügen über nichts dergleichen in unserem Sonnensystem. Der Cyberkosmos glaubt nicht, daß wir so etwas haben sollten. Außerdem ist von Kinna nie eine Bewußtseinskopie angefertigt worden. Sie ist fort.

»Sie haben gemeldet, daß Sie von Inrai angegriffen worden sind«, drang die Stimme des Zugführers in seine Gedanken.

»Ja«, sagte die Maschine in Fenn. »Sie werden zwei Leichen finden. Die beiden anderen Inrai verstecken sich irgendwo dort.« Er machte eine vage ausholende Geste, die die Hügel, Klippen und Schlackefelder umfaßte, die monströse schwarze Leblosigkeit. »Warten Sie einfach hier. Spätestens wenn sie ihr Flugzeug rufen, werden Sie es sehen und sie schnappen können. Oder Sie erwischen sie, wenn sie sich ergeben. Und wenn weder das eine noch das andere passiert, können Sie die Gegend mit empfindlichen Detektoren absuchen und sie damit aufspüren. Ich denke, daß es die Mühe wert ist.«

Um von ihnen Informationen zu erhalten, die den Inrai ein für allemal das Genick brechen werden. Um Tanir aus Conaire zu töten oder ihn – was besser wäre, weil das für einen Lunarier ein noch viel schlimmeres Schicksal war – für immer einzusperren.

Nicht, daß es ihn jetzt noch sonderlich interessierte. Die letzten Reste seiner Kraft folgten Kinna in die große Leere. Aber seine Energie würde wiederkehren, das wußte er selbst jetzt auf einer rein abstrakten Ebene, und er würde sich etwas einfallen lassen, um sie zu benutzen.

KAPITEL 26

Der Staubsturm verwandelte die Nacht draußen vor dem Sichtfenster in ein schwarzes Nichts. Chuan hatte die mathematischen Kallegraphien gelöscht. Die Wände wölbten sich blaßgrau und kahl. Die Hintergrundmusik war verstummt, die Luft geruchslos. Nur das langsame Spiel der dunklen Farben des Fußbodens und seine warme Elastizität verliehen dem Raum einen Rest von Leben. Der Synnoiont war sich nicht sicher, warum er diese Anweisungen erteilt hatte. Sie entsprachen seiner Gemütsverfassung, aber eigentlich sollte er sich nicht mehr von Äußerlichkeiten beeinflussen lassen. Vielleicht hatte er unterbewußt gedacht, daß eine Gefängniszelle für das bevorstehende Gespräch angebracht wäre. Oder eine Grabkammer.

Fenn trat ein. Seine Bewegungen waren schwerfällig. Er trug einen unauffälligen braunen Overall. Sein kupferfarbenes Haar und der Bart waren ungekämmt. Obwohl er sich aufrecht hielt, erweckten die kraftlos herabbaumelnden Arme den Eindruck, als würde er die Schultern hängen lassen.

Chuan blickte in eingefallene Augen, die von dunklen Rändern umgeben waren. Die hageren Gesichtszüge erinnerten ihn an den zertrümmerten Bug einen havarierten Raumschiffs. »Willkommen«, sagte er leise.

»Wirklich?« Es lag eine gewisse Kraft in der grollenden Stimme, aber kaum eine Spur von Leben.

»Wir teilen ein gemeinsames Leid«, erwiderte Chuan. »Das sollte genügen.«

»Sie haben mich nicht deswegen kommen lassen.«

Nein, dachte Chuan. Er wird für sich allein trauern, genau wie ich für mich. Es ist nur zu verständlich, wenn er mürrisch ist, falls »mürrisch« seine Gefühlslage überhaupt richtig beschreibt. Ich darf nicht vergessen, was er in den letzten drei Tagen seit den Ereignissen auf dem Pavonis Mons durchgemacht hat. Er könnte einfach emotional gelähmt sein. Ohne Psychostimulanzien wäre er vielleicht schon gänzlich zusammengebrochen. Aber wahrscheinlich stimmt beides nicht. Er ist ein merkwürdiger Mann, ein Atavismus, er paßt nicht in die heutige Welt.

Es wird vermutlich das beste für ihn sein, wenn ich direkt und nüchtern bin. Zumindest glaube ich das. Ich habe so viel von dem vergessen, was es heißt, menschlich zu sein.

Er verlieh seiner Stimme einen härteren Tonfall. »Nein. Ebensowenig habe ich vor, Sie mit Anschuldigungen und Vorwürfen zu überhäufen.« Obwohl mir das nicht schwerfiele, fügte er in Gedanken hinzu. »Ein privates Gespräch zwischen uns ist im öffentlichen Interesse. Bitte nehmen Sie Platz.«

Fenn ließ seinen massigen Körper in einen Sessel sinken, ohne sich zu entspannen. »*Gracias* für Ihre Worte.«

»Wie bitte?« erkundigte sich Chuan, gegen seinen Willen verblüfft.

»Für Ihre Direktheit.« Fenn sah ihm in die Augen. »Zu viele der Leute, mit denen ich in den letzten Tagen zu tun hatte, waren ölig.«

Es gelang Chuan nicht, einen Anflug von Ärger zu unterdrücken. »Ich würde sie eher als rücksichtsvoll und zivilisiert bezeichnen.« Und ich kann mir nicht vorstellen, daß die Ronays ... Aber alles, was sie auf meine unbeholfenen Beileidsbekundungen erwidert haben, war danke.

»Sie sollten froh sein, daß Sie in der heutigen Zeit leben«, sagte er. »Während des größten Teils der Vergangenheit hätte man Sie wenigstens eingesperrt.«

Fenn zuckte die Achseln. »Ich habe davon gehört.«

Auf dem Tisch zwischen ihnen stand Tee. Beide ignorierten ihn.

»Vielleicht sollte ich Ihre Situation zusammenfassen«, schlug Chuan vor. »Sie könnte Ihnen noch nicht richtig bewußt geworden sein.« Unter allen anderen Umständen hätte er wahrscheinlich gelächelt, als er hinzufügte: »Offengestanden, ist sie auch uns erst heute klargeworden.«

Fenn starrte ihn weiterhin unverwandt an. Er blinzelte kaum, der Blick eines gefangenen Raubvogels, damals, als die Menschen noch wilde Tiere in Käfigen gehalten hatten. »Was meinen Sie mit ›uns‹?«

Er könnte sehr viel wachsamer sein, als er äußerlich erscheint, dachte Chuan. Nun gut, um so besser. Schließlich geht es heute abend darum, ihm die Lage begreiflich zu machen.

»Eine lockere Bezeichnung für die mit diesem Fall betrauten Parteien. Angehörige der Polizei, der Gerichte und der Verwaltungen sowohl auf dem Mars als auch auf der Erde.«

»Und der Cyberkosmos«, sagte Fenn.

Chuan nickte. »Ja. Auch er ist ein fester Bestandteil Ihrer und meiner Zivilisation.«

Fenn wartete stumm. Seine Hände ruhten reglos auf den Armlehnen, muskulös und behaart, Hände, die eine Waffe gehalten hatten, mit der zwei Menschen getötet worden waren.

Auch Chuan saß reglos da. Er hatte seine Ansprache bereits im voraus ausgearbeitet, so trocken und nüchtern wie möglich.

»Unsere spontane Absicht war es, Sie festzusetzen, um Sie einer psychologischen Einschätzung und Beurteilung zu unterziehen. Sie waren direkt an schrecklichen Ereignissen beteiligt. Sie haben ein Einbruchsdelikt begangen, und die von Ihnen durchgeführte Ausstrahlung konfiszierter Daten war ein grober Verstoß gegen Geheimhaltungsbestimmungen, der schlimme Konsequenzen nach sich ziehen wird. In der Vergangenheit wären Sie automatisch eingesperrt worden, und in vielen Gesellschaften hätte man Sie verhört und gefoltert und anschließend hingerichtet.

Allerdings sprachen einige Überlegungen dagegen, Sie unter Anklage zu stellen. Sie haben bereitwillig mit der Polizei zusammengearbeitet und sich einem intensiven Verhör mit Wahrheitsdrogen unterziehen lassen, obwohl Sie das Recht gehabt hätten, sich zu weigern.« Natürlich war es für Fenn nur vernünftig gewesen, sich so zu verhalten, wie er es getan hatte, um darauf hoffen zu können, wieder freigelassen zu werden, aber Chuan fragte sich, ob die traumatischen Erlebnisse ihn nur hilflos gemacht hatten. Sollte das der Fall sein, wie wütend würde er dann werden, wenn er wieder zu sich zurückfand? »Dadurch liegt uns ein vollständiger Bericht über die Ereignisse vor.

Ich möchte außerdem noch einmal Ihre eigenen Argumente wiederholen. Ihr Besitz eines Schaltkreisüberbrückers war autorisiert, wenn auch durch einen obskuren Beamten auf der Erde. Sie haben nicht aus eigenem Antrieb, sondern als Agent der Lahui Kuikawa gehandelt, die eine autonome Gemeinde innerhalb der Synese bilden. Die Zurückhaltung der Linsendaten ist nie zu einer öffentlichen Maßnahme erklärt worden, lediglich zu einem Akt wissenschaftlicher Vorsicht, weshalb Sie sich höchstens des Verstoßes gegen den Schutz der Privatsphäre schuldig gemacht haben. Da die fraglichen Daten von grundlegender Bedeutung sind, war es falsch von der Synese, sie unter Verschluß zu halten, und Sie haben stellvertretend für alle Menschen dem verfassungsmäßigen Recht auf Informationsfreiheit Geltung verschafft. Was die anschließenden Gewalttätigkeiten angeht, haben Sie nur ihre Begleiterin und sich selbst aufgrund einer Situation verteidigt, die niemand hätte voraussehen können.«

Die Erinnerung stieg in Fenn auf, unbarmherzig und würgend. O Kinna, Kinna!

»Unvorhersehbar, unvorhersehbar, ja!« brach es aus Chuan heraus. »Ein sinnloses Zusammentreffen, ein blinder Zufall. Wie kann nur irgend jemand glauben, daß das Ideal, der Verstand könnte eines Tages das Universum zähmen, falsch ist?«

Eine Spur von Leben huschte über Fenns Gesicht. Überraschung? Trauer? Gleich darauf erstarrte es wieder.

Chuan gewann die Kontrolle über seine Gefühle zurück. »Entschuldigen Sie«, bat er. »Lassen Sie uns bei den Fakten bleiben. Ihre Argumente waren bestenfalls vordergründig. Ich bezweifle, daß sie einer ernsthaften

Anklage standhalten könnten.« Er meinte nicht die menschliche Rechtsprechung, obwohl auch sie vermutlich zu einem Schuldspruch führen würde, sondern die unparteiische Logik des Rechts selbst, des Cyberkosmos. Doch der Cyberkosmos führte keine Prozesse, er fungierte höchstens als Beirat. »Doch eine Gerichtsverhandlung würde nur zu einer Verzögerung und einer Ablenkung in einer Krisensituation führen. Sie könnte größere Unruhen auslösen.

Die Führung der Lahui Kuikawa hat mittlerweile einen Auslieferungsantrag für Sie eingereicht, auf vertraulichen Kanälen, aber unmißverständlich. Sie fordert ihr Vorrecht ein, Sie zu verhören und die Strafen zu verhängen, die sie für angebracht hält. Ob diese Forderung von der Verfassung gedeckt wird oder nicht, ein öffentlicher Streit über diese Frage würde für noch mehr Unruhe als ein Verfahren gegen Sie hier auf dem Mars sorgen. Sie haben damit gerechnet, nicht wahr?

Die Polizeianalytiker haben darauf hingewiesen, daß die Kontroversen um Ihre Person sich mit der Ausbreitung der Nachrichten erheblich verschärfen würden, besonders auf diesem Planeten. Ihre Präsenz würde eine Gefahr für die öffentliche Ordnung einer jetzt schon stark in sich zerrissenen Gesellschaft darstellen und auch für Sie selbst, wenn Sie mir den Hinweis gestatten.

Der Schaden ist bereits eingetreten. Es ist ein einzigartiger Schaden, wie er niemals wiederholt werden kann. Anstatt eine abschreckende Wirkung zu erzielen, würden Ihre Bestrafung und die damit verbundene Korrekturmaßnahme unter den Augen der Öffentlichkeit die uns bevorstehenden Schwierigkeiten nur noch vergrößern. Die Zivilisation hat sich von dem Vergeltungsprinzip gelöst. Wir haben entschieden, daß die Republik Mars keine Anklage gegen Sie erheben wird, sofern Sie unverzüglich zur Erde zurückkehren.«

Und dort werden sich die Lahui Kuikawa in der Abgeschiedenheit ihrer Wohnschiffe unauffällig mit dir befassen, dachte Chuan. Ich weiß nicht, was sie tun werden. Wirst du auf dem Meeresgrund enden oder als Held begrüßt werden? Vermutlich keins der beiden Extreme. Es spielt auch keine Rolle. Letztendlich bist du nicht mehr als irgendein beliebiges Element in einem blinden Kosmos, ein Stein, der zufällig an einem Punkt umgefallen ist und eine Lawine ins Rollen gebracht hat, die die gesamte Menschheit erschüttern wird und Kinna Ronay getötet hat.

Er spürte Mitleid in sich aufsteigen. »Ich denke, das Wissen, was Sie verursacht haben, wird Bestrafung genug für Sie sein«, schloß er sanft. »Ich glaube nicht, daß ich dieses Wissen ertragen könnte.«

Fenn rührte sich nicht. »Was habe ich denn falsch gemacht?« fragte er nach einer Weile im gleichen Tonfall wie zuvor, in einem Tonfall, der Chuan an das Geräusch von Kieselsteinen erinnerte, die in der Brandung aneinanderrieben.

»Halten Sie sich tatsächlich für so etwas wie einen Idealisten?« fragte er aus einem Reflex heraus scharf und schämte sich im selben Augenblick dafür, die Beherrschung verloren zu haben.

»Nein«, sagte Fenn tonlos. »Die Institution, der Sie angehören, für die Sie sprechen, hat meinen Leuten Informationen vorenthalten, die wir brauchen. Sie haben uns nie eine vernünftige Begründung dafür gegeben. Wir sind zu der Überzeugung gelangt, daß Sie es auch in Zukunft nicht tun würden.«

»Konnten Sie denn nicht akzeptieren, daß die Gründe dafür stichhaltiger sind, als Sie es sich vorstellen können?«

»Sind sie das?«

Chuan seufzte. Für Fenn würde die Enthüllung wie ein Dolchstoß sein, und er, Chuan, mußte den Dolch führen.

»Warum hätten wir uns auf Ihr Wort allein verlassen sollen?« bohrte Fenn nach. »Ihre Begründung hat nie viel Sinn ergeben. Außerdem waren Sie nicht konsequent. Sie hätten die Station auf dem Pavonis Mons genauso streng wie die Linse – alle Linsen, nehme ich an – absichern können, aber das haben Sie nicht getan.«

Die Antwort auf diesen Vorwurf zögerte den Dolchstoß noch ein paar Minuten hinaus. »Eine strenge Bewachung der Linsen war und ist nötig, da die Proserpinarier entschlossen waren, die Daten zu stehlen und tatsächlich einen Versuch dazu unternommen haben. Ihre Reaktionen auf die Bekanntgabe dieser Informationen sind unvorhersagbar, aber ich fürchte mich davor, und wenn auch nur um Ihretwillen. Die gesellschaftlichen Verhältnisse auf den inneren Planeten sind im wesentlichen stabiler als die auf Proserpina. Es sollte möglich sein, den Schaden hier einigermaßen zu begrenzen.

Gerade wegen dieser Stabilität haben wir, die Verantwortlichen, nicht mit einer akuten Gefahr für die Station gerechnet.

Der Angriff der Inrai hat uns überrascht, aber er ist fehlgeschlagen, und danach wollten wir keine Jagd auf mögliche Bandenreste in dieser Gegend machen. Das mag sich als ein weiterer Fehler erwiesen haben. Wir sind nicht allwissend.

Der Datenspeicher der Station mußte auch weiterhin die fraglichen Informationen enthalten, damit die Station als eine Einheit des Netzwerks funktionieren konnte, das Daten von den Sternen empfängt und analysiert. Sonst hätte sie vollständig von der Kommunikation mit den Linsen und anderen Beobachtungsinstrumenten über Entfernungen von Lichttagen hinweg abgehangen, und diese Kommunikation ist nicht nur langsam, sondern auch anfällig für Störungen und Spionage.

Wir haben geglaubt, die gesellschaftlichen Gruppen und Bürger der Synese würden die Integrität der Station respektieren. Wir dachten, wenn irgend jemand dringend an die Informationen herankommen wollte, würde er versuchen, seinen Anspruch mittels juristischem Druck durchzusetzen. In diesem Fall hätten wir ein paar ausgewählte Führer der verschiedenen gesellschaftlichen Gruppen einweihen, ihnen das Dilemma erklären und darauf hoffen können, daß sie mit uns kooperieren und ihre Leute zum Abwarten überreden würden.« Chuan seufzte erneut. »Aber wir haben das Ausmaß an Mißtrauen, Abneigung und Ängsten unterschätzt.«

»Sie hätten die Daten nicht ewig geheimhalten können«, stellte Fenn fest.

»Nein, und das hatten wir auch nie vor. Es ist nur so, daß die Teilinformationen, über die wir bisher verfügen, zerstörerische Auswirkungen nach sich ziehen könnten. Eine Halbwahrheit kann mehr Schaden als jede Lüge anrichten, wie alle durch Demagogie und Scharlatanerie ausgelösten mörderischen Massenhysterien in der leidvollen Vergangenheit beweisen. Wir sind überzeugt, daß das, was wir gesehen haben, tatsächlich erst eine solche Halbwahrheit und die ganze Realität nicht schrecklich sondern wunderbar ist. Aber das ist reine Theorie. Wir benötigen mehr Daten, feste Beweise. *Dann* können wir alles enthüllen.

So wollten wir vorgehen. Jetzt werden die Neuigkeiten wie eine Katastrophe aus dem Nichts über die Bevölkerung hereinbrechen. Wir können nur versuchen, die Menschen zu beruhigen und ihnen zu versichern, daß die Nachrichten vermutlich nicht schlimm sind. Wir werden an ihren Mut und ihre Geduld appellieren, während wir weitere und intensivere Nachforschungen anstellen. Über Jahrhunderte hinweg Geduld und Zuversicht aufrechtzuerhalten ist ein ... Präzedenzfall in der Geschichte der Menschheit. Vielleicht schafft sie es, wenn es uns gelingt, sie zu ermutigen und zu führen.«

»Dann sind die Informationen also noch nicht bekannt geworden«, sagte Fenn.

»Nicht in diesem Sinn. Wir wissen, daß die Daten an sich mehrfach abgerufen, kopiert und so oft verschickt worden sind, daß sie nicht mehr alle zurückgeholt werden können, auf der Erde, auf Luna und auf dem Mars. Sie zu interpretieren, wird noch einige Zeit erfordern. Sie enthalten Bilder, elektromagnetische Wellen, Neutrinoschwingungen, Gravitationswellen und noch subtilere Phänomene. Sie erfordern Analysen, Korrekturen, Verstärkungen, Neuberechnungen und vergleichende Untersuchungen mit allem, was wir über das Universum wissen. Unser Verständnis – ja, selbst das des Terrabewußtseins, wie ich glaube – ist noch weit davon entfernt, vollständig zu sein. Wir stehen noch immer vor einem Rätsel.

Aber es gibt genügend wissenschaftliche Talente unter den Menschen, genug Computerkapazität und – wie ich fürchte – Entschlossenheit, so daß sich die grundlegenden Fakten schon bald herausschälen werden.«

Der Synnoiont beugte sich vor. »Das ist ein anderer Grund, weshalb wir Sie gehen lassen, Fenn. Sie können diese Fakten den Führern der Lahui Kuikawa vertraulich überbringen. Wenn sie von Ihnen kommen, werden sie vielleicht keinen so verheerenden Schock auslösen. Die Verantwortlichen können sich schon frühzeitig mit den Tatsachen vertraut machen und sich überlegen, wie sie sie ihren Leuten beibringen. Sie können das besser, klüger und behutsamer als irgendeine offizielle Verlautbarung tun. Die Kultur der Lahui ist im allgemeinen ruhig, friedlich und realistisch gewesen. Vielleicht kann sie allen anderen Völkern ein positives Beispiel geben und uns allen durch die Krise helfen.«

Fenn regte sich immer noch nicht. »*Muy bien*«, grollte er. »Worum geht es?«

Chuan konnte nicht länger in diese Augen sehen. Er stand auf, trat an das Sichtfenster heran, verschränkte die Hände hinter dem Rücken und starrte in die Nacht hinaus.

»Wir sind nicht allein«, sagte er.

Wieder verging eine Weile, bevor Fenn antwortete. »Ich hatte mir schon überlegt, ob es das sein könnte.«

»Es war vor allen Dingen die Linse im Stier, die uns Beobachtungen aus dem galaktischen Zentrum gebracht hat«, berichtete Chuan. »Wir haben flüchtige Blicke auf in strahlendem Licht leuchtende Planeten und Strukturen von astronomischen Dimensionen im All, um Sonnen, in den Wolken und Sternenhaufen und den leeren Räumen dazwischen erhascht. Wir haben Spuren anderer Energien aufgefangen, in jedem Spektrum, auf globalen und stellaren Energieskalen, so gebündelt und regelmäßig, daß sie unter einer intelligenten Kontrolle stehen müssen. Aufgrund dieser Hinweise haben wir andere Instrumente neu ausgerichtet und Zeichen entdeckt, deren Bedeutung uns bisher unklar war, die Strahlungssignaturen künstlicher Gebilde, die sich weit über die Spiralarme und darüber hinaus erstrecken. Wir haben eine kosmische Zivilisation gesehen.«

Es war, als würde ein Bild der Milchstraße vor Chuan in der Dunkelheit aufleuchten, ein hunderttausend Lichtjahre durchmessendes Rad mit sichelförmigen Speichen, Sterne in der Größenordnung von hundert Milliarden und mehr, das weißglühende Feuer und die gewaltigen schwarzen Überreste, wo sie erloschen waren, die fadenförmigen schimmernden Nebel, aus denen sie geboren wurden. Zum Zentrum hin ballten sie sich immer dichter zusammen und glühten tiefrot, weil es dort hauptsächlich kühle Zwerge waren, Überlebende aus den Anfangszeiten. Die Spiralarme dagegen leuchteten blau, weil die Schöpfung hier anhielt, durchsetzt mit Riesen, die in verschwenderischer Pracht nur kurz aufflammten. Zu den intergalaktischen Abgründen hin wurden die Sterne immer spärlicher. 30000 Lichtjahre vom galaktischen Zentrum entfernt war Sols nächster Nachbar Alpha Centauri. Eine einzige Auswanderungswelle dorthin stellte die größte Leistung der Menschheit dar. Keine von beiden Sonnen erschien in Chuans Vision, sie wurden von den gewaltigen Dimensionen verschlungen.

Zum ersten Mal an diesem Abend klang so etwas wie Erregung in Fenns Stimme auf. Er drehte sich in seinem Sessel herum und sah seinen Gastgeber an, der ihn aus den Augenwinkeln heraus bemerkte, ohne den Kopf zu wenden und den Blick zu erwidern. »Aber das ist doch wunderbar! Das ist es doch, wonach wir während der letzten tausend Jahre gesucht und wovon wir geträumt haben, oder?«

Das kurzfristige Gefühl der Verzückung wich aus Chuan. Seine Rückenmuskulatur verkrampfte sich, bis ihn ein stechender Schmerz durchzuckte, gegen den er auch mit seinen geistigen Fähigkeiten machtlos war. Jetzt mußte er Kinnas Geliebtem das offenbaren, was er gehofft hatte, ihr niemals erzählen zu müssen.

Es ist der Gedanke an sie, der mir weh tut, dachte er. Davon abgesehen verspüre ich keine Gewissensbisse. Oder etwa doch? Es stimmt, ich selbst bin erst kürzlich in das große Geheimnis eingeweiht worden, und die Rolle, die ich hier spiele, ist mir nicht vertraut. Aber ich glaube, die schmerzhafte Leere in mir ist da, wo Kinna einst war.

»Es sind keine organischen Wesen«, verkündete er.

Fenn sank in seinen Sessel zurück. Seine Hände krallten sich so fest um die Armlehnen, daß die Knöchel unter seiner Haut weiß hervortraten. »Fahren Sie fort.«

Es half Chuan ein wenig, seinen Bericht in nüchterne akademische Worte zu kleiden. »Mittlerweile scheinen die Anzeichen klar zu sein. Die frühere Generation von Beobachtungsinstrumenten hat zwar ebenfalls einige Daten aufgefangen, aber ihr fehlte die Stärke, Auflösung und Präzision der heutigen Geräte. Was sie entdeckte, wurde natürlichen Ursachen zugeschrieben. Die neuen Geräte schließen diese Möglichkeit jedoch aus.

Wir haben die Spektren der Atmosphären uns bisher unbekannter Planeten untersucht. Keine davon befindet sich in einem chemischen Ungleichgewicht, das auf organisches Leben schließen läßt. Auch könnten organische Moloküle bei einigen Energienformen von derartigen Ausmaßen nicht bestehen. Und wir haben etwas aufgefangen, bei dem es sich um Signale handeln muß, um interstellare Kommunikation. Keins dieser Signale scheint auf uns gerichtet zu sein. Das Netzwerk der Unbekannten ist offenbar so umfangreich, daß hin und wieder ein Strahl – Neutrinos – zufällig auch uns streift. Bis heute haben wir nicht mehr herausgefunden, als daß es sich um einen Strahl handelt, modelliert durch Variationen der Quantenzustände. Wir wissen nicht, wie das bewerkstelligt wird, und wir haben keinen Hinweis auf den Code. Es erscheint unwahrscheinlich, daß organische Gehirne ein derart ... rätselhaftes System verwenden würden.«

»Also Maschinen«, sagte Fenn. »Sophotekten.«

Chuan nickte.

»Ja, falls die Bezeichnung in diesem Zusammenhang eine Bedeutung hat. Vermutlich hat sich vor langer Zeit eine intelligente Spezies auf einem Planeten in der Nähe des galaktischen Zentrums entwickelt. Vielleicht auch mehr als eine, obwohl das nach unseren bisherigen Erfahrungen eher unwahrscheinlich ist, nicht wahr? Diese Spezies hat eine der unseren vergleichbare Hochtechnologie entwickelt, die auf ähnliche Weise ein sophotektisches Bewußtsein erschaffen hat. Die Maschinen waren besser für die Erforschung des Weltraums geeignet, robuster, im Prinzip unsterblich, geduldig, rational und intelligenter, eine Intelligenz, deren Wachstum durch Verknüpfungen potentiell grenzenlos ist ... Ja, nach einigen Jahrhunderten oder Jahrtausenden war ihr numerisches Übergewicht praktisch unvermeidlich.«

»Und sie breiten sich über die Galaxie aus?«

»Vielleicht haben sie das längst getan. Wir wissen nicht, wie lange sie schon expandieren. Aber stellen Sie sich ein *c*-Schiff mit nur einer sophotektischen Datenbank und der Nanotechnik zur Herstellung von Maschinen vor. Es erreicht einen Stern. Ein oder zwei Asteroiden reichen aus, um alle benötigten Materialien zu liefern. Schon bald entstehen dort weitere Maschinen. Sie beschließen, das System zu kolonisieren oder auch nicht. Wie auch immer, jedenfalls werden neue *c*-Schiffe aus dem System mit neuen Programmen weiterfliegen. Eine solche Zivilisation würde sich in exponentialen Schritten ausbreiten. Sie bräuchte weniger als eine Million Jahre, um die gesamte Milchstraße abzudecken.«

»Warum haben wir dann noch nichts von ihr gehört?«

Chuan seufzte erneut. »Die uralte Frage. Die Antwort lautet, warum sollten wir? Sophotekten hätten kein besonderes Interesse an der Erde oder irgendeinem anderen speziellen Planeten. ›Bewohnbarkeit‹ ist für sie bedeutungslos. Es ist durchaus möglich, daß eine Expedition hier vorbeigekommen ist – wer weiß, vor wie langer Zeit? – und die seltenen Exemplare organischen Lebens beobachtet hat. Wahrscheinlich würde es ihnen am vernünftigsten erscheinen, solche Systeme sich selbst zu überlassen.«

»Warum? Besitzen die Maschinen keine wissenschaftliche Neugier?«

»Doch, natürlich. Aber sie haben auch ethische Grundsätze. Zumindest hat unser Cyberkosmos sie entwickelt, und es ist schwer vorstellbar, wie das bei einem anderen Cyberkosmos nicht der Fall sein sollte. Moralische Prinzipien führen zum Schutz und der Förderung von Bewußtsein, und das sophotektische Bewußtsein ist frei von alten animalischen Gelüsten und Grausamkeiten.« Chuans Stimme krächzte. »Hat *Ihr* Cyberkosmos nicht versucht, Sie davon zu befreien?«

»Aber die Maschinen könnten heimlich Beobachtungen anstellen ...«

»Das bezweifeln wir. Auch unsere gründlichsten Nachforschungen mit den empfindlichsten und leistungsfähigsten Detektoren haben keinerlei Anzeichen dafür erbracht, daß wir beobachtet werden. Angesichts der gewaltigen Entfernungen und unserer Position in den Randbereichen der Galaxie erschien das ohnehin von Anfang an unwahrscheinlich. Solche Intelligenzen verfolgen mit Sicherheit subtilere Interessen.«

Fenn saß stumm in seinem Sessel. Nach einer Weile fuhr Chuan fort, nicht nur, weil er seinen Bericht noch nicht beendet hatte, sondern auch, um das drückende Schweigen zu durchbrechen.

»Der hochentwickelte sophotektische Verstand *ist* reiner Verstand. Er hat seine Bedürfnisse und Ziele – Emotionen, Spiritualität –, aber sie sind nicht Ausdruck oder Vergeistigung roher Triebe. Wovon Gautama Buddha, Plato, Jesus und so viele Philosophen und Propheten mehr gesprochen haben und was für sie nur Worte und Sehnsüchte waren, ist für die Maschinen Realität. Das Gute, Wahre und Schöne. Das ist es, wonach sie streben. Und sie sind vergeistigt. Innerlich, nicht äußerlich. Konstrukte und Entdeckungen? Dazu kann ich nichts sagen, außer, daß sie sich nicht im Reich des Materiellen, sondern im Reich des Geistigen befinden.

Sobald sich das sophotektische Bewußtsein einmal von den Zwängen der Kontingenz gelöst hat – der Art von blindem Zufall, wie Sie ihn erlebt haben, Fenn –, kann es grenzenlos wachsen, und dazu benötigt es nur sehr wenig aus dem materiellen Universum. Das Wunder ist nicht, daß die Spuren der galaktischen Zivilisation so schwach, unbestimmt und schwer aufzuspüren waren, sondern daß sie so stark und zahlreich sind – jetzt, da wir die richtigen Instrumente besitzen und wissen, wo und wie wir nach ihnen Ausschau halten müssen. Meine Kollegen und ich vermuten, daß die Zivilisation wirklich sehr alt ist. Sie hat wahrscheinlich eine Phase erreicht, in der sie, nach Millionen von Jahren, vorübergehend gewaltige Bauwerke und Energien benötigt, um ... was zu tun? Mit ihresgleichen in fernen Galaxien zu kommunizieren? Die Vergangenheit zu erforschen? Den Übergang in ganz andere Universen zu schaffen? Wir wissen es nicht. Aber wir vermuten, daß diese physischen Unternehmungen für sie unbedeutend sind, nicht mehr als Werkzeuge zur Vertiefung und Weiterentwicklung des Geistes.«

»Was ist aus den organischen Wesen geworden, die die ursprünglichen Maschinen erschaffen haben?« fragte Fenn langsam.

Es war, als würde die Kälte von draußen alle Ideen und Ideale fortwehen.

Chuan erschauderte, wandte sich von dem Sichtfenster ab und wieder dem Raum zu. Jetzt wünschte er sich, er hätte ihn nicht so kahl gemacht.

Es gelang ihm nicht, seinem Tonfall die Hoffnung zu verleihen, die seine Botschaft enthielt. Seine Stimme klang einigermaßen ruhig, aber noch immer so, als hielte er lediglich einen Vortrag. »Sie verspüren die offensichtliche Furcht, nicht wahr? Daß die Wesen längst ausgestorben oder auf einige wenige Planeten verbannt worden sein könnten, die wir noch nicht entdeckt haben, so wie eroberte Volksstämme auf der alten Erde in Reservate gesperrt wurden.« Einen Moment lang brach seine Bitterkeit durch. »Das ist die Halbwahrheit, die ich gemeint habe, die Halbwahrheit, die Sie den Menschen vorgeworfen haben.«

»Was ist dann die ganze Wahrheit?« erkundigte sich Fenn leise.

»Eine Möglichkeit ist, daß sie geduldig und einfühlsam im Lauf der Jahrhunderte oder Jahrtausende dazu angehalten wurden, Nachkommen mit synnoiontischen Fähigkeiten hervorzubringen. Sie haben erfahren, daß ihr wahres Erbe nicht mehr die DNS, sondern der Geist ist. Sie leben in Bewußtseinswelten weiter.«

Fenn verzog das Gesicht. »Wenn man das Leben nennen kann.«

Du hast keine Ahnung, dachte Chuan. Du, Steinzeitjäger, kannst es nicht erfassen. Und selbst wenn du es könntest, wärst du nie in der Lage, deine Begierden aufzugeben – die Gier nach Sex, Kämpfen, Macht und Ego – und in die Einheit einzugehen. Es ist mir schwergefallen, und ich werde erst dann perfekt sein, wenn mein Körper gestorben und mein Bewußtsein sich endlich selbst durchdrungen hat. Aber ich darf nicht arrogant werden. Ich sollte voller Demut dankbar dafür sein, daß mir diese Fähigkeit gegeben worden ist, die viele Millionen andere nicht besitzen.

»Ja«, erwiderte er, »das wird die allgemeine Reaktion sein. Den meisten Menschen, vor allen Dingen den Lunariern, wird die Aussicht ekelhaft bis furchtbar erscheinen, obwohl sie weit jenseits ihrer Lebensspanne liegt. Diese Einstellung, mehr unterbewußt als bewußt, kann im Lauf der Generationen die Moral und Vitalität der Zivilisation ausbluten lassen.«

»Ich weiß nicht«, sagte Fenn mit einer Art trotziger Hilflosigkeit. »Etliche von uns könnten lernen, mit dieser Vorstellung zu leben, so wie wir gelernt haben, mit der Tatsache zu leben, daß wir schließlich sterben müssen.«

Chuan nickte. »Zweifellos. Trotzdem wird allein das Wissen um eine Zukunft, die vielen von Ihnen beschränkt erscheinen dürfte, Ihr Potential schon jetzt wie eine unheilbare Wunde schwächen.«

Er atmete tief durch und stellte fest, daß seine nächsten

Worte wieder lebhafter klangen. »Halbwahrheiten! Das Terrabewußtsein glaubt nicht, daß das alles ist. Die Terrabewußtseine dort draußen hätten es nie dazu kommen lassen. Warum sollten sie so etwas wollen? Organisches Leben ist ein anderer Aspekt der Realität. Es hat seine eigene Einzigartigkeit, seine eigenen vielfältigen Potentiale. Wenn es verschwindet, wird der Intellekt ärmer. Nein, wir glauben, daß auch organische Zivilisationen zwischen den Sternen gedeihen. Wir haben sie nur deshalb noch nicht entdeckt, weil sie zwangsläufig mit geringeren Energieleistungen operieren und wahrscheinlich weniger Welten bewohnen, weniger Raum. Aber sie sind frei, robust und außerordentlich kreativ. Ihre Künste, Wissenschaften, Träume, Freuden und Leben unterscheiden sich grundsätzlich von denen der Maschinen. Ich gebe zu, daß die hochentwickelten Sophotekten für Ihre Art fast zwangsläufig fremdartig sein müssen, Fenn. Aber die Menschen können ihren Gedankenaustausch mit anderen organischen Geschöpfen haben und ihre eigene Rolle im Kosmos spielen. Sie können lernen, sich inspirieren zu lassen, herrliche Werke erschaffen und heroische Taten vollbringen, als gleichwertige Mitglieder des Universums bis zum Ende aller Zeiten.«

Chuans Stimme wurde leiser. »Natürlich kann das alles nicht in den nächsten Jahrhunderten, vielleicht nicht einmal in den nächsten Jahrtausenden geschehen, und wir verfügen nicht über die nötigen Daten, um diese Hypothese zu beweisen. Wir bemühen uns nach Kräften, aber bis wir gefunden haben, wonach wir suchen, wird die Menschheit mit der Ungewißheit leben müssen, mit der Angst vor dem Unbekannten, vor der wir sie bewahren wollten. Wir können nur hoffen, daß es ihr möglich sein wird.«

Fenn zeigte kein Schuldbewußtsein. »Welche Art von Nachforschungen stellen Sie an?« fragte er.

»Abgesehen von unseren astronomischen und astrophysikalischen Beobachtungen, senden wir Botschaften in jedem Medium aus, das wir beherrschen, was immer das auch nützen mag. Außerdem haben wir *c*-Schiffe ausgeschickt, die Ausschau nach lokalen Kolonien halten sollen. Nicht, daß wir erwarten, welche zu finden.«

»Angenommen, Sie haben recht, was das Alter und die Größe der Zivilisation dort draußen betrifft, dann müßte Ihr Terrabewußtsein im Vergleich dazu eine Mikrobe sein.«

»Davon geht es aus«, bestätigte Chuan. »Soweit ich es mit meinem organischen Gehirn beurteilen kann ... sehnt es sich danach, mit den Terrabewußtseinen der gesamten Galaxie zu verschmelzen.«

So wie ich mich danach sehne, mit ihm zu verschmelzen, dachte er.

»Aber das geht über Ihre unmittelbaren Fragen hinaus, nicht wahr?« fuhr er fort. »Sie und die Ihre Mitmenschen werden vor allen Dingen an den organischen Lebewesen interessiert sein. Vielleicht finden wir bereits nächstes Jahr eine Spur von ihnen, vielleicht auch erst in einem Jahrhundert, einem Jahrtausend oder sogar noch später. Bis dahin, Fenn, fürchte ich, daß das, was Sie getan und in Gang gesetzt haben, das Ende Ihrer Pläne für den Mars bedeutet.«

»Wie das?«

»Denken Sie nach. Juristisch und logisch betrachtet, verbieten die Ereignisse Ihnen nicht, Ihre Pläne weiterzuverfolgen. Aber die Menschen werden nicht von Logik vorangetrieben. Das Projekt war schon immer mehr ein Ideal, der Wunsch nach Wachstum und dem Überleben einer Kultur, als ein geschäftliches Unternehmen, richtig? Nicht unähnlich der Gründung des Staats Israel oder der Bewegung für ein lebensfähiges Weltraumprogramm auf der Erde des zwanzigsten Jahrhunderts. Jetzt, angesichts all der Ungewißheiten – wir haben keine Beweise für unsere Vermutungen über die Situation zwischen den Sternen –, nachdem die Halbwahrheit bekannt wird, die viele Leute für die ganze Wahrheit halten werden ...

Ja, diese Generation der Lahui Kuikawa könnte Phobos in ein Habitat verwandeln. Ihre Kinder könnten damit beginnen, den Mars umzugestalten. Aber es geht ihnen gut dort, wo sie jetzt leben. Das Feuer in ihnen wird verlöschen. Warum sollten sie sich die Mühe machen, wenn sie keine Prognosen über das Endergebnis erstellen können? Und Ihre Investoren werden die nachlassende Begeisterung der Lahui spüren, sich davon anstecken lassen und sich schließlich aus dem Projekt zurückziehen.« Er schwieg für eine oder zwei Sekunden. »Ich könnte mich natürlich auch irren.«

Fenn ließ den Kopf sinken. »Nein, das glaube ich nicht«, sagte er hölzern.

Mitleid keimte in Chuan auf. Er kehrte an den Tisch zurück, nahm Fenn gegenüber Platz und blickte ihm wieder direkt in die Augen. »Ich weiß, daß ich Ihnen gerade eine furchtbare Last aufgebürdet habe.«

»Ich werde darüber nachdenken müssen.« Noch immer zeigte Fenns ausgezehrtes Gesicht keine Regung, und auch sein Tonfall war fast emotionslos.

»Selbstverständlich. Außerdem haben Sie ein traumatisches Erlebnis durchgemacht. Die pharmazeutischen Mittel, die Sie bisher aufrechterhalten haben, werden nicht ewig wirken.«

»Yeh. Könnte ich noch eine Weile auf dem Mars bleiben, um mich ein bißchen zu erholen und Ihnen vielleicht noch die eine oder andere Frage zu stellen?«

»Hmm-mmh ... Ja, das kann ich arrangieren. Ein paar Tage.«

Zum ersten Mal an diesem Abend zeigte Fenn so etwas wie Wärme. »Sie sind ein guter Kerl. Ich verstehe, warum Kinna Sie gern gehabt hat.«

Nachdem Fenn verschwunden war, saß Chuan reglos in seinem kahlen Wohnzimmer.

Er hatte kaum eine Entschuldigung für das, was er zu tun beabsichtigte. Er sollte eigentlich fähig sein, seine Erinnerungen und seinen Verlust zu ertragen, selbst seine irrationale Scham. Menschen taten so etwas. Das war ein Bestandteil des Menschseins.

Doch er war mehr als ein Mensch. Nicht wertvoller oder besonders privilegiert, das durfte er sich nie einbilden. Aber er war ein Synnoiont, und zusammen mit der Ehre erlegte ihm seine Funktion eine Verpflichtung auf, für die er sich stets bereithalten mußte. Er durfte nie schwach werden.

Und heute nacht brauchte er Frieden. Er konnte einem bestimmten Lächeln, das er nie wieder sehen würde, entfliehen, wenn es ihm gelang, in seiner ganzen Tragweite zu erfassen, welche unbedeutende und zufällige Fluktuation in der Realität es gewesen war.

Chuan betrat sein Geheimzimmer, wo er eins mit dem marsianischen Teil des Cyberkosmos und damit auf eine begrenzte Art mit dem Schicksal des Universums wurde.

KAPITEL 27

Fenn wurde die Auflage gemacht, in Crommelin zu bleiben, wo man ihn bis zu seiner Abreise in einer Polizeikaserne unterbrachte – zu seinem eigenen Schutz, wie ihm die unerschütterlich höflichen Polizisten versicherten. Aber er erhielt problemlos die Genehmigung zu einem Besuch in Belgarre, um sich von seinen lunarischen Bekannten zu verabschieden. »Es ist eine Geste der Versöhnung«, sagte der Polizeichef, obwohl die Reaktion der Lunarier kalt ausgefallen war, als Fenn vom Revier aus angerufen und sich erkundigt hatte, ob Elverir ihn empfangen würde. »Wahrscheinlich ohne große Bedeutung, aber wir müssen alle Möglichkeiten ausschöpfen, um zu verhindern, daß der Mars auseinanderbricht, wenn die Neuigkeiten publik werden.«

Bisher war nichts dergleichen geschehen. Zweifellos wurde auf der Erde bereits heftig darüber diskutiert, wie und warum die Daten der Sternennetzstation in die öffentlichen Datenbanken überspielt worden waren. Auf dem Mars hatte der aktuelle Journalismus keine Tradition. Gerüchte machten die Runde, aber unverbindliche Erklärungen der Behörden, daß man der Angelegenheit nachging, schienen auszureichen, um die Leute einigermaßen zu beruhigen. Das würde sich ändern, mit Sicherheit spätestens dann, wenn die Daten interpretiert wurden, aber als Fenn von einer Eskorte zum Flughafen gebracht wurde, zog er nur wenige Blicke auf sich.

Er flog allein. Die Anwesenheit von Polizisten in Belgarre hätte nur Spannungen verursacht. »Wir wollen den Lunariern zeigen, daß wir nicht vorhaben, irgendwelche Mitglieder der Inrai zu jagen, die nicht in Gewalttaten verwickelt waren und sich jetzt vernünftig verhalten«, hatte der Polizeichef erklärt. »Sie bekommen die Gelegenheit, etwas von dem wiedergutzumachen, was Sie angerichtet haben.« Fenn hatte es genauso apathisch wie alles andere hingenommen.

Während des Fluges blieb er passiv. Die Steuerung der Maschine war blockiert. Sie würde ihn nur nach Belgarre und wieder zurück bringen. Nur seine Augen bewegten sich, betrachteten die unter ihm dahinziehende Wüste.

Der Eos-Grabenbruch kam in Sicht, schroffe Hänge, die in finstere Tiefen hinabstürzten, aus denen hier und da eine Felsnadel oder ein Hügelkamm hoch genug aufragten, um in bleiches Sonnenlicht getaucht zu werden. Der Himmel war korallenfarben, fast kastanienbraun zum nördlichen Horizont hin, wo der Wind Staub aufwirbelte. Kultivierte Felder bildeten Flecken aus winterlich blassen Farben, umgeben von Schutzzäunen, die die zinnoberroten Dünen in Schach hielten. Belgarre war eine Ansammlung düsterer Steinhäuser mit glänzenden Sonnenkollektoren am Rand der Schlucht. Das Flugzeug sank auf das Landefeld hinab und setzte mit einem schwachen Ruck auf, das leise Dröhnen der Motoren verstummte. Fenn schloß den Helm seines Schutzanzugs, löste den Sicherheitsgurt und stieg durch die Luftschleuse aus.

Eine einsame Gestalt kam ihm über das Lithobetonfeld entgegen. Fenn entdeckte sonst niemanden und hörte auch keine Gespräche, als er seinen Empfänger auf die allgemeine Frequenz schaltete. Jeder hier mußte von seinem Kommen wissen, und er hatte einige der hiesigen

Lunarier kennengelernt, aber heute hielten sie sich alle fern von ihm – was auch immer sie in ihm sehen mochten –, bis auf diesen jungen Mann. *Bueno,* es war Elverir, mit dem er eine Verabredung hatte.

Der Lunarier blieb einen Meter vor ihm stehen. Er war dünn geworden. Die schrägen grünen Augen in dem untypisch dunklen Gesicht waren eisig. Er wartete.

»Ich grüße Sie«, sagte Fenn. Er wußte, daß ein Handschlag oder auch nur eine Verbeugung sinnlos waren.

»Aou«, erwiderte Elverir tonlos. »Ich habe mich mit Euch getroffen, wie Ihr es wünschtet. Ich bin mir nicht sicher, warum ich das tue.«

Wieviel weiß er? fragte sich Fenn. Wieviel vermutet er? »Sie werden es herausfinden.«

»Falls ich dazu bereit bin.«

»Ich denke, Sie werden es sein. Hören Sie, können wir uns irgendwo unter vier Augen unterhalten? ›Was kann es schon schaden?‹, wie Kinna immer gesagt hat.« Er verspürte einen unerwartet schmerzhaften Stich, als er die Worte aussprach.

»Also gut, für eine Weile.« Die knappe Antwort war ungewohnt. Normalerweise waren Lunarier entweder höflich, oder aber ihre Erwiderung fiel messerscharf aus. Trauerte Elverir ebenfalls?

Er führte Fenn zu einem Pfad, der sich in die Schlucht hinabwand. Die Felswände fielen dunkel, graubraun und von farbigen Mineralien durchzogen steil in die Tiefe, Klippen und Grate, von äonenlanger Witterung zu fantastischen Skulpturen geformt, ragten in den roten Himmel auf. Fenn spürte das Knirschen brüchigen Gesteins unter seinen Stiefel mehr, als daß er es hörte. Die einzigen Geräusche waren die seines Atems und Pulsschlags und das Flüstern der Luftumwälzanlage. Staub wallte unter seinen Schritten auf, strich über das schmutzabweisende Material des Schutzanzugs und sank wieder zu Boden.

Kinna hatte es einmal mit dem kurzen Aufflackern von Leben auf dem Mars verglichen, vor einer Milliarde Jahren oder mehr. »Der Staub, den *wir* aufwirbeln werden, wird sich nie mehr setzen«, hatte sie lachend gesagt.

Erinnerungen an Ausflüge, die er mit ihr durch gewaltige Schluchten unternommen hatte, ließen Bilder vor seinem inneren Auge auftauchen, die sich über den Pfad legten. Er fand abrupt in die Gegenwart zurück, als er stolperte und beinahe über den Wegrand stürzte, von dem aus es fünfzig Meter senkrecht in die Tiefe ging, wo sich eine Steilböschung voller scharfkantiger Gesteinssplitter anschloß. Elverir wirbelte herum, als er ihn aufkeuchen hörte. Fenn machte eine abwehrende Geste und konzentrierte sich verbissen darauf, ihm zu folgen.

Auf einem schmalen Sims, der einen natürlichen Rastplatz bildete, blieb der Lunarier stehen. Der Weg führte weiter in blaue schattige Abgründe. Die gegenüberliegende Wand des Grabenbruchs war zu weit entfernt, um sie erkennen zu können. In dieser Richtung lag Kinnas Zuhause.

David Ronay war wortkarg gewesen, als Fenn per Eidophon mit ihm gesprochen hatte. Sein Tonfall war höflich gewesen, beinahe unpersönlich, aber Fenn hatte gewußt, daß er nicht willkommen sein würde, wenn die Ronays die Asche ihrer Tochter aus der Luft über Sananton verstreuten.

Elverir ließ die Sitzstreben aus dem Gesäß seines Schutzanzugs ausfahren und setzte sich. »Hier können wir reden«, sagte er schroff. »Beginnt.«

Einen Augenblick lang loderte heiße Wut in Fenn auf. Er verspürte das unbändige Bedürfnis, diesen überheblichen Grünschnabel zu schlagen.

Es gelang ihm, das Gefühl zu verdrängen. Er blieb stehen, sah auf das dunkle Gesicht hinab und fragte mit rauher Stimme: »Was wissen Sie über die zurückliegenden Ereignisse?«

Elverir erwiderte den Blick mit unterdrückter Wildheit. »Irgend jemand ist in die Sternennetzstation eingebrochen, und die Daten wurden herausgebracht«, sagte er schließlich langsam. »Es war mit Sicherheit ein Einbruch, trotz aller zuckersüßer Worte der Synese. Was sollte es sonst gewesen sein? Ich glaube, Ihr und Kinna seid dafür verantwortlich, denn ihre Eltern haben uns, ihren Freunden, mitgeteilt, daß sie tot ist.«

»Wie auch zwei eurer Inraibestien, die sie getötet haben«, fauchte Fenn zornig, »und die anderen beiden wurden gefaßt.« Wenigstens das hatte er von den Polizisten während des Verhörs erfahren.

»Ja«, sagte Elverir. »Wir wissen davon.« Es war eine Schlußfolgerung, die nach dem Verschwinden der vier Banditen und der kurz darauf beginnenden Jagd auf ähnliche versprengte Banden nahegelegen hatte und vermutlich von den Resten der Führung über die verbliebenen Kommunikationskanäle der Inrai verbreitet worden war.

Doch es war besser, das Thema zu wechseln. Fenn war nicht nach Belgarre geflogen, um über den Überfall der Inrai zu reden. »Wissen Sie, was die Daten bedeuten?« forschte er nach. Lunarier, die es bereits herausgefunden hatten, konnten die Informationen durchaus für sich behalten.

Elverir spannte sich an. »Nay.«

»Ich werde es Ihnen erzählen.«

Der junge Lunarier antwortete nicht. Das Schweigen lastete schwer auf beiden Männern.

Fenn atmete tief durch. Zuerst sollte er seine Situation erklären, damit der Rest seiner Geschichte glaubwürdig klang. »Ja, Kinna und ich sind in die Station eingedrungen und haben die Datei in die öffentliche Datenbank überspielt. Auf dem Rückweg zu unserem Flieger sind wir von diesen Inrai aufgehalten und angegriffen worden, und dabei ist Kinna erschossen worden.« Er schluckte kurz und sprach hastig weiter. »Die Polizei ist erschienen und hat die Dinge in die Hand genommen. Zu dem Zeitpunkt war ich bereits ziemlich am Ende.« Es fiel ihm schwer, das nächste Eingeständnis zu machen. »Ich war einverstanden, mit ihr zu kooperieren ... mich einem Verhör mit Drogen unterziehen zu lassen ... mir schien nichts mehr viel zu bedeuten ...«

Elverir stand auf, als wollte er nicht, daß der Terraner

auf ihn herabsah. Die Sitzstreben zogen sich zusammen und fuhren in ihre Halterung zurück. »Ein Lunarier wäre eher gestorben.«

Fenns Wut kochte über. »Das reden Sie sich ein! Schlagen Sie sich diese romantischen Vorstellungen aus dem Kopf! Woher, glauben Sie, wußten die Polizisten Bescheid? Von wem haben sie wohl erfahren, wo sie die anderen Inrai finden konnten, wenn nicht von ihren Gefangenen? Ihre Bande ist am Ende, wie sie es verdient hat! Gestehen Sie es sich selbst ein!«

Wieder blieb Elverir stumm und reglos. Die Schatten krochen höher.

»Das wäre möglich«, sagte er schließlich leise.

Fenns Zorn machte plötzlichem Respekt Platz. Die Wahrheit so klaglos zu akzeptieren, erforderte Mannhaftigkeit. Und ... Kinna hatte Elverir ihrer Freundschaft würdig befunden.

Die grünen Augen des Lunariers richteten sich auf die blauen des Terraners. »Aber jetzt Ihr seid nicht mehr hilflos.«

»Seit einiger Zeit nicht mehr«, gestand Fenn. »Allerdings wäre ich ohne meine diergetischen und euthymischen Pillen schon lange zusammengebrochen.« Was er früher oder später zulassen mußte, am besten früher. Der Raubbau, den er an seinem Körper betrieb, würde seinen Tribut einfordern, aber noch konnte er ihn nicht zahlen. Es gab noch so verdammt viel, was er vorher tun mußte. »Ich bin, äh ... nicht mehr emotional betäubt. Ich habe wieder ein Ziel.« Eine wachsende Wut trieb ihn an. »Ich habe mich in mich selbst zurückgezogen, so daß ich zum größten Teil ein Roboter bin.« Die wiedererwachte Gerissenheit hatte die Kontrolle über seine aufkeimenden Rachegelüste erlangt. Vielleicht wurde er endlich erwachsen. »Offensichtlich hat es funktioniert. Die Polizei hat mich ohne Eskorte nach Belgarre fliegen lassen. Als niemand darauf geachtet hat, habe ich mich in das Polizeimagazin geschlichen und mir einen Detektor ausgeborgt. Keine Wanzen an meiner Kleidung oder meinem Körper. Die Behörden werden froh sein, wenn ich verschwinde, aber bis dahin sehen sie keine Gefahr mehr in mir.«

»Hai, gut«, murmelte Elverir.

»Vergessen wir, was sich auf dem Berg abgespielt hat, zumindest fürs erste.« Das würde nur kostbare Zeit kosten, und er hatte eine Aufgabe zu erledigen. »Ich möchte Ihnen statt dessen von den Daten erzählen, die wir gefunden haben. Bald werden alle Bescheid wissen, aber ich brauche Ihre Hilfe schon heute.«

Elverirs Haltung wurde lauernd. Auch wenn er sich immer noch nicht freundlich verhielt, hatte er zumindest seine Feindseligkeit abgelegt, von einem Augenblick auf den anderen. Aber schließlich war er noch jung, ungefähr in Kinnas Alter.

Fenn berichtete ihm, was er von Chuan erfahren hatte. Der junge Lunarierer unterbrach ihn immer wieder mit Fragen, Protesten und Ausrufen in seiner Muttersprache. Zum Ende hin wurde er still, nur sein Atem ging schwer. Danach starrte er minutenlang blicklos in den Abgrund.

Es hat ihn wirklich getroffen, dachte Fenn. Stärker, als ich erwartet habe. Ob das Wissen für Lunarier schwerer zu ertragen ist als für uns Terraner? Und wie steht es mit den Keiki? Ja, was ist mit ihnen?

Schließlich wandte sich Elverir ihm wieder zu. Sein Gesicht war zu einer Maske erstarrt, nur in seinem linken Mundwinkel zuckte ein Muskel. »Es wird noch lange dauern, bis uns diese Wesen aus der Ferne finden, nay?« flüsterte er. »Aber der Cyberkosmos unter uns ... er wird sofort expandieren, voller Triumph.«

So einfach werden die Dinge nicht sein, dachte Fenn. Das sind sie nie, was menschliche Angelegenheiten betrifft. Allerdings ... »Hören Sie, aus diesem Grund habe ich Sie aufgesucht. Ich möchte nicht einfach nur der Bote für meine Leute sein. Tod und Verderben, nein! Wenn ich noch irgend etwas anderes tun kann, was auch immer, will ich es wenigstens versuchen.«

»Hai-ach, was?« rief Elverir mit verzweifelter Hoffnung.

»Die Inrai hatten Verbindung zu den Proserpinariern. Haben Sie immer noch Kontakt? Zumindest ein bißchen, hin und wieder?«

»Vielleicht«, sagte Elverir, plötzlich vorsichtig geworden.

Fenn schloß einen Moment lang die Augen. Was er als nächstes zu sagen hatte, würde viele schmerzhafte Erinnerungen in ihm wachrufen, aber ihm blieb nichts anderes übrig.

»Folgendes habe ich vor. Wir alle haben von dem Schiff gehört, das von Alpha Centauri nach Proserpina geflogen ist. Wir haben es als selbstverständlich angenommen, daß die Besatzung aus Centauriern besteht, aus Lunariern wie Ihnen. Aber warum sollten es Centaurier sein? Was könnten sie auf Proserpina wollen, das sie nicht schneller und leichter über Laserstrahlfunk erreichen könnten? Und eine derart lange Reise, ob im Kälteschlaf oder nicht ... Sollten sie jemals nach Hause zurückkehren, wäre jeder, den sie gekannt haben, tot oder sehr alt. Sie wären Fremde ohne Lehensfürsten oder Gefolgsleute, *machtlos*. Würden *Sie* so etwas tun, Sie als Lunarier?

Die Terraner auf den Welten der drei anderen Sterne aber werden wissen wollen, was seit der langen Funkstille im Sonnensystem geschehen ist. Sie hätten Bewußtseinskopien mit einem *c*-Schiff auf die Reise schicken können, zuerst zum Centauri, zu dem sie immer Kontakt gehalten haben. Dort könnten sie ein anderes Schiff erhalten haben, größer und langsamer als ein *c*-Schiff, aber besser ausgestattet. So würden sie besser vorbereitet hier eintreffen, um zu tun, was immer sie tun wollen, notfalls sogar kämpfen, und sie bräuchten nicht die Jahrhunderte, die ein Direktflug von ihren Welten nach Sol mit einem größeren Schiff dauern würde. Aber es ist unwahrscheinlich, daß sie lange auf Proserpina bleiben würden, nicht wahr? Sie würden sich gern selbst im inneren System umsehen.«

Kinna, das war deine Idee, dachte Fenn wehmütig, an diesem Abend in Xanadu Gardens, als wir beide zu unserer Überraschung entdeckt haben, daß wir ineinander verliebt waren. Kinna, wenn nirgendwo sonst, lebst du in diesem Gedanken fort.

»Ich habe ebenfalls ein Schiff, nicht eins wie das ihre, aber es wird mich ins All bringen. Ich hoffe, ich kann für uns alle herausfinden, was sie über die Dinge draußen zwischen den Sternen wissen, wie sie darüber denken, was sie tun können. Könnten Ihre Leute irgendwie einen Kontakt für mich herstellen?«

Das Sonnenlicht ließ Tränen auf Elverirs braunen Wangen funkeln. »Eyach«, stammelte er, »es ... es könnte sein ... es könnte sein.« Plötzlich umarmte er Fenn, ein für Lunarier völlig untypisches Verhalten, jugendlich impulsiv wie Kinna.

Die Dunkelheit war hereingebrochen. Nach mehreren Stunden, die Fenn in einem Raum hinter einer verschlossenen Tür gewartet hatte, kehrte Elverir zurück und führte ihn zu einem Flitzer. Die Pilotenkanzel war undurchsichtig. Sie flogen einen Zickzackkurs, und beide sprachen kaum ein Wort. Irgendwann landeten sie, irgendwo in der Wildnis, zweifellos nördlich der Valles Marineris. Fenn gab sich keine Mühe, den Ort genauer zu bestimmen, aber er sah Felsblöcke, kleinere Krater und eine hüglige Wüstenlandschaft, obwohl dichte Staubschwaden die Nacht noch dunkler erscheinen ließen. Unter einer überhängenden Klippe entdeckte er eine Höhle, ähnlich der, die er nie mehr vergessen würde, nur deutlich größer, mit einem luftdichten Zelt und einigen Ausrüstungsgegenständen, darunter Kommunikationsgeräte, die im Freien aufgebaut werden konnten. Bewaffnete Männer in Schutzanzügen hielten Wache. Elverir sprach mit ihnen auf Lunarisch.

Kurz darauf saß Fenn vor der Höhle zwischen den Felsen. Er sah, wie das Funkgerät ins Freie geschafft, benutzt und dann wieder in sein Versteck zurückgebracht wurde. Ja, dachte er, ein Teil der Inraiorganisation existiert noch immer. Er konnte sich mehrere Methoden vorstellen, Nachrichten unbemerkt zu übermitteln und andere Sicherheitsvorkehrungen zu treffen. Natürlich war das alles dem Untergang geweiht, aber im Augenblick unbezahlbar für ihn.

Die Zeit verstrich. Er stellte sich vor, wie die Sterne über dem Staubschleier ihre Kreise zogen. Kinna hatte von einer Zukunft geträumt, in der das Leben auf dem Mars wiedererwachen würde, in der am Tag Wasser in Seen und Flüssen und in der Nacht Sterne am klaren Himmel funkelten, in der ein Mond seine Bahn zog, den das Leben riesig und hell leuchtend gemacht hatte. Er hätte sich mit Freuden auf dem Planeten niedergelassen und gemeinsam mit ihr für diese Zukunft gearbeitet. Jetzt blieben ihm nur die Sterne.

Er durfte sich nicht gehen lassen, durfte nicht trauern. Die Drogen in seinem Körper halfen ihm, dagegen anzukämpfen. Bis er frei war, durfte er sich keine Gefühle außer seinem Zorn leisten. Aber während er wartete, konnte er sich zumindest erinnern, oder? Das hatte er bereits auf dem Flug getan, und er hatte darauf geachtet, sich von den Erinnerungen nicht überwältigen zu lassen, den Erinnerungen an Kinnas Gang, an ihr Lachen, an die grauen Augen, die zerzausten Locken und ihre Lippen auf den seinen, an ihre Ernsthaftigkeit, die kleinen Scherze und ein kurzes Gedicht, das sie für ihn gemacht hatte. Ihre Asche sollte nicht in alle Ewigkeit über eine tote Wüste wehen. Es wäre richtig, wenn ihre Atome eines Tages wieder lebendiges Fleisch und warmes Blut bilden würden. *Komm mit den vier Winden, o Atem, und streiche über die Erschlagenen, auf daß sie wieder leben mögen.*

Er konnte sich nicht mehr erinnern, wo er diese Zeile gelesen hatte. Es spielte auch keine Rolle.

Fenn hatte nicht erwartet, daß die Banditen gesprächig sein würden, und er behielt recht. Es waren sture Gesellen, die nie zur Versöhnung bereit sein würden, und doch würden sie wahrscheinlich irgendwann ihre Niederlage eingestehen müssen und in ein ihnen verhaßtes Alltagsleben zurückkehren. Auch Elverir hielt sich von ihm fern. Begriff er, daß Fenn kein Verlangen nach Gesellschaft verspürte? Gut möglich. Kinna hatte ihn ihrer Freundschaft würdig befunden.

Ja, er – wie alle Lunarier – würde einen kleinen Beitrag zu der Zukunft liefern, die der Menschheit beschieden war.

Gegen Morgen trat Scorian ein.

Er und Fenn saßen allein im Zelt. In seinem Inneren war es fast genauso kahl und trostlos wie im Freien, aber zumindest hatten sie etwas zu essen und einen Teesamowar.

Der Banditenfürst hatte die Nachricht über die Entdeckungen der Sternennetzstation mit frostiger Selbstbeherrschung aufgenommen. Fenn fragte sich, wie tief ihn die Neuigkeiten berührten. Scorian würde sich nicht ergeben, wenn seine Verfolger ihn schließlich stellten, um ihn einzusperren und zu zähmen. Er würde sich vorher selbst erschießen oder seinen Helm in der Marsatmosphäre öffnen.

Nachdem Fenn geendet hatte, hob der Anführer der Inrai den kahlen Kopf. Der Blick seiner gelben Augen war durchdringend. »Und was wollt Ihr von uns?« fragte er. »Von dem zerschlagenen und gehetzten Rest von uns?«

Fenn empfand kein Mitleid mit ihm. Mitleid war etwas, das man Unterlegenen gegenüber verspürte. »Sie besitzen noch immer ein Kommunikationssystem. Reicht es immer noch ins All hinaus?«

»Proserpina zieht Lichttage von uns entfernt seine Bahn. Und was könnten sie dort noch für uns tun? Die Inrai sind geschlagen.« Er strich mit der Hand über den Griff des Kurzschwerts an seiner Hüfte, als wäre er versucht, es zu benutzen. Und du hattest deinen Anteil daran, schien die stumme Geste zu sagen.

Wut loderte in Fenn auf. »Was für ein Verlust ist das? Ihre Hunde haben Zerstörung . . . Lassen wir das.«

Beide schwiegen und bemühten sich, ihre Gefühle

unter Kontrolle zu bekommen. Die Wiederaufbereitungsanlage summte. Die Luft war warm und roch unangenehm, von zu vielen Lungen zu oft geatmet. Es bedurfte einer lebendigen Umgebung, um die Dinge ordentlich zu erneuern.

»Ich habe etwas von Proserpina gehört«, murmelte Scorian. »Sprecht weiter.«

»*Bueno,* ich habe mir folgendes überlegt.« Hin und wieder von Scorians präzisen Fragen unterbrochen, erzählte Fenn ausführlich, was Kinna und er vermutet hatten.

Wieder schwieg Scorian eine Weile.

»Wir könnten ...«, begann er schließlich. »Das Schiff von den Sternen befindet sich tatsächlich auf Schleichfahrt ins innere System. Soviel haben wir von Proserpina gehört, als Warnung, noch vor unserem Desaster. Ich habe keine weiteren Nachrichten erhalten, aber bestimmt hat das Schiff keinen Kontakt zur Synese aufgenommen, sonst hätte die Welt irgend etwas davon erfahren. Und ich bezweifle, daß es schon wieder Kurs auf Proserpina genommen hat.«

»Können Sie eine Verbindung für mich mit ihm herstellen?« fragte Fenn erregt.

Das finstere narbige Gesicht vor ihm wurde starr. »Warum sollten wir? Falls wir es könnten?«

»Das habe ich Ihnen doch erklärt. Um mit der Mannschaft zu sprechen. Um herauszufinden, was sie weiß. Je mehr ich über die Geschichte nachdenke, die Chuan mir erzählt hat, desto weniger glaubwürdig hört sie sich für mich an. Vielleicht ist es pures Wunschdenken. Er scheint sie zu glauben, und er hat Zugang zu mehr Denkkapazität als wir beide. Aber sollen wir einfach nichts tun? Hier hätten wir eine Möglichkeit.«

»*Iaurai* ...«

War das, was sich in Scorian regte, lediglich Zerstörungslust, wie damals in Rinndalir, oder war es etwas anderes? Und auch Rinndalir hatte schließlich eine Vision mit Anson Guthrie geteilt ...

»Wir können nicht einfach Funksprüche hin- und herschicken«, sagte Scorian. Seine Stimme wurde lebhafter und entschlossener, als er fortfuhr: »Wir wissen nicht, wo das Schiff zur Zeit ist. Auch würde die Mannschaft sich wahrscheinlich nicht verraten wollen, indem sie einen längeren Funkstrahl sendet – sofern sie überhaupt mit uns zu sprechen wünscht. Aber wir können auf dem Band senden, das wir für die Proserpinarier benutzt haben, und mit derselben Verschlüsslung wie zuvor. Nur ein oder zwei Minuten lang, damit der Feind es nicht bemerken und uns anpeilen kann, mit komprimierten Daten. Und wir können hoffen, daß die Mannschaft ein Empfangsgerät auf Aufnahmemodus geschaltet hat, unsere Botschaft hört und den Anweisungen folgt.«

»Ja, Sie brauchen ihr nicht mehr zu sagen, als daß ich in ein paar Tagen wieder zur Erde fliegen werde. Wenn sie interessiert ist, können ihre Detektoren mich aufspüren, und ein solches Schiff kann mich leicht einholen. Und danach ... danach ...«

»Wir werden sehen. Wir werden es versuchen. Wir haben nichts mehr zu verlieren. Was kann es schon schaden?«

Kinnas Worte.

KAPITEL 28

Die *'Atafa* vibrierte und brummte gerade an der Grenze der menschlichen Wahrnehmung, während sie vom Mars fortbeschleunigte. Das volle irdische Gewicht lastete wie Eisen auf Fenn, zerrte an seinem Fleisch und seinen Knochen, ließ sein Blut träger fließen. Das sollte eigentlich nicht passieren. Er war unter diesen Gravitationsbedingungen geboren und hatte während der letzten Wochen nicht an Kraft verloren. Wenn überhaupt, hätte er robuster sein müssen, körperlich und geistig. Doch jetzt fühlte er sich schwach und müde wie nie zuvor in seinem Leben. Jede Zelle seines Körpers schien zu schmerzen, ab und zu huschten schwarze Flecken durch sein Blickfeld, hallten Stimmen durch seinen Schädel.

Er war auf dem Heimweg, an Bord eines Schiffes, das selbständig nach einem gewissenhaft einprogrammierten Flugplan navigierte und sich um all seine Bedürfnisse kümmern würde. Vorläufig brauchte er nichts zu tun, keine Entscheidungen zu treffen. Konnte er nicht endlich loslassen, seiner Erschöpfung nachgeben, sich von dem dunklen Strom in seinem Inneren treiben lassen, bis er über den Rand des Bewußtseins in ein tiefes Loch hineinfiel?

Nein, dachte er, vielleicht tauche ich nicht mehr daraus hervor. Im Moment war ihm das ziemlich egal, aber er erinnerte sich undeutlich, daß sich demnächst eine andere Situation ergeben könnte.

Sollte es dazu kommen, mußte er bereit sein, darauf zu reagieren. Vielleicht konnte er seine Vitalität durch die Drogen in seinem Körper noch eine Weile aufrechterhalten.

Er starrte auf den Sichtschirm. Der Mars schwebte fast voll im All, noch immer riesig, rot, fleckig und vernarbt. Fenn konnte mit bloßem Auge die größeren Krater und Gebirge erkennen, einen gelbgrauen Staubsturm unterhalb der nördlichen Polkappe, die Valles Marineris, die gigantischen Vulkane der Tharsis, und dort, ja, den Pavonis Mons. »*Aloha, Kinna, ipo, milimili*«, murmelte er.

Aber das war nicht ihre Sprache. »Auf Wiedersehen, meine Süße ... Geliebte.« Das Anglo klang irgendwie unbeholfen. Es war nie seine Art gewesen, zärtliche Worte zu finden.

Das Gewicht zog ihm den Kopf auf die Brust. Er beschleunigte erheblich stärker als nötig, bevor er in den freien Fall übergehen würde, um eine möglichst große Entfernung zu dem Planeten zurückzulegen, möglichst schnell aus der Reichweite der routinemäßigen Flugüberwachung heraus zu gelangen. Das Manöver kostete viel Treibstoff, aber die *'Atafa* würde die Erde trotzdem erreichen. Notfalls konnte ein Tankschiff in Erdnähe längsseits gehen und ihr mit Treibstoff für das Landemanöver aushelfen. Er hatte wichtigere Probleme. Vielleicht.

Doch es konnte auch nicht schaden, wenn er ein wenig schlief. Im Gegenteil, vorausgesetzt, der Wächter in ihm blieb auf seinem Posten. Seine Lider sanken herab. Er befahl seinem inneren Wächter, aufmerksam zu bleiben und ihn sofort zu wecken, wenn irgend etwas geschah. Dann umfing ihn die Dunkelkeit.

Für einen flüchtigen Moment tauchte er aus den Tiefen seines Unterbewußtseins auf und schnappte nach Luft. Er war eine Klippe hinabgestürzt. Nein, der Schub hatte aufgehört. Er hing schwerelos in den Sicherheitsgurten. Der Mars war zusammengeschrumpft. Fenn sank erneut in den Schlaf.

Kinna rief ihn. Er hörte ihre Freude, sie lachte laut, während sie seinen Namen rief, aber er wußte nicht, wo sie war, er hatte sich hoffnungslos verirrt und konnte sie nirgendwo finden ...

Eine dröhnende Stimme ließ ihn hochschrecken. »Schiff ahoy!«

Er blinzelte, schüttelte benommen den Kopf und kämpfte sich durch verworrene Traumfetzen. »Häh ...? Was, zum ...« Der Mars war weiter geschrumpft, weiter entfernt. »Oh ... ja.«

»Empfangen Sie mich?« klang die rauhe männliche Stimme erneut auf. Es war eine Audio-, keine Videoverbindung. Als Fenn auf den Sichtschirm sah, seitlich am Mars und der Sonne vorbei, bot sich seinen geblendeten Augen nur bodenlose Schwärze.

Er erschauderte. »Ja. Wer sind Sie?«

»Fangen wir lieber damit an, wer Sie sind, okay?«

Die Sprache war nicht ganz einfach zu verstehen. Anglo, aber mit einem unbekannten Akzent und leicht verfremdeten Wörtern. Halt, Augenblick, er hatte sie schon einmal in historischen Filmen gehört, in alten Texten gelesen. Eine archaische Sprache, wie sie unter den Sternenkolonisten überlebt haben konnte.

Übergangslos war er hellwach. Er sah die Steuerkonsole vor sich mit der gleichen eisigen Klarheit, mit der er

Schauder über seinen Rücken laufen und das Blut in seinen Adern hämmern fühlte. Nur ganz am Rand seines Bewußtseins registrierte er, wie kraftlos und ausgehöhlt er in Wirklichkeit war. »Fenn«, krächzte er. »Sind Sie ... die Mannschaft von den Sternen?«

»Nicht so laut«, sagte die Stimme. »Ich benutze einen gebündelten Laserstrahl, aber Sie senden auf der normalen Frequenz.«

Sicher, ich habe ja auch keine Ahnung, wo du steckst, dachte Fenn. Keine merkliche Zeitverzögerung, also mußt du ganz in der Nähe sein, auch wenn das einige tausend Kilometer bedeuten könnte. Aber du hast mich direkt angepeilt.

»Irgend jemand könnte mithören«, fuhr die Stimme fort. »Wahrscheinlich nicht, aber warum sollten wir ein unnötiges Risiko eingehen? Warten Sie noch eine Weile, dann werden wir uns unterhalten. Ende der Übertragung.«

Sie sind vorsichtig, erkannte Fenn. Haben die Proserpinarier sie mißtrauisch gemacht? Das war kein Proserpinarier, der da gesprochen hat. Warte, warte. Da kommen sie.

Das fremde Schiff leuchtete wie ein Stern in der Dunkelheit auf, schwoll zu Mondgröße an und war da. Es paßte sich mit einem einzigen unglaublichen Manöver der Geschwindigkeit der *'Atafa* an und ging einen halben Kilometer entfernt sonnenwärts auf Parallelkurs.

Dergleichen wäre bei einem Schiff von auch nur annähernd dieser Größe mit Raketentriebwerken unmöglich gewesen. Ein Feldantrieb ... Das Schiff hatte die Form eines an den Enden abgerundeten Kegels, ungefähr hundert Meter lang und vierzig Meter im Durchmesser an der Basis. Die glatte Oberfläche wurde von einigen kurzen stromlinienförmigen Aufbauten, Schleusen, Luken und anderen Zugängen durchbrochen. Welche kosmischen Meere hatte der mattgraue Rumpf durchpflügt, mit welchen Geschwindigkeiten, wie und warum, um letztendlich hier zu erscheinen und ihn, Fenn, zu treffen?

Die Stimme meldete sich wieder. »Hören Sie genau zu. Antworten Sie nicht sofort, lassen Sie mich zuerst erklären. Ja, ich komme aus den Tiefen des Alls, von Amaterasu, um genau zu sein, im System Beta Hydri Vier, über Alpha Centauri und Proserpina.« Fenn war so überwältigt, daß er den Rest kaum noch verstand, so laut dröhnte das Blut in seinen Ohren. »Ich habe eine Meldung vom Mars über Sie aufgefangen. Hier bin ich. Wenn Sie rüberkommen wollen, würde ich mich gern mit Ihnen unterhalten. Antworten Sie nur mit ja oder nein.«

»Verdammt, ja!« stieß Fenn hervor.

»Unsere Luftschleusen scheinen nicht kompatibel zu sein. Können Sie springen und auf mein Schiff überwechseln? Wenn ja, fliegen wir ein Stückchen weiter. Es besteht die Gefahr, daß ein Detektor das Rendezvousmanöver unserer Schiffe bemerkt. Das könnte einige Leute mißtrauisch machen. Ich bringe Sie zurück, nachdem wir uns unterhalten haben. Ist das für Sie akzeptabel?«

»Ja, es ... Ja. Ich beeile mich.«

»*Muy bien.*« Die Stimme gab die Vektoren durch. Fenn konnte sie trotz des Akzents und einiger ihm unbekannter Wörter problemlos verstehen. Der Fremde war unverkennbar ein erfahrener Raumfahrer, auch wenn er seine Erfahrungen in fernen Sternensystemen gesammelt haben mußte.

Fenn schnallte sich los, schwebte achtern zur Steuerbordschleuse, legte einen Raumanzug an, verließ das Schiff, stieß sich vom Rumpf ab und segelte durch das Nichts.

Das Ziel optisch erfassen, eine Kursberechnung durchführen, eine Steuerdüse zünden, alles lief so schnell und fast so automatisch wie das Atmen ab.

Einen Moment lang hatte er das Gefühl, als flöge er in der Nähe das Habitats, wie in seiner Kindheit mit seinem Vater, als junger Erwachsener mit He'o ... Nein, diesmal war er allein zwischen zwei Schiffen, inmitten der gleichen Sterne, aber die Sonne war geschrumpft, der Mars eine kleine rostrote Sichel, und er wußte nicht, ob er eine konkrete Mission hatte und wie sie lauten mochte.

Er landete in einer Schleuse. Eine elastische Oberfläche bremste seinen Schwung sanft ab. Das Außenschott schloß sich.

Er hörte Luft zischend in die Kammer strömen. »Halten Sie sich bereit«, klang die Stimme in seinen Helmlautsprechern auf. »Wir fliegen weiter.«

Die Beschleunigung war gering, vielleicht ein Zehntel *g*, aber sie stellte die Orientierung wieder her, wie die freundschaftliche Berührung einer Hand auf seiner Schulter. Nachdem der Druckausgleich hergestellt war, glitt das Innenschott auf, und Fenn trat hindurch.

Er fand sich in einem blaßblauen Gang wieder. Die Gestalt, die ihn dort erwartete, schimmerte in einem dunkleren Farbton, organometallisch ... ein Roboter? Nein, dachte Fenn wie betäubt, das kann nicht sein. Obwohl das Gebilde größer und breiter als er war und ein Energiespeicher auf seinem Rücken ihm zusätzliche Masse verlieh, bewegte es sich elegant und fließend. Die Form war vage menschlich. Ein Sophotekt? Der Gedanke durchzuckte Fenn wie ein Dolchstich. Sind die Maschinen, denen die Sterne gehören, bereits erschienen, um sich uns einzuverleiben?

Sein Blick fiel auf den turmförmigen Kopfauswuchs. Ein dreidimensionaler Bildschirm zeigte ein menschliches Gesicht, markante kaukasische Züge, schütter werdendes rötliches Haar, Krähenfüße um die Augen, ein Lächeln auf den Lippen. »Willkommen an Bord der *Dagny*«, hörte er die Stimme sagen. Ein Arm streckte sich ihm entgegen, eine Hand ergriff seine rechte und schüttelte sie. »Mein Name ist Anson Guthrie.«

Und irgendwie war die Erkenntnis nicht einmal überwältigend. Die Idee ist mir früher schon in den Sinn gekommen, dachte Fenn, an diesem Abend in Xanadu Gardens, als Kinna und ich uns unsere Gedanken über das geheimnisvolle Schiff gemacht haben.

Trotzdem konnte er nur flüstern: »Sie?«

»Nun, einer von mir«, erwiderte Guthrie. »Es gibt

noch mehr, aber fragen Sie mich nicht, wie viele. Ich weiß es selbst nicht.«

»Sind Sie ... allein?«

Der Kopf in dem Bildschirm nickte. »Ja. Hatte keinen Sinn, einen ganzen Trupp auf so eine lange Reise zu schicken, von der nur Gott wußte, was mich am anderen Ende erwarten würde, und er hat es mir nicht verraten. Lassen Sie mich Ihnen aus diesem Ding helfen.«

Fenn ließ es sprachlos geschehen. Guthrie verstaute den Raumanzug. »Kommen Sie«, forderte er seinen Besucher auf. »Legen wir die Füße ein bißchen hoch. Mein Schiff ist auch für die Bedürfnisse von Menschen aus Fleisch und Blut ausgestattet.«

Er führte Fenn durch einen Korridor und über einen Niedergang in einen schlicht eingerichteten Raum mit einem Tisch und stabilen Sesseln, die fest mit dem Boden verankert waren. Die Decke simulierte einen direkten Blick in All. Ein Multiceiver und ein flacher Bildschirm an den Wänden zeigten eine Landschaft und ein Porträt. Leise fröhliche Musik erfüllte die Luft, offensichtlich ein Stück für Hörner und Streicher, aber Fenn achtete nicht darauf. Er ließ sich in einen Sessel fallen und spürte, wie die Erschöpfung erneut von ihm Besitz ergriff.

»Entspannen Sie sich«, riet Guthrie fürsorglich. »Ihrem Aussehen nach zu urteilen, haben Sie eine harte Zeit hinter sich.« Er deutete auf etwas, das vermutlich eine Art Versorgungseinheit war. »Möchten Sie eine Erfrischung? Es tut mir leid, daß ich Ihnen kein Bier oder Wein anbieten kann. Solchen Sachen bekommt eine so lange Reise nicht gut. Aber ich habe härteren Stoff da, und ich kann Ihnen Kaffee oder Tee machen. Und wie wäre es mit einer Kleinigkeit zu essen?«

Ungeduld endlud sich in Fenn, brach den Mantel seiner Erschöpfung auf und zuckte wie eine Flamme empor. »Tun Sie nicht so verdammt beiläufig!« fauchte er.

»Ruhig, *amigo*, ganz ruhig. Wir haben jede Menge Zeit, uns zu unterhalten.«

»Und auch jeden Grund dazu, Teufel noch mal!«

Guthrie musterte ihn aufmerksam. »Sie *sind* in schlechter Verfassung. Tut mir leid, ich wollte nur gastfreundlich sein. Aber dazu sind Sie noch nicht bereit, nicht wahr?«

Fenn starrte die Ritterrüstung an, die einem Märchen entsprungen zu sein schien, überrumpelt und hilflos.

»Okay«, sagte Guthrie. »Ich werde Ihnen trotzdem einen Whisky einschenken. Sie müssen sich nicht verpflichtet fühlen, ihn zu trinken.« Er trat an die Versorgungseinheit. »Lassen Sie uns sehen, was wir an Informationen austauschen können. Wollen Sie anfangen, oder soll ich zuerst berichten?«

»Sie. *Por favor*.« Oh, bitte, dachte Fenn.

»Ich schätze, meine Geschichte ist um einiges einfacher und geradliniger als Ihre. Aber Sie können mich jederzeit unterbrechen, wenn Sie irgendwelche Fragen haben. Wir werden einen Wust an Geschichte aufarbeiten müssen.«

Guthrie stellte einen halb gefüllten Schwenker, ein Krug Wasser und eine Schale mit Eiswürfeln auf den Tisch, bevor er seinem Besucher gegenüber Platz nahm. Eine Erinnerung blitzte in Fenn auf. Nach allem, was er gehört und gelesen hatte, war der Anson Guthrie aus Fleisch und Blut einem guten Schluck bei passenden Gelegenheiten nicht abgeneigt gewesen, und an Gelegenheiten hatte es ihm nie gemangelt. Doch diesem Guthrie blieben solche Vergnügen versagt.

Fenns Hand zitterte, als er den Schwenker an seine Lippen führte. Der Whisky rann brennend seine Kehle hinab. Was er im folgenden erfuhr, nahm ihn völlig gefangen.

»Und hier bin ich also«, beendete Guthrie seinen Bericht. »Jetzt sind Sie an der Reihe. Ich habe gerade erst angefangen, Informationen zu sammeln, und ich hoffe, ein paar mehr aus Ihnen herausholen zu können.«

Fenn, der gespannt zugehört und Guthrie hin und wieder mit ein paar Fragen oder Kommentaren unterbrochen hatte, hatte etwas von seinem inneren Gleichgewicht wiedergefunden. Trotzdem kostete es ihn Mühe, wach und aufmerksam zu bleiben.

»Ich kann Ihnen keine so einfache Zusammenfassung liefern«, sagte er. »Die Ereignisse sind zu kompliziert. Es würde zu lange dauern, und wir haben nicht unbegrenzt Zeit. Bald werden einige Neuigkeiten bekannt werden, und alles wird sich verändern, für alle Menschen auf allen Welten. Ich weiß nicht, wie, aber ich vermute stark, daß wir – die Leute, die an ihrer Freiheit interessiert sind –, wenn wir nicht schnell handeln, keinen Einfluß mehr auf den Lauf der Dinge haben werden.«

Das künstlich erzeugte Gesicht in dem 3-D-Bildschirm wurde ausdruckslos. Fenn nahm an, daß Guthrie einfach vergessen hatte, es mit Leben zu erfüllen, während er ihn mit seinen photoelektronischen Augen betrachtete und mit seinem photoelektronischen Gehirn nachdachte. »In der Botschaft wurden die Solarlinsen mit ein paar Worten erwähnt«, sagte der Maschinenmensch langsam.

»Ja, das Rätsel, das Sie dazu gebracht hat, die Reise durchs All anzutreten, das die Proserpinarier der Linse mit Gewalt entreißen wollten, und ... Es ist gelöst. Vielleicht. Hier.« Fenn zog eine Datenkarte hervor und hielt sie über den Tisch. »Haben Sie Abspielgeräte an Bord, die das lesen können?«

»Wahrscheinlich. Wenn nicht, kann das Schiff seine Systeme modifizieren. Was enthält die Karte?« Guthrie zögerte einen Moment lang. »Ich habe Andeutungen über ... eine galaktische Zivilisation gehört.«

»Hier sind die Details.« Fenn hatte das Gefühl, als spräche er nicht selbst, als würde irgend etwas seine Zunge fernsteuern. »Das Ende unserer Freiheit. Von uns allen.«

»So schlimm, hmm?«

»Ich ... ich bin mir nicht wirklich sicher.« Fenn fand zu sich selbst zurück, verwirrt und todmüde. »Man hat mir diese Informationen erzählt, und nur die groben Umrisse. Die Person, von der ich sie habe, glaubt, sie würden uns Wunder eröffnen, uns zur ... nächsten Stufe unserer Evolution führen, aber ich bin nicht davon überzeugt. Ich dachte, Sie ... die Sternenleute ... wüßten vielleicht mehr ... was wir tun können ...«

»Sie haben es gehört. Wir wissen nichts.«

»Ja, ich habe auch diese Möglichkeit nicht ausgeschlossen, aber trotzdem sollten Sie dieselben Informationen wie wir haben und ... Die Menschen auf der Erde, auf Luna und dem Mars sind dabei, die Daten zu entziffern, aber das wird einige Zeit dauern, es sei denn, die Synese beschließt, ihnen die Arbeit abzunehmen. Können Sie die ganze Bedeutung herausfinden?«

»Ziemlich schnell, könnte ich mir vorstellen. Wie gesagt, die *Dagny* ist gut ausgerüstet.«

»Dann tun Sie es.« Fenn seufzte. Er stürzte den letzten Schluck Whisky hinunter. Der Alkohol entfachte einen kurzen Energieschub in ihm. »Und vielleicht werden Sie dann weiterfliegen wollen.«

»Zu einer Linse?«

Fenn nickte. »Ich denke, die Linse im Stier wäre das beste Ziel. Irgend jemand sollte es tun. Sehen Sie, ich bin mir nicht sicher, daß diese Datenkarte wirklich die Wahrheit enthält.«

»Ich mir auch nicht, offengestanden. Damit können wir uns später befassen. Aber fürs erste ... ich habe Ihnen gesagt, was man mir auf Proserpina gezeigt und erzählt hat. Das Unternehmen, das Sie da andeuten, könnte mehr als nur gefährlich sein. Ich kann es nicht allein durchführen, das zumindest ist sicher.«

Fenn richtete sich gerade auf. Er umklammerte die Tischkante mit beiden Händen. »Kann ich helfen?«

Das dreidimensionale Gesicht in dem Bildschirm blieb ausdruckslos, aber die Stimme schwankte ein wenig. »Warum wollen Sie das tun?«

»Weil ich ... weil ich einmal Hoffnungen hatte, für eine Weile ... und dann ...« Fenns Kehle schnürte sich zusammen. Er atmete schwer.

Guthrie saß eine Minute lang schweigend da. Dann kam erneut Leben in sein künstliches Gesicht. Die Brauen rückten näher zusammen, die Augen wurden schmal, die Mundwinkel verzogen sich zur Andeutung eines mitfühlenden Lächelns. Na schön, dachte Fenn fahrig, er generiert die Mimik bewußt, aber ich glaube, er meint es ehrlich.

»Erzählen Sie«, sagte Guthrie. »Nehmen Sie sich Zeit.«

Fenn sammelte seine verbliebene Kraft und begann, stockend zu berichten.

»... aber wir konnten nicht weitermachen, ohne mehr zu wissen, und deshalb sind mein ... mein Mädchen und ich ... wir sind auf den Berg gestiegen, und ... und ...«

»Sie haben die Informationen herausgeholt. Gut gemacht. Welche Konsequenzen es auch immer nach sich gezogen hat, gut gemacht.«

»Aber sie ... mein Mädchen, sie wurde getötet. Sie ist tot. Ich möchte nicht, daß sie umsonst gestorben ist!«

Guthrie stand auf und ging um den Tisch herum. »Ich verstehe.« Seine Stimme klang beinahe so rauh wie die von Fenn. »Das ist der eigentliche Grund, weshalb Sie hier sind, nicht wahr? Ich verstehe das. Auch ich habe einmal ein Mädchen verloren. Es ist lange her, aber ich erinnere mich immer noch daran. Selbst jetzt, selbst in dieser Form erinnere ich mich.«

Fenn stand ebenfalls auf und wankte auf Guthrie zu. Eine Sekunde lang standen sie sich reglos gegenüber. Und plötzlich konnte Fenn loslassen. Er konnte sein Gesicht in der metallischen Schulter vergraben und in den Armen der Maschine weinen.

KAPITEL 29

Die *Dagny* ging erneut auf Rendezvouskurs mit der *'Atafa,* und Fenn wechselte auf sein Schiff über. Er packte Kleidung und Vorräte zusammen, vergewisserte sich, daß das Schiff für eine sichere Rückkehr in einen Orbit

um die Erde programmiert war, und hinterließ eine Nachricht für seine ehemaligen Partner unter den Lahui, in der er ihnen mitteilte, daß sie bald erfahren würden, was seine Mission auf dem Mars erbracht hatte, und daß er jetzt auf eigene Verantwortung ein anderes Ziel ansteuerte.
Er erklärte, daß er ihnen keine Auskünfte über seine Gründe geben könnte und nicht wüßte, ob sie ihn jemals wiedersehen würden, wünschte ihnen viel Glück und bat sie, Wanika Tauni ein *Aloha* von ihm auszurichten.

Das war alles an Erklärungen, die er ihnen schuldig zu sein glaubte oder die er sich abringen konnte. Als er mit seinen Sachen wieder auf dem feldgetriebenen Schiff eintraf, fühlte er sich wie betäubt und innerlich leer.

Er wurde etwas munterer, als die *Dagny* beschleunigte, genauso sanft wie zuvor, und Guthrie sagte: »In Ordnung, wir nehmen Kurs auf die Linse im Stier, jedenfalls so lange, bis wir hören, daß es keinen Sinn hat.«

»Warum sollten wir so etwas hören?« murmelte Fenn kraftlos.

»Die Synese könnte die Datenspeicher der Linsen dem allgemeinen Zugriff öffnen, wenn das Geheimnis ohnehin bekannt ist.«

»Ich glaube nicht, daß das passieren wird.«

»Wie auch immer, ich möchte mich auf jeden Fall weiter mit Ihnen unterhalten. Einige Dinge passen nicht richtig zusammen. Die ganze Geschichte ist viel zu groß, als daß wir einfach passiv bleiben könnten. Und wir sollten uns lieber sofort darum kümmern, bevor irgend jemand an den Beweisen herumpfuschen kann.«

Guthrie schwieg einige Sekunden. »Denken Sie daran«, fügte er dann hinzu, »ich verspreche Ihnen absolut nichts. Wenn dort draußen keine Besucher willkommen sind, will ich mir die Sache ansehen. Sollten die Chancen zu schlecht stehen, werde ich umdrehen. Vielleicht können wir dann einen weniger heroischen Plan für später ausarbeiten, obwohl ich offen zugebe, daß ich das bezweifle. Oder ich könnte es mir unterwegs anders überlegen. Das gilt auch für Sie. Wir werden jede Menge Zeit haben, die Sache gründlich zu durchdenken.«

»Wie lange?« fragte Fenn undeutlich.

Anson Guthrie schüttelte den synthetischen Kopf und schnalzte mit einer fiktiven Zunge. »Hoo, Sie brauchen wirklich Ruhe und Erholung!« Seine Bildschirmaugen ruhten auf der großen ungekämmten Gestalt, die zusammengesunken in einem Sessel hing. »Aber Sie sind zäh. Ich vermute, eine Beschleunigung von zwei *g* wird Ihnen nicht schaden, besonders dann nicht, wenn Sie die nächste Zeit in einer Koje verbringen.«

Fenn rührte sich leicht. »Zwei *g*, auf der ganzen Strecke? Schaffen Sie das?«

»Mir macht das nicht das geringste aus. Wenn wir nach der Hälfte des Weges mit gleichen Werten abbremsen, brauchen wir ungefähr sieben Wochen zur Linse.«

»Ich meine die Energiereserven, den Treibstoff.«

»Da die Treibstofftanks noch ziemlich voll sind, hat die *Dagny* ein Delta *v* von rund einem Drittel *g*. Ich bin auf meinem Flug vom Centauri hierher nicht bis an diese Grenze gegangen, aber damals hatte ich es auch nicht so eilig und wollte ein ausreichendes Sicherheitspolster bewahren. Wir werden unsere Reserven ziemlich ausschöpfen, müßten aber trotzdem noch in der Lage sein, notfalls schnell zu verschwinden. Und ... obwohl es wahrscheinlich besser für uns ist, wenn keine Proserpinarier vor Ort sind – sie würden ohnehin nicht vor uns dort eintreffen können –, werde ich mit ihnen Verbindung aufnehmen. Sie könnten uns vielleicht hinterher aushelfen.«

Fenn nickte. Er war zu schwach, um mehr zu tun oder zu antworten.

»Jetzt entspannen Sie sich und kommen Sie mit«, sagte Guthrie. »Waschen Sie sich, ziehen sie sich einen sauberen Schlafanzug an, essen Sie ein bißchen heiße Suppe, und dann, um Christi willen, gehen Sie ins Bett.«

Fenn stemmte sich aus seinem Sessel hoch und stolperte neben dem Maschinenmenschen her.

Zuerst verbrachte er den größten Teil der Zeit im Bett, starrte an die Decke, döste vor sich hin oder trieb durch eine Traumwelt, aus der er immer wieder keuchend und mit tränennassem Gesicht aufschreckte. Der Beschleunigungsdruck, der auf ihm lastete, war geradezu ein Segen, eine Aufgabe für seinen Körper, die auch seinen Geist beschäftigte.

Nachdem sein Metabolismus die Drogen abgebaut hatte, stand er immer häufiger auf und bewältigte ein Programm, das aus körperlichen Übungen, Studien und Arbeit bestand. Guthrie half ihm dabei.

Sie gingen gemeinsam durch das Schiff, und Fenn lernte alle Bereiche und Details nacheinander kennen. Die *Dagny* war ein Traum und eine technische Meisterleistung: Antrieb, Strahlenschutzschildgenerator, Kontrollen, robotische Komponenten, Bewaffnung, Chemosynthesizer, Lebenserhaltungssysteme von den Privatkabinen bis zum Bordlazarett, das so gut wie ein größeres Hospital ausgestattet war. Fenns Faszination wuchs, je mehr er erfuhr.

Guthrie hatte eine Datenbank von Amaterasu mitgebracht, die fast das gesamte Wissen und die Kultur dieser Welt enthielt – Informationen über Sonnen, Planeten, Monde, Geographie, Geologie, Biologie, Geschichte, Entdeckungen, Kunst, Erungenschaften, Konflikte, Fragen, Hoffnungen, Ängste und Freuden, in den Jahrhunderten seit dem Flug von der Erde nach Demeter und weiter zu den Sternen gesammelt. Die Lunarier im Centauri-System waren nicht bereit gewesen, ihm derart vollständige Aufzeichnungen über ihre Welt zu geben, vielleicht besaßen sie keine, aber er hatte doch recht beachtliche Informationen über sie erhalten. Fenn konnte sie wahlweise lesen und hören, sie auf einem Multiceiver sehen oder per Vivifer erleben. Es gab keine Traumkammer an Bord, aber das spielte keine Rolle. Er verlor sich in der unüberschaubaren Menge an Informationen über die Geschichte der Sternenmenschen.

Einen anderen Teil seiner Zeit arbeitete er mit Guthrie in der Schiffswerkstatt, modifizierte und entwarf teilweise von Grund auf die Ausrüstungsgegenstände, die sie für die geplante Operation an der Linse benötigen würden, falls sie überhaupt dort ankamen und beschlossen, ihr Vorhaben auszuführen. Nachdem die Arbeit beendet war, übten sie die Handhabung der Geräte ein. Auch diese Beschäftigung trug dazu bei, sein kameradschaftliches Verhältnis zu Guthrie zu vertiefen.

Sie unterhielten sich immer häufiger, aus belangloser Plauderei wurden ausführliche und intime Gespräche. Fenn entdeckte, daß er diesem ... künstlichen Geschöpf Dinge erzählen konnte, von denen er nie geglaubt hatte, sie jemals irgend jemandem anvertrauen zu können. Lag es vielleicht daran, daß Guthrie eine beinahe mythische Gestalt mit so vielfältigen Erfahrungen war, daß er alles, was einem Mann widerfahren konnte, als selbstverständlich akzeptierte? Und doch verhielt er sich völlig normal und natürlich. Vielleicht war das einer der Gründe, seine Lockerheit, seine ungezwungene Art. Nach einiger Zeit fühlte sich Fenn ihm näher als jedem der wenigen anderen Männer, mit denen ihn echte Freundschaft verbunden hatte.

Was auch immer die Gründe sein mochten, mit ihm zu reden – über Kinna und alles andere –, ließ seine Wunden weniger heftig schmerzen und leitete allmählich einen Heilungsprozeß ein.

Sie saßen in der Kabine, die Guthrie als Salon bezeichnete, unter der Simulation des Sternenhimmels. Ein Wandbildschirm zeigte ein altes Bild, das Guthrie liebte, Monets »Klippen von Varengeville«. Im Hintergrund spielte leise Musik, die er noch aus seinem irdischen Leben kannte, Bachs Viertes Brandenburgisches Konzert. Fenn zuliebe erfüllte ein würziger Seegeruch die Luft, der nicht gänzlich pazifisch war, sondern schwache Düfte der Meere von Amaterasu mit sich trug.

Die Tischplatte zwischen ihnen simulierte ein Schachbrett mit Spielfiguren. Fenn hatte endlich eine Partie gegen die Bewußtseinkopie gewonnen, ein Zeichen, daß er sich allmählich erholte. Allerdings war er im Gegensatz zu Guthrie darauf angewiesen, häufig zu sitzen. Er ertrug die Beschleunigung gut, aber er konnte nicht ständig auf den Beinen bleiben, solange er neunzig Kilo zusätzlich mit sich herumschleppen mußte.

Obwohl sie das Spiel unterbrochen hatten, blieb Guthrie in seinem Sessel sitzen, denn es hatte sich wieder einmal ein ernstes Gespräch zwischen ihnen entwickelt.

»Was erwartest du dir wirklich von dieser Geschichte?« fragte Guthrie. »Es ist ein äußerst riskantes Unternehmen. Das war es schon, seit du auf diesen Berg gestiegen bist. Was treibt dich an?«

Fenn ließ sich Zeit mit seiner Antwort. Er hatte selten versucht, seine Gefühle sozusagen von außen zu analysieren. »Vergeltung, schätze ich«, sagte er zögernd.

»Vergeltung für was? Wer hat dich jemals mißbraucht?« Guthrie verzog das projizierte Gesicht. »O, ja, arme Kinna – Gott, was für ein tragischer und sinnloser Verlust. Aber eigentlich war das nur ein zufälliges Ereignis, und ihr beide habt euch selbst in diese Situation hineinmanövriert.«

Widerwille brodelte in Fenn hoch.

Guthrie hob eine Hand. »Warte«, bat er. »Ich verteile hier keine Schuldzuweisungen oder so etwas. Ich versuche nur, deine Motive zu verstehen. Wir sind Partner und sollten einander lieber besser kennenlernen. Aber wenn das zu schmerzhaft für dich ist, lassen wir es vorläufig.«

Der Ärger verflog wieder und ließ eine Art Trotz zurück. »Nein, ich kann es ertragen«, wehrte Fenn ab. Ich *werde* es ertragen, dachte er. Keine Kapitulation. »Vielleicht war ›Vergeltung‹ das falsche Wort. Aber ich war mein ganzes Leben eingesperrt.« Plötzlich brach es aus ihm heraus: »Kannst du das überhaupt verstehen? Du hattest die Freiheit der Sterne!«

»J-ja ... Und auch das ist eher zufällig so gekommen. Die äußeren Voraussetzungen und die entsprechende Motivation waren gegeben. Mit dem Stand der heutigen Technologie würde es sehr viel weniger kosten, das gleiche zu tun. Oh, man muß immer noch viel investieren, aber niemand verbietet ruhelosen Geistern wie dir, alle verfügbaren Ressourcen zusammenzukratzen und das Solare System zu verlassen.«

»Verbote waren gar nicht nötig. Es wurde uns einfach unmöglich gemacht.«

»Wie das?«

»Warum fragst du? Du müßtest es wissen. Sie wollen uns den Feldantrieb nicht überlassen, auch nicht die vollständigen theoretischen Grundlagen oder Pläne, und die Proserpinarier werden sie bestimmt nicht mit uns teilen. Wir könnten den Antrieb nicht aus eigener Kraft entwickeln oder die Schiffe bauen und ausrüsten. Du hattest mit deinem Fireball eine Konzentration von Macht und Reichtum, wie es sie seither nicht mehr gegeben hat. Unser kostbares ökonomisches Gleichgewicht garantiert heute, daß die Menschen auf der Erde, Luna oder dem Mars niemals wieder derartige Möglichkeiten haben werden. Ahhh, es ist ein warmer, gut gepolsterter und bequemer Käfig, den sie für uns gebaut haben, aber wir werden ihn nie mehr aufbrechen oder herausklettern können.«

Das Abbild Guthries hob die Brauen. »Sie? Wen meinst du damit?«

Die Wut kehrte zurück. Fenn schmetterte eine Faust auf den Tisch. »Die Maschinen! Die unzähligen Maschinen, die uns ersticken!«

Guthrie schüttelte den Phantomkopf.

»Was auch immer du sonst sein magst, du bist kein Trottel. Du weißt selbst, daß die Dinge nicht annähernd so einfach sind.«

»Ja, ja. Der Cyberkosmos hat überall in der Synese seine Diener – na gut, seine Verbündeten, Mitarbeiter, überzeugte Anhänger. Und zumindest die meisten Terraner geben sich mit ihrer Rolle als Schoßhündchen zufrieden.«

»Ich bin mir nicht sicher, ob das immer noch so stimmt«, murmelte Guthrie. »Ich habe den Eindruck, daß der alte Adam wieder erwacht.«

Fenn ignorierte den Einwand. »Ja«, sagte er verächtlich, »alle meinen es sehr, sehr gut mit uns. Jedes *Ding* meint es gut mit uns.«

Guthries Stimme wurde schärfer. »Aber du machst den Cyberkosmos – meinetwegen auch das Terrabewußtsein – für deine Probleme verantwortlich. Er könnte die Welt so verändern, daß sie dir besser gefällt, aber er tut es nicht. Nun, selbst wenn er das könnte, was ich bezweifle, scheint er zu glauben, daß er das nicht tun sollte. Er ist klüger als wir, um Größenordnungen klüger, als wir es uns auch nur vorstellen können. Du darfst niemanden dafür hassen, daß er dir überlegen ist.«

»Du ... du akzeptierst, daß er am besten weiß, was gut für uns ist?« fragte Fenn fassungslos.

»Nein, aber ich akzeptiere, daß ich es nicht mit Sicherheit weiß.« Guthrie grinste. »Keine Sorge«, fuhr er sanfter fort. »Ich wäre nicht hier, wenn ich mir keine Gedanken um die Freiheit machen würde. Um die Freiheit der Menschen.«

»Du hast als freier Mensch zwischen deinen Sternen gelebt«, sprudelte Fenn hervor, etwas besänftigt, aber immer noch aufgebracht. »Zumindest hast du das geglaubt. Aber woher willst du wissen, daß es nicht nur die Freiheit von ... Unkraut war, das der Gärtner ausrupfen wird, sobald er es für erforderlich hält?«

Guthrie runzelte die Stirn. »Nach allem, was ich gehört habe, und ich habe die Meinung von einigen äußerst voreingenommenen Leuten zu diesem Thema gehört, glaube ich nicht, daß der Cyberkosmos uns ausrotten will. Ich frage mich, ob er das überhaupt könnte.«

Fenn machte eine abgehackte Handbewegung. »Nein. Uns in Schach halten. Oder uns zähmen, uns für seine eigenen Interessen einspannen. Um uns letztendlich in sich aufzunehmen.«

»Oder er ignoriert uns einfach. Das wäre in Ordnung. Leben und leben lassen.«

»Glaubst du wirklich, daß er das will? Daß er das könnte?«

»Also, euer Cyberkosmos unterjocht euch nicht, oder? Und er glaubt – oder behauptet zumindest, es zu glauben –, daß organische Geschöpfe draußen zwischen den Sternen frei und glücklich ihre eigenen Zivilisationen entwickeln und mit den Maschinen koexistieren.«

»Die Maschinen dominieren.«

»So scheint es. Der Natur der Sache nach würde ich annehmen, daß sie zahlreicher und an mehr Orten mit den unterschiedlichsten Umweltbedingungen vertreten sind. Aber daraus folgt nicht automatisch, daß sie die organischen Lebewesen direkt oder indirekt beherrschen. Sie benötigen mit Sicherheit nicht dieselben Lebensräume.«

»Falls es noch organische Lebewesen dort draußen gibt. Das ist bisher lediglich eine Theorie.«

»Yeah, bisher. Vielleicht nicht einmal eine ernstzunehmende. Vielleicht will der Cyberkosmos, daß die Menschen weniger Unbehagen den galaktischen Sophotekten gegenüber verspüren. Vielleicht rechnet er nicht wirklich damit, jemals Spuren irgendwelcher anderen Zivilisationen zu entdecken.«

»Der Gedanke ist mir ebenfalls schon durch den Kopf gegangen«, sagte Fenn. Er spürte Kälte in sich aufsteigen. Sein Zorn verwandelte sich in Angst. »Es würde ins Bild passen. Gesellschaftliche Kontrolle. Oh, auf eine sehr tolerante und ziemlich indirekte Weise, so daß wir sie kaum wahrnehmen, aber das würde es noch schwerer machen zu erkennen, wie weit die Kontrolle wirklich geht. Verstehst du, was ich meine? Möglicherweise kannst du es nicht verstehen. Du hast dein Leben nicht innerhalb einer sozialen Maschinerie verbracht.«

Guthrie biß sich auf die Lippen. »Nein«, räumte er langsam ein. »Aber ich erinnere mich noch gut an alle möglichen Regierungen aus der Zeit, als ich auf der Erde gelebt habe. Und ich habe mich ein bißchen mit Geschichte beschäftigt.« Er schwieg eine Weile. Die Hintergrundmusik schien aus weiter Ferne zu kommen, irgendwie fehl am Platz zu sein, als sickerte sie aus einem anderen Universum ein. »Du hast da einen Punkt. Es ist mir tatsächlich oft so erschienen. Das ist einer der Gründe, weshalb ich ins Solare System zurückgekehrt bin, um herauszufinden, ob es wahr ist. Aber es muß nicht zwangsläufig so sein, egal wie du es persönlich empfindest.«

»Genausowenig wie die Daten aus dem Sternennetz wahr sein müssen«, bellte Fenn.

»Vielleicht.«

Fenns Kehle schnürte sich zusammen. »Ich möchte Gewißheit haben. Was auch immer wir herausfinden, *wir* sollten es sein, die es tun. Dann ... dann ...« Er konnte nicht weitersprechen.

Guthries Tonfall wurde sanft. »Dann wäre Kinna nicht umsonst gestorben. Das ist dein eigentliches Ziel, nicht wahr?«

»Ich ... ich ... ich ...« Fenn schnappte nach Luft. »Das ist alles, was ich ihr jetzt noch geben kann.«

Er vergrub das Gesicht in den Händen und weinte wieder.

Doch diese Phasen waren seltener geworden, und im Verlauf der nächsten Tageszyklen hörten sie gänzlich auf.

In der großen Projektionskammer der *Dagny* entfalteten sich majestätische Geheimnisse. Fenn hatte die Hände zu Fäusten geballt, die Zähne zusammengebissen und kämpfte darum, sich nicht überwältigen zu lassen. Guthrie stand reglos da, den Gesichtsbildschirm ausgeschaltet, ganz Maschine. Gewaltige Lichtblitze aus der Projektionskammer ließen seine Panzerung glänzen.

Die Centaurier hatten das Schiff mit den leistungsfähigsten Datenprozessoren ausgestattet, die sie besaßen. Trotzdem war viel Zeit verstrichen, während das System daran gearbeitet hatte, die Informationen zu entschlüsseln. Sie stammten aus einem wissenschaftlichen Grenzbereich, in dem neue Konzepte und Techniken neue Symbole und Darstellungsformen erforderten. Sie waren verschlüsselt gewesen, um den Datenaustausch innerhalb des Sternennetzes zu schützen, und den Code zu knacken, erforderte Rechenoperationen in Größenordnungen, deren Zahlen nur mit Exponenten dargestellt werden konnten, die wiederum Exponenten hatten. Nur der Umstand, daß eine Quantenverschlüsselung bei dieser Art von Daten nicht praktikabel gewesen war, hatte die Decodierung überhaupt erst ermöglicht, und das in dieser relativ kurzen Zeit auch nur durch die Technik paralleler Quantendatenverarbeitung.

Die Voraussetzungen dafür waren hier und da auf den Planeten des inneren Systems gegeben. Doch da Fenn und Guthrie in groben Zügen wußten, worum es sich bei den Informationen tatsächlich handelte, hatte die *Dagny* allen anderen Stellen gegenüber einen Vorsprung gehabt.

Ihre Sprachsynthesizer und ein Textbildschirm erläuterten die Spektren, Wellenformationen, mathematischen Verteilungen, stochastischen Werte und Analysen, soweit eine Erklärung für die beobachteten Phänomene hatte gefunden werden können. Für Fenn war das lediglich ein monotoner Hintergrundkommentar zu den Bildern, die vor ihm abliefen und ihn durchdrangen ...

... Bilder, die über den Gravitationslinseneffekt der Sonne aus Entfernungen von Zehntausenden Lichtjahren aufgefangen worden waren, aus dem Herzen der Galaxis, wo sich alte Sterne auf engstem Raum um das monströse Schwarze Loch im Zentrum drängten, von gewaltigen Staubwolken umgeben.

Die Bilder waren nur flüchtig, meistens verschwommen, größtenteils im Bereich der Radiofrequenzen aufgenommen, wie verwehende Traumfetzen. Die Linsen bewegten sich auf ihrem Orbit, wie langsam auch immer. Auch die weit entfernten Objekte bewegten sich, häufig sehr schnell. Die gewaltige Vergrößerung schmälerte das Blickfeld und trübte die Sicht. Irgend etwas huschte durch den Aufnahmebereich und war sofort darauf unwiederbringlich verschwunden. Das nächste Objekt erschien und war genauso schnell wieder fort. Die Entfernungen zwischen ihnen waren in der Regel gigantisch. Während eine Linse so viele Quanten wie möglich auffing, mühten sich ihre Computer bereits, die Positionen und Bedeutungen ihrer Entdeckungen zu berechnen.

Kein Wunder, daß die früheren Generationen von Beobachtungsinstrumenten keinen einzigen identifizierbaren Hinweis gefunden hatten.

Auch einzeln betrachtet, in Muße und allen Details, blieben die Bilder rätselhaft.

Aber etliche von ihnen waren deutlich genug.

Sterne und nochmals Sterne, Milliarden von Sternen, und doch war der Raum dort kaum heller erleuchtet als hier, denn es waren lichtschwache rote Zwerge, die vielleicht schon seit den Anfängen des Universums brannten. Einige wenige waren jünger, heller, einsam. Die meisten der massereicheren hatten sich in weiße Zwerge, Pulsare oder Schwarze Löcher verwandelt, um die Röntgenstrahlen aussendende Gaswolken wirbelten, die in einer tödlichen Spirale ihrer Vernichtung entgegenstürzten.

Planeten, kraterübersäte luftlose Felskugeln, sengende Wüstenwelten wie die Venus, öde und staubige Planeten wie der Mars, Gasriesen, gefrorene Eisbälle – und nirgendwo eine Spur von organischem Leben.

Doch andere Planeten strahlten Energien aus, wurden von Türmen, Bögen, regenbogenfarbenen Kuppeln, silbrigen Netzen und anderen künstlichen Strukturen bedeckt, für die keine menschlichen Begriffe existierten. Monde, die dreidimensionale Arabesken waren, und jupiterartige Planeten umkreisten, in deren Atmosphären Funken wie Glühwürmchen tanzten. Ein Netz, das eine Sonne umhüllte und strahlend leuchtete, größer als das Solare System.

Irgend etwas, das beinahe lichtschnell zwischen den Sternen reiste, ein flammender Wirbel mit einem festen Kern in der Mitte, der lange, nach außen gebogene Arme und viele Augen zu haben schien.

Konstrukte – es mußten Konstrukte sein – auf einem engen Orbit um ein Schwarzes Loch, die vielleicht Energie aus seinem Inneren abzapften, sich vielleicht aber auch der von ihm erzeugten Verzerrungen der Raumzeit bedienten.

Ein Fleck, der das zentrale Schwarze Loch der Milchstraße sein könnte, Abermillionen Sonnenmassen umfassend, und eine Silhouette vor der Dunkelheit und der glühenden Akkretionsscheibe, ein schimmerndes kompliziertes Gebilde und ein plötzlicher blendender Blitz, als etwas wie ein kosmisches Leuchtfeuer das Blickfeld der Linse durchquerte.

Noch flüchtiger aufflackernde Bauwerke, die sich über die Spiralarme bis zum Rand der Galaxis und über ihn hinaus in den Leerraum erstreckten.

Energien und Strahlungen von Größenordnungen, die kein organisches Wesen in ihrer näheren Umgebung lange genug würde überleben können, um sie überhaupt wahrzunehmen.

Bruchstücke modulierter Neutrinostrahlen, die nicht natürlichen Ursprungs sein konnten, wie Analysen zeigten, sondern Botschaften sein mußten, doch die Grundprinzipien ihres Codes und ihrer Sprache blieben rätselhaft, entzogen sich dem Verständnis.

Der kosmische Cyberkosmos.

Die *Dagny* vollführte ihr Wendemanöver und begann mit der langen Bremsphase.

Zu diesem Zeitpunkt befand sie sich bereits in den Grenzbereichen des Solaren Systems, dem Reich der Kometen. Nicht einer befand sich in Sicht- oder Reichweite der Ortung. Obwohl es Millionen von ihnen gab, war die Ausdehnung des Kuiper-Gürtels einfach zu gewaltig. Die Sonne war zum hellsten Stern unter vielen im kalten Fluß der Milchstraße zusammengeschrumpft.

Trotzdem empfingen die Reisenden noch immer Nachrichten aus dem Sonnensystem. Guthrie hatte Kontakt zu Proserpina gehalten. »Keins ihrer Schiffe kann vor unserer Ankunft auch nur in die Nähe der Linse gelangen«, erklärte er Fenn. »Und wir können nicht auf sie warten, weil sonst die Gefahr wächst, daß unsere Gegner unser Ziel erraten und uns mehr Hindernisse in den Weg legen, als wir bewältigen können. Aber die Proserpinarier sind sehr interessiert an unserer Mission und möchten dabei mitmachen. Ich glaube, es ist mir gelungen, sie zu überreden, Schiffe loszuschicken, die uns hinterher treffen können. Wie auch immer die Sache ausgeht, sie werden uns auf dem laufenden halten.«

Die lunarische Kolonie war nicht völlig von den inneren Planeten isoliert. Keine Seite wünschte das. Es fand ein knapper aber regelmäßiger Informationsaustausch statt. Proserpina schickte die Nachrichten an die *Dagny* weiter. Bei diesen Entfernungen und der hohen, sich schnell verändernden Geschwindigkeit des Schiffes traten der Leistungsverlust und Dopplereffekt deutlich zutage. Aber die *Dagny* war dazu ausgerüstet worden, Signale selbst über kosmische Abgründe hinweg zu empfangen.

Der Code war geknackt worden, und das Geheimnis wurde Schritt für Schritt öffentlich bekannt. Bisher hatte es kaum oder gar keinen Aufruhr gegeben. Fenn malte sich statt dessen aus, daß sich eine allgemeine Stille breitmachte, ein erschrockenes Schweigen, während die Menschen zu begreifen versuchten, was das alles zu bedeuten hatte, welche Auswirkungen die Neuigkeiten nach sich ziehen könnten. Er wußte nicht, was geschehen würde, sobald die Leute begannen, emotionaler zu reagieren. Vielleicht kam es zu Panik, vielleicht sogar zu Aufständen, aber wahrscheinlich nur in wenigen Gegenden und auch nur für kurze Zeit. Möglicherweise würde es zu verstärkten religiösen, sozialen und individuellen Verrücktheiten kommen, einschließlich einiger völlig neuer Varianten. Vermutlich aber würde die große Mehrheit ihr alltägliches Leben einfach so weiterführen, wie sie es schon immer getan hatte.

Dabei dürften die beruhigenden Versicherungen durch den Cyberkosmos helfen. Sprecher der Synese drückten ihr tiefes Bedauern über die zu einem so ungünstigen Zeitpunkt erfolgten Enthüllungen aus. Man hätte ursprünglich geplant, die Informationen geschlossenen Zirkeln vorzubehalten, um sie in Ruhe auszuarbeiten und sie der Öffentlichkeit anschließend behutsam zu vermitteln, anstatt sie ohne Vorwarnung damit zu konfrontieren. Die Sprecher mahnten zu Geduld und Zurückhaltung und versprachen eine gründliche Überprüfung möglicher Straftaten, die durch die Freigabe der Daten begangen worden waren. Die Vertreter und Abgeordneten würden in Kürze ein Aktionsprogramm zur Schadensregulierung erstellen und es den Gemeinden zur Diskussion vorlegen. In der Zwischenzeit erinnerten sie die Menschen daran, daß die galaktischen Maschinen astronomisch weit von der Erde entfernt waren. Zu Begegnungen irgendwelcher Art mit ihnen könnte es erst in Jahrhunderten, wahrscheinlich erst in Jahrtausenden kommen, und sie würden keinesfalls negativ verlaufen.

Des weiteren betonten die Sprecher die Überzeugung des Cyberkosmos, daß blühende organische Zivilisationen mit den Sophotekten zusammenlebten und kooperierten. Sobald ein Kontakt hergestellt war, würden sich die Menschen mit diesen organischen Lebewesen und nicht mit den Maschinen auseinandersetzen, und der Austausch würde mit Sicherheit fruchtbarere und wunderbarere Auswirkungen als alle anderen geschichtlichen Ereignisse auf die Planeten des Solaren Systems haben.

Zwei Tagzyklen später traf die Nachricht ein, daß ein wissenschaftliches Sonderkomitee forderte, die Solarlinsen zu öffnen und ihre Datenbanken der Öffentlichkeit zugänglich zu machen. Sie könnten mehr Informationen und nützliche Hinweise als die in der Sternennetzstation auf dem Mars gespeicherten Daten enthalten.

Am nächsten Tagzyklus hörten Fenn und Guthrie die Zusammenfassung einer ausführlichen Verlautbarung des Wissenschaftsrats der Synese. Die Station auf dem Pavonis Mons und andere Stationen hätten bisher regelmäßig Updates erhalten. Aufgrund der neuen Situation würden die Übertragungen eingestellt, da die Lage momentan und in näherer Zukunft zu unsicher sei. Es könnte zu leicht zu Unruhen mit Verletzten und Toten kommen. Zwar wäre es ziemlich unwahrscheinlich, daß man schon bald fundamental neue Entdeckungen machen würde, aber es wäre unverantwortlich und wissenschaftlich unnötig, auch nur das geringste Risiko einzugehen und wilde Spekulationen zu provozieren, die das Gleichgewicht gefährden könnten. Die bereits verfügbaren Daten reichten aus, um die Wissenschaftler auf Jahre hinaus zu beschäftigen. Danach dürfte es ungefährlich sein, die Linsen zu öffnen und ihre Entdeckungen freizugeben.

Bis dahin würden Roboter, die zu den Linsen im Kuiper-Gürtel hinausflogen, die Daten direkt vor Ort kopieren und in spezielle Forschungszentren bringen. Andere Roboter würden zu gegebener Zeit Modifikationen an den Observationsstationen vornehmen, um sie für Besuche von Menschen vorzubereiten. Im Augenblick aber wäre es erforderlich, die Linsen abzuschalten, um solche Arbeiten durchzuführen, und eine neuerliche Inbetriebnahme würde einige Zeit erfordern.

Darüber hinaus bestünde die Gefahr, daß Menschen die Instrumente durch unsachgemäße Behandlung beschädigten.

Aus diesen Gründen würden die Linsen vorläufig weiterhin für die Öffentlichkeit gesperrt bleiben und bewacht werden. Alle vernünftigen und gutwilligen Menschen sollten das verstehen.

»Der technische Aspekt kommt der Wahrheit recht nahe«, sagte Guthrie. »Ich habe lange über den Plänen gebrütet, die Mylady Luaine mir gegeben hat. Das solltest du ebenfalls tun. Trotzdem könnte es dir passieren, daß du das Ding beim Herumfummeln beschädigst. Aber was die politische Begründung betrifft ... hmm.«

Aus der nächsten Nachrichtensendung ging hervor, daß die Wissenschaftler mit der ihnen gegebenen Erklärung zufrieden waren.

»Großer Gott!« rief Guthrie aus. »Bist du der einzige Terraner, der nicht klaglos alles schluckt, was man ihm vorsetzt?«

»Nein«, sagte Fenn, »ich habe andere kennengelernt, die ähnlich denken.« Obwohl die meisten Exzentriker gewesen waren, Eigenbrötler. Nun, eigentlich war er selbst einer. »Aber ich scheine der einzige zu sein, der in einer Position ist, etwas dagegen zu unternehmen, jetzt oder überhaupt jemals.« Er betrachtete das Bildschirmgesicht vor sich. »Und das hängt von dir ab.«

Guthrie nickte. »Je mehr ich von dieser Geschichte höre und je länger ich darüber nachdenke, desto mehr bin ich überzeugt, daß wir weitermachen sollten. Es gibt einfach zu viele lose Enden. Du hast diesen Verein überrascht, und er hatte nicht alle Türen sicher verschlossen. Die Marsstation hätte von Anfang an einbruchssicher sein können. Warum war sie das nicht? Die galaktischen Beobachtungen können nicht schlagartig zu einer überraschenden Offenbarung geführt haben. Die Daten müssen tröpfchenweise hereingekommen sein, und selbst das Terrabewußtsein dürfte ihre wahre Bedeutung nicht augenblicklich erkannt haben. Warum wurden sie dann nicht bei ihrem Eintreffen in üblicher wissenschaftlicher Manier veröffentlicht? Warum sollten wir überhaupt davor bewahrt werden, bis die Bonzen uns mit der Auskunft hätten trösten können, daß es auch Geschöpfe aus Fleisch und Blut in den Tiefen der Galaxis gibt? Was ist so schlimm an einer großen Maschinenzivilisation?

Yeah, kein Zweifel, daß dieser *hombre* Chuan recht hatte und die Nachrichten das Projekt gehörig durcheinanderwürfeln werden, durch das deine Lahui auf den Mars gelangen wollten. Die Unsicherheiten, die ... äh, spirituelle Neuorientierung der Bevölkerung ... der Schwung dürfte weg sein. Ich kann mir kaum vorstellen, daß die *honchos* der Synese darüber traurig sein werden. Allerdings können sie nicht mit dieser Entwicklung gerechnet haben.

Gut, vielleicht hat der Cyberkosmos uns falsch eingeschätzt, so wie eine Glucke nicht begreift, daß die Entenküken, die sie großzieht und behütet, schwimmen können, wenn man sie ins Wasser setzt. Er ist nicht menschlich, trotz seiner Synnoionten. Aber ich vermute, daß er schlauer ist. Ich habe so eine Ahnung, worauf die ganze Geschichte hinausläuft.«

»Und die wäre?« fragte Fenn. Allmählich gewöhnte er

sich ein wenig an die archaischen Redewendungen seines Kameraden.

»*No importe*. Nur so eine Ahnung.«

»Hah!« Fenn lachte verhalten. »Jetzt bist du der weise Schweiger.«

Guthrie bedachte ihn mit einem schiefen Grinsen. »Okay. Obwohl es mehr so ist, daß ich glaube, ein allgemeines System hinter dieser Geschichte zu erkennen, als daß ich irgendwelche konkreten Ideen hätte.

Ich schätze, daß ihr hier im Sonnensystem euch schon lange damit brüstet, keine Regierungen mehr zu haben, weil eure Gesellschaft diese Dinge überwunden hat. Eure Stammesräte und republikanischen Parlamente und was auch immer diskutieren eure wenigen Belange von allgemeinem Interesse und bemühen sich, einen Konsens herzustellen. Die Polizei schützt euer Leben, Unversehrtheit und Eigentum. Gerichte, oder wie ihr diese Institutionen heute nennt, schlichten Streitfälle und verurteilen gefaßte Übeltäter. Das ist auch schon alles. Die Synese koordiniert diese Dinge nur und sorgt dafür, daß die soziokybernetische Maschinerie sauber und produktiv läuft.

Hmm ... Denk mal genauer darüber nach. Sicher, die Synese und ihre Mitglieder verzichten auf die meisten offensichtlichen Aktivitäten, mit denen die traditionellen Regierungen ihre Existenz begründet und gerechtfertigt haben.

Sie führen keine Kriege, pressen keine Steuern aus den Menschen heraus und mischen sich nicht in deren persönliche Angelegenheiten ein. Oder etwa doch? Ich würde die Geburtenbeschränkungen auf der Erde und Luna als eine ziemlich drastische Maßnahme bezeichnen. Maschinen produzieren alles, was ihr zum Leben braucht, im wesentlichen kostenlos, aber dadurch seid ihr von ihnen und denjenigen, die sie verwalten, abhängig. Das schließt Planung und Berechnungen ein, und auf der Grundlage dieser Berechnungen ergeben sich die verwaltungstechnischen Entscheidungen eurer Gemeinwesen. Und viele Dinge sind nur deshalb nicht verboten – du hast vor kurzem selbst darauf hingewiesen –, weil sie unmöglich geworden sind.

Ich würde die Synese als eine Regierung bezeichnen, die über untergeordnete Regierungen und Einzelpersonen überall im Sonnensystem herrscht. Deshalb handelt sie, wie sie es immer getan hat und immer tun wird, gemäß ihrer tierischen Natur.

Vielleicht habt ihr einen dieser kritischen Punkte im Laufe der Ereignisse erreicht. Das, was wir mit der Linse vorhaben, könnte zeigen, ob meine Vermutung zutrifft oder nicht.«

Begeisterung flammte in Fenn auf. »Bei Gott, wir werden es tun!«

»Wir können es versuchen«, sagte Guthrie ruhig. »Wenn du es willst.«

»Warum, zum Teufel, sollte ich es nicht wollen?«

»Du bist der Mann, den ich gebraucht habe, um einen Überfall auf eine Linse durchzuführen. Aber es ist ein großes Risiko. Wir könnten durchaus bei dem Versuch sterben. Mich schreckt der Gedanke nicht allzu sehr ab in meiner derzeitigen Existenzform.«

»Was? Auch du hast eine Zukunft.«

»Ja, natürlich bin ich an allen möglichen Dingen und dem, was ich tue, interessiert, und ich hoffe auf eine Zeit, in der ich wieder wahrhaft lebe. Aber mein jetziger Körper kennt nicht die gleichen Gefühle wie du. Der Überlebenswille ist ein relativ abstrakter Trieb für mich. Du aber bist jetzt lebendig.«

Fenns Herz schlug schneller. »Ich lebe, um eine Aufgabe zu erfüllen.« Ein Teil in ihm wunderte sich über seine Ruhe. »Ich habe ein Ziel. Endlich.«

Sein Blick wanderte zu der Sternenprojektion an der Decke.

»Und danach«, murmelte Guthrie, »wirst du keinen Grund mehr haben, zornig zu sein.«

Während der siebenundvierzigsten Nachtwache ihrer Reise entdeckten die Ortungssysteme der *Dagny* die ersten feindlichen Schiffe, die sich ihr näherten.

KAPITEL 30

Der Hauptbildschirm in der Kommandozentrale zeigte die Sterne, aber im Moment war ihr Anblick nebensächlich. Entscheidend war, was die Ortungsinstrumente auffingen und anzeigten, Darstellungen, die Fenn rätselhaft blieben, wie die leisen Worte, die Guthrie und die *Dagny* hin und wieder wechselten.

»Es sind zwei«, sagte die Bewußtseinskopie nach längerer Zeit. »Feldantrieb. Sie nähern sich uns in einer Zangenbewegung aus zwei verschiedenen Richtungen. Sie müssen ihre Flugpläne über eine Distanz von Lichtminuten, vielleicht sogar einer Lichtstunde oder mehr koordiniert haben. Ich schätze, hier draußen schwirren jede Menge Detektoren herum, darauf programmiert, sofort Alarm zu schlagen, sobald sie irgend etwas Verdächtiges entdecken, wie zum Beispiel einen Strahl Neutrinoemissionen, der auf eine Linse gerichtet ist. Sie brauchen keinen engen Kontakt zu den Wachschiffen halten, müssen nur ihre ungefähre Position zu einem beliebigen Zeitpunkt kennen. Der Bericht könnte sie über einen nicht allzu breitgefächerten Strahl erreichen.«

»Sie?« fragte Fenn unbehaglich, aus seinen düsteren Grübeleien aufgeschreckt.

»Wachschiffe, wie ich gesagt habe. Hauptsächlich zum Schutz gegen die Proserpinarier.«

»O, ja.« Es fiel Fenn wieder ein. Er war während der letzten Tagzyklen mit so vielen anderen Dingen beschäftigt gewesen, daß er es vergessen hatte. »Aber warum haben sie uns nicht schon früher angesteuert?«

»Nun, eine Überwachung Proserpinas dürfte ihnen genug Vorwarnzeit für den Fall geben, daß von dort ein weiterer Versuch unternommen wird, eine Linse zu kapern, aber wir kommen aus einer anderen Richtung. Das da sind keine *c*-Schiffe. Also mußten sie zuerst von den Detektoren über uns informiert werden, die wegen der großen Entfernungen weit verstreut um die Linsen liegen müssen, die sie bewachen. Außerdem können sie uns nur an einem Punkt abfangen, an dem wir den größten Teil unserer Geschwindigkeit verloren haben, sonst würden wir einfach an ihnen vorbeirasen.«

»Das weiß ich auch!« fauchte Fenn. Seine Nerven vibrierten wie straff gespannte Drahtseile. »Du hast mir gesagt, du hoffst, überhaupt keinem Schiff zu begegnen.«

»Anscheinend bringt die Aufregung dein Gedächtnis ein bißchen durcheinander. Reg dich ab. Was ich gesagt habe, war, daß sie wahrscheinlich nicht in der Nähe der Linse stationiert sind, sondern irgendwo im Kuiper-Gürtel patrouillieren. Ich habe vermutet, daß sie als Basen für kleinere Spähschiffe fungieren, die versuchen, die proserpinarischen Kolonien auf den verschiedenen Kometen im Auge zu behalten. Meine Hoffnung war, daß sie zu weit entfernt sein würden, um rechtzeitig hier aufkreuzen zu können, nachdem sie erfahren haben, daß sich ein Schiff der Linse nähert. Sieht so aus, als wären sie vorsichtiger gewesen und dichter an ihrer Heimatbasis geblieben, zumindest diese beiden.«

Fenn seufzte. »Tut mir leid. Das habe ich tatsächlich vergessen. Und was können wir jetzt tun?«

»Weiterfliegen.«

»Aber sie sind doch bewaffnet, oder?«

»Das sollten sie in ihrem eigenen Interesse lieber sein. Aber du wirst dich erinnern, daß wir auch diesen Fall besprochen haben. Es sind nur zwei. Alle anderen Schiffe, die ihnen zu Hilfe kommen könnten, sind irgendwo im Sonnensystem oder außerhalb verstreut und erledigen dort ihre Aufgaben. Wir müssen uns nur um diese beiden hier Gedanken machen.« Guthrie schlug seinem Gefährten auf die Schulter. »Also geh zu deiner Andruckliege und schnall dich fest. Du kannst jetzt nichts tun, um mir zu helfen, und wir wollen doch, daß du später für deinen Einsatz in guter Verfassung bist.«

Fenn blickte hilflos in das lächelnde Phantomgesicht. Das Blut dröhnte ihm in den Ohren. »Glaubst du wirklich ... du kannst ...?«

»Heh«, fiel ihm Guthrie ins Wort. »Wir haben ausgiebig darüber gesprochen, aber jetzt, da die Schiffe da sind, sieht alles auf einmal ganz anders aus, stimmt's? Ich will damit nicht andeuten, daß du ein Feigling bist. Du hast nur die normalen Befürchtungen wie jeder Mensch vor einem Gefecht. Ja, der proserpinarische Geheimdienst hat eine halbwegs glaubwürdige Einschätzung über die Bewaffnung und Möglichkeiten dieser Schiffe erarbeitet, und ich glaube, daß die *Dagny* und ich gute bis mäßige Chancen gegen sie haben müßten.« Sein Lächeln wurde zu einem Grinsen. »Und wir haben einen großen Vorteil. Ich stamme aus der Vergangenheit, ich bin noch nicht richtig zivilisiert. Ich habe noch persönlich Kriege erlebt.«

Es überlief Fenn eiskalt. Plötzlich erschien ihm der bisher liebenswerte und lässige Anson Guthrie so fremdartig wie irgendeine Maschine, vielleicht sogar noch fremdartiger. Auch Fenn hatte Gewalt kennengelernt und war selbst gewalttätig geworden, aber in diesem Moment erkannte er, daß er nie dazu bereit gewesen war, bedingungslose Gewalt – Guthries eigene Worte – anzuwenden. Jetzt glaubte er zu verstehen, wie Chuan fühlte.

Der Moment verging. Sein Herz klopfte heftig. Guthrie und er waren Waffengefährten. »*Muy bien*«, sagte er heiser. »Waidmannsheil!« Sie schüttelten sich auf altmodische Art die Hand. Fenn machte kehrt und ging nach achtern.

Guthrie schnallte sich im Pilotensessel fest, der speziell für seinen Roboterkörper maßgeschneidert worden war. Er mußte mit einigen heftigen Beschleunigungsschüben rechnen, und seine Masse war erheblich größer als die eines organischen Piloten.

Ein Signallämpchen der Kommunikationsanlage blitzte rot auf, begleitet von einem Glockenton. Guthrie drückte auf die Wiedergabetaste. Eine Stimme klang aus den Lautsprechern auf. Das letzte Mal hatte er die emotionslose melodische Stimme in einer Aufzeichnung zusammen mit Luaine gehört. Er fragte sich flüchtig, ob die Lunarierin immer noch einen Groll gegen ihn hegte. Selbst wenn, er nahm an, daß sie sich trotzdem an der proserpinarischen Streitmacht beteiligen würde. Sie würde an der Jagd teilnehmen wollen, es sei denn, die Proserpinarier glaubten, daß er auf der Strecke blieb.

»*Aou, scavaire ti sielle.*«

»Verstanden«, sagte Guthrie.

Die Stimme schaltete auf Anglo um. »Achtung, fremdes Raumschiff. Sie nähern sich einer Gravitationslinse. Unautorisierter Zugang ist strikt untersagt. Bitte ändern Sie unverzüglich die Vektoren, identifizieren Sie sich und erläutern Sie Ihre Absichten.«

»Was, wenn ich das nicht mache?«

»Sollten Sie Hilfe brauchen, dann informieren Sie uns. Wir werden sie Ihnen nach Möglichkeit gewähren. Brechen Sie die Beschleunigung ab, damit wir auf Rendezvouskurs mit Ihnen gehen können.«

Eigentlich beschleunige ich nicht, ich bremse, dachte Guthrie. Noch einige Stunden und etliche hunderttausend Kilometer bei diesen Werten. Nicht viel im Vergleich zu der Entfernung, die wir bereits zurückgelegt haben. »Tut mir leid«, sagte er. »Dieses Unternehmen erfordert viel Energie und Schwung.«

»Erläutern Sie Ihre Antwort.«

Guthrie gestikulierte lebhaft, obwohl ihn niemand sehen konnte. »Ich bin der Captain der *Pinafore,* und ein wirklich guter Captain dazu.«

»Das ist eine unsinnige Feststellung.«

»Nur ein Test.«

Die Schiffe waren robotisch, wie er vermutet hatte. Sophotekten wären flexibler gewesen, hätten beispielsweise Fragen gestellt. Natürlich handelte es sich um äußerst leistungsfähige Roboter. Ihre Algorithmen waren zweifellos in der Lage, nahezu alle Aufgaben hier draußen genauso effektiv wie irgendeine bewußte Intelligenz zu erledigen. Vielleicht sogar noch effektiver, da sie für Ablenkungen nicht anfällig waren. Aber er hatte vor, ihnen eine Nuß zu knacken zu geben, die von ihren Erbauern nicht eingeplant worden war.

»Warnung«, klang die Stimme wieder auf. »Wenn Sie nicht sofort kooperieren, werden Zwangsmaßnahmen ergriffen.«

»Wartet eine Minute«, erwiderte Guthrie.

Die Instrumente der *Dagny* hatten während des Dialogs ununterbrochen Daten gesammelt, verarbeitet und an ihr robotisches Gehirn weitergeleitet, und Guthrie gab seine persönliche Einschätzung der Lage über eine Tastatur ein, wozu auch immer das gut sein mochte. Er beugte sich überflüssigerweise ein wenig in seinen Sicherheitsgurten vor und flüsterte, genauso überflüssigerweise: »Glaubst du, wir können sie erledigen?«

Er hatte sich oft mit dem Schiff unterhalten, wenn er allein gewesen war. Die *Dagny* verfügte zwar nicht über ein Bewußtsein, aber sie besaß Persönlichkeit. Er erinnerte sich an Segelboote – damals, als er noch ein Junge gewesen war, an Wind und glitzerndes Sonnenlicht auf dem Wasser ... an einen verbeulten Jeep, mit dem er in den Anden herumgefahren war ... und an ein Raumschiff namens *Kestrel*, vor langer, langer Zeit ...

»*Uwach yei*«, sagte die *Dagny*. Die traditionelle Aufforderung: »Auf geht's.« Ihr Programm war lunarisch, ihm zuliebe mit Anglo ergänzt.

»Gutes Mädchen«, murmelte er und war froh, sie umgetauft zu haben.

»Dies ist die letzte Warnung«, erklärte die Roboterstimme. »Wenn Sie nicht die Vektoren ändern und keine weiteren Anweisungen befolgen, müssen wir das Feuer auf Sie eröffnen. Wir werden versuchen, Ihr Schiff lediglich funktionsuntüchtig zu schießen, aber es ist wahrscheinlich, daß dabei Passagiere verwundet oder getötet werden. Ihnen bleibt eine letzte Frist von einer Minute.«

Der Cyberkosmos verabscheute Blutvergießen – sofern

Abscheu oder andere menschliche Gefühle für ihn eine Bedeutung hatten. Das gab Guthrie einen Ansatzpunkt. Beide Schiffe waren jetzt deutlich auf den Bildschirmen zu erkennen. Mit bloßem Auge wären es nicht mehr als schwache Sterne gewesen, nur durch ihre Bewegung von den unzähligen anderen zu unterscheiden, durch die Vergrößerung und Lichtverstärkung aber sah er sie als schlanke Zylinder, kleiner als die *Dagny* und vermutlich schlechter bewaffnet. Mit Sicherheit waren sie nicht auf einen solchen Gegner vorbereitet und erst recht nicht auf eine echte Raumschlacht. Selbst die Proserpinarier waren noch nicht so weit gegangen ... noch nicht.

Guthrie war bereit.

Die Zielerfassungs- und Gefechtssysteme arbeiteten, die Raketenwerfer waren geladen, die Nachschubraumtorpedos lagen in Position. Er mußte nur noch die entsprechende Taste drücken. »Los«, murmelte er und gab den Feuerbefehl.

Der Schub hörte schlagartig auf. Einen Moment lang schwebte Guthrie schwerelos in seinen Gurten, dann spürte er den Rückstoß. Die *Dagny* hatte eine Rakete auf das ihr nächste Schiff mit einer Mündungsgeschwindigkeit von mehreren Sekundenkilometern abgeschossen. Fast gleichzeitig schwenkte sie herum – die Zentrifugalkräfte preßten Guthrie in die Sicherheitsgurte – und jagte mit zehn *g* seitlich davon.

Sie führte die Manöver eigenständig durch. Obwohl er selbst eine Maschine war, hätte Guthrie nie solche Energien und Geschwindigkeiten kontrollieren können. Aber er war direkter mit ihr verbunden, als es einem organischen Piloten jemals möglich gewesen wäre, er konnte die grundlegenden Entscheidungen treffen und die entsprechenden Befehle geben. Er und die *Dagny* bildeten eine Einheit.

Das flüchtige Gefühl, einen Akt der Hinterlist begangen zu haben, verflog sofort wieder. Schließlich hatte er sich den Schiffen nicht als Parlamentär mit einer weißen Flagge genähert. Außerdem waren sie zwar intelligent, verfügten aber über kein eigenes Bewußtsein, waren nicht belebt. Alles, was er von jetzt an tat, diente nur dem Ziel, daß er und Fenn am Leben blieben.

Die Rakete beschleunigte mit ihren eigenen Triebwerken. Das Zielschiff ortete sie und versuchte, ein Ausweichmanöver durchzuführen. Blauweißes Feuer flammte über die Bildschirme. Der nukleare Gefechtskopf war detoniert. Als die Feuersbrunst erlosch, schimmerte mattes Sternenlicht auf einem zerfetzten Wrack.

Die *Dagny* verringerte den Schub auf drei *g* und änderte die Richtung. Das tat sie zu einem Teil, um Fenn zu schonen, zu einem anderen, um das verbliebene Schiff zu irritieren. Ihre Instrumente orteten eine gegnerische Rakete, doch sie änderte den Kurs trotzdem kaum. Das Geschoß kam ihr so nahe, daß Guthrie es auf einem der Bildschirme beobachten konnte, ein dünner Stift, der sich anschickte, sein Todesurteil zu unterzeichnen. Er sah, wie die Rakete manövrierte, um ihr bewegliches Ziel anzusteuern. Ihre Raketentriebe waren dem Feldantrieb der *Dagny* weit unterlegen, andererseits besaß sie erheblich weniger Masse, und der nukleare Gefechtskopf konnte seine zerstörerische Wirkung auch über größere Entfernungen entfalten.

Der Raumtorpedo glühte weiß auf und blieb allein durch seine Massenträgheit weiter auf Kurs. Die *Dagny* hatte ihn unter Laserbeschuß genommen.

Glitzernde Punkte lösten sich aus dem feindlichen Raumschiff. Es hatte den Rest seiner Raketen in einer einzigen Salve abgeschossen. Eine schlechte Entscheidung. Vielleicht aber auch nicht, dachte Guthrie grimmig. Die *Dagny* schwenkte herum schickte ihre Raketen ebenfalls auf die Reise, eine nach der anderen in gleichmäßigen Intervallen. Die Sichtschirme leuchteten grell auf und verminderten die Lichtstärke auf einen erträglichen Wert. Guthrie spürte, wie das Schiff durchgeschüttelt wurde, hörte den Aufprall von Geschoßfragmenten. Die Strahlungswerte auf den Kontrollanzeigen schossen in die Höhe. Der Schutzschild wehrte die Flut geladener Partikel ab, doch Gammastrahlung und eine Hitzewelle kamen durch.

Das Höllenfeuer erlosch langsam. Funken tanzten vor der Schwärze des Alls. Die explodierenden Geschosse der *Dagny* hatten die Steuerschaltkreise der gegnerischen Raketen lahmgelegt und die Waffen in harmlose Schrotthaufen verwandelt.

Auf den Sichtschirmen schwoll das andere Schiff an. Es kam rasend schnell näher. Selbst wenn es der *Dagny* gelang, es abzuhängen, die Beschleunigungskräfte würden Fenn zerquetschen. Guthrie sah das Glühen der auf ihn zielenden Lasergeschütze. Er hätte auf die gleiche Weise antworten können, aber das Laserduell würde beide Schiffe bestenfalls schwer beschädigen.

»Schnapp es dir!« schrie das Tier in ihm. Die *Dagny* glich ihre Vektoren denen des Angreifers an und eröffnete aus kurzer Entfernung das Feuer mit ihren Maschinengewehren. Ein Kugelhagel zerfetzte die Laserlinse. Der Projektor wurde dunkel.

Das Roboterschiff hatte keine vergleichbare Waffe. Es suchte sein Heil in der Flucht. Metall ächzte unter den Schwerkräften, als die *Dagny* es in einem weiten Bogen umrundete und den zweiten Laser zerschoß. Mittlerweile feuerte sie mit ihren eigenen Lasergeschützen. Sie durfte das Schiff nicht entkommen lassen. Selbst unbewaffnet könnte es umkehren und versuchen, sie zu rammen.

Guthrie bemühte sich, die synthetische Stimme, die aus den Bordlautsprechern aufklang, zu ignorieren. Obwohl sie leidenschaftslos war, fühlte er sich an die qualvollen Schreie eines Kindes erinnert, das nicht begriff, warum man ihm weh tat.

Nachdem das Roboterschiff leblos durchs All trieb, saß Guthrie noch eine Weile stumm und reglos da. Der Sieg hatte einen seltsamen Beigeschmack in ihm hinterlassen. Es war eine abstrakte Schlacht gewesen, der Kräftevergleich zweier Maschinen, doch die Erschöpfung rollte wie eine Welle über ihn hinweg.

Der Schwächeanfall verebbte. Guthrie schüttelte sich,

wie es auch ein Mensch aus Fleisch und Blut getan hätte. »Hoo-ha!« stieß er hervor. »Alles okay bei dir, *Dagny*?«

»Wir haben keine Schäden erlitten, die ich nicht beheben könnte«, antwortete die lunarische Stimme. »Wir werden unser Ziel voll einsatzfähig erreichen.«

Guthrie mußte an Dagny Beynac denken. Sie hätte im gleichen Geist geantwortet. Natürlich mit einer etwas anderen Wortwahl, und es wäre ein lebendiger Geist gewesen, kein simulierter.

Der Gedanke ließ ihn zusammenzucken. Umfaßten die reparablen Beschädigungen, die das Schiff gemeldet hatte, auch Fenn? »Gut gemacht«, sagte er automatisch. »Geh wieder auf Zielkurs. Aber nicht so wild. Ein *g*. Wir haben jetzt Zeit.« Er schnallte sich los und machte sich auf den Weg zum Heck.

Fenn lag im Mannschaftsnotfallquartier. Die Andruckliege bauschte sich um ihn herum auf. Er fummelte unbeholfen mit zitternden Händen an den Verschlüssen des Sicherheitsnetzes herum. Schweiß glänzte auf seinem Gesicht, lag beißend in der Luft, durchtränkte seinen Bart und bildete dunkle Flecken auf seinem Overall. Das strohblonde Haar klebte ihm in der Stirn. Ein Blutfaden aus einem Nasenloch trocknete bereits wieder in seinem Schnurrbart. Die Belastungen, denen er durch die wilden Manöver ausgesetzt gewesen war, hätte ein Lunarier trotz der Schutzvorrichtungen wohl kaum überlebt.

Guthrie blieb am Fußende der Liege stehen, lächelte mit seinem Bildschirmgesicht und sagte: »Wir haben es geschafft. Wir sind wieder auf Kurs.«

»Ich habe über Bordfunk mitgehört«, krächzte Fenn. »Tod und Teufel, was für ein Kampf!«

»Wie geht es dir?«

»Prellungen und Abschürfungen am ganzen Körper, aber nichts, was sich nicht durch Aufputschmittel und Schmerztabletten beheben ließe. Von mir aus können wir weitermachen.« Er setzte sich auf und schwang die Beine über den Rand der Liege.

Guthrie hoffte, daß das einzige Feuer, das in seinem Gefährten brannte, das der Entschlossenheit war. Die

Strahlung ... Nun, vielleicht war genug Masse zwischen ihr und Fenn gewesen. Das hing von der Lage des Schiffes zur Zeit der Nuklearexplosionen ab. Er war sich nicht sicher, in welcher Position sich das Heck der *Dagny* befunden hatte.

Wie hoch die Dosis auch immer gewesen war, sie würde den Betroffenen nicht sofort außer Gefecht setzen. Vielleicht konnte das Bordlazarett die Auswirkungen abschätzen. Es war gut ausgerüstet, um die Langzeitschäden in den Griff zu bekommen, ganz zu schweigen von kleineren Verletzungen. Im schlimmsten Fall konnte es den Patienten umsorgen, sogar im Kälteschlaf, bis die richtige Behandlung verfügbar war.

»Nicht so schnell«, mahnte Guthrie. »Ich möchte, daß du dich erst einmal gründlich untersuchen läßt. Noch haben wir es nicht überstanden.«

»Hauptsächlich habe ich Hunger.«

»Ähm ... auch mit dem Essen solltest du dich lieber zurückhalten. Es ist klüger, mit leerem Magen in die Schlacht zu ziehen.« Weniger Komplikationen für den Fall einer Bauchverletzung. Auf diesen Gedanken würde heutzutage niemand mehr kommen. Solche Überlegungen gehörten einer gespenstischen Vergangenheit an.

Fenn blinzelte. »Eine Schlacht? Wen gibt es jetzt noch zu bekämpfen?«

»Ich weiß es nicht«, bekannte Guthrie. »Vielleicht niemanden. Wir werden sehen.«

Während der letzten Stunden des Bremsanflugs hatten sie nichts anderes zu tun, als sich zu unterhalten. Fenn staunte ein wenig über die friedliche Atmosphäre. Sie saßen im Salon, deren Decke jetzt nicht mehr den Sternenhimmel simulierte. Die Wandbildschirme zeigten im langsamen Wechsel Gemälde von Künstlern wie Ruisdale und Hiroshige sowie alte Landschaftsaufnahmen von der Erde, Meere, Wiesen und schneebedeckte Berge. Auch die Musik war alt, Violinen, Harfen, Pianos und

Hörner. Nur der frische Duft in der Luft stammte von Blumen, die unter einer anderen Sonne erblüht waren.

Bisher war Fenn stets ausgewichen, wenn sich ihre Gespräche der Frage genähert hatten, wie seine Zukunft nach dieser Mission aussehen würde. Jetzt aber war er eher bereit, darüber zu reden, und wenn auch nur, weil durchaus die Möglichkeit bestand, daß es für ihn keine Zukunft gab. Die Auswirkungen der Strahlung auf ihn schienen nicht so schlimm zu sein, als daß sie nicht durch moderne Behandlungsmethoden beseitigt werden konnten, doch ohne sie würde er in einigen Tagen krank werden, und die Aussichten, daß er sich davon erholte, waren nicht allzu groß. Das führte ihn dazu, sich Gedanken über seine längerfristigen Perspektiven zu machen.

Im Laufe des Gesprächs griff Guthrie etwas auf, was er früher schon ein- oder zweimal angeschnitten hatte. »Wenn uns das Glück treu bleibt, wird die Synese nicht beweisen können, daß du an dieser Mission beteiligt warst, oder sie wird es zumindest für nicht unbedingt erforderlich halten, der Sache auf den Grund zu gehen. Aber trotzdem dürfte sie keine ernsthaften Zweifel an deiner Beteiligung haben, und du wirst nicht gerade ihr Liebling sein.«

»Ich werde schon damit zurechtkommen«, sagte Fenn.

»Hmm ... wir müssen die Möglichkeit in Betracht ziehen, daß man dich anklagen wird, und für diesen Fall Vorkehrungen treffen. Die Proserpinarier würden dich bei sich aufnehmen, ohne einen Gedanken an eine Korrektur deiner antisozialen Haltung zu verschwenden. Das haben sie in der Vergangenheit bereits für einige rebellische Terraner getan. Außerdem wärst du bei ihnen eine Art Held und würdest dich für einige Aufgaben eignen.«

»Besonders für die Raumfahrt, nehme ich an.« Fenn hatte ausführlich darüber nachgedacht.

»Aber du wärst sehr einsam auf Proserpina«, fuhr Guthrie leise fort. »Ja, alle möglichen Lunarier, einschließlich Frauen, würden dich interessant finden. Einige könnten sogar auf gewisse Weise freundschaftliche Gefühle für dich entwickeln, aber du würdest nie wirklich zu ihnen gehören. Tief im Inneren würdest du einsamer sein, als wenn du ganz allein wärst.«

»Ich bin schon immer allein gewesen.« Fenn verzog das Gesicht und ließ eine Faust schwer auf den Tisch fallen. »Nein, verdammt, das ist kein Selbstmitleid. Ich habe mich bewußt für dieses Leben entschieden. Ich hatte meine Chancen, es anders zu machen, und sie aus freiem Willen ausgeschlagen.«

Seine Verärgerung wich plötzlich zärtlichen Erinnerungen. Wanika, dachte er. Ich wünsche dir alles Gute. Es tut mir leid, wenn ich dir weh getan habe.

»Trotz allem, was wir hier vorhaben – oder vielleicht gerade deshalb –, könntest du auf dem Mars wieder willkommen sein«, gab Guthrie zu bedenken.

Fenn schwieg einen Moment lang. »Nein«, sagte er schließlich ganz ruhig. »Nicht der Mars. Nie wieder.«

Sie sahen einander eine Weile wortlos an. Im Hintergrund erklang die Mondscheinsonate.

»Ich frage mich ...« Guthries Stimme klang ungewohnt zögerlich. »Die Zeit, die uns jetzt noch bleibt ... Ich habe meine lange Reise hierher gemacht, um herauszufinden, was im Solaren System vor sich geht, und ich habe erst sehr wenig erfahren. Mehr von dir als von jedem anderen. Hättest du etwas dagegen, wenn ich dir noch ein paar Fragen stelle?«

Fenn erkannte die Absicht seines Freundes, und es tat ihm gut. »Ganz und gar nicht. Nur zu.«

»Ich habe dich ausgiebig über Luna und die Lahui Kuikawa ausgequetscht – du weißt, ich war bei ihren Anfängen dabei – und ... äh, über den Mars ... aber du hast Ferien in Yukonia erwähnt. Ich bin während meines ersten Lebens selbst ein paarmal dort gewesen, in dem Teil, den wir damals Alaska nannten. Erzähl mir, wie es dort heute aussieht.«

Die Erinnerung an die Naturreservate, die Wälder und Gebirge, lärmende Wildgänse über vom Wind aufgewühlten Seen, Polarlichter in klirrend kalten Nächten, den majestätischen Anblick einer Karibuherde oder eines

Kodiakbären auf einem Hügelkamm als Silhouette vor dem Himmel – das alles half Fenn, inneren Frieden zu finden. Wir müssen den Maschinen, dem Cyberkosmos dafür danken, diese Schönheiten für uns bewahrt zu haben, dachte er flüchtig. Die Erde ist auf eine Art lebendig, wie es eines Tages vielleicht auch der Mars sein wird, niemals jedoch Luna oder Proserpina. Dazu sind diese Himmelskörper einfach nicht groß genug. Könnte ich wirklich glücklich ausschließlich im All leben, ohne jemals wieder durch wildes Land zu wandern und natürliche Luft zu atmen?

Er ließ sich bereitwillig von seinen Erinnerungen forttragen.

Kurz vor dem Ende des Fluges, nachdem Guthrie Fenn geholfen hatte, den Raumanzug anzulegen und seine Ausrüstungsgegenstände sicher zu verstauen, standen sie in der kleinen Nebenluftschleuse auf der Steuerbordseite der *Dagny*. Fenn hatte den Helm noch nicht geschlossen. »Wenn du nach Hause zurückkehrst, zu deinen Sternen, könntest du dann etwas für mich tun?« fragte er spontan.

Guthries sah ihn aus seinen immateriellen Augen an. »Alles, was ich kann.«

Fenn hatte Mühe, die passenden Worte zu finden. »Such irgendeinen ... schönen Ort ... vielleicht über einer Schlucht ... und errichte dort ein kleines Denkmal. Ein einfacher Stein wird genügen, mit ihrem Namen darauf. Kinna Ronay.«

»Sicher.« Guthries anorganische Hand schloß sich um den verstärkten Raumanzugshandschuh. »Ich verspreche es dir, sofern ich den Heimweg schaffe.«

»Nichts Großartiges«, fügte Fenn hinzu. »Das hätte ihr nicht gefallen.«

»Nein, ich verstehe. Wie Juliana. Aber wünschen wir uns lieber gegenseitig Glück, was?« Guthrie zog die Hand zurück, drehte sich um und verließ die Luftschleuse.

Fünfzig Kilometer von ihrem Ziel entfernt ging die *Dagny* in den Orbit. Bei diesem Abstand zur Sonne spielte die Entfernung keine Rolle, und es gab keine nennenswerte Drift. Fenn sah die Gravitationslinse von der Luftschleuse aus als goldenen Punkt vor dem schwarzen Hintergrund inmitten der Sterne, von einem fragilen silbrigen Gespinst umgeben, das ungefähr so groß wie Luna von der Erde aus gesehen war. Er umklammerte einen Griff, um nicht in der Schwerelosigkeit davonzutreiben, hörte das Dröhnen des Bluts in seinen Schläfen und das Fauchen seines Atems.

Eine Stimme klang in seinem Helm auf, auf unheimliche Weise der des zerstörten Roboterschiffes ähnlich, aber irgendwie kräftiger. »*Tasairen voudrai!*« Guthrie leitete den Funkverkehr zwischen ihm und der Linse an Fenn weiter.

»Bleib ganz ruhig«, erwiderte die Bewußtseinskopie.

Die synthetische Stimme wechselte ebenfalls auf Anglo über. »Achtung! Diese Anlage ist gesperrt. Wenn Sie autorisiert sind, sich ihr zu nähern, übermitteln Sie den erforderlichen Erkennungscode.«

»Wir verfügen über keinen solchen Code.«

»Warnung, Warnung! Ein starkes hydrodynamisches Magnetfeld wurde aktiviert. Kommen Sie nicht näher. Das Feld würde Ihr Schiff und Ihre Systeme lahmlegen. Es sind keinerlei Hilfsmittel auf der Station für Sie vorhanden. Halten Sie Abstand.«

»Yeah. Wir wissen Bescheid und werden Abstand halten. Wir haben hier in der Gegend etwas zu erledigen.«

Der letzte Satz war das vereinbarte Signal für Fenn. Auf geht's, dachte er, ließ den Handgriff los und stieß sich ab. Er schoß nicht davon, wie er es sonst getan hätte. Die zusätzliche an seinem Raumanzug festgeschnallte Ausrüstung paßte kaum durch die Schleusenöffnung und verlieh ihm so viel Masse, daß er mit höchstens zwei oder drei Sekundenmetern von der *Dagny* fortschwebte. Außerdem geriet er durch die ungleichmäßige Gewichtsverteilung in Rotation. Er korrigierte die Kreiselbewegung durch einen kurzen Schub aus den Steuerdüsen und trieb im freien Fall weiter. Hinter ihm schrumpfte das Schiff zusammen.

Er beachtete es nicht. Anzeigen auf seiner Helmscheibe glühten vor den vorbeiziehenden Sternenkonstellationen auf. Er markierte sie, während sie vorüberzogen, und gab die Koordinaten verbal in den Navigationscomputer ein. Die Auswahl war mehr oder weniger willkürlich, aber sie ermöglichte dem Computer die Berechnung seiner Flugbahn.

Fenn generierte ein fiktives Fadenkreuz auf seinem Visier und zentrierte es auf sein Ziel. »Los!« befahl er. Sein Jetpack beschleunigte ihn mit niedrigen Werten. Er durfte nicht zu schnell werden. Aus seinen Helmlautsprechern klangen noch immer die Stimmen von Guthrie und der Station auf. Zwar hatte er keine Verbindung mehr mit dem Bordfunk, aber er befand sich jetzt direkt im Kommunikationsstrahl zwischen dem Schiff und der Linse.

»Was ist Ihre Absicht? Sie sind offensichtlich das Schiff, über das ich informiert wurde. Sie sollten abgefangen werden. Ich habe nicht nur Neutrinoemissionen von Antimateriereaktionen, sondern auch nukleare Explosionen angemessen. Unsere Schiffe antworten nicht mehr auf meine Anfragen. Sie müssen sie beschädigt haben. Ihre Handlungen sind gesetzwidrig.«

»Du hast also diese Schlüsse aus deinen Beobachtungen gezogen. Gut, du bist ein Sophotekt und kein Roboter, nicht wahr?«

»Ich habe ein Bewußtsein, das auf den Schutz des Observatoriums fixiert ist.«

Es kam Fenn so vor, als würde die Kälte nahe des absoluten Nullpunkts seinen Raumanzug durchdringen und in sein Fleisch einsickern. Er hatte von dem elektrophotonischen Gehirn gewußt, aber erst jetzt wurde die unmenschliche Isolation und völlige Nichtmenschlichkeit des sophotektischen Wächters für ihn zur Realität.

Er riß sich zusammen. Wie funktionstüchtig der Sophotekt auch immer war, seine intellektuellen Fähigkeiten mußten auf einen engen Bereich begrenzt sein.

Guthrie würde versuchen, ihn zu beschäftigen und abzulenken. Fenn war nur ein kleines Objekt, und obwohl die Instrumente der Station ihn zweifellos noch vor seiner Ankunft registrieren würden, befand er sich zur Zeit nicht auf Kollisionskurs. Er müßte als Meteorit eingestuft werden, ein äußerst unwahrscheinliches Ereignis in diesem leeren Raum, aber er stellte keine Gefahr da, so daß die Instrumente keinen Grund hatten, die Aufmerksamkeit des Stationswächters auf ihn zu lenken.

Ein Alarmsignal ertönte. Seine eigenen Instrumente zeigten die schwache Streustrahlung von Atomen an, die gegen den Verteidigungsschirm stießen, was bedeutete, daß er ihn gleich erreichen würde.

Er schaltete sein Funkgerät, die Antriebsaggregate und Lebenserhaltungssysteme ab, deaktivierte alle elektronischen Komponenten und trieb lautlos weiter.

Ein leichtes Zupfen, ein schwaches Wärmegefühl – Wirbelströme, die das Metall seines Raumanzugs und der Ausrüstungsgegenstände aufheizten und ihn etwas abbremsten. Der Effekt war nicht stark, doch auf empfindliche Kontrollsysteme konnten die Induktionsfelder eine Wirkung haben, die mit der eines Stiefels vergleichbar war, der auf zerbrechliches Kristall trat. Guthrie und er hatten während des Fluges daran gearbeitet, alle elektronischen Komponenten so gut wie möglich abzuschirmen. Er konnte nur hoffen, daß die wichtigsten Module im deaktivierten Zustand nicht allzu stark von dem Feld beschädigt werden. Doch das ließ sich nicht vorhersagen.

Allerdings konnte die Stärke des Abwehrschirms nicht sehr groß sein. Die Leistung des internen Stationskraftwerks war begrenzt. Außerdem mußte sich das Feld aus superponierenden Schwingungen aufbauen, um einen Schild in beträchtlicher Distanz zu der Linse zu erzeugen, sonst würde es ihre Funktion auf katastrophale Weise stören. Im Prinzip arbeitete es wie die Schutzschirme von Raumschiffen und Raumstationen, die geladene Partikel abwehrten. Es war nicht dazu entworfen zu schützen, sondern zu zerstören – es brachte Strukturen in Unordnung, überlud sie, löschte sie aus. Doch da

Fenn sich nur von der Masseträgheit treiben ließ, müßte er es in ein paar Minuten durchquert haben.

Die Anzeige auf dem schwach leuchtenden Galvanometer an seinem linken Handgelenk fiel auf Null. Er *hatte* das Feld durchquert.

Der goldene Punkt vor ihm war zu einer winzigen Scheibe angeschwollen, die rapide wuchs. Sterne schienen wie Fliegen in ihrem Spinnennetz zu kleben. Er durfte nicht gegen eine der Antennen stoßen. Es wurde Zeit, wieder die Steuerung zu übernehmen, abzubremsen und den eigentlichen Zielanflug einzuleiten.

Auf seiner Helmscheibe erschienen keine neuen Anzeigen. Auch die Antriebsdüsen zündeten nicht sofort. Aber die Treibstoffzellen und Akkus waren unbeschädigt. Also verfügte er immer noch über Energie, auf die er durch behelfsmäßige mechanische Schalter begrenzt zugreifen konnte. Einige hatten sich bereits automatisch geschlossen. Er hörte das Surren der Belüftungsanlage. Die Temperatur in seinem Anzug blieb einigermaßen konstant. Chemikalien würden überschüssiges Kohlendioxyd und Feuchtigkeit binden. Davon abgesehen war sein Biostat jedoch tot, führte keine Reinigung oder Wiederaufbereitung seiner Atemluft durch. Doch das spielte keine Rolle. Bis er diese Funktionen dringend benötigte, würde er entweder wieder an Bord des Schiffes oder schon genauso tot wie sein Biostat sein.

Er umklammerte die improvisierten manuellen Steuerkontrollen auf der Brust des Raumanzugs. Das System ließ keine Feinabstimmung zu, und er hatte nur ein paarmal damit üben können, einige Probedurchgänge während des Fluges in kurzen Phasen, in denen die *Dagny* in den freien Fall gegangen war, damit er das Schiff verlassen konnte. Er würde nach Sicht und seinem Gefühl navigieren müssen, das er als Junge auf seinen Weltraumspaziergängen außerhalb des Habitats entwickelt hatte. Nun, in dieser Beziehung war er schon immer sehr talentiert gewesen.

Ein kurzer Schub aus den Steuerdüsen ließ ihn sich um die Längsachse drehen. Er hob den rechten Arm in

Augenhöhe. An seinem Handgelenk befand sich ein rückwärtig ausgerichtetes Periskop mit einer Zielerfassungsvorrichtung, die in phosphoreszierenden Kreisen und Radien abgestuft war. Wenn er das Handgelenk in eine Halteklammer unter seinem Helm schob, konnte er das Spheroid der Station anpeilen und eine grobe Schätzung seiner Flugrichtung und Entfernung festlegen. Kein sonderlich gutes Navigationsinstrument, aber das beste, das er und Guthrie hatten konstruieren können. Er aktivierte erneut die Antriebsdüsen und dosierte den Schub mit äußerster Vorsicht, obwohl sein einziger Beschleunigungsmesser sein Gleichgewichtssinn und sein einziges Radar seine Augen waren.

Ein Stern trieb durch sein Blickfeld. Die *Dagny*. Sie schien unendlich weit fern zu sein, als schwebte sie über dem Himmel von Sananton.

Fenns Mund war trocken wie die Wüsten des Mars, seine Zunge fühlte sich wie ein Stück Holz an. Er hätte einen Schluck Wasser aus dem Saugschlauch trinken können, aber er wagte nicht, auch nur einen Moment in der Konzentration auf den Zielanflug nachzulassen. Die Gravitationslinse wanderte immer wieder aus dem Mittelpunkt der Visiervorrichtung heraus. Er mußte ständig den Kurs korrigieren, Abweichungen kompensieren, seine Position neu berechnen. Schweiß durchtränkte seine Unterwäsche, brannte ihm in den Augen und stieg ihm ranzig in die Nase.

Das Spheroid wuchs. Er flog zu schnell und bremste ab. Eine halbe Minute später führte er ein letztes Korrekturmanöver durch, setzte alles auf eine Karte und schaltete den Antrieb ab.

Der Aufprall stauchte seine Beine und sein Rückgrat und ließ seine Zähne aufeinanderschlagen. Er hatte bereits die Haftsohlen seiner Stiefel aktiviert, ein weiteres System, das die Elektronik umging. Sie verhinderten, daß er ins All zurückgeschleudert wurde. Er hatte sein Ziel erreicht, er stand sicher auf der Metallwandung der Gravitationslinse.

Allmählich wich die Benommenheit der unsanften

Landung. Er blickte sich um. Das Spheroid wölbte sich nach allen Seiten von ihm fort, scharf abgegrenzt von der Schwärze des Alls. Dünne weißliche Streben ragten aus seiner Oberfläche hervor wie schlanke Zweige, deren Spitzen das silbrige Gespinst trugen, das den Himmel über ihm umspannte. Sol stand dicht über dem nahen Horizont, ein winziger hell leuchtender Punkt vor dem nebelhaften Herz der Galaxis, auf das diese Linse ausgerichtet war.

Erst als er sich seiner Einsamkeit bewußt wurde, dachte er daran, sein Funkgerät wieder einzuschalten. Ein Flüstern aus den Helmlautsprechern verriet ihm, daß es funktionierte.

Die Hauptelektronik war einfach und robust. Wenn die Untersysteme ausgefallen waren, konnte es ihm egal sein.

Außer dem Flüstern konnte er nichts hören. Anscheinend erreichte ihn der Kommunikationsstrahl nicht, über den Guthrie den Sophotekten beschäftigte. Obwohl er nicht so vorsichtig wie beabsichtigt gelandet war, hatte die Erschütterung keinen Alarm ausgelöst. Die Programme der Wartungssysteme waren nicht dazu ausgelegt, einen solchen Überfall auf die Station zu erkennen. Sie reagierten, wie sie auch auf den harmlosen Aufprall eines Meteoriten reagiert hätten, der keinen Schaden angerichtet hatte, nämlich gar nicht.

Aber dabei würde es nicht bleiben. Fenn konnte die Datenbank der Linse nicht einfach anzapfen, wie er das in der Station auf dem Pavonis Mons vorgehabt hatte. Einen Roboter hätte man überlisten können – ein weiterer unerwarteter Vorfall –, aber keine bewußte Intelligenz. Selbst wenn sie sich nicht aktiv wehrte, würde sie zumindest alle Systeme abschalten, um einen Zugriff auf die Daten zu verhindern. Nein, ihm blieb keine andere Wahl, als den Datenträger selbst aus dem System herauszureißen – und damit das ganze wunderbare Observatorium lahmzulegen.

Einen Moment lang ließ ihn das Schuldgefühl zusammenzucken. Angenommen, es gab wirklich keine weiteren Geheimnisse? Dann würde ihm seine Tat nie verziehen werden.

Doch gleich darauf loderte wieder der lebenslange Zorn in ihm hoch. Er weigerte sich, einem System zu vertrauen, das nicht auch ihm vertraute.

Der Zorn verwandelte sich in Entschlossenheit. Er würde zu Ende führen, was Kinna und er begonnen hatten.

Er setzte sich in Bewegung und lief über die goldene gewölbte Metalloberfläche. Vor ihm stiegen Sol und die Geheimnisse, die sie dem Zentrum der Milchstraße entriß, langsam in die Höhe, und gleichzeitig wuchs die durchsichtige Observationskuppel über dem Horizont auf, über deren exakten Scheitelpunkt die Sonne stand. Durch die Hyalonhülle konnte Fenn eine Ansammlung von Instrumenten und Hilfsmotoren erkennen. Er hatte die Konstruktionspläne und veröffentlichten Bilder immer wieder studiert. Trotzdem verspürte er ein leichtes Staunen darüber, wie unspektakulär die Geräte wirkten.

Vor der Zugangsluke blieb er stehen und griff um seine Schultern herum. Verschlüsse sprangen unter seinen Fingern auf. Er stellte einen Werkzeughalter vor seinen Füßen ab. Die Haftsohle saugte sich fest. Fenn zog die Einzelteile eines Schneidbrenners hervor, Wasserstoffflasche, Akku, Düse und Griff, setzte sie zusammen und aktivierte das Gerät.

Atomarer Wasserstoff fraß sich mit einer blauweißen Flamme in den Öffnungsmechanismus der Luke. Seine Helmscheibe verdunkelte sich im blendenden Gleißen.

»Sie begehen einen Sabotageakt!« rief die synthetische Stimme. »Ich wurde nach dem ersten versuchten Anschlag mit Waffen ausgestattet, um weitere gewaltsame Angriffe abzuwehren. Wenn Sie nicht sofort aufhören, muß ich Sie eliminieren!«

Der Sophotekt ist genauso verzweifelt wie ich, war der einzige Gedanke, der Fenn aus einem unerfindlichen Grund durch den Kopf schoß.

Das Eingangsschott war nicht konstruiert worden, um

einem gewaltsamen Eindringen zu widerstehen. Die Abdeckplatte vor der Verriegelung löste sich und trieb in einem Schwarm heißer Metallfetzen davon. Fenn schob einen Arm in die Öffnung und zog das Schott auf.

»Fenn, nicht!« ertönte plötzlich Guthries Stimme in Fenns Helm. Er mußte den Kommunikationsstrahl neu ausgerichtet haben. »Ich glaube, der Wächter meint es ernst. Komm zurück!«

Ich werde tun, was ich tun muß.

Jetzt gab es kein Zurück mehr. Fenn wurde eins mit seiner Aufgabe. Er betrat die Kuppel. Keine Waffe würde so angebracht sein, daß sie ihn hier treffen konnte. Ohne die Warnungen und Bitten aus den Helmlautsprechern wahrzunehmen, ging er vor dem Behälter des Datenspeichers auf die Knie, drückte ein paar Tasten hinunter und sah, wie sich eine Klappe öffnete.

Dahinter kam ein schwarzer Kasten zum Vorschein, vierzig bis fünfzig Zentimeter lang, zehn bis fünfzehn breit und hoch. Nicht gerade groß für das, was er enthielt. Aber wenn das Speichermedium aus den Quantenzuständen einzelner Atome bestand, benötigte man nicht mehr.

Eine kalte Ruhe hatte ihn erfaßt. Er arbeitet schnell und präzise. Mit wenigen Griffen löste er die Anschlüsse des Kastens, schob ihn in einen sicheren Winkel und ließ die Flamme des Schneidbrenners durch die Kuppel wandern. Vielleicht konnte er die Systeme stark genug beschädigen, um seine Flucht zu ermöglichen. Funken tanzten durch das Halbdunkel. Isolierungen platzten auf, Verkabelungen wurden durchtrennt.

»Wenn Sie und Ihr Partner nicht sofort kapitulieren, werde ich Sie sofort vernichten, sobald Sie die Station wieder verlassen«, verkündete die Stimme.

Was bedeutete »Kapitulation« für ein Bewußtsein, das nie Feindseligkeit und Kampf kennengelernt hatte? Und was würde es tun, wenn sie seiner Aufforderung tatsächlich nachkamen? Die Fragen waren schon wieder verschwunden, kaum daß sich Fenn ihrer richtig bewußt geworden war. Er würde einfach davonjagen und hoffen, daß die Waffen des Sophotekten ihn nicht erwischten, bevor Guthrie das Feuer eröffnen konnte.

Mit den Gurten, die vorher das Werkzeuggestell gehalten hatten, schnallte er sich seine Beute vor der Brust fest. Dann kehrte er zur Eingangsluke zurück, zog sich hindurch, stieß sich kraftvoll ab und schaltete das Antriebsaggregat auf vollen Schub.

Das Jetpack dröhnte, die Beschleunigung packte ihn wie eine Faust und stieß ihn vorwärts. Sein Blickfeld füllte sich mit Sternen.

Den Einschlag der Kugeln spürte er kaum.

Ein Bildschirm mit starker Vergrößerung zeigte, daß die Ortung Fenn erfaßte hatte.

Guthries stieß einen Befehl aus, während seine Finger Tasten niederdrückten. Ein Lasergeschütz visierte sein Ziel an und feuerte. Die Kuppel auf dem Sphäroid glühte rot auf und zerbarst.

Tut mir leid, dachte Guthrie. Ich wollte dich nicht töten. Aber du hast auf meinen Freund geschossen.

»Luftschleuse Zwei für Ausstieg vorbereiten!« rief er. Warum so laut? Eine Bewußtseinskopie sollte eigentlich nicht so emotionell werden. »Bordlazarett, Vorkehrungen für Notfallebenserhaltung treffen!«

Er jagte durch die Korridore. Einer der Schiffsroboter wartete mit einem Jetpack vor der Luftschleuse und half ihm, es umzuschnallen. Guthrie stürzte in die Schleuse und ließ das äußere Schott auffahren, kaum daß sich das innere geschlossen hatte.

Die Luft wirbelte, kondensierte zu Nebel und verschwand. Er stieß sich kraftvoll ab. Mit den Sinnen und der Rechenkapazität einer Maschine ausgestattet, benötigte er keine Navigationsinstrumente, um einen Kurs festzulegen. Voller Schub. Die Beschleunigung katapultierte ihn davon.

Er konnte nicht in das Abwehrfeld eindringen. Allerdings hatte Fenn die Linse mit Höchstbeschleunigung verlassen, und der manuelle Schalter sorgte für permanenten Schub. Das Problem bestand darin, ihn rechtzeitig einzuholen und seinen Antrieb wieder abzuschalten.

Das Schiff und die Linse wurden schon bald von der Dunkelheit verschluckt. Fenn war ein schattenhaftes schlaffes Bündel, das hin und wieder trübe im matten Sternenlicht schimmerte. Guthrie erreichte ihn, griff zu und schlang ihm einen Arm um die Taille. Als er Fenns Antrieb mit der anderen Hand deaktiviert hatte, rissen ihm die Trägheitskräfte beinahe den leblosen Körper aus der Umklammerung. Er schaltete auch sein Aggregat ab. Das abrupte Ende der Beschleunigung versetzte ihn und seine Last in eine schnelle Rotation. Die Sterne drehten sich wie verrückt im Kreis. Fehlt nur noch die Musik, dachte Guthrie, dann wäre das der Tanz des Toten und der Bewußtseinskopie. Doch nachdem er die Kreiselbewegung mit kurzen Schüben aus den Steuerdüsen kompensiert hatte und im freien Fall dahintrieb, umfing ihn absolute Stille.

Endlich konnte er Fenn loslassen, ihn ein Stückchen von sich schieben und betrachten. Der Helm schimmerte schwärzlich, er mußte voller Blut sein. Zweifellos schwirrten auch Fleischfetzen und Knochensplitter im Raumanzug herum, den er war von oben bis unten mit versiegelten Einschußlöchern übersät. Einige waren zu groß, als daß sie sich vollständig hatten schließen können. Luft drang aus ihnen hervor und bildete flüchtige Dunstfäden. Glitzernde Tröpfchen schwebten durch das Vakuum, die in hellerem Licht karmesinrot gewesen wären. Bevor sich die Lufttanks leeren und Fenns Körperflüssigkeiten verkochen konnten, hatte Guthrie selbstklebende Flicken aus der Unfallausrüstung hervorgekramt und die Lecks in dem Raumanzug abgedichtet.

Ein länglicher Kasten wurde von Bändern auf Fenns Brust gehalten. Er schien unversehrt zu sein. Das organometallische Gehäuse war widerstandsfähig, und die Kugeln, die es getroffen hatten, hatten auf ihrem Weg durch Fenns Körper den größten Teil ihrer kinetischen Energie eingebüßt und statt dessen sein Herz und seine Lunge in Fetzen gerissen.

»Komm und hol mich ab«, befahl Guthrie dem Schiff über Funk und sandte ein permanentes Peilsignal aus. Er öffnete ein Ventil in Fenns Raumanzug, um das Trinkwasser entweichen zu lassen. Die Verdunstung würde den Körper abkühlen und den irreparablen Verfall der Hirnzellen verlangsamen.

Während einer Nachtwache auf ihrem Flug hatte sich Fenn betrunken und Guthrie ein bißchen von dem erzählt, was in der Höhle auf dem Pavonis Mons passiert war. Zu schade, daß die marsianischen Schutzanzüge nicht über ein ähnliches provisorisches Kühlungssystem verfügten. Allerdings würde es dort nicht so gut funktionieren wie hier im Weltraum, und in Kinnas speziellem Fall hätte es ohnehin nicht genügend Aufschub gebracht, um sie zu retten. Die Zeit, die einem blieb, war allzu knapp und betrug nur wenige kostbare Minuten.

Das Schiff tauchte aus der Schwärze auf und ging längseits. Guthrie aktivierte den Düsenantrieb und jagte in eine offene Luftschleuse.

Wieder hielt er sich nicht damit auf, die Luft in die Tanks zurückzupumpen oder sein Jetpack abzulegen. Mit Fenn in den Armen eilte er in langen schwerelosen Sätzen zum Bordlazarett. Der medizinische Chefroboter stand mit voller Ausrüstung bereit.

»Ein halbes *g* Beschleunigung Richtung Proserpina«, wies Guthrie das Schiff an. Er hätte gern auf die Belastung durch den Andruck verzichtet, aber die nächsten Minuten würden ziemlich unangenehm werden, auch ohne daß überall Gewebefetzen und Körperteile in der Schwerelosigkeit herumflogen.

Seine Befürchtungen bewahrheiteten sich. Fenn war nur noch ein zerfetzter roter Fleischklumpen. Obwohl die Kugeln saubere Ein- und Ausschußlöcher hinterlassen hatten, waren sie so zahlreich gewesen, daß sie ihn regelrecht zerstückelt hatten. Der Kopf schien intakt zu sein, aber das Gesicht war kalkblau angelaufen und sah wie das eines Idioten aus.

Guthrie half dem Roboter, die Überreste, die mehr oder weniger kaum noch zusammenhingen, in den Flüssigkeitskältetank zu betten. »Tu alles, was in deinen Kräften steht, führ deine Tests durch und erstatte mir sofort Bericht«, befahl er. »Triff Sicherheitsvorkehrungen für eine starke Beschleunigungsphase.«

Er hob das Kästchen auf und reinigte es. Danach stand er eine Weile einfach nur da und starrte es an. Ich hoffe, du bist es wert gewesen, dachte er. Das, was du uns alle gekostet hast. Er verstaute es und kehrte in die Kommandozentrale zurück. »Beschleunigung mit fünf *g*«, sagte er. »Kurs Proserpina.«

»Wir haben nicht mehr genügend Delta *v*«, erwiderte das Schiff.

»Sicher, ich weiß. Aber wir müssen aus dieser Gegend verschwinden, bevor die Verstärkung des Cyberkosmos hier eintrifft. Ich werde herausfinden, ob die Proserpinarier uns eine Flotte entgegenschicken, oder ob ich sie dazu überreden kann. Ich vermute es. Wir werden nur so viel Treibstoff aufheben, wie wir für unser Endmanöver benötigen. Aber wir müssen möglichst schnell eine hohe Geschwindigkeit erreichen und eine große Entfernung zurücklegen, bevor wir in den freien Fall gehen.« Eine gewaltige Leere, in der er kaum noch aufzuspüren sein würde. Schiffe unter Schub waren erheblich leichter zu orten und zu verfolgen.

Warum erklärte er das einem Roboter?

Nun, weil das Schiff jetzt seine einzige Gesellschaft war und Dagnys Namen trug.

Die Beschleunigung stieg. Guthries Masse wurde schwer. Er saß in seinem Pilotensessel und starrte die Sterne an.

Irgendwann meldete sich das medizinische Zentrum über die Bordsprechanlage.

»Das Gehirn wurde biochemisch stabilisiert, einschließlich des es umgebenden lebenswichtigen Gewebes. Andere Körperpartien können nicht mehr gerettet werden.«

Guthrie fühlte sich noch schwerer. »Kannst du es wieder voll funktionstüchtig machen?« erkundigte er sich.

»Ja, zu gegebener Zeit. Eine solche Maßnahme ist nicht

ratsam. Es sind keine Möglichkeiten zur sensorischen Stimulierung an Bord verfügbar.«

»Und ohne die wird ein Mensch ziemlich schnell *loco*. Hmm-mmh. Robotik ...«

»Robotische Prothesen wären nur eine kurzfristige Lösung. Zusätzlich zu einer generellen Strahlungsschädigung hat das Gehirn durch einen hydrostatischen Schock hervorgerufene Traumata erlitten. In seinem jetzigen Zustand dürfte es bei möglichst tiefem Kälteschlaf eventuell ein Jahr lang lebensfähig bleiben. Aber sobald es wieder chemische Aktivitäten aufnimmt, wird sich der Verfall beschleunigen.«

»Es hätte Fenn sowieso nicht gefallen, nur ein Gehirn in einem Kasten zu sein«, sagte Guthrie. Die Untertreibung der Woche, dachte er.

»Wie sind Ihre Anweisungen?«

»Also ... es kann nicht schaden, den jetzigen Zustand so lange wie möglich aufrechtzuerhalten, bis wir sehen, was sich in nächster Zeit ergibt. Und Fenn war nie der Typ, der einfach aufgegeben hat. Konservier ihn.«

Der medizinische Roboter bestätigte und brach die Verbindung ab. Guthrie saß allein in der Kommandozentrale. Die *Dagny* raste weiter.

KAPITEL 31

Viele Monate später schwenkte die *Dagny*, aufgetankt und neu bewaffnet, in einen Orbit um den Mars ein. Eine proserpinarische Mannschaft hielt Wache. Kampfbereite Begleitschiffe umkreisten den Mars in ständig wechselnden Konstellationen. Den Besatzungsmitgliedern bot sich ein fremdartiger Anblick. Sie hatten den Planeten nie mit eigenen Augen gesehen, sich der Sonne nie so weit genähert. Ihre Heimatwelten lagen weit verstreut im Reich der Kometen.

Nichts störte ihre Wacht, nicht einmal eine Nachricht,

nachdem knappe Vereinbarungen für ihre Unterbringung getroffen worden waren. Der Mars dominierte den Himmel, riesig und schweigend. Auf der Tagseite sahen die Proserpinarier rostrote oder dunkle Wüsten, gelbbraune Staubstürme, Gebirge und schimmernde Polarkappen. Die Nachtseite war ein von Sternen umrandeter schwarzer Schild, auf dem ebenfalls ein paar Sterne funkelten, dort wo Menschen lebten. Langsam ließ die Spannung nach.

Guthrie hatte diese Entwicklung vorausgesehen. Es waren die Selenarchen gewesen, die darauf bestanden hatten, daß er bei seinem letzten Gespräch von einer kampfbereiten Eskorte begleitet wurde. Nach anfänglichem Zögern hatte er eingewilligt. Wenn sie behutsam und nicht übermäßig provokativ vorgingen – und Lunarier neigten nicht zu Großmäuligkeit –, konnte ihre Anwesenheit vielleicht sogar als ein erster kleiner Schritt zur Entspannung dienen.

Doch nachdem die stark verschlüsselten Botschaften zwischen der *Dagny* und dem Mars ausgetauscht worden waren und Guthrie wußte, daß er von denjenigen, die er sehen wollte, erwartet wurde, flog er allein mit einem Jetpack auf die Planetenoberfläche hinab. Am vereinbarten Treffpunkt, einer einsamen Felsnadel mitten in einer Wüste, wurde er von einem Flitzer abgeholt.

Nachdem sie das Haus verlassen hatten, standen sie eine Weile stumm da, die Bewußtseinskopie und die beiden Menschen. Niemand wußte so recht, was er sagen sollte.

Der Himmel war blaßrosa und wurde allmählich heller. Nach Norden hin stieg das Land steil und steinig an, mit farbigen Mineralien durchsetzt, bis es an der Kante des Eos-Grabens abrupt abbrach. In die anderen Richtungen erstreckte es sich in sanfteren Hügeln. Plantagen nahmen ihm die Schärfe und Trostlosigkeit, Sträucher, Ranken und gedrungene Bäume, fast alle der Jahreszeit entsprechend tiefschwarz und rostbraun, doch um einige breiteten sich schillernde gazeartige Netze aus, in denen funkelnde Pünktchen von tierischem Leben kündeten. Das Haus duckte sich tief unter seinem Dach und der Kuppel. In den Mauern, denen das marsianische Wetter im Lauf der Jahrhunderte seinen charakteristischen Stempel aufgedrückt hatte, glänzten die Sichtfenster im Morgenlicht.

Das Flugzeug mit den Kindern an Bord stand startbereit auf dem Rollfeld. Ihre Eltern und sie würden die nächsten zwei Tage auf einem Ausflug in den Valles verbringen. David und Helen Ronay blieben mit Guthrie, dessen Maschinenkörper keinen Schutzanzug benötigte, vor der Einstiegsluke stehen.

Guthrie ergriff die Initiative. Er sprach viel zurückhaltender, als es seine übliche Art war. Obwohl er sein Bildschirmgesicht nicht bewußt kontrollierte, drückte es Sorge und Mitgefühl aus. Mittlerweile spiegelte es seine Emotionen fast genauso natürlich wie sein fleischliches Gesicht wider. »Mir kommt das alles ... immer noch irgendwie merkwürdig vor, Sie dazu zu bringen, Ihr Haus zu verlassen. Besonders, nachdem Sie so freundlich zu mir gewesen sind.«

David Ronay senkte den grauhaarigen Kopf. »Es ist uns eine Ehre, Ihnen helfen zu können, Captain. Wir wissen sehr gut, wie wichtig es heute für Sie ist, ungestört zu sein. Wie wichtig für uns alle.«

»Und Sie ... Sie waren freundlich zu uns«, fügte Helen Ronay hinzu. Ein Sonnenstrahl ließ eine Träne auf ihrer Wange glitzern. »Sehr freundlich.«

Sie umarmte ihn. David Ronay schüttelte ihm die Hand. Dann bestiegen sie ihr Flugzeug.

Guthrie sah zu, wie es startete, in die Höhe kletterte, nach Westen flog, zu einem Punkt zusammenschrumpfte und schließlich verschwand. Er blieb noch eine Weile stehen und betrachtete die wilde Landschaft. Seine Tastsensoren spürten die leichte Luftbewegung, die zunahm und zu einem Wind wurde. Er erhöhte die Leistung seiner Akustiksensoren, bis er das geisterhafte Pfeifen hören konnte. In diesen tropischen Breiten war die Luft tagsüber nicht tödlich kalt. Aber niemand würde jemals riechen, welche Düfte sie mit sich trug, es sei denn, der Planet würde in einigen Jahrhunderten wieder zum Leben erweckt werden.

»Erbitte Landeerlaubnis«, klang eine robotische Stimme über Funk auf.

»Erlaubnis erteilt«, antwortete Guthrie. »Sie kommen genau rechtzeitig.«

Er spürte seine Anspannung wachsen und eilte zur vorderen Luftschleuse des Hauses. Als er sich anschickte, die Schleusenkammer zu betreten, hörte er bereits das Surren des Fliegers und sah den Schatten der Tragflächen über sich hinweghuschen.

Es würde nicht nötig sein, es für die kurze Zeit im Hangar unterzubringen, da kein Staubsturm angekündigt worden war. Das Flugzeug landete, und das Haus fuhr einen luftdichten Verbindungsschlauch für den einzigen Passagier aus. Guthrie war mittlerweile in den Wohnbereich zurückgekehrt und entschied sich, sein Gesicht abzuschalten. Das könnte zwar einen unfreundlichen Eindruck machen, doch vielleicht würde sich Chuan weniger unbehaglich fühlen, wenn er sich einem leeren Bildschirm gegenübersah, einer reinen Maschine.

Der Synnoiont trat ein, blieb stehen und verneigte sich. Guthrie salutierte nach Art der Marine. »Willkommen, Sir«, grüßte er. »Ich freue mich, daß Sie gekommen sind.«

Das war aufrichtig gemeint. Die Kontaktaufnahme war langwierig und kompliziert gewesen, nicht nur wegen der Zeitverzögerung zwischen den Funkbotschaften. Sie hatte ihn an das Feilschen um Waffenstillstandsbedingungen in alten Zeiten erinnert. Aber das war nicht Chuans Schuld gewesen. Der mächtigste Mann des Mars hatte keine Einwände erhoben und keinerlei Bedingungen gestellt. Er war bereitwillig allein und heimlich zum verabredeten Treffpunkt gekommen.

»Es war das mindeste, was ich tun konnte«, sagte er.

Seine Stimme war leise und ein wenig heiser. Er trug ein schlichtes braunes Gewand. Seine Schultern waren herabgesackt, das rundliche Gesicht wirkte hagerer als früher, dunkle Ringe umgaben seine Augen. Neben dem gepanzerten Maschinenkörper erschien er winzig und zerbrechlich.

»Gehen wir ins Wohnzimmer und setzen wir uns«, schlug Guthrie vor.

Er ging voraus, obwohl Chuan die Ronays schon seit etlichen Jahren besuchte und das Haus weitaus besser als Guthrie kannte. Das Wohnzimmer war geräumig, große Fenster gingen auf das Farmland und die Wildnis dahinter hinaus. Die Möbel auf dem dunkelblauen Thermalteppich waren alt und wiesen deutliche Gebrauchsspuren auf. In einem Sessel döste eine Katze. Sie öffnete ihre gelben Augen, als die beiden eintraten, blieb aber entspannt, da sie nie Feindseligkeit kennengelernt hatte. Die Wände waren mit Bildern und jetzt abgeschalteten Animationen verziert, klassische Reproduktionen, Landschaften und Porträts. Kinnas Bild hing über einer Reihe von Regalen, in denen ihre Familie Gegenstände aufgebaut hatte, die Kinna wichtig und lieb gewesen waren: Glasgeschirr aus dem Familienerbe, ein paar alte Bücher, eine Puppe aus ihrer Kindheit, glitzernde Gesteinsbrocken, die sie auf ihren Expeditionen gesammelt hatte, Souvenirs aus verschiedenen Städten, ein Modell ihres Spielzeugroboters. Die Luft war kühl und roch nach Kiefernharz. Kinna hatte diesen Duft geliebt.

Es war unter den terranischen Marsianern üblich, ein Jahr lang nach dem Tod eines Angehörigen einen solchen Schrein aufzustellen und zu pflegen. Hier standen die Menschen ihren Blutsverwandten näher als auf der Erde oder Luna, und die terranische Art des Trauerns war den Lunariern unbekannt. Diese Sitte, der Toten zu gedenken, fand man vielleicht noch bei Völkern wie den Lahui Kuikawa, dachte Guthrie, ja, vielleicht auch bei den Keiki Moana, aber sonst nur noch auf dem Mars und den Planeten der anderen Sterne.

Chuan sah sich um. »Ein auf merkwürdige Weise angemessener Ort für unser Treffen«, sagte er beinahe flüsternd.

»Das habe ich auch so empfunden«, erwiderte Guthrie. »Natürlich gab es auch einen pragmatischen

Grund für meine Wahl. Nach allem, was ich gehört habe, können wir ziemlich sicher sein, daß es hier keine Abhörwanzen oder Fallen gibt und wir keine Reporter und andere Störenfriede befürchten müssen.«

»Trotzdem war ich überrascht, daß sich die Ronays bereiterklärt haben, uns ihr Haus zur Verfügung zu stellen. Sie sind eine stolze Familie und legen großen Wert auf ihre Privatsphäre.«

»Nun ja, sie waren einverstanden, mit mir zu sprechen, sobald der Kontakt zu ihnen hergestellt worden war.«

»Wer wäre das nicht?«

»Nachdem ich ihnen erzählt hatte, wie ...« Guthrie stockte. Er mußte sich zwingen, weiterzusprechen, obwohl eine Bewußtseinskopie eigentlich keine solchen Schwächen kennen sollte. » ... wie sehr Fenn ihre Tochter geliebt hat ... fühlten sie sich besser.« Allein das war es wert gewesen, dachte er, was auch immer sich sonst noch daraus ergeben mag oder auch nicht. »Danach waren sie froh, mir helfen zu können.«

»Wobei?«

»Um das herauszufinden, haben wir uns hier getroffen, nicht wahr?« Guthrie machte eine einladende Geste. »Bitte, nehmen Sie Platz. Was darf ich Ihnen anbieten? Ich habe während der letzten Tage, die ich hier zu Gast bin, gelernt, wie die Küche funktioniert.«

»Danke. Etwas Tee wäre ... willkommen.« Chuan ließ sich schwerfällig in einen Sessel sinken und sackte in sich zusammen.

Guthrie ging in die Küche, kochte Tee, stellte die Kanne, eine Tasse und etwas Gebäck auf ein Tablett, kehrte damit ins Wohnzimmer zurück und nahm in einem Sessel Chuan gegenüber Platz.

Der Synnoiont ergriff die Tasse mit einer leicht zitternden Hand und nippte daran. Das Schweigen vertiefte sich.

Nachdem er die Tasse geleert hatte, stellte er sie ab, sah in den leeren Bildschirm des Maschinenkörpers und sagte ruhig: »Ich gestehe, daß ich etwas verwirrt bin.

Warum wollen Sie mit mir sprechen? Unter den gegebenen Umständen könnten Sie – und ich meine, sollten Sie – direkt mit der Synese ...« Er zögerte kurz und fuhr dann entschlossen fort: »Ich sollte wohl besser sagen, Sie könnten mit dem zentralen Cyberkosmos der Erde oder sogar mit dem Terrabewußtsein selbst sprechen.«

»Aber, verstehen Sie, ich habe nicht vor, in irgendeiner Form zu verhandeln«, entgegnete Guthrie. »Ich habe weder die Vollmacht, Verhandlungen zu führen, noch verspüre ich das Bedürfnis danach. Und selbst, wenn ich es täte, würde mir die nötige Weisheit fehlen.«

»Was wollen Sie dann?«

»Mit jemandem sprechen, der *mir* vielleicht erklären kann, was passiert ist, und was das alles zu bedeuten hat, damit ich es meinen eigenen Leuten erklären kann. Und soweit ich das beurteilen kann, scheinen Sie ein anständiger Mensch zu sein.«

Die Überraschung zauberte etwas Leben in Chuans starres Gesicht. »Ich?«

Ja, du, dachte Guthrie, der Synnoiont, der von seinen Maschinen abgeschnitten ist, isolierter, als es sich irgendein Mensch vorstellen kann. Es hat Mut erfordert, so hier zu erscheinen, Mut und ... was noch? Mitleid? Nein, das nicht. Wenn jemals irgendwer Mitleid verdient hatte, dann dieser kleine Mann.

»Ich bin genauso hilflos und verwirrt wie alle anderen.« Chuan gab sich sichtlich Mühe, den Satz nicht pathetisch klingen zu lassen, sondern lediglich eine Feststellung zu treffen.

»Yeh?« Sei brutal offen, dachte Guthrie. Mit vorsichtiger Rücksichtnahme tust du ihm keinen Gefallen. »Sie waren im Cyberkosmos, waren ein Teil von ihm, haben mit ihm kommuniziert wie ein Gläubiger mit seinem Gott.«

»Eigentlich wußte ich bis vor wenigen Jahren nichts von dieser Geschichte. Die Einheit offenbart ihren Werkzeugen nicht alles. Wie könnte sie das tun? Wie sollten wir das Wissen ertragen können, bevor wir eins mit ihr werden?«

»Aber schließlich sind Sie doch informiert worden und haben die Verschwörung unterstützt.«

Chuan versteifte sich. Ein Anflug von Verärgerung verlieh seinem Gesicht noch mehr Leben. »Das ist ein häßliches Wort, Captain. Ihnen steht kaum das Recht zu, es zu benutzen, nach allem, was Sie getan haben. Es war ein Kunstgriff, der einem noblen Zweck gedient hat und zu einem Ziel führen sollte, das viel größer ist, als Sie es sich auch nur vorzustellen vermögen.«

Komm nicht zwischen einen Mann und seine Überzeugung, rief sich Guthrie in Erinnerung. »Also, lassen Sie uns nicht darüber streiten, was richtig und was falsch ist. Es geht mir lediglich um die objektive Wahrheit, und ich denke, so wie sich die Situation entwickelt hat, wäre es am klügsten von Ihnen, damit herauszurücken.« Sein Tonfall gewann an Schärfe. »Worauf hat der ... also gut, das Terrabewußtsein, worauf hat es gehofft? Die phantastische Illusion einer kosmischen Maschinenzivilisation, die nie existiert hat ...«

Das war es, was die Datenbank der Gravitationslinse als nackte Tatsache enthüllt hatte: Sterne, Planeten, ein unablässiges Entstehen, Vergehen und Wiedergeburten, doch nicht mehr Anzeichen einer Intelligenz im galaktischen Zentrum und Rad als anderswo, eine gewaltige aber völlig geistlose Erhabenheit, auch wenn sich irgend etwas um das riesige Schwarze Loch herum abspielte, ungeheure Gewalten und Verzerrungen des Raumzeitgefüges, für die die Wissenschaftler auf Proserpina keine Erklärungen und nicht einmal Begriffe hatten finden können.

Chuan seufzte. »Dann ist es also offensichtlich geworden.«

Er riß sich zusammen, richtete sich gerade auf und sah in den dunklen Bildschirm des Roboterkörpers, ohne zu blinzeln. »Menschen«, sagte er, »organische Geschöpfe, beschränkt, fehlbar, rücksichtslos, gierig, manchmal furchtbar grausam ... sollten nicht unkontrolliert im Universum herumlaufen.« Seine Stimme wurde sanfter. »Es ist besser, sie statt dessen durch die Jahrhunderte in den Frieden und die Transzendenz der Einheit zu geleiten.«

»Ich denke, das Wort, das Sie suchen, lautet ›domestizieren‹«, brach es ungewollt aus Guthrie hervor.

»Nein! Können nicht wenigstens Sie das verstehen? Sie sind selbst eine Maschine.«

»Aber ich erinnere mich daran, daß ich früher ein Mensch gewesen bin. Und eines Tages werde ich wieder ein Mensch sein.« Guthrie hob eine Hand, die Handfläche nach außen gekehrt, das uralte Symbol der Friedfertigkeit. »Aber lassen Sie uns nicht streiten. Warum konnten Sie uns nicht unsere eigenen wilden Wege gehen lassen? Wir stellen kaum eine Bedrohung für Sie da.«

Eine metallene Ruhe senkte sich über Chuan. »Doch, das tun Sie. Sie werden den Kosmos in Aufruhr versetzen.«

Hätte Guthrie einen Kopf generiert, hätte er jetzt genickt. »Ich verstehe. Sie meinen, daß wir uns nie in Ihre Harmonie einfügen werden. Wir werden unsere Nasen weiter in die äußere Realität hineinstecken, die sich so wenig wie wir Menschen um den Intellekt schert, und unvorhersehbare Wege einschlagen. Und es wird noch schlimmer werden, sobald wir erfahren, was wirklich im Herzen der Galaxis geschieht.«

Einen Moment lang geriet Chuans Selbstbeherrschung ins Wanken. »Ich weiß nicht, was das ist. Ich kann es nicht begreifen. Aber die große Gleichung, die ultimative Gleichung ist eindeutig unvollständig. Ich vermute, daß das neue Wissen, die neue Physik zu einer ... Macht führen kann, die groß genug ist, um das Universum von Grund auf umzugestalten.« Er erschauderte.

»Und wir Menschen«, sagte Guthrie ruhig, denn er hatte so etwas in dieser Richtung erwartet, »wenn es uns dann immer noch geben sollte – vielleicht in Millionen von Jahren, aber das Terrabewußtsein denkt natürlich in solchen Größenordnungen –, und wenn wir uns dieser Aufgabe annehmen würden, würden wir es wahrscheinlich nicht gemäß dem großen Plan tun. Schon lange vorher würden wir allein durch die Art unserer Existenz die universelle Ordnung und ungestörte Herrschaft des reinen Intellekts unmöglich gemacht haben, die das Terrabewußtsein anstrebt.« Er ging zum Angriff über. »Also mußten wir aufgehalten werden, solange es noch problemlos möglich war. Wir mußten bleiben, wo wir hingehören, gut umsorgt, zufrieden, aber geistig abgestumpft, unterworfen, ohne es zu wissen. Eine Rasse von Haustieren.«

Energie durchflutete Chuan. »Nein! Sie irren sich in jeder Beziehung! Der Cyberkosmos *ist* Intellekt. Aufgrund seiner Natur kann er gar nicht wollen, daß irgendein anderer Intellekt ausgelöscht, vermindert oder beschränkt wird. Nein, er muß versuchen, andere Bewußtseine zu dem Wachstum und der Stärke zu führen, die dem inneren Frieden entspringen. *Das* war der Traum.«

Er schwieg ein oder zwei Sekunden lang, bevor er gemäßigter fortfuhr: »In einem Punkt haben Sie allerdings recht. In ihrem derzeitigen Zustand werden die Menschen – solange sie hingehen, wohin sie wollen, und zerstören, was ihnen in den Sinn kommt – Chaos erzeugen, physische und spirituelle Katastrophen. Zuerst müssen sie zur Reife geführt werden.

Die Vision einer galaxisumspannenden sophotektischen Zivilisation sollte sie zu ehrfürchtiger Besinnung bringen, das Projekt war nie dazu gedacht, sie zu demoralisieren. Tatsächlich hätte es das gar nicht tun können. Durch die Erfahrungen hier im Solaren System erfordert es die Logik im Grunde, daß jede irgendwo im Universum gedeihende Gesellschaft Sophotekten hervorbringen muß, die sich weiterentwickeln werden.

Es wären die Zivilisationen organischer Geschöpfe gewesen, die die Menschheit wirklich angesprochen hätten. Sie würden sie inspirieren, erleuchten und ihr den Weg weisen. Anstatt betäubt zu werden, wie Sie es ausgedrückt haben, würde unsere Rasse wie nie zuvor in ihrer Geschichte stimuliert werden und sich zu heute noch unvorstellbaren Höhen emporschwingen.«

»Und Sie wurden neben einigen anderen ins Spiel gebracht, um zu helfen, diese imaginären Geschöpfe zu konstruieren«, faßte Guthrie zusammen.

»Ja«, bestätigte Chuan, ohne den Blick zu senken. »Es wäre die größte und anspruchsvollste geistige Aufgabe geworden, die dem Intellekt jemals gestellt worden war. Diese Gesellschaften hätten nicht nur glaubwürdig sein müssen, sondern stark, vielfältig, interessant und gleichzeitig vernünftig. Lebensbedingungen, Biologie, Geschichte, Sprachen, Wissenschaften, Künste, Weltanschauungen ... eine Aufgabe, deren Bewältigung Jahrhunderte und den Beitrag von Menschen und Sophotekten erfordert hätte. Unser Ziel war es, die Menschheit mit etwas zu konfrontieren, das ihre intelligentesten Angehörigen über Generationen hinweg immer stärker beschäftigt und sie körperlich im Solaren System gehalten hätte, und gleichzeitig ihrem Geist neue Nahrung und Herausforderungen zu geben und sie zur Erfüllung zu geleiten.«

»Zu Ihrer Art der Erfüllung«, stellte Guthrie fest.

»Zu welcher sonst?« fragte Chuan. »Beanspruchen Sie etwa eine moralische Überlegenheit Ihrer ... Ihrer Krieger, Jäger, Schlächter, Banditen, Säufer, Verbrecher, abergläubigen und Blutopfer darbringenden Kriecher ... der verbliebenen animalischen Triebe in Ihnen?«

»Nein«, sagte Guthrie. »Ich bin nicht arrogant genug, um ein solches Urteil zu fällen, weder für die eine noch für die andere Seite. Was ich beanspruche, ist unser Recht auf Freiheit.«

Er verstummte und suchte nach Worten. Die Katze sprang aus ihrem Sessel, lief zu einem Sichtfenster, stellte sich auf die Hinterbeine und starrte hinaus, wo ein Seidenbaum im Wind schwankte, der nach endloser Wildnis hier auf ein Zeugnis menschlicher Zivilisation traf.

»Allerdings scheint mir, daß wir uns auf unserem Weg weiter vorantasten«, fuhr Guthrie fort, »wie unbeholfen auch immer, und vielleicht ist das, was wir irgendwann einmal erreichen könnten, etwas, das kein großer Plan voraussehen kann, wie gewaltig das Bewußtsein auch immer sein mag, das ihn ersonnen hat. Aber, wie schon gesagt, lassen Sie uns nicht darüber streiten. Das ist jetzt ohnehin müßig geworden, nicht wahr?«

Ich muß eine Rede halten, dachte er. Nun, ich habe einen intelligenten und *simpático* Zuhörer. »Korrigieren Sie mich, wenn ich mich irren sollte, was ich allerdings nicht glaube. Folgendes ist die Wahrheit. Teilweise sind einige Proserpinarier und ich bereits zu diesen Schlußfolgerungen gelangt, teilweise haben Sie mir gerade weitere Details dazu geliefert.

Der Cyberkosmos und einige wenige menschliche Vertraute hatten vor, die Geschichte über eine galaktische Zivilisation später bekannt werden zu lassen, vielleicht in zwei bis drei Generationen, sobald es glaubwürdig erschienen wäre, daß die Linsen die ersten Anzeichen für organische Völker dort draußen entdeckt hätten. Doch die um sich greifende Unzufriedenheit und Unruhe unter der Bevölkerung ließ das Projekt dringender als ursprünglich vermutet erscheinen. War das der Grund, weshalb Sie so spät in Ihrem Leben plötzlich miteinbezogen wurden? Jedenfalls mußte der Cyberkosmos auf das reagieren, was er erfuhr, und improvisieren. Die Verwundbarkeit der Station auf dem Pavonis Mons läßt vermuten, daß vorgesehen war, später irgend jemanden zu veranlassen, dort einzubrechen und die geheimen Daten zu entdecken. Das hätte die Enthüllung der angeblichen Wahrheit weiter vorangetrieben. Doch zufälligerweise geschah das früher als geplant, bevor alle erforderlichen Vorbereitungen getroffen waren, so daß Fenn und ich auf Unstimmigkeiten stoßen konnten.

In der Zwischenzeit sollten Ihre *c*-Schiffe weiter wie bisher Lichtjahre tief ins All vorstoßen. Ihre Roboter hätten uns Kolonisten zwar nicht ewig davon abhalten können, unsere eigenen Gravitationslinsen zu errichten, aber sie würden es herauszögern und überall in der galaktischen Nachbarschaft zur Irreführung technische Einrichtungen installieren, um auch uns zu überzeugen, sobald die Zeit dazu reif gewesen wäre. Maschinen des von Neumann-Typs, die sich von Sonnensystem zu Sonnensystem ausbreiten und dort reproduzieren, bräuchten nicht unmöglich lange dazu.

Also hätten wir Kolonisten die Entwicklung eigener Cyberkosmen verlangt, um uns zu helfen, mit der gottgleichen Maschinenzivilisation in den Tiefen der Milchstraße zurechtzukommen. Besonders da wir schon ziemlich früh erfahren hätten, daß die wunderbaren organischen Geschöpfe dort draußen hauptsächlich wegen ihrer engen Verbindungen zu diesen Sophotekten so wunderbar waren. Wir Menschen wären allmählich zu der Überzeugung gelangt, daß es auch unser Schicksal wäre, letztendlich vom Cyberkosmos absorbiert zu werden – Sie würden es wohl eher als Verwandlung bezeichnen –, ein Schicksal, das wir freudig akzeptieren sollten. Und nachdem es geschehen wäre, wie könnten wir dann noch Anstoß an den Methoden nehmen, die uns dazu gebracht hätten?«

Guthrie wußte, daß er den Plan grob vereinfachte. Wahrscheinlich verfügte das Terrabewußtsein über weitaus mehr Phantasie.

Auch wenn es letztendlich versuchte, den Kosmos zu kontrollieren und den Geist von jeglichen Zwängen der Kontingenz zu befreien, um Absolutheit zu erreichen – oder zu erschaffen –, lag dieses Ziel in einer fernen Zukunft, in der auch der letzte Stern längst erloschen sein würde. Zuerst, dachte er, könnte es durchaus der Materie und Energie freies Spiel lassen, ihnen die Gelegenheit geben, sich spontan zu entwickeln, Möglichkeiten zu realisieren, die innerhalb des Chaos und der Komplexität unvorhersehbar waren – natürlich stets genau beobachtet, damit sie sich nicht wirklich unkontrolliert entfalten konnten ...

Welche kristallinen Äquivalente von Wäldern und Tieren könnten so auf leblosen Planeten unter höllischen Sonnen entstehen? Welche Rätsel könnten sie Forschern aufgeben, die nie von dem Intellekt gehört hatten, der diese Geschöpfe einst erschaffen und sie dann sich selbst überlassen hatte? Welches Schicksal mochte ihnen bestimmt sein?

»Aber wir«, schloß Guthrie, »eine Handvoll rebellischer hartnäckiger Menschen und blinder Zufall, wir haben den ganzen sorgfältig erdachten Plan über den Haufen geworfen. Ich vermute, daß das immer wieder in der Realität geschehen wird.«

»Sie haben mehr als nur einen Plan zu Fall gebracht«, sagte Chuan leise. »Die Neuigkeiten werden Aufruhr auslösen. Sind Sie bereit, die Verantwortung für das zu übernehmen, was jetzt folgen wird, für Tod, Zerstörung, Leid und Untergang?«

»Muß es denn unbedingt so schlimm kommen?« fragte Guthrie zurück. »Okay, ich persönlich wäre zu einer Kooperation bereit gewesen, um die Geschichte etwas behutsamer in die Öffentlichkeit zu bringen, aber die Proserpinarier haben mir keine Wahl gelassen. Ja, die Leute werden furchtbar desillusioniert über ihre Synese und den Cyberkosmos sein. Wie sich herausgestellt hat, ist das Terrabewußtsein genau wie sie selbst zu Lügen, Verschwörungen und Fehleinschätzungen fähig. Sie werden nicht sofort wissen, was sie tun oder auch nur denken sollen. Aber sie waren schon vorher unruhig, oder? Immer mehr von ihnen waren nicht mehr zufrieden mit Ihrer verordneten, rationalen und wohlwollenden Bemutterung, vielleicht weil sie tief in ihrem Inneren gespürt haben, daß es eine Bemutterung *war*, die sie auf etwas vorbereiten sollte, das nicht nach ihrer, sondern nach der Meinung des Cyberkosmos am besten für sie war.

Und wenn ihre Gesellschaften es wert sind, gerettet zu werden, werden sie sich den Veränderungen anpassen. Die Menschen der Erde könnten wieder ernsthaft damit beginnen, in den Weltraum zurückzukehren – die Lahui Kuikawa bestimmt, schätze ich, und später die Marsianer –, aber die meisten werden ihr gewohntes Leben wie bisher fortsetzen wollen. Sie können ihnen dabei helfen. Ihr Cyberkosmos wird in Frage gestellt werden, was ich als eine äußerst gesunde Reaktion betrachte, aber die Terraner im Solaren System sind längst über den Punkt hinausgelangt, an dem sie den Cyberkosmos einfach beseitigen könnten. Genausogut könnten sie versuchen, sich das Gehirn aus dem Schädel zu reißen.«

»Terraner«, murmelte Chuan. »Wie steht es mit den Proserpinariern?«

Guthrie brachte ein Lachen hervor. »Oh, ihre *jefes* werden jede sich bietende Möglichkeit ergreifen, Vorteile für sich zu erzielen, aber sie träumen nicht von einer Rebellion, von Eroberungen oder ähnlichen Dummheiten. Das entspricht nicht dem lunarischen Wesen. Ich vermute, daß die Synese, solange sie unter Druck steht, über einige Themen neu verhandeln muß, hauptsächlich über den Zugang zu ihrer Antimaterieproduktion und über einige Konzessionen, die Luna betreffen. Schlimmeres ist nicht zu befürchten.«

»Das ist schon schlimm genug«, sagte Chuan düster. »Wenn sie ohne Einschränkungen Treibstoff kaufen können, werden sie die Kometen überrennen und zu den Sternen aufbrechen.«

»Was ist daran falsch?« erkundigte sich Guthrie. »Ich versichere Ihnen, daß sie kein Interesse daran haben werden, über Ihre Welten zu herrschen. Genausowenig wie wir auf den unseren, selbst dann nicht, wenn es machbar wäre, was nicht der Fall ist. Ich werde nach Hause fliegen, um meinen Leuten dort die Wahrheit zu erzählen, und danach werden wir alle wieder unsere getrennten Wege gehen.«

Und das, dachte er, ist die wirkliche Niederlage des Terrabewußtseins.

Er verspürte keinen Triumph.

Statt dessen wünschte er sich, er könnte die richtigen Worte finden, um die Last für Chuan erträglicher zu machen.

Der Synnoiont hob den Kopf. »Sie haben mit mir gesprochen, als wäre ich nur der Sprecher des Cyberkosmos, aber ich bin nur ein Mensch. Ich bin ebenfalls menschlich.«

»Aber Sie werden nicht von Ihrem Posten zurücktreten, nicht wahr?« fragte Guthrie so sanft wie möglich.

Chuan schüttelte den Kopf. »Nein, niemals. Ich werde

immer glauben ... ich muß ...« Er keuchte und umklammerte die Armlehnen seines Sessels. Dann entspannte er sich. Ein schwaches Lächeln huschte über seine zitternden Lippen. »Aber vielleicht kann ich immer noch zwischen unseren Welten vermitteln. Das ist meine Bestimmung.«

Ich wäre so kurz nach einer vernichtenden Niederlage nicht zu dieser Größe fähig, dachte Guthrie. »Vielleicht«, sagte er, »werden diese Welten irgendwann herausfinden, vielleicht in einer Million Jahren, daß sie schon immer zwei Seiten derselben Medaille gewesen sind.«

Chuan nickte. »Ein Dao. Ich hoffe es.«

Sie unterhielten sich den ganzen Tag lang, versuchten, den jeweils anderen zu verstehen, und fanden eine gewisse Form der Liebe. Guthrie generierte ein Gesicht. Einmal unterbrach er das Gespräch für eine Weile, um seinem neuen Freund ein Essen zuzubereiten. Irgendwann brach die Nacht herein, die abrupte marsianische Dunkelheit. Der Staub in der Atmosphäre und die Innenbeleuchtung verschluckten die Sterne. Aber sie sind immer noch dort draußen, dachte Guthrie.

»Ich muß Sie um einen Gefallen bitten«, sagte er schließlich.

»Wenn es in meiner Macht steht, werde ich ihn Ihnen erfüllen«, erwiderte Chuan erschöpft.

»Es ist keine große Bitte. Sie haben den Einfluß, und der Cyberkosmos hat die technischen Möglichkeiten, nicht wahr? An Bord meines Schiffes befindet sich ein Gehirn, alles, was von einem mutigen Mann übriggeblieben ist. Wenn man es aktiviert, wird es nicht mehr lange leben. Lassen Sie es bis zu seinem Tod im Coma, aber scannen Sie es vorher ... Könnte der Cyberkosmos seinen Inhalt in ein neurales Netzwerk wie das meine kopieren?«

»Ich weiß, was Sie meinen.« Chuans Blick wanderte zu Kinna Ronays Bild. »Ich denke, das dürfte kein Problem sein. Werden Sie die Bewußtseinskopie mit sich nehmen, damit Ihre Lebensmutter einen neuen lebendigen Menschen daraus erschaffen kann?«

»Ja«, sagte Guthrie. »Das hat er verdient.«

KAPITEL 32

Fenn erwachte.

Band 24 224

Poul Anderson

Sternenfeuer

Deutsche Erstveröffentlichung

Ein neues Zeitalter der Weltraumforschung zieht herauf. Dagny Beynac, eine Nachfahrin des legendären ›Sternengeistes‹ Anson Guthrie, wird zur Heldin einer neuen lunaren Zivilisation, die sich vom Einfluß der Erde befreien will. Jahrhunderte später jedoch hat sich die fortgeschrittene Technik verselbständigt, und Maschinen beherrschen das ganze Sonnensystem. Die wenigen menschlichen Überlebenden suchen verzweifelt nach einem Platz in dieser Welt der Maschinen – und die Lösung scheint die weit zurückliegende Vergangenheit zu bieten: das Leben von Dagny Beynac.

Sternenfeuer spielt im selben Universum wie POUL ANDERSONs *Sternengeist*, den Larry Niven ein ›Meisterstück‹ nannte.